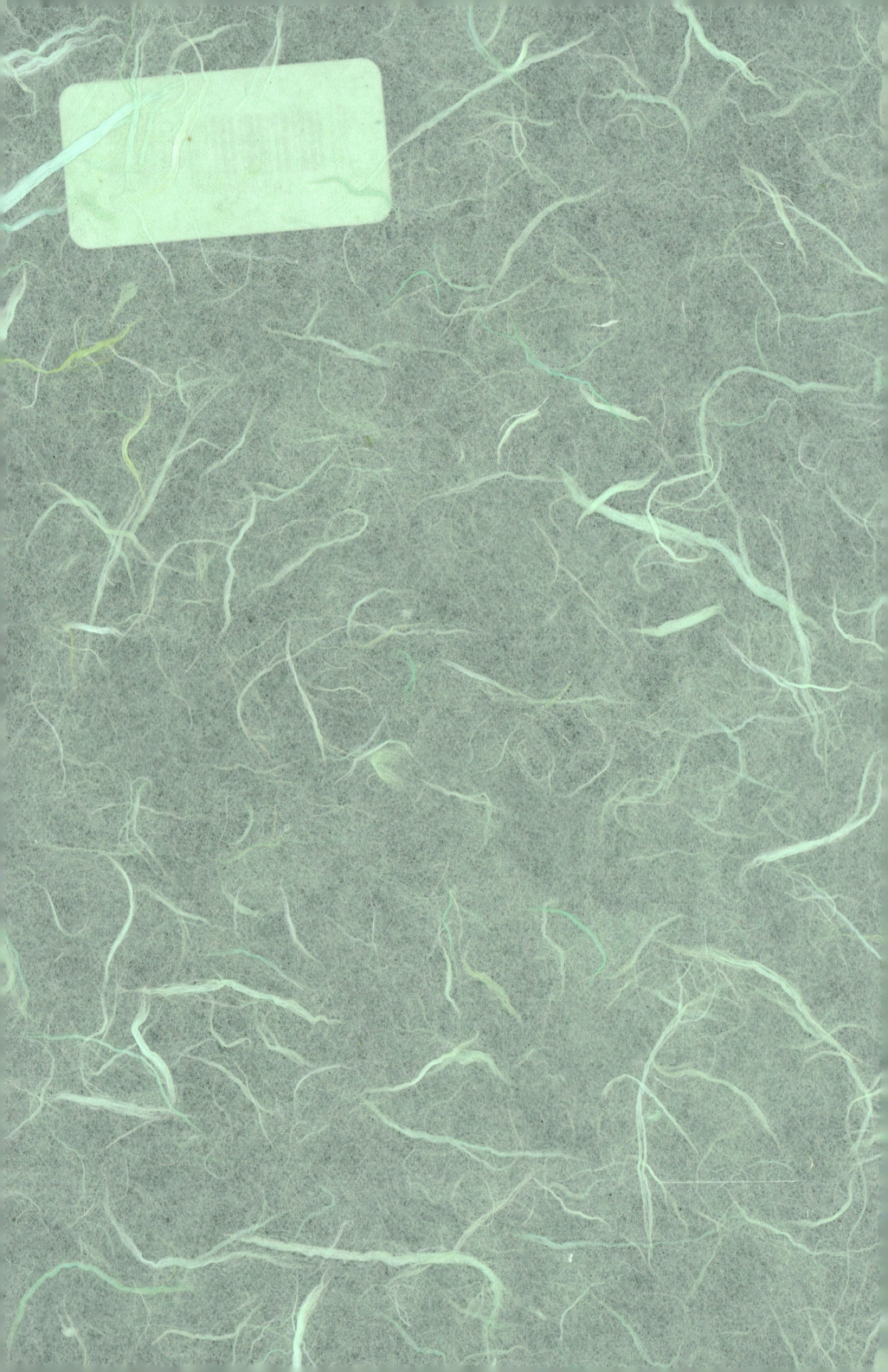

天地人

[日] 火坂雅志 著

子安 译

TENCHIJIN © HISAKA MASASHI
All rights reserved.
Original Japanese edition published by NHK Publishing,Inc.
Chinese translation rights arranged with NHK Publishing,Inc.
through BEIJING KAREKA CONSULTATION CENTER
Simplified Chinese translation copyright © 2013 by Chongqing Publishing House
All rights reserved.
版贸核渝字(2013)第302号

图书在版编目(CIP)数据

天地人/(日) 火坂雅志著;子安译. —修订本.
—重庆:重庆出版社,2014.1
ISBN 978-7-229-07189-9

Ⅰ.①天… Ⅱ.①火… ②子… Ⅲ.①长篇历史小说—日本—现代
Ⅳ.①I313.45

中国版本图书馆CIP数据核字(2013)第274743号

天地人
TIAN DI REN
【日】火坂雅志 著;子 安 译

出 版 人:罗小卫
责任编辑:邹 禾 唐 凌 许 宁
责任校对:谭荷芳
封面图案设计:ESC
装帧设计:谢颖工作室

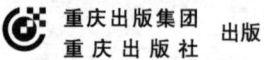

重庆出版集团 出版
重庆出版社

重庆长江二路205号 邮政编码:400016 http://www.cqph.com
重庆出版集团艺术设计有限公司制版
重庆市鹏程印务有限公司印刷
重庆出版集团图书发行有限公司发行
E-MAIL:fxchu@cqph.com 邮购电话:023-68809452
重庆出版社天猫旗舰店
cqcbs.tmall.com
全国新华书店经销

开本:880mm×1230mm 1/32 印张:20 字数:564千
2014年1月第1版 2014年1月第1次印刷
ISBN 978-7-229-07189-9
定价:56.80元

如有印装质量问题,请向本集团图书公司调换:023-68706683

版权所有 侵权必究

目录

序 ……………………………………………………… 1

第一章 川中岛 ………………………………………… 1
第二章 谦信出阵 ……………………………………… 35
第三章 师傅与弟子 …………………………………… 62
第四章 雪崩 …………………………………………… 91
第五章 遗言 …………………………………………… 129
第六章 御馆之乱 ……………………………………… 165
第七章 秘谋 …………………………………………… 197
第八章 花烛 …………………………………………… 222
第九章 死中有生 ……………………………………… 247
第十章 天下动乱 ……………………………………… 286
第十一章 兼续与幸村 ………………………………… 310
第十二章 上洛 ………………………………………… 340
第十三章 山城守 ……………………………………… 368
第十四章 家康 ………………………………………… 393
第十五章 男与女 ……………………………………… 422
第十六章 去会津 ……………………………………… 448
第十七章 战云 ………………………………………… 469
第十八章 北之城塞 …………………………………… 498

第十九章　决战 …………………………………… 523

第二十章　活下去 ………………………………… 553

第二十一章　爱 …………………………………… 581

译后记 ……………………………………………… 623

附录　古日本旧国名图表 ………………………… 624

序

直江兼续头盔的前立是一个大大的"爱"字,这事广为人知。

这个"爱"字对笔者而言,也有着一番特别的回忆。

上中学的时候,我参加了棒球部。学校地处新泻县多雪的地带,在校园一片雪白的冬季,我们总会在走廊上跑步或者做仰卧起坐、俯卧撑等运动来锻炼身体。

那是一个下雪的日子。棒球部的近五十个成员在走廊上排成一排,合着队长的口令做俯卧撑。教练则在一旁走来走去,看有没有人偷懒。

教练刚好从我前面走过的时候,我不知怎么一紧张,原本戴在头上的帽子掉到了地上。教练拾起帽子,忽然脸色变得极为严厉:

"这是什么?"

教练把帽檐一下子递到我的面前。

不知道现在是什么情况,在那个时候,打棒球的少年常常在帽檐下边绿色的毛毡上用记号笔写上"根性"或者"努力"、"忍耐"、"勇气"等字样,投手的话还会写"一球入魂"什么的,以此激励自己。

我却在那个地方写了一个大大的"爱"字。

"你真的是在好好打棒球么?"

教练如雷地怒吼。

我为什么会在那里写一个"爱"字,现在已经记不起来了。也许是对一味强调精神、斗志的体育部提出无声的抗议,想要对他们说"胜利并非全部,不也应该体谅自己的对手么"。或者也可能单纯只是在初恋之中写下了这个字眼。

从那以后时光飞逝，没想到在写作历史小说的时候，我又遇上了这个令人怀念的文字。

这便是直江兼续的"爱"字前立。在下克上的乱世中，也有说着"爱"这种优雅的字眼的引人注目的男人。而且，这位武将与我自己一样，也是雪国出生。

这简直只能说是"天意"了。

"要写关于这个男人的小说，除了我之外再没有更合适的啦。"

我这样想道。

如今终于如愿以偿，得以将直江兼续波澜壮阔的一生书写出来。

关于兼续"爱"字的意义所在，有着种种说法。

一种是爱护民众的爱民说。这是在兼续度过后半生的山形县米泽一地经年流传下来的说法。

另一种则是现在在历史研究者当中被普遍承认的观点：这个"爱"字是爱宕大权现或者爱染明王信仰的产物。大概与上杉谦信由于信仰毗沙门天所使用的"毗"字军旗一样，其弟子兼续将信仰的守护神放在前立上守护自己吧。

实际上，我在很长一段时间里，也相信后一种说法。

然而写作小说的时候，在查阅史料的过程中，我发现上杉谦信说过这样的话，因而想法有了改变：

"为大将之本，在于仁义礼智信五条，并以慈爱怜悯众人……"（《北越军谈·附谦信公语类》）

对武将来说，弓马之道当然是大事，然而并非仅仅如此就有立于他人之上的资格。还必须以仁义礼智信这些儒教的教诲严于律己，以"慈爱"之心怜悯天下众人才是。

慈爱，也就是仁爱。是真心对待他人的精神。这仁爱之"爱"，与信义之"义"并立，正是武士道的根本精神。

直江兼续的"爱",不正是继承自其师谦信,是战国武士道精神的鲜明表现么!

　　其实,在收藏上杉家遗物的长野县中野市的佐藤博物馆以及新泻县上越市的林泉寺,有书写了草书"爱"字的大旗保存下来。这是与"刀八毗沙门"、自朝廷拜领的"绀地日之丸"一起,矗立在上杉军本阵的军旗。"刀八毗沙门"代表着军神的神威,"绀地日之丸"代表着朝廷的权威。而"爱"字旗帜,则显示了为政者爱民的精神。

　　如此看来,如米泽流传的说法所言,兼续正是由于继承了上杉谦信"以宽广仁爱之心治国"的思想,才在自己的头盔前立上将自己的心意告知天下。

　　爱是一个崇高的字眼。并且,也是一个十分坚强的字眼。似乎正是在描写直江兼续这位男子的同时,我才得以重新发现这如此深沉的意义。

火坂雅志
二〇〇六年初秋

"辉虎（谦信）公曰：顺天时，拥地利，且遂人和之大将者，和汉两朝自古未闻。及吾身后亦恐难有之。若此三事俱备，则刀兵不起，世间无敌可也。"

（《北越军谈·附谦信公语类》）

第一章 川中岛

一

白色的云群泛着辉光，积聚于信州[1]群山之上。在阳光的照耀下，千曲川银光粼粼，宛如龙背一般，蜿蜒流去。

天正四年（1576），盛夏。

一个面庞稚气未脱的少年正气喘吁吁地沿着山路攀爬着，忽然抬头大声喊道：

"等等我呀，大哥。"

"太慢啦，与七。快点跟上吧。"

走在先头的被唤作大哥的年轻人，仿佛有些不耐烦地停住脚步，回过头来张望。

这年轻人虽不过十七岁，看上去却比实际年龄更为成熟，身材也稍显魁梧，四肢修长。近六尺（约180厘米）高的身体仿若鞭子一般柔韧优雅。剑眉入鬓，双目明澈，端的是一个美男子。

——长身玉立，容姿秀美。

在《名将言行录》[2]中，如此记载着这男子的相貌。

这正是大名唤作樋口与六兼续[3]，即后来的上杉家执政——直江山城守兼续年轻时的模样。

此时兼续身着麻布筒袖与括袴，足穿脚绊与草鞋，头戴简陋朴素的菱乌帽子[4]，一副行脚商人打扮。

"大哥，这里不会有蛇吧？"

在草木丛中手足并用向上攀登的少年，是兼续的弟弟与七实赖，年龄比兼续小两岁。

与曾游学于雪国越后鱼沼郡云洞庵，自少壮时起便有才俊之名的兄长相比，实赖的表情动作都显得有些驽钝。

"大概会忽然钻出一两条蛇来吧。啊，你脚下那不就是吗！"

"呀！"

实赖慌忙向后跳起，不料脚底一滑，摔了个四脚朝天。兼续忍俊不禁递出手中青竹将弟弟拉起来，笑道：

"就快到山顶啦，从那里能看见川中岛呢！"

"看到了又怎样嘛。"

"看到了就能增长学问见识啊。"

"大哥您读了那么多汉文典籍[5]，还不够吗？"

"一味苦读的话，很多事情是不会明白的。跟上吧！"

兼续用青竹拨开草丛，如滑行一般向前奔去。脚下杂草纷乱摇曳，跳出几只蚂蚱。

兼续与弟弟实赖攀登的这座小山，其实说是丘陵更为合适。山上到处都是椎树、橡树、赤松的树林，地面葛叶繁茂。乍看上去也就是一座随处可见的草木之山。

不过，此山的来头可不小。回溯至十五年前的川中岛合战之际，上杉谦信的本阵便设于此处。

它的名字叫作——妻女山。

分开夏日繁茂的杂草登上陡坡的兼续，来到了妻女山顶一块视野

第一章　川中岛

开阔的平地。

"馆主大人[6]当年布阵的地方，便在此处呢。"

兼续用草鞋鞋底噔噔噔踩了几下地面，双目炯炯有神地向四周眺望。

"快看。"

兼续将手中青竹指向右侧山脚，那里是被称为松代盆地的地方。盆地中央的数重石垣上，是一座被二重壕沟围起来的城塞。

"有一座城呢。"

弟弟实赖说道。阳光十分强烈，汗水顺着他的脖子涔涔而下。

实赖的身高比兄长矮上几分。此时他踮起脚尖，与兄长并肩而立，一手攀着赤松枝杈，努力地将身子向外探去。

"那是海津城。"

"那座城吗……"

"武田信玄的本阵[7]，那时便设于此城之中。"

仿佛看见武田军高举的风林火山之旗，此时正于城中猎猎翻飞一般，兼续如此说道。

这海津城，是进军信浓一国的甲斐大名武田信玄，为戍守北方而筑起的城塞。永禄四年（1561）第四次川中岛合战[8]之时，信玄在此城驻下二万大军，与在妻女山布阵的一万三千上杉军遥相对峙。

"二万与一万三千，这兵力相差真是悬殊。岂不是一开始就陷入不利了吗，大哥。"

实赖用大人一般的口吻小声说道。

"不，"兼续摇摇头，"咱们馆主大人天下无匹的神机妙算，可全都在这里呢。"

说着，兼续用手指轻轻敲了敲自己的头，继续道：

"武田信玄采用了啄木鸟战法。"

"是用喙敲打树干的那个啄木鸟吗？"

"是的。"

兼续点点头：

"信玄就像敲击树干将虫子惊吓出来的啄木鸟一般，想把在此山上布阵的馆主大人引至山脚。"

此战中，武田信玄采用了一条计策：将大军一分为二，其中一队趁着黑暗的掩护连夜从背后登上妻女山，袭击上杉军。待敌方惊慌失措地逃下山时，信玄亲率的本队则以逸待劳，给予敌军迎头痛击。

这巧妙的计策，便是后世所称的——啄木鸟战法。

不顾烈日的炙烤，兼续用手中青竹在地上画图，以便向弟弟讲解武田军的战法。

"不愧是信玄啊。"

实赖感叹道。

"的确，信玄此计甚为巧妙。不过，馆主大人的智谋却更胜一筹。"

兼续移开视线，再度眺望山麓。

"那边就是川中岛。信玄想把馆主大人诱到川中岛八幡原，然后予以伏击。"

川中岛是一片肥沃的土地。夏天可种稻米，冬天可育小麦，一年能够收获两季，这种栽培方法被称为"二期作"。此时在川中岛的水田里，满是青绿饱满的稻穗随风摇曳。

在这川中岛的正中央，是八幡神社所在的平原。武田信玄正是在此处设下伏兵，等待着上杉军自投罗网。

"馆主大人在那一天傍晚，注意到从海津城内升起的炊烟比平时要多。正感到奇怪之时，便收到了忍者的报告，说敌人准备夜袭本阵。"

"在那种时候，大哥您会怎么做呢？"

"先发制人吧，就像馆主大人那时一样。"

第一章 川中岛

说着，兼续眼底闪动着异样的光芒。

——律法严饬，人马噤声，行伍规范，无一兵一卒脱离。及子时后刻（凌晨1点之后），大军悉数移至川中岛。

《北越军谈》[9]中，如是记载着上杉军当时的行动。

"馆主大人没有熄灭篝火，并留下一些旗帜在本阵中，之后率领大军悄悄地下了妻女山。"

"然后呢？"

实赖对兄长的讲解听得津津有味，似乎已忘记了炎热。

"看到那边的浅滩了吗？那是雨宫渡口。上杉军趁着夜色从那里渡过了千曲川，面对八幡原布下阵势。"

"取得先机了吗。"

"嗯，这就叫将计就计。天明之后，待川雾散尽，看到阵列整齐的上杉军突然出现在面前，信玄想必大大地吃了一惊吧。"

"噢！"

"战事之中，十有八九会是取得先机的一方获胜。面对摆出鹤翼之阵迎敌的武田军，上杉军采用车悬之阵[10]突入敌军本阵，最近时离敌方总大将信玄仅有一步之遥。"

"这事我也从参加了川中岛合战的人那里听说过呢。"实赖听得两眼放光，"馆主大人在马上朝信玄那家伙一刀、两刀地砍去，信玄只好用军配[11]来招架。砍到第七刀[12]的时候，在妻女山扑了一个空的武田军别动队也加入了战团，馆主大人只好引兵返回越后啦。"

"这牛吹得，好像自己亲眼所见呢。"兼续仰头笑道，"我常随馆主大人左右，却从来没有听说过这样的事。"

"什么呀，真无聊。"

"不无聊呀。这一战中，上杉军折了三千人，武田军则损失了四千五百人。若不是馆主大人料事如神，上杉军说不定会在川中岛全灭啊。"

"十五年前的那场战斗吗……"

"那个时候,你才刚刚出生。我也不过是一个两岁的小孩呢。"

二

两人在草丛中坐下。兄长兼续从怀里掏出一个熟透的甜瓜,用小刀切成两半。

"吃吧。"

兼续将其中一半递给弟弟。

"咱们的馆主大人真是个了不起的人!"实赖不顾嘴角瓜汁淌下,开口说道,"大哥,我真羡慕您呀,能够跟随在馆主大人侧近,时时聆听大人的教诲。我也想赶快去到馆主大人身边,好好地伺奉他老人家呢。"

"那个,与七。"

兼续本来大口地吃着瓜,却忽然抬起头,目光似乎有些飘忽不定。

"馆主大人的所作所为,都是正确的吗?"

"您说什么呢……大哥您不是非常敬仰馆主大人吗?而且为了亲身体会馆主大人的作战方略,不惜以身犯险来到武田领内的这里。"

"要学的东西堆积如山啊。不过……"

"怎么了?"

"上杉、武田两军前后五度在这川中岛一带交战。在我看来,这就好像馆主大人与甲斐的信玄在此会猎游玩一般啊。"

"会猎游玩……"

"这样说或许太不客气了,但这的确是对战力无谓的浪费吧。"

"大哥,您说什么呢。"

第一章 川中岛

"这样好吗?"

兼续的语气突然变得热切起来:

"自馆主大人在此地与武田军数度大战以来,已经过去了十五年的岁月。这十余年间,天下却是令人目不暇接地激烈变化着。连馆主大人的宿敌信玄,也已在三年前去世了。"

说着,兼续眯起双眼。

的确,这天下正在发生着可以称之为"剧烈"的变化。

原是尾张弱小大名的织田信长,在数年的苦心经营之后,竟然先于群雄一步迅速上洛[13],奉迎将军足利义昭[14],开始了统一天下的战斗。

不过很快,信长便与义昭撕破了脸。在义昭的暗中活动下,以甲斐的武田信玄、近江的浅井长政、越前的朝仓义景、大坂的石山本愿寺(一向宗[15])等有力大名为核心,构成了针对织田家的"信长包围网"。

这其中,对信长持有最强烈敌意的,无疑正是拥有战国最强骑兵团的武田信玄了。

元龟三年(1572),信玄以上洛为目的,率领二万五千大军自甲斐府中[16]出发。

途中,武田军于远江三方原击败与信长结为同盟的德川家康军。然而,就在武田军宛如怒涛一般向西进军,渐渐逼近三河、尾张国境之时,信玄却忽然病倒,带着壮志未酬的遗憾撒手人寰。

去年五月,继承信玄遗志的武田胜赖,在三河长筱与织田、德川联合军展开激战,惨败于信长麾下的足轻铁炮部队。

这期间,浅井、朝仓两家也已灭亡。

信长逐渐将势力向北陆方面扩展,并在琵琶湖畔修筑了一座旷古未有的巨大城池——

安土城。

时至如今，一直以来对信长的蚕食鲸吞采取静观态势的上杉谦信，终于也站了出来，与石山本愿寺、中国地方[17]的毛利元就结成了反信长同盟。

"馆主大人早该出手啦。"

兼续说着，轻咬嘴唇，一脸不忿。模样煞是好看。

"就在馆主大人一面牵制武田家，一面将注意力放在关东地方的这许多年间，信长却渐渐西进，已将旌旗立于京都了啊。"

"馆主大人大概是想，信长之流无论何时都不足为惧吧。"实赖说。

"不，对待敌人，务必要在其羽翼未丰时彻底铲除才行。对信长来说，与其余任何大名相比，最为惧怕的，还是馆主大人啊。"兼续斩钉截铁地说道。

一如兼续所言，对于称霸北陆道的上杉谦信这一存在，信长是打从心底里感到畏惧。这是毫无疑问的事实。

现在，山形县米泽市藏有一副"洛中洛外图屏风"。此屏风乃是狩野永德所绘，被称为室町时期洛中洛外图的代表作。六曲一双[18]、纸本金地着色，无比瑰丽奢华。

因惧怕上杉军西进，信长将包含此屏风、色色威之甲胄[19]在内的各种价值不菲的礼物赠予谦信，频频示好。而谦信亦接受了信长的好意，并与之结为同盟。

信长能够在腹背受敌之际突破武田、浅井、朝仓等大名所组成的包围网，其中一个因素便是与上杉结盟，免除了北陆方面的威胁。

然而，信玄一死，包围网的危机解除之后，信长的态度又陡然发生变化，对于北陆方面的野心渐渐彰显。

"馆主大人对于那家伙——对于信长的不义之举大为恼怒。那家伙一心只瞧着眼前的利益。如此不逞之辈，绝不可饶恕！"

兼续不禁提高了声音。

第一章　川中岛

"嗯！不可饶恕！馆主大人一定会将信长的野望粉碎！"实赖附和。

"不过，太晚啦。怎么看都太晚了。三年，只要馆主大人早三年做出如此决断……这天下大概已经是上杉家的囊中之物了吧。"

"天下……"

实赖吃了一惊，那表情仿佛被人从旁重击了一拳。

"是的，天下。"

兼续仰望天空。

"若不能问鼎天下的话，那么战斗还有什么价值呢。越后之龙与甲斐之虎[20]，在川中岛、关东一带不断角力期间，世事也在不断变化着。我是很仰慕馆主大人的。但在我看来，馆主大人一直以来的做法，说不定已经跟不上这急剧变化的时代了。"

"说得太过分了吧，大哥。"

"唉，在川中岛的合战真是无谓之举啊。我若是馆主大人的话，便不会将时间与兵力浪费于此，而是挥军直指京都了。"

忧虑之色笼罩着兼续秀丽的面庞。头顶的天空中，数只苍鹰悠然飞翔。

三

兄弟二人如同被此起彼伏的夏蝉鸣叫之声催促一般，下了妻女山。兼续原本打算在夜色降临之前离开武田领地，返回属于上杉领内的信浓饭山。不过因为弟弟实赖说：

"我想到善光寺去拜谒一下，祈求母亲早日康复。"

于是二人当即便向妻女山以北三里[21]之处的名刹——定额山善光寺赶去。

兄弟二人的生母阿藤夫人，是上杉谦信麾下重臣直江大和守景纲之妹。阿藤在嫁给坂户城主长尾政景的臣子樋口总右卫门兼丰后，诞下了与六兼续、与七实赖这两个儿子及一个女儿。

今年早春，阿藤因胸腹绞痛卧床不起。由于兼续当时被谦信召至春日山城随侍左右，担心母亲安危的实赖便代替兄长，在坂户城下照料母亲。

善光寺历史悠久，其创建的时间，大约要上溯到推古朝飞鸟时代[22]。

寺中所奉本尊善光寺如来，自天竺经百济传来日本，却被号称排佛派的物部氏弃于难波之堀江。后由信浓国住民本田善光发现并带回故乡，为之兴建寺庙，供奉起来。[23]

此后，信浓的善光寺深受信徒尊崇。"很是灵验啊！"大家纷纷如此相传。镰仓幕府的开创者源赖朝、执权北条一门，亦对善光寺如来十分笃信。

然而，即使是这被称为东国第一灵验之地，长久以来寺运昌隆的善光寺，却也被卷入谦信与信玄的川中岛合战，许多建筑及藏品都在战火中付之一炬。

不过，并非所有东西都被烧毁殆尽。有传言，那灵验无比的秘佛善光寺如来，被武田信玄带回了甲斐府中，并建造了一座"甲府善光寺"用于供奉。

那时，被唤作"经众"、"中众"的僧侣们，也随本尊去往甲斐。

与此相对，上杉谦信在越后居多浜也修建了一座"浜善光寺"，将信浓善光寺的一些宝物安置在此，并集中了自信浓善光寺逃出来的僧侣。渐渐地，这里也繁荣起来。

兼续走上平缓的坡道，踏入善光寺境内。

一如传言，寺庙已然荒废。

山门不见，五重塔、钟楼、藏经阁、护摩堂等一干建筑也尽数烧

第一章　川中岛

毁,本堂、参道[24]一侧的宿坊[25]虽残留了下来,但外形已经很难分辨。

废墟之中,草木丛生,甚为繁茂。二人摸索着进入本堂。

本尊善光寺如来虽已不在,却有线香的薄烟自大香炉中袅袅升起。似乎仍然有人前来朝拜。

二人在本堂内两手合十,诚挚祈愿母亲病体早日康复。

从本堂出来,阳光依旧毒辣。兼续手搭凉棚遮挡光线时,突然发现参道上有一群人正渐渐走近。

是头戴阵笠,身着桶侧胴具足[26]的一群男子。阵笠上,武田菱[27]之纹隐约可见。

(这是武田家的足轻[28]……)

兼续不禁皱了皱眉头。

足轻共有五人,其中二人手执长枪,三人持弓。

作行脚商人打扮的兼续,除了腰间一柄一尺二寸长的小刀以外,可说是身无寸铁。

(这可麻烦了……)

一向沉着的兼续,此刻心中也不禁凉了半截。

无论怎么说,这里也是武田领内海津城主高坂弹正所辖之地。若二人被发觉与上杉家有干系,事情可就棘手了。

"怎么了,大哥?"

这时,弟弟实赖才慢慢走出本堂,忽然看到武田家的足轻,不由得"啊"地叫出声来。

似乎听到了实赖的惊呼,那一群足轻略一愣神,然后齐齐奔向这边。

"快逃,与七!"

兼续命令道。

虽然心中并不认为自己身份已经暴露,但也着实有些担心。倘若

被发现在川中岛战场徘徊不去,任谁也会心生疑窦,说不定还会被当作细作而通报武田家。

"往哪里逃啊?"

"好了好了,跟上吧。"

话音未落,兼续飞身翻越御堂的栏杆,跳到地面。回头确认弟弟已经跟上,接着便向足轻的反方向急速飞奔。善光寺的背后,有一片满是松树与椎树的树林。要是跑到那里的话——

(便会教追兵看不真切吧……)

兼续如此考虑。

"等等我,大哥。腿抽筋了。"

"别说泄气的话。不赶快跑的话,会被杀掉哦!"

此时,只听"嗖"的一声。

兼续忽然感到左肩一阵锐痛,似乎是被追兵所放的箭矢划伤。

麻布筒袖撕裂,鲜血涌出。

"大哥,出血了。"

"没什么大碍。快把身体放低,与七!"

"嗖"的一声,又一支箭矢飞来,"笃"地插在近处一株柏树树干之上,尾羽兀自颤动不休。

兼续一个劲儿奔跑,浑然忘我地在树林中穿梭。

此刻——

"走这边!"

一个年轻女子的声音在极近处响起。

瞬间,兼续停住脚步。

"别停下来呀。"

树荫之下,出现了一个少女的身影。宛如华丽饰品镶边一般的黑发下面,透露出一张美丽而精致的脸庞。身着白色千早与红色切袴,看起来是一位年轻的巫女[29]。女孩头戴黑色斗笠,项上挂着水晶数

第一章 川中岛

珠,胸前的带子上系着一面钲[30]。

"随我来。"

巫女说着,转身向幽暗的森林中奔去,宛如羚羊一般敏捷。

(这是什么人……)

兼续从突如其来的变故中惊醒,却没有闲暇深思。

"大哥,快追上来了!"

实赖那如同从喉咙深处艰难榨出似的声音从背后响起。

(只好如此了……)

兼续朝少女飞奔的方向跟去。

大概是由于激烈奔跑的缘故,肩头上的伤早已痛得麻木了。

奔跑途中,兼续不时回头瞥去,武田的足轻一面怒吼一面追赶。然而由于手持长枪弓矢的缘故,在这树木丛生的林中,动作变得迟缓无比。

大概是发现如此下去很难追上,敌人不断从背后射来箭矢,但是因为树木的阻挠,总是无法命中目标。无论射出多少支箭,不是插在老树树干上,就是没入茂密的枝叶中消失无踪。

巫女在森林深处穿行自如,好像身处自家庭院中一般。

穿过两条小河之后,来到一片蓟花满开的草地。

此时,武田家杂兵的声音已消失在远处,连身影也无法看到了。

"你要将我们带往哪里?"

兼续在巫女身后大声喊道。

巫女回头瞥了一眼,那眼珠竟然呈现苍青之色,清澈沁人。

"去往善光寺如来所在之处。"

"为何要帮助我们?"

"一切皆是因为我佛的慈悲之心啊。"

谜一般的笑意自眼底浮起,少女一振千早长袖,继续向前奔去。

四

少女带领二人所行的方向，正是善光寺背后突兀耸立的一座高山。

当地人称之为——大峰山。

山体被郁郁苍苍的松林所覆盖。在后来的江户时代，此地为善光寺所领，被称为善光寺的"御花山"。

沿着松林间的山道拾级而上，不多时眼前出现一面高耸的岩壁，如刀劈斧凿一般，崖脚龟裂游走之处，隐约露出了一个洞穴的入口。洞口被上方垂下的羊齿草遮蔽，乍看上去很难发现。

走近洞口，听见水声潺潺，想必是岩石之间有清泉涌出。

"跟我进来吧。到里边之后，我帮您把伤口处理一下。"

巫女命令一般的口吻说道。

刚才亡命奔跑，无暇细看，如今这黑笠之下清秀而白皙的侧面方才映入兼续眼帘。

（好美……）

兼续不禁看得呆住，连心脏也不受控制地狂跳起来。

虽然日后将会成为以冷静致密的智略闻名天下的直江兼续，但此时的他，毕竟还是一个血气方刚的年轻人。

因受誓言"一生不近女色"的主君上杉谦信的影响，在此之前，十七岁的兼续都还没有留意过异性的魅力。

"怎么了？"

少女发觉兼续二人没有跟来，不由得回头询问。年轻巫女偏着小巧玲珑的脑袋，两眼看着一言不发呆若木鸡的兼续。从容貌上看，她的年龄与兼续大致相仿，不过表情举止却更加成熟老练。双唇丰润明

第一章 川中岛

艳,教人心动。

"为什么要帮助我们?"

兼续赶快打消了那点绮念,盯着巫女严肃地问道。

"为什么呢?"

少女重复着兼续的话,盈盈浅笑,眉眼弯弯如同新月一般。这笑颜之中,似乎有着谜样的妖艳魅力。

"这位公子,可是武家之人?"

"你怎么知道?"

"虽然身作如此打扮,但从您行为举止看来就再明白不过了。而且,举手投足之间仿佛有越后人的味儿……我猜,您是上杉家的人对不对?"

"姑娘你……"

兼续立时将手按在腰间小刀刀柄之上。

此时,左肩伤口因动作的缘故迸裂。兼续只觉一阵剧痛,鲜血涌出,沿着手肘流下,点点滴落地面。

"大哥!"

实赖惊呼一声,意欲上前。

"你退下!"

兼续沉声喝止,强忍疼痛,将小刀拔了出来。小刀的切先[31]在透过树叶缝隙的阳光照射之下,冷锋闪动。

面对兼续乍起的杀意,巫女的脸色亦丝毫未变。

"看来我不小心猜中啦,两位果然是上杉家的人。"

"那么,你打算怎样呢?"

"不打算怎样。"

巫女莞尔一笑。

"上杉也好,武田也好,对我来说都无所谓。只不过偶然看到被武田杂兵追逐的两位年轻男子。我想,跟其中哪一位同食共枕也不错

呀,因此便帮助你们啦。"

"……"

面对巫女身上隐约散发出妖艳魅惑的气息,兼续也不禁有些动摇。

"别说蠢话……"

大概是疼痛的缘故,兼续声音减弱了几分,头也感到一阵眩晕。

"哎,别逞强啦……我要是敌人的话,怎会以身犯险特意相救呢。"

"姑娘你,名字是……"

"初音。"

"是在善光寺侍奉神佛的巫女吗?"

这个时代,正是神佛浑然一体[32]的时期。善光寺亦是神佛合一的寺院,寺中就算是有供奉神道的巫女,也不足为奇。

不过——

"那倒不是。"

这位名叫初音的年轻巫女摇头笑道。

"那……"

"我是信州小县郡祢津村的云游巫女。"

"原来是祢津的祷巫[33]吗……"

兼续小声说道。

——祢津的祷巫。

这是人们对居住于信浓国小县郡祢津村的巫女们的称呼。

其渊源由来已久,大约可上溯到镰仓时代。

所谓巫女,便是在合战、狩猎、航海、疾病之时,祈请神灵、占卜吉凶,并将神谕传达世人的咒术者。有时还会应委托人所托,将死者的灵魂自彼岸召唤附体,将其话语通过自己之口告知他人。

因为巫女身怀咒术,村民对她们都持有畏惧之心。因此巫女们大

第一章 川中岛

都远离村子,与相同境遇的同伴们聚集一处生活。

信州的祢津,便是这样的一个巫女村落。

祢津的祷巫们所居住的房屋,被称为"祷巫宿"。

各所祷巫宿皆有一个首领,带领几位或十几位巫女一起生活。祢津村中,有近五十户这样的祷巫宿,其周边被称为"祷巫小路"。

祷巫们在山雪融化的春天出村,开始游历诸国。东到关八州[34],西至纪州,足迹踏遍中部日本,然后在初雪降临之前回到村子。

由于游历之时,接受了众多宣示、召唤的委托,她们从中获得了丰厚的报酬。蒙此恩惠,全村巫女能够过上一个宽裕的新年。

能成为祷巫的女子,俱是容姿美丽、堪称绝色之人。巡游诸国的祷巫们,若在旅途中发现了相貌出众的美丽少女,便会给其父母一点钱财,然后将她带回村中,培养成出色的巫女。

由于能够自由出入各国国境,行动范围广阔,因此祷巫们通晓各国的诸般事情。

发现了这一点,而利用她们作为探子刺探各国情报之人,正是武田信玄。信玄将同族望月信赖的未亡人、继承了祢津祷巫系谱的千代女置于甲斐、信浓二国巫女首领的位置,建立了庞大的情报网。

所谓祷巫,便是如此的存在。

(与武田家大有渊源的祷巫,却为何要帮助我们……)

兼续心头的疑惑仍未消除。

"来,进来吧。"

初音轻轻握住兼续的手,向洞窟中走去。

兼续一边保持着警惕,一边用手将羊齿草拨开,踏入岩洞。

岩洞意外的深。

青铜香炉内焚烧着线香,宛如刀削一般的岩壁之上,隔不多远便有一个凹窟,其中烛火闪动。

烛光之旁,一个人影浮现。

与初音一样，这位少女亦身着白色千早与红色切袴。年龄似比初音稍小一些，不过眉清目秀的面容与初音十分相似，两人就宛如镜子里外相映一般。看来或许是初音的妹妹。

"铃音。"

初音出声唤道。少女看到兼续与实赖二人，也没有太过惊讶，只是快步走近前来。

"姐姐，这一位便是与六大……"

"嘘。不要说这个。"

初音赶快悄声斥止了少女，然后大声说道：

"我要帮他处理一下伤口，你去打一桶水来。"

"好。"

叫作铃音的小巫女拿了小桶，向洞外去了。实赖目送她的背影远去，脑子里不由得一阵恍惚。

兼续紧紧盯着初音，开口道：

"刚才，那位少女说与六什么的……为何会知道我的名字？"

"待会儿我会向你解释，咱们先把血止住再说……到这边来。"

初音瞥了一眼石台上铺着的鹿皮，示意兼续过去，兼续只好依言而行。这巫女的话语之中，隐约带有一丝不容置疑的威严。

在实赖的协助下，初音将兼续衬衣左肩撕开，露出箭伤。原本犹如软皮一般富有弹性的皮肤绽裂开来，周围满是尚未凝固的血迹。

稍顷，小巫女将水打来，初音把白布在水桶中浸湿，为兼续擦拭伤口。不多时，鲜血又涌了出来，顿时染红了白布。

初音将脸庞靠近伤口，用嘴唇封住不断溢出的鲜血。

"你做什么！"

兼续禁不住低声叫道。

初音抬头：

"请少安毋躁，这是祷巫止血时的仪式呢。"

第一章　川中岛

眼中尽是笑意。

被鲜血染红的嘴唇，仿若点了胭脂一般，闪耀着丰润的光泽。

止血仪式过后，初音将由艾草、紫苏叶、山栀子果实等药材捣碎碾磨制成的药膏敷在兼续的伤口上，覆以油纸，再用晒干的白布包扎起来。

"请把这药吃了吧。"

初音从一个鳖甲瓶子里取出一粒药丸，递给兼续。

"这是什么？"

"止血的药。能清除体内的余毒，伤口也会好得更快。"

"这个，也是裆巫的秘传吧？"

"嗯。"

"我可不要这样的药。"

兼续把巫女的手推了回去。

"你怀疑有毒吗？"

初音眉头一皱。

"你怀疑我们是受武田所指使吧。"

"……"

"的确，祢津的裆巫们与巫女首领望月千代女关系匪浅，也同属武田一脉。不过，在信玄已经去世的如今……"

"——已经与武田家再无瓜葛可言。你是想这样说么？"

"我们巫女与你们武士可不一样。我们原本就没有主君，就像风一般流离诸国，往来于五畿七道[35]之间。若一定要说谁是我们巫女的支配者的话，那么就非这居住于国土之上山野之中的神佛御灵莫属。"

初音站起身来，取下岩壁凹陷处的蜡烛，走到洞窟深处，幽暗的四周顿时明亮起来。

"请看这边。"

那巫女所指的方向，果然有着什么东西。

是一个高约二尺，箱子一般的物事。外面包裹着重重白布，特别令人在意。

箱子前面，也放着一个香炉，紫色的烟雾正自炉中袅袅升起。

"那是……"

"你认为会是什么呢？"

"不知道。"

"铃音。"

初音向小巫女示意。于是小巫女取出梓弓，指尖轻拨弓弦。号称可令邪气退散的弦鸣之声顿时响彻岩窟，余音不绝于耳。

初音来到香炉之前，恭敬地伏身跪拜。

"此间所奉，正是善光寺如来。"

这声音丝毫不似年轻女子的稚嫩，反而宛如神明一般凛然不可侵犯。

"善光寺如来……"

兼续朝那东西望去。

"怎么可能。"

"你认为不可能在这里吗？"

初音扬起嘴角，似笑非笑地问。

"善光寺如来，应该早被武田信玄带回了甲斐府中。"

"不，在这里。"

"你们到底是什么人？到底有什么企图？"

兼续走近初音，忽然抓住她纤细的手腕，用力向上一拧。

"袮津的祷巫。刚才不是告诉你了吗。"

"祷巫为何会将善光寺如来藏在这里。"

"请把手放开。越后的武士，便是如此粗鲁地对待一名弱小女子的吗？"

第一章　川中岛

初音冷冷说道。

不擅面对女人的兼续，顿时被这话噎得满脸通红。

兼续放手之后，初音倏地退后两步，双目注视安置着善光寺如来的箱子，娓娓说道——

五

"善光寺如来，曾一度安置在我们祢津之里[36]。"

弘治元年（1555），第二次川中岛合战后，信玄将善光寺如来自善光寺中迁出，欲移往甲斐府中。

然而，他仍是担心此举会引发信浓国人的不满与反抗，因此在半道上，暂时将善光寺如来安置在了小县郡祢津村。这一放就是三年。

三年后，武田信玄将善光寺如来运至甲斐府中，并修建了甲斐善光寺，将其供奉起来。

然而——

"信玄带回甲斐的善光寺如来，实际上是赝品。真身在安置于祢津之里期间，被我们掉了包，并悄悄带回了善光寺后山。"

此事若被武田一方知晓，祢津之里定然难逃灭顶之灾。不过初音在说这话的时候，表情毫无惧色。

"为何要做这种事情呢？"

兼续问道。

"信玄此举，实属大不敬啊。"

"大不敬？"

"善光寺的本尊，千年以来一直守护着信浓一国，是信浓国人极为敬仰的神佛。岂可容许他国之人横加抢夺！"

"但是，你们祷巫不是为武田……"

"我们可不受任何人的束缚。武田之流，不过是一时利用我们罢了。或者可以这么说，对于用肮脏的双足践踏这信浓神圣山野的武田，我们心中更多的是憎恨。"

"你们……"

一瞬，巫女眼中似有凄美的火焰熊熊燃烧。兼续不禁看得呆了。

"那么，信玄到死为止，都认为自己带回甲斐的善光寺如来是真身吗？"

"如你所知，善光寺如来乃是秘传中之秘传。厨子[37]之外以十匹白布包裹，便是为了保证其身姿不被不洁之人的目光所玷污。就算是信玄，也不能做揭开白布检视这种轻慢之举吧。"

"那倒是。"

真是坚定的信仰啊，无论如何高压的强权也无法使之屈服吧。兼续如此想道。

其实在这战国末期，人们尚未从中世[38]迷信的暗云中解放出来。

五年前，织田信长火烧比叡山[39]之事，不过是一个特例。诸国之中，无论当地大名的权力如何强盛，一向宗门徒以及高野山势力[40]等宗教权威的影响力亦遍布其间，根深蒂固。

如兼续的主君上杉谦信，就十分虔诚地信奉着毗沙门天[41]，并将其作为自身的守护神。

在中世向近世[42]的转变过程中，时代的奔流急速席卷而来——这，正是这位叫作直江兼续的男人所生存的时代。

"我还有一事未明。"兼续说道，"你……不，你们怎么知道我的名字？"

"不仅仅是名字，关于公子您的事情，我们都知道得一清二楚，樋口与六兼续公子。"

巫女初音用手中的小木槌轻轻敲打胸前带子上挂着的钲，发出"铮——铮——"之声，清脆悦耳。

第一章　川中岛

就好像被神灵附体一般，初音缓缓转身面向善光寺如来，配合着清澈的钲声，声音如梦似幻：

"樋口与六兼续，乃是越后坂户城主长尾政景家老[43]樋口总右卫门兼丰之嫡子。自幼才识过人，为政景夫人仙桃院所赏识，并举荐其成为嗣子景胜的小姓[44]。"

"……"

"五年之前，与其主景胜二人一同被召至春日山城，接受上杉谦信的教化熏陶。春日山城周边传闻，与有血缘关系的外甥景胜相比，谦信更加对与六兼续的未来寄予厚望。"

"……"

兼续的背脊只觉得阵阵发凉。初次见面的巫女，说到自己的情况时竟丝毫不差，实在令人有种难以言喻的不快。

"善光寺如来佛祖，可是知晓一切事情的哦。"

"你那神灵附体的样子，不过是在演戏吧。"

"演戏……"

"是的。"

兼续敏锐地盯着巫女的双眼。

"善光寺如来连春日山城周边的传言都知道吗？那是你潜入越后调查得知的吧。"

"呵呵。"

初音笑了起来，对兼续的苛责并不以为意。

"不错，的确调查了公子您的事情。适才与你们在善光寺相会也并非偶然。其实，自从你兄弟两人越过国境，进入信州起，我便一直跟在后边。"

"果然是武田的密探吗。"

"我说了多少遍啦，我们并不听命于武田家。"

"那么，听命于谁？"

"不听命于谁。非要说的话,就是为了天下吧。"

"为了天下?"

"不错。天下。"

初音犹如酒醉般轻吟,雪白的双颊隐约透出一抹嫣红。

"此前的长筱一战,素来以常胜自夸的武田骑兵在织田、德川联合军的夹击之下,尝到了惨败的滋味。信玄公以来的勇猛之士大多战死。谁都能够看出,武田家的衰颓已成定局。与六公子,你认为这是何缘由呢?"

"武田的败因吗?"

"是的。"

"……"

兼续略一沉思,随即抬起头来,目光灼灼:

"织田信长率先注意到自南蛮[45]传来的火绳铳,并大量购入。他手下的足轻铁炮队[46],在战阵之上所向披靡。"

"是啊。"

"武田败于织田之手,皆因过分满足于自身骑兵队的强大,而忽视了军备的更新吧。不跟随时势的变换而对自身加以调整的话,就只有灭亡一途。这是这个世界的规则啊。"

面对不明身份的巫女,兼续有一种将自己一直以来暗藏的心事和盘托出的冲动。

必须跟上时代的步伐,适时地调整各种策略和手段——

这正是兼续从织田信长的发展壮大,以及各国势力图不断改变的世间激流中领悟出的道理。

也正因如此,兼续才会持有"馆主大人也应该有所改变"的想法。兼续认为,此时在北国拥有绝对实力的主君上杉谦信,不应过于洁身自好,应该自更高的战略层面来采取措施才是。

在以往那般群雄割据、各国势力相互制衡的情况下,沿用一直以

第一章　川中岛

来的老办法或许不错。

然而如今，信长已经制霸畿内，就连上杉的宿敌武田，也在如雨云一般急速膨胀的织田势力面前兵败如山倒。

若不早作安排，上杉也大有可能步武田家的后尘。

（若不趁现在及早采取什么措施的话……）

兼续在心中反复地念叨这句话，不觉焦躁起来。

不过，即使年轻的兼续如何强调自己的主张，上杉家中也不会有人会采纳他的意见吧。

上杉家的组织结构，是以谦信一人作为绝对权威而存在的。处于核心的谦信，若是自身没有相关打算的话，那么事情决计不会有任何改变。

兼续此次携弟弟一道来到川中岛古战场，一方面是为了用自己的双眼来确认主君谦信的杰出智略，另一方面则是为了不拘于谦信之言而寻求兼续自身对政战两道的认识。

一面仰视着谦信的身姿，一面对其一直以来的观点进行质疑乃至否定，可以说是生在新时代的年轻人们的特权吧。

不过，对于主君的非议，兼续并未在巫女面前表现出来。

"武田的败北跟你调查我周围一事，有什么联系吗？刚才，你说到了天下。"

兼续再次询问初音。

"这世上的森罗万象，彼此之间因果相连，好似一张巨网般错综复杂呢。"

"因果吗？"

"是的。"

初音表情肃然。

"某一因缘并非只能导致某一结果，而是所有的因缘相互影响，导致了所有的结果。"

"这话怎讲?"

"《华严经》中,将这世间比作一张被无穷宝珠所装饰的网,叫作因陀罗网。若拿起因陀罗网中的一粒宝珠,则与之相连的宝珠便会随之移动。拿起另一粒宝珠,则相应的宝珠亦会移动。网中一粒宝珠晶莹明亮,映出其余宝珠之形态,而其余宝珠之中,又映出这一粒宝珠之形态。如此交相辉映,无穷无尽。世间亦然。武田败于织田之手一事,也会渐渐令你一生有所改变。"

"你想说什么呢?"

"我们的期望,便是这天下战火止息,承治太平。"

"谁都希望如此吧。"

"如今统治甲斐、信浓两国的,是大败于织田之手的武田胜赖。在如此孱弱的领主治理之下,不知两国的未来会是何种处境呢。"

巫女初音的双眼盯着明灭不定的烛火,暗暗皱起眉头。

"如此下去,不久以后,武田家便会被织田信长所灭。我等的圣地——信浓国,包括祢津之里,也会落入信长手中吧。"

"倒是有这种可能。"

兼续的脸顿时笼上一层阴影。

这种预感应该不久就会成真。信长的势力正如日中天。并且一如初音所言,武田胜赖根本没有抵御信长来袭的能力。

"我们这些祢津的祷巫,唯独无法忍受信浓国被信长支配。虽说武田信玄想要将善光寺如来迁回甲斐,不过这也证明了信玄尚未遗忘对神佛的敬畏之心。但是,那个信长……"

"我听说他并不信仰神佛,反而以神自称,教世人对自己顶礼膜拜。"

"真是可怕。"

初音双肩微微颤抖。

"信长定是魔王无疑。比叡山延历寺的僧人被他尽数屠戮,而伊

第一章　川中岛

势长岛的一向一揆[47]众二万人，更被数重栅栏团团围住，活活烧死。我等断然不能允许如此恶徒踏入这善光寺如来所守护的信浓国土半步！"

初音凛然说道。

"我等为了将魔王封印，不惜付出任何代价。若是为此必须扭转天下大势的话，亦不惜求助于信长最为忌惮的越后之龙——上杉谦信的力量……"

"等等！"

兼续打断巫女。

不知不觉，谈话内容竟朝着兼续意料之外的方向发展了。

"你们，是为了祢津之里的安宁，而接近越后上杉家么？"

"我等势单力薄，除此之外还能有别的办法么？"

初音死死地盯着兼续，神色严峻。

"信长向这信浓国进军之时，一定会像在比叡山和伊势长岛的所作所为那样，将膜拜自己以外其余神佛的人们赶尽杀绝吧。祢津之里也一定会被烧毁殆尽。为避免发生如此惨剧，我们不得不求助于热忱尊崇神佛的谦信，守护我们的村子。"

"这，便是你所说的森罗万象的因果么。"

"您终于明白了么。"

初音笑道。

"这样的话，你们可找错人啦。"兼续右手按了按缠着白布的左肩，"上杉家的宿老重臣们会怎样我不知道，不过接近我这样的年轻后辈有什么用呢？我不过是谦信公的一名随从罢了。"

"并非如此。"

初音踏着石台映出的摇曳黑影，走近兼续。

"我们祷巫巡游诸国，并非徒然无益之举。我们与各式人物打交道，不仅能看出人的脾性，也能看到人的将来。"

"我的将来么……"

"公子您的话,将来一定会成为上杉家中举足轻重、不可或缺的人物。"

"说什么呢。"

"千万不要怀疑,您的将来,我已经看得十分清楚啦。"

说着,巫女修长白皙的指尖轻触到了兼续的下颚。

手指冰凉。在兼续的故乡越后国鱼沼郡上田庄,每到隆冬时节,地上均会积雪丈余。巫女的手指触感,令兼续不禁想起了故乡房屋那屋檐之下悬挂着的冰棱。

此刻,兼续觉得创口处渐渐发热。虽然并不觉得疼痛,但那种灼热感竟像自左肩渐渐向体内扩散,头中宛如醉酒一般传来阵阵眩晕。想必也是巫女所涂膏药的作用吧。

倦意袭来。眼皮自然而然地垂落。兼续努力地想要打起精神,驱走睡魔。

突然间,兼续发现实赖的身影不知何时已经消失,那或许是初音妹妹的巫女——铃音,也不见了踪影。

(到哪里去了……)

刚想到这里,兼续忽然闻到隐隐幽香,女人的嘴唇吻了上来。双唇交织。

片刻,初音将嘴唇移开,缓缓道:

"我们祷巫,便将未来赌在公子您身上了。"

"真是愚蠢的赌博啊……"兼续叹息。

"这也是因果之一呢。因果宝珠交相辉映,世间因果就此推动。"

说罢,巫女再不言语,将照耀着岩窟的摇曳烛光一口吹熄。

太古以来的无尽黑暗静静降临,将这对年轻男女的身体笼罩其中。

第一章　川中岛

注释

【1】信州：信浓国的中国式别称。日本古时有仿照中国，将"国"称为"州"的情形。信浓，旧国名。"国"是日本古代的行政单位之一，从大化改新（公元645年）时设立国郡制开始启用，全日本共分六十余国，自明治维新（公元1868年）之后取消，改为郡县制。日本旧国名及别称详情见附录，后面不再注释。

【2】《名将言行录》：幕末时期馆林藩士冈谷繁时以15年时间（1854—1869）完成的人物传记，记载了从战国时代的武将到江户时代中期的大名共192人的生平言行。其内容丰富，为小说与影视作品作者取材所好。然冈谷著书之时，多采用坊间传说而缺乏史料佐证，故此书被日本历史学界称为"俗书"。

【3】樋口与六兼续：这里樋口是姓（苗字），与六是通称，兼续是正式名字。在姓与名的中间夹带通称或者官职名，是武家的习惯。后文的"直江山城守兼续"也是如此。直江是姓，山城守是官职名，兼续是名字。有时也可省去名字，或者直接称呼通称、官职名。比如后文的"高坂弹正"（指高坂昌信）以及前文中的"与七"（指樋口实赖）。

【4】筒袖、括袴、脚绊、萎乌帽子：这几样衣物穿着通常是町人、行脚商人的打扮。筒袖，一种袖子窄小如筒状的和服上衣。括袴，一种袴裾有带子，能够将裾口束起来的袴。脚绊，一种紧贴腿部的衣物，旅行或工作之时保护腿部不被擦伤，又叫作胫巾。萎乌帽子，一种柔软的乌帽子。乌帽子是日本男性成人之后能够戴的一种冠，因通常是黑色而得名。

【5】汉文典籍：古代日本崇尚汉学。两国交流之际，虽有大量汉籍传入日本，但也非普通人等能够阅读。当时人们普遍认为，能够阅

读汉籍，精通汉学之人，学问造诣很高。

【6】馆主大人：原文为"お屋形さま"，这里指上杉家主君上杉谦信。在称呼主君或者有身份的人时，通常用其居住的地方来借代。比如后文的中城大人（ご中城さま），也是如此。

【7】本阵：战阵中大将所在的营地。

【8】第四次川中岛合战：自天文二十二年（1553）至永禄七年（1564）这十余年间，武田信玄与上杉谦信在川中岛交战了五次，史称五次川中岛合战。其中永禄四年（1561）的第四次川中岛合战是规模最大、死伤人数最多、最为惨烈的一次。合战：这里指一场战役。

【9】《北越军谈》：一本关于越后上杉家的记录，大约在元禄十一年（1698）成书，作者名叫驹谷散人郁。除了关于上杉家之事以外，书中还详细记述了川中岛合战、武田信玄与上杉谦信的一骑讨等事迹，关于武田家的记述也十分丰富。虽然书中内容不可全信，不过对于史料是一种补充。

【10】车悬之阵：一种机动力很强，一经发动如车轮旋转一般攻击敌军的阵法。相传上杉谦信是运用此阵法的行家里手。

【11】军配：全名为"军配团扇"，是用皮或薄铁制成的团扇。最早上画带有金刚界大日如来种子梵文的圆阵、十二天干地支、二十八星宿等图像，是军师用来推算吉凶方位的工具，后来演变为大将所持，指挥作战的用具。

【12】第七刀：此处是实赖夸张的转述。一般传说，第四次川中岛合战中，谦信匹马单刀与信玄对决，砍了三刀之时，武田军妻女山别动队的高坂昌信、马场信春等人返回，谦信于是退兵。

【13】上洛：本意是指前去京都，这里引申为率军进京，求得大义名分，从而取得号令天下的资格。洛，指京城，在当时日本即是指京都。

【14】将军足利义昭：足利义昭，室町幕府第15代将军。在其兄

第一章 川中岛

足利义辉（室町幕府第13代将军）被松永久秀等人暗杀后，在细川藤孝等人相助之下逃离京都。永禄十一年（1568）在织田信长的拥立之下返回京都，就任第15代将军。将军，指征夷大将军，武家最高统领，幕府政权的执政者。

【15】一向宗：佛教的一个宗派，又叫作净土真宗，总本山是石山本愿寺。在日本战国时代，一向宗势力屡屡挑起农民对大名的抗争，令大名豪族很是头疼。

【16】甲斐府中：甲府。府中，指日本旧国之中一国国府所在之地。不过甲斐一国稍有例外。原本甲斐国府所在之地是笛吹，而甲府是甲斐一国守护大名武田氏的居馆所在之地。

【17】中国地方：指古代日本本州畿内以西各国，包含现今日本冈山、广岛、山口、岛根、鸟取五县的地域。

【18】洛中洛外图屏风：指绘有京都内外街町风物之景象的屏风。洛中洛外即京城内外。狩野永德（1543—1590），安土桃山时代著名画家。六曲一双，指屏风为两面一对，每面六折。

【19】色色威之甲胄：日本甲胄之上，构成甲胄的皮革或铁制鳞状小板称为"札"或"板札"，将许多块札串结在一起的细绳称为"威"，也写作"緘"或者"糸威"。通常是皮绳或者丝绳，样式繁多。比如"色色威"就是指甲胄3—5种颜色的丝线混合而成的威。日式甲胄通常以札、威与胴（保护躯干部分的铠甲）的样式来命名。比如后文提到的直江兼续所用甲胄"金小札浅葱威二枚胴具足"，就是指板札为金色、威为浅葱色、胴甲为二枚胴的甲胄。具足，日本甲胄的别称，谓其头身手足各部分装备"具足"（齐全的意思），故名。

【20】越后之龙、甲斐之虎：越后之龙指上杉谦信，甲斐之虎指武田信玄。因此两人在信浓一国十余年的争斗又被称为龙虎之争。

【21】里：古代日本距离单位。一日里约等于四公里。本文中所有的距离单位"里"均是指日里。

【22】推古朝飞鸟时代：推古朝指推古天皇统治时期，大约是公元592年至628年。推古天皇是日本古代第一位女天皇。飞鸟时代指公元600年左右开始，至公元710年左右迁都平城京（奈良）这之间的时代，因当时日本政治中心在奈良的飞鸟地方（又称为"飞鸟京"）而得名。日本历史上，飞鸟时代正处于大规模学习大陆隋唐文化的时期，可算作是日本文化史上的第一次飞跃。

【23】这一段故事，被称为"善光寺缘起"。难波是大阪旧名，曾一度作为日本的都城，称为难波京。堀江本意为运河。难波之堀江指的是5世纪后半叶至6世纪初在难波京开通的堀江。这是挖掘上町台地的北端，将大阪平原的湖水引入大阪湾的大工程。《日本书纪》仁德天皇十一年（323）条记载："冬十月，掘宫北之郊原，引南水以入西海。因以号其水曰堀江。又将防北河之涝，以筑茨田堤。"《日本书纪》将此归功于仁德天皇，可能在时间上有所提前。

【24】参道：供来寺中参拜的人们行走的通道。

【25】宿坊：提供给来寺中参拜的人们留宿的房屋。

【26】桶侧胴具足：因胴甲上的板札为细长方形，形似木桶而得名。具足，日本甲胄的别称。胴，这里指胴甲，即是保护躯干部分的铠甲。胴的样式有许多种，比如结构为一整块的丸胴、由两块胴甲组成的二枚胴、由五块胴甲组成的五枚胴、样式为西洋甲胄的南蛮胴等等。

【27】武田菱：武田家家纹。

【28】足轻：古代日本战争中的最低一级士兵，取"步履轻快之人"之意，称为足轻。大多使用长枪与刀作战，也有使用弓箭的弓足轻与使用铁炮（即火铳）的铁炮足轻。

【29】巫女：神道教中在神社侍奉神灵的女子，多为未婚女性。千早，多为巫女或女官所穿的一种贯头式和服上衣。切袴，长度比长袴短，宛如长袴被剪去一部分而得名，一般长及脚踝。

第一章　川中岛

【30】钲：古代的一种乐器，一般是铜制，形似铃而狭长，有长柄可执，口向上以物击之而鸣。

【31】切先：日本刀术语。日本刀的前端部位与刀身之间的垂直线，称为横手；横手与刀尖之间的这一段刃，称为切先，是日本刀最锋利的部分。可以理解为刀锋。

【32】神佛浑然一体：指神佛融合。即佛教传入日本之后，与本土的神道教相融合，把神道教中的神灵与佛教中的神佛看作同一体的观念。

【33】祢津的祷巫：原文"祢津のノノウ"，指信浓国小县郡祢津村的巫女组织。其首领望月千代女本是甲贺忍术名家之一望月家一族。被信玄任命为甲斐、信浓两国巫女首领之后，在祢津村开设"甲斐信浓巫女道"修验道场。所领导的ノノウ约200~300人。

【34】关八州：古代日本关东地方八国，即相模、武藏、常陆、安房、上总、下总、上野、下野。

【35】五畿七道：这里泛指日本全土（不包括北海道）。五畿，指畿内五国（大和、山城、摄津、河内、和泉），七道，指全日本七大主要道路及其途经地域（东海道、东山道、北陆道、山阴道、山阳道、南海道、西海道）。

【36】祢津之里：这里指巫女村祢津村。"某某之里"通常是对忍者等带有神秘色彩的人们聚居的村落的称谓，如"伊贺之里"、"甲贺之里"。

【37】厨子：安置佛像、舍利、经卷等物的柜形佛具。

【38】中世：日本历史上自镰仓幕府建立（12世纪末）至安土桃山时代（16世纪末）的这段时间。

【39】火烧比叡山：比叡山，日本密教天台宗的总本山。元龟二年（1571），织田信长进攻比叡山延历寺，将一寺僧众尽数杀死，建筑亦被焚毁。

【40】高野山势力：高野山，日本密教真言宗的总本山。真言宗与天台宗是日本密宗两大宗派，信徒众多，势力庞大。

【41】毗沙门天：又名多闻天，佛教护法天神之一。上杉谦信极为信仰毗沙门天，自诩为毗沙门天化身。后文中上杉家旗印"刀八毗沙门天王"，指三面十臂或四面十二臂、骑着狮子、手执八柄战刀的毗沙门天王形象。

【42】近世：日本历史上自江户幕府建立（17世纪初）至幕府末年（19世纪中叶）的这段时间。一般以1853年黑船事件为近世和近代的分野。

【43】家老：作为武家的重臣辅助家主处理政事的人，也指其职位。

【44】小姓：武家职位名。大名或大名子弟的贴身侍从，主要由武家之中未成年的非继承人子弟担当，职责是料理其主日常生活起居，跟随其主参加战斗，以及贴身护卫其主。

【45】南蛮：日本古代对西洋及东南亚的称呼。

【46】足轻铁炮队：由足轻所组成的铁炮部队。铁炮原文为"铁砲"，指火绳铳。

【47】一向一揆：指各地由一向宗煽动的信徒暴动。一揆，即起义暴动。

第二章 谦信出阵

一

古时，北陆地方被称为"越"。也有写作"古志"、"古四"或是"高志"。

以前被称为"越"的地方，是现在自福井县北部起，包含了石川县、富山县、新泻县、山形县以及秋田县南部，沿日本海东北沿岸分布的广大地域。

"越"之名的由来，并无十分确切的记载。

一种说法是，"大和（今奈良县一带）的人们，翻山越岭来到此地"，因此将这里称为"越"。

不过，虽然浪漫了一些，但依笔者个人之见，此地名为"越"的由来，大约与中国春秋战国时代位于江南之地的越国有不小的联系。

越国，乃是以会稽（今浙江省绍兴）为首都的古代国家。

越王勾践，虽一度败于吴王夫差之手，然而发愤图强后，终将吴国灭亡。这就是著名的"卧薪尝胆"的故事。此地是稻米的一大生产地，以当地稻米为原料酿制而成的绍兴酒，被冠以"越酒"之名，广

为人知。自古以来，越国之地与日本通过海路互通往来，因此，一部分越国人因遭受中原势力的驱逐而渡海来到北陆地方，也并非不可思议之事。

这些暂且按下不表——

古代日本的巨大行政区划——越，后来被划分为越前国（越前国的一部分再后来又被分为能登与加贺两国）、越中国与越后国，如今山形县及秋田县南部一带则被划入出羽一国范围之内。

这一干分国由于地域不同，生活方式及地方风俗多少有一些差异，然而无论是从地理环境还是风土人情来看，均属于同一文化体系，彼此之间有着根深蒂固的联系。

平安时代的歌人藤原实方曾有一首连歌[1]如此描述：

——欲渡越国地，又恐大雪临。

不错，越地乃是雪国。

冬季，来自西北的季风越过日本海，却遭到日本列岛如脊骨一般的山脉阻挡，于是此地雨雪频繁。

越地人们的冬季，是在空中铅灰色的厚重云层之下、凛冽刺骨的寒风之中、在深深积雪的掩埋下与世隔绝地度过。

其中的越后国鱼沼郡，正是远近闻名、屈指可数的积雪地带。

明治十二年（1879），鱼沼郡被划分为北鱼沼、中鱼沼、南鱼沼三郡。不过战国时代的鱼沼郡，仍是北起信浓川中游、南至上越国境[2]清水岭的广大地域的总称。

樋口与六兼续，即后来的直江山城守兼续，便是于永禄三年（1560）在这鱼沼郡的政治经济中心——坂户城下（今南鱼沼市）出生。

当时的坂户城主，是上田长尾家一族的长尾政景。

政景由于掌握了北陆与关东两地的水运，大量产银的上田银山，以及以鱼沼地方的特产品而富甲一方，贩路连接至大坂[3]、京都的青

第二章　谦信出阵

芋[4]，财力雄厚，几乎能够与本家府中长尾家（谦信一支）两相抗衡。

在谦信与其兄长尾晴景争夺家督[5]之位时，政景因支援晴景而与谦信对立。晴景隐退后，谦信入主春日山城，两人这才达成和解。此后政景娶了谦信之姊仙桃院[6]，成为辅佐本家的有力臂膊。

这位仙桃院与长尾政景之间，生下了一位后来与兼续结下不同寻常的信赖关系、在这激烈变革的时代并肩生存下去的人物——

上杉喜平次景胜。

与六兼续成为景胜的小姓仕于其左右之时，年仅六岁。此事的契机，皆因景胜之母仙桃院发现兼续十分聪颖伶俐的缘故。

这时，景胜十一岁。

实际上，就在去年，景胜之父长尾政景在野尻池（钱渊）泛舟游玩时，被家臣下平修理吉长杀害。此后，景胜年轻的肩上不得不担起了治理上田长尾家的重任。

据《越后古实闻书》[7]记载——

政景公沉入野尻池之顷，因水性娴熟，乃与下平不住缠斗。迂回往来三十间[8]，终未及岸。

丈夫被害后出家为尼的仙桃院，考虑到景胜的将来，亲自替他挑选具有王佐之资的陪臣。最后她定下的人选，便是兼续。

虽然当时这一主一从年纪尚幼，不过天资聪颖、才识过人的兼续与沉默寡言、气性纯实的景胜之间却很是投缘。二人在坂户城下，度过了与这战国之世的武家子弟一般无二的少年时代。

二人求学之地——云洞庵，是一座位于坂户侧近的曹洞宗[9]名寺。

其住持通天存达是长尾政景之弟，也即是景胜的叔父。

景胜、兼续主从二人相差五岁，然而无论学什么，反而是年龄比较小的兼续先一步领会。据说，兼续八岁时可便熟读四书五经，令老

师通天存达惊叹不已。

在景胜十七岁、兼续十二岁那年，发生了一件足可改变两人一生的事情。

——"我想将喜平次迎为养子。"

立誓一生不近女色，因而没有子嗣的谦信在某一日忽然如此昭告天下。

对谦信来讲，姐姐仙桃院的孩子喜平次景胜，可说是唯一血亲。将景胜迎至春日山城，同时亦能将号称"上田五十骑"的上田长尾旗下的强兵猛将以及鱼沼郡雄厚的经济实力纳于掌中。

而在丈夫亡故之后便辅助景胜守护着坂户城的仙桃院，对此也没有异议。

无论怎样，谦信是自己的亲弟弟，体内流淌着相同的血脉。景胜成为谦信的养子，若能继承本家家门，当然也能振兴上田长尾家，自然算是不负亡夫所托。

元龟二年（1571）正月，景胜与仙桃院二人一同入住春日山城。

兼续因为跟随景胜，才得与堪称自己一生中精神之师的上杉谦信相遇。

与谦信初次见面那天之事，犹鲜明地刻在兼续记忆之中。

那时，谦信正注视着飘落在春日山城居馆庭院中的鹅毛大雪，眼睛一眨不眨，眸子里略带忧郁色。

素来给人以猛将印象的谦信，其相貌却称得上柔和可亲。双颊丰满，薄薄的嘴唇紧抿着。与多数雪国越后之人一样，皮肤白皙而有光泽。

而这柔和的面容，一旦到了战场之上，立时便会化为鬼神一般的形象——这是兼续后来才知道的事情。

"来啦。"

谦信转身面朝前来问候的景胜，好似不经意地开口招呼道。

第二章　谦信出阵

景胜一向沉默寡言。在照例的问候过后，便不再说话。

面对此种境况稍觉有些为难的谦信，将视线移往景胜身后端坐着的兼续身上。

目光相接。

瞬间，兼续感到谦信的身姿仿佛在一圈一圈扩大，向自己这方向压迫过来。

谦信身上所蕴含的威仪，以及体内散发出来的仿若剑气一般凌厉的气势，令兼续不禁感到脊背发麻。

"这一位，便是樋口与六吧。"

谦信也听说过兼续的名字。

在景胜身边年轻一辈的家臣当中，容姿俊秀、文武双全的兼续之名，已经传遍了整个春日山城。谦信目前便对这位出众的少年相当感兴趣。

"您在欣赏这大雪吗？"

虽然觉得自己好似身在梦中，不过兼续还是立即抬起头来，对谦信说道。

"嗯。"

"……"

"对这大雪，你有什么看法呢？"

"在越后，冬日天空中多是厚重的铅灰色云层，寒风凛冽，一年中近有一半时间因大雪而与外界隔绝。交通不便，无法务农，连海上也是气候恶劣，难以出航。当地人的一生之中，大都被严酷与辛劳的生活所占据。"

"如此说来，你讨厌大雪吗？"

"不。"

兼续斩钉截铁地摇头，说道：

"大雪虽然让人们生活辛苦艰难，但并非只有坏处。漫长的隆冬

后，春天山间会流出清冽的雪融之水。插秧之时，这雪水浸润田野，将会带来丰硕的收获。对越后之民来说，雪是不可或缺的东西。"

"我也是如此认为。"

谦信面露微笑，对兼续的回答很是满意。

"正因为有漫长的寒冬，方能深切体会春天的喜悦。如此看来，雪岂非也是深具禅意之物么。"

谦信本就十分喜爱如兼续这般才气不凡的年轻人，并常常将他们聚在一起，一面静静饮酒，一面向他们讲述自己战阵之上的心得与生死观。

兼续亦加入了这些聚集在谦信周围，应被称为"谦信学校"的青年一行，接受种种熏陶。

天才总是与孤独相伴。

对于谦信来说，这看似为了教诲年轻一代人才的举动，却并非出于对教育的热心。莫如说，谦信正是以如兼续这般心思敏锐的年轻人为媒介，通过他们与自己的思想对话。如此一来，谦信的孤独才会多少得到一些慰藉。

二

初秋。

兼续回到上杉谦信所在的春日山城。

春日山城修筑在一座小山上，俯瞰颈城平原。及近山顶之处，赤松林一片郁郁葱葱。

自城上远眺，视野十分开阔。

山麓是被称为春日町的城下町[10]，有约莫四千户人家。北行半里，是以前代关东管领上杉宪政所居住的御馆为中心、约有六千户人

第二章　谦信出阵

家的府中之町。此外，还能望见与此町相邻的越后国分寺[11]巨大的屋檐。

再往北去，便是直江津港，那里有在秋日下泛着粼粼细波的日本海，以及隔海相望的佐渡岛。

向东北方向望去，能看到米山峰顶。南方远处，妙高山巍然耸立。

"再过一个月，妙高山便会积雪啦……"

兼续眯起双眼，一面眺望远方山峰，一面如此想道。

与乔装潜入信州川中岛之际的打扮不同，此时的兼续身着浆洗齐整的肩衣袴[12]，加之身材挺拔、仪表堂堂，虽然十分年轻，却已经隐隐透出大将之风。

"馆主大人现在何处？"

兼续向黑铁门前的守卫问道。

"自三天前，便在毗沙门堂里闭门不出了。"

"毗沙门堂……这么说来，快有战事了么？"

"也听到过这样的传言。"

守卫表情肃然。

春日山城的最高处，便是被称为"实城"的本丸[13]。

其内，三重橹[14]、御殿，以及护摩堂、毗沙门堂、不识庵等建筑沿着山棱点点分布。

城主谦信平素在山脚的居馆内居住，一有战事，便登上实城，在毗沙门堂中闭门数日，向军神毗沙门天祈求战斗的胜利。

正因如此，听闻谦信如今正在毗沙门堂中闭门之时——

（看来战事临近……）

兼续便会如此猜测。

在毗沙门堂中静思期间，谦信不与任何人会面。

于是兼续穿过黑铁门，登上一条陡坡，向位于谦信居馆以北的中

41

城走去。

中城，正是谦信的养子喜平次景胜的住处。

"我回来了。"

兼续半跪于走廊上，伏身说道。

在春日山城内，兼续只向这位自幼一同长大的主君景胜一人透露了自己游历他国的计划，并获得了景胜的默许。

——"情况如何啊？"

景胜并没有这样询问。只是一边护理刀具，一边微微颔首，面无表情地"嗯"了一声。对于无论是茶道还是幸若舞[15]都兴趣缺缺的景胜来说，收藏刀剑是他的唯一爱好。每天早上，景胜都会将他秘藏的备前一文字、山鸟毛、铁炮切等名刀拿出来，卸掉目钉[16]，取出刀条，施以打粉[17]，并用奉书纸[18]浸以丁字油仔细地擦拭刀身。日日如此，从不懈怠。

初见景胜的话，他总会给人一种驽钝的印象。

景胜脸庞格外宽阔，个子不高，不苟言笑。总是一副吃了涩柿子似的不快表情，而且寡言少语。

在他那硕大的脑袋里究竟在想着什么？抑或什么也没有想？这连景胜的侧近随从也无从知晓。

就在这个景胜跟前，兼续将川中岛古战场的样子、信浓及关八州的国情和城防状况巨细靡遗地作了禀报。

与此相对，景胜只顾着向刀身敲着打粉，静静倾听，也不插话，表情亦是一丝不变。

这情形虽然奇妙，却是这对年轻主从自幼相处的默契。

"我也去了相模国小田原城下。"

听到兼续去了北条氏居城下，景胜手上的动作顿了一顿。

稍顷，将护理完成的刀纳入鞘中。

"小田原吗？"

第二章　谦信出阵

"是的。"

"是一个什么样的地方呢？"

景胜终于像是有了一点兴趣。

主动开口发问，这对景胜来说是极为罕见的情形。大概是因为对谦信的另一位养子、继承了小田原北条氏之血的三郎景虎有些在意吧。

——上杉三郎景虎。此人可说是这世间难得一见的美男子。

三郎景虎被迎为谦信养子，其中也大有缘由。

原本，三郎景虎是称霸关东地方的相模小田原城主北条氏康第七子。谦信曾受因北条氏压迫而逃亡越后的关东管领上杉宪政所托，数度出兵关东，与北条氏交战。这期间，在永禄四年（1561）闰三月，谦信于镰仓鹤冈八幡宫[19]接受了宪政出让的关东管领之职。

就任关东管领后的谦信，与自北条早云以来一直以支配关八州为夙愿的北条氏形成了堪称命中注定的敌对关系。

导致两者关系改变的关键，是永禄十一年（1568）武田信玄公然撕毁自己与北条氏及骏河今川氏之间的三国同盟，攻入今川领内一事。

以东海之太守[20]自诩的今川氏，自从在桶狭间合战[21]中败于新近崛起的织田信长之手以后，势力便如日薄西山般日渐衰微。信玄自然不肯放过如此良机，率大军侵入今川领地。

而对此事深感危机将至之人，正是北条氏康。

（若是任由武田妄为下去，我北条家可危险了……）

陷入困境的氏康，只好采用苦肉计，向昨日尚是敌人的上杉谦信伏首，谋求结成军事同盟。

谦信以北条氏割让上野一国与武藏国的部分地域为条件，接受了氏康的求和。此时，北条一侧等同于人质被送往越后的，即是氏康的第七子——三郎。

三郎其人，拥有他人无可比拟的美貌，素有"关东第一美少年"之称。

来到上杉家时，正值十七岁风华正茂的年纪。

此前，三郎也曾被当作人质送往甲斐武田信玄处，作为政略的棋子，受尽命运摆布，度过了数年坎坷岁月。大概是因为这个缘故，那晶莹白皙的精致容颜上，时常笼罩着与他年纪极不相称的忧愁之色。

而三郎的风采，也引起了春日山城下的女人们异于寻常的骚动。

——"好一位翩翩公子呀！"女人们纷纷惊叹。

谦信也觉这位相貌俊美的人质身世堪怜，于是不但将他迎为养子，还把自己俗家之名"景虎"[22]赐予了三郎。

在毗沙门天面前发过誓愿，终生独身不娶的谦信，并没有自己亲生的子嗣。

缘此，才将姐姐仙桃院之子景胜视作上杉家的后继者。然而，三郎景虎的登场，却让事情起了微妙的变化。

谦信这个人，持有强烈的审美情趣。因而对擅长京都和歌、熟谙音律舞曲，并对风雅之物甚有心得的景虎这些宛如鲜花一般奢华的特质极为喜爱。

后来，谦信又将景胜的姐姐——也就是自己的侄女华姬许配给景虎，让景虎成为了上杉一门中名副其实的一分子。这对年轻夫妇之间，还诞下了一位名叫道满丸的男孩。

虽然在越相同盟[23]消解之后，三郎景虎作为人质的意义已然消失，但谦信依然待其如养子一般，没有丝毫改变。

三郎景虎，居住于靠近实城（本丸）的二之曲轮[24]（二之丸）内，其居宅通常被称为"三郎殿屋敷[25]"。

居住于中城的景胜，与居住于三郎殿屋敷的景虎，这二位养子中，究竟谁会被谦信指定为自己的后继者呢？这是上杉家所有人最为关心的事情。

第二章　谦信出阵

三

"小田原城下，乃是一个四季如春的地方。"

兼续继续说道。

"即使是冬天，也罕有降雪，酸橙与橘子挂满枝头。"

"嗯……"

雪国越后，是没有如柑橘一类喜暖作物的。

"此外，城下往来的明国人多得令人吃惊。小田原附近的港口，有许多明国船只停泊。城下町的一部分成了明国人聚居的'唐人街'，还有人贩卖汉方药物。"

兼续此番出门游历，可说是大开眼界。话语自他口中滔滔不绝地涌出。

——举国上下及至西国、北国之町人、工匠，云集此地。虽昔日之镰仓可及欤？

《小田原记》[26]之中，如此记载着当时小田原城下的繁荣景象。在免除了商人、工匠的赋税后，北条氏又推行了土地无偿供给等种种优惠政策。因此，小田原城下聚集了来自诸国的各式人等，成为了热闹繁华的商业都市。

那时，小田原的人口总数达到了十万之多。

同一时代，日本海沿岸最大的商业市镇——春日山城下（包括了春日町与府中町）的人口是七万。京都为十万。就连得益于海外贸易而发展繁荣起来的泉州堺[27]，人口也只得八万。如此看来，当时的小田原的确是可与京都比肩的日本最大都市无疑。

"目睹了小田原一地的景象之后，我心中产生了一个想法。"兼续正色说道，"我想在这春日山城下与相州小田原之间，修建一条贯

通南北的宽广大道。"

"大道？"

"一条可将北陆地方的物产运往关东，亦可将关东的物产运往北陆，将此地与群山那一边的小田原连接起来的商道。"

"从越后至关东一线的话，馆主大人已经开辟了一条途经清水岭的军用道路了。"

清水岭的军道，被称为十五里尾根[28]，是上杉谦信为了向关东地方派兵而开辟的道路。

"十五里尾根是为行军而修筑的通路，而我所说的，则是能够往来运送大量物资的商路。"

兼续双颊因激动而微微泛着红晕，双目如炬，闪耀着明亮的光彩。

"自古以来，上方[29]与北陆之间，通过各个港口以海运相连接。从若狭至越前、加贺、能登、越中、越后，乃至出羽以及更远地方的虾夷地[30]，均有货船往来，贸易兴隆。我欲修筑的，便是北起春日山城的外港直江津，向南与关东地方相连的商道。"

"要如何将直江津港与关东连接起来呢？"

景胜问道。

"首先，在直江津港以北十里处的出云崎港将货物搬运上岸，沿陆路运至与板。在那里用货船经信浓川入鱼野川，然后溯鱼野川而上，到达坂户城下。"

坂户一地，正是景胜亡父长尾政景曾经治理的城下町。

一如兼续所言，作为越后与关东相连接的重要交通枢纽，坂户城无论从军事上还是商业上来说，均是要地。

同理，货船的出发地与板，亦会成为信浓川水运的物资集散中心。

与板，是直江大和守景纲所辖的与板城所在地。直江大和守景纲

第二章　谦信出阵

是上杉谦信的首席家老，常随之转战各地。因为很爱喝酒，故又有个别号叫作"酒椿斋"。

兼续之母阿藤，便是这位酒椿斋的妹妹。

自坂户至关东，须翻越国境之上的清水岭，到达上州沼田（今群马县沼田市）。再从此地将货物搬到船上，沿利根川一口气直达江户湾（当时，利根川的入海口在江户湾）[31]。

实际上，似这般连接太平洋一侧与日本海一侧的流通商路，自古以来便存在。坂户城的上田长尾氏，虽处于被群山环绕的不利地势，地势不利，却依然拥有雄厚财力，便是这个缘故。然而，由于利根川下游水运掌握在小田原北条氏手里，因此北陆与关东的物资总是无法大规模地流通。

也就是说，兼续的宏大蓝图想要实现的话，打倒北条氏是绝对不可欠缺的条件。

在此基础上，将沿江和山间的道路统统加以整修扩宽，这便是兼续"开通连接两地的通商大道"的构想。

虽是武士之子，不过兼续的体内也流淌着浓浓的商人之血。

兼续之父樋口总右卫门，本是坂户城中身份低微的薪炭佣人，因其计算勘定的商业才能被发掘，这才一步步提升，最后成为了家老。父亲在鱼野川的水运、上田银山的经营、青苧的栽培等各方面所发挥出的民政才能与治理手段，兼续自幼便耳濡目染。

听了兼续的话，景胜不置可否。

这对其他人来说，可能会感到迷惑，不过兼续早已习惯这位主上的沉默寡言。虽然板着一张脸，一言不发，但只要景胜没有叫人住口，那么就并非对对方的发言感到不快。

这时，兼续刚准备向景胜禀报自己在信州善光寺的遭遇，忽然有一个人自屋外走了进来：

"你们在说什么呢？"

头上包着白色头巾、身穿墨黑法衣，是一个作尼姑打扮的女人。此人正是景胜之母——仙桃院。

四

仙桃院虽已年逾四十九，但肌肤如含水一般丰润而年轻，看起来不过而立之年，是一位身材高大、体型偏胖、五官较粗、表情丰富的女人。

自古以来，从能登、越中至越后、出羽这日本海沿岸一带，多有身心坚强、能力才干不让须眉的女性。她们一面辛勤劳作，一面支持着自己的丈夫，成为家中的顶梁柱。这些雪国的女子，生性淳朴爽快，充满活力。不过另一方面，纤细的感觉以及吸引异性的魅力却稍有欠缺。

仙桃院正是雪国女子的典型。在丈夫长尾政景于野尻池被家臣下平修理吉长杀害后，她并没有一味沉溺于不幸的阴影之中，而是坚强地亲手将孩子们抚养长大。自移居到弟弟谦信所在的春日山城起，仙桃院便代替不曾娶妻的谦信，出色地管理着上杉家中的内务。

对这位比自己大两岁的姐姐，谦信也是格外尊敬。

如今，这位仙桃院与景虎、华姬一同，居住于三郎殿屋敷。不过，仙桃院也会时不时来景胜居住的中城暂住，关心照顾这个尚未娶妻的儿子。

"原来是仙桃院尼大人。"

兼续立时翻身拜倒，郑重地伏地行礼。

这位坚强的女人，十分欣赏才华横溢的年轻人。从还在坂户城的时候起，就对兼续青睐有加。

"果然是你回来了呀。"

第二章　谦信出阵

仙桃院用炯炯有神的目光看着兼续。
"在下本想在见过景胜大人之后，再来拜见仙桃院尼大人的。"
"经过厨房的时候，听到那里的女人们叽叽喳喳说个不停。"
"哎？"
"你这孩子，在城内的年轻女子中很有人气呢。'在黑铁门那里看到与六大人啦'，这可是不得了的事情。"
仙桃院一面仰头爽朗地笑道，一面轻拨墨黑色法衣的下摆，在景胜身旁坐了下来。
"你到什么地方去啦？"
仙桃院问道。
仿佛责问顽皮的孩子似的，语气倏地变得严肃起来。
"去坂户看望生病的母亲……"
"可不要说谎哦。"仙桃院声音一沉，犹如当头棒喝一般，"你在樋口家里不过待了两三天，便带着与七往什么地方去了。是这样吧？"
"哎，您怎么会知道……"
"前几天，我因为法事去了坂户，顺便拜访了一下你的母亲阿藤夫人。"
"……"
兼续顿时有些不知所措，向景胜方向瞥了一眼。
景胜漠然地摆出一副"我什么都不知道"的表情。景胜明白，若是勉强争辩的话，一定会被能说会道的母亲数落得哑口无言。
（算了……）
兼续终于放弃顽抗，端正坐姿，坦白道：
"实际上——"
兼续将自己自信州川中岛到关八州、乃至北条氏眼皮底下的小田原城下巡游之事，一无隐瞒地向仙桃院做了说明。
听完兼续的私自行动后，仙桃院没有发火，反而和颜悦色地说

道：

"见见世面也好。年轻时就要多多增加见闻阅历，这是很重要的。不过——"仙桃院清澈的目光轻轻盯住兼续，"说谎是不行的。"

"是。"

"你这孩子，才华出众，是我与不识庵（谦信）大人[32]都很赞赏的年轻人。将来，你要辅佐景胜，为振兴上杉家尽力。这一点请不要忘记。"

"仙桃院尼大人。"兼续抬起头来，"馆主大人如今正在毗沙门堂中闭门不出。可是要出兵关东么？"

每年一到临近冬季之时，便向罕有落雪的关东地方出兵，这几乎成了上杉军的惯例。

今年大概也是这样吧。正是出于这种考虑，兼续才如此发问。

不过，"这次不是。"仙桃院回答道，"是为了上洛。"

"上洛……"

"不识庵大人，终于下了向京都进军的决心。"

——啊。

兼续倒吸了一口凉气。一瞬间，他内心受到了强烈的冲击，就像是后脑勺被雪球狠狠砸中一般。

（终于……）

这一天，兼续可是盼了很久。

不，并非兼续一人。上杉家中的任何一位，无一不从心底期盼着谦信击溃织田军、将旌旗立于京都的那一天。

"这是真的吗，仙桃院尼大人！"

"是真的。"仙桃院点头，"从被信长逐出京都、逃往备后国鞆之浦的将军足利义昭殿下那里，发来了一封敦促出兵的书状。请求讨伐逆贼信长，恢复京都秩序。"

众所周知，上杉谦信这个人，极为重视朝廷及室町幕府的权威，

第二章　谦信出阵

并将其当作头等大事。

谦信在年轻时，曾两度去往京都。

第一次是在二十四岁的时候。眼见幕府的威信在无休止的混战中不断衰落，谦信下了决心：

（一定要为复兴幕府尽一己之力……）

而后率领两千骑精锐兵马上洛。

谦信来到土御门御所，拜谒后奈良天皇，为叙任从五位下弹正少弼[33]而谢恩，同时领受了平定战乱的圣旨。

然后，谦信又拜见了室町幕府第十三代将军足利义辉，并访问了因与南蛮贸易往来而繁荣的泉州堺，在购买了铁炮与硝石（火药原料）后，踏上了归国之途。

第二次则是在那六年以后的永禄二年（1559）。与前次带有礼貌性质的访问不同，此次在谦信的心中，暗暗下定不惜诉诸武力的决心。

不过，谦信并非想以武力制压京都，取得天下霸权，而是为了将以松永弹正久秀为首的无视幕府威信、对将军加以迫害的一干畿内武将除掉。为此，谦信率领五千兵马上洛，乃是纯粹为了贯彻自身所持之正义而作出的举动。

对于谦信来说，只要能够得到将军的首肯，"加害御所大人[34]的松永之辈，待我将他正法"的满腔斗志，立时便会化作实际行动。

然而紧要关头，将军义辉那边反而打了退堂鼓。

仅有五千兵马的谦信，难以将松永弹正的势力彻底消灭。若是贸然开战，也不过只是给弹正吃一些苦头罢了。谦信一旦引兵返回越后——

"那时候我可就麻烦了。"

义辉担心松永弹正会去而复返。

以谦信的性格，当然不会对势力衰微、惘然无措的将军置之不理。

"只要您一声令下,我便返回越后,倾尽领国之兵力,再度上洛参见。"

谦信做出了如此承诺。

可一旦如此,谦信的后方就完全暴露在强敌武田信玄的威胁之下了。虽然最终,义辉没有下达讨伐松永弹正的命令,不过谦信甘愿舍身救助将军的心情,却并非作伪。

谦信便是这样一个男子。

因此,在收到义辉之弟、逃亡中的义昭送来的敦促起兵"除掉信长"的书状后,立即放下其余事务,准备出阵。这对谦信来说,实在是理所当然之事。

五

春日山城中,所有人都在准备出兵的诸般事宜,一派繁忙景象。

寻常日子,上杉谦信的主食是梅干、味噌汁[35]、酱菜等,有如严守戒律、品行端正的僧人。

不过,一俟临近出兵之时,便教人准备酒樽,蒸煮海量米饭,再摆上大盘盛放的山珍海味。与士卒一同开怀畅饮,大快朵颐。

上杉家的士卒,将这祈愿战事顺利的饭食称为"饯行饭",在席间吃得酣畅淋漓,士气高亢激昂自是不在话下。

当然,也充分准备了远征中不可欠缺的兵粮,包括干饭、炒米、薄饼等便于长期保存的干粮。

还有将醋饭薄薄铺在山竹叶上,辅以干瓢、紫苏叶、紫萁、椎茸、胡桃、牛蒡等物而制成的笹寿司。

除了这些主食以外,还备有大量装满酱腌菜的木筒。这些酱腌菜

第二章 谦信出阵

可是下饭的好东西。将味噌溶在汤里，放入芋头茎、干鱼之后制成味噌汁，用来腌渍酱腌菜。将便于携带和久藏的酱腌菜作为兵粮，可以说是当时战场之上必不可少的智慧吧。

说到这里，上杉军中还有一种专门用于征途的食物，是来自雪国人独有的智慧。那就是被称为"寒造里"的调味品。

将鲜红的辣椒置于严冬的雪上晒干，加入酒曲、盐、柚子等物，发酵后制成的调料，便是寒造里。上杉家的士兵们，将寒造里放入竹筒，挂在腰间。只需尝上一点儿，身体就会变得暖和起来，就算在冰天雪地里行军也能忍受。将其涂于手足之上，还能预防冻伤。

接到出阵命令，将士们陆续聚集到春日山城。

上杉谦信的军团里，一门众、谱代众、国人众之间，有很大的区别。

一门众之中，直属于养子景胜的士兵人数最多。有骑马武士四十骑、徒士[36]四十人、长枪队二百五十人、铁炮队二十人、持旗者二十五人。加上其余随从、仆役等，共七百余人跟随其后。

在景胜这支直属部队里，有一部分是前坂户城主长尾政景的旧臣，俱是鱼沼郡上田庄出身，被称为"上田众"。上田众聚集在景胜周围，自先代政景以来所结下的主从关系堪称牢不可破。

紧随景胜之后的，是村上国清、上杉十郎景信、上条政繁、琵琶岛弥七郎、山本寺定长等五位上杉家的亲族。这之外，还有一位特别之人，便是谦信的另一位养子三郎景虎。

谱代众，是谦信直属的旗本[37]部队，在战事之中作为全军的核心而活跃，包括直江大和守景纲、河田长亲、山吉丰守、吉江资坚等人。此外的国人众，则是由下越地方的扬北众等领国以内的地侍[38]们构成。其中包括持有"越后的钟馗"之名的斋藤朝信、无双的勇士本庄繁长、全身伤痕累累的猛将安田能元、倾奇者[39]水原亲宪等勇武之人。

这支军团的足迹踏遍了北陆至信州以及更远之处的关东各地，四处征战，纵横捭阖，传说其强大的战斗力在战国时代也执一时牛耳。

作为谦信的宿敌，甲斐武田信玄的强大，来自于其号称"战国最强"的骑马军团的机动力与组织能力，以及信玄本人精巧的作战策略。

而谦信强大的源头，则仰仗于领国无可比拟的经济实力。

经济基础的第一位，非粮食莫属。

武田信玄的根据地山国甲斐，生产力约为二十二万石。与此相对，拥有被融雪浇灌的肥沃平原的越后国，收获量则为三十九万石，接近甲斐的两倍。

排在第二位的，便是来自青苎的收益。

在棉花普及之前，衣物大都是用绢或者麻织物织成。因此，京都、大坂、奈良等大都市，对于青苎的需求非常高。青苎大都种植在以鱼沼郡为中心的山间多雪之地。为了购买青苎，商人们争先恐后地来到越后。

商人们将青苎和用青苎织成的越后上布装载于货船上，经水路运往越前敦贺、若狭小浜等港口，然后从陆路运往畿内。

上杉谦信委派擅长理财的家臣藏田五郎左卫门与神余亲纲二人分驻于出货港口直江津与货物目的地京都，管理青苎的买卖。

于是，自青苎商人处收取的"冥加金"（交易税），自运输青苎的货船处收取的"船道前"（入港税），这两项税收为谦信带来大量财富。

仅仅是入港货船所缴纳的船道前这一项，一年也超过四万贯之多。

当然，上杉谦信雄厚的经济资本，并非只来自于粮食与青苎两样。

这第三样，便是金银。

第二章　谦信出阵

　　谦信将零散分布于越后国内的矿山牢牢掌握在手里，掘出大量的金银矿藏。

　　众所周知，谦信的宿敌武田信玄非常重视金矿开采。信玄将精通挖掘技术的人才组成"黑锹众"，不断发掘金山。

　　然而当时，日本黄金产量第一之地，却不是信玄的甲斐国，而是谦信治下的越后国。

　　谦信的时代，号称日本第一金山的岩船郡高根金山，以及鱼沼郡的上田银山等矿藏丰富的矿山都已被开掘出来。

　　而且，虽然在谦信以后的景胜时代，佐渡被分离出了上杉家的领地，不过在那之前，包括佐渡金山在内的领内各大矿山，也出产了数量极为巨大的金银。

　　根据上杉景胜时代的资料，全国产金最多的地方，是出产了一千一百二十四枚大判[40]的越后国。佐渡国以七百九十九枚位列第二。越后与佐渡两国的产金量加起来将近两千枚，占了全国黄金总产量的六成。

　　顺便提一句，甲斐国在那时反位列第十，仅仅出产大判二十二枚。或许是在信玄在位时就已经把当地的黄金挖掘一空了吧。

　　这样看来，上杉谦信并非只是懂得打仗的赳赳武夫，更是一位清楚地认识到经济的重要性，并以灵活的手段经营领国的杰出将领。

　　正因为这无人可及的经济实力，谦信所率领的上杉军才能在自北陆到关东的广大地域进行持久的战事。

　　说起以经济能力而渐露头角的武将，后来成为天下人[41]的丰臣秀吉亦是一例。秀吉会将投机倒卖粮食或开发矿山所得的财富拿来引诱部下：

　　"跟着我干的话，多少好处都不在话下哦。"

　　——如此巧妙地以"利"来获得部下的忠诚之心。

　　而谦信这位武将的有趣之处，便在于尽管拥有如此强盛的经济实

力,却并不以"利",而是以别样的价值观,来影响和团结家臣。

——义。

上杉谦信在家臣们面前展示的价值观,便是这样一个字。

所谓义,是儒教所提倡的仁义礼智信诸般美德的其中之一。是作为人应该坚守的正道,即不为利益所蒙蔽,挺直脊梁,将德义、信义、道义贯彻到底的价值观。

在战国乱世之中,以"义"这样的宏大命题作为自身与家臣团的行为准则之人,便是谦信。

秀吉的例子并非少数,战国的武将们,无不将"利"字作为笼络家臣的必要手段。

然而,谦信却说:

"不因私利而起刀兵。但凭道义尽绵薄之力。"

不为自己的私利而开启战端。若是合乎道义之事,那么无论如何也会前去助人一臂之力。

虽然人们在大多数时候,都会受利益的驱使来决定自己的行动方向,不过在某些场合,也会抛开得失利弊,凭着一股内心纯粹的正义感而作出另外的选择。

年轻时的谦信,曾一度为越后国人的争斗暴乱所苦。

不过,在"义"字大旗之下,因为不同利益而各自为政的家臣们的心,终于被集于一处。或者说,他们是被谦信所信奉的"义"之理念所陶醉。

当然,要让家臣们信仰自己的理念,立于顶端的谦信就必须让自己成为"义"之化身。

因此,谦信断绝了自己一切私欲,甚至不近女色。这充分表现了谦信坚毅的决心。

家臣们无不为主君的行为所感召,进而产生了强烈的信赖感与忠诚心。

第二章 谦信出阵

上杉军中士卒，在行军途中从无闲言碎语，纪律整肃严明。他们的心中充满了热忱，这静静的热忱笼罩全身，成为上杉军顽强作战的原动力。

为了让纷乱不已的天下恢复秩序——这是谦信出阵的目的。

这壮美的身姿，让男儿们心中充满了对明日的希望。这希望让兵卒士气高涨，从而产生强大的力量。

——救助流浪他国的将军。

这便是此番率军上洛的理由，因此对上杉军来说，这是一场捍卫道义的战争。

从骑马武士、徒士到足轻，全军上下每一个人的脸上，满是飒爽的气概。

注释

【1】连歌：日本传统诗词形式之一。由数人轮流吟咏，每人一句，各句之间要求承前启后，故多为即兴创作。

【2】上越国境：上野与越后接壤的国境。

【3】大坂：即大阪，日本自古以来的繁华都市。此地原名"大坂"，在明治维新时因忌讳"坂"字可拆为"士反"（武士造反），乃改名"大阪"。本书中沿用古名"大坂"。

【4】青苎：一种植物，其茎皮可作为麻织物的原料，用以织布。

【5】家督：日本中世（室町、安土桃山时代）至江户时代，武家之中一个家族的领导人，称为家督，也称为当主。例如书中此时上杉家的家督为上杉谦信，织田家的家督为织田信长。家督的继承采用世袭制。

【6】仙桃院：景胜之母出家为尼后的戒名。战国时代武家之女在丈夫去世后通常削发为尼，以戒名相称。如高台院（丰臣秀吉正室）、

黄梅院（北条氏政正室）等。

【7】《越后古实闻书》：一本记载越后上杉家事迹的书物，作者不详。闻书，根据他人口授故事所编纂的记录。

【8】间：长度单位。平安时代时，1间约为10尺；至15世纪末1间约为6尺5寸；德川幕府于1649年将1间的长度规定为6尺。

【9】曹洞宗：佛教禅宗的流派之一。

【10】城下町：以城郭为中心而成立的市镇。日本战国时代，大名配合其领国的统一，伴随着兵农分离政策的推行，领主的直属武士团与工商业者被强制集中于城下，于是形成城下町，并逐渐发展成为领国政治、经济、交通的中心。町，本义指市镇或街区。

【11】国分寺：公元741年，为镇护国家，圣武天皇下令在日本各分国修建寺院，僧人修行之地称为"金光明四天王护国之寺"，女尼修行之地称为"法华灭罪之寺"，每一个分国只允许各有一座，因此又被称为国分寺与国分尼寺。国分寺与国分尼寺多修建在分国的国府。文中的越后国分寺，叫作五智山华藏院，是天台宗寺庙。

【12】肩衣袴：指小袖（一种普通和服上衣）、肩衣（一种和服礼服）与袴一整套衣装，是战国时代武士的正装。

【13】本丸：日本式城堡内被石墙、土垒等包围分割成一块块区域，称为"丸"，也叫"曲轮"。从防御中心天守阁所在的"本丸"向外，依次有"二之丸"、"三之丸"等。此外，还有一些以方位或特别名字命名的"丸"，比如大坂城"西之丸"。

【14】三重橹：三层高的橹。橹是日式城堡中兼有望楼、武器库、箭楼等性质的建筑。

【15】幸若舞：流行于室町时代的一种曲艺，内容多以描绘武家兴衰为题材，深受武士的喜爱。有名的《敦盛》便是幸若舞中的名篇。

【16】目钉：用以将日本刀刀身与刀柄固定在一起的物件，通过

第二章 谦信出阵

插入刀茎（刀身的柄端）与刀柄的目钉孔起作用。

【17】打粉：护理刀剑所用的砥粉，通常用绢布包作一团或者用打粉棒轻轻敲上刀身。

【18】奉书纸：一种用来书写非常正式的文书的上等白纸。因为不易留下纸屑，故常常用来擦拭刀身上的丁字油。丁字油，指丁香油，用以保护刀身不致生锈。

【19】镰仓鹤冈八幡宫：八幡宫即是供奉八幡神的神社。八幡神是日本最早的神佛合体神，本是日本丰前宇佐地方的农业神，公元8世纪左右成为"八幡大菩萨"，为护国之神及佛教的护教之神。在平安朝末期之后，八幡神被作为传说中的应神天皇及其母神功皇后的神灵，以及源氏的氏神来信仰，神格为武神或军神，为武家所尊崇。镰仓鹤冈八幡宫位于今神奈川县镰仓市，是日本三大八幡宫之一（另外两座是宇佐神宫与石清水八幡宫）。

【20】东海之太守：日本经常模仿汉语习惯，将地方行政区"国"称为"州"，一国的国守或者控制一国以上领地的诸侯便被称为"太守"。今川义元当时所辖领地骏河、远江、三河皆属东海道，因此称为"东海之太守"。

【21】桶狭间合战：发生于永禄三年（1560）的一次战役，是役织田信长以四千兵马击败了率领二万大军上洛的今川义元，并取其首级。从此今川家一蹶不振，而织田家迈向天下布武之路。

【22】景虎：谦信的俗名。上杉谦信本名为长尾景虎，永禄四年（1561）继承山内上杉家，同时拜受关东管领一职，并受前关东管领上杉宪政赐讳，改名为上杉政虎。后又受将军足利义辉赐讳，改名为上杉辉虎。元龟元年（1570）出家，戒名不识庵谦信。

【23】越相同盟：永禄十二年（1569）为对抗甲斐武田家，越后上杉家与相模北条家所结成的军事同盟。元龟二年（1571）北条氏康病死，继承家督的北条氏政解除了越相同盟，并与武田家结成第二次

甲相同盟。

【24】二之曲轮：也叫作"二之丸"，日式城堡中位于本丸外围的防御区域。可参见注释【13】"本丸"一条。

【25】三郎殿屋敷：意为三郎景虎所居住的宅邸。屋敷，指房屋、居宅。殿（どの），这里是一种日本式敬称，类似于"大人"，其表达的敬意比"様（さま）"要低。

【26】《小田原记》：又名《北条记》，记载小田原北条家诸般事迹的书物，作者及出书年代不详。

【27】泉州堺：即堺港，位于今大阪府南部。战国时代因海外贸易而繁荣，因地处和泉、河内、摄津三国交界之处而得名。泉州是和泉国的中国式别称。

【28】十五里尾根：指上杉谦信开辟的从越后至关东的军道。因其中自清水岭至水上町之间的十五日里尽数修建在山脊之上而得名。尾根，指山脊。

【29】上方：自战国时代至江户时代，日本人对以京都、大坂为代表的畿内一带的称呼。

【30】虾夷地：古代日本对北海道的称呼。

【31】利根川入海口：江户时代之前，利根川入海口在江户湾（今东京湾）。经过江户时代初期至明治时期的一系列东迁改道后，入海口被迁至千叶县铫子市，流入太平洋。

【32】不识庵：上杉谦信的戒名全称为"不识院殿真光谦信"，通常称其为不识庵。这里仙桃院因同为佛门中人，因此以佛门中的称谓来称呼谦信。后文中，在谦信故去之后，家臣们在说到谦信之时便以其戒名相称。

【33】从五位下弹正少弼：官职名，弹正台次官。弹正台是日本律令体制时期，负责管理监察中央行政、管理京内风俗、揭发左大臣以下不正行为的部门。后职权为检非违使厅所夺，成为有名无实的官

第二章　谦信出阵

职。从五位下，日本官位制的位阶。

【34】御所大人：这里指室町幕府将军。因其宅邸居住于室町御所而得名。

【35】味噌汁：用味噌经过不同处理方法而获得的调味汁。味噌，以发酵过的黄豆、米、麦等加工制成的一种调味料，通常为糊状。

【36】徒士：徒步作战的下级武士。

【37】旗本：这里指战国时代受主君直接指挥的家臣团所组成的直属部队，多以谱代家臣为中心，战斗时守护于主君本阵一带。谱代，指累代出仕同一主家的武士家系。

【38】地侍：室町中期至安土桃山时代的武士身份之一。指家族原本并非侍奉幕府，而是与当地守护大名或国人领主结为主从关系，从而获得武士身份者。

【39】倾奇者：战国末期至江户初期的一种社会风潮，喜好奇异华美的事物，行事超脱，不循常理。这样的人被称为倾奇者。

【40】大判：16世纪以后日本出产的一种金币，呈椭圆形。一般重约10两，不过含金量随时代不同而不同。两，古代日本重量单位，自明治以后慢慢停止使用。1两约合37.5克。

【41】天下人：指掌握天下政权之人。

第三章 师傅与弟子

一

上杉谦信在出阵之际,会举行被称为"武褅式"的仪式。

先于城内护摩堂行五坛护摩[1]之法,再入不识庵中坐禅,然后在毗沙门堂内向毗沙门天祈愿战事顺利,并将供奉于神前的灵水纳入水筒之内。

这之后,将"毗"字军旗交予先锋,将关东管领上杉家之宝物"八幡之御弓"交予第二阵将领,将自朝廷处拜领的"绀地日之丸"旗交予第三阵将领。最后依照惯例,在大军出城之时吹响号角。

上杉军先锋三千人自春日山城出发,是九月一日(新历10月3日)的事情。

第二天,谦信才亲率本队七千兵马离开春日山城。

全军沿北陆道西进,越过天险亲不知子不知[2],向越中国(今富山县)进军。

另一方面,分乘关船[3]、小早船[4]、运输船的水军,也从冲见砦

第三章 师傅与弟子

下的乡津（上杉家军港）出航，进入越中。

不多时，谦信次第攻下被一揆众占领的栂尾、增山二城。然后挟破竹之势攻破汤山城等一干城砦，很快便将越中一国纳入自己势力之下。

（馆主大人真是厉害……）

上杉谦信的作战方式让兼续瞠目结舌，惊叹不已。

兼续作为上田众的一员，跟随主上景胜，参加了谦信的此次上洛战。

此时的兼续，头戴不动明王的梵字前立[5]头盔，身着绀丝素挂威二枚胴具足。他那高大结实的身躯与具足交相辉映，威风凛凛的年轻身姿在一众骑马武士之间显得卓然不凡。

平定越中之后，上杉军依然保持着极快的速度进军。

十一月初，大军在位于越中、加贺国境上的俱利伽罗岭击破须崎兵库的军队，进入加贺国津幡。然后自此地北上进入能登国，将七尾城重重包围。

七尾城乃是能登国的要地。

此地作为能登国守护畠山氏累代的居城，在应仁之乱[6]中房屋宅邸为战火所毁的公家[7]和名士，大多滞留此地。缘此，风雅文化曾在七尾盛极一时。

连歌师正广曾留下一首和歌，吟咏此地风物：

微微风拂面　悠悠浪不惊

既入能登国　他乡岂言春

然而世事无常，随着畠山氏日益式微，以长氏、游佐氏为首的重臣们便围绕权力展开争夺，最后以七尾城主畠山义纲被流放而告终。

被逐出七尾城的义纲流着眼泪，向以"义"字闻名天下的"越后之龙"上杉谦信求助。

包围七尾城之后，谦信要求坚守城中的长续连立即交出城池，却被对方一口回绝。于是攻城战瞬间打响。

此际，海上雪花漫天飞舞。

——山海相峙，其势险要，且与诸岛遥为呼应，虽丹青亦难描绘之胜景也。

落城之后，上杉谦信登临天守，极目远眺，写下以上文字。

重重叠叠的群山环抱之中，七尾城巍然耸立。远处广阔的七尾湾海上，点点岛影若隐若现。

向右望去，是如弓背一般曲折连绵的富山湾海岸线。其后则是白雪皑皑的立山连峰。

然而此时，群山的雄姿仍在厚重的铅灰色云层笼罩之下，从谦信布阵的石动山上是无法看到的。

石动山，位于七尾城南面大约一里之处，自古以来便是修验道[8]的一大灵山。

谦信的本阵，驻扎在石动山中三百六十余座寺坊中的大宫坊一带。景胜所辖的上田众营地，则在三藏坊附近。

"又下雪了呢。"

身为上田众之一的泉泽又五郎久秀，鼻尖被冻得通红，佝偻着魁梧的身体走进三藏坊的一间屋子。

这里是寺里的厨房，屋内掘有火炉。

泉泽久秀在门口拍掉头上肩上的雪，走到火炉前的兼续身旁，盘膝坐了下来，把手伸到噼啪作响的火苗上方取暖。

这个时候，景胜正好带着随从去了本阵，留守在三藏坊的人不多。

"这样下去，看来要在七尾过年啦。"

久秀说着，冷得缩了缩脖子。

他比兼续大四岁，今年二十一。浓眉大眼，眼角微微上翘，相貌犹如仁王[9]一般。为人仗义率直，勤恳忠诚，深受众人喜爱。因此尽

第三章　师傅与弟子

管性子有些暴躁,周围的人却不以为意,纷纷说:"那样也挺可爱的嘛。"

久秀与兼续曾经同是主上景胜的小姓,关系融洽。以前两人常常以相扑来比拼力气。长久以来,都是年长一些的久秀占优。不过,随着兼续年岁渐长,身量拔高,虽然比不上久秀的蛮力,但总是巧妙地避其锋芒,攻其不备,转败为胜。

"赢不了与六啦。"

久秀对兼续佩服得五体投地。

虽说是上田众的一员,但泉泽久秀尚未加入上田五十骑,只是一名徒士。

目前身份低微的久秀,后来成为兼续的得力助手,担任上杉家藏奉行[10]一职。这名男子持有与他威武的相貌不符的会计勘定之才,也实在令人意外。

"守军很顽强啊。听说想要冒雪避开咱们的包围网,偷偷往城里运送兵粮呢。"

久秀一面说着,一面拿起火炉旁边的酒葫芦,打开盖子。

除了兵粮之外,上杉军还携带了大量的酒。这样做的主要目的固然是暖体驱寒,不过对于长期远征的将士来说,酒是扫除大家心中阴霾的唯一手段。总帅谦信自身,也以嗜酒著称。

久秀把葫芦凑到嘴边,喝了一口:

"当然,河田长亲大人早已注意到了敌方的行动,及时阻止了他们。"

"不管做什么,这雪……"兼续望着窗外铅灰色的广阔天空,说道,"在春天雪融以前,馆主大人都不会再有行动了吧。七尾城依天险而建,堪称易守难攻的要塞,不是轻松可以拿下的。"

"果然要在七尾过年了吗?"

"没有法子啊。"

"那个，与六。你不想吃坂户的鳟鱼料理吗？还有冰头[11]脍、盐腌鲑鱼……像我这样做，就能清楚地看到哦。"

久秀闭上眼睛，鼻子不住抽动。兼续轻轻笑道：

"咱们攻下七尾城之后，接下来会进军加贺，最终与织田军展开决战。这比起鳟鱼料理，我对此更是万分期待呀。"

兼续的内心深处，涌起一股难以抑制的激流。

听说，今年四月信长率大军包围石山本愿寺之时，与跟本愿寺暗通款曲、决定向其运送兵粮的毛利水军在木津川河口展开激战。结果织田军惨败，令信长方寸大乱。

（毛利、本愿寺，加上馆主大人……要打倒信长的话，这三方务必要步调一致才行，此外别无他法。）

兼续利落地将桦树枝折断，扔进火炉中。此时，突然听到自寺坊背后传来一阵呐喊声。

二

"怎么回事？"

泉泽久秀侧耳细听。

"是跟守城的敌军遭遇了吗？"

"不，太近了。守军不可能远离城池，跑到这种地方来。"

话音未落，兼续敏捷地起身，跑到门口。

拉开屋门，听得声音是从三藏坊背后的山谷下方传来。喧嚣嘈杂的人声当中，夹杂着声声犬吠。

"去看看。"

兼续自门口返回，将挂在墙上的雪履[12]和胫巾取下穿好。对大雪中的远征来说，用藁编织成的雪履和胫巾，是不可缺少的装备。

第三章　师傅与弟子

"我也去吧。"

泉泽久秀紧了紧鞋子,提过一杆朱枪[13],跟在兼续身后出门。

与春日山、坂户等地不同,七尾不常有大雪。不过,因为海拔比平地高出许多,石动山营地一带的积雪也已厚达一尺有余。漫山遍野的山竹叶,此时也被掩埋在积雪之中。

两人沿着山脊向谷底奔去,不住呼出白色气息,脚底银屑四处飞溅。

"在哪里?"

"这边!"

兼续与久秀穿过杉林,拨开灌木丛。前面就是谷底平地。

此地是三郎景虎扎营的良智坊附近。往西边走不了几步,便能看到宿坊那用藁草铺成的屋顶。

"那是……"

兼续向下望去,只见平地上聚集了一大帮子头戴阵笠、身着腹当[14]的杂兵。

并非敌人。他们的腹当上,有"竹丸飞双雀"之纹。这正是上杉家的家纹[15]。

这些杂兵手提竹枪[16],正在围追一条毛色红褐的瘦犬。

"这里,喜平次!怎么啦?咋不叫啦?"

"放马过来!胆小鬼!真是笨蛋啊!"

杂兵们一边追逐瘦犬,一边笑骂不停。似乎正在戏弄着这只不知怎么溜进营地的瘦犬,以排遣包围战带来的无聊与憋闷。

令人无法置之不理的是,这些杂兵加诸瘦犬身上、口中大呼小叫的这个名字——喜平次。

"这些家伙,将喜平次这名字用在野犬身上!"

泉泽久秀恨恨地握紧了手中朱枪。

"竟有这样的事!"

"嗯……"

一向冷静沉着的兼续,此刻也不由得怒火中烧。

喜平次这名字,正是两人的主上上杉景胜的通称。这群杂兵竟然将之冠在一只瘦犬身上,并以此嬉笑取乐。

(实在太无礼了……)

看着瘦犬四处奔逃、不知所措的样子,兼续想道。

"他们不是三郎大人手下的足轻吗?"

久秀喃喃说道。

"嗯,应该没错。"

"想干什么!做这样无礼的事情!"

"嗯。"

扎营于良智坊的三郎景虎与三藏坊的喜平次景胜,围绕着上杉家家督的继承权,明争暗斗由来已久。

自然,两人所辖的家臣之间关系也很恶劣。从武士到杂兵、仆从,人人都对对方怀有强烈不满。这种日积月累的敌意,在眼下这战阵之上的无聊日子中变得尤为突出。因此才会发生这种恶意嘲弄之事。

也许是想模仿来自气氛开朗豪放的北条家的三郎景虎,景虎部队中举止轻慢者大有人在。这在一直以来以纪律严明著称的上杉军中非常罕见。

杂兵们继续向那只毛色红褐的瘦犬喝骂。

"喜平次!"

"哈哈哈,还龇牙咧嘴,真是狂妄!"

杂兵一面用竹枪去捅那瘦犬,一面发出阵阵哄笑声。

远远看去,那瘦犬的确弱小。不过,尽管腹背流血,却兀自抵抗不休,拼命地龇牙咆哮,口中唾沫四溅。那样子教人看了居然有种莫名的感慨。

第三章　师傅与弟子

"不能任由他们放肆了。"

兼续与久秀对视一眼，暗暗拿定了主意。

并不单单是一只犬的问题，事关景胜的名誉。

就在两人为制止杂兵们的暴行，在雪中飞奔而下之时，一个被随从、小姓簇拥着的人影，自良智坊方向渐渐行近。

这个端坐马上，身着毛料阵羽织[17]的男人，正是上杉三郎景虎。

此人实在俊美。

挺直的鼻梁宛如白蜡雕成，双目顾盼神飞，睫毛纤长浓密，嘴唇红润明艳。别说女人，就算是男人，见了他这副端丽的容颜，也会情不自禁地为之着迷。

三郎景虎不愧是曾有"关东第一美少年"之称的秀美之人。

而且，他生性喜爱华丽之物，就算是在战阵上，也准备了一红一白两件毛料阵羽织轮流替换，十分惹眼。

与沉默寡言的景胜不同，三郎景虎口齿伶俐，爱憎分明，但是刚愎自用，凡事独断专行。

"你们在做什么呢！"

景虎的一名随从向杂兵大声喊道。

"啊，这是……"

正在兴高采烈地虐待瘦犬的杂兵们，忽然注意到过来的人影，连忙翻身跪倒在地。也有人一面想着"这下麻烦了"，一面慌不迭地将带血的竹枪头藏在雪地之中。

"还在战场上呢，不要如此喧哗。你等的动静都已经吵到三郎大人了，因此大人亲自出来瞧瞧。"

"是，是！"

一干杂兵惶恐地伏身行礼，额头触及地面积雪。

诘问杂兵的这名随从男子，叫作刘安兵库，深得三郎景虎宠幸。这人脸色好像生面瓜一样惨白，举止轻浮，擅击小鼓算是他唯一可取

之处。

"呀,这不是血吗……"

刈安兵库瞧见散在雪地上的斑斑血迹,这才注意到一旁被竹枪所伤的那只瘦犬。

"你们,在戏弄这只犬吗?"

"实在对不起!这家伙从三藏坊那边溜过来,不知是谁恶作剧,给它起名叫喜平次,因此大伙儿才来了兴致……"

一名杂兵辩解道。

"喜平次?"

刈安兵库鼻翼翕动。

"是啊,这家伙动作迟缓,怎么看也很像那位……"

"很像中城大人[18]吗?"

对于兵库的询问,杂兵有些忌讳,迟疑着不敢回答。

但是,兵库身后的景虎忽然仰面朝天,爆发出一串肆无忌惮的长笑。

"哈哈,真是贴切。喜平次……喜平次吗。"

三郎景虎本就精于歌谣,因此这声音更显得通彻而响亮。

休憩在榉树枝丫上的几只鹡鸰,仿佛也被他的举动吓到,扑腾着向雪花飘落的天空中飞去。

"原来如此,这副呆头呆脑的模样,还真是像呢。你不这样想吗,兵库?"

"这样一说,的确……"

刈安兵库面露谄媚之色。

上自主君,下至家臣仆从,对景胜一方满是露骨的敌意。

——只要没有那位碍眼的、同为上杉家继承人候补的景胜就好了。

景虎一方人人皆强烈地持有这般想法。

第三章　师傅与弟子

"这样可好？把这个喜平次漂亮地干掉吧。干掉它的人，我重重有赏哦。"

三郎景虎扯下腰间的革囊，向那群杂兵扔去。革囊中的永乐钱[19]如飞溅的墨汁一般点点撒在雪地之上。

——噢！

杂兵们齐声呐喊，纷纷提起竹枪，再度追赶瘦犬，个个都是一副精神抖擞的样子。

（无论怎么说，这也太过分了……）

眼见主上的名讳被如此愚弄，还能够无动于衷的人，怎么配称得上有血性的男儿！

兼续只觉脑中一热，腰间长刀森然出鞘。他三步并作两步来到三郎景虎马前，泉泽久秀也手提朱枪紧随其后。

"这是干什么，你们！"

刈安兵库一开始大概以为是敌人来袭，吓得倒退一步。待认出两人的身份，马上又恢复了有恃无恐的态度，高声斥道：

"无礼的家伙！对三郎大人持刀相向，是何用意！"

"到底是谁无礼！"

兼续左足踏前一步，将刀身放低，对马上的三郎景虎怒目而视。

"竟然做这样的事！将喜平次大人之名冠于犬上，恣意戏弄。你们不知道羞耻吗！"

"……"

景虎轻咬红润的下唇，双眼死死地盯住兼续。

那瘦犬发出可怜的叫声。

"面对三郎大人，不要做出冒犯的事情！"

一旁的刈安兵库哇哇大叫。

"你们是不是哪根筋搭错了。犬就是犬，我们高兴给它起什么名字，就起什么名字。你们知道什么！"

"强词夺理也没用，请立即道歉！"

兼续仿佛挑战似的，对马上的三郎景虎喝道。

景虎的随从们纷纷拔出长刀。一干杂兵也持枪摆好架势，将兼续与泉泽久秀团团围住。兼续两人因为一时义愤冲下山坡，此刻却陷入了不得不与近二十人为敌的困境。

"这不是樋口家的小子嘛，我正琢磨这相貌仿佛在哪儿见过呢。"

眼见己方人多势众，刘安兵库更加肆无忌惮，口无遮拦。

"听说你家老爹樋口总右卫门，武艺不行，打算盘倒挺拿手，还凭这个出人头地了呢。那家伙真是个算盘武士！"

自己姑且不论，竟然侮辱主上景胜，还对自己的父亲出言不逊。

"不可饶恕！"

兼续倏地转身面对兀自一脸讥笑的兵库，快步踏前，手中本来斜指地面的长刀骤然挥起，利刃破空。

"呀！"

刘安兵库一声惊叫，向后一跳。

刀锋掠过具足的草摺[20]，只听嘶啦一声。若非甲胄保护，兵库的大腿早已被一刀两断。

兵库瞪大双眼：

"喊！战阵上严禁私斗，你这可是触犯军规哦！"

"到这个地步还胡说八道什么！"

兼续还未答话，一旁的泉泽久秀早已按捺不住大声喝道。

久秀出门之际喝了一大口酒，此刻酒劲涌将上来，便是天王老子也不放在眼里。

"为报景胜大人的恩情，就算事后要切腹[21]谢罪也在所不惜！你们这些家伙，统统给我下地狱去吧！"

久秀一振手中朱枪，向景虎的一名随从脚背刺去。那随从向后跳起避开，不料脚被积雪绊住，立时摔倒一旁。

第三章　师傅与弟子

"久秀！"

"噢！"

兼续与久秀二人背靠着背，与三郎景虎的手下对峙。

在敌众我寡之时，不能给背后的敌人以可乘之机，这是战斗的常识。由于二人背上均无任何防具，于是两背相抵，互为盾牌。

兼续的右方，一名杂兵连人带枪直冲上来。兼续也不避让，迎上一步，长刀直劈，将对方枪尖斩断，接着反手将另一侧冲上来的杂兵手中的竹枪拨开。

敌方虽然人数众多，但只要看清动作、沉着应对的话——

（应该能杀出一条血路来……）

即使怒火上涌、几难自制，兼续的脑海深处也始终保持着一份清醒。这冷静而又敏锐的头脑，就连天下人丰臣秀吉也对此大加赞赏——

"可托付天下政要之人，非直江兼续莫属啊。"

不过这是以后的事了。

此刻，兼续拼命地挥动手中长刀，将杂兵们不断刺来的竹枪打落、斩断。同伴泉泽久秀亦不停挥舞长枪，教敌人无法近身。

然而，这样一直防御下去也不是办法。渐渐地，两人肩膀开始大幅起伏，气喘如牛。

三郎景虎的随从们，似乎一直等待着这一刻。在已经疲态渐露的兼续与泉泽久秀两人四周，黑影不断围上来。

对方的主君三郎景虎端坐马上，略带蓝色的眼眸不动声色地注视着眼前这一幕，神情冷然。

本来，作为景虎来说，应当及时制止手下，避免发生战阵之上私自打斗的事情。然而景虎并没有这样做。

这想必也是出于对和自己争夺家督继承人位置的景胜一方强烈的敌意吧。

一名随从踏上几步，举刀斩来，脚下积雪四溅。

"咔"的一声，兼续用刀锷挡住对方的攻势。源源不断的压力从刀锷相交之处传来，兼续拼命抵挡，手腕渐渐发麻，身体也不听使唤，无法移动分毫。

（可恶……）

对方呼出的白色气息，从兼续面颊掠过。

反射出慑人寒光的刀刃，离兼续的鼻尖不过一寸之遥。

"呀——"地大喝一声，兼续使出浑身力气将对方推开，不料一旁的刈安兵库又怪叫着挥刀劈下。兼续举起长刀，勉力挡住，接着身体一歪，半跪在雪地之上。

"喊！"身后的泉泽久秀咂了一下舌头。枪柄被不断逼上前来的随从斩断，久秀只得将手中的半截朱枪扔掉，翻手拔出腰间长刀。

或许是在打斗之中被竹枪所伤，久秀的手肘已被鲜血染红。

此时，忽然有人向这边赶来。似乎是水原亲宪听到了骚动之声，派部下前来制止。

看到有人过来，三郎景虎拨转马首，说道：

"好啦，娱乐时间到此为止。大家都回去吧。"

此言一出，刈安兵库及随从、杂兵们立时停止了打斗，慌慌张张地跟在主上景虎身后离开，很快便不见了踪影。

凛凛风雪中，只剩下兼续、久秀二人，以及那只毛色红褐的瘦犬。

三

兼续被传唤至本阵，是第二天的傍晚时分。

上杉谦信本阵所在的大宫坊，是石动山三百六十余座寺坊的本

第三章　师傅与弟子

坊[22]。屋顶样式为入母屋造[23]，铺以茅草，是一座犹如城内居馆那样宽阔雄壮的两层建筑。

刚过正午，雪就已经停了，天空暂时放晴。不过兼续来到大宫坊的时候，早已日薄西山。

渐渐被夜幕笼罩的杉林之间，篝火正在熊熊燃烧。

被张开的阵幕[24]团团围住的本坊，气氛森严无比，那是种令人全身毛孔紧绷的压迫感。

兼续自大门一旁的出入口走进宿坊。

一条笔直而冷清的走廊，通往总大将谦信的居所。被允许往来此地的，只有包括兼续在内的寥寥数人。

"樋口与六兼续，前来拜见主公。"

兼续半跪于走廊之上，向房间内说道。

稍顷——

"进来吧。"

低沉而有力的声音，自杉木门的另一边传来。

兼续施了一礼，轻轻将门拉开。

屋内仅有一盏小小的灯台，此外再无任何照明之物。

被称为"越后之龙"的天才武将，坐在另一侧的走廊上，面朝庭院。

他这头缠黑色头巾、身着墨染法衣的身形绝对称不上是魁梧，却具有强烈的震慑感、无法形容的威仪和独特的风采。

此时恰值冬月升起，谦信仿佛将其当作佐酒佳肴一般，一面凝神欣赏，一面自酌自饮。

在众多的战国武将当中，如谦信这般爱酒之人却是绝无仅有。

那是一种陶醉于孤独的氛围，并将之上升为一种艺术审美式的行为。其中贯彻了谦信一贯洗练的美学意识。

因此谦信所好的，并非是觥筹交错的劝酒，而仅仅是形影相吊的

独酌。

一人独处,静静地欣赏美丽的花朵,遥望天上的明月,将缓缓飘落的雪花当作挚友一般以酒相敬。这便是谦信孤独而高洁的酒品。

至于下酒菜肴的话,只须梅干即可。

在今山形县米泽市的上杉神社内,保留着谦信生前使用过的两只酒杯——春日杯与马上杯。

每一只均是形如牵牛花般的大杯,能盛入一合[25]美酒。春日杯的表面平涂了一层红色,马上杯的内侧涂以金泥,外侧饰以鲜艳华美的琉璃色七宝纹[26]。

家臣取得功绩之际,谦信便会用春日杯满满地斟上一杯酒,赐与家臣。家臣拜谢接过,一饮而尽。

大米酿造的酒,在那个时代可算是非常奢侈的物事了。

"今天晚上,月色不错呢。"

谦信将马上杯端在手里,一面仰首眺望冷冽而清澈的月色。

庭院中的积雪在冷月映照之下,泛着青白色微光。石灯笼、用麻绳吊住枝杈的五叶松、结了一层薄冰的古池面,都有近一半埋于雪地之中。

"您不觉得冷吗?"

兼续满怀敬畏地膝行至谦信近前。

"这寒冷可是刚好适合饮酒啊。"

谦信低叹。

就战国第一猛将的称号来说,此刻谦信的侧面显得过于沉稳。卸下战甲的谦信,无论从哪个方面来说,都更像是一位沉湎于思索的哲人,一派柔和而静谧的风貌。

不过兼续知道,一旦进入战场,这男子立时便会变得凶悍无比,成为浑身被烧尽邪恶之烈焰所包围的毗沙门天化身。

今晚,谦信为月色与美酒陶醉,心情闲适。雪国人特有的如肤色

第三章　师傅与弟子

一般白皙的巩膜之上,隐隐浮现出一丝曙色。

"你也喝一点。"

谦信一口喝干马上杯中的酒,然后将空杯递与兼续。

"承蒙厚待。"

兼续恭敬地接过酒杯。

自元服[27]以来,兼续也渐渐喜欢上了饮酒。虽然尚未如谦信那般到达深切领悟酒中真味的境界,不过在雪国之中,却也并非不胜酒力之人。

谦信倾斜爓锅[28],为兼续杯中斟满。

兼续端起酒杯,半闭眼睛,不紧不慢地喝了个底朝天。

"哦,不错嘛!"

谦信开口赞道。

平素饮酒之时,谦信很喜欢看别人喝得干净利落、毫不拖泥带水的样子。

"感激不尽。"

兼续将酒杯奉还谦信。

(好烧心……)

兼续感到胃里好似火烧。不过尽管如此,他仍旧神色不改地端坐原地,呼吸也未有一丝紊乱。

在谦信跟前,兼续深感紧张,似乎连脚趾也一根一根地变得冰冷,因此他绝不允许自己有丝毫失态。

"我在京都之时,也曾一面饮酒,一面赏月。"

谦信抬头仰望月亮,悠然说道。

"自清水的山庄远眺,月色格外动人。月光明明灭灭,越过枫树枝头,清泉潺潺注入莲池,宛如一曲溪流奏响的美妙音韵。漂浮在水面的青苔与羊齿草间,在月色映照之下泛出青白微光。此情此景,犹历历在目啊。"

谦信所言的清水的山庄，是指位于京都东部的古刹清水寺前，二年坂与三年坂[29]之间的上杉家京屋敷[30]。谦信让熟谙经济的心腹家臣神余亲纲常驻此地，管理京都一带的青苎买卖。

这栋地处高处，能够清晰地俯瞰京都一望之地的宅子，近代以后曾被普利司通公司[31]的创始者石桥家作为别墅使用。现今则是一家经营汤豆腐[32]的料理店。

谦信曾经两度进京，那时候居住的地方，便是清水寺附近的这座山庄了。

与世人一样，兼续也非常向往京都。

谦信往往趁着酒兴，以他堪比诗人一般的巧舌述说京都的风土人情，让年轻人对那片尚未涉足过的王城所在之地产生强烈的好奇与憧憬。

"都城的树木在微风吹拂之下，枝条款摆摇曳，其情形与咱们越后全然不同。"

"是如何不同呢？"

兼续好奇。

"一草一木皆有风韵哪。"

"风韵……"

"这样说吧，也就是文化的深厚影响。自昔日的平安时代[33]以来，一代又一代累积下来的古风神韵，已扎根于彼处的森罗万象之中。"

兼续长长地吐了一口气。

水底一粒粒细小石子皆清晰可见的鸭川清流，日出日落之时响彻都城的寺院钟声，被烟波一般的百花与春霞所覆盖、犹如侧卧美人之姿的东山连绵群峰——

听了谦信的言语，风雅沁人的京都景色，渐渐地在兼续眼中明晰起来。

第三章　师傅与弟子

"关于京都，仅有一件恨事，使我一直以来自责不已。"

举头望月的谦信，瞬间面色一沉。

"什么事呢？"

"没能说服将军义辉大人下令讨伐松永弹正。"

诚如谦信所言，这正是他一生也无法消弭的悔恨之事。

十七年前的永禄二年（1559）——

谦信受将军足利义辉所邀，引兵上洛，向将军献上钱帛贡物，并宣誓效忠。在驻留京都期间，眼见畿内武将三好长庆及松永弹正等对将军家的轻侮，于是便向足利氏进言：

"只要公方[34]大人一声令下，我谦信当立即率兵诛伐三好、松永之徒。"

这对富有正义感、十分尊崇室町幕府权威的谦信来说，是理所当然之事吧。然而对于这果断的军事建议，将军却一味踌躇，不作回应。谦信没有办法，只好离开京都回到越后。

将军义辉被松永弹正所弑，是六年后的事情。

那以后，义辉之弟义昭在织田信长的奉迎下回到京都，不久却与之反目，紧接着，义昭受中国地方的毛利元就保护，逃往备后国鞆之浦。

这便是事情的来龙去脉。作为谦信来说，大概是想将义辉之时未曾实现的义举，在其弟义昭的身上实现吧。

"决不能重蹈那时的覆辙。一定要击倒信长，将义昭大人迎回京都。"谦信说道。他的双眸在月色映照之下，闪耀着锐利刀锋一般的寒光，"请馆主大人代替信长，将天下握在掌中吧！"

一股兴奋之情自脊背升起，兼续的身体禁不住微微颤动。

然而——

"天下……什么天下？"

谦信回过头来看着兼续，一副意外的表情。

"击败将旗帜立于京都的信长,不就意味着,馆主大人您会成为掌握天下大权的人——"

"等一下。"谦信打断兼续的话,"你一定误会了什么。"

"这……?"

"我与织田信长交战,乃是出自大义之举。并没有其他的想法。"

"大义……"

"将身处鞆之浦的将军迎回京都,使足利幕府再度兴盛。此乃吾之大义。此事既成,我便会回到越后。"

"馆主大人!"

兼续一时将平素的谨慎抛到脑后,声音不由得高亢起来。

"义,到底是什么呢!"

"真是奇怪的问题。"

谦信定睛看着兼续。

"所谓义,是人之所以为人的根本所在。若没有义的话,人便会耽溺于欲望,和山野禽兽无异。"

"信长等世间群雄,俱以夺取天下而战。成为天下人,行治国方针,整肃纲常,教百姓安居乐业。这不也是一种'义'吗!"

兼续大声说道。

四

这是兼续一直以来潜藏于心底的想法。

对在这人心荒废的战国乱世,能够将"义"字贯彻到底的谦信,兼续将他视为老师,发自内心地尊敬着。不过,另一方面——

(馆主大人太拘泥于"义"了。"义"其本身并非目的。凭借一个"义"字,将这世间拨乱反正,这才是我辈应该走的道路吧……)

第三章　师傅与弟子

这样的想法，在兼续心中悄然形成。

"你还太年轻啦。"谦信喃喃说道，"我也曾像你这般年轻过。要行仁义之举，就必须取得天下，为此采用任何手段亦在所不惜——那时的我，也持有如此想法。"

"馆主大人您……"

兼续瞪大了眼睛。

以义字作为安身立命之本的谦信，此刻口中说出的话语远在兼续意料之外。

"为了阻止越后国内频发的小规模战乱，你可知道我做了什么？"

"不知……"

"我将刀锋指向了自己的兄长晴景。"

月光之下，谦信脸上浮现痛苦之色。

"面对身体羸弱、缺乏大将之才的兄长，一部分越后国人选择了放弃，转而拥护十九岁的我，希望我能够成为新的越后守护代[35]。乱世之中，无能者即是恶。在无能者的支配之下，领国会遭受他国的侵略，战乱四起，民不聊生——那时的我，一心信奉这个道理。于是与率军攻来的兄长交战。"

"……"

当时，名字还叫作景虎的谦信与其兄长尾晴景，各获得了一部分越后国人的支持，双方围绕家督及越后守护代之职展开争斗。兼续亦从父亲总右卫门口里听说过此事。

战斗以谦信一方的胜利告终。

胜者与败者各自的结果有着天壤之别，这正是战国乱世残酷的现实。晴景从守护代的位置被驱赶下来，由谦信取而代之。晴景只得退隐，五年后在郁郁寡欢之中病逝。

"我曾想，我的所作所为是正确的，都是为了越后的百姓。为了坚定地在自己的道路上走下去，消除兄长的阻碍是在所难免、不得不

为之举——当时我一直如此认为。然而……"谦信的侧影变得轮廓分明,"直到现在,我还不时想起伤心而去的兄长。力量就是正义吗?果真没有另外的道路了吗?强者以力量去践踏弱者的呐喊,这难道就是真正的'义'吗?我不断质问自己。"

"馆主大人。"

兼续不明白谦信此时所说的话。

长尾晴景因为自身的无能而死去。那并不是谦信的错,不是任何人的错。

"馆主大人您战胜您的兄长,乃是天意。正因为上天站在馆主大人这边,因此越后国人众才会团结一致,国中也停止了内乱。这就是义。难道不是这样吗?"

或许是由于饮尽了马上杯中的酒,兼续觉得脑中有些发热。

(我在胡说些什么呢……)

兼续自己也不知道为何忽然如此冲动,竟然在伟大的老师面前,由着自己的性子说出这些无礼的话来。

"与六。"

谦信看着兼续,面露微笑。

"只要打着终止战乱之世的旗号就叫作义的话,那么凭借力量令弱者屈服于自己的淫威、杀戮深重的信长,其所作所为也可称之为义了。将自古以来镇护王城的比叡山烧毁殆尽,在伊势长岛屠戮一向宗徒二万余人,信长的这些行为,也能算作是被上天所允许的义举吗?"

"……"

"信长的作为,并非是'义'。正因为没有把人当作人,才能够泰然自若地夺取无辜者的性命。只能瞧见眼前利益的家伙,真是可悲。我要让信长……不,要让天下万民知道,与一己之私利相比,还有更加崇高的东西存在。人之所以为人的美妙之处,这便是我心目中的'义'啊。"

第三章　师傅与弟子

"人之所以为人的美妙之处……"

"你明白吗?"

"不明白。"

兼续诚实地摇头。

向江河日下的足利将军家无偿地施以援手,这行为固然是美妙的。然而,原本给这世间带来战乱的,不正是足利将军家吗。没有能力治理天下,却又占据着天下人之位置,才是世上最大的"恶"。这便是兼续的想法。

真是一场无论如何也无法达成共识的讨论。不过有一点,兼续深有同感:

——务必要让信长明白,有比眼前之利更加崇高的东西存在。

这亦是谦信强调的地方。

在这被称为战国的时代,从一介商人到武将、僧侣,众生皆如潮水一般追逐着自己的利益。为了将想要的东西纳入掌中,背叛、阴谋、杀戮等各种手段无所不用其极。为了获得更高的地位与利益——在这个目标面前,连自己的亲兄弟、妻室、儿女俱可面不改色地加以利用。只有彻底无情的人才能活下来——如此的乱世风习,人人坚信不疑。

然而,谦信却提出如下信条:

其一,不可背叛;

其二,不可使用阴谋;

其三,不可残忍无道。

此举不啻向一心争夺功名利禄、将大义丢到脑后的人们提出了触及内心的拷问。

不舍弃为人之根本,抬头挺胸,堂堂正正地在这残酷的战国乱世生存下去。这才是作为人来说最美妙的姿态——谦信想向世人如此倾诉。

在大家都熙熙攘攘追名逐利的时代，谦信这样的思想无疑绽放着清冽的辉光。

正因为兼续也如此认为，因此由衷期望自己也如谦信那般——

（要做一个顶天立地的磊落男儿……）

不过另一方面，以室町幕府、足利将军为尊——谦信所持的这种古旧得仿佛已经满是尘埃的价值观，是否有必要不惜一切代价维护下去？年轻的兼续心中对此大有疑问。

虽然以同一座高峰为目标，然而一代人与另一代人之间，究竟横着一条巨大的鸿沟——这便是将兼续与谦信师徒二人分隔开来的代沟吧。

"总有一天，你也会明白的。"谦信一面向马上杯中斟酒，一面安抚他，"我经过长年累月的战事，才得到了我所理解的'义'。你也一样，终究会找到属于你自身的'义'的。"

"属于我自身的'义'吗……"

"是的。"

谦信缓缓将酒杯移至嘴边，突然像是想到什么，说道：

"你先暂时回越后去吧。"

这命令般的口吻，让兼续忽觉浑身冰凉。

"回越后去……您这是……？"

兼续双手不由得抓紧膝盖。

"你离开七尾的营地，回越后去。景胜那边我会向他说明的。"

"请等一下！馆主大人，这是为何……"

"你应该知道吧。"

谦信严峻的目光，犹如利剑一般穿透兼续。

（是因为昨天那件事吗……）

兼续心中一寒。

谦信所指的，正是昨日因将喜平次之名冠于一只犬的缘故，兼续

第三章　师傅与弟子

与泉泽久秀二人跟谦信养子三郎景虎手下的那番争斗。

本来，此事的过失，在于无礼地将兼续等人的主君景胜之名冠于犬上，并恣意戏弄的一方。然而，在纪律严明的战阵之中，兼续率先拔刀引起私斗，却也是不争的事实。

"您已经知道了吗。"

兼续垂下眼睑。声音干涩，仿佛从喉咙深处榨出一般。

"景胜家臣樋口与六兼续，此人公然向三郎景虎拔刀，实在无法无天。无论如何，请一定给予严厉处罚——有人向我如此申诉。"

"在下并无加害三郎大人的想法。那样做只是为了维护景胜大人的名誉！"

"维护名誉吗。"

"三郎大人的手下，对景胜大人的名讳大肆嘲弄。这等事情怎可原谅……"

"你这样的人，竟然会违反军规，应当是有令自己无法克制的理由吧。"

谦信呷了一口酒。

"但是，私斗不为法度所容。无论有什么样的理由，我作为总帅，也不得不秉公裁决。"

"……"

"我有件事问你，你要如实回答，与六。"

"是……"

"先拔刀之人，是你么？"

"是。"

"将刀指向三郎，可是事实？"

"是。"

"你这愚蠢的家伙啊！"

谦信皱起眉头，长叹一声。

"你要更加保重自己才是，与六。"谦信接着道，"在告诉你处分之前，我替你斟酒，再和你推心置腹一番，你可知道我这样做的理由？"

"我……"

"听好了，与六。如果要说有谁能真正继承我心目中的'义'，那人不是景胜，也不是景虎。除你之外更无他人。"

"您这样说，属下甚是惶恐！"

兼续心中只觉受宠若惊，然而谦信只是淡淡说道：

"这是我的肺腑之言。若说家门是以血统为继的话，那么信念则是由师徒传承下去。我想将我累积至今的经验智慧，在有生之年，统统传授与你。"

"馆主大人从今往后，不是要一直四处征战了吗？"

"命运这种东西，什么时候会怎么样，是预测不了的，就连明天会如何都难以断定。正因如此，你的轻率之举才教人痛心。"

"……"

"你回到故乡上田庄之后，不要外出，在大雪之中再一次重新审视自己吧。"

"一定要离开馆主大人您的身边吗。"

"这是你自作自受吧。不过，三郎一方也有过错。我已斥责了三郎，至于他的近臣刈安兵库，我也发落他在春日山城闭门思过了。"

"久秀……泉泽久秀如何了呢？"

"跟你一样，蛰居[36]上田庄。你明白了么。"

"遵命……"

兼续双拳紧握，泪水夺眶而出，啪嗒啪嗒地掉在置于膝盖的拳头上，怎么忍也忍不住。

"不要哭。"

"是……"

第三章　师傅与弟子

"哭的话，不就让今宵这罕见的美丽寒月笼罩上一层阴霾了么。"

谦信叫过小姓，换来新的烟锅。

几番劝说之下，兼续用马上杯喝干了第二杯、第三杯。这酒中，似乎还有泪水的淡淡咸味。

谦信取过琵琶"朝岚"，面对积雪的庭院，铮铮弹奏起来。

这是兼续与谦信最后一次共饮。

注释

【1】五坛护摩：护摩，佛教密宗的一种祈祷法事。五坛护摩，指向五大尊明王（不动明王、降三世明王、军荼利明王、大威德明王、金刚夜叉明王）行护摩之法。

【2】亲不知子不知：位于今新泻县系鱼川市西端的断崖地带，总长约15公里，西段称为亲不知，东段称为子不知。自古以来号称北陆道最大天险。

【3】关船：一种中型战船，两舷有橹40～80支，是战国时代日本水军的主要作战船只。

【4】小早船：一种小型战船，两舷有橹一般在40支以下，速度轻快，但防御非常薄弱。

【5】前立：日式铠甲头盔上的装饰物，位于额前的叫作前立，位于两边的叫作胁立，位于头顶的叫作头立，位于脑后的叫作后立。

【6】应仁之乱：应仁元年至文明九年（1467—1477），日本室町幕府第八代将军足利义政在任期间的一次内乱。起源于幕府管领细川胜元与山名持丰等守护大名的争斗，其范围遍及除九州等部分地方以外的日本全土，并成为日本进入战国时代的契机。

【7】公家：原指天皇及朝廷贵族。镰仓时代以后，与以武力侍奉朝廷，受幕府所管辖的"武家"相对，将朝廷中担任一般职务，不受

幕府所管辖的文官门第称为"公家"。

【8】修验道：糅合了古代山岳信仰、神道、佛教、道教、阴阳道所形成的一种日本独特宗教。强调在山中刻苦修行，以求得各种体验，从而得悟。修验道的修行者一般称为"山伏"。

【9】仁王：日本寺院门口的护法神，呈愤怒相。

【10】藏奉行：一种管理米仓的职位。

【11】冰头：鲑鱼等头部的软骨，呈半透明状。

【12】雪履：原文为"深沓"，指一种用藁编织成的靴子，用于雪地行走。

【13】朱枪：在普通长枪的枪柄部分涂上红色的长枪。一般来说，只有武艺高强的武士才能持有朱枪。

【14】腹当：一种简单的胴甲，多为士卒所用。

【15】家纹：指日本自古以来为了表示自己的家系、血统、地位等而使用的图案纹章。一般认为其起源始自镰仓时代。

【16】竹枪：用竹子加工而成的简易武器。一般是取长短合适的一段，将一头削尖，经过炙烤等硬化处理制成。多为普通兵卒、农民等使用。

【17】阵羽织：羽织，一种用于防寒或者礼仪的和服外套。阵羽织即是战阵之上所穿的羽织，一般穿在铠甲之外，防寒且又美观，通常无袖。此处的"毛料阵羽织"，原文为"ラシャ陣羽織"，ラシャ汉字写作"羅紗"，是当时从欧洲传来的一种毛织物。

【18】中城大人：这里指上杉景胜，因其居住于中城而得名。

【19】永乐钱：战国时代的日本以我国明朝的永乐通宝作为标准钱，1000文为1贯。

【20】草摺：具足的一部分，用以保护小腹及大腿周围。

【21】切腹：日本武士阶层男子的一种礼仪式的自杀方式。一般认为，切腹的死亡方式能够保住作为武士的尊严。通常在切腹者剖开

第三章　师傅与弟子

腹部之后，为了减轻其痛苦，专门有人立于一旁，一刀将切腹者的头颅斩下，这样的人称为"介错"。

【22】本坊：这里指主要、核心的寺坊建筑。

【23】入母屋造：日式建筑屋顶的一种样式，屋檐向四方扩展延伸。

【24】阵幕：安营扎寨之时张于四周的幔幕，其上一般印有家纹。

【25】合：日本计量单位。1合约为0.18039公升。

【26】七宝纹：这里指日本一种传统纹样，形似倾斜的格子。

【27】元服：指男子的成人礼，改变发型与服饰，加冠，起正式的名字。武家的男孩，元服时间一般11岁至17岁不等，多为12岁左右。

【28】燗锅：一种用来温酒的器皿。

【29】二年坂、三年坂：地名，位于京都清水寺前的坡道上。相传小孩子在二年坂上跑一圈，可保二年无病无灾；在三年坂上跑一圈，可保三年无病无灾。

【30】京屋敷：这里指上杉家在京都的居宅。

【31】普利司通公司：即日本ブリヂストン（Bridgestone）株式会社。世界最大的轮胎及橡胶产品生产商，也是世界轮胎业三巨头之一。公司创始人为石桥正二郎。

【32】汤豆腐：一种以豆腐为主的日式火锅。

【33】平安时代：指日本历史上公元794年桓武天皇迁都平安京之时起，至公元1192年源赖朝建立镰仓幕府之时止的这一段时代。

【34】公方：本意是指天皇、朝廷、将军等总揽国政权力的人物。此处是特指室町幕府足利将军家的称谓。

【35】守护代：指日本中世时期一国守护的代官。因为一国的守护通常居住在镰仓（镰仓幕府时期）或者室町（室町幕府时期），因此国内政事由代官代为管理执行。比如室町幕府时期，尾张一国的守

护是斯波氏，而守护代是织田氏。守护、守护代皆是幕府役职，由守护大名家或守护代武将家世袭。

【36】蛰居：这里指对武士的一种处分。出入行走不得超过蛰居地的范围，类似于禁足。

第四章 雪崩

一

转过年来，就是天正五年（1577）了。

能登海面仍旧寒风呼啸，雪亦下个不停。

上杉谦信依然将七尾城重重包围，位于石动山的本阵未曾挪动分毫。

临近雪融的二月，关东地方诸将派来求援的使者，一个接一个地到达谦信的本阵。

"北条氏政兴兵北上，请一定、一定施以援手！"

使者几乎是哭喊着央求谦信。

原来——

相模小田原城主北条氏政，趁谦信全副精力都放在北陆远征之隙，开始进攻上杉方在关东一带的诸城砦。

首先被攻击的上总国酒井氏宣告降伏，接下来：

安房国 里见义弘

下野国 结成晴朗

下野国 宇都宫广纲

等等与北条氏敌对的一干城主，都感到难以抵挡北条家突如其来

的猛烈攻势。

要解除眼下的危机,除了求助于任关东管领一职的上杉谦信,再没有别的办法。若上杉军不肯出兵,他们便只有灭亡一途了。

面对诸将的求援,谦信不顾目前正处于围攻七尾城的紧要关头,立时答道:

"明白了。这就立即率军前去上野厩桥(今群马县前桥市)。"

舍眼前利益而取助人之义,果然是上杉谦信的行事风格。

谦信将一部分兵马留在能登,自己引领大军返回春日山城。

不过,在他动身率军前往关东之前,事情又起了变化。

北条氏政听闻谦信已经回到春日山城,正在着手准备征讨关东,不由心生怯意:

"务必要避免与上杉家进行无谓的冲突。"

于是停止了对外扩张的战事。

不战而屈人之兵、稳定了关东形势的谦信,于同年闰七月再一次出阵北陆道,继续进攻七尾城。

此举令七尾城主长续连大吃一惊,连忙派遣其弟长连龙前往安土城,向盟友织田信长求援。

八月——

信长命柴田胜家为总大将,将佐佐成政、前田利家、泷川一益、丹羽长秀、羽柴秀吉等众将编入远征军。这堪称织田家主力军的四万八千人马,直指能登七尾城。与仅有一万余人的上杉军相比,织田方无疑在数量上具有巨大的优势。不过,上杉军中的兵士,俱是斗志高昂的精锐人马,而织田方的士卒则有不少是用钱财雇来的佣兵。

如此一来,上杉、织田两军的正面冲突已经不可避免了。

织田大军自越前越过国境,进入加贺。

当时的加贺一国处于一向宗徒的支配之下,在日本各分国中可算是一个异数。

第四章　雪崩

一向宗，乃是净土真宗石山本愿寺派的别称。因为积极而有组织的布教活动，在诸国的农民、商人、町人中拥有人数众多的信徒群体，其势力堪称庞大。

特别是这加贺国，一向宗的势力尤为强盛。在长享一揆[1]之乱中，守护大名[2]富樫政亲遭到一向宗门徒的攻击，不敌自尽。从此之后，加贺一国被称为"百姓掌握之国"。一向宗门徒众取代了武士，实行治国政事。

加贺的门徒众以尾山御坊（今石川县金泽市）为据点，长期与上杉谦信对立，一直以来关系都很紧张。

然而，由于一向宗总本山——石山本愿寺与织田信长敌对，双方势同水火，因此加贺的门徒众也摒除成见与谦信携手，面对共同的敌人织田军。

率领加贺门徒众的七里赖周，在御幸塚（今石川县小松市）一带与攻来的织田军交战，他们竭尽全力阻挡对方进军的步伐，并向正在包围七尾城的上杉谦信送去急报。

"七尾城很快便会拿下，之后我当率领上杉军如疾风一般前来加贺相助。"

谦信一面回信勉励七里赖周，一面加紧攻城。

收到谦信答复，门徒众士气陡然高涨。

而作为对手的织田军，全军绝非坚如磐石。或者说军中诸将都各怀鬼胎，暗自计较。

织田军团信赏必罚，基于彻底实绩主义，奉行能力至上，因此迅速成长壮大起来。然而这样的方针，却也有着强烈的负面效果——导致织田军中诸将之间，对彼此都持有十分激烈的竞争意识。

此番大军远征，北陆方面的作战由柴田胜家作为统领，指挥全军。此外，在山阳道方面与毛利氏两相对峙、虎视眈眈的，是羽柴秀吉所率领的军团。而丹波方面的攻略则由明智光秀负责。

织田家中，只要在自己的管辖范围内能够取得重大成绩，那么仕途便一片坦荡。于是自然而然地，"各人自扫门前雪"的风潮充斥整个军中，大家都只顾自己眼前之事，与其他武将之间关系冷淡。

在如此个人主义至上的织田军中，有人比任何人都要厌烦此次远征北陆之举。

此人便是羽柴秀吉。

在进攻北近江浅井氏之时立了大功、成为长浜城主而出人头地的秀吉，作为京都奉行[3]之际，也有着坚实的功绩，然而唯独战阵之上还迟迟未获得能令人赞赏的成果。

要在织田军团这般竞争激烈的组织中生存下来，安于现状是绝对不行的。

仗着已有的成就，安于目前的地位，不思进取的话，这样的家伙可会受到降职甚至流放的严酷处分。

实际上，作为织田家重臣之一的佐久间信盛，在攻打石山本愿寺之际，便因为没有在限定时日以内完成任务而被流放。

"必须要积累自己的功勋才行啊……"

秀吉心中十分焦急，于是直接向信长请求：

"攻打山阳道方面毛利氏的任务，无论如何，请务必交给在下！"

得到信长允许之后，秀吉便叫蜂须贺小六等家臣作为先遣队先行到达山阳方面，进行各种谋略工作。

秀吉的谋略工作得到摄津有冈城主荒木村重的协助，进行得十分顺利。在不懈的游说活动之下，小寺氏、别所氏等播磨一国的豪族，纷纷向织田家示好。

（那么，终于轮到我出场啦。）

秀吉正欲率领大军向山阳道方面进发之时，不料——

"你率军去北陆道吧，助权六（柴田胜家）一臂之力。"

信长对他如此下令。

第四章　雪崩

（我可不想去……）

秀吉暗自想道。

北路方面的总大将柴田胜家与秀吉之间向来不和。如今竟然要去帮助柴田这个一直以来的对手打仗，让他获得战功——

（我为啥非得去帮助他呢……）

秀吉心中大为不满。

织田军若是在北陆路上打了胜仗，那也不过是柴田胜家的功劳罢了，秀吉自身可捞不到几分好处。相比之下，还不如尽快赶往播磨，早日立下自己的战功才是正事。

但是在织田家中，信长的命令是绝对不能违抗的。于是，秀吉只好一面对山阳道念念不忘，一面老大不情愿地参加北陆远征。身心分裂，苦不堪言。

如此状态，怎能统领部下作战呢。

不久，秀吉便因作战行动之事与柴田胜家起了冲突，没有得到信长允许，便私自带领部下返回了长浜城。听到这个消息的信长大为震怒，责令秀吉闭门思过。

这次事件，将因利益而结成的集团的脆弱之处暴露无遗。

由于秀吉的离开，柴田胜家所率的北陆远征军的兵力稍有削弱。然而，拥有大量铁炮的织田军，依然渐渐地将一向宗门徒众的军队逼退，自加贺国步步北上。

这一连串消息，均有探子一刻不停地传达给身处石动山本阵的上杉谦信。

"到了发起总攻的时候了。"

谦信俯瞰七尾城，作出了如此决定。

九月十三日，晚上——

谦信将诸将召集于本阵，大摆赏月之筵席。席上，谦信赋诗一

首：

> 霜满军营秋气清
> 数行雁过月三更
> 越山并得能州景
> 遮莫家乡忆远征[4]

军营之内处处结满霜露，渐带寒意的秋日空气令人神清气爽。夜已深沉，在天际一轮明月映照之下，数行大雁悠然飞过。如今不只是越地，风光明媚的能州也已悉数握于掌中。故乡的亲人，是否会想起远征在外的我等呢？且不管他，只是静静地欣赏这九月十三夜晚的美妙月色，如此就好。

十五日，上杉军在己方内应游佐续光的引导下，开始对七尾城发动总攻。由于长期围城的影响，城内士气极为低落。

号称难攻不落的七尾城，当天便被上杉军拿下。守城武将长续连一族悉数战死。

攻下七尾城的谦信，展开了宛如怒涛一般的快速进击。大军攻取位于加能国境[5]的末森城后，挟破竹之势一举进入加贺境内。

另一边，织田军刚到达自北向南流经能美平原的手取川岸右岸，便接到"谦信攻来"的消息。总大将柴田胜家立即召集麾下诸将商议对策。

"我等原是为着援救七尾城而来。既然七尾城已被攻取，那么再向北进军就没有什么意义了。"

丹羽长秀看着泷川一益、佐佐成政、前田利家等一干在座武将，如此说道。

"丹羽大人是害怕了吧？想要转身夹着尾巴逃掉吗？"

与他针锋相对、出言讥讽的人是前田利家。

第四章 雪崩

绰号"枪之又左"的利家，昔日曾因一时性起斩杀了僧侣侍从十阿弥，遭到过信长处罚，是一名不折不扣血气方刚的男子。

"并非逃跑。"年龄稍长的丹羽长秀，对利家的讥讽不以为意，"援救七尾城之事，本是顺势而为，且兼有相助他人的名分。如今七尾城、末森城已落入上杉手里，我军要与挟余威而来的敌军正面交战，此举实在是有百害而无一利。"

"说来说去，不就是害怕了嘛。"

"不，上杉军可不是易与之辈啊。"

长秀依然一如既往地慎重。两人正在理论之际，佐佐成政插口道：

"我军兵力胜超上杉军许多。谦信之流，不足为惧。何不在此放手一搏，立下战功与武名呢？"

"佐佐大人言之有理。"

前田利家点点头，对佐佐成政的发言深以为然。

而泷川一益则赞同丹羽的意见。于是会议之上，众人分成两派，对是撤是战莫衷一是。

"柴田大人，意下如何？"

诸将的视线齐齐集于总大将柴田胜家身上。胜家微一沉吟，说道：

"那么就暂且退回越前，巩固边防，然后去安土城请主公定夺，看是否要与上杉决一雌雄。"

显然是一个顾全双方面子的折中办法。

商议最后决定，遵从柴田的提议。

同日晚间，织田军趁着夜色的掩护横渡手取川，开始退兵。然而适逢连日阴雨，河川涨水，使得退却花费的时间大大增加。

此时——

接到敌军退却情报的一万三千上杉军，迅速对三万织田军展开急

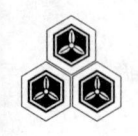

袭。

在上下齐心的上杉军的猛攻之下，织田一方溃不成军，战死一千余人，铩羽而归。

二

越后上田庄有一座古寺，名为"云洞庵"。

位于今新泻县南鱼沼市的这座寺庙，创建于奈良时代。此寺香火曾一度衰落，不过在室町时代永享元年（1429），关东管领上杉宪实请来高僧显窗，将此地作为上杉家菩提寺[6]。从此以后云洞庵香火再次兴旺。

那时，云洞庵所信奉的宗旨由律宗[7]转为曹洞宗，历代住持均兼任掌管越后一国禅宗事务的僧录[8]。因此，寺院在当地的地位很高。

自古以来，越后国有一句老话：

"踏过云洞庵的石板了么？尝过关兴庵的味噌了么？"

云洞庵与临近的关兴庵，俱是禅宗大寺。这句老话的意思是，若未在这两座寺庙中修行过，便算不得真正的禅宗僧人。关兴庵的味噌远近闻名。而云洞庵中自赤门至本堂的石板路，是由许多小石块平铺而成，传说每一块小石板的背面均刻有一字，整条路便是一部《法华经》，十分灵验。

这云洞庵坐落在金城山麓郁郁苍苍的杉林之中。本堂、僧寮、禅堂、大膳房、大方丈、小方丈等二十余栋茅葺屋顶的坊舍分布其间。

寺院境内水源充沛，从后山涌出的清泉积于大池，见缝插针一般围绕各建筑物之间流动不息。一到冬天，寺内处处寒气入骨。脚踩在潮湿的榻榻米上，很快便会冻僵，袜子也会粘在脚底，很是难受。

云洞庵的禅堂内，兼续正在盘膝坐禅。

第四章　雪崩

时值晚秋。

平地虽然尚未积雪,但东北方向八海山的连绵群峰,已披上了一层薄薄的银装。

禅堂的木地板已然冰凉,兼续没有穿鞋,寒气沿着脚趾向上蔓延。

他的表情严肃而生硬,仿佛用手指一弹便会如冰块一般碎裂开来。

在他脸上,行事冲动、不计后果的少年意气已经褪去,取而代之的是全然不同的一副老成持重的神情。

十个月前——

兼续因与三郎景虎的家臣私斗,被主君上杉谦信追究责任,在故乡上田庄闭门思过。

那以来,兼续便在自幼修习学问的云洞庵中一心坐禅。日子一天天过去,兼续的身上仿佛起了什么变化。

(是什么呢……)

兼续自己也无法用语言具体表达出来。

只是,他双颊与下颚的轮廓显得更加刚直坚毅,眼眸之中宿有蕴含着强韧意志力的深邃光芒。此外,他变得极为寡言少语,应该也算作显著变化之一吧。

出世以来第一次尝到人生挫折的滋味,让这位男子仿佛脱胎换骨一般,从少年变成了大人。

在微闭双目、盘膝而坐的冥想中,时间悄然流逝。

片刻,兼续结束坐禅,站起身来,从书写着禅堂戒律的匾额下穿过,来到走廊上。

走廊前方的庭院遍布青苔,火红而鲜艳的枫叶散落满地。

身着小袖与野袴[9]的兼续翩然奔下庭院,取过靠在枫树树干上的白木杖,赤脚踏上青苔,穿过侧门,向后山行去。

渐带凉意的秋风从山上吹来，轻抚脸颊，卷起枯叶。

行至山腰，眼前出现了一大片岩石地。

大大小小的奇形岩石矗立其间，直指天际。在重重岩石深处，有一条瀑布。

云洞庵背后的金城山，自古以来便作为山岳修验道者推崇的修行之地而闻名。多有在群岩与瀑布中锻炼身心的山伏[10]。

此时，周围空无一人。

兼续噔噔噔地跑跳几步，来到瀑布近前，将杖放在一旁，脱掉衣物，只留一条兜裆布，然后钻到瀑布下面。

（好冷……）

不过这只是瞬间的感觉，下一刻，瀑布的声音与压力铺天盖地迸裂开来，将兼续笼罩其中。

哗啦哗啦哗啦。

哗啦哗啦哗啦……

瀑布的水流重重击打在兼续的头顶、肩上。他双手结不动明王印[11]，口中念诵咒文，身心岿然不动。

手足渐渐麻痹，身体也慢慢失去了知觉。

广阔无垠的天地中，只有瀑布的声音与自己同在。生死之间的混沌之境，唯余兼续身心。

兼续只管将心置于"无"之境地。

此时他的心中空无一物，自身的喜悦、愤怒、不安、焦虑、急躁……诸般杂念一一抛却。

自幼便与上杉家的养子景胜如兄弟般被抚养长大，才气过人而深受谦信喜爱——如此的自己，对这世间的看法是否过于天真了呢。因为恃才傲物，将他人看作愚者，浑然不觉地做出伤害他人之事。这样的事情也是有的。

（馆主大人那犹若寒月一般的眼睛，当真是洞悉一切啊。然而，

第四章　雪崩

我……）

这十个月来，兼续无时不在责备自己。每念及此，面颊便如同火烧。

（义，到底是什么呢？）

在沉于幽暗深渊之底的意识中，兼续不断询问自己。

（义，乃是……）

谦信所理解的义，与兼续自身所理解的义，究竟都是什么东西呢？又会给这个乱世带来何种变数呢——

"总有一天，你也会明白的。"

谦信的话语，犹自在兼续耳边回荡不去。

然而，在那天到来之前——

（我会就这样下去，在这里虚耗年华，再无出头之日吗……）

兼续咬唇想道。

似乎想要摆脱目前汹涌起伏的思绪，兼续自瀑布中一跃而出，拿起白木杖，"喝"地大喝一声，将杖头向前刺出。

兼续转过杖头，刺入奔流而下的瀑布，再转过杖头，刺向另一侧的虚空，在岩石之间跳跃腾挪，挥杖击向围绕在自己身畔唤作烦恼、欲望、执着等肉眼所不能见的敌人们。

原本被瀑布的水流浸得冰冷的身体开始发热，皮肤渐渐变红，自肩头散出一层薄薄的雾气，不知是水是汗。

饱经锻炼的年轻身体，不知疲倦地挥舞着白木杖，就算一刻未停，呼吸也没有丝毫紊乱，却反而令人感到生机勃勃。

就在此时——

兼续突然收杖，停了下来。

三

头顶大杉树的树梢上，传来尖锐的鸟鸣声，不知是鹞子还是隼。这鸟忽然展开双翼，仿佛追踪什么似的，从枝头向远处飞去。

（怎么回事……）

兼续眯起双目，向树冠望去。

那里并无异状，一片寂静。只有自山间吹来的冷风摇动着枝丫。

"谁在那里吗？"

兼续大喝。无人回应，只听"嗖"的一声破空，有什么东西疾飞而来。

说时迟那时快，兼续抡起手中木杖向斜上方挥舞，将来物击落。只见脚下一枚小石子兀自滴溜溜转个不停。

"是谁！"

兼续持杖拉开架势，再度喝问。此时，一个人影倏地射出，宛如白鹭一般轻轻落地，衣袂飘飘，姿态优美之极。

那是一位身着白色千早与红色切袴的妙龄少女。

"姑娘是……"兼续架势不变，紧盯住对方双眼，"初音么？"

"您记起来了吗。"

少女微微点头，嫣然一笑，正是祢津的袴巫初音。自二人在信浓善光寺后山的奇妙邂逅以来，已经过去了一年又三个月。

少女一如前时的美丽妖艳，不，那动人的眉目与明艳的嘴唇，似乎益发风情万种了。

"好久不见，身手更加矫健了呢。"

初音一面巧笑称赞，一面走近兼续。衣物大概用香熏过，淡淡的幽香沁入兼续鼻中。

第四章 雪崩

"你来做什么？"

兼续依旧神色严峻。

"一个女子与你久别重逢，说话就不能温柔一点吗？"

"你可不是普通女子。若不小心应付，谁知道你会化为鬼还是蛇呢。"

"真是谨慎呢。您蛰居在此很久了吧？"

"看来祷巫的耳目已经遍布越后了吧，真是丝毫大意不得。"

"可不单是这越后，在哪儿都有。"

"往来于五畿七道，没有不知道的事情。是这样么？"

"哼哼……"

初音笑了。

兼续将木杖收起，表情稍稍缓和了些，不过看上去并没有完全放下对这位不明身份的巫女的戒心。

善光寺后大峰山的岩洞中，兼续与祷巫初音初次经历了男女之事。都是因为伤口上所涂药膏的缘故，才——虽然这样向自己解释，但妙龄少女那光滑肌肤的触感，犹清晰地刻在自己的指尖，直至如今。

不过，兼续也并不是迷恋初音。

对一个男子来说，若是要将初音作为真心相对的恋人，那她身上的谜也未免过多了一些。

"既然知道我蛰居在此，那么来找我也是白费力气吧。"

"为什么？"

"你们为守护祢津之里，要寻找接近上杉家的办法吧。接近我这个受馆主大人责备而闭门思过的人，有什么意义呢。"

"人的运气，可不是那么容易说得清的。"

初音以仿如树木枯萎一般的苍凉之声庄严地说道：

"我等祷巫，双眼能够预见人的未来。我曾对您说过吧。"

"你是来戏弄我的么……"

"不是。"

"不,你就是来戏弄我的。我的心如今已经远离战场啦。"

"真的?"

"就这样遁入空门也不错吧。"

"前几天,上杉的军队在加贺手取川击破了织田的大军。"

"什么!"

一瞬间,兼续的瞳孔中放出异彩。

"看,说什么远离战场,果然是骗人的吧。你的心里,潜藏着猛兽呢。"

上杉谦信于加贺手取川击破织田军,屈指算来,刚好是十日前的事情。

胜利的消息已经让快马回报春日山城,整个城下町都为此欢呼雀跃。不过,因为上田庄地处深山,此时情报尚未到达。

"织田军中的武将,柴田胜家及丹羽长秀等人,逃命一般从手取川返回了越前北庄城。巷里坊间,正流传着这样的歌谣呢。"

说着,初音打着拍子,唱道——

> 织田在手取川呀
> 遭遇上杉
> 谦信勇猛冲杀呀
> 信长逃窜

此歌在当地百姓之间传唱,将颜面尽失、仓皇败逃的织田军揶揄得淋漓尽致。

在给上野厩桥城主北条高广的书信中,谦信如此写道——

(信长军)格外脆弱。此难既过,往后自当太平无事,敬请安心。

第四章 雪崩

诚然，此战中织田军显得相当脆弱。与此相对，谦信察敌机先、当机立断的战术眼光，实在堪称卓越。

（这是理所当然的事嘛……）

兼续听了谦信大胜的消息，并未感到多少惊讶。就算仅仅比较两军兵士自身的作战能力，在义之精神统领之下滴水不漏的上杉军，又岂是织田军能够比拟。

然而，织田军在数量上的优势，以及拥有在长筱合战中将曾号称"战国最强"的武田骑兵击溃的铁炮队。唯有这两点——

（会是馆主大人的死穴吗……）

兼续心中曾有此疑问。

不过，谦信轻易地越过了这道障碍。

无论对手在数量上如何占有优势，若委任无能之人作为统帅，也不过是一群乌合之众罢了，只要战术得当，便可轻易击破。谦信用行动证明了这一点。

"馆主大人趁势率军进攻北庄城了么？"

兼续问道。

逃到越前北庄城的织田军，想必已经乱作一团了吧。

而且，畿内有与信长一直作对的一向宗总本山石山本愿寺，西边有毛利氏这般不容忽视的劲敌。如此情势之下，信长也难以向北庄城派遣援军才是。

（此时正是夺取天下的良机啊……）

倘若自己是谦信的话，无疑会立即进攻北庄，将柴田、丹羽的军队一举消灭，而后率领大军一口气取北陆道而下，直指安土城。

不，就算不是谦信，面对出现在自己脚下的通往天下之路，任谁也不会视若无睹才是。

但是，面对兼续的问题，初音却笑着摇了摇头：

"上杉军毫不留恋地退回了能登七尾。"

"退军了？"

"是的。"

初音点点头。

"别说傻话了，怎么会有这种事情。"

"信与不信，全凭公子心意啦。我只不过是将自己所见所闻告诉你罢了。"

"这样说来，馆主大人此次进军越前……"

"好像是白白浪费了一场胜利呢。此时北庄城内的织田家诸将，一定为保住了性命和地位大大松了一口气吧。"

"怎会如此……"

兼续仰天长叹。

（这，也是馆主大人遵从自己的"义"所作出的决策吧……）

兼续无法理解。

不管怎样，对身处云洞庵的自己来说，这些都是远离此处的另一世界中发生的事情吧。

兼续不再言语，转过身去再次默默挥动木杖，仿佛击向肉眼看不见的某物。

此际的天空，朱鹭悠然振翅，向卷机山方向飞去。这个时代，朱鹭在北陆一地比比皆是，自由自在地生活在广阔天地间。

"谦信大人，仿佛对取不取得天下一事都无所谓似的。"

身后，初音喃喃说道：

"取得天下，并非真正的目的。所谓取得天下一事，不过是想置身于众人之上这种欲望的具象罢了。正因为无欲无求，谦信大人才如此强大吧……"

朱鹭的身影已融入紫绕卷机山的云雾之间，消失无踪。

第四章　雪崩

四

越后国山林之中，树叶枯黄落尽，铅色的云群堆积天空，天气也一日寒于一日。

再过不久，大地会隐隐震动，发出雷鸣般的轰隆声。这种被称为"雪前雷鸣"的现象一旦发生，村民百姓便会眼望天空，然后奔走相告：

"快到今年的大雪时节了呢。"

于是纷纷在屋子周围用木板与苇帘子筑起防雪栅栏。

上杉军在手取川取得胜利的二十天后，上田庄迎来了今年的第一场雪。

这场前奏一般的初雪虽然很快融化，然而七天后，来年春天才会融解的越冬之雪正式降临。

上田庄——也就是现在的新潟县南鱼沼市汤泽町一带，是日本有名的大雪地带。

在这里，就算积雪超过十尺（大约3米左右）也不是什么稀罕事儿，有近半年的时间，人们都在这与世隔绝的大雪中度过。如此严酷的雪国冬天，自然也来到了云洞庵。

年关刚过的某日，大雪下了整整一夜。大清早，兼续脚穿走雪套鞋[12]，嚓嚓嚓地踩在新积的雪上，行色匆匆。

因为时候尚早，参道上还不见人影。极目所见，只得一片积雪的茫茫原野。

兼续穿过山门，走出寺院。

兼续大概有一年时间没有步出寺外了。然而就在这一日的黎明时分，坂户城下的父亲樋口总右卫门差人捎来口信：

"你母亲病情加重,速来城下。"

于是兼续急忙起身穿戴整齐,独自向坂户行去。

从云洞庵到坂户城下,连山脚的道路和村落一共不过一里。虽然距离并没多远,但由于积雪太深,行走极为困难。

兼续在这一里路上走了一个多时辰,终于来到坂户城下。

坂户城是上田长尾氏累代的居城。此城紧靠坂户山顶而建,城主的居馆坐落山腰,俯瞰鱼野川的清冽流水。

城主居馆下方,并排着家臣们的住宅。因为是雪国,家中地板及木柱湿气很重,须得涂上柿油[13]防止腐烂,因此家家户户看上去都带一层黑色。

这一栋栋色泽暗黑的居宅,便是一直以来支持着上田长尾家的"上田众"集中居住的区域。

一直以来,上田众紧密团结在坂户城主长尾政景周围。政景亡故以后,他们又一致支持着政景的遗子景胜,在上杉军团中是绝对不容忽视的存在。

上田众的强盛,也源于其经济实力的雄厚。

坂户,乃是四周被鱼沼一带连绵群山所包围的山间城镇,位于关东与越后之间的交通要冲,自古以来便是物资往来频繁之地。

自信浓川至鱼野川溯流而上的水运物资,在坂户的港口下货,然后经陆路越过清水岭运至关东一带。此地人力物资齐聚,商业自然发达。

而且,上田银山便在坂户附近。这里既是矿藏丰富的产银之地,也是越后特产青苎的种植之所。

拜这些收益所赐,上田长尾氏及其家臣团上田众的力量不断扩大,成为上杉家的支柱之一。

兼续之父樋口总右卫门,也是这上田众其中一员,因为具有出众的算勘才能与诸位重臣并列。原本他不过是往来于家中厨房与城内、

第四章 雪崩

负责购买柴薪的一名佣人,身份低微,后来渐露头角,最终一手掌握了鱼野川水运、银山经营、青苎买卖这一系列堪称上田长尾氏生命线的财政要务,进而成为家老。

如今,甚至有人说"若是没有总右卫门,就没有坂户眼下的丰富储备"这样的话。因此,当景胜成为谦信养子之后,上田众中的多数人均搬迁到了春日山城下,而总右卫门却与坂户城代[14]栗林肥前守政赖一同留了下来,继续维持坂户一地的经济繁荣。

这便是兼续的父亲。

对于这位与其说是武士,莫如说商人气更为恰当一些的父亲,兼续并不十分喜欢。虽然非常明白经济的重要性,然而兼续依然对此颇有微词:

"无论怎么说也不过是一些省钱存钱的事情罢了。"

兼续自己身上,原本也存在着父亲遗传下来的经商才能,不过,仅凭这个——

(是成不了大事的吧……)

兼续总是持有如此的逆反心理。

坂户城下,如今也因大雪而与世隔绝。

——与世隔绝。

这样的形容,对于身处温暖地带的人们来说,大概会觉得言过其实了吧。不过,这可并非诗意的表现。如今兼续眼前所见之景象,就让笔者来描绘一番好了。

在这酷寒之地,为了使房屋能够承受积雪的重量,家家户户的立柱与屋梁都要修得粗壮结实。即便如此,在三尺(约90厘米)积雪之下的屋顶,亦被轧得吱嘎作响。

登上屋顶,用木锹[15]"卸雪"(鱼沼地方对铲落屋顶积雪的说法),是此地冬季男人们的主要家务。从家家户户屋顶上铲下来的积雪,渐渐地堆得比房屋还高。这样看来,与其说是"卸雪",还不如说是"堆雪"更为恰当吧。

虽是相当耗力气的重活，然而不这样做的话，重要的家宅可就会被大雪压塌了。

"卸雪"之后，道路变得高于屋顶，行人能够一面行走一面俯视道旁人家，这不同于一般常识的情形，可算是雪国一大奇观了。

兼续此时正在高高堆积的雪道上匆忙赶路。周围居宅雪白的房顶在积雪之下兀自默然。

（母亲大人……）

兼续一边赶路，一边挂念着母亲。

特意将正在闭门思过的自己唤来，大概母亲的病情已然恶化了吧。在兼续印象中，自己尚幼之时，母亲便是多病之身了。

兼续是由侧近农家的大婶哺乳长大，很早就因聪明伶俐被召至景胜身边伴学。因而对于自己的生母，并无太多的记忆。

而次子与七实赖直到元服之前，一直由父母亲手养育，不曾离开一步。因此与兼续相比，实赖与母亲之间的感情更为深厚。

（与七那家伙，一定心乱如麻了吧……）

路途上，兼续与载着薪炭与粮食等货物的雪橇擦身而过。一人在前面用绳子拉曳，另一人在后面用力推。在大雪中，无论马匹还是货车都无法使用，运送货物之事只能由雪橇代劳。兼续沿缓坡而上，向武家町[16]走去。每每见到雪橇行近，兼续都会侧身道旁，让其通过。就算是武士，也得给大雪中运送货物的人让道，这是雪国的惯例。

本来据城下医生的说法，母亲的病大概挨不过年末，如今却也总算撑过了年关。

因为家中有病人的缘故，樋口家也没有过一个像样的新年。

在积雪之下的阴暗家中，不得不与父亲总右卫门见面，兼续感到有些不大自在。

总右卫门与身高六尺、仪表堂堂的兼续，相似之处并不太多。

第四章 雪崩

就于战阵之上挥动长枪的武士来说，总右卫门的个子未免过于矮小，体格也单薄了点。与其说是武将，更像是泉州堺一地的富商。初见时给人印象温和谦恭，然而细看之下却会发现此人眼底蕴含精光，浑身上下全无破绽。

总右卫门对兼续此次犯错被罚闭门思过一事，没有发表过一星半点的意见。

在询问了兼续从能登七尾的战场上归来的缘由之后，只是短短说了一句：

"是吗。"

然而，尽管父亲什么也没有说——

（父亲在责备我……）

沉默之中不时留意到父亲投来仿如利剑一般的视线，兼续顿时感到沉重的压力。

薪炭佣人出身，因算勘之才出人头地而成为坂户长尾家家老的总右卫门，对这位被送到春日山城谦信与景胜侧近的长子兼续，寄予了很大的期望，希望能够将樋口家的未来托付在他肩上。

然而，兼续却因为维护主上景胜名誉而在战场上引起私斗的缘故被送了回来。

虽然没有出言责备——

（父亲一定对我这个辜负他期望的家伙失望了吧……）

兼续每天都为此愁眉不展。

五

与远离俗世的寺院不同，置身城下居宅之中，不管愿不愿听，各种各样的世态传闻都会进入自己耳朵。

击败信长的上杉谦信,将部分兵马留在了七尾城,自己率大军回到了春日山城。

此时正值天正六年(1578),谦信的版图已由越后一国扩张至北关东、信浓的一部分,以及越中、能登、加贺等地。信长虽然早就占据了畿内,然而其主力军队在手取川大败而归,折了锐气。于是谦信今后的动向,当会将天下的势力图大加改变吧。

兼续母亲去世是在道祖神祭[17]这天。家家户户焚烧新年饰物的火焰熊熊燃烧,将雪花纷纷飘落的灰冷天空映得通红。

母亲的丧事举行得异常低调,仅由几位亲属操持。

这是考虑到一俟雪融,谦信将会再次出阵关东,大家都得急急准备出征事宜,因此丧主总右卫门决定不必劳烦各位亲友,便没有张扬。

不过消息还是传到了亲友们耳中。由于自己无暇抽身,他们便让家中女子代替自己前来樋口家吊唁慰问。这其中,有一位女子与众不同,格外引人注目。

此女身材高挑,举止优雅。

无论是进香时的背影还是灵位之前合十行礼的姿态,一举一动沉稳静谧,隐隐透出几分威仪。

"那是谁呀?"

因为母亲去世而一直心情抑郁的弟弟与七,目光也被这位女子吸引,于是忍不住出声询问。

"樋口家的亲戚里边,有这样美丽的女子?大哥,你知道吗?"

"我不知道……"

兼续对这位女子也毫无印象。

这女子看上去比兼续大上两三岁,身着一件剪裁得体的小袖,从梳妆方式来看,并非未出阁的少女。举手投足之间,更透露出一种少妇般的从容稳重。

第四章 雪崩

不过，在她脸上并没有因操持家务而留下的憔悴，侧面看去，那下颚的美丽轮廓甚为娇嫩清雅。

趁父亲忙于接待前来吊唁的客人之际，兼续独自走出房门。他实在厌烦了屋里凝重而沉闷的空气。这并不是说他对母亲去世之事没有感到悲伤，相反在内心深处，兼续对人们变幻无常的生命感到十分悲哀可悯。只是，年轻的兼续尚不习惯与他人共同分担这悲伤的心情。

这是一个晴朗的早晨。之前一直下个不停的大雪，就好像是一场幻象。

天空碧蓝如洗，极目所见，山野积雪反射的白光教人眼睛有些疼痛。

好似鸡冠一般的坂户山，闪耀着炫目的白色辉光。

（不久，春天就要来啦……）

春天一到，积雪就会消融。然而如同将自己冰冻起来的蛰居处分，几时才会取消呢？兼续忽然想到这个。

正在悠然地吹着山风眺望远处之际——

"与六大人。"

犹如山间精灵一般清澈的嗓音，在兼续耳边响起。

兼续循声转过头去。

刚才那位女子背靠雪椿站在那里，盈盈浅笑，仿如二人很久以前便已熟识一般。

"这雪椿，"女子抬头望着雪中依然顽强吐露着花蕾的枝头，一面说道，"亡故的姑母大人，很是喜欢这株雪椿呢。略带灰色的淡红花瓣层层叠叠，好像正在飞舞似的……您还记得小时候在这树下玩耍的事情么？"

"你是……"

"我是阿船，您不记得了吗？"

女子脸上流露出少许哀怨之色。这表情，鬼使神差地和兼续记忆

中一张快要被遗忘的脸庞重叠起来。

"阿船……难道是，直江家的那位？"

"是的。"

"这简直……变得这么漂亮了，完全不认得啦。"

"您很会夸人呢。那个扔雪团欺负人，总被姑母大人呵斥的与六，一下子就变成大人啦。"

女子用手背遮住嘴，咯咯直笑。

（啊……）

兼续的记忆顿时明晰起来。

的确，此时站在庭院中的这位比他稍大的美丽黑发少女，曾被自己用雪球砸中过。那是跟附近的小孩打雪仗的时候，误砸中了当时正立于这株雪椿之下的少女。少女"哇"的一声惊呼逃走，又倏地回过头来怒视兼续。那黑亮的大眼睛忽闪忽闪的样子，浮现在兼续脑海中。

（是啊，是阿船姐。）

阿船是与板城主直江大和守景纲的女儿。

作为上杉家首席家老深得谦信信任的景纲，正是兼续亡母的兄长。也就是说，兼续与阿船两人是表姐弟关系。

阿船比兼续大上三岁。

去年远征之际在能登石动山营地病故的大和守景纲没有子嗣，因此从上野长尾家迎来了一位婿养子[18]，与阿船结为夫妻，以继承直江家。

（是跟那位信纲大人……）

阿船的丈夫直江信纲其貌不扬，眼鼻狭小，面庞扁平，除了给人温厚之感以外，在家中的存在感可称得上薄弱。

"那人跟阿船夫人这样的女子在一起真是不般配。"

"就是，太可惜了。"

第四章　雪崩

信纲入赘直江家，做了女婿之后，坊间巷里处处流传着这样的闲言碎语。

在阿船之上，直江大和守还有一位叫作阿悠的女儿。姐妹两人都拥有可称为国色天香的美貌。然而姐姐阿悠却在大约五年之前突然落发遁入空门。

妹妹阿船不仅美丽，也擅和歌、懂汉籍，堪称才貌双全。

——阿船小姐是文殊菩萨再世呢。

下人们纷纷如此议论。

听说阿船嫁给了信纲这样的凡庸男子，世人当然会感到十分惋惜。

"您在做什么呢？"

阿船问道。

"我在看山。"

"看山……"

阿船沿着兼续的视线，向八海山望去。

"这雪真是刺眼。"

"据说人死后，魂魄就会回归山林。母亲大人的御灵，此时已经回到那座白色山峰了吧。"

"原来您在悼念姑母大人呢。"

"……"

兼续没有回答。

不知为何，与这位美丽的表姐聊天，兼续觉得有些拘谨。

"听说，馆主大人非常喜欢与六大人您呢。"

"总是被馆主大人严厉斥责啊。"

"那是因为馆主大人很看重与六大人吧。"

"……"

"与六大人您与馆主大人真的很像。"

"没有那回事。我跟馆主大人相比，还差得很远很远。馆主大人为了贯彻心中之义，一直以来严守戒律。"

"有时觉得，馆主大人是不是伟大得过头了一点。想到这里我心里也难免有一些怨恨。"

"怨恨？"

"嗯。"

阿船那形状好看的眉毛微微一蹙。

"因为有为此而悄悄流泪的人啊。"

（这话真是匪夷所思……）

兼续凝视着这女子的秀美侧面。

在越后，人人皆对谦信抱着近乎于信仰一般的崇拜，阿船的这话却有着少许挑衅的意味。

"是谁呢？那位因为馆主大人的缘故而哭泣的人……"

"我不能说。"

阿船抿紧了嘴唇。

"我既然受教于馆主大人，刚才那番言语，可没法听了就算了。如果是不便对别人说的事，那么请将怨恨什么的话收回吧。"

"我不要。"

"那可有损于馆主大人的名誉。馆主大人可不是会做让人伤心那种无聊事情的人。"

"我知道。馆主大人是一位光明磊落的人。但是，对于一位因为他那样的自律而不得不放弃自己唯一恋情的女人，又当如何呢？"

"恋情……"

兼续吃了一惊。

谦信与恋情，在兼续的脑海里迄今为止从未将这两者组合在一起过。

"是说有被馆主大人抛弃的女人么？"

第四章 雪崩

"也不能说是被抛弃。怎么说好呢……姐姐对馆主大人……"

"姐姐?是指那位在浜善光寺出家为尼的阿悠吗?"

"……"

阿船不置可否,神色郁郁寡欢。

直江景纲的长女阿悠,有一段时间曾在春日山城谦信身边做侍女。这个兼续也知道。

没有告诉任何人理由而辞去了城内的职务,在花样年华落发为尼,令父亲景纲嗟叹不已。关于阿悠的这些事情,此时已经成为坊间流行的谈资。

"姐姐打心眼里爱慕馆主大人。"凝望着被薄薄的灰色云层遮盖着的雪山顶峰,阿船喃喃说道,"而且,恐怕馆主大人也……"

"若是互相倾慕的话,馆主大人为何不娶阿悠小姐为妻呢?"

"那位大人的内心,绝非旁人所能触及。姐姐曾经说过,就好像冰封的坚壁。"

"冰壁吗……"

"是的。"阿船点头说道,"若是可能的话,姐姐想把那寒冷的冰壁融化掉。然而,后来姐姐说,因为没法做到,自己只好出家为尼。"

此际,太阳已经被云层遮挡,冷风吹得皮肤有些刺痛。远山表面的积雪被风掠起,如鹅毛一般纷乱飞舞。

谦信与阿悠之间到底发生了什么事情,旁人也无法得知。

然而,谦信为了祈愿战事顺利,曾在毗沙门天面前立下了一生不近女色的誓言。想必这便是阿船的姐姐口中所说的"冰封的坚壁"吧。

"严于律己,对男人来说是很自然的事情。然而,将如此的苛求加诸于男女之事,却并不妥当。若要说倾慕这样的馆主大人,姐姐自身也有一定责任吧。"

阿船垂下眼帘。

"男人与女人之间，就仿佛战争一样呢。"

"哎……"

"好像变法术一样夺走对方的心，这样的男女之间的战斗，大概就是爱情吧。败战的话，就好像阿悠小姐那般。不过又怎么样呢？馆主大人的内心深处，想必也在流血吧。"

听了兼续的话，阿船的表情忽然一变，以姐姐的口吻说道：

"与六大人，有喜欢的人吗？"

"还没有。"

兼续摇摇头，表情稍稍有些落寞。

"真的？"

"嗯。"

虽与初音有过男女之缘——

（那却并不是恋情……）

兼续如此认为。

在年轻的兼续心里，自己所期盼的恋情既不像是谦信与阿悠那般无法吐露的感情，也不能够仅仅是肉欲的关系，而应该是在人内心深处悠然绽放，宛如姬百合一般纯粹的情感。

"冷起来啦，回屋子里去吧。"

此时空中，雪花再度纷飞。

六

雪下了一整晚，黎明之前方才停息。

屋外天色尚暗，当值的公人们穿着走雪套鞋与踏雪套鞋[19]将道路上的积雪踩实，以便于行人往来。这也是雪国习俗之一。

朝阳升起的时候，坂户城下的新雪已被完全踩踏结实。

第四章 雪崩

吃过早饭,兼续来到父亲总右卫门的居室,向他辞行。

"我要回云洞庵去了。"

此时兼续尚是蛰居之身,母亲的丧事既已处理完毕,就不得不尽早回到云洞庵继续闭门思过,继续在禅堂中度过每一天。

总右卫门拨着算盘,仿佛正在计算什么账目。听到兼续说话之后,才略微抬起头来,说道:

"替我向庵中的老师问候一声吧。"

庵中的老师,即是指云洞庵住持通天存达。他本是那位已故的长尾政景大人的弟弟,曾在天下闻名的足利学校[20]学习,满腹经纶,是越后无人能及的高僧,十分受人尊敬。

"好。我这就出发。"

"等一下。"

总右卫门把算盘横置一旁。

"春天就快到啦。"

"是。"

"剩下的这段时间,你要好好调整自己的心境。"

"这是为何呀?"

兼续猜不透父亲的用意。总右卫门盯着兼续,一脸严肃:

"你的蛰居处分,大概在今年春天就会解除吧。这次回到馆主大人身边,可不要再轻率行事了。"

"真的吗!"

兼续身体一震,不由得冲口而出。

"我不重复第二遍。"

总右卫门眉头略蹙。

"我要跟你说的就是这个。对了,你送阿船一程吧,女人行走雪道,到底教人不大放心。"

"是!"

兼续伏身拜倒。

阿船一行在六日町码头乘上小舟。
　　同行的仆人、随从及年轻侍女坐在船头，兼续与阿船二人则坐于船尾。
　　阿船头上严实地包裹着红色棉布被衣[21]，用以遮挡寒风。
　　"您送到码头这里就可以啦。"
　　阿船说道，口中呼出的气息凝成白茫茫的霜雾。
　　河川两岸都是一片白茫茫的银色世界。两岸之间，冻成青灰色的鱼野川缓缓流动。
　　"不，父亲让我务必要将阿船姐平安送达。反正也没有别的事情，就让我送到大汤吧。"
　　"那么，有劳了。"
　　阿船端正姿势，伏身一礼。
　　所谓"大汤"，是一个距离鱼野川的河港小出港约莫三里的山间温泉村落。
　　这座温泉在奈良时代[22]便已存在，可谓历史悠久，温泉供奉的佛像相传是高僧行基[23]所作的药师如来真身。
　　大汤的温泉据说十分灵验。此时，阿船的乳母为了治愈腰痛，正在这里疗养。
　　"回与板之前，我想顺道去看望一下在大汤的乳母。"
　　因为阿船这么说，众人便决定在小出下船，再去大汤。
　　"大汤那一带，积雪很深吧？"
　　"嗯……大概比坂户城下要深许多。听说常常会阻塞道路。"
　　"与六大人。"阿船稍稍探了一下头，看着兼续的眼睛，"您有什么心事吗？"
　　"心事？"

第四章 雪崩

"从刚才起,您就一直神色不定。一会儿像在想着什么,一会儿又抬头看着远处……虽然在和我说话,但心思却仿佛完全不在这里。"

"阿船姐真是火眼金睛哪。"

兼续苦笑着说道。

"果然有心事呢!"

"实际上——"

兼续将父亲总右卫门告诉自己或许今年春天就会解除自己的蛰居处分,让自己调整好心境一事,向阿船和盘托出。

"那可真是值得庆贺呀!"

阿船两眼放出光彩,就好像是自己的事一般,喜悦之情溢于言表。

"馆主大人最为看重的,不是别人,正是与六大人您的将来吧。我想馆主大人一定会原谅您的过失。总右卫门姑父大人,也为此事不辞劳苦、暗中奔走呢。"

"父亲大人?"

"嗯。"

"为了请求馆主大人赦免我吗……"

"您不知道吗?去年夏天以来,姑父大人就常常去往春日山城,求人劝说馆主大人赦免与六大人您。自仙桃院尼大人等馆主大人一门,乃至留守春日山城的诸位重臣,统统被拜托了个遍呢。"

"我都不知道……"

兼续眼望河川流水,若有所思。

船尾的船夫摇桨扳舵,让小舟在河流中穿行。这一带沙洲浅濑颇多,令船速大减,不过在船夫的巧妙操纵下,小舟终于越过了河流中的这一段险路。

(父亲一点也没告诉我……)

兼续一直以为,父亲总右卫门的沉默是因为看不起自己。原来,为了自己能够尽快得到赦免，父亲早已开始四处奔走了。

一行人于小出的柳原码头下船，在诹访神社神官权太夫的家中稍事休息。

饮下热葱汁后，身体渐渐暖和起来，众人拿来从坂户带来的烤饼[24]填饱了肚子。这种烤饼，是将米屑磨成粉做皮，把腌萝卜叶等物放在皮中做馅，包起来后放在火炉灰上烤制而成的一种鱼沼地方的特色小吃。与信州一带使用小麦粉做皮的一种烧饼[25]颇为相似。

从小出至大汤，大约要沿着佐梨川溪谷逆行三里（大约12公里）地。虽然雪道之上行走艰难，不过就这个距离来说，在日落之前到达是绰绰有余的。

穿着走雪套鞋的仆人、随从们走在前面，兼续居中，阿船跟侍女穿着雪履，跟在男人们身后。

此时天空晴朗清透，天气很好。也许气温有所升高的缘故，道旁杉树上的积雪不时"嚓"的一声纷落下来。

仿佛被落雪声惊吓，树木丛中有野兔飞奔出来，向山上跳去，在雪地里留下斑斑细碎足迹。

行走了个把时辰之后——

"稍微休息一下好吗？"

兼续背后，阿船忽然开口说道。

回头看去，两个女子仿佛有些跟不上了。侍女额上已浮起汗珠。

"阿安她——"

阿船说着这位年轻侍女的名字。

"——出生在上州厩桥，刚来越后不久，还不习惯在雪道上行走，已经有些累了。"

"虽然很想让大家休息一下，但现在还请务必忍耐。"

兼续神色严峻地说。

"为何呢？"

第四章　雪崩

"你看。"

他抬头看着前方窄道左侧的山坡。

"这样的山势，极易发生雪崩，特别是昨晚刚积了新雪。虽然有些勉强，但还是尽快通过这里为好。"

"我明白了。"

"让仆人来背这位侍女吧，阿船姐就由我来背好了。"

"我自己能走。"

"没有时间争辩了。说话声音再大一点，就会引起雪崩的。"

兼续在雪中半跪，背对阿船。

阿船稍微犹豫了一下，看见仆人已经背着侍女阿安走在了前面——

"好吧，就照您说的办。"

双手环搂兼续脖子，伏在他的背上。

兼续支撑着女子体重，站起身来，在雪道中向前走去。

虽然穿着蓑衣，兼续仍能感到女子身上传来的阵阵湿热，一颗心暗自狂跳不已。

"您走路还方便吗？"

"没事。"

兼续摇摇头，脚却深深陷入雪地之中。

他默默地朝前走着，很快便走出杉林，此时眼角的余光忽地瞥到山坡上积雪似乎被狂风卷起。

兼续心中忽地一沉，隐隐感到有些不妙。

"怎么了？"

就在阿船开口询问的同时，山间突然一暗。

"是表层雪崩！"

兼续大声喊了出来。

虽然各地叫法不同，有着种种异名，不过这正是可怕的表层雪崩

无疑。

江户时代越后盐泽的文人铃木牧之，在《北越雪谱》中如此描述表层雪崩：

——高山之巅，积雪颇深。其上再积深雪。此时节山顶大木薄雪一团，因风之故，落于地面，沿山壁而下，浩浩荡荡……此时必有暴风暴雪，寒云当空，白昼亦与暗夜无二……

与冬春之交缓慢发生的全层雪崩不同，在严冬时日新雪甫降之际发生的，便是表层雪崩。

在原本深厚的积雪之上，再积新雪，只要有一点冲击，便会尽数崩落。若是全层雪崩，则在大地轰鸣之后，方才缓缓而来。但表层雪崩却于瞬时之间无声无息地到来，其时速可达每秒百米。遭遇表层雪崩的人，几乎不可能逃出生天。

——毫无预兆，出其不意。即便避过，柔软积雪之中亦难以脱困。生还者十一，殊为罕见。

铃木牧之如是写道。

在兼续等人面前发生的，正是表层雪崩。

根本无暇思考，脑海中闪过"啊"的一声惊呼，只是稍微挪动了一下步子，疾风与飞雪便在这薄暮之中铺天盖地压将下来。

丝毫不受控制的身体横飞出去，在猛烈雪流的冲击下，距离适才背负在身的阿船愈来愈远。

难以置信的重量"咚"的一下压在身上，直至头顶，令人几欲窒息。

（可恶……）

绝不能死——兼续心中只有这个念头。

在这世上，自己还没有任何作为呢。在刻下自己生于此世的证据之前，万万不能死去。

兼续忍着无法呼吸之苦，用重逾千斤的双手忘我地拨开埋住自己

第四章　雪崩

口鼻的雪团。

突然，两手活动的阻碍一轻，刺鼻的冷空气"呼"地冲入胸中，四散流动。

（得救了……）

头伸出雪地的那一刻，"到底活了下来"的生存实感自兼续心底涌起。

面前缠绕着藤蔓的松枝让兼续感到幸运，他抓住藤蔓，拼命将身体从雪地里拔出。

脱离这雪牢之后，环视周围形貌，兼续不禁战栗于自然力量的猛威。

四周景象已和之前大不相同。

在雪崩的压力之下，树木被连根拔起，兼续等人曾行走其间的山间道路已然消失无踪。因为落雪急剧摩擦之故，空气中似乎飘浮着火药燃烧后的气味。

"阿船姐……"

兼续开始寻找阿船。

不止阿船，先时走在前面的仆人及侍女、随从统统不见了，唯余一片茫茫雪原。

"阿船姐！阿船！"

在直没至膝的雪地上，兼续疯狂叫喊。

然而，不见任何人的踪影。

（大家，都被雪崩掩埋了吗……）

昏暗的绝望之感自兼续脊梁蔓延上来。

此时，雪坡下有人影晃动，踉踉跄跄地走近前来。

这人全身是雪，是直江家的随从之一。

"你没事吧？"

"啊，是……"

"阿船姐跟其他人呢？"

随从缓缓摇头，脸上仍然因余悸未消而痉挛。

"不要灰心，分头寻找吧！"

兼续正欲去另一处搜寻之时——

"那是……"

寒风呼啸中，随从手指不远之处，面色张皇。那里似有红色被衣一角。正是阿船包裹头面之物。

兼续急急奔到被衣侧近，两手拼命挖掘。随从也赶来帮忙。

渐渐地，兼续指尖碰到略带温暖之物，正是女人的手。

"阿船！阿船！"

兼续一面呼叫，一面抓住那只手，用尽浑身力气向上拉起。阿船苍白的脸庞以及身体顺次出现，沾满白雪的睫毛微微颤动。

"还活着呢！"

随从大声喊道，喜极而泣。

兼续紧紧抱住阿船，仿佛要将自己身上的温暖尽数传给阿船一般，紧紧地，紧紧地抱着。

注释

【1】长享一揆：长享二年（1488）于加贺爆发的一向一揆。

【2】守护大名：守护是日本中世时期幕府政治制度下治理一国的幕府役职，担任守护的大名家叫作守护大名。

【3】京都奉行：武家职务之一，主管畿内行政事务。

【4】九月十三夜：这首汉诗是谦信攻陷能登七尾城的前一日所作，全名为《九月十三夜阵中作》。在战国大名中，上杉谦信的汉诗造诣很高。其弟子兼续也继承了他的衣钵，擅于汉诗。九月十三夜赏月，是日本古来的习俗之一。

第四章 雪崩

【5】加能国境：指加贺与能登的国境。

【6】菩提寺：这里指供奉累代先祖灵位的寺庙。

【7】律宗：佛教宗派之一，着重研习及传持戒律。

【8】僧录：僧家负责僧侣的登记及住持的任用等人事事务的职位。

【9】野袴：袴的一种。以前指袴裙边缘为黑色的袴，后来泛指袴筒较细的袴，多用于山野旅途之时穿着。

【10】山伏：指修验道的修行者。

【11】不动明王印：结手印是佛教密宗的一种修行法门，这里指兼续双手所结为象征不动明王的手印。

【12】走雪套鞋：原文为"かんじき"，指一种套在普通鞋履之外，雪地里防陷防滑的套鞋。

【13】柿油：原文为"柿涩"，指将未成熟的柿子压榨出的汁液发酵而制成的一种涂料，用于漆器底部、木、麻等物，起防水和防腐的作用。颜色偏黑。

【14】城代：代替城主管理一城事务的职位。

【15】木锄：原文为"こすき"，一种铲雪工具。

【16】武家町：城下町中武士聚居的区域，比商人、百姓等居住的"下町"要靠近城堡。

【17】道祖神祭：日本正月习俗之一，一般在正月十五（俗称"小正月"）这天，将庆祝新年所挂的饰物、注连绳以及新年这天所书字画统统焚烧，祈求一年的无病无灾，平安幸福。有的地方也叫"どんど焼き"。

【18】婿养子：没有嫡子的武家，为了延续家名，让其他武将家的男子与自己的女儿结亲，并入赘到自己家中，作为养子继承家门，称为婿养子。

【19】踏雪套鞋：原文为"すかり"，指一种比走雪套鞋大，主

127

要用于将雪地踩实，方便他人行走的工具。

【20】足利学校：相传创建于平安初期或是镰仓时代的古代日本高等教育机构。自室町时代至战国时代，都是关东地方的最高学府。位于今枥木县足利市。

【21】被衣：一种用于遮盖头面、非常宽大的头巾。

【22】奈良时代：指公元710年至公元784年这74年间，日本国都定都于平城京（奈良）的这一段时代。

【23】行基：日本奈良时代的高僧，传说他奠基了许多寺庙，发现过许多温泉。

【24】烤饼：原文为"あんぼ"，是鱼沼地方（今新泻县南鱼沼市）的一种特产。

【25】烧饼：原文为"お焼き"，是信州（今长野县）一带一种以小麦粉做皮的烧饼类食物。

第五章　遗言

一

彼岸[1]一过，即使在雪国，春天也一天天地临近了。

虽然积雪尚深，不过天空清澈透明的日子多了起来。挂在家家户户屋檐之下晶莹透亮的冰柱尖端，也不断地滴下水珠。

坂户城下，开始了将青苎纺丝织成的越后上布铺在雪上晾晒的作业。经过这一步骤之后，上布会变得柔软而富有弹性，颜色也会更加鲜艳。

鱼野川的河原上并排晾晒的上布布匹，给雪野增添了一层艳丽的妆容。

来踩雪呀来踩雪
快快渡过七座桥

到处响起小孩子们的儿歌声。

临近春天之时，孩子们在冻得坚硬的雪上兴奋地跑来跑去。在凝固后的冰原之上行走，称为"渡冰雪"，当地也叫作"踩雪"。隆冬季节的雪野上，由于脚会深陷雪中而举步维艰，而雪融之时，雪地则

会因夜晚的寒冷冻结成冰。在这样的雪地上行走，又得小心翼翼，提防滑倒。

在家中待了一整个冬天的男人们，鼓起勇气前往山里，用雪橇将秋天砍伐下来的柴薪运回村子。山脚的积雪之间渐现泥土的茶色，雪割草的花似乎也因为感受到了春天的气息而绽放。

就在村民们因春天即将到来而喜悦之时——

春日山城的使者来到坂户。

"馆主大人有令：取消樋口与六兼续的蛰居处分，待服丧期满，速来春日山城参见。"

使者传来的消息，由身处坂户城的父亲总右卫门带给了云洞庵中的兼续。

兼续回到坂户城下的居宅，弟弟与七实赖正在门前等候。

"真好啊，大哥。"

"嗯。"

这一年多的时光让兼续倍感漫长，如今的心情犹如黑暗尽头终于重见光明一般。

"馆主大人果然没有放弃大哥您呀。马上就要出兵关东了吧。"

"你也一起来吧？我去拜托景胜大人，让你也从军出阵好了。"

"真的吗！"

实赖那满是粉刺的脸顿时大喜过望。

为母亲服丧期满后，兼续和弟弟与七实赖一同，出发前往春日山城。

自坂户到春日山，最快的捷径是翻越枥洼岭、药师岭、牧野岭的直线山道。

不过在这早春时节，山岭积雪依然深厚，因此兼续二人不走山路，改为骑马沿鱼野川岸而下，从小千谷到柏崎，然后沿海岸西行。这条路稍远一些。

第五章　遗言

很久没有看到海了。

海上波涛汹涌，吹来的风依旧寒冷，不过目之所极尽是赤松林与宽阔海滩，令闭塞许久的心境一下子舒畅开来。

"听说与大哥您一同受到处罚的泉泽又五郎久秀大人，也已经解除了蛰居处分，先一步回到了景胜大人那里。"

"是吗，又五郎也回来啦。"

"可不要输给他哦，大哥。"

与七实赖说着，表情忽然变得有些诧异：

"这风是黄色的呢！"

"你不知道么？这就是黄沙。"

"黄沙……"

"一到春天，这沙就借着强劲的风力自唐土[2]方向而来。"

"唐土的沙子是黄色的么？"

"听说是这样。"

身着小具足的兄弟二人，并肩驱马沿着海滩向春日山方向行去。

渡过关川河口的应化桥，两人进入府中町。

作为北陆七津之一，位于府中町北面的海港直江津，繁华程度不逊春日町。

与群山环抱的坂户相比，此地的季节约莫提早了一个月时分。从关东流离到此处的前关东管领上杉宪政居住的御馆一带，樱花已然半开。

渐近春日山城，路上人马陡然多了起来，个个行色匆匆。

因谦信意欲出兵关东，分散在越后国内的众武将纷纷带领自己的人马聚集到春日山来。

货车与小辎重装载着用于兵粮的米袋、味噌筒以及作为马饲料的藁草，一刻不停地向城内赶去。

兼续与实赖在城一侧的黑铁门[3]处下马，径直来到居于中城的主

上景胜处拜见。

中城内也开始作出阵准备,到处都是一片繁忙景象。

一路上,和兼续相识的武士们纷纷向他俩打招呼:

"噢,你回来了啊,樋口。"

"中城大人正等着你呢。"

上田众的各位都知道兼续受罚蛰居的缘由,因此也都对他心存同情。

过了一年又三个月,兼续与景胜终于在大厅中再度相会。

与往常一样,上杉景胜依旧一副沉默寡言的样子,不发一言。

不过,就算什么也没说,兼续也从景胜那深邃的目光中,读懂了这位主上心里的话语:

(不要再去别的地方了,留在我身边吧……)

"给您添麻烦了。"

"嗯。"

仅仅寥寥数语,主从二人便心意相通。

在他人眼里,景胜的沉默寡言几近于驽钝,不过兼续知道这其中包含的温和与宽容。

自幼时兼续作为小姓陪伴读书以来,二人便不曾有过如此长时间的分离。此刻见得景胜不计较自己的过失,一如既往地欢迎自己回到这里,兼续欢喜之下,不禁流出眼泪。

在这位寡言的主上面前,兼续将云洞庵通天存达老师的近况、母亲的丧事,以及蛰居中发生的各种事情一一禀明。

然后,兼续将端坐自己身后、一脸紧张的弟弟与七实赖引见给景胜:

"这是我弟弟与七。虽然尚嫌稚嫩,帮不上什么大忙,不过无论如何,还请千万让他参加此次进攻关东的战事。"

"令弟么。"

第五章　遗言

景胜巍然端坐，只是脸上出现了些许动容。

"我没有兄弟。唯一一个哥哥很早就故去了。"

"是……"

"也没有像总右卫门大人那样守护、支持着你们的父亲。血肉相连的亲人，是可以相互依靠的人啊！"

语毕，景胜没再多说其他，只是眯起眼睛瞧着实赖，稍微有些生硬地道：

"努力吧。"

于是，实赖被允许参加出征。

自景胜面前退下后，兼续打算去谒见谦信。

然而，谦信为了祈祷战事顺利，正在毗沙门堂中闭关，已经三天三夜没有会见任何人。

当夜，春寒料峭。

（馆主大人……）

兼续仰望寒星点点的夜空，想着将再次见到自己敬若神明的谦信，不禁心潮澎湃。

三月九日，谦信终于走出毗沙门堂。

谦信回到居馆，吃了腌瓜与小米粥的早饭，然后与吉江资坚、山崎专柳斋等侧近会面，商讨出兵关东的具体布阵事宜。此时谦信的样子与平素一般无二。

听小姓报告说兼续已经从坂户返回春日山之后——

"快叫他来。看来今晚须得摆开赏花的酒席呀！"

谦信如此吩咐，看上去心情极好。

天空中，云层缓缓流动。

妙高山的表面，正在融解的积雪形态仿佛一匹正在跳跃的悍马，十分醒目。群山的轮廓映入眼帘，无比清晰，正是一个晴朗的好日子。

等待兼续的过程中，谦信突然来了兴致，坐在走廊一侧，怀抱自己非常喜爱的琵琶"朝岚"，远眺着城下如烟雾般缥缈氤氲的白色樱花弹奏起来。

不多时——

谦信起身如厕，归还之际，骤然倒地。

原来是突发中风。

二

元龟元年（1570），谦信在上野沼田城曾有过一次中风的先例。所幸情况不太严重，没有什么大碍，只是留下了手颤的后遗症。从此无法用笔在公文书信上签写花押，于是改用印鉴代替。

这一回，是第二次发作。

此番症状远比前次更为严重。据一旁的小姓说，谦信骤然倒地之后，无法开口言语，身体僵硬，意识亦浑浊不清。接着便陷入了昏迷。

此时谦信的样子，《北越军谈》中如是记载：

——（谦信）公头痛晕眩，身心不适。如厕归还之顷骤然中风昏倒，喉中有喘鸣之声。未几人事不省。

对嗜酒如命的谦信来说，这似乎是命中注定的疾病吧。越后人的饮食习惯多盐而辛辣，加之谦信长年累月身心操劳，这些都是诱发中风的各种原因。

谦信的突然发病，顿时使得居馆上下乱作一团。

就在这时，兼续也到了此地。

居馆中异样的气氛，令兼续心中不由地咯噔一下。回过神后，兼续一把拉住走廊上惊慌忙乱的小姓，怒声喝问：

第五章　遗言

"发生什么事了！"

"馆、馆主大人他……"

"馆主大人怎么了？"

"……昏倒了。"

"什么！"

兼续立即放开小姓手腕，急急奔向谦信居室。

（馆主大人昏倒了？馆主大人……）

兼续头脑之中恍如撞钟一般咣咣乱响，双足在走廊上奔走，就仿佛踩在新雪之上一般，膝头发软，无处着力。

"馆主大人！"

兼续冲进房间。

此刻，诊察似乎刚刚结束，身着十德[4]、头发束在一起的典医正在盆中净手。

在隔着帘子的寝间里，隐约可见横躺着一个人影。

"馆主大人……"

兼续正不假思索地要冲上前去——

"请少安毋躁！"

一个声音喝止了他。

呵斥兼续之人，是谦信已经亡故的重臣直江大和守景纲的遗孀，也就是阿船的母亲——阿万之方[5]。丈夫死后，阿万之方落发遁入空门，法号妙椿尼。

兼续冷静下来，环视四周。这才发现房间内除了妙椿尼外，谦信之姊仙桃院等一族与重臣们的妻女也都在这里。众人大概是一听说谦信昏倒之事，便立即赶来探望。

"坐下吧，与六。"

仙桃院淡淡地说。

虽然言谈举止一如平常，但仙桃院的表情却因紧张而显得僵硬，

嘴唇几无血色，可见心中着实担忧无比。

"仙桃院尼大人，馆主大人的御体……"

听到兼续询问，仙桃院没有答话，只是将目光瞧向典医。

面庞狭长的典医眼睑低垂，稍带遗憾之色。

女眷当中有人开始低声啜泣。

（怎么可能……怎么可能发生这种事情！）

与哀痛相比，此刻兼续胸中燃起的是一种近似于愤懑的情绪，这股冲动如火焰一般在四肢百骸奔走冲突。

仍然意识不明的谦信，在病榻上沉睡着。

两位养子，三郎景虎与喜平次景胜双双前来探望，坐于病榻一旁。

"义父大人！"

三郎景虎不顾周遭众人，一下子扑在病人身上放声大哭，大滴泪珠滚滚而下：

"您睁开眼睛看看哪，我是三郎啊！请把眼睛睁开，然后告诉大家您没事吧！再看看我为您跳的幸若舞吧！"

景虎哭得肝肠寸断，一旁的女人们也不禁泪流满面。

三郎景虎原本就秀美如水的面庞，加上此刻伤心欲绝的神情，宛如一幅催人泪下的画卷。

相比之下，另一位养子景胜却像是发怒般绷着脸，牙关紧闭。无论他心中在考虑什么，从那驽钝的脸上也看不出任何端倪。

坐在枕头旁边的仙桃院握住谦信的手。

"馆主大人，您的两位养子都来看您了哦。请务必对他们说点什么吧。"

此时，谦信眼睛微微睁开一线，仿佛稍微有了意识。浑浊的眼神望着天花板，嘴唇翕动。

"馆主大人！"

第五章 遗言

"义父大人！"

仙桃院与景虎二人急急将面庞靠近谦信。端坐一旁的景胜也用目光凝视着谦信的嘴唇。

然而，谦信却将眼睛闭上，再度陷于深深的睡眠中。

守在病人身畔的除了典医以外，其姊仙桃院与直江景纲的遗孀妙椿尼二人也轮流昼夜不停地照料着谦信。

而作为谦信得意弟子的兼续，受仙桃院的关照，被特别允许陪侍于病榻一旁。

谦信昏迷第二天的深夜——

典医需要小睡片刻，去了隔壁房间。病室中只剩下了仙桃院与兼续二人。

房间一隅灯台的微弱烛光，在谦信的侧面刻下淡淡的阴影。看着摇曳的烛火——

"唔，与六。"

仙桃院艰难地开口。

"馆主大人，也许不行了。"

说着，仙桃院深深地叹了一口气。

"不会有这种事的！不要这么快就放弃呀，仙桃院尼大人！"

"不，我很清楚。纵使保住性命，身体却留下残疾的话，也不能够如从前一般凝聚上杉一门了吧。"

"还不到绝望……"

"别说话，听我说。"仙桃院似乎心里暗暗作出了什么决断，低声打断兼续，然后说道，"事情既然已经发生，就得作好应付最坏情况的打算。切勿被感情遮蔽了双眼，置现实于不顾。"

"仙桃院尼大人……"

"依你之见，倘若馆主大人就此亡故，上杉家中会发生什么事呢？"

仙桃院严肃地注视着兼续，目光与尼姑的身份毫不相称。

（馆主大人亡故……）

虽然很不愿意如此想，然而一如仙桃院所言，冷峻而严酷的现实此刻已摆在了兼续面前。

不，这并非兼续一人的问题。

无论是自己的主上景胜，抑或是三郎景虎，乃至于上杉家中每一个人的命运，都会因为这样的现实而大大改变。

"如今，馆主大人有两位养子。"仙桃院说道，"其中一人，是我的儿子，体内流着与我相同血液的喜平次景胜。而另一人，是自小田原北条家迎来的三郎景虎……"

说到这里，仙桃院眉间笼罩上一层阴霾。

"馆主大人并未公开宣示在这两位养子之间，挑选哪一位来继承上杉家家督之位。这才是真正不幸之事。"

"……"

"一家之内，有两位养子。这就好比一艘船上有两位船夫。两强相争的结果就是船沉入水底，而船上众人皆会溺水而亡。"

"围绕着继承权之事，这越后之地将会燃起内乱的战火。您是在担心这个吧。"

听了兼续此言，仙桃院深深点头。

此刻仙桃院的心情，当真是复杂无比。

无论如何，谦信的养子之一——喜平次景胜，是自己亲生的孩子。

而另一边的三郎景虎，却又是自己女儿的丈夫。景虎与自己的女儿之间，已诞下了一位孙子——道满丸。

倘若景胜与景虎围绕继承权起了争斗，夹在当中左右为难的，正是与双方都有斩不断羁绊的仙桃院自身。

"时至如今，说什么都无济于事。若是馆主大人至少能够说句话，

第五章　遗言

决定让谁继承上杉家督这个位置就好了……"

仙桃院满腹愁思，低头看着仍在沉睡中的谦信。

这两位养子之间，谦信究竟偏向哪一位，迄今为止谁也不得而知。谦信平时里对待两位养子一视同仁，十分公平，让人怎么也瞧不出他的心意。

就私人的感情与偏好来说，谦信或许更加喜爱三郎景虎一些也未可知。谦信尤其喜爱容姿俊美、才华横溢的年轻人，兼续自身便是一例。

然而——

（馆主大人的真正用心，是在景胜大人这一边……）

兼续如此坚信。

的确，景胜其人沉默寡言，不擅言辞，加之个子不高，头大如斗，从容貌上看怎么也不能说有魅力。

不过，景胜的头脑却并不愚笨。

虽然表面上看仿佛有些驽钝，然而其体内却蕴含着毫不动摇的坚强意志与火一般的热情——景胜正是具备了这种雪国人所独有的气质。

兼续认为，治理万民所必要的，并非表面上的华丽与如簧的巧舌。真心为民着想，为百姓而甘愿舍弃自身性命的诚意，这才是治国者所应具备的器量。

（景胜大人具备了如此器量，以及自馆主大人之处继承下来的热血与绝不舍弃信义之心……）

这决不是兼续偏私。

由于自小陪伴于景胜身畔，因此兼续对景胜的特质一清二楚。

内心感情不擅流于外表，大概是生长在雪国之人的特质吧。辛苦忍耐着严冬的积雪酷寒，毫无怨言地默默等待春天的到来——雪国人的这般坚韧顽强，不正是这位叫作景胜的男子那宛如蚌生珠玉般难能

可贵的优秀资质吗。

将自幼失去父亲的景胜唤至身边并亲手抚育成人，想必谦信也对景胜的器量资质一清二楚吧。知人善用，正是为将之人最重要的武器。

（仙桃院尼大人自己是如何考虑的呢……）

兼续暗暗想道。

既然谦信无法作出决断，就不得不由一门亲属及重臣们商议决定上杉家的继承人。此际，关于继承人的话题持有最大影响力的人，正是作为谦信之姊、景胜生母以及景虎岳母的仙桃院本人。

仙桃院平素居住在二之曲轮，与景虎夫妇共同生活。已经八岁的道满丸，容貌秀丽酷似其父景虎，且聪明伶俐。仙桃院更是把这位孙子视为心肝宝贝。

作为祖母，对孙子的爱自然是无可厚非。虽说聪明如仙桃院，决不会以爱的深浅来决定一国之大事，然而从感情上来说，这确实是无法割舍的牵绊。

（若是仙桃院尼大人因为道满丸的缘故选择站在三郎一边的话……）

这样一来，上杉家中便再无景胜的立锥之地。在这即使是骨肉相连的亲兄弟也会兵戎相见的乱世，自别家作为养子迎来的三郎景虎，更是断然不会允许景胜的存在。

"馆主大人也真是无情啊。"

仙桃院深深叹了一口气。

"仙桃院尼大人。"

"什么事？"

"万一，仙桃院尼大人您舍弃了景胜大人……"

"别说蠢话了。有舍弃自己孩子的母亲吗？"

"那就是说——"

第五章　遗言

兼续注视着仙桃院的侧脸。

"恐怕馆主大人原本是想让景胜继承越后国守护，让景虎继承关东管领一职，二人合力共同支撑这上杉家吧。不过，这只能是理论上的想法。人是有着各种感情、各种欲望的，很难做到泾渭分明。继承之事若乱，则国亦乱。天上的日轮，只能有一个啊。"

仙桃院转过头来看着兼续，毅然说道：

"老身已经下定决心了。"

此时——

病榻之上的谦信，忽然低低呻吟一声。

三

"馆主大人！"

"馆……"

兼续与仙桃院急忙靠近谦信枕边。自倒地以来一直昏迷不醒的谦信，此刻眼目半睁，吃力地举起右手在空中摸索，仿佛想抓住什么似的。

"啊啊，神佛保佑！您醒过来了吗，馆主大人！"

其姊仙桃院将谦信指向空中的手紧紧握住。

谦信仍然面无表情，微微睁开的眼睛茫然无神地盯着虚空。

"请您打起精神来！您所寄予厚望的与六，也因为担心您的安危，前来看望您了哦！"

"馆主大人！"

兼续仿佛想唤回谦信的魂魄一般，嘶声喊道：

"战斗不是才刚刚开始吗！您不是要击败信长，在京都竖立起刀八毗沙门天王之旗吗！您不是要让天下众人知道，什么是真正的

'义'吗!"

"与六!"

仙桃院眼中闪烁着喜悦的光芒,回头吩咐兼续:

"你快去将典医唤来!说不定馆主大人有希望恢复了!"

"是!"

兼续刚刚直起腰来,却听得谦信再次呻吟一声。

兼续与仙桃院心中一惊,不约而同地将目光移至病人面庞。只见谦信那失去血色的嘴唇不住颤动,仿佛有什么话要说。

"馆主大人,您想说什么吗?"

仙桃院话音刚落,谦信微微点了点头。

不,虽然只是微微点了点头,兼续与仙桃院却感到,此刻谦信是凭着一股强烈而执着的意志支撑着自己,竭尽全力想要为这世上留下些什么。

"您是想说继承人的事吗?"

"……"

谦信浑浊的目光,瞧向兼续的方向。

"与六,馆主大人叫你过来呢。"

"馆主大人。"

兼续将脸庞靠近谦信。谦信的嘴唇艰难地翕动着。

(……噫……)

这暗淡无力的气息宛如弱风,撕开居室内原本无比凝重的空气一角。

"您想说什么哪,馆主大人!"

兼续几乎哭喊出来。

(你自身的"义"……)

在谦信的喘息声中,兼续仿佛听见了这样几个字。

之后,谦信的嘴唇再也没有张开。仿佛极度疲倦一般,谦信闭上

第五章　遗言

了眼睑，一切又归于寂静。

天正六年（1578）三月十三日——

这位被誉为不世出的战事天才的男人，驾鹤西去。

享年四十九岁。

就像冥冥中有定数一般，谦信在去世两个月前，曾从京都招来绘师为自己绘画寿像。令人称奇的是，谦信昏倒正是寿像刚刚完成并已过目这天的事情。

遗憾的是，原本收藏在高野山的谦信寿像，不知遗失在哪朝战乱之中，并没有流传于世。不过，谦信留下了两句辞世诗，大概是为了不让自己在战死之际留下遗憾而提前写下并收藏在小匣中的吧。

四十九年一醉梦
一期荣华一杯酒

四十九年的人生，仿如酒醉梦一场。今生的荣华与世事的无常，尽和着这一杯美酒，一饮而尽——

生亦与酒相伴，死亦与酒相伴。谦信这位男子独特的生死观，从诗句之中一览无余。

为防止尸身腐坏，谦信遗体被涂以清漆，披挂铠甲，置于大瓮中，以朱漆封口，供奉在春日山城祠堂之内。大瓮左右，塑有善光寺如来及泥足毗沙门天[6]之像。

后来，作为供奉谦信遗体的灵庙，祠堂迁移至信州饭纲山灵仙寺。在城中则设立能化众[7]十一院，所化僧坊[8]九院，一共二十院僧坊，众位僧人朝夕勤勉供奉，香火不绝。

然而——

此时的春日山城内，却没有凭吊死者的闲暇。大乱将起。

四

——谦信亡故。

噩耗瞬间传遍春日山城。

以谦信的两位养子喜平次景胜与三郎景虎为首,正在城中忙于准备出兵关东的诸将及重臣们,在本丸的大厅中集于一处,共同商讨善后事宜。

当然,商议的中心便是"谁是上杉家的继承人"这个问题。

双方唇枪舌战,互不相让。

这大概是很自然的事情吧。迄今为止,谦信作为上杉家独一无二的支配者,拥有绝对的决策权。而这样的谦信突然亡故——

于是,家臣们压抑已久的私欲一股脑儿迸发出来,让事情变得一发不可收拾。

候补人选原本有三位。

除了景胜、景虎二人之外,还有一位本是能登守护畠山义则次子,后来也成为谦信养子的上条政繁。政繁娶了景胜的另一位姐姐为妻,因而完全也具有继任的资格,不过由于他已经继承了上条家门,于是便主动退出了上杉家督之争。

如此一来,喜平次景胜、三郎景虎这两人,必须在继承权的问题上作一个了结。

随着讨论的白热化,参与商议的重臣武将们渐渐形成了泾渭分明的两大派阀。

支持喜平次景胜的一方为——

上条政繁(上条城主)

直江信纲(与板城主)

第五章 遗言

斋藤朝信（赤田城主）

山吉景长（木场城主）

吉江资坚（奉行众）

山崎专柳斋（奉行众）

以及团结如铁板一块的景胜直属家臣团"上田众"。

支持三郎景虎的一方则是——

本庄秀纲（枥尾城主）

神余亲纲（三条城主）

山本寺定长（不动山城主）

柿崎晴家（猿毛城主）

堀江宗亲（鲛之尾城主）

长尾景明（直峰城主）

上杉十郎景信（栖吉城主）

琵琶岛善次郎（琵琶岛城主）

筱宫出羽守（米山寺城主）

此外，尚有许多驻留在关东、北陆的武将并不知道谦信去世的消息，因而也无法得知他们的态度。

两阵营相比之下，春日山城所在的颈城郡内的豪族，大部分站在三郎景虎一边。

以大豪族柿崎氏为首，包括堀江、筱宫等人，早已与三郎景虎同气连枝，以期增大自家的影响力。

特别是猿毛城主柿崎晴家（上杉二十五将之一柿崎景家之子），曾在三郎景虎作为人质来到上杉家之时，同样以人质交换的形式去往小田原北条家，因此与景虎关系甚为亲厚。

另一方面，力主推举景胜为家督的，正是原谦信帐下首席家老、已故的直江大和守景纲之婿直江信纲。直江家本就在鱼野川、信浓川水运方面与上田众关系紧密，在青苎的流通方面也互有往来。此外，

谦信侧近的奉行众[9]吉江资坚与山崎专柳斋，亦站在景胜一侧。

无论哪一方，都抱持着必死的决心。

一旦在这场家督之争中败北，必然成为家中异己，从此会被打入冷宫，不予重用。为了让自己的意见获得采纳，众人争得青筋凸显、面红耳赤，大厅中乱成一团。兼续坐在大厅下首，默默注视着这一切。

（这是曾经团结在馆主大人周围，整然一体，为义而战的上杉家臣吗……）

到昨日为止，众人还是抛开一己私欲，有条不紊地追随着谦信。事到如今却——

（真是不成体统……）

兼续心中蓦地无名火起。

众人似乎都忘了此际的头等大事——

（不是应该抱持着哀悼馆主大人之心吗？为何没有人考虑馆主大人的遗愿呢？）

诚然，兼续也有着自己的考虑。兼续相信，能够继承谦信遗志之人，正是自己的主上景胜。

虽然景胜并没有三郎景虎那般华丽的才气，然而其心底却根植着继承自谦信的义之心。

正因为居于上位者具有"义"的崇高理念，上杉家才能团结一心。既然如此，能够继承谦信遗志、引导上杉家的人，除景胜外别无他人。

但是，在这之前，不是应该首先举行葬礼，悼念谦信，而后再商议今后的方策吗——兼续如此想道。

他向坐于上首的主上景胜方向望去。

一向寡言少语的景胜，此时神色益发严峻，如岩石一般蠹在那里，一言不发。

第五章 遗言

坐在景胜对面的三郎景虎那张俊美的脸也绷得通红,屏息凝视,关注着重臣们的议论。

两派争执还在持续,不知何时才能得出结果。

不过,既然双方都怀有私心,这场商议显然便无法达成共识。

大厅中点燃的百目蜡烛[10],在冷风的吹拂之下摇曳明灭。

此时——

一位女尼一振法衣下摆,缓缓步入厅中。正是去年亡故的上杉家首席家老直江大和守景纲的遗孀——妙椿尼。

举座目光齐齐集于妙椿尼身上。

"有一事,务必要说与在座诸位知晓。"

容颜稍显苍白的妙椿尼环视周遭众人,缓缓开口。

"此时正值紧要关头,有什么话以后再说吧。"

正在极力主张三郎景虎担当家督的柿崎晴家歪过头来打断她。那张久经沙场的精悍脸庞满是虬髯,一副"废话少说"的表情。

然而妙椿尼毫无怯色,目光回视柿崎:

"所谓大事,自然是比毫无进展、永无休止的争论重要得多。"

"你说什么……"

"乃是馆主大人的遗言。"

女尼短短一言,顿时在这刚刚安静下来的大厅中一石激起千层浪。

五

嘈杂之声再起。

惊讶、动摇、好奇心等各种各样的心情在诸将心中胡乱奔突。

"妙椿尼大人,此话当真?"

奉行山崎专柳斋像鲫鱼一样喘着粗气询问。

"当真。"

妙椿尼颔首说道。

"前日夜晚，馆主大人的意识曾恢复过小片刻，其时馆主大人身畔仅有我一人。由于无暇呼唤他人的缘故，我便以这双耳朵，谨听了馆主大人的遗言。"

"那么，馆主大人说的是……"

山崎专柳斋提高声音问道。

"正是上杉家继承人之事。"

"馆主大人决定了让谁来继承上杉家么？"

"是的。"

"当真指明了继承人之名么？"

"正是。"

妙椿尼嘴角浮现微笑，再次环视在座诸将。

大厅内顿时鸦雀无声。

无论景胜还是景虎，以及在座诸位家臣武将，都屏息凝神期待着妙椿尼的下一句话。

妙椿尼轻吸了一口气，徐徐开口：

"上杉家家督由喜平次景胜继承——馆主大人是这样告诉我的。"

严肃而庄重的声音在大厅中回荡。

一瞬间无人应声，只听得见众人此起彼伏的呼吸之声。

兼续怀疑自己的耳朵。

这几天来，除了典医，谦信由仙桃院、妙椿尼等女眷轮流看护。除了小寐之外，兼续一直陪伴在谦信身侧，不曾离开一步，却从未听过这样的话。

就算妙椿尼独自看护谦信之时听到这遗言，应当也会立时告知附近之人才是。

第五章 遗言

为何到了如今这个地步，妙椿尼才说出谦信留下了遗言这样的事情。

兼续感到难以理解。

"兹事体大，可不是你轻描淡写一句话就决定的！"

柿崎晴家紧紧盯着妙椿尼，目光仿佛要把她吞噬一般。

"你是说，不识庵大人的遗言是轻描淡写的么？"

"我不是说这个……"

"我想告诉诸位的就是此事。诸位万万不可罔顾不识庵大人的遗愿。"

妙椿尼斩钉截铁地说了这番话后，便留下这一干茫然呆坐的家臣武将，自顾离去了。

上杉家家督之位由喜平次景胜继承——

这句话仿佛一块大石，沉甸甸地压在适才还为着各自目的争论不休的家臣们胸中。

虽然已经过世，然而谦信的余威却仍旧残留在家臣们的脑海里。

"既然是不识庵大人的遗言……"

"原来是由喜平次大人来继承呢。"

"已经决定了吗？"

众人窃窃私语，议论声仿如水波一般在大厅中扩散开来。

此时，三郎景虎倏地起身，一言不发地走出大厅。白皙的脸庞神色僵硬，紧握的双拳不住微微颤抖。

紧接着景胜也站起身来，嘴唇紧抿成"一"字，走到廊下。由于一贯寡言少语，因此倒看不出表情有什么变化。

兼续赶紧跟随景胜快步走出大厅。

妙椿尼的一番言语，让这主从二人的命运产生了巨大的变化。

（就这样任由事态发展可不行……）

兼续务必要与景胜一同商量一下今后的打算。

149

各种各样的纷乱念头在兼续脑海里此起彼伏，脚下仿如踩在云端一般发软。就在兼续快步行至走廊拐角处时——

"与六。"

一个声音叫住兼续。正是仙桃院。

"这边来。"

仙桃院朝他招手。兼续跟随她来到城内深处一个房间。烛光映照之下，贴满金箔并描绘着牡丹的拉门闪耀着淡淡的辉光。

房里空无一人。

"有些话一定要告诉你。"

仙桃院严肃地注视着兼续。

"妙椿尼大人是在说谎吧？馆主大人可没有说过那样的话……"

"安静一点。"

仙桃院静静地开口：

"你认为，事实是如何呢？"

"事实……"

"在这世上，事实与谎言之间，存在着真实。所谓为政之道，便在于对这真实的探求。"

"即是说，欺瞒大家也可以吗？"

"所谓事实，有时候也只会招致无用的混乱，徒然使人受到伤害。能够提前预见并且避免事态恶化，以国家与百姓为重选择一条合适的道路，这不正是我们这些活着的人的职责么？"

"那适才……是仙桃院尼大人您一手策划的么？"

"如果是的话，又如何呢？"

仙桃院挺胸抬头，那种堂堂正正的凛然姿态毫不避让地向兼续一方压迫过来。

"这俱是为了守护上杉家。要将态度立场不一的家臣们再次团结一处，除此以外别无他法。"

第五章　遗言

"但是，为何不选择景虎大人，而选择景胜大人呢？"

仙桃院的抉择，无论是对上杉家而言还是对她自身而言，都会产生无法更改的重大后果。

"选择景胜，我可不是为了私心。"仙桃院坦然说道，"诚然，景胜不如三郎那般华美优雅，也不似不识庵大人那样威风凛凛、具有极强的个人魅力。但是，景胜具有磐石一般坚韧的性格，为人光明磊落，加之行事更能秉持公义，恪尽职守。并非我偏袒他，只是与华丽优雅的才气相比，这些品质才是作为总帅所应具备的重要资质。"

——若要成为总帅，自然应该具备相应的各种条件。

第一便是智慧与冷静，加上能够正确判断事物的洞察力、一旦决定便付诸行动的勇气。此外，严于律己以及能够承受苦难的强韧体力也不可或缺。

不过，对居于上位者来说，最为重要的，大概应该是贯彻始终的意志力吧。

拿定主意之后，无论如何也不会动摇。危难之时，总帅一旦慌乱，士卒会更无所适从，战斗力自然也就大打折扣。

正因为总帅持有不动如山的决心，人们才会安心追随其后。绝不放弃自己的目标，具有将自身志向贯彻始终的强韧意志——一如仙桃院所言，景胜仿佛生来便具备了成为总帅的器量与资质。

当然，三郎景虎在城下的百姓及城内的年轻女子中很受欢迎。他那秀美的容姿、伶俐的口齿，可谓是极端华丽夺目的存在。然而，被民众所喜爱与心系民众，却是截然不同的两码事情。

万一织田信长侵入越后，三郎景虎会拼上自己的性命，用自己的身躯来守护越后百姓吗？

（一定会向老家北条氏求援，然后率先逃掉吧……）

尽管只有短短十九年人生经验，兼续却也将景虎的性格瞧得一清二楚。

若在太平年月，无论是作为领主还是一家之长，三郎景虎也不见得会有多糟糕。然而在这动乱的时代，迟重少决且缺乏处变不惊器量的总帅，只能称之为无法饶恕的"恶"。

"我将上杉家的未来，赌在景胜身上了。"

"仙桃院尼大人……"

"你要待在景胜身边，好好地支持他。好么？"

仙桃院的神色之中，似乎蕴含了悲壮的决心。

"所有的骂名，就让老身来背负吧。假造遗言一事，今后在九泉之下，由老身亲自向不识庵大人谢罪好了。因此，你不要有任何的迷惘，与景胜一同支撑着上杉家走下去吧。"

"仙桃院尼大人您有何打算呢？"

兼续忽然意识到，仙桃院或许有了轻生之念。

既然选择了一方，也就意味着舍弃了另一方。

在仙桃院所舍弃的三郎景虎一侧，却有着她自己的亲生女儿华姬与孙子道满丸。

"老身就跟随三郎好了。"

"那样的话，岂不是……"

"现在不是担心别人的时候吧。当速速尽力准备葬礼才是。丧主就由继承人景胜担当。若不将一个隆重而肃穆的葬礼安排妥当的话，可就给了三郎那边的家臣们非难的机会了哦。"

"在下明白。"

兼续双手放在膝上，伏身一礼。

六

兼续回到景胜所在的中城。

第五章　遗言

此时早已过了夜半。

"无论如何，不要让景胜知道真相。"

仙桃院对此千叮万嘱。

性情刚直、疾恶如仇的景胜，若是知道谦信的遗言有假，心中当会产生极大的动摇吧。尽管这一切都是为了守护上杉家。

"这个秘密，仅有老身、妙椿尼与你三人知道。切勿对第四人说起。"

仙桃院离开时的话语，犹自在兼续耳边回荡。

景胜正在房间内盘膝而坐。

"仙桃院尼大人说，让您担任葬礼的丧主。"

兼续告诉景胜。

"嗯。"

景胜目光坚毅，重重点头。自这一瞬间起，这主从二人波澜壮阔的人生便揭开了帷幕。

黎明之前，兼续再次来到春日山麓谦信的居馆中，与奉行吉江资坚、山崎专柳斋商议谦信葬礼的事情。

吉江资坚与山崎专柳斋二人，原本就是支持景胜的一派。对景胜担任丧主的决定自然毫无异议。

"如此一来，景虎大人那边也会规矩一些了吧。"

山崎专柳斋对事态的发展感到乐观。

然而——

不到半个时辰，事情便有了变化。

猿毛城主柿崎晴家，对景胜所居住的中城发动了夜袭。极力拥护三郎景虎为谦信继承人的晴家说道：

"那般真假难辨的遗言，无法让我信服！"

于是采取了武力行动。

柿崎晴家率领十名精锐，连同米山的五名山伏，趁着黎明前的夜

色翻过围墙，企图袭击景胜寝房。途中遇到正持枪守夜的樱井三助、清水内藏助、登坂新兵卫等上田众。激战之下，柿崎晴家丢了性命。

得到消息返回中城的兼续，看到嘈杂一团跃跃欲战的上田众，心下不禁有几分恚怒。

（搞什么名堂……）

照此下去，谦信的葬礼还没开始，春日山城便会成为血流成河的战场。这种事情非避免不可。

不过，刚刚燃起的骚乱之火，却以意外的方式熄灭。

对骚乱大感惊愕的三郎景虎差人向景胜一侧带来消息解释说："那只是柿崎晴家自作主张的行为，跟我本人一点关系也没有。"

倘若景虎真以成为谦信的继承人为目标的话，就应当在事前统一本派阀武将们的意见，从战略上静静等候对景胜施以压力的良机才是。然而，景虎唯恐自己受到牵连，忙不迭地推说自己对柿崎的行动并不知情，更遑论统一武将们的意见了。

实际上，无论柿崎行事的背后是否有景虎的指使，在上杉家诸将眼里，景虎怯懦且浮躁的事实昭然若揭。

"在葬礼结束之前，还请千万慎重。此时宜接受对方歉意，平息骚乱。"

兼续向景胜进言。

景胜依言行事。此际，为求葬礼顺利，保住春日山城内的平静是第一要务。

三月十五日这天——

在春日山城内，举行了谦信的葬礼。春日大明神别当[11]大乘寺良海作为主持葬礼的首座，许多密教僧人及禅僧列席，诵读万部经文。

前来吊唁的包括前关东管领上杉宪政在内，人数逾千。自大香炉中袅袅升起的檀香香气盈满整个春日山城。

第五章　遗言

　　身着雪白孝衣的景胜担任丧主，脸上依旧一副紧绷的表情。

　　三郎景虎与妻子华姬、嫡男道满丸亦参列其中。景虎不时擦拭着原本俊朗的细长双目，表情无比沉痛。

　　正是一场盛大而庄严的葬礼。

　　然而，在列众人无不感到一种山雨欲来的凝重。

　　时至傍晚——

　　葬礼顺利结束。

　　与吉江资坚、山崎专柳斋一道指挥葬礼善后工作的兼续，回到中城已是当夜三更。

　　父亲总右卫门在此等候已久。

　　总右卫门正坐在膳房暗处，瞧着炉中的火光默默出神。

　　虽然已是春季，然而在春日山城一带到了夜晚仍旧需要火炉取暖。

　　"父亲大人……"

　　兼续吃了一惊。

　　由于在葬礼上没有见着父亲，兼续满以为父亲依然留在坂户城内。

　　"坐下罢。"

　　总右卫门一脸严肃，用宛如命令般的口吻说道。

　　（到底有什么事……）

　　兼续微微皱起眉头。

　　为了不给景胜丢脸，兼续负责指挥料理葬礼诸般杂事紧张忙碌了整整一天，就算是年轻力盛，身体此时也不免感到十分疲惫。

　　于是兼续稍稍有些不情愿地坐在父亲对面，二人中间隔着火炉。

　　"与六。"

　　"什么事？"

　　"没有时间了。要动手的话，就趁今晚吧。"

"动手？动什么手？"

"下决心吧——"

总右卫门眼底闪耀着锐利的目光。

"去夺取实城。"

总右卫门说着，"啪"的一声将手中桦树小枝折断，投入火炉。

——所谓实城，即是指位于春日山最高之处的本丸。

谦信生前，大部分时间都在山麓的居馆中生活，但战时必定会到本丸实城。谦信祈求战事顺利的场所——护摩堂、不识庵、毗沙门堂等都在这实城附近。

"是要占领实城吗？"

"是的。"父亲总右卫门点头，"实城是金库所在地，我方务要率先占领才好。"

樋口总右卫门原是坂户城薪炭佣人，因掌握财政之功而位及家老，自然在经济对于战争的重要性方面有着极深入的认识。

春日山城的金库，俱是由青苧及金山银山的收益储备而来，是谦信遗留下来的巨大财富。正是这些资金，长久以来一直支持着谦信与甲斐武田氏的战争，以及远征关东、远征北陆的战事。

"若让景虎一方夺取实城的话，一切就化为泡影。制敌机先正是兵法的极意所在啊。"

"但是，今晚的话……"

今晚不是不识庵大人葬礼的当夜么？这样做合适么？兼续看着父亲，稍带非难之色。

"不，必须得在今晚动手。此时正是对方认为我们不会有所行动，心中松懈的时候，机不可失。"

"这手段是不是有些卑劣了……"

"说什么幼稚的话呢！"

总右卫门目光如刺。

第五章　遗言

"你不知道吧。景虎一方已经向上野城的河田重亲及厩桥城的北条高广、景广父子派去了使者。同时也差人去往他的老家小田原北条家请求支援。"

"父亲大人您为何知道这些事情……"

"我与各地商人素有交情，往来密切。他们的消息非常灵通。各地港口、街道的要冲，都有我布下的眼线。"

"……"

"战争关乎生死。决定要在此一决胜负的话，就必须一口气克敌制胜，可没有踌躇犹豫的余地！"

"那么，还得与景胜大人商议……"

"刚才我已经禀明景胜大人，接下来该着手行动了。"

原以为只不过擅于拨弄算盘的父亲总右卫门，却有着兼续所不知道的行事果断坚决的一面。

七

景胜的直属家臣团上田众，有着与众不同的气质。

那是一种极强的自我意识。

一般来说，越后人很讨厌出风头，很少表现自我，与固执己见相比，更重视与他人的协调性。

不过，与上州仅有一山之隔的鱼沼地方的人，却兼备了一些上州人的气质。包括对人对事更加积极的态度、向目标锲而不舍的精神、果断的行动力，以及磐石一般的凝聚力等。

作为坚强的后盾，在背后支撑着景胜、兼续主从二人的正是上田众的这些独特的气质。

深夜丑时[12]，上田众在中城大厅集结完毕。

端坐壁龛之前的，是身着紫丝威伊予札五枚胴具足的景胜。

稍稍往下一些的地方，坐着满脸络腮胡的坂户城代家老栗林肥前守政赖和同为家老身份的国分治卫门、樋口总右卫门三人。此外，黑金上野介、宫岛三河守等身份相当的上田长尾家重臣也紧绷着脸坐在一旁。

为了避免打草惊蛇，实际参与夺取实城行动部队的，俱是对景胜忠诚无贰的上田众之人。负责指挥的正是兼续。其余参与行动者，全是十多岁到二十多岁的年轻人：

泉泽久秀

樱井三助

小池半助

登坂新兵卫

深泽弥七郎

西方清左卫门

安部仁介

桥爪隼人

福岛源之丞

上村兵部

目崎三郎兵卫

丰野左近

角屋隼人

另外，初次上阵的兼续之弟与七实赖，也参与其中，总数十五人，是名副其实的少数精锐部队。

相当于春日山城本丸的实城，平素除了金库的守卫之外，并无多少士兵驻守，要夺取绝非难事。

一旦控制实城，突袭部队便以号角为信号将景胜所率领的本队人马迎入城中。

第五章　遗言

到了早晨，当三郎景虎一方注意到的时候，实城已经成为兼续一方的囊中之物，那么景胜便能顺理成章地以上杉家新家督的身份，君临北国。

出发之前，兼续与主上景胜交换了一个眼色。

景胜什么也没有说，不过目光中——

（一切都交给你了……）

——的信赖，更胜千言万语。兼续向景胜施了一礼，手提朱枪，率领其余十四人出发。此时月色被乌云遮蔽，四下尽是黑暗。

自中城到山顶的实城，距离约有五町[13]。

众人在赤松林间穿行。为避免被景虎一侧察觉，没有点燃火把。取而代之的是一马当先的与七实赖手中所拿的遮眼灯（在火光周围有铁板遮掩，只能照向一定方向的手提灯），隐隐照亮脚下方寸之地。指挥者兼续与使枪好手泉泽久秀紧随其后。

殿后的是身手了得的登坂新兵卫。

年轻人们悄无声息地向目标疾行，狼犬一般的眼神在黑暗中闪烁着青光。

不多时，前方出现一道门。

这便是春日山城的防御要地——千贯门。时值深夜，这扇厚重且镶满铁钉的榉木门紧紧地关闭着。

兼续等人绕开千贯门，进入左边一条小道。

小道前方与城郭相连，中间的壕沟上架有一座木桥。非常时期，本丸中守军便会砍断木桥，阻止敌人入侵。不过此时，木桥安然无恙。

一行人迅速通过木桥，接着将枪挟在腋下，紧贴坡面倚靠树根向上攀爬。坡顶是三段较为广阔的城院。

众人沿着山脊道路继续前行，谦信用以祈求战事顺利的护摩堂、不识庵、毗沙门堂等一干建筑物，兀自沉默矗立在寂静的黑暗之中。

离目标实城愈加近了。

此时,左方林中有些响动。一看之下,树木缝隙之间竟有松明的火光摇曳不定。

兼续急忙追上弟弟实赖,以极低的声音命令道:

"快把灯灭掉!"

实赖慌忙掐掉遮眼灯中蜡烛烛心,熄灭灯火。

树林方向的亮光渐渐向这边靠近。

"都快隐蔽起来!"

兼续低声喝道。众人赶紧藏身在灌木丛中。

松明火把竟不止一根。

两根、三根……不,五根……

不及细数,那列火把宛如龙背一般正沿道路蜿蜒而上。

不用说这灯火通明的一群,正是来自三郎景虎所居住的"三郎殿屋敷"方向。

(难道景虎一方也与我们想法相同么……)

兼续暗暗叫苦。

相比之下,景胜所居住的中城靠近春日山麓,而三郎殿屋敷却离实城更近。位于春日山的七合[14]之处,距离实城不到一町的距离。景虎的手下举着火把,毫不遮掩的轻慢态度,大概也是因为这个缘故吧。

总而言之,不能让对方得了先机,务必要抢先占领实城。

从火把的数量来看,敌方人数大概是己方的两倍。兼续一行在数量上处于极为不利的劣势。

一旁的泉泽久秀下意识地抓住了兼续穿着护甲的手腕。

(怎么办……)

黑暗之中,久秀以目光询问兼续。

兼续略一沉吟,悄声道:

第五章 遗言

"听我的信号，一鼓作气冲杀出去。诸位，将性命交予在下吧！"

"从一开始就有这个打算啦。"

泉泽久秀微笑着回应。

兼续此番命令瞬间犹如疾风一般传遍全员。年轻男子们在灌木丛中躬身屏息，静待兼续下一步动作。

远方不知何处传来猫头鹰的叫声。

初次上阵的实赖握紧长枪，掌心满是汗水。

先时那拨火把慢慢行近，离兼续等人不过五间距离。

（再等等，还不到时候……）

兼续凝视着逼近的火光，拼命抑制想要冲出去的欲望。

敌方的行踪在火把的映照之下暴露无遗，而己方众人有黑暗作为掩护，断没有被发现的道理。

就在火把来到面前时——

"上！"

兼续大喊一声，自灌木丛中飞跃而出。

兼续手持朱枪摆好架势向前疾冲，泉泽久秀、与七实赖、深泽弥七郎、登坂新兵卫等上田武士们紧随其后，齐声高喝。

忽见黑暗之中跳出数团人影，景虎的手下顿时慌了手脚，以为遭到近百人的伏击。

前面的男子急忙丢掉火把，也有人慌不迭地逃下坡去。

兼续跃过地上打转的火把，"呀"的一声暴喝，双手持枪向前突刺。

正中目标。

竹枪枪尖扎进前方男子的最上胴，深入五脏六腑。

然后便是在飞溅的鲜血中反复挥舞长枪，不时闪避敌人枪尖，不断突刺，浑然忘我。

所谓战斗，获胜的往往是取得先机的一方。景虎手下被偷袭在

前，不到一刻时分便死伤殆半，活下来的也连滚带爬自坡道逃走。

兼续环视四周。

生平以来第一次参与战斗的弟弟实赖大口地喘着粗气，脸庞已被鲜血染红，眼底却闪烁着光芒。

从独自挑翻四人的泉泽久秀以下，各位上田武士都安然无恙。

"快！赶在敌方援军到来之前夺下实城！"

兼续一声喝令，将枪挟在腋下，在山路上疾奔。

渐渐地，山上的城郭出现在视野中。墙壁雪白的三重橹，矗立在大株赤松的对面。

兼续等人来到三重橹近前。

橹的一楼是兵器库，二楼是金库。橹一侧的小屋内，有十名足轻驻守。

兼续作个手势，泉泽久秀便敲响小屋的木门。一名足轻懵懵懂懂地过来开门，正欲探头，被泉泽久秀当身一撞直直倒地。一行人鱼贯而入，将守卫足轻尽数制服，绑缚起来。

从守卫队长身上取下钥匙后，兼续等人从容地登上橹楼。在橹的三楼，樱井三助吹响了号角。

三响悠长的法螺声，划破了春日山城寂静的夜空。

收到信号，集中在千贯门前的景胜本队三百人马开始移动。

虽然三郎殿屋敷也连忙派出人马以图阻止景胜，但为时已晚。

最终，景胜率军秩序整然地进入实城。

天亮后，得知景胜行动的上条政繁、斋藤朝信、山吉景长等人陆续领兵前来支援。山崎专柳斋、吉江资坚等奉行众也来到实城恭贺。

已故的谦信，也曾被称为"实城大人"。也就是说，占据实城之人，即为春日山城之主，亦是支配从北陆到信浓一部以及北关东一带的北国霸者。

进入实城后的景胜，从此便被家臣们以"实城大人"之名相称。

第五章 遗言

而后,景胜向驻扎在越中、能登、上野等地的上杉军诸将以及常陆的太田道誉、会津的芦名盛氏等人送去书信,告知谦信故去以及自己遵从谦信遗言入主实城等诸般事情。这等同于向天下宣告,自己成为上杉家新的家督,乃是谦信的遗愿。

此举遭到了三郎景虎及其支持者本庄秀纲、神余亲纲、山本寺定长诸将的激烈弹劾。

"景胜用阴谋诡计夺取了实城。所谓不识庵大人遗言什么的,纯属捏造!"

三郎景虎一方向景胜一方驻守的实城发起攻击,箭如雨下,铳声震天。

景胜一方自然不会坐以待毙。

对占据了实城的景胜方来说,居高临下俯视二之曲轮的三郎殿屋敷,一开始在地势上就占据了优势。

两个月后——

为了打开胶着的战况,三郎景虎舍弃二之曲轮,率军移驻到春日山以北二十七町(约3公里)之处的御馆。

注释

【1】彼岸:指以春分或者秋分之日为中点,前后共七日的时段(春彼岸、秋彼岸)。这里指春彼岸。

【2】唐土:古代日本对中国大陆的称呼。

【3】城一侧的黑铁门:原文为"搦手の黑铁門","搦手"指日式城堡中的偏门及后门。与此相对,城堡正门为"大手門"。

【4】十德:一种直裰的男子上衣。战国后期至江户时代是医师、儒者、茶人的礼服。

【5】阿万之方:某某之方是对有身份的夫人的称呼,某某可以是

该女子的名字、姓氏，也可以是她所居住的地方。比如浅井长政的妻子阿市就曾被称为"小谷の方"。

【6】泥足毗沙门天：指春日山城毗沙门堂中的毗沙门天像。相传谦信有一次出征归来，回到毗沙门堂中，发现从门口到毗沙门天像之间有一行泥脚印，大为惊愕，认为毗沙门天曾与他一同出征。于是便把这里的毗沙门天称为"泥足毗沙门天"。

【7】能化众：指真言宗或者净土真宗中有一定僧职的僧人。

【8】所化僧坊：指普通修行的僧侣。

【9】奉行众：本意是指幕府直属文官集团。此处指上杉家中担任文职事务的官员。

【10】百目蜡烛：指一根重约100分的大蜡烛。这里的"分"是重量单位，一分约合3.75克。日文汉字写作"匁"。

【11】别当：这里指大乘寺良海的僧职。

【12】丑时：相当于凌晨1点。

【13】町：这里是日本古代长度单位。六十间为一町，约合109米。

【14】合：这里指山上的位置。将山按高度分为10份，从山脚到山顶则是1合到10合，7合是山的中上位置。

第六章 御馆之乱

一

御馆——

乃是已故的谦信为关东管领上杉宪政修建的居馆。

东西约一百三十五米,南北约一百五十米。周围有两重土垒,并掘有深沟。在当时来说堪称是规模颇为庞大的居馆了。

谦信对受小田原北条氏所迫逃到越后的宪政极为细致周到,倾其财力为他修建了这一座御馆。御馆在作为宪政居馆的同时,也是上杉家对外交涉的政厅。

御馆内郭的一部分被保存至今,成了遍布草坪的公园。笔者曾于某年夏天造访此处。脚一踏进草丛之中,成群的蚂蚱四散蹦出。

公园一隅,竖立着刻有"史迹御馆"字样的御影石[1]碑。

"从御馆这里能望见春日山吗?"

我向导游花之前盛明先生问了一个长久以来一直困惑着我的问题。花之前先生可谓是研究上杉氏的权威专家。

"近年来因为修建了许多高楼住宅,已经看不见了。不过以前能

看得很清楚。"

"那就是说,作战双方的距离不过仅仅一望之遥啊。"

"正是这样。"

花之前先生点头称是。

春日山城的军队一旦进军,立即会被御馆望楼上的守军发现。同样,春日山城一方也能将景虎军的行动瞧得一清二楚。

"对御馆史迹的发掘调查正在进行。除了种子岛铳[2]的弹丸、刀、马具以外,还发现了陶瓷器、铜钱等物,甚至还有女性使用的玳瑁甲做成的梳子、簪子呢。"

不仅有刀与弹丸,还有梳子、簪子等物,这表明御馆在卷入战火之前也必定有过平和安闲的时日。

御馆地处越后府中的中心地带,周围有安国寺、国分寺、至德寺、浜善光寺、府中八幡宫、居多神社等众多佛寺神社,并且紧邻以安寿与厨子王的传说[3]闻名的直江津港,是北陆首屈一指的繁华之地。

将春日山城留给了景胜的三郎景虎,当然看到了这御馆的便利之处。

"实际上,我的先祖也曾卷入御馆之乱呢。"

花之前盛明先生说。

花之前家并非武士出身,而是越后居多神社的累代宫司[4]世家。然而,在战国乱世,佛寺神社也拥有独立的军事力量,不容他人轻侮。这一点从高野山、比叡山的僧兵身上便可见一斑。

"花之前盛贞、家盛父子,属于三郎景虎一方。因为这个缘故,神社遭到景胜军的攻击。先祖只得携带宝物及文书,在能登至越中一带颠沛流离二十年之久。"

二十年后的话,当是上杉氏被移封至会津,堀秀治入主春日山城的时代了。

第六章　御馆之乱

如此看来，这将越后一分为二的战祸，其影响不可谓不深远，直到二十年后仍未完全消除。就连本该和俗世无缘的宫司也无法置身事外，一旦立场有误，便再无翻身之日。这就是战争的残酷。

一直以来，受到谦信保护的上杉宪政在御馆中悠然度日。时而举行连歌会，时而举行闻香会[5]，过着与政治毫不相干的风雅日子。

然而，由于谦信的突然亡故，宪政的境遇自然为之大变。

（会变成什么样呢……）

自景胜与景虎在春日山城兵刃相见起，宪政便一直紧张地注视着二人的争斗。

只有让胜利的一方继承关东管领之职，并如同谦信时代一般将自己置于其庇荫之下，才是生存之道。

当三郎景虎引军意欲进驻御馆之时——

（真是麻烦哪……）

上杉宪政心中左右为难，拿不定主意。三郎景虎的父亲，正是将自己逐出关东的北条氏康，于情于理，自己都不能站在他这一边。然而，不管是斥责对方"滚出去"的胆量还是军事力量，宪政都不具备。万不得已之下，也只好被迫允许。

于是，三郎景虎与妻子华姬、嫡子道满丸，以及岳母仙桃院一道大大方方地登堂入室。

这平和闲适、风花雪月之地，一下子就变为杀伐四起的修罗战场。

另一边——

以果断的作战迅速占领春日山城的景胜一方，也不能说占据了绝对的优势。莫如说，此时双方都处于剑拔弩张的危险态势。

春日山城所在的越后颈城郡内主要家臣——

山本寺定长（不动山城主）

堀江宗亲（鲛之尾城主）

长尾景明（直峰城主）

筱宫出羽守（米山寺城主）

悉数加入了三郎景虎一方。

由此之故，春日山城实际上成了一座被敌对势力团团围住的海中孤岛。

而且，因为春日山与鱼沼地方之间的交通要冲直峰城（现上越市安塚区）正被敌方势力占据，上田众与作为根据地的坂户城之间亦断了联络。

临日本海的直江津、乡津两大港口，如今也落入身在御馆的三郎景虎手中。

坚守春日山城的景胜军，海路和山路两条补给线都被切断。

"二之曲轮的粮仓中应该还有兵粮，都尽数运到实城这里来。"

樋口总右卫门对膳房佣人做了如此安排。

领命而去的下属不多时青着一张脸回来：

"粮仓已经空了。"

"什么！"

"好像敌人在逃往御馆的时候，把粮仓里的兵粮全部运走了，一粒米都没留下来。"

实在是万分危急的非常事态。

景胜原本所在的中城内有粮食二百石，此时全都充作城内将兵及非战斗人员日常果腹之用。不足一个月，这些粮食便会耗尽，之后饥馑便会袭击这春日山城。

紧急的军事会议正在实城的大厅中举行。无论是上田众中的重臣栗林肥前守还是山崎专柳斋、吉江资坚等奉行众，脸上俱是一片愁云。

适才接到消息，信浓国饭山城主桃井伊豆守义孝率兵一百五十人

第六章　御馆之乱

进入御馆。另外，关东上野国厩桥城主北条高广及其子景广，以及沼田城主河田重亲，业已表明态度加入景虎一方。此时形势对景胜这边愈加不利了。

"如此下去，只有将城拱手相让一途了。"

军议之上，已经有人提出了最坏的打算。

不过，与宿老重臣的悲观截然相反的是——

"说什么泄气话呢，战斗不是才刚刚开始吗！"

这个发言掷地有声的人，正是忝坐末席的兼续。

兼续双眼闪现着锐利的光芒。

（此时的危机，不正是我等建功立业的大好机会吗……）

与老人相比，年轻人的人生阅历尚浅。虽然这通常意味着不好的事，然而值此危难之际，旁人看来无所畏惧的莽撞，在兼续来说反而是初生牛犊不怕虎的勇气。

"兵粮之事，就交给在下好了。"

兼续说道。

（这个乳臭未干的小子，说什么胡话呢……）

不仅擅于理财的奉行众，就连上田众的长老们也纷纷对兼续的话不以为然。

察觉到气氛有些异样的父亲樋口总右卫门开口打圆场：

"不要多嘴，与六。我们正在认真商议今后的打算呢。没有把握的话就不要随便说出口来。"

"我有办法。"

"别说蠢话了。与坂户的联系已经断绝，往信浓的北国街道有鲛之尾城的堀江宗亲把守。现在就连港口也被敌方占据，从哪里能够运来兵粮呢？"

"我打算请桑取的人相助。"

"桑取……"

总右卫门皱起眉头。

春日山城以西,有一个叫作"桑取谷"的山谷。

以前谦信之父长尾为景筑成春日山城之时,曾向居住于桑取谷中的农民们发予俸禄,提拔为半农半侍的乡士[6],吩咐一旦事出危急,可让其协助守城。

桑取谷的人们把这当作足以自夸的荣誉,即使在田中务农,也要系着暗红色的兜裆布,在腰间插上刀,向世人展示自己特别的地位。一俟村中祭神之日,村人们会表演步射技巧。平日里更是修行操练,日日不辍。他们对春日山城主抱持着的热忱与忠诚之心,到了谦信的时代又更上一层楼。

——桑取谷农人,受命协防春日山城之事,乃蒙赐俸禄,亦准带刀。

古书上如是记载。

兼续正是打算拜托桑取谷的乡士们,自春日山城背后运来兵粮。

"真是信口开河。"

直江信纲嗤之以鼻。

这直江信纲,便是阿船的丈夫。自上野国总社(现群马县前桥市)长尾家作为婿养子入赘直江家,谦信在世的时候曾担任骑马护卫[7]之要职。

虽然此人出身不凡,不过脑袋却有些顽固,不知变通。与才气焕发的阿船相配,总令人觉得格格不入。

"那样的乡士能有什么用处?要从敌人眼皮底下运送兵粮,就连一军之将也难当重任呢。"

直江信纲彻底地否定了年轻的兼续的意见。不过,他自己也提不出什么能够摆脱目前困境的妙计。

"不试试看的话是不会知道结果的。"兼续坚持己见,"在下曾在亡故的不识庵大人侧近侍奉,一再听说桑取谷人们的忠勇之名。'若

第六章　御馆之乱

是一朝春日山城有难,定不负所托',他们曾饮尽杯中之酒,立下誓言。"

"如你所言,桑取众的确立下过守护春日山城的誓约。"

樋口总右卫门冷静地注视着儿子兼续。

"不过,那是不识庵大人在世时的约定了。如今在御馆的三郎景虎一方跟景胜大人僵持不下的节骨眼上,怎能保证他们能够站在咱们这一边呢?"

"那么就说服他们吧。"

"说服他们相助景胜大人么?"

"是的。"

兼续点头说道。

"如果动之以情,晓之以理,让他们明白谁是真正的春日山城之主,桑取的人们一定会助咱们一臂之力。要摆脱眼前的困境,除此以外别无他途。"

"让谁前去桑取谷呢?"

"就让我去吧。"

"说不定桑取谷已被景虎一方团团包围,若是如此,恐怕有性命之虞哦。"

"没关系,我已经有此准备。"

"……"

总右卫门没再说话,只是默默地盯着兼续。良久——

"实城大人。"

总右卫门转过头来,对上座的景胜说道:

"所有的责任都让我来负吧。无论如何,请——"

"就交给与六好了。我也是这个意思。"

景胜短短一言,就此一锤定音。

二

兼续只身一人，向桑取谷出发。

梅雨淅淅沥沥。路旁繁茂的山白竹与紫阳花挂满水珠，色彩娇艳欲滴。

春日山城向西，经城之峰砦到桑取谷，有一条被称为"山往来"的小道。平日里，这条道上人迹罕至，只偶尔会有樵夫与狐狸在此出没。纵是白天，也令人感觉毛骨悚然。

即使出城之际穿上了蓑衣，兼续也觉得肌肤生寒。在这满是湿气的山道上行走，腋下汗水津津。

（真是不可思议啊……）

注视着竹笠边缘滴下的雨水，兼续心里想道。

自称制霸北越之地的上杉谦信去世以来，不过两月而已。原本此时的兼续应该跟随谦信，作为上杉军的一员同大伙儿一道齐心协力出阵关东——

（不想如今到了这步田地。）

因为谦信猝死，上杉军顿时四分五裂，昨日还是同僚，今天却反目成仇，流血争斗。

（现在不是干这个的时候啊……）

兼续想到这里，不由得恨恨咬牙。

在上杉家因内乱而动摇之时，如果大败于手取川的织田军卷土重来，当如何是好？想必北条氏也在觊觎夺取北关东的时机吧。

若不尽早整理态势以应对这风云变化的时代，上杉家就连存亡都成了问题。

这绝非杞人忧天。

第六章　御馆之乱

昔日，在桶狭间一战败于织田信长奇袭的骏河今川家，自此之后便一蹶不振，原本广袤的领地在接壤的武田、德川军侵攻之下被蚕食殆尽。

信玄亡故后的武田家亦然。自从在长筱合战中被织田、德川联军击败，其颓势已昭然若揭。

（此时此刻，若不尽快将领国上下团结一致的话，馆主大人在北国的多年经营将毁于一旦啊……）

守护领国，守护国民，正是此际兼续的行动准则。在贯彻这条准则的前提下，舍弃事实、舍弃性命统统在所不惜。

半道上，兼续忽然停下脚步。

兼续将腰间长短二刀连鞘一同拔出，放在路边一株大赤松树荫之下的马头观音石佛一旁。

而后，赤手空拳进入桑取谷中。

——为了说服对方，不得不先将自己的心置于一去不返的绝境。

半个时辰后，兼续瞧见了谷底村落一角。

桑取川贯通整个谷底。自山间涌出的清冽河水，源源不断地从被郁郁葱葱的榉树林包围着的山谷中穿过，向日本海奔流而去。

这条不到三里的河流所经之处，星星点点分布着近二十余个小村落。

一直以来，桑取谷的当地人将这条小河流域称为"川道"。

若要从西方的山岳地带进攻春日山城，必然得经过桑取谷。因此，不管是长尾为景还是谦信，历代春日山城主都十分看重桑取谷中的村民，准许他们苗字带刀[8]，一旦有事便可到城西严加防备。

据说，管理桑取谷中各个村落之人，是居住在名为西吉尾这个小村里的庄主斋京三郎右卫门。

（得亲自会一会那个男人才行……）

兼续在绵绵细雨中走下山谷，朝着小村西吉尾行去。山坡上狭窄

的梯田一道紧挨一道，鳞次栉比。此时适逢插秧时期，梯田上有村人正在务农。一如传闻那般，这些男人身着粗布筒袖，系着暗红色的兜裆布，腰间插着短刀。

男人们警惕的目光时不时向行走在道路上的兼续瞥来，仿佛在说：

"这家伙，来咱们村子做什么……"

雨渐渐小了。

身无寸铁的兼续，从头上取下竹笠，昂首挺胸地行走在梯田间的小道上。心中既然已经有了一死的准备，那么便无所畏惧。

沿着桑取川旁的道路直下，不久便进入了小村西吉尾。

看到此间庄主斋京三郎右卫门的住所时，兼续不由倒吸了一口凉气——

（这是城砦吗……）

如此巨大的居宅，与这山谷中的小村落毫不相称。

大门是冠木门[9]，两旁是生满五加木的石垣，将居宅围得密不透风。自后山涌来的泉水注于水池，池中梅花藻一簇一簇的白色小花随着水波微微摇动。桑取谷的人们有将梅花藻做成各种料理的习惯，也有的居民之所以健康长寿，皆是出于这梅花藻的药效之故。

兼续站在大门口，高声报上姓名与身份。很快便有人前来带路，将兼续接引入内。大概是听到了"春日山城主上杉景胜大人的使者"这几个字吧。

对桑取谷的人们来说，春日山城之主是绝对的存在。

不过，现在的城主景胜，根基还甚为不稳。因此，是否要站在景胜一边，实在是关系到桑取众能否继续生存下去的重要抉择。

兼续被引领到大宅内一间有地炉的屋子里。

屋子中央切出一块四方地炉，炭火正旺。屋梁与柱子全是用粗壮而沉重的栗木筑成，表面被烟熏得墨黑发亮。

第六章　御馆之乱

地炉上吊着一口巨大茶釜，白色雾汽腾腾升起。

雾汽的对面，坐着一个男子。

"我就是这里的庄主斋京三郎右卫门。说有人自称是从城里来的使者，就是你么？"

这男子似乎惊诧于兼续的年轻。

"正是。"

兼续点头。

"新的实城大人，可是在小看我们么？派你这样一个小鬼作为使者到这里来。"

斋京三郎右卫门眉头一皱，神色颇为不快。

这男子年纪约莫四十岁，肩宽背阔，四肢发达。身穿一件鹿皮制成的无袖羽织，面目相貌轮廓分明，令人过目不忘。

兼续神色不改，端正坐姿，看着对面这位男子，说道：

"此次前来，实有一事要拜托桑取的——"

"你的来意我明白。"

三郎右卫门打断他的话。

"是想让我们加入你们一方吧。御馆那边也已派来了使者。"

"御馆那边？"

"想让我们切断与春日山城相连的小道。若是没有兵粮，城里怕撑不过一个月吧？他们说了，自得胜那天起，便永远免除我们的年贡。"

"贵方的答复是？"

"还未答复。"

"……"

兼续这才注意到，屋子里和门边不知什么时候已经聚满村子里的男人。他们眼底都暗含着杀机。

（如果只是口头约定的话，怎么说都可以……）

兼续想道。

永远免除年贡，抑或将俸禄增加为十倍二十倍。为了取得这一战的胜利，随口开出怎么高的条件都无所谓。

然而，此时若开出比这高的条件，那么景虎方自然会提出更为优厚的允诺，以求得桑取众的支持。如此一来，双方你来我往，而桑取的人们也会随着利益天平的倾斜如墙头草一般摇摆不定，人心难安。

而在这场僵持不下的拉锯战中，若有他国趁机侵入领内的话，上杉氏说不定便会就此灭亡吧。

良田被马蹄践踏，房屋被战火烧毁，最终遭受苦难的，还是百姓。

"很遗憾，我没有办法对桑取的人们作出任何保证。"

兼续长长地吐了一口气。

聚集在门边的人群顿时涌起一阵骚乱。

"把我们当白痴吗！"

"滚回去吧！"

骂骂咧咧的声音不绝于耳。

"够了，安静一下。"

庄主三郎右卫门做了个手势制止了男人们的喧哗，再度盯着兼续。

"这即是说，实城大人并没有将我们当作一回事吧。"

"绝非如此。"

"那么，是怎么回事呢？"

"我要反问贵方——"兼续毫不退让地回视，"你们在田间务农之时，为何要系着暗红色的兜裆布，腰中带刀呢？"

"这是规定。为了春日山城出事的时候，能够尽快赶到，协助防卫。"

"为何要协助防卫？"

第六章　御馆之乱

"为了报答给予我等俸禄的历代实城大人的信任。这是其他百姓所没有的荣誉，我们以此为傲。"

"既然如此我要问了。以你们的这般自豪，应该不会以年贡的多寡来推断领主的器量吧。那么，想请你们赌上你们的荣誉来判断一下，谁更适合领主这个地位呢？"

"……"

三郎右卫门将粗糙的双手在胸前一抄，目光注视着地炉中的炭火。

"你的刀呢？"

他拉长声音问道。

与桑取众这边人人腰间带刀相反，兼续胁下空空如也。

"入谷之前，放在马头观音那里了。"

"谷口的石佛么？"

"是的。"

"你这举动真是奇怪呀。"

"哦？"

兼续目露不解之色。

"没有刀的话，便没法保护自己吧。我等要是决定跟随御馆一方，你的性命可就没有啦。唔，或许就在此时砍下你的头颅，献给御馆一方也不错……"

听到三郎右卫门这话，门边的男子们迅速作出反应，纷纷将手放在刀柄之上，躬身伏低。

"我这小鬼的头颅，能抵得上一枚黄金吗？"

兼续微微一讪。

"那么，为何要在谷口解下你的刀呢？"

三郎右卫门嘴角一歪，表情似笑非笑。

"我相信你们。"

"哼……"

"正因如此，我认为没有必要带刀入谷。要杀我的话，请便。不过，在那同时，桑取众的荣誉也随之消逝无踪了。"

"荣誉么……"

斋京三郎右卫门一副吃了涩柿子的表情，捋了捋颔下浓密的胡须。

一阵沉默之后——

"喂！"

三郎右卫门向门边依然保持着拔刀姿势的手下喊道。

"拿酒来！我要跟这家伙喝一杯！"

"庄主……"

"我等代代侍奉实城大人。要是被眼前的利益蒙蔽双眼的话，可就坏了咱们桑取众的名声啦！"

很快，酒与大杯备好。略带酸气的浊酒缓缓斟入黑漆器皿内。

"输给你的气度啦。我等在这里，向新的实城大人宣誓效忠。干了这杯酒吧！"

"好。"

兼续颔首，将杯沿放在唇边，一饮而尽。

"噢！"

见得兼续潇洒的动作，庄主不由发出赞叹之声。

三

桑取谷的人们，承担起了向春日山城内运送兵粮的任务。

要让城中约莫两千兵士不饿肚子，所需的粮食不是一个小数目。

桑取众的运粮道路，分为山路与海路两条。其中之一是与信州连

第六章　御馆之乱

接的山道，用小货车往来运送。这山道自桑取谷经名立谷、能生谷、早川谷，越过重重山岭，直达信浓国松本平原。另一条路则是沿桑取川而下，来到日本海沿岸海湾锅之浦，从这里用渔船自越中国筹措兵粮。

无论自哪一条道路运粮，都要从御馆一方眼皮底下经过，正可谓是提着脑袋行事。

不过，桑取众在有间川、能生、小泊等村落的百姓帮助下，总算将兵粮运送到了春日山城。

《越后古实闻书》如此记载：

——筹粮以解城中之困者，乃春日山城西，有间川、桑取、能生、小泊四地之民也。

兵粮的补给依靠与桑取众的约定得到了解决，然而这并不意味着景胜一方的劣势便因此消解。

五月十六日，清晨——

春日山城下突然发生火灾。原本是景胜一方的东条佐渡守被御馆三郎景虎一方说动做了内应，教手下在城下町中四处放火作乱。

风助火势，烈焰蔓延，春日山麓约莫三千民家化为灰烬。

"诸位！准备出战吧！敌军自御馆方向攻来了！"

景胜高声喝道，从来寡言少语、罕有变化的表情此刻宛如忿怒的仁王一般。

攻城前在城下町中放火，是战阵中的常识。城下房屋烧毁，城砦裸裎于军队面前，便是发动总攻的绝好时机。

果然——

翌日，敌军袭来。

在雨云密布的灰暗天空下，黑压压的人马自东北御馆方向急急杀奔而来。

（看样子，敌方兵马逾三千人……）

身着具足的兼续，冷静地注视着自御馆方向河畔道路、古宅道路、南方木田道路三面夹击而来的敌军。

"大哥，敌军看来为数不少啊。"

一同登上实城三重橹的弟弟与七实赖开口说道。

"不要慌。"

兼续用力握了握三重橹的栏杆。

"我方占据了春日山城的地利。只要据守城中，人数多寡并不是问题。"

"但是，一味坚守的话没法取胜吧。"

"不。"

兼续远远望着敌方靠旗[10]翻飞的道路。

"至少，我方对敌军的行动了如指掌。现在只需按兵不动，静静等待给予敌军致命一击的时机。"

兵分三路逼近城下的御馆军，用两重鹿砦将春日山城团团围住。如此一来，便截断了城内与外界的联络。而后，敌军自正门与偏门两个方向向城中发起总攻。

从正门方向攻来的敌军，是堀江宗亲、筱宫出羽守、琵琶岛善次郎诸队。而偏门一边则是御馆一方的主力兵马，包括本庄秀纲、山本寺定长、桃井义孝诸队。

兼续与实赖二人同栗林肥前守等上田众一道，镇守着千贯门。这千贯门，正位于己方总大将景胜所在实城的偏门前方。

春日山城虽然易守难攻，然而自山麓而来的敌军攻势如火如荼。铁炮声声，弓矢漫天，敌方人马在守军防卫的缝隙中踩着木板渡过壕沟，用梯子攀上城壁。

硝烟漫漫，四处飘浮着火药味，敌我双方的厮杀声与悲鸣声交织回荡在天地之间。

"黑铁门被攻破了！"

第六章　御馆之乱

兵士嘶哑的喊声传来。

约莫一刻之后，自望楼处看见景胜居住的中城火光冲天。

"大哥！中城起火了！"

"是啊，看到了。"

"敌军已经很近——"

"伏下身子，与七！"

兼续话音未落，一支羽箭自实赖肩头掠过。

千贯门附近，双方展开了激烈的攻防战。

守卫春日山城的景胜一方，在门内侧用粗大坚固的木材修筑起高高的望楼。望楼四周的平盾[11]之间，兵士不停以铁炮与弓矢向一波波靠近的敌兵射击。同时，飞矢与铳弹也自千贯门周围的弓箭口与铁炮口不断地招呼过去。

突击近前的敌方士卒一个接一个地倒下。

然而，敌军却源源不断地越过地上同伴的尸身，如潮水一般涌将上来。

御馆一方将以竹子扎在一起制成的大盾推到军队前面。

因为不易被铳弹贯穿，加之质地轻盈，便于运送等特点，在铁炮普及以后，这种被称为竹束的盾牌被广泛运用于日本各地的战场上。

敌军躬身躲避在竹束大盾后面，在防御的同时凶猛地展开进攻。与此同时，景胜一方铁炮与弓矢的威力则大打折扣。

敌军渐渐抵达千贯门外，用梯子钩住了城壁。

"可恶！要冲进来了么！"

与兼续等人一同在望楼上参与防守的泉泽久秀，一面用手中朱枪将攀上城壁的敌兵搠下去，一面恨恨说道。

兼续、实赖、樱井三助以及登坂新兵卫等人，也在飞溅的血雨中不断挥动手中长枪，拼命阻止敌军侵入实城。

但是，就算竭尽全力，也难以抵挡敌军猛烈的攻势，已经有越来

越多的敌方兵卒攀过城墙。

"诸位,快到下面去!这望楼上已经难以防卫了。"

兼续一声令下,周围杀得兴起的年轻上田众"噢"地高声回应。

自与御馆一方交战以来,不知从何时起,兼续已经成为这些年龄相仿的年轻人中心。众人尽皆被兼续果敢的行动力与充满谋略的统帅力所感服,心甘情愿围绕在他的四周。

兼续一干人从望楼的楼梯疾奔而下。此时,越过城墙的敌军已进入千贯门内侧。

兼续疾风一般冲上前去,手中长枪枪尖捅入敌方一个头戴日根野盔的武士腋下。上田众的年轻一代与不断翻进城墙的敌兵殊死缠斗,守着千贯门寸步不让。

此门一旦被攻破,一切都完了。

门外敌军还在雪崩一般不断涌来,意欲乘势一举攻占实城。

登坂新兵卫将想要开启门闩的敌兵斩翻,不料被旁边另一位身着赤胴甲的敌方武士横斫一刀伤了膝弯。新兵卫头盔之下的面色一变,单膝跪倒在地。

"不要紧吧!"

兼续一枪捅倒赤胴甲的武士,奔近前来。

"没什么大不了的。一定要守住这门……无论如何,必须要保护景胜大人的安全……"

"我明白。"

两人心中皆是一般念头。

兼续的右腕与小腿也受了几处轻伤,但此刻胸中热血上涌,却也不觉疼痛,只是感到喉咙十分干渴。

灰暗厚重的雨云不知何时被风吹散,天空一片蔚蓝。

春日山的上空,几只老鹰悠然盘旋,似乎地面的激斗是另一个遥远的世界中发生的事情。

第六章　御馆之乱

对兼续等人来说，仿佛经过了几近于无限的漫长时间。

就在此时——

山顶方向忽然传来强烈而沉重的太鼓[12]声，这正是转守为攻的信号。

回头望去，三百人马宛如怒涛一般自实城方向长驱直进，喊声震天。

在后方阳光的沐浴下，并排的"刀八毗沙门"与"绀地日之丸[13]"两面旌旗鲜明而清晰地映入眼中。

"实城大人出阵了！"

望楼上有人高声喊道。

原来静候于实城中的景胜，看准关键的时机下令出击。得知总帅出战的守城军顿时大受鼓舞，士气百倍，一改本来勉力支撑的守势，奋力向敌军攻杀。

眼见敌军开始有了慌乱的迹象，栗林肥前守大声喝令：

"就是现在！"

于是守方立刻大开千贯门。

冲下坡道的景胜一方长枪队，将枪尖聚作一团，自千贯门中向外不断突刺。

《越后古实闻书》中记载道：

——此门既开，枪尖聚而突搠。敌势颇，为我军气势所迫，掉头四散而逃，或坠谷。少数残余尽皆讨取。御馆城代桃井伊豆守重伤。是日，御馆方败北。

在长枪队的突刺攻击之下，御馆一方四散奔逃，还有慌不择路而坠入山谷的人。

四

此战以御馆一方败北而告终。御馆城代桃井义孝身负重伤,其余兵卒死伤甚多。

然而,春日山城景胜一方的劣势却并未完全挽回。春日山城所在的颈城郡内诸般城砦,仍旧在敌方势力控制之下。

此外——

外部的威胁也渐渐逼近。武田、北条二大势力,摆明了态度会支援三郎景虎一方。

三郎景虎是北条氏政的亲弟弟。为争得上杉家当主之位,景虎求相州小田原的兄长相助。

景虎与其老家北条氏的关系也说不上良好。对于自幼将自己送往武田家、上杉家当人质的本家,景虎心中有着深深的恨意。

而作为北条氏政来说,对这位远离本家长大的弟弟,也没有多少亲情可言。

但是,如果弟弟能够继承谦信遗留下来的广大领地,事情又另当别论了。那样的话,不仅一直以来围绕北关东的支配权与上杉家的对立态势能够得到消解,将来或许还有可能将上杉领地据为己有。

景虎也清楚兄长氏政的野心,为了击垮景胜成为家督,便故意以此利诱氏政协助己方。

于是北条氏政又邀约与自己结为同盟的武田胜赖,一起行事。

氏政之妻乃是胜赖之妹,而且胜赖也娶了氏政的妹妹作妻子。即是说,两家有着二重姻戚关系。

"此际上杉家为了家督之争一分为二,正是你我扩大领地的绝好机会。不如一同攻入上杉领内,向御馆的三郎景虎卖个人情可好?"

第六章　御馆之乱

武田胜赖接受了氏政的邀约。于是两家约定，北条氏自上州方向，武田氏自信浓方向，同时侵攻越后。

此时——

春日山城景胜一方为了打开被孤立的局面，正着手进行各种活动。

首先确定的目标是直峰城。

坐落在现在的上越市安塚地区的这座山城，是自春日山去往关东的三国街道必经之地。这条街道的另一端连接着景胜的故乡鱼沼郡坂户城，但目前却因直峰城在敌人手中，一直断了联系。

直峰城的守将是御馆一方的长尾景明。

"得拿下直峰城才是。"

景胜下了如此命令。

"请交给在下好了。"

揽下重任的，是家老樋口总右卫门。因掌管着青苧贸易，总右卫门常常往返于坂户与直江津港间，在直峰城里有不少旧识，也熟悉周围地形。

总右卫门暗中与直峰城的重臣取得联系，用贿赂的方式使其从内部分崩离析。

谦信亡故以后，在春日山城的金库中留下了莫大的财产。共有大判金币二千七百一十四枚。

越后特产青苧的贩卖收益，加上当时日本产量第一的岩船郡高根金山的产出，为上杉家储存下数目巨大的财物。当然，频频发起的远征需要消耗庞大的军费，然而即便如此，金库中也留下了一笔相当可观的财产，谦信的经济实力的确令人不得不惊叹。

以春日山城如此丰厚的资金实力为后盾，樋口总右卫门将直峰城的重臣们一一收买。

很快，除了守将长尾景明以外，直峰城的武将悉数变为景胜一方

的内应。不久，长尾景明就在这些被策反的重臣家老们的逼迫下自尽，直峰城重新回到景胜一方手里。

接下来，猿毛城、旗持城等反抗景胜的诸城砦一个接一个陷落。而后景胜自春日山城出兵进攻御馆，府中町六千座房屋毁于战火。

"如此一来，得准备与御馆方的决战啦！"

春日山城中将兵都喜笑颜开以为胜券在握，然而此刻传来了令人震惊的消息——

武田胜赖率领三万大军，自信浓越过国境，侵攻而来。

武田胜赖亲率的二万二千本队人马，自信州善光寺平原经野尻湖西岸，攻入越后国内。经行处正是如今的北国街道。另外，武田信丰统领的八千人马别动队则经饭山街道翻越富仓岭入侵。

两队兵马在妙高山麓的小出云原（现新泻县妙高市）会合，在当地布下阵势。

据《景胜一代略记》[14]记载：

——自甲州而来相助三郎大人之武田胜赖兵马三万余，六月十七日抵颈城郡大（小）出云原布阵。

此时，武田军与春日山城之间相距不过五里（约二十公里）。

在谦信时代，上杉军曾在信越国境附近的川中岛与武田军五度交战，其间除谦信上洛不在春日山城那次以外，从未让对方踏入越后领内一步。

然而此次领国内乱，正好予人可乘之机，敌军长驱直入，几近国中心脏位置。

此时已经到了上杉家的生死关头。

三郎景虎为了击败景胜，容忍他国军队进入己方领国。如此一来，一旦武田胜赖有机会攻下春日山城，那么这名为"相助三郎大人"之战立时便有可能变为攻取越后的战争。

不，武田胜赖原本便是乘上杉家内乱之机，为了攻城略地而率大

第六章　御馆之乱

军出阵才是。

值此战国乱世，这般弱肉强食乃是常理。一旦露出破绽，四面环伺的强敌便会如猛兽一般毫不留情地扑上来。

武田家的入侵，可算是自上杉家壮大以来从未经历过的国难。

"三郎景虎的本家北条氏，与武田军遥相呼应，也有出兵的迹象。这样下去，越后国可就会被他国蚕食瓜分了！"

上田众诸将神色焦急。

春日山城内顿时骚动起来，有人感到绝望，也有人偷跑出城要加入御馆一方。种种荒唐行径，不一而足。

其中，仅有景胜、兼续这年轻的主从二人依然保持着冷静。二人都清楚此时就算如何惊慌失措，也无济于事。

"没有解围的办法么？"

景胜以一如既往的驽钝表情看着兼续。这自幼一起长大的主从之间，有着深厚的信赖关系。特别是谦信亡故以后，二人相互扶持，突破重重困难，关系自然又进了一步。

"只有一条秘计。"

兼续说道。

"秘计么……"

"只是，这个办法……"

兼续的表情有些踌躇。

"这般犹豫不定，可不像你呀！说说看吧。"

景胜催促道。

实城的三重橹内房间里，除这主从二人之外再无旁人。屋檐处，飞燕掠过一个漂亮的弧线。被烧成一片白地的春日山城下，朝雾缓缓流动。

"那么——"

兼续仿佛拿定了主意，抬起头来。

"您敢于饮下毒酒么?"

"毒酒?"

"与武田结盟吧。要渡过如今的难关,除此以外别无他法。"

兼续这与其说是大胆,莫如说过于异想天开的话语,令景胜也不由得神色一变。

"与武田结盟?"

"是的。"

"你是认真的吗?"

"我是认真的。"

兼续斩钉截铁地说道。

"甲斐的武田家,与我们上杉家可是宿敌。亡故的不识庵大人,曾在川中岛与武田军五度交战。要与这样的对手……"

"所以才说是毒酒。"

兼续直视主君景胜的双目:

"医道之中,也有以毒攻毒,把毒药变作解药的方法。在武田胜赖面前低头,双方达成和解,与其携手,战局便可以瞬间逆转了。"

"太困难了。"

景胜短促地吐了一口气。

"为什么呢?"

"为什么……是在问我吗?"

"喜平次大人您,没有饮下毒酒的勇气吗?"

"什么……"

景胜宽阔的脸庞顿时涨得通红。两人自幼时相识以来,景胜如此愤怒的表情,记忆中也只有过那么一次。

第六章　御馆之乱

五

那是景胜将要被谦信召至春日山城以前的事情。

流经坂户城下的三国川上游,有一处被称为"鱼止瀑布"的地方。

即使在雨水稀少的盛夏时节,瀑底也蓄有满满一泓碧绿而清澈的潭水。

在鱼止瀑布的潭水中,有一条很大的鲑鱼。此鱼从头至尾约莫二尺(约六十厘米),肚腹呈黄色,虽然体形肥硕,游动时却灵活无比。

"那家伙,好像这瀑布的主人呢。"

"说不定是水神的使者哦。"

看到那鲑鱼游动的村民私下里纷纷如此议论。

大概由于年深日久也沾了些山中灵气,此鱼甚为狡黠,对渔夫垂下的钓饵全然不理。仿佛是嘲笑人类肤浅的智慧一般,时常在水面闪现一番,而后尾鳍在水中一划,又施施然沉入潭底。

一日,附近游玩的景胜小姓之间在相互闲聊时,有人提议:

"我们去把那条大鲑鱼捉住吧。"

不论钓饵、渔网又或是鱼叉。总而言之,想方设法先大人一步逮到这只大鲑鱼,成为当时这些小姓们热衷的事情。

然而,他们也不过是些孩子。

虽然小姓们兴致勃勃,甚至越来越急躁,这瀑布的主人仍然在水潭深处潜游,就连影子也不让他们见着。

此时——

"我有办法能轻松地捉到这个家伙。"

说话之人还蓄着前发[15],脸上一派的自信满满。正是当时众小姓中年龄最小的与六兼续。

然后，他自坂户城的火药库中偷来火药，塞在竹筒里，点燃引线扔入水潭。只听轰然一声巨响，大片鱼群肚皮翻白朝天浮上水面。其中便有那条大鲑鱼。

小姓们欢呼雀跃，只有从刚才起就一直冷眼旁观的景胜却并未因此而面露喜色——

"我讨厌作出这种愚蠢卑鄙之事的人。"

景胜鄙夷地瞥着兼续，显然十分生气，涨得通红的面庞仿如仁王一般。

（跟那时候一样啊……）

兼续心中暗忖。

自幼便头脑聪慧的兼续，有时候或许会恃才傲物，做出些孟浪之事。此时能够及时阻止兼续的，便只有性情沉静稳重的景胜了。

"这并不是什么卑鄙之事！我不过是为了捉住大鲑鱼罢了……"

兼续拼命辩解道。

"你是说，为了一条大鲑鱼而让这么多鱼白白死掉也没有关系吗？"

"这是没有办法的事。如果不这样做，就捉不到那条大鲑鱼。"

"还在狡辩！"

景胜一声怒喝，一拳打在兼续脸颊之上。

凡有悖武士精神之事，景胜都甚为反感。

景胜认为，兼续这一殃及池鱼的行为，便是有悖于武士精神的卑鄙做法。

后来，主从二人被召至春日山城，谦信得知此举表扬了景胜：

"景胜所为甚是。所谓智慧，应该为大义而使用。为一己之私而使用的智慧，并不能叫作真正的智慧啊。"

第六章　御馆之乱

谦信此言令兼续大为震动。

智慧若是用于正确的方向，则会闪耀着崇高的辉光。否则的话，便只能称之为阴谋诡计而已。

从那以后，兼续便引以为戒，时刻提醒自己要将智略使用在正确的地方。

不过——

（此事与以前那件事是不一样的……）

兼续并不认为与武田结盟是卑鄙的阴谋诡计。此时此际，守护领国正是大义所在。为此大义，务必要舍弃一些没有意义的坚持才是。

"这都是为了越后的原野山岗，还有比什么都重要的领民，守护他们免遭战火所累，我们不得不暂时向武田低头啊。"

"……"

"喜平次大人！"

"……"

景胜依然面色严峻，绷着脸一言不发。

兼续已经有了准备，或许与捕捉那条大鲑鱼之时一样，景胜会一拳打在他脸上。

可是景胜并没有动手。与此相反，他用那原本紧紧抿成"一"字的嘴巴缓缓说道：

"确实如你所言。为了守护领国的大义，不得不饮下这杯毒酒啊。"

"您同意了吗？"

"我会向武田低头言和的。这样就行了吧。"

"是的。"

兼续点头道，脸上微微有些泛红。

"但是，武田真能与我们结盟吗？武田与北条的同盟自先代信玄以来便已存在。胜赖之妻又是北条氏政之妹，同时也是三郎的姐姐。"

"此时的武田胜赖,并没有拘泥于亲缘关系的余裕。"

"此话怎讲?"

"在长筱合战中败于织田、德川联军之手的胜赖,眼下首先考虑的是让对自己已经产生怀疑的家臣们重拾信心,为此需要立竿见影的成效。"

兼续说道。

胜赖在武田家的微妙立场,有他与生俱来的原因。

原本,信玄所指定的继承人是其正室三条夫人所生的长男义信。然而,信玄公然撕毁与今川、北条间三国同盟之约,率军入侵今川领内,这一举动使迎娶了今川家女儿为妻的义信大为愤慨,此事导致父子二人关系破裂。最后,义信因涉嫌谋反被勒令切腹,结束了悲惨的一生。

后来,虽然信玄侧室诹访御料人[16]所生的四男胜赖继承了武田家家督之位,然而家中累代重臣们依旧惦念着死于非命的长男义信。自然,这些重臣们对胜赖格外挑剔。甚至有人公开说道:

"那家伙并不是武田家正统的继承人啊。"

不巧的是,号称战国最强的武田骑兵在长筱大败,这使家臣们更加质疑胜赖作为统帅的能力。于是,胜赖对武田家臣团的凝聚力迅速丧失。

在战国乱世,实力便是一切。有没有切实的战绩,关系到能否凝聚人心。上位者想要家臣死心塌地为其效忠,就务必得拿出令人信服的实绩才行。

"胜赖心中也一直惴惴不安。如果以割让信浓、上野两国的上杉家领地为条件的话,他一定难以拒绝。"

"真是无可奈何的选择啊。"

景胜深深地叹了一口气。

要放弃先代谦信花费数年心血才终于得手的信浓、上野领地,说

第六章　御馆之乱

一点也不留恋那是谎话。

然而，若不痛下决心便无法渡过眼前的危机。如果输掉这场战事，一切都将化为泡影。此时此刻，唯有孤注一掷。

"讲和的条件，就全部由你来拿捏好了。"

"是。"

事成之前，这项决断也只能作为机密告知春日山城的部分老臣。若是公开宣布，只会徒然招致无益的反对而已。

兼续以主君代理人的身份，直接来到小出云原的胜赖本阵与之谈判。

出发前，兼续悄悄向父亲樋口总右卫门透露了自己的意图。

"我也想过仅有这一途可走了。"

"父亲大人……"

"不过，只是让出信浓、上野的领地，我还有些放不下心。"

"不能再割让更多了。"

"能令人眼前一亮的，可不止领地一样。我已获得实城大人的准许，让你将金库里的黄金带一些去。"

"黄金？"

"甲斐乃是天下闻名的黄金之国。但是听说由于信玄一代采掘过度，如今矿脉已然干涸。即使是胜赖，大概也对黄金垂涎已久吧。"

"……"

"随我来。就试一试咱们的运气吧！这无论对上杉家来说，还是对你自己的人生来说，都是一场莫大的赌局呢。"

翌日——

兼续带着泉泽久秀和弟弟实赖，在清晨薄雾的掩护下避开众人耳目，悄悄离开了春日山城。

从春日山到小出云原，约莫有五里路途。

刚到胜赖本阵,一行人便被武田士兵团团围住。

"我等是春日山城上杉景胜大人的使者,为求和而来。快带我们去见胜赖大人!"

久秀面无惧色地高声喊道。

武田军本阵驻扎在小出云原南面被丛生的杂草覆盖的小丘陵上。四围各十六间的壕沟内侧,修筑着一座高高的土台,四周围有栅栏。

栅栏内,竖立着两面赤底大旗,其上为金泥所书"八幡大菩萨"、"将军地藏大菩萨"字样。

这两面旗帜一旁是绀碧金字的旌旗,上书"疾如风徐如林侵掠如火不动如山"两行大字,也就是常说的"风林火山"之旗。旗上大字是信玄皈依之处甲斐惠林寺的禅僧快川绍喜的墨宝。在这"风林火山"的旌旗下,武田军转战各地,所向披靡,直到于长筱败北为止。

兼续等人并未被引领至敌方总帅武田胜赖所在的本阵。带路人将他们带到本阵一旁的小屋内,并让他们在那里等待了许久。

"难道是想杀了我们么?"

泉泽久秀在兼续耳边低语。

此处乃是敌阵中心。只要胜赖一声"都给我砍了",三人根本没有逃脱的机会。

小屋门口,手执长枪的足轻们严密地看守着。

"要杀便杀好了,这不也很痛快吗?"

兼续高声笑道。

"不识庵大人生前曾说:'生中无生,死中有生。'若没有一死的决心,那便什么事也干不成。"

"是说不要抱着生还的想法么?"

"正是。"

"你这家伙究竟……"

久秀面露惊讶之色。

第六章　御馆之乱

此时，小屋周围传来马蹄哒哒之声。数骑人马来而复返。

如此又过了一个时辰，两个时辰。

"到底要做什么！磨磨蹭蹭的。"

泉泽久秀颇为不耐，刚想从折凳上站起身来，一骑马匹的蹄声在小屋门前止住。

门口顿时人声骚动，有脚步声渐渐行近。

注释

【1】御影石：御影（神户市附近）地方所产的优质花岗岩石，多用来制成碑石等。

【2】种子岛铳：即铁炮。由于日本最初两挺铁炮由种子岛家14代当主种子岛时尧以黄金两千两的高价自葡萄牙商人处购得，因此得名。

【3】安寿与厨子王的传说：日本民间传说，故事的舞台是直江津。

【4】宫司：一座神社的最高神职。

【5】闻香会：日本香道文化中，人们聚集一处品闻香气的活动。

【6】乡士：这里指获得武士身份的农民。有时也指居住在农村的武士。

【7】骑马护卫：原文为"馬廻大将"，指战阵之上在主君身侧担任护卫以及传令等职的骑马武者头目。

【8】苗字带刀：指拥有苗字，允许佩戴长刀。这是象征武士身份的特权。苗字，即通常所说的姓氏，代表着拥有武士家世。

【9】冠木门：两旁有木柱，上边有横梁的院门。日本战国时代，通常有身份的人家才会有这种院门。有些城砦的大门也是冠木门。

【10】靠旗：战阵之上插在武士背后，标识其所属势力军队的窄

幅旗帜。

【11】平盾：以巨大板材制成的防备敌军弓矢铳弹的大盾。

【12】太鼓：日本代表性的打击乐器，与我国的鼓相似。

【13】绀地日之丸：绀碧底色上一轮红日的旗帜，是上杉家军旗之一。

【14】《景胜一代略记》：亦作《景胜公一代略记》、《景胜公御一代略记》，讲述上杉景胜一代前后上杉家的军记物。作者及成书时期不详。

【15】前发：武家男子元服之前额前及两鬓所留的头发。

【16】御料人：对有身份之人的妻室、女儿的敬称。这里的"诹访御料人"有"来自诹访的夫人"之意，指武田信玄的侧室，胜赖生母。本名不详。在新田次郎的小说《武田信玄》中称作"湖衣姬"，在井上靖的小说《风林火山》中称作"由布姬"。

第七章 秘谋

一

　　堵在小屋门口的足轻们纷纷退下,一个男子走进屋内。是一位约莫五十岁身着绯威当世具足的壮年武将。

　　具足胸前的小板上用金银丝线精巧地装饰着宝珠之纹,甲胄外罩着一件白绫阵羽织。阵羽织里子鲜红,与腰间大小两刀之朱鞘一般鲜艳夺目。在以勇猛果敢著称的武田军中,这服饰可谓奇异华美,气派非凡。

　　此人嘴唇四周蓄着短而整齐的胡须,鼻梁直挺,容貌端正。

　　他看到坐在折凳上的兼续等人时,不由得轻皱了一下眉头。大概是认为这些来自上杉军的和谈使者们过于年轻了吧。

　　不过这表情一瞬即逝。他理了理姿势,郑重地施了一礼,说道:

　　"久等了。我是武田家家臣,高坂弹正忠昌信。"

　　兼续立刻从折凳上起身回礼,心中不禁有些紧张。这谈判对手显然不是易与之辈。

　　高坂弹正忠昌信——

　　乃是闻名于世的武田二十四将其中一人。原是甲州石和地方富农之子,因容貌俊秀、聪明伶俐而被信玄赏识,十六岁成为信玄侧近而仕于武田家。

信玄对年轻的弹正格外宠爱。两人之间，便是有着所谓男色关系。甚至有一纸二十五岁的信玄写给十九岁的弹正，为自己见异思迁之事辩解的誓文残留了下来。

——近日频至弥七郎处，无他，唯其肚腹疼痛，乃往视之。此话绝非妄言……

的确，最近自己常常去往小姓弥七郎住处，但这不过是因他肚腹疼痛，于是前往探望之故。自己与弥七郎之间并无越轨之事。以上皆是事实，绝非自己杜撰的谎言——等等，总而言之都是一些拼命辩解的言语。信玄对弹正的良苦用心，仅从此事上便可见一斑了吧。

不过，高坂弹正并不甘心单方面接受信玄的宠爱，而是拼命学习，磨炼自己的能力，终于以武田家武将的身份渐露头角。

自攻下信州小岩岳城，立下武勋，成为侍大将[1]以来，高坂弹正曾陆续担任小诸城、尼饰城守将，直至获得武田家中最高俸禄，下辖四百五十名骑马武士，成为武田家中坚。

弹正所具备的对战势的冷静判断力、进退自如的用兵手段，在如今的武田军中堪称第一。同时，他还是一名手腕高明的外交家。

如此以武名震慑四方的高坂弹正，此刻正立于兼续面前。

弹正今年五十二岁。

多年以来，他作为海津城守将，支配川中岛四郡，坚守在武田家与上杉家的战略最前线。即使在天才武将谦信的压逼之下，依然保持着对峙态势，绝不后退半步。

听说此次入侵越后，弹正亦是担任武田军先锋之职。

不过——

（脸色不太好啊……）

兼续心中想道。

此时的弹正双颊瘦削，肌色青白，全身上下看不出有旺盛的生命

第七章 秘谋

力。且眼眶深陷,只有双目依然精光四射。

(是生病了么?)

兼续猜想。

虽然弹正一身绯威甲胄气派非凡,说话声音却并不洪亮。

"在下是上杉弹正少弼(景胜)的使者樋口与六兼续,奉主君之命前来此地。"

兼续挺胸抬头,堂堂正正地报上自己的姓名。

"樋口与六么。"

高坂弹正眯起双眼,打量着兼续年轻而红润的面颊。

这位叫作高坂弹正的男子,素有智将之名,绝非仅仅只会在阵上逞匹夫之勇的莽汉。

在此次远征中,高坂弹正也以其高超的情报收集与外交能力,对身为越后国人众的本庄繁长、山吉景长等人实施策反工作,尽量避免无谓的争斗。

世人将高坂弹正称为"逃弹正"。这称呼并没有嘲弄的意思,而是形容其身处如潮水般迅猛的战阵之中,也能保持进退自如的那份冷静。在过去的三方原合战之际,面对向浜松城败逃的德川家康军,武田军能够清醒地放弃追击,从而保持住六分的胜利,也是因高坂弹正献策之故。

此外,武田军中还有被称为"攻弹正"与"枪弹正"的两位武将。

"攻弹正"是指真田弹正忠幸隆(真田幸村的祖父),"枪弹正"则是以使枪名手闻名远近的保科弹正忠正俊。

攻弹正与枪弹正两位,是武田军"侵掠如火"信条的直观体现。与之相应,逃弹正的冷静似乎展现出了武田军"其徐如林"的一面,然而实际上,毋宁说这是武田军"侵掠如火"另一种在智略层面上的表现形式。

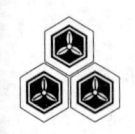

与华丽的正攻法相比，高坂弹正更擅长于避其锋芒的谋略战。这大概与他的出身——为武田军筹措兵粮的富农春日大隅之子——不无关系。

"是来和谈的吧。"

弹正话音刚落，便激烈咳嗽了几声，声音濡湿厚重，仿佛自胸底涌上来一般。

"您身体还好吧？"

"没关系……那么，老夫想听一听你们的条件。"

兼续将与主君景胜商定的割让信浓、上野两国上杉领地的条件和盘托出。

"这笔买卖听来不坏嘛。"高坂弹正不动声色地说道，"的确是很优厚的条件。"

"作为交换，请贵方终止与北条家的盟约。"

"我们武田家，与北条家有深厚的姻戚关系。这你该知道吧？"

"武田家现在最需要担心的，恐怕是已经称霸畿内的织田信长吧？为阻止织田家进一步扩张领地，对武田家来说，最值得信赖的同谋者，到底是在加贺手取川大破织田军的上杉家呢，还是只会袖手旁观动动嘴皮子的北条家呢？请仔细考虑一下吧。"

"这一针见血的言语与你的年纪有些不相称呢。"弹正意味深长地笑道，"老夫对这条件没有异议。为了武田家的将来，我原本就考虑或许应该与上杉家缔结和约。"

"弹正大人……"

兼续身子刚往前一探，弹正又猛地咳嗽起来。激烈的程度连仅仅是旁观者的兼续都不免觉得胸腔隐隐作痛。

"如你所见，老夫时日无多啦。"

弹正抬起头，自嘲似的笑了起来。

被称为武田家第一智将的高坂弹正，也有他自己的考虑。

第七章　秘谋

——胜赖是撑不起武田家的。

弹正综合各方面因素，就主家的将来，得出了如此悲观的结论。

先代信玄以本国甲斐为中心，将版图扩大至骏河、信浓、西上野、飞驒等地，最终以上洛为目标。

然而，如此的扩张政策，正是基于信玄本人卓越的指挥能力。依弹正看来，作为后继者的胜赖，就连将父亲遗留下来的领地保住的力量都没有。长筱一战，由于胜赖过于相信自己的能力，唐突地向敌方进攻，结果却以惨败告终，致使许多能臣勇将战死沙场。这便是证据。

当时，高坂弹正身在北信浓驻守海津城，没有亲临前线。然而当他听到败战消息的瞬间——

（这一天终于来临了么……）

满心皆是武田家凋落的预感。在自己身心侍奉的信玄亡故之后，弹正这位男子的后半生，莫如说便是为了防止武田家灭亡而存在。

弹正曾在长筱一战败北之后，对胜赖提出一个大胆的苦肉计。

"如此下去，武田家会在织田家的扩张下被逐渐鲸吞蚕食。要避免这一结局，唯有将骏河让与北条氏，让织田与北条两家正面冲突。此外别无他法。"

将信玄一代为上洛而扩张的领土缩至甲斐、信浓两国，然后在领地上建立防御体制。弹正认为，只有这样，武田家才能生存下去。

而且，高坂弹正更向胜赖进言：

"不如向上杉谦信俯首屈膝，以求相助。"

谦信乃是义将。对求援之人，断然不会冷拒门外。此时此刻，若不向昔日的敌人低头求助，武田家的存续便危在旦夕了。

但是，不知世事的胜赖，却没有忘记父亲信玄的荣光。

"怎能向上杉家卑躬屈膝！"

一句话便否决了弹正的建议。

谦信死后，胜赖乘隙侵入越后，唯有弹正一人将自己的痨病置于一旁，继续摸索与上杉家和谈的道路。

"我已经命不久矣。在老夫死后，不会再有从大局着眼考虑武田家未来的人了吧。在那之前……"高坂弹正长长地叹了一口气，"我此时的心愿，亦是能与上杉家缔结和议。就把这当作我为亡故的信玄公做的最后一件事吧！"

弹正眼底精光闪烁，发自肺腑地说道。他全身散发出来的黯淡气息，让兼续、泉泽久秀及与七实赖的脊背一阵发凉。

年轻的使者们不明白，此时支持着这位曾数度穿越修罗场也一无所惧的男人的，正是他心中那份惊人的执念。

这位男子的叹息声中，爱与恨、哀惜与遗憾等各种各样的感情复杂交错，剪不断，理还乱。

"不费一兵一卒便将信浓、上野两国纳入掌中，想必曾经反对和谈的胜赖大人也不会再有异议了吧。未向上杉家屈膝低头，反而让上杉家欠了武田家一个人情……话说回来，上杉家也真是看得开呀。"

高坂弹正半是揶揄的口吻。兼续却抬起头来，凛然道：

"为了生存而低头，其中的艰难我们上杉家亦然。自不识庵大人之处继承下来的大义之心，上杉一门至今未有丝毫动摇，只是为了应付瞬息万变的世态不得已采取的举措罢了。若太执着于过去，便无法越过如今汹涌万丈的巨浪吧。"

"你这年轻人……"弹正意味深长地看着他，"真是不卑不亢啊。"

"……"

"不愧是已故的谦信大人唯一的弟子。是叫樋口与六兼续吧。"

"……"

"春日山城之中有你这样的人，真是一件幸事啊。我确信，选择春日山城的景胜，而不是与北条勾结的三郎景虎，此举定然不错。你

第七章　秘谋

有不输于谦信大人的智谋与侠义之心呢。"

"弹正大人……"

"年轻是好事啊。拥有青年才俊的上杉家，说不定能抵挡住织田的侵攻生存下去。要是我们武田家也有你们这般的话……"

自顾低语了这几句后，高坂弹正神色一端：

"议和之事就交给老夫好了。我随后便请胜赖大人向春日山城派出正式的使者。"

二

"以上便是与武田结盟的经过。"

回到春日山城的兼续向主君上杉景胜报告。

"嗯。"

景胜深深地点了点头。

此后，小出云原武田军本阵与春日山城之间又互通往来，如此重复了两三次。

城内的一些重臣也听到了少许关于与武田军结盟的风声，虽然并非人人都满心赞同，但这既然是景胜的决定，他们也只好服从。

将信浓、上野两国上杉领地割让出去，对上杉家来说无疑是一种屈辱，然而在如今必须守护越后一国的大前提之下，行此无奈之举也算是情势所逼，任谁都无从反对。

推进与武田家的同盟，这一举动堪称是"置之死地而后生"，同时也令兼续在春日山城中的影响力日益增大。

"你这小子，干得不错嘛！"

父亲总右卫门看到儿子的成长，也不禁感到欣慰。

"如此一来，可算渡过难关啦。"

"要安下心来还为时尚早,在跟武田家正式签署盟约之前,可不要发生什么变故才好。"

没想到,兼续的不安竟然一语成谶。

"大事不好!"

当兼续正欲与景胜商讨最终的议和条文之时,弟弟与七实赖上气不接下气地飞奔过来,急声道:

"武田……武田军移动了!"

"移动?移动是怎么回事?议和条文还未正式确定呢,要退兵也太早了些吧。"

兼续觉得奇怪。

"不是退兵!有消息传来,武田的兵马正向春日山城进军!"

"什么!"

瞬间,兼续胸口仿佛被锥子猛扎了一下。

(被骗了么……)

在交涉之时,面对一心考虑着武田家将来的高坂弹正,兼续对他的言语并未有半分怀疑。

(我到底是太天真了吗……)

兼续向主君景胜方向望去。

景胜冷静地坐在对面,没有责怪担任交涉一事的兼续半句,只是简短地吩咐道:

"去确定一下消息的真伪吧。"

于是景胜一方派出探马,不久之后查明武田军来袭一事果然属实,其先锋部队已经迫近春日山城外三里之遥了。

"这是什么意思!"

"武田那混蛋在骗我们吗!"

上杉家的重臣们无不感到义愤填膺,吵嚷之声此起彼伏。

"我原本就认为武田不过是在欺骗我方。但实城大人既然听从了

第七章　秘谋

那不知天高地厚的小子的意见，我也没有办法。"

如直江信纲这般正面对景胜、兼续二人的策略进行非难的也大有人在。春日山城顿时陷入混乱之中。

"大哥！"

"怎么办，与六？"

弟弟实赖及泉泽久秀等人来到兼续的居所。

兼续没有答话，只是默默从马厩中牵出黑褐色的战马，踩镫翻身骑上马背。

"大哥，您去哪里？"

"我去武田军本阵亲口问一问高坂弹正。"

语毕，兼续一鞭马臀，驱马驰出黑铁门，沿北国街道向南而去。

暮色已渐渐笼罩夏日的原野。原野尽头的山际，一轮赤红色的十三夜月[2]缓缓升起。

眼看快要来到大濑川上的桥畔，前方却有一个白色的纤细身影拦住去路。

"快躲开！"

兼续大声喊道。

那人影却纹丝不动。

兼续慌忙勒住缰绳，堪堪止住胯下马匹。在马匹还在原地不住打转之时，兼续俯视身前的白影。

是一位头戴黑色竹笠，身着白色千早与红色切袴的巫女。

铮——

巫女轻轻敲响挂在胸前的钲，清冷通彻的钲音融入暮色之中。巫女用手将竹笠取下，嫣然一笑。

"是姑娘你……"

兼续认出了她的面容，正是祢津的云游巫女初音。

"这样着急是要往哪里去呀？"

初音踏着曼妙轻盈的步子走近前来。

"你快躲开,我必须赶去武田军本阵一趟。"

兼续板着脸警告她。

这女子总是在微妙的时候出现在自己面前。从一开始,自己便不是很清楚她的底细。

初音嘴角露出一丝妖艳的微笑:

"不用这么慌张啦。武田军一点儿也没有攻打春日山城的意思。"

"你说什么……"

"高坂弹正已经病故。武田的进军,不过是代替弹正进行交涉的人为了赢得更为优越的和议条件而虚张声势罢了。"

"弹正大人病故了么?"

"是的。"

"你没有骗我吧。"

"我干吗拿这种事情来骗你呀。弹正在病故之时,双目突出,死不瞑目的样子。胜赖大人的侧近见了无不心惊胆战呢。"

"……"

看来真有此事,兼续想道。

在交涉之时,高坂弹正自己也说过死期将至的话。弹正并非背信弃义之人,断然不会单方面撕毁约定。想来在他病故以后,武田胜赖周围便只剩下一些鼠目寸光的宵小之辈。正因如此,弹正当时才急于与上杉家达成和议。

兼续飞身下马。

暮色更浓。

巫女那白皙的颜容,月光下更加清幽沁人。

"你是特地来将弹正的死讯告诉我么?"

"我曾经说过吧,无论什么时候我都站在你这一边呢。"

"你们祷巫,也是通晓武田军内情的吧。"

第七章 秘谋

"武田军中的海野氏、祢津氏、真田氏等人,跟我们祢津的祷巫有着深厚的渊源。缘此之故,我们祷巫之中亦有人常常出入武田阵中,悄悄与那里的武士有所往来。此时武田军中军纪散漫,情报外泄也是没有法子的事情。"

"家道的没落,真是无法挽回之事啊。"

兼续仰头,遥望月色。

思人及己,兼续不由产生了一种强烈的责任感:断然不能让老师谦信遗留下来的以大义为本的上杉家走上衰亡之途。

"你刚才说,你们很清楚武田家此时内部的情势吧。"

"嗯。"

"如今胜赖的侧近之中,最有影响力的是谁呢?"

"是长坂长闲斋与迹部大炊助两人。"初音说道,"这两人只会在年轻的胜赖大人身边花言巧语,阿谀奉承,全无统帅一军出入战场的能耐。不过倒是对派阀之争孜孜不倦。过去的长筱一战中,他们与信玄以来的宿将马场美浓守、山县三郎兵卫等人对立,让全军意见无法统一。可以说是武田军长筱败北的远因。"

"只是些小人物么?"

"可以说眼里除了权势金钱之外,再容不下其他任何物事。"

"原来如此。"

兼续沉思少顷,似乎拿定了主意,于是再度翻身上马。

"我回春日山城去。"

"才刚刚见面呀,这就要回去了吗?"

初音眼中稍现哀怨之色。

"我还有要事要办。不过,幸亏能在这里遇到你,多谢啦!"

兼续留下一个宛如初夏暖风般爽朗的微笑,在月色中疾驰而去。

三

翌日早晨——

自北国街道向北进军的武田兵马在木田地方布阵的消息,送到了春日山城。

木田,地处北国街道与三国街道交界处的交通要冲。向西半里(约两公里)便是春日山城,向北半里则是三郎景虎所在的御馆。

武田军在御馆与春日山城的犄角之地安营扎寨,确保两方的一举一动都逃不过自己的眼睛。

而后,他们便保持着奇妙的沉默。

在居多浜一战中,武田军将部分兵力派往景虎一侧助阵。

"武田果然没有跟咱们结盟的意思啊!"

春日山城内,如此的绝望之声日渐增多。

然而,兼续依然冷静地观望着局势。

武田军就此驻扎在木田地方,不知不觉便来到了七月。

越后的夏日酷热难当,四处草木繁生。

自春日山城的三重橹远远望去,无论是蔚蓝的日本海还是海那边的佐渡岛,俱在热浪之中摇摆不定。

武田军一面观察着御馆方与春日山城方的动静,一面静待着北条军自小田原北上。

"可与条件更为优厚的一方结为同盟,也可等待北条军到来,然后与之联手,一鼓作气击溃上杉家,将越后纳入掌中。"

武田胜赖侧近的长坂长闲斋、迹部大炊助等人不住地打着各种如意算盘,务求获得最大利益。至于西方来自织田信长的威胁,却完全被他们忽略。由此可以看出,这二人不过是只贪图眼前利益的鼠辈罢

第七章　秘谋

了。

然而——

对于深入上杉领内的武田军而言，有一件事大大出乎他们预料：邀约自己攻入越后之地的北条家，却始终按兵不动。

武田军也几次三番向北条家送出使者催促，对方却总是以"还在准备"的回答敷衍，完全看不出有出兵的意思。

"北条那混蛋，把咱们诓到这里来跟上杉家火并，一定是想坐收渔翁之利吧。"

武田军中渐渐对北条氏政产生了不信任感。

若是御馆的三郎景虎一方获胜，笑得最开心的一定是他的亲兄长北条氏政吧。那以后，北条一门的领地便会扩张为从关东到越后的广大地域，成为东国一带最为强大的势力。这样一来，处于西边织田与东边北条夹缝之中的武田家，不就像傻瓜一样了么……

就在武田军中对战事感到心灰意冷之时，春日山城的上杉景胜再度遣来使者，带来希望能继续和谈的消息。

早已陷入进退两难境地的长坂、迹部等人，正好顺水推舟地满口应允。于是兼续在准备万全之后，再次来到武田本阵。

在与高坂弹正交涉时所达成的割让上野、信浓两国上杉领地的条件之上，再追加进献武田胜赖黄金一千枚，给予负责交涉的长坂长闲斋、迹部大炊助二人各黄金二百枚的约定。

至此，越甲同盟终于成立。

八月二十八日——

武田军开始从越后国内撤退。

（哎呀呀，总算是达成了……）

春日山城的人们心中一块大石总算落地。然而，转眼到了九月之初，又有消息传来：接受三郎景虎求援的二万北条军，正向上越国境进发。正可谓一波未平，一波又起。

北条军以北条氏政之弟氏照为总大将，很快翻过三国岭进入越后境内，逼近北关东与春日山城之间的要地坂户城。

"坂户城危险了！"

故乡遭逢危机，就连景胜也无法平静下来。倘若坂户城让北条军夺去，自己一门的基业可就崩溃殆尽了。

无论如何，必须死守坂户城。

但是，与二万北条军相对，以深泽刑部少辅利重、樋口主水助兼久（兼续同族）为守将的守城军仅有八百人。于是景胜立即派遣栗林肥前守政赖等上田众迅速赶往坂户，协助防卫城池。

在占领了坂户城的支城[3]、寄居城、荒砥城之后，北条军更如怒涛一般扑向桦泽城，不久桦泽城也跟着陷落。而后，北条氏照以此为据点，一步步地向鱼沼郡内各城砦挑起战火。

对北条军的一系列作战大为欣喜的，正是御馆的三郎景虎。

"果然是血浓于水啊！我虽然曾经怨恨被本家当作人质送往武田上杉两家，不过一旦情势危急，最值得信赖的还是我的亲兄长呀！"

御馆一方顿时士气大振，还积极出兵牵制春日山城向坂户城派遣援军。

景胜这边顿时举步维艰。

一方面，无论如何也不能坐视坂户城落入敌手，另一方面，在御馆景虎一方的虎视眈眈下，景胜亦无法抽身率军援救坂户城。

"去向武田家求援吧。"

兼续向主君景胜进言。

"武田么。"

"是的。"

"武田会来么。"

"一定会来。"

兼续如此确信。

第七章　秘谋

作为同盟条件而割让上野、信浓两地,这并非御馆三郎景虎的意思。因此若要真正获得这两处领地,武田胜赖必须相助景胜一方。

一如兼续所料,武田胜赖接受了上杉景胜的援军请求,出兵向越后赶来。

一万武田军沿着信州的千曲川,自市川谷向越后妻有乡北上。

如此一来,北条军的本队人马受武田军所阻,无法与御馆的三郎景虎汇合,仅有三郎景虎属下筱宫出羽守与上野国厩桥城守将北条景广等率领少量士卒进入御馆。

刚入十月,越后山野便迎来了今年的初雪。

从十月至来年三月,上越国境的三国岭与清水岭道路皆被大雪阻断,正是所谓——

牛马往还不成(《正保二年越后国绘图》[4])

——的情形。

现在轮到北条军总大将北条氏照头痛了。

(得在积雪深厚以前引兵返回哪……)

如若山岭道路不通,兵粮的筹措运输便成了大难题,无法进行大规模的军事行动。于是氏照决定让弟弟氏邦作为守将驻守桦泽城,自己引军退回关东。

北条的主力部队自越后撤退,春日山城方终于得以喘息之机。这莫如说是上天对于雪国越后的恩惠吧。

"要最大限度地加以利用啊。"

兼续向景胜建议,要将这上天的恩惠积极地利用起来,将形势一举逆转。

一俟春来雪融之时,北条氏照定会再次领军攻略越后。

"夺回桦泽城,刻不容缓。"

"明白。"

毋须多言,景胜与兼续二人目光相接之际,已然心意相通。

转过年来，便是天正七年（1579）。

一入二月，趁积雪凝固之时，景胜便下令驻守于坂户城中的上田众立即进攻桦泽城。

同月中旬，孤立无援的桦泽城终于被上杉军夺回。守将北条氏邦拼命越过积雪尚深的三国岭，仓皇逃回关东。

四

这边，上杉、武田之间的越甲同盟，彼此联系日益加深。

尚未娶亲的景胜，与武田胜赖之妹菊姬订下婚约。

眼见大局已定，越后下郡扬北众、新发田长敦、色部长实、竹俣庆纲、中条景泰等人立时纷纷表态投向景胜一侧。

景胜、兼续主从二人正是等待着这个时机。

空中云群流过。

不久之后，整个天空彤云密布，雷声乍起，豆大的雨点激烈地打在大地之上。然而不过一瞬的工夫，乌云随风流动，很快远去。

流云之下，上杉景胜亲率三千兵马自春日山城出阵，包围御馆。

"筑起鹿砦！"

"在御馆四周放火！"

景胜接二连三地发出命令。

形势完全逆转过来。出于对越甲同盟的恐惧，御馆方甘愿成为景胜内应的人一个接一个地出现，军队士气跌入谷底。

三郎景虎则干脆沉溺于酒醉之中。

以前，三郎景虎便曾因酒后乱性而遭父亲北条氏康责备。

——酗酒无度，且满口污言秽语，切勿再犯，万望牢记。（《北条文书》[5]）

第七章　秘谋

而此时由于战况恶化，三郎景虎业已失去自制之心，开始自暴自弃。

景胜向三郎景虎提出要求，希望能将御馆之中的母亲仙桃院、姐姐华姬（景虎之妻）引渡至春日山城。对此景虎没有回应。

御馆一方主战派的核心，是猛将北条景广。

"一俟山岭积雪融解，关东必会派来援军。在那之前，无论如何还请坚持下去！"

景广一面鼓励三郎景虎振作，一面为御馆的士卒打气。

然而，这北条景广却很快遭到不测。

为了祈求战胜，景广在夜里悄悄离开御馆，去往府中八幡宫参拜，在归途中与埋伏于河堤一旁的春日山城小队人马遭遇。混战中，景广被年仅十六岁的武士荻田孙十郎投出的短枪从后背直透前胸，当场毙命。

因为这一件大功，荻田孙十郎在此乱之后一举升为侍大将，年纪轻轻便做了丝鱼川城主，出人头地。

由于北条景广亡故，御馆一方失去了精神支柱。

原本御馆就只是在平地之上修筑的一座居馆，并非如春日山城那般的天险。在越后国人一面倒地拥护春日山城的情况下，御馆的陷落不过是时间问题罢了。

御馆的庭院中，樱花已然开放。

远方米山依然被皑皑白雪覆盖的顶峰，其外观轮廓清晰可见。

此时，仙桃院正劝说女婿三郎景虎投降春日山城一方。

"再打下去，只会徒然招致无谓的流血与牺牲吧。已故的不识庵大人，也不希望看到上杉家分裂。就此收手，岂非一桩美事。"

受仙桃院之请，年逾七十六岁[6]的前关东管领上杉宪政赶赴春日山城充当调停的中介。除了宪政以外，同行的还有三郎景虎嫡子——

九岁的道满丸。为表明臣服之意，道满丸被当作人质送往春日山城。临行前，其生母华姬泪流满面，显然是舍不得与幼子分离。

"毋须如此呀，景胜大人不是你的亲兄弟么。那么道满丸就是他的外甥啦，体内也流着上杉家的血呢。不要担心，景胜大人一定会厚待他的。"

上杉宪政笑着将年幼的道满丸揽在怀里。

宪政让随从将谦信赐与三郎景虎的纹幕[7]与军旗带上，然后乘坐轿舆向春日山城行去。

悲剧在路途中的四屋砦发生。

四屋砦乃是春日山城的支城。上杉宪政打算在此处说明来意，再进入春日山城。然而，这座城砦的守军却并不清楚这些缘由。

"有御馆的人逃过来了！"

兵卒们把轿舆团团围住，一言不发地将手中长枪刺入轿舆。宪政与道满丸便这样不明不白地丢了性命。

——（宪政）至四屋砦，此地众侍未尝细问，抑或另有内情，将管领大人与幼君刺死。

《景胜一代略记》中如此记载。

其中"抑或另有内情"六字，仿佛在暗示有景胜暗中指使手下将二人杀害的可能性，不过在此时此地杀了前关东管领与道满丸，对战局是亦无法造成多大影响，莫如说是多此一举。从"未尝细问"四字来看，更像是因为前线兵卒不了解事情缘由而导致的突发事件吧。

无论怎样，从景胜其人的性情推断，很难想象他会残忍地杀害无辜的老人与孩子。

另外，近年来也有人提出新的观点，说在那之后道满丸仍然活着。

据研究坂户地方史的大岛要三先生明确表示，道满丸自四屋砦秘密逃得性命后，受北信浓市川谷豪族市川新六郎的庇护，在领内古刹

第七章 秘谋

常庆院（现长野县下水内郡荣村）长大。后来娶了市川家的女儿为妻入赘，改名市川传七郎照虎，一直活到了江户时代明历元年（1655）。

总而言之——

四屋砦发生的悲剧，让御馆中的三郎景虎更为绝望。

"果然乞求饶命也是毫无意义之举啊。"

三郎景虎这样想着，趁着夜色逃离了御馆。

华姬为了不成为丈夫的累赘，留在御馆自尽。与依赖弟弟景胜的怜恤活下去相比，华姬选择了另一条道路：作为三郎景虎的妻子死去。

独自静静地看着这一连串惨剧的，正是景胜与华姬的生母仙桃院。

这日，仙桃院被人从御馆救出，乘坐轿舆归还春日山城。兼续来到途中的樱马场迎接。

"仙桃院尼大人……"

面对在短短数日之内相继失去自己最爱的孙子与女儿的仙桃院，兼续不知说什么才好。

将轿舆窗口打开的仙桃院，看起来全无疲惫之色，她抬起下颚，用一副坚毅的表情环视四周：

"又是一年春天了呢。"

"是……"

"能看见妙高山表面的积雪了，好像跳动的马匹一样跃跃欲试。大概今年也会丰收吧。"

"仙桃院尼大人……道满丸公子之事，并非景胜大人的命令。实在是那些兵士不知内情……"

"什么也不要说了。"

仙桃院立时以冷静的声音阻止了兼续。

"不管是道满丸,还是华姬,这大概都是他们的宿命吧。我并没有怨恨谁。真要恨的话,就恨这个理不出头绪的战国乱世吧。"

"……"

兼续默然,垂下眼帘。

说起来,仙桃院的丈夫长尾政景在野尻池被家臣下平修理杀害,如今她又在儿子与女婿的争斗中失去了至亲。而她却将哀愁深深埋在心底,仍然以冷静严肃的姿态出现在众人面前。

另一边——

自御馆逃离的三郎景虎,沿着北国街道向南而去。打算取道自信浓越过碓冰岭,逃往关东。

包括筱宫出羽守、东条佐渡守在内有百骑左右的人马跟随景虎,一行人逃离追兵,来到了途中的鲛之尾城。然而,由于城主堀江宗亲的倒戈,三郎景虎在悔恨中于此地自尽。终年只得二十六岁。

三郎景虎虽亡,越后各地的反景胜一派依然负隅顽抗。其核心有三人——

黑川城主 黑川清实

栃尾城主 本庄秀纲

三条城主 神余亲纲

他们背后,是以北条氏、织田氏以及出羽的伊达氏为首的,毫不希望越后重新统一的诸般势力。

黑川清实身后虽有伊达氏的支持,但在中条、筑地氏等人的攻击下,不久便归降了上杉家。

而后,景胜本想说服剩下的本庄秀纲、神余亲纲二人,无奈二人眼见织田军渐渐从越中地方逼迫而来,自觉有了底气,誓言顽抗到底。这令景胜十分愤怒,于是率军亲征,很快便攻下栃尾城,随即三条城的神余亲纲也被剿灭。

至此,越后一国的内乱渐渐平定。此时正值天正八年(1580)七

第七章　秘谋

月二日，已是不识庵谦信亡故的两年以后了。

五

经过御馆之乱，上杉家内部的势力图大大改变。

影响力大为增加的，正是依靠强韧的团结力，协助景胜成为上杉家家督的上田众。其中的樋口与六兼续，因策划并促成了与武田胜赖同盟，于危急时刻挽救了春日山城，被景胜破格提拔，成为家老。

此时兼续二十一岁。

在战国大名的家老当中，可算是异常年轻了。

与兼续一样立下卓著功勋的泉泽久秀，也位列家老之席。另外，出云尼子氏旧臣，在景胜侧近负责文牍事务的狩野新介秀治也被提拔为家老，担当民政、外交诸般职责。自谦信时代以来的重臣直江信纲，奉行众吉江资坚、山崎专柳斋等人，自然也一同擢升为家老身份。

成为一门众之首席的，是娶了景胜次姊为妻，协助景胜夺得家督之位的上条政繁。

于是，上杉家的政事，便依靠这些重臣们的合议之后再一一施行。

因平乱有功而获得提拔的年轻人，并非只得兼续与泉泽久秀二人。

兼续之弟与七实赖，过继给清和源氏[8]一系、自中世以来便是越后名门的小国氏作养子，改名为小国实赖，并成为天神山城城主。

虽然在御馆之乱中，小国氏站在景胜一方，然而由于其族内部纷争不断，景胜便窥准时机让实赖继承了小国家督。后来随上杉家移封[9]至会津，实赖亦将姓氏小国改为了大国。

与兼续并肩战斗的年轻人们，也陆续获得了土地城砦。

深泽弥七郎入赘到越后国人众的山岸家作婿养子，成为黑泷城主。

樱井三助、安部仁介分别成为根知城、枥尾城城主。

景胜让以兼续为首的这一群年轻心腹成为别家养子，并且用稍显强硬的手段将他们置于要职，自然有着自身的考量。为了一扫谦信时代的旧体制，为了建立以自己为中心的上杉家新时代，必须实行家中组织结构的大变革。

此时对景胜来说最为幸运的是，在御馆之乱中站在三郎景虎一方的强力国人众，大多数家道已渐没落。缘此之故，大胆的人事改革能够免受来自旧有势力的顽强抵抗，并得以坚决迅速地施行。

不过，不满的声音也并非完全没有。

"实城大人尽是偏袒上田众那些乳臭未干的小孩。"

"要位列家老的话，还是得出身名门吧。让坂户城那个暴发户所生的小子来操持国政，真是不成体统。"

虽然承认兼续等人在御馆之乱中的功劳，然而就因为如此便将这些年轻后辈提拔为重臣，众人对此也颇有微词。

"任何新事物在一开始，总是会遭受世人冷眼。"樋口总右卫门对儿子兼续说道，"人们在背后的风言风语，不必去理会。重要之处并不在于资历或出身，而是能够取得如何的实绩。"

"父亲大人……"

兼续也并未将世人的议论放在心上。

不同于守旧的老朽之人，兼续自己有着大胆的想象力与行动力。对于今后景胜治理之下的上杉家要何去何从，兼续有着明确的构想。

因此兼续此时最为在意的仅有一件事：父亲总右卫门就像有意让儿子顶替位置似的，在兼续上任的同时辞去了家老一职，无论景胜如何挽留都决意离开春日山城。

第七章　秘谋

"父亲大人为何不留在春日山城呢?"

"我吗?"

"嗯。"

"有我这样啰唆的老头子在这里,会打扰到你们这些年轻人吧。"

"怎会……"

"你是想说,不会有这样的事么?"总右卫门冷静而严峻地注视着兼续,"时代已经变啦。"

"时代么……"

"是的。不识庵大人在世之时,我们依靠着不识庵大人这棵大树,只要默默地听从指示就一切妥当。"

"……"

"然而,这样的方法在景胜大人的时代却行不通了。就在我们如此对坐说话之时,时代亦一刻未停地变化着,过去已经一去不返啦。"

的确,父亲言之有理。兼续想道。

已故的谦信奉军神毗沙门天为护佑之神,以出神入化的军事才能让上杉家壮大至如今的地步。然而,这以谦信独力统领一家的时代,已经一去不返了。在如今织田信长不断扩张,天下的势力图大幅更改的新时代,一定要有适合这个时代的新的军政方策。

谦信及其宿敌——甲斐的武田信玄,可谓被古老的权威[10]所束缚拖累。然而,在那权威已经日益徒有虚名的如今,务必要探求新的政治手法才是。

上杉家也不得不有所改变。

要加以改变,就必须将旧时代的影响一扫而空,向其中注入新的力量。这就是总右卫门话中的真意。

"但是,父亲大人您才四十七岁。要退隐也太早了吧。"

兼续说道。

"我这老头子,自有老头子的打算。"总右卫门笑意不减,"我已

经拜托景胜大人，让我前去直峰城驻守。"

"直峰城……"

地处连接春日山城与坂户城的三国街道，作为途中要冲的直峰城，在御馆之乱中被长尾景明所占据，让春日山城与坂户城之间的联络断绝，景胜一方曾深受其害。

有此教训，于是总右卫门决定入驻直峰城。

"春日山城周边，要让如我等这般经验丰富之人严加戒备。俗话说独木难支，若发现能为我所用的能人异士，便一定要借助其力量。如此方能成就大事。"

将春日山城托付与儿子兼续后，樋口总右卫门便去了直峰城。

作为城主入驻直峰城不久，总右卫门迎娶了年轻的后妻。此女是信浓国饭山城主泉弥七郎重藏的女儿，名叫阿福。阿福的丈夫在御馆之乱中身亡，因此男女两方都属再婚。

在迎娶信浓国人之女为后妻之事背后，隐藏着总右卫门缜密的计算——让北信浓的强力豪族成为己方，并忝座于景胜直属家臣团上田众之中。

虽然在御馆之乱中取胜，但景胜的位子很难说已经坐稳。要让景胜的地位稳如磐石，对其直属家臣团上田众进行强化是非常必要的。

同理，总右卫门又将兼续的妹妹喜多嫁与信浓国人众之一的须田满胤。总右卫门的这些工作很快便有了成效，北信浓一地的多数国人众都加入了上田五十骑之列。

如此一来，以景胜为中心的上杉家新体制渐渐成型。

另外，自武田家嫁与景胜的胜赖之女菊姬，与景胜的感情还算不错，两人在春日山城中也称得上平和安适。

而在一切似乎都已平静下来之时，城中忽然发生了一件大事。

第七章　秘谋

注释

【1】侍大将：日本室町时代至战国时代，率领部队的将官的官职，也指其地位。

【2】十三夜月：即阴历十三日晚上的月亮，我国叫作"凸月"。

【3】支城：在主要城池（本城）周围不远处所修筑的城砦，一般用于辅助防守本城。

【4】《正保二年越后国绘图》：指正保二年（1645）江户幕府绘制的越后国当地地图，其中标注了因大雪而"牛马往还不成"的地域。国绘图，指江户幕府时期由诸藩官方所绘制的各旧国地图。

【5】《北条文书》：这里指遗留下来的后北条家各种文书史料，其中包括书信、文件等。

【6】七十六岁：历史上上杉宪政出生于大永三年（1523），而此时正值天正七年（1579），宪政应该是五十七岁。此处的七十六岁为小说家言。

【7】纹幕：指印有家纹的帐幕。

【8】清和源氏：指第56代天皇清和天皇的子孙氏族。其中的源赖朝开创了镰仓幕府，首次确立了武家政权。因此清和源氏一系有"武门之栋梁"的称呼。室町至战国时代后，有许多武士亦托称自己为清和源氏的后人。

【9】移封：指天下人或将军将某位大名的领地自原处移往他国。伴随移封，大名家及其臣下全都必须移往新领地，不得滞留原处。

【10】古老的权威：此处应指室町幕府的权威。

第八章 花烛

一

"杀人了！有人被刺伤了！"

春日山的居馆附近，忽然响起撕心裂肺的叫喊。

捕捉到这突如其来的骚乱，身在大膳房的兼续急忙循声音的来路奔去。

廊下人影慌乱奔走。兼续一把拉过近前的一名年轻武士，急声问道：

"发生什么事了！"

"不太清楚，好像是远侍番所[1]那里有人相互争执动起刀来……"

"什么！"

兼续穿过纷乱的人流，赶到远侍番所。

一进房门，现场情状实在惨不忍睹。墙壁与立柱一片赤红，木地板也被鲜血浸透。

有三个人倒在血泊之中。

其中一人是奉行众之一山崎专柳斋。此人仰面朝天，已然气绝，双目却兀自圆睁。一条刀伤从额头斜划至右肩。

第八章　花烛

倒在专柳斋一旁的男子四肢身子扭曲，却是直江信纲。

离这两人稍远，靠近房间里侧的地上，一人向前伏倒，手中仍然紧握长刀，浑身是血，仿佛被赤色之雨淋过一般，正是国人众之一的毛利秀广。

山崎专柳斋与毛利秀广早已身亡，直江信纲仿佛还有一丝气息。

"快将医师叫来！"

兼续转头向站在屋里的两人喊道。

"有人已经去叫了，但……"

回话的是上田众之一岩井信能，一副如梦初醒的茫然神情。另一人也是一名上田众，叫作登坂角内。两人手中都握着长刀，刀上鲜血已有些凝固。

"到底是怎么回事？是你们俩杀了他们么？"

"不……"

"那个……"

变故之下，二人语无伦次，答话不得要领。

"你们先下去，在旁边的屋内候着。"

兼续一边下令，一边扶住直江信纲肩头。

信纲是兼续表姐阿船的丈夫。虽然不知道此事的详细经过，然而一想到阿船得知丈夫遭难时的心情，兼续胸中不由一阵绞痛。

虽然医师赶来尽力抢救，无奈直江信纲伤势过重，很快便停止了呼吸。

在另一个房间内，兼续听当时身在现场的岩井信能与登坂角内述说了事件的来龙去脉。

"这事发生得真是突然。"

稍微平静下来的岩井信能慢慢讲述着当时的情景，脸上血色尚未恢复。

"登坂大人和我正在廊下行走，毛利秀广突然从后面赶来，与我俩擦身而过，匆匆忙忙地向远侍番所跑去。"

"然后呢？"

"然后就听到激烈的争吵和惨叫声，于是我俩急忙赶过去，看到山崎专柳斋大人被一刀斩杀……"

"是毛利秀广干的么？"

"是的。山崎大人向后仰天倒下时，毛利还不罢休，又是一刀斩去。刚好在场的直江信纲大人见状，便插身两人之间，意欲阻止……结果白白丢了性命。"

"原来如此。"

"我俩本想制服毛利，不料那家伙拼命顽抗，不得已之下……"

"那么，就当失心发狂的毛利被你们处置了吧。"

"是……"

除了岩井、登坂以外，兼续又唤来与当事人关系密切的数人详细询问，渐渐明白了那日惨剧的前因后果。

扬北众的毛利秀广在御馆之乱初期，只是远观事态发展，没有加入任何一方。然而，上杉、武田的同盟成立后，秀广便立即改变态度，加入了景胜一侧。那时，热心力劝毛利秀广加入，并担当中间人的，正是山崎专柳斋。

虽然此战景胜获胜，但毛利秀广受到的嘉奖却极少。

（这与事先的约定不符啊……）

因此，毛利秀广很是憎恨劝诱自己的山崎专柳斋。

此后，毛利秀广虽向专柳斋提出增加自己恩赏的请求，却总是得不到回复，于是一直以来的积怨终于爆发，直至动刀伤人的地步。

直江信纲本想从中调停，不料受到连累，无辜丧命。

重臣山崎专柳斋与直江信纲的横死，在上杉家中一石激起千层浪。

越后国人众中围绕御馆之乱后的封赏问题而产生的不满情绪，也

第八章　花烛

因此一举浮上表面。

对于景胜重用并非出身名门的兼续等一干年轻人的做法，反对的声音比之前更甚。

"发生这样的事，难道不是无视门第出身的实城大人自身的过错吗？"

本来，毛利秀广对山崎专柳斋个人的怨恨与景胜唯才是用的人事方针，两者之间毫无因果联系。但是，对上杉家新体制抱持不满的人们借题发挥，反而同情肇事者毛利秀广，将一切过错全都加诸以年轻人为中心的实绩主义人事体制之上。

"如此下去，好不容易安定下来的家中可又会乱作一团了。"

兼续对景胜说道。

那起事件后，上杉家中众人对兼续等人的非难日益高涨。由于不敢正面对景胜加以非议，于是矛头便全然指向了年轻重臣的代表兼续。

"眼下这个样子，不识庵大人在世之时曾以钢铁般的凝集力自豪的上杉家，根本无法防备自越中步步紧逼的织田军啊。"

"嗯……"

景胜点点头，满面苦色。

天正九年（1581）九月——

织田军已经占领能登一国。去年年末，加贺国一向一揆众已被织田军剿灭，昔日处于谦信势力下的北陆地方，已被自西而来的织田家染指。

与越后接壤的越中一国，其西部已被信长麾下北陆方面统帅柴田胜家的得力助手佐佐成政侵入占据。此时，佐佐成政正率兵渐渐向东而来。

对上杉家来说，地处东部越中的鱼津城乃是要地。于是景胜派一门众的首席上条政繁进驻鱼津城，防备织田军东进。

在如此情势之下，家中若是还不能团结一心，上杉家难保不会因此而灭亡。

"让我辞去家老之职吧。这样一来，家中不满的声音就会渐渐消退。"

"那可不行。"

景胜坚决地摇头。

"我打从心底里信赖的人，除你之外不作他人想。你若辞去家老一职，我与折了双翼的老鹰有何分别？只能从高空坠落而已。"

"景胜大人……"

听到景胜发自肺腑的告白，兼续不禁眼眶一热。但是就现实来说，自己若不主动请辞，便会被卷入嫉恨的漩涡之中，令如今的上杉家分崩离析。

"我有一个想法。"

景胜继续说道。

"你代替死去的信纲，继承直江家吧。"

"我来继承直江家……？"

"是的。"

景胜点点头。

"直江家乃是越后名门，先代大和守景纲曾担任过不识庵大人的首席家老。我听说亡故的信纲与景纲之女阿船之间并无子嗣。要是就这样眼看着直江家绝后，也实在太可惜了。我一直在考虑让哪个才思敏捷的家臣与阿船结为夫妇，一定要将直江家的血脉延续下去。"

"……"

景胜的意思相当明显。若兼续与阿船结为夫妻，成为名门直江家的继承人，那么轻视兼续的人们也就没有理由说三道四了。

人在权威面前总有着一种自卑感。

第八章　花烛

就算这权威不过是内里空空虚有其表，人们也依然会在他面前俯首帖耳。京都的朝廷与足利将军家便是极好的例子。虽然这些权威已经失去了昔日的力量，但依旧被人们尊崇至今。

反过来说，兼续固然有着过人的才干，然而却不具备可凌驾他人之上的身份，亦会招致国人众的轻侮，难以发挥自己的实力。

因此，若是继承了越后国内声名显赫的直江家家门的话，兼续出身低微的问题便迎刃而解了。

（但是……）

兼续心中却乱作一团。

阿船大概还沉浸于丈夫横死的悲痛中吧。虽说是乱世，但用自己的双足去践踏女人的尊严，用自己的双手去横加夺取直江家继承人的身份，这无论如何都称不上义举。自己能够这样心安理得地作为女婿入赘直江家吗？

兼续胸中如被冬日寒冷的波涛侵袭一般，阴郁而沉重。

二

十月——

兼续奉主君景胜之命，入赘名门直江家，并随之舍弃了樋口这个姓氏，改名为直江兼续。

由于阿船亡夫信纲的丧期未满，两人便没有举行正式的婚礼。此外，兼续就连象征性地去与板城看望阿船的闲暇都没有——政情实在是迫在眉睫。

有情报说，安土城的织田信长已经决定过年之后亲率大军远征东国。

信长的首要目标是甲斐的武田家。击溃武田家之后，下一步便会

将利刃指向作为武田同盟者的上杉家。

事实上，越中的佐佐成政奉信长之命，已经一次又一次地进犯东部越中的上杉领地。

此时此际，兼续实在无暇顾及男女之事。

"为了防备织田的入侵，武田胜赖已自甲府迁出。"

兼续向景胜报告。

"舍弃了父祖代代的居馆——踯躅崎馆么。"

"踯躅崎馆在防守上的确存在很大问题。他们似乎正在距甲府五里之地的韭崎修筑新的城砦。"

兼续说道。

正在韭崎一地修筑的城砦，被世人称为"新府城"。

武田胜赖选择了这个被釜无川与盐川两条河流包围的岩丘上的要冲，作为迎击织田军的据点。

顺便说一下，胜赖之父信玄终其一生，也未在甲斐国内修筑过一座城砦，就连居馆踯躅崎馆，也仅有一层土垒与壕沟围绕其外。由于甲斐国本身遍布崇山峻岭，处处有天险要害作为屏障，加之信玄时常主动出兵，实在不需要在国内修筑多么坚固的城池。这也与武田军团以机动力极强的骑兵部队为中心的军队结构不无关系。

"武田家得撑下去啊……"

"山岭的道路就快要被大雪封闭了呢。"

兼续眺望着被初雪覆盖了山顶，宛如戴了一顶棉帽子似的米山。

落雪的季节再次到访越后。

在重重冰雪掩埋下，越后人民的许多活动都会被迫停止。既无法在田野上耕作，也无法牵着马匹载着货物翻山越岭。海中汹涌的波涛与冬日的强风，令船只也望而却步。

整个冬季，春日山城都犹如陆地上的一座孤岛。正着手准备远征东国的织田家的脚步声，对这座与外界隔绝的城池来说，就好像另一

第八章　花烛

个遥远的世界里发生的事情一般。

风声啾啾，如泣如诉。冷风吹过屋檐，仿佛将长久以来隐藏于心底的秘密思绪再度掀起。

兼续一面聆听着风声，一面缓缓研墨，意欲给身在与板城的新婚妻子阿船写一封书信。

虽说是夫妻，不过到现在为止，二人也不过只挂了个名而已。

为了与同盟的武田家保持密切联系，共同抵御织田军东进——表面上，兼续无法自春日山城抽身的理由便在于此。然而，兼续一直极力避免与阿船见面，却有着难以启齿的原因。

（她一定在生气吧……）

兼续猜测着阿船的心情，迟迟无法动笔。

"全是为了直江家继承人的身份，不过是一名卑鄙的男子……"兼续认为自己在阿船眼里，一定是这样的形象。

这时，自坂户至大汤的积雪山道中，阿船负于背上时柔软的触感，隔着衣物传来的暖暖体温，以及当时的一幕幕情形，都鲜明地出现在兼续脑海里。

而如今，自己与阿船在名义上亲近不少，但总觉得二人间的距离却愈来愈远——对于此时的兼续来说，阿船便是如此的存在。

自从二人的关系变得这样微妙以来，兼续方才明白自己内心深处竟是如此爱慕着这位美丽的表姐。

眼下，自己已经与阿船成为夫妻。在世人看来，这不是最好的结局么。

然而，达成这结局的道路，却是"政略"这一与男女情事毫无干系的途径，反倒令兼续难以坦率地表达出自己对阿船的感情。

（罢了……）

兼续扔掉毛笔，仰面倒在榻榻米上。他觉得自己无论怎样搜肠刮肚，写出来的文字都好像是令人作呕的假话一般。

耳畔的风声显得寂寥起来。

兼续的手足冻得冰凉，脑海深处却如炭火一般滚烫。

虽然是主君景胜的臂膀，身系上杉家未来浮沉的重任，但说到底也不过是一位二十二岁的年轻人。体内也流着和这个年纪相符的热血。

（干脆出城赶往与板，用这手臂把阿船抱在怀里吧……）

比起在信上写些冗长啰唆而几近辩白的无用话语，兼续脑中忽然冒出这样一个大胆的念头。

无论如何，阿船已经是兼续名正言顺的妻子了。就算兼续占有了她的身子，这也是天经地义的事。想必面对已经成为自己丈夫的兼续，阿船也会不加反抗地接受吧。

（但是……）

就算身体结合了，两人又会明了彼此的心意吗？如此的结合，难道不会反过来成为横在两人之间深深的鸿沟吗？

在兼续心中，这比任何事都要可怕。

三

转眼已是天正十年（1582）正月。

遣往安土城中的探子传来消息，织田军终于开始向东进军，攻打武田家。

织田信长这位武将，称得上是心思缜密。与硬碰硬的消耗战相比，他更注重于通过周密的战略部署先发制人。此次进攻武田领，信长格外慎重，采取了大规模的作战方案。

织田军兵分四路，自伊那、骏河、飞驒、关东四面向山国甲斐包围逼近。信长嫡子信忠自信州的伊那方面，远州浜松城主德川家康自

第八章 花烛

骏河方面，越前大野城主金森长近自飞驒方面，去年方与**织田**结为同盟的北条氏政则自关东方面，四路齐齐攻入甲斐，令**武田军顿成瓮中之鳖**。

尽管在过去的长筱之战中大胜，但对手毕竟是以**勇猛闻名天下的武田军**，信长也不敢怠慢，因此布下这万全之阵势，进行决战。

另一方面——

武田胜赖以刚刚修筑完毕的甲斐新府城作为根据地，向信浓、骏河、上野的武田军各队发出命令，整备态势，迎击织田大军。

而近邻诸国之中，唯一与武田家结盟的上杉景胜，却因山岭积雪之故，无法向甲斐派遣援军。

毋庸置疑，这一情形亦在信长计算之内，因此才选在此时发起远征。不过，武田胜赖自己对战事的发展却并不那样悲观。

（织田军对被群山所包围的甲斐地形颇不熟悉。我武田军依此地利，倾尽全力决一雌雄，当有十分胜算……）

胜赖如此认为。

然而他万万没有想到，信玄的女婿，也就是胜赖的妹夫——木曾谷的木曾义昌内通织田家，并自告奋勇地担当起织田军侵攻甲斐的引路人。

"就让在下为大军引路吧。"

族人的背叛，奏响了武田家崩坏的序曲。

二月上旬——

在木曾义昌的引领下，织田方的主力部队信忠一军开始入侵伊那谷。

"难以置信啊……木曾义昌竟被织田家策反。"

得到甲斐方面情报的上杉景胜，表情甚为失望。

"织田军一旦攻陷信浓的松尾城、饭田城，则必将挟破竹之势继续进击，直指武田家要害。"

兼续也面色铁青。

随着时间一点一点流逝，探子的报告如雪片般接二连三飞到春日山城，全都是些教人难以置信的消息。自木曾义昌背叛以后，保科正直、小幡因幡守、武田逍遥轩等历尽武田家大小征战的宿将，在渐渐迫来的织田大军面前，纷纷弃城逃亡。

不仅伊那方面，骏河方面也陷入了同样处境。

作为江尻城主支配骏河国中武田领，且同为武田一门的穴山梅雪，亦被策反，并引领德川家康军进入武田领内。而后，田中城、用宗城、久能城、骏府城、兴国寺城等各城砦在德川家康的攻击之下次第陷落，骏河方面的武田军被完全击溃。

（真是岂有此理啊……）

面对武田军兵败如山倒的惨况，兼续心中栗然。

这不是在名将信玄指挥下，号称世上最强的武田武士么？这不是曾在川中岛与上杉军五度展开殊死激战的勇猛果敢的军团么？

此时导致武田家走向灭亡的，并非织田家强大的军事力量。

（此战之前，武田家便已从内部腐坏殆尽了……）

兼续如此认为。

自山国甲斐开创霸业的武田信玄，一生致力于不断对外扩张。基于从未改变的扩张政策，其家臣以战斗中的实绩自信玄处获得恩赏，这可以说是武田军强大的根源。

但是，信玄之死与长筱一战的大败，宣告了武田家强盛时代的终结，从此江河日下。在这种情况下，无论家臣如何努力，也难以取得功绩，获得利益。因此，这原本就仅仅是以"利"字集结起来的集团，一旦无利可图，很快便会分崩离析。武田的家臣们为求自保，亦纷纷放弃了主家。

"派出援军吧。"

景胜果断地说道。

第八章　花烛

"武田与我上杉家是同盟，无论如何，不能见死不救。"

"嗯，若不如此，自不识庵大人处传承下来的大义之心便会荒废了。"

兼续亦作了同样的决定。

其实，此时的上杉家并无多少余裕向他国派遣援军。

越中方面，织田军先锋佐佐成政正渐渐迫近。此外，越后国内扬北众新发田重家在信长的唆使下，向景胜举起反旗。

在如此严峻的情势下，要将珍贵的兵力分割开来，实在是很为难的事情。

（然而，无论多么艰难，也不能让继承自不识庵大人的大义之旗就此倒下。我上杉家以义字为本，若失去大义之心，上杉家亦会很快步武田的后尘了……）

向穷途末路的武田家派遣援军，便是为了向上杉家的家臣们，乃至于向天下之人展示：自先代谦信以来，及至此刻，上杉家"义"之旗帜从未有丝毫褪色！

"派遣多少兵马合适呢？"

兼续眼中闪烁着锐利的光芒，注视着景胜。

"二千五百吧。"

"谁作统帅呢？"

"让政繁去吧。"

景胜提出了自己姐夫、一门众首席上条政繁的名字。

"其他的就交给你去定夺好了。"

"是！"

兼续派遣竹俣利纲、水原亲宪、松本助义等十名武将作为上条政繁属下，很快编成了一支远征军队。

有一封武田胜赖为了感谢景胜此次派兵救援而书写的回信被保留了下来。

——（我军）兵马虽无不足，然为声名远播他国之故，亦对贵方出兵之义举甚为感激，勿论二千抑或三千。我方守备坚固，请勿挂心。

出身自武家名门的胜赖那极强的自尊心，以及内心深处如溺水之人对仅有的救命稻草的渴望，这样矛盾的心情在这封书信的字里行间可见一斑。

而后，景胜使兼续留守春日山城，自己率军前往下郡讨伐新发田重家。

自春日山城出发的上杉景胜军，目的地是新泻港。此港位于信浓川、阿货野川的交汇处，连接着两河及日本海，依托水利之便发展得颇具规模。

新发田城主新发田重家，与织田信长暗通款曲，向景胜高举反旗，并占据了本是上杉家直辖地的新泻港。

重家在河口右岸的沼垂地方与沙洲白山岛两处筑起城砦，将新泻港商人们的妻小作为人质软禁在此，以防止他们逃亡，并逼其支持己方。

新发田重家有着他自己的如意算盘。

织田军歼灭甲斐武田氏后，再一举侵攻越后，攻陷春日山城，那么自己便可算作第一功臣。

（到时候信长便会让我代替上杉氏，管辖这越后一地啦……）

重家如此盘算。实际上，织田方送给重家的密函也曾许诺过让他统管越后下郡。

作为景胜，自然不能对新发田放任不顾。要防备越中的织田军，就必须先将背后之敌击溃才是。

景胜率领五千兵马，进入距离新泻港三里之处的木场城。

城中守将蓼沼友重、山吉景长将高举"刀八毗沙门"、"绀地日之丸"军旗的上杉本队迎入城内，全军士气为之一振。

第八章　花烛

景胜通过连续三日三夜的猛攻，拿下了沼垂砦。

然而，敌将新发田重家躲在易守难攻的沙洲白山岛砦内拒不出战。景胜虽意欲征集小船搭成浮桥渡河，但是在敌军再三的阻扰之下，难以接近敌砦半分。

正在一筹莫展之际，却又接到飞报传来越中危急的消息。

万般无奈之下，景胜只好中止对新发田的攻击，引军返回春日山城，重新整备军马赶往越中援助正与织田军对峙的己方部队。

此际——

作为同盟者的甲斐武田氏，战况恶化到一发不可收拾的境地。

伊那、骏河方面被攻破之后，武田的战线在织田军面前一溃千里，背叛与逃亡者不计其数。

唯一决心以武田武士的身份坚持到底的，是胜赖的异母之弟、信州高远城主仁科盛信。

虽然织田方一再以黄金百枚的条件劝其归降，然而却被盛信严词拒绝了。

"信长这家伙是毫无信用可言的。以甜言蜜语令我方动摇，达到目的之后定然会心安理得地背弃承诺。"

盛信这样断言，决心坚守到底。

然而形势已经不可逆转，在织田军压倒性的优势下，高远城一天之内便被攻落。仁科盛信拼死抵抗，最终战死城中。

武田胜赖原本为了救援高远城，已率军到达诹访上原。不料城陷的消息传来，只好引军退回新府城。

到了如今这地步，跟随胜赖的家臣属下锐减至千人。胜赖回想起父亲信玄引兵上洛的时代，恍如隔世。

此时留在胜赖身边的武田信丰（胜赖的堂兄弟）、真田昌幸、内藤昌月、小山田信茂等，皆是尚未遭受战火波及，领地分布在北信浓至上野国、东甲斐一带的武将。

在一片愁云惨淡的气氛中,新府城内的军议正在进行。

"事到如今,这新府城也已经撑不了多久了。"

上野国岩柜城主真田昌幸说道。

这位真田昌幸,正是素有"攻弹正"之名的真田幸隆之子,智略过人。此时正值三十六岁。

其长子是后来成为信州松代城主的信之。次子便是在大坂之阵[2]中名震天下的幸村。

真田昌幸目光灼灼,向胜赖进言道:

"我所驻守的岩柜城,乃是修筑在陡峭山岩上的山城,易守难攻,左右无一能与之相比。若固守此城,与织田军相持三年五载均不在话下。无论如何,还请舍弃新府,迁往岩柜城为好。"

于是,武田家的此次军议中,胜赖作出了退往上野国岩柜城的决定。而后真田昌幸、武田信丰、内藤昌月等人立即回到各自领地,着手长期抗战准备。

然而,这三人甫离新府城,长坂长闲斋便在胜赖耳畔逸言:

"这真田昌幸,素有'表里比兴'[3]之称。切切不可轻信。"

一直以来,真田昌幸心中所想,的确教人难以捉摸。

原本真田氏是信州真田乡的地侍,早在"攻弹正"幸隆一代便出仕于武田信玄。在信玄奉行扩张政策的背景下,真田家的势力亦延伸到西上野的吾妻郡一带。

昌幸便是幸隆的第三子。

本来昌幸并不能继承真田家家督,不过由于两位兄长皆在长筱战死,真田家的重担便落在了昌幸肩上。

乘越后爆发御馆之乱的时机,昌幸夺取了上杉方武将河田重亲驻守的上州沼田城。昌幸其人心思缜密,行事果断,再加上洞察力极强,只要被他抓到一丝机会,便决计不会放过。依此来看,昌幸并非普通豪族,可算得上是一位枭雄。

第八章　花烛

迄今为止，真田昌幸一直忠心不贰地侍奉着武田家，不想却反倒招来胜赖侧近的闲话：

"那家伙到了最后关头，难保不会出卖我们。"

长坂长闲斋将昌幸称为"表里比兴之人"，便是基于这样莫须有的疑心。

武田胜赖听从了侧近的意见，取消前往岩柜城的计划，转而退守位于东部甲斐、由小山田信茂驻守的岩殿城（现山梨县大月市）。这一决定招致了最坏的结局。

武田胜赖烧掉新府城，携妻带子，连同七百余名骑马武士往岩殿城退去。

然而，这却不啻自投罗网。

小山田信茂背叛了胜赖，在胜赖来到城下时拒绝其入城的请求，反而以铁炮对一行人发动攻击。

胜赖在万般无奈之下，逃至天目山麓田野村，不料此处的乡士亦被策反。胜赖走投无路，于悲愤中自尽。时值天正十年（1582）三月十一日。

至此，名门武田氏灭亡。

四

两天后，武田胜赖自尽的消息传到春日山城。

（武田家……）

兼续一阵茫然。

这也太快了。织田军发动侵攻至今，不过月余时间。曾号称战国最强的武田军团，竟没有做出丝毫像样的抵抗，就此消逝无踪——

（一门之灭亡，竟快至如斯么……）

乱世之中残酷的现实，压得兼续喘不过气来。

——诸行无常。

虽说这世间的一切都是那么变幻莫测，不留痕迹，然而对比武田家全盛时期的辉煌，其灭亡之迅速简直令人猝不及防。

（不……）

兼续凝视虚空。

诚然，世事无常。为了在这无常的世间生存下去，便不得不顺应时势，不断采取新的措施，打破和改变旧有框架才是。

如此看来，武田家正是因为怠于革新，才被这个时代无情地淘汰。

没有沉浸在感伤中的闲暇了。值此危难之际，该当如何抉择，正是摆在上杉家面前的头等大事。

兼续膝行上前，道：

"信长的下一个目标，便是我上杉家了。"

"嗯。"

景胜点点头。

"必须将遣往北信浓一地的上条政繁大人的部队尽快撤回。占据了武田领地的织田军，很快便要攻打越后了。"

如今，曾经的盟友所支配的领土——骏河、甲斐、信浓等地，悉数落入织田家手中。

此时的上杉家，内有新发田重家这肉中之刺，其外又不得不面对北陆方面与信浓方面两路织田军的威胁，可谓腹背受敌。若再让信长占据了西上野，那么织田军更可分兵自上州方面入侵，雪上加霜。

"得加固清水岭、三国岭的守备，以防织田军来袭。请命令坂户城的栗林肥前守大人与深泽刑部少辅大人出兵吧。"

"嗯。"

"此外，鸦组也要有所行动了。"

第八章　花烛

兼续悄声道。

——鸦组。这是兼续自就任家老以来，秘密训练的一支铁炮队。

昔日，上杉谦信曾在段母衣组[4]中挑选了十名精锐，遣往纪州根来，学习铁炮射击的技巧。虽然后来上杉军保有的铁炮数量增加至五百挺，但与织田军的三千挺相比，犹嫌太少。

（这可不行……）

兼续自泉州堺港召来铁炮锻冶师，开始在春日山城下锻制铁炮，再将自谦信时代以来便与上杉家关系密切的妙高山、米山、八海山的山伏与伊势的御师[5]招募至春日山城，授以精熟的铁炮射击技艺，并组建了一支独立的铁炮队。队中成员一概束发，身着黑色无袖阵羽织，好似乌鸦一般，因此称为"鸦组"。

此时，兼续打算让这支由三百名熟知山地环境、行动迅速的铁炮好手组成秘密部队守卫国境一带。

"将鸦组分为三路。一路防卫三国岭，一路防卫与信浓接壤之处的关川，剩下一路遣往越中境内的落水地方。"

"嗯……"

"与普通铁炮队不同。我让他们在山地出没，在织田军的行军途中进行游击骚扰。"

"好像山贼一样呢。"

景胜鼻翼微微一皱。

"与数量庞大的对手作战，只好采用奇袭啦。"

兼续正色说道。

"我会派出轩猿众（上杉家忍者）一刻不停地监视织田方的动向。"

"与常陆的佐竹、出羽的伊达两家同盟之事如何了？"

"已经有了回应。"

"与六。"

"在……"

"这可是一场苦战啊。"

"我早已有此准备了。'生中无生，死中有生'。这是亡故的不识庵大人的谆谆教诲。"

"即是说，将生死置之度外么。"

"正是。"

兼续颔首。

与此同时——

织田信长正在信州浪合地方检视敌将武田胜赖与其子太郎的首级。

翌日，信长冒着倾盆大雨到达饭田，并将胜赖父子的首级置于高札场上，任由暴雨冲刷。不仅如此，信长随后差人专程将首级送往京都，高挂狱门——

"就算名门武田氏，也会如此败于我手。"

以此向天下宣示自己的武威。

信长离开饭田之后，在诹访湖畔的上诹访一带滞留了十日，并在此地论功行赏，将武田的旧领分与众武将。

骏河国　德川家康

甲斐国　河尻秀隆

上野国　泷川一益

信浓国　森长可、林胜藏、木曾义昌

同时，还令获得上野一国的泷川一益拜受关东管领一职。虽然自上杉谦信去世以来，关东管领之位空缺至今，但信长擅自使其家臣冒领此职，想要支配关东八州的野心昭然若揭。

四月三日，信长进入甲府踯躅崎馆，准备重新建造更为华美的御殿。

紧接着，发生了武田家菩提寺——惠林寺中一百五十名僧众尽数

第八章 花烛

被烧死的惨剧。

由于惠林寺住持快川绍喜拒绝了信长将逃入寺内的六角义治（曾与信长对抗的近江佐佐木氏残党）交出的要求，信长在盛怒之下喝令：

"把这些秃驴全都给我烧死！"

当时织田士兵将僧众赶到门楼之上挤作一团，放火烧死的情形，《信长公记》[6]中如是记载：

——僧众勿论老幼，或跳跃挣扎，或相拥悲号，身受火血刀之苦[7]，于烈炎中焦枯。惨不忍睹。

此事之后，信长巡游骏河，途经富士山麓，遥望白雪皑皑的山巅，与小姓随从在如此美景之下举行了一场盛大的宴会。

灭掉了常年以来威胁自己的武田氏，这令信长感受到了从未有过的意气风发。

"下一个猎物，便是上杉。"

巡游已毕，信长向家臣们抛下这句话，返回安土城去。

五

春日山城的三重橹上，一干男儿在此聚集。

直江兼续、与七实赖、泉泽久秀、樱井三助、小池半助、山岸弥七郎（旧名深泽弥七郎）、桥爪隼人等，皆是此时支持上杉景胜，作为家中核心的上田众年轻人们。

"听说了么，大哥。信长竟然让他的家臣泷川一益做了关东管领！"

满面通红、高声怒喝之人，正是与七实赖。

虽然已是一城之主，领下生出薄薄一层胡茬，相貌也渐生威严之

感,不过一旦着急起来,便又暴露出二十一岁年轻人才会有的冲动。

"与七,不可大声喧哗,这是在实城之内。"

兼续制止道,眉头微蹙。

"大哥……不,家老大人,您为何如此冷静?关东管领一职历来只有上杉家嫡流才可担任,岂能任由信长胡作非为。"

"与七说得是。"

泉泽久秀也显得忿忿不平。原本,关东管领是作为辅佐镰仓公方[8]的要职,由上杉家的当主代代相传。上杉宪政被后北条氏[9]自关东驱逐,逃到越后,将谦信迎为养子,这才让他将代表武家名誉的头衔及上杉姓氏一并继承。

谦信的继承人景胜,虽然在与武田结为同盟之际放弃了关东领地,没有继任管领之位,但由于此职由上杉氏代代相传,故而能够名正言顺被称为继任者的人,全天下唯有景胜而已。

"信长太无礼了!"

久秀紧握拳头。

"关东管领一事姑且不论,那样对待已经败亡的武田家,一点同情心也没有,做法实在令人不齿。"

"信长无道,对残兵败将赶尽杀绝,我也绝不饶恕他!"

就连素来温厚、少有激动之时的山岸弥七郎,也禁不住怒气上涌,嘴唇不住颤动。

"胜负乃是时运。既然作为武士,任谁都会抱着一旦败北便会如朝露般簌然而逝的觉悟。正因如此,胜者也务必要对败者持有敬意才是。至少不识庵大人便从来不曾作出羞辱战败对手之事。"

弥七郎的话语,众人深以为然。

在上杉家臣们的心里,已故谦信所根植下来犹如清泉般的"义"之精神,此刻依然生生不息。

在他们看来,将惠林寺的僧众共寺庙一同烧为灰烬,将名门武田

第八章　花烛

家当主胜赖的首级置于风雨中冲刷并送往京都高悬于狱门示众，织田信长的这些做法，真真无异于恶鬼罗刹。

"听说信长还在甲斐府中将以恩赏为约定策反的武田武将悉数斩首。以高官厚禄诓骗离间他人已属恶事，如今又不由分说地把降将杀害，这实在是……"

山岸弥七郎黯然说道。

武田家发生的这些悲剧，并非与己无关的他人之事。

若使织田军入侵越后，春日山城陷落，想必作为上杉家菩提寺的林泉寺及谦信的祠堂也会被破坏殆尽吧。

越后山野被烧作一片白地的情形，在众人脑海里浮现。

"信长实在是恶魔啊。"

泉泽久秀长长地吐了口气。

"在不识庵大人的身畔高举大义之旗的我等，定然不会败于那怪物之手。对吧，与六。"

久秀将视线移向双手抱在胸前、兀自沉默不语的兼续。

"……"

"怎么了？你从刚才起便一直不说话。对于信长没有什么可说的吗？"

"说了又如何呢？"

"什么……"

"的确，信长有其不足之处。作为一个人，作为一名男儿，在本不应有所偏差的道路上一意孤行。然而，这世间之事本来就不是尽合常理。这个在你们看来丧心病狂的邪魔外道，或许会推开新时代的大门亦未可知。"

"你跟织田暗自勾结吗？"

泉泽久秀面色一沉。

"说什么蠢话。"

兼续以锐利的目光回瞪他。

"不过我仍然认同信长的部分做法。比其余大名诸侯早一步大量购入铁炮、施行兵农分离制度、唯才是用的人事制度、座[10]与关所[11]的撤销废除……正因为信长无视古道，恣意妄为，才能有如今的成就。不识庵大人没能突破的障壁，看样子被那家伙突破了。"

"你疯了么，大哥！信长是上杉家的敌人啊。您怎能跟那样残虐无道的男人站在一边呢！"

弟弟实赖一下子从地上站了起来。

不止实赖，在座众人皆向兼续投以疑惑的目光。

众人都对信长充满敌意，况且现下已不同于已故的谦信在手取川大破织田军的时代，此刻的众人都怀抱着悲壮赴死的决心。

"并非站在一边。"兼续沉着而有力地娓娓道来，"两军交战，必须冷静分析对手的长短。若只顾盯着围绕于山巅的云群，是无法看到山的姿态的。"

"直江大人有什么好办法么？"

山岸弥七郎问道。

"没有……很可惜，与失去了同盟的上杉家相比，此刻控制了东西横跨备中、上野一带广大地域的织田军，具有压倒性的优势。虽说我军自鸦组建立以来，不断增加铁炮数量，但要赶上织田的军力，可不是一朝一夕之事。"

"那大哥您就打定主意坐以待毙？"

实赖急声说道。值此燃眉之际，每个人都如他一般心焦如焚。

作为兼续来讲，他花了比其他人多几倍、几十倍的工夫分析研究织田军，无论是对敌我双方兵力悬殊的恐怖感，还是击败敌军的强烈愿望，自然也比他人更胜一筹。

"我们也有我们的优势。"

兼续说道。

第八章　花烛

"什么优势？"

泉泽久秀忙不迭地询问。

"那便是我等传承自不识庵大人，决计不会背弃的大义之心。"

"大义么……"

"是的，大义。武田氏灭亡的最大原因，正是武将们被物欲所惑，丧失了作为人应当遵循的大义之道。武田军并非败于织田方的强大兵力，而是败于自身的贪念。"

"那么，我们……"

久秀不禁用力抓紧膝头的袴布。

"我们上杉家并非仅仅是军队而已。大家一定要牢记，我等男儿聚集此地，皆是为了大义而放手一搏。以利为本的集团如武田家，内部实在是如雪片般不堪一击。织田军亦是同样。这一点，便是我们的可乘之机。"

兼续环视众人，凛然说道。

注释

【1】远侍番所：城内位于武士居宅外围的哨所，离主殿较远而离中门较近。

【2】大坂之阵：指德川家康为了彻底消灭丰臣政权而发动的两次大坂之战，分别称为"大坂冬之阵"（1614）与"大坂夏之阵"（1615）。

【3】表里比兴："表里比兴"本意为表里不一、两面三刀。昌幸在主家武田氏灭亡后，为了保住真田一门，曾先后臣从于织田、北条、德川、上杉各家，最后于天正十四年（1586）臣服丰臣家，成为丰臣政权大名之一。"表里比兴之人"就是这年秀吉在给上杉景胜的书信的附条中对昌幸的评价。而秀吉之意并非贬低昌幸，而是赞其智

谋能在诸大名之间周旋，从而保住真田一门。文中此时是天正十年（1582）武田家灭亡前夕，因此这里出现"表里比兴"的说法，只是小说家言。

【4】段母衣组：母衣是古代日本武士戎装的一种，在竹制骨架上兜以长布，负于背中，骑马奔驰之时长布兜风高高鼓起，一方面可防后方流矢，一方面可作鲜艳装饰。此外，母衣亦可作为军中精锐武士的标志，穿着母衣的武士集团称为"母衣众"或"母衣组"。如织田家的赤母衣众与黑母衣众。段母衣组则是上杉家中的武士集团。

【5】御师：神社中身份较低的神官。

【6】《信长公记》：织田家臣太田牛一所著军记物，内容包括自信长上洛至本能寺之变的经历。按年月顺序，分为十六卷。

【7】火血刀之苦："火血刀"指佛经云六道之中的三恶道——地狱道（火）、畜生道（血）、饿鬼道（刀）。表示历尽诸般痛苦。

【8】镰仓公方：指镰仓幕府将军家。

【9】后北条氏：指自北条早云以来兴起的战国大名北条家。北条早云本名伊势新九郎盛时，后来为了占据关东，冒姓北条，因此称为后北条氏。与之相对的北条氏本是镰仓幕府执权一门，13世纪中叶随着镰仓幕府的灭亡而断绝。

【10】座：自平安时代至战国时代，日本工商业者及艺人的行会。织丰政权推行的"乐市乐座"政策，其宗旨便在于打压乃至于撤销"座"的存在，令工商业者能自由竞争，不再受封建行会束缚。

【11】关所：指日本中世时期由朝廷、武家政权、各地领主乃至于有力寺社在全国各地交通要道设立的关卡，用以检查行人及征收道路税。安土桃山时代，信长及秀吉为了天下的统一，下令逐步取消关所。然而后来的江户幕府各藩为了各自军事上及安全上的考虑又再次施行关所制度，直至明治二年（1869）方才完全废除。

第九章 死中有生

一

四月刚刚过半，越中地方风云急变。

东部越中的上杉家最大根据地——鱼津城面临极大危机。

以柴田胜家、前田利家、佐佐成政为指挥官的织田军一万五千兵马，将鱼津城团团围住，昼夜不停地以铁炮和弓矢向城内射击。与此相对，守城的上杉军仅有一千三百人。

中条景泰、竹俣庆纲、吉江信景、寺岛长资、蓼沼泰重、藤丸胜俊、龟田长乘、若林家长、石口广宗、长与次、安部仁介、吉江宗信、山本寺景长等十三名守将，拼死抵抗着织田军的猛烈攻击。

鱼津城是靠近富山湾海岸的一座平地城砦。连接近江与越后的北陆街道自西侧的沙丘通过。城中本丸内与二之丸外围绕着两重护城水濠，西临大海，南临角川，北临鸭川，东边则是一片泥沼田地，城砦居中而坐，俯视北陆街道，堪称要害之地。

原本上杉氏在东部越中的据点是位于角川上游的山城——松仓城，但天正年间以来，这一带的政治经济中心渐渐移向了交通更为便

利的鱼津城。

不过，鱼津城固然方便，却不若修筑于险峻山岭之上的松仓城易守难攻，能够作持久战。虽说雪融之际，雪水会化作清泉涌出，鱼津城内水源丰沛，兵粮却着实有限。

"实城大人，请尽快救援啊！"

拼上性命才从包围圈内潜行出来抵达春日山城的使者，将鱼津城此刻的困境告知众人。

"这样下去，城内的守军可就只有全灭一途了。无论如何，请尽快发兵！"

脸上满是污泥的使者喊完最后一句话，倒在地上不省人事。

"必须得去鱼津了。"

景胜站起身来。

倘若鱼津城陷落，织田军便会占据越中，继而开始入侵越后。

然而——

"这可不行。"

兼续面现难色，出言制止景胜。

"敌军不止压迫越中，占据了上野的泷川一益，也在伺机翻越三国岭入侵我越后。"

兼续说道。

"嗯……"

"还有，织田军的森长可也进入了北信浓的海津城，准备自信越国境方面来犯。面对如此情势，实城大人您若是贸然出兵救援鱼津，上野、信浓两面之敌定会两军齐发攻入越后。"

"但是，也不能对鱼津城的将兵见死不救啊。"

"现在出兵援救，正好中了信长的圈套。不如先用船向鱼津城运送兵粮，让守军无论如何再忍耐一些时日。"

"只好如此了……"

第九章　死中有生

景胜眺望着那片萌芽新绿的颈城郡群山，神色严峻，犹如鬼神。

鱼津城的守军一面望眼欲穿地等待着上杉军本队来援，一面继续抵挡织田军的攻击。

此际，敌将柴田胜家等人出言引诱：

"归降的话，不仅饶恕你等性命，更赏黄金百枚！"

不过，守城的十三名武将并无一人见利忘义。众人皆知武田的武将们受织田军利诱而变节，最终不仅未得封赏，反而落得身首异处的下场。

"实城大人一定会率军前来救援的！"

将兵们仰望矗立南面的灵山立山群峰，一心坚信景胜必会来援。

守城十三将之一的蓼沼泰重，给身在越后的长子太郎留下了这样一封书信：

"鱼津城遭受敌军轮番围攻，到了如今这地步，无论如何也要坚持下去。为父与中条景泰大人俱在出城迎击敌兵时负伤，此时正睡在一间帐幕中休养。所幸其余众人都安然无恙。你母亲、你弟弟与三，还有藤八郎，他们都还好吧？在没有看到与三成为武士之前，我怎么也不想带着遗憾死去啊。不过，就算为父身死，有你挑起家中的担子，我也可以放心了。但是，我还是很想活着回来，回到越后，我们全家又欢笑着在一起。"

虽然已经有了死的准备，然而因着思念家人，心底的角落里仍残留着一丝微弱的希望之光。男人所写的这般家书，直教人揪心不已。

五月——

越中鱼津城的战况不断恶化。

在织田军的猛攻之下，二之丸陷落，独留本丸还在苦苦支撑。然而在本丸内的壕沟之外，织田军旗帜林立，猎猎翻飞。在守城将士眼里，那些耸立于熙熙攘攘的敌军身后的立山连峰，宛如指向黄泉路的

道标一般，凝重而凄美。

"鱼津快要陷落了！"

面对稳坐春日山城不见丝毫动作的兼续，泉泽久秀忍不住急声吼道。

"你还是那么坐得住呢。重臣们不满的声音可越来越大了。"

"我知道。"

兼续一面答话，一面注视着膝边的棋盘。

这三天来，兼续把自己关在屋里，一门心思地摆弄着棋子，似乎在考虑着什么。

"可不是悠闲地看着棋盘的时候了。这节骨眼儿上，鱼津城正在遭受织田军的总攻呢。你弟弟与七等人，怒气冲冲地扬言要展示上杉家的大义之心，已经违反主命前去越中了。"

"这是一个劫呢。"

"什么……"

"无论怎么落子，也没法打开局面。一旦坠入劫中，该怎么下才好呢。"

"你还在想着这个？"

"如果是你，会怎么下？"

"嗯……"

久秀的目光落在棋盘上。

所谓"劫"，是指下围棋的双方反复争夺一目的情况。双方拘泥于同一处互提一子，棋局无从进展，双方也没有办法决出胜负。

"陷入劫中的话，为了摆脱双方胶着的局面，必须相隔一手才能在劫中提子。这种事情，谁都知道吧。"

"正是如此。"

兼续微微一笑，说道。

"在战事难以打开局面之时，便好像棋盘上那样，可以退一步再

第九章　死中有生

看。如此一来，便不会拘于眼前，说不定能看到迄今为止没有发现的出路。"

"你想说什么？"

"无论敌方还是我方，此刻注意力均落在即将被攻陷的鱼津城一地。在鱼津城的交战，便好比一个劫。"

"如何才能摆脱这个劫呢……"

"出兵吧！"

兼续说道，声音充满自信。

"实城大人向鱼津出兵啦！"

景胜出阵的消息，一下子传遍了春日山城。

二

米、薄饼、豆、味噌等兵粮统统自仓库中运出，作为马饲料的藁草在道路两旁高高堆起。

在"刀八毗沙门"、"绀地日之丸"的军旗下，上杉军的将士们斗志高昂。

虽然背后还有北信浓的森长可、上野的泷川一益两路威胁，却不得不自春日山城发兵前往越中援救正在鱼津城中孤军奋战的人们。在昔日上杉军的作战经验中，从未有过似如今这般严峻而危急的时刻。

（或许再也无法回到这春日山城了……）

在忙于出阵准备的各位将兵心中，不时会出现如此悲壮的思绪。

景胜出阵之际，春日山城若是遭受织田军自信浓与上野的两面夹击，援救鱼津城的上杉军本队就再也无法返回了。

虽然景胜让上条政繁率七百士兵留守，但缺少主力部队的春日山城，俨然与裸城一般无二。

此外，家臣中亦有人感到讶异：

"对于援救鱼津之事那样消极的兼续，为何这时忽然向实城大人进言出兵呢？"

然而，对于景胜此番基于大义之心而决定舍身出阵的勇气，上杉家大多数家臣都感服不已，却无人知晓藏匿于景胜心中的秘计。

喧闹不已的城内，各处缓缓升起炊烟。

每于出阵之前，总要炊煮大量饭食，就连城下的町民也要大快朵颐一番。这是上杉家的习俗。

兵卒身着具足、大口大口地吃着笹寿司。少女尽心炊制由薄饼或山竹叶包裹的手握饭，悄悄递给自己的心上人，依依惜别。在急急准备出征的人群中，充满了形形色色的人间百态。

兼续打点完毕后在城中四处巡视，检查兵粮及武器弹药有否遗漏。

来到黑铁门外时，一名身着戎装的男子出现在兼续跟前。

这名男子不过二十岁上下，面庞轮廓鲜明，紧绷着一张脸。头戴椎实头盔，魁梧的身躯外穿着红漆二枚胴具足。

年轻人一言不发地在兼续身前单膝跪地，垂头行礼。

"你是……"

兼续疑惑地问道。

自己并不认识此人，而且这举动着实古怪——兼续心中此念刚起，年轻人开口道：

"我乃志驮修理亮义秀，夫人让我从与板前来参见。"

"从与板来？"

"是的。"

"是阿船姐……不，阿船让你来的么？"

提到自己这位名义上的妻子的名字，兼续稍稍觉得有些羞愧。

自己曾在写给阿船的书信中，提及出兵鱼津之事。然而阿船却没

第九章　死中有生

有回信。

（果然在讨厌我啊……）

兼续这样想着，心底顿感寂寥，犹如千万只蚂蚁啮咬一般。

"除我之外，还有三十五名骑士、三十名徒士随我前来。夫人严厉地嘱咐我们，要将自己的性命交予主人您，请您随意差遣。"

"……"

兼续望向坡道下方，只见一群武士身着红漆具足，聚在一处。正是与板城主直江家的直属家臣团——与板众。

在阿船的父亲直江大和守景纲的时代，与板众曾活跃于川中岛合战与关东远征之中，并且掌握了信浓川的水运，作为水军集团亦远近闻名。

这些身经百战的与板众武士们纷纷走近兼续，一个接一个地郑重屈膝，行跪拜之礼。

"夫人派我等前来，听候大人差遣。"

志驮义秀说道。

"是阿船让你们来的？"

"请收下这个。"

义秀恭敬地取出一个织锦包裹。

兼续接过包裹打开。里面是一柄花漆短刀，以及用纸捻起的一束女人黑发。

"这是……"

"直江家代代相传的家宝[1]——短刀来国次。"

"将家宝交付给我吗……"

"短刀来国次是直江家当主身份的标志。夫人还说，有她留守与板城，请您抛却后顾之忧，出色地作战！"

"……"

兼续无言地拿起短刀。

阿船将家宝交予兼续，不正是认可了兼续作为直江家当主、作为自己丈夫的身份吗。

（阿船……）

短刀一旁的黑发，是女人心意的证明吧。必定是为了守护开赴战场的丈夫，在神佛面前祈愿之后，亲自用短刀割下来的。

不知不觉间，兼续胸中已经被暖意填满。

虽然是奉主君景胜之命，为了上杉家，无论结局如何都不会后悔。然而要是到死都无法与阿船心意相通，会成为自己此生唯一的遗憾吧。

因为一次意外成为夫妇，造成双方的顾虑。因为疏于言语缺乏沟通，更是令人焦躁不安。而此刻阿船的一络黑发，才使得二人终于跨越了横在中间的深深鸿沟。

（女人啊……）

真是坚强的动物——兼续如此想着，把短刀插在腰间，双手将阿船的黑发捧在额前，深深一礼，然后放入护身小袋[2]中。

三

五月十三日——

景胜担当总大将亲率五千上杉军，自春日山城出征，取道北陆道开赴越中鱼津。

兼续则引领停泊于直江津以及军港乡津的二十三艘兵粮船，和与板众一道自海路前往鱼津城。

冬日里狰狞狂暴的日本海，在这个季节却也风平浪静，波澜不惊。

第九章　死中有生

犹如玻璃一般冷冽清澄的青色海面，处处泛着细细的白色浪花。初夏的海风好似薰香，吹拂在立于船头的兼续面颊之上。

船队昼夜不停，于十四日深夜到达鱼津附近的石田浜。

兼续等人将船停泊在石田浜海面，静待天明。

天空渐渐开始泛白，大海另一侧能登半岛的影子若隐若现。陆地上青翠欲滴的田野向远处延伸，对面被纯白的积雪覆盖着的立山连峰格外惹眼。

近午时分，自北陆道进军的景胜本队也到达了石田浜。与兼续会合之后，将粮草自船中转运到小辎重及货车上，当天傍晚，大军进入鱼津城东一里之外的天神山城。

城砦所在的天神山，是一座海拔仅一百六十三米的小丘陵。

这座山原本叫作松尾山，室町幕府第十代将军足利义材自京都的战乱中逃生，寄身于小川寺（现富山县鱼津市小川寺）时，曾在此山上拜祭守护天神像，因此改名为天神山。

后来上杉谦信进兵越中之际，将这里当作据点，在山顶修筑城砦，后来改建为拥有复式城郭、城壁陡峭、壕沟环绕的要塞。

从这座修筑于山顶的城上，能够与背靠富山湾海岸线、被织田军重重包围的鱼津城遥遥相望。

二之丸被攻陷、仅余本丸的鱼津城，如风中落叶一般无助，眼看就要被卷入敌军的漩涡之中，被吞噬殆尽。

"对手是数量如此庞大的织田军，城中守军竟然能够坚持到现在这个地步呢。"

泉泽久秀自城楼眺望鱼津城方向，禁不住地热泪盈眶。

"这便是不识庵大人以来越后武士的性情意志啊。与在织田方几句甜言蜜语下就溃不成军的武田武士有着天壤之别呢。"

"或许是灵峰立山给了守城将士生存和战斗的力量吧。"

兼续低声喃喃。

"你还是打算施行你先日所说的计划吗？"

久秀回头看着兼续的侧脸，眼中稍显不满。

"除此之外，没有挽救越后一国的方法了。"

"鱼津城的守将们能同意么？"

"他们必须同意。仅仅盯着眼前的战事，并非作战的真髓。舍弃执着之心也是需要勇气的。"

兼续说道，表情有些僵硬。

时值梅雨季节。自上杉军本队在天神山布阵以来，连日阴雨不断。

冷雨如雾，山上赤松、楢树的树干，以及建于山中各处的阵小屋[3]屋檐，都被浸濡得闪闪发亮。

在流经山麓的片贝川两侧，五千上杉军与一万五千织田军各自为营。双方都按兵不动，只是静静地隔川对望，虎视眈眈。

在包围鱼津城的同时，为了防备东侧天神山的上杉军，统帅织田一方的柴田胜家还匆匆忙忙修筑起了阵砦。

《景胜一代略记》中如此记载：

——为防备此方（天神山）而急筑阵砦，掘沟壑，起矮墙，围栅木，以至搭望楼……

有趣的是，同一时刻，织田军团中作为胜家竞争对手的羽柴（丰臣）秀吉也在遥远的西国修筑同样的阵砦，为攻城做准备。

与柴田胜家、明智光秀平起平坐的织田家重臣秀吉，正依照信长的命令进攻中国地方的毛利氏。

此时侵攻毛利氏的最前线，正是备中高松城。

秀吉将毛利方守将清水宗治坚守的高松城包围起来，又在这座被泥沼田地围在中央，易守难攻的城砦四周修筑了一圈土台。此时连日大雨，河川水位暴涨。利用土台将水引入城砦四周，施行了日本有史以来前所未闻的水攻战术。

第九章　死中有生

虽然毛利辉元亲率大军赶来救援困境中的高松城,然而秀吉在辉元与高松城之间的河川沿岸布下一字长蛇阵,令毛利援军无法靠近城池。缘此之故,毛利援军只得旁观水攻,束手无策。

这般具有"攻城之阵"、"拒援之阵"两重作用的筑阵方法,正是以称霸天下为目标的织田军在实战当中创造出来的独门利器。

无论是兵士数量还是修筑时间均两倍于普通阵砦的这种二重筑阵方法,其施行的可能性与织田军压倒性的物资数量及动员能力息息相关。

顺便提一下,秀吉在即将攻陷备中高松城之际,派遣使者向安土城的信长送去消息:

"请主公速来援助。"

这并非真是请求信长派遣援军,而是将战胜的功劳归于主君信长。由此可见秀吉心思细致缜密非同一般。

连日来,配置于上越国境的三国岭及信越国境的关川等处的鸦组遣人送来消息:

"上野厩桥城的泷川一益,发出了向越后出兵的命令。"

"敌将森长可自信浓海津城出阵!"

织田方的两路兵马显然打算趁上杉军主力部队倾巢前往越中鱼津之际,一口气攻下春日山城。

面对自上野、信浓两方不断飞来的急报,兼续神色不改,只是漫不经心地表示"知道了",实际上他心中正企盼着这一刻的到来。兼续起身前往本阵,参见景胜。

景胜此时正在小姓伺奉下就着味噌汁匆匆吃饭,见得兼续到来,立即放下筷子,屏退左右。

"泷川一益与森长可俱已出兵。"

"来了么。"

景胜也是一脸的泰然自若,注视兼续双目,继续问道:

"三国岭那边准备得如何了？"

"鸦组的狙击队已经就位，只等敌人送上门来。"

"坂户那边呢？"

"栗林肥前守政赖大人、长尾伊贺守景宪大人已自城中出发，在山岭的各处要地设下了伏兵。"

"嗯。"

对于妄图自三国岭入侵的泷川一益军，已经预先让鸦组与坂户城的上田众作好了防备。两人交谈片刻，话题便转到如今最大的问题上来——

"关键是信浓这边啊。"

"是的。"

主从二人对视一眼，彼此心照不宣。

由于信越国境的关川附近道路较为平坦，难于据守迎击敌军。于是兼续与主君景胜商议之后，决定佯作出兵鱼津，声东击西，将敌军引入越后领内——

（一鼓作气击溃之……）

这便是兼续的计策：待信浓的森长可孤军深入越后，我军全速自鱼津城回兵，杀他个措手不及，务求将其全歼。

兼续的这条秘计，从某种意义来说也极端危险，可谓一场豪赌。就算此计进展顺利，让森长可军成为瓮中之鳖，然而自鱼津回兵若稍有延迟，春日山城便会为敌军所夺。另外，如果坂户的上田众在三国岭的防备被泷川一益军击破，上杉军则更有可能陷入腹背受敌的境地。两者若居其一，上杉家便会从这世上消失。

但是——

（此外别无他途了……）

兼续暗忖。

"生中无生，死中有生。"

第九章　死中有生

这是云洞庵前住持北高全祝在川中岛合战之前说与谦信的一句偈语。此语亦由谦信传授给了自己的弟子兼续。

不可迷惘。不可后悔。亦不可有贪生之念。

使魂魄远离偷生之执念，一心面对即将来临的死亡。在这死之地平线的彼方，一定会有微弱的希望之光。

兼续与其主君景胜，感到心情前所未有地放松，表情也沉静缓和下来。

在上杉景胜出兵鱼津之前，曾向同盟者、常陆国的佐竹义重送去如下一封书信：

——景胜生于此世，携弓箭以越后一国相持六十余州。一战而衰亡之事，即使死后回想，亦觉与景胜其人甚不相称。若得九死一生，亦可自称天下无双之英雄也……

四

"得派使者去鱼津城才行。"

景胜说道。

"让鱼津城的将士在我们自天神山城退军之时放弃城池吧。虽然这会令坚守至今的武将们心怀不满，然而为了死守越后，不得不放弃越中才行。"

"是……"

这条秘计，除了景胜、兼续以及家老泉泽久秀以外，没有任何人知晓。或许不知什么时候就会有织田方的密探渗入，因此鱼津退兵之事，一定要慎之又慎。

"鱼津城被织田大军包围。使者能够平安无事地到达城中么……"

景胜眉头深锁。

"让我前去鱼津城吧。"

"你去？"

"此事没法交给别人去办。我拼上性命劝说的话，想必守将也能够理解吧。"

"很危险啊！"

"人若是注定要死，总是会死的。"

兼续爽朗大笑：

"反之如果大胆面对，就算死神也会吓得落荒而逃吧。"

"你身死之时，也是我身死之时啊。"

"是……"

"那一切都交给你啦，这边就等着准备回军越后了。"

这天夜半——

兼续不带随从，独自趁着夜色自石田浜乘小船出发。

船夫是一名当地的老渔翁。老人说年轻人怕被织田军发现，都躲起来了，自己反正也活不太久啦，于是肯做这危险的差事。

"在靠近城的海边停船就行吗？"

"真是抱歉。也不想给老人家添太多麻烦。天亮前如果我还没有回到这里，你就自己离开吧。"

"真像呢。"

渔翁一面摇橹，一面自言自语似的说道。

"真像？"

"武士大人，您真像我那死在海里的儿子呢。可不是说样子。是说那种不要命的眼神，跟我儿子简直一模一样。"

"老人家的儿子，也是渔翁么？"

"是呀。真是个笨蛋呢。把我这老头子留下，自己就这么去了。"

"……"

第九章　死中有生

夜幕下的海面上露湿重衣，略微带着一丝暖意。四周一片死寂，除了静静起伏的波浪声外，唯有船橹吱嘎作响。

从石田浜到鱼津约莫一里。

蜿蜒的海岸线上有一处亮光，大概是包围鱼津城的织田军所生的篝火。

小船朝篝火方向缓缓靠近。

兼续在鱼津城近处的浅滩下船。波浪平稳缓慢，在海滩上留下一条条长长的白色细带。兼续踏着浪花，走上沙滩。

四下不见人影。

大约是确信在这般深夜断然不会有敌人自海上来袭，海边并没有夜哨的影子。海滩近处是北陆街道，另一头便是鱼津城。

兼续屏息凝神，放低身形，向鱼津城行近。

二之丸陷落、只剩本丸的城砦，在朦胧的月光下默然矗立。城砦周围的敌军警戒森严。

兼续藏身暗处，见得头戴阵笠、手持长枪的织田兵卒如黑色剪影一般来回巡视，只好暂时躲在一株巨大的赤松后面静待时机。

半个时辰后——

对面忽然响起铁炮声。两发、三发的轰然连击将寂静的夜空撕裂。

声音从城的侧门传来，织田营地顿时陷入一片慌乱。手持长枪的兵卒们急急向侧门方向奔去，四下里叫喊声此起彼伏：

"有敌人夜袭！"

（是时候了……）

兼续远远望着织田军手中明灭不定的松明火把。

连排的铳声正是兼续命令鸦组的山伏觑准时机所放。城砦侧门若有动静，必会吸引敌军注意，正门的警戒自然变得松懈。兼续打算趁此机会进入鱼津城。

不出所料，织田军的兵士们纷纷被鸦组的铳声吸引。兼续立时将太刀[4]缚在背上，自松树背后起身飞奔，穿过敌人重围的间隙，跃入二之丸外的壕沟水中，悄悄向城内游去。

兼续渡过外围壕沟，穿过二之丸，再跃入本丸内侧壕沟里。

由于织田军的注意力全被吸引到别处，兼续没有遇到任何阻力，顺利来到鱼津城本丸。

本已落入绝望深渊的鱼津城将兵们，看到兼续拼死潜入城来，无不感动得热泪盈眶。

"实城大人果然没有抛弃我们啊！"

"蒙家老大人您亲自前来，真是……"

"终于等到这一天啦！"

兼续换下湿透的衣物，穿上城内随从准备的小袖与野袴，在本丸城楼上的屋子里与山本寺景长、中条景泰、竹俣庆纲、蓼沼泰重等十三位守将相对而坐。

经过长达七十余日艰苦卓绝的守城战斗，武将们无不神色疲惫。双颊凹陷、憔悴不堪的面容上，唯有黄浊的双眸还闪现着辉光。显而易见，只是凭借着一股坚忍不拔的精神，加上对主君景胜的信赖，他们方能支撑到今日。

"实城大人快要向敌军发起总攻了吧。是明天吗，还是后天？……我们盼这一天盼了很久啊！"

山本寺景长急切地询问。

"我说得没错吧。"

中条景泰接口说道：

"实城大人怎会将不识庵大人传承下来的大义之心丢在脑后呢。如此一来，我们就能冲出城去背水一战。看到我上杉军的真正实力，织田方的家伙一定会抱头鼠窜！"

"会再现手取川的大获全胜吧。"

第九章 死中有生

十三武将之一的竹俣庆纲喃喃低语。
"是啊!"
"不错!"
在座众将纷纷应和,振奋不已。
"诸位,请稍待一下。"
兼续急忙打断众人。
"虽然一想到诸位的心意,便觉得十分过意不去,但这一两日内,实城大人便会引兵返回越后。"
"什么……"
十三位武将脸上顿时变色。
"直江大人,您刚才说什么?"
蓼沼泰重看着兼续,一脸的难以置信。
"织田方的武将森长可正率军逼近春日山城。上杉军本队得即刻自天神山城退兵,调转马头迎击敌军。"
"那我们……"
"你们坚持到如今,着实辛苦。实城大人也由衷感激你们的英勇作战。但是,此时正值危急存亡之秋。"
"直江大人!您是说,要抛下我们吗!"
竹俣庆纲嘶声喊道。
鱼津城的十三位武将与兼续之间的气氛顿时紧张起来。原本以为终于盼来救兵,但是事与愿违,武将们顿时心生被弃之感。
"决不会抛下诸位。诸位随大军一同返回越后,此城就让给织田军。事到如今,与拘泥于鱼津一城相比,守护越后一国才是当务之急。若不将上杉军力合为一处,便什么也守护不了。"
兼续期盼能陈清利害,说服众将。
但是,十三位武将仍然没有答应。虽然大家都明白兼续所说的道理,然而从感情上实在难以接受。

"就这样投降的话,我们此前的努力战斗岂不是化作泡影了。"

蓼沼泰重说道。

"说什么拘泥于鱼津一城,那可是面对一万五千的织田大军包围,拼尽力气绞尽脑汁才坚持到现在。我等如此的苦战,究竟是为了什么呀!您告诉我吧,直江大人!"

"……"

"我等可不是为了向织田军乞求活命才战斗至今的。我等相信此战是为了上杉家,为了留在国内的妻儿,心怀不惜一死的决心。现在却……"

蓼沼泰重一口气说至此处,眼中不由落下泪来。

不止泰重一人,竹俣庆纲、中条景泰、山本寺景长等一干武将,眼中俱是泪光闪动。至今为止强忍胸中的感情,此刻如溃堤一般迸发出来。

面对激情难平的众将,兼续毫不放弃地劝说着:

"大家冷静一下。请看长远一些吧。只要难关一过,夺回鱼津指日可待。常言道:君子报仇,十年不晚。难道不是这样吗?蓼沼大人?中条大人?竹俣大人?山本寺大人……"

商谈久久无法结束。从黑夜到黎明,直至日照当空,议论仍在反复进行。自城楼的窗户向外望去,立山连峰沐浴在清澈的朝阳之下,闪耀着纯白的辉光。

"不要再说啦,直江大人。"

十三武将中最为年长的白发老将吉江宗信,一面望着立山峰顶,一面静静开口。

"我们决心以身殉国,唯此方不负武士之名。那座山,正向我们招手呢。"

听了吉江宗信的话,兼续转头望向立山山峰。

立山乃是灵峰。当地人坚信,人死之后魂魄便会登上立山峰顶。

第九章　死中有生

"不要这样。实城大人希望大家都能够平安无事地回到越后啊。不要有死的念头,只有活着才能战斗下去啊!"

"不。"

吉江宗信皱眉摇头,斩钉截铁地说道:

"与其屈服于敌人,带着耻辱活下去,战死沙场才是武士之道。虽然有违主命,还请务必原谅我们擅自作出这个决定吧。"

众将眼眸中透露出的神情仿佛已不是这个世界之物,表情亦不见有丝毫动摇。

兼续终于不得不放弃劝说。

这日傍晚,城中设宴为众人饯行。

诸将心中,对景胜退兵之举再也不存芥蒂。他们用自己的双手,选择了挺起胸膛战斗下去的道路。

出城之时,兼续比先时入城更为谨慎。兼续游出壕沟,数度自包围城砦的织田兵卒眼皮底下溜过,好不容易在黎明之前到达海边。

此时离跟老渔翁约定的时间已过了一整天,想不到老渔翁正在约定的地方等候。

"我想今天或许您会来吧,所以把船摇过来看看。来,快上船吧。"

催促之下,兼续跳上小船,忽然看见四周波浪底下朦朦胧胧地泛着青光。

"这是萤乌贼在自投罗网呢。"

"自投罗网……"

"这个时候,萤乌贼会靠近岸边产卵,容易捕捉。我们把这叫作自投罗网。"

"……"

兼续眺望着渐渐远离的海岸,默然不语。

五

五月二十七日，夜半——

上杉军开始自天神山城退兵。为了不被织田军发觉，不仅没有将篝火熄灭，山中各处要地的旗帜也保留下来。人马趁着夜色，自北陆道迅速东撤。

走在最前面的是总帅上杉景胜及其直辖的五百名骑马武士，徒士则跟随其后。全军在黎明前越过国境上的关所市振，也不停歇，瞬息之间通过天险亲不知。到达系鱼川之后，方才小小休整一下。

这时，有使者自春日山城飞速而来：

"前方有军情来报！"

使者一下子跪倒在景胜马前。

"森长可所率的四千兵马，烧毁关山神社，已进逼至二本木一地。"

"到二本木了么。"

景胜头盔下的表情微微一变。二本木，即是现在新泻县上越市中乡区二本木一地，当时是北国街道沿途的一个村落，距春日山城仅有五里（二十公里）之遥。

"敌军在二本木布好阵势了吗？"

"是。上条政繁大人虽然向关山神社推进，意欲阻止敌军，然而甫一交战便被击败，退回了春日山城。"

"嗯……"

景胜转身瞧向身旁的兼续。

直到此刻，事态的发展依然在主从二人预料之中。织田方的森长可军眼见上杉军主力被困鱼津，放心地深入越后领内。

第九章　死中有生

"快动身吧。"

"嗯。"

于是全军休整完毕,继续赶路。

(不知此时鱼津城怎样了……)

兼续驱马前行,心下暗自焦虑。

发现天神山城的景胜拔营退兵,鱼津城孤立无援,柴田、前田、佐佐等部队定会很快发起猛攻。

在鱼津城海边看到的萤乌贼"自投罗网"的景象,忽地在兼续脑海里闪过。

兼续一甩马鞭,仿佛想要摆脱这些念头似的疾驰而去。

来到距春日山城三里(十二公里)之地的村落——名立之时,自上越国境的三国岭方面鸦组的山伏处传来一个令全军士气大振的消息:

"三国岭方面,我军大胜!"

鸦组的山伏带来的这个好消息,令上杉军顿时沸腾起来。

意欲入侵越后的由泷川一益所率上州方面五千织田军,在三国岭遭到栗林肥前守、长尾伊贺守所率八百名上田众的伏击,落荒而逃。

"敌军自三国岭逃回了上州厩桥。"

兴奋得面红耳赤的年轻山伏如是说。

山道之间,无论多么庞大的军队也只能排作细长的队列通行。面对不惯山道而行动缓慢的泷川军,上田众自其侧面发起攻击,铁炮连放之后,以长枪队突击,顷刻间决出了胜负。

突然遭到敌袭,泷川军顿时阵脚大乱,在上田众长枪队的突击下,许多士兵滚落山谷。敌将泷川一益亦被抛落马下,危急之时被随从救起,仓皇逃走。

《北国太平记》[5]中如此记载道:

——于山道中难以脱逃,惊慌失措。越后一军勇猛迅疾。追击之

下，（泷川军）或回身战死，或受阻于险要命丧敌手，坠落深谷者亦不计其数。

这可是上田众的大功一件。

然而，在为胜利而欣喜欢呼的上杉军中，唯有兼续一人高兴不起来。

（早了一些啊……）

兼续望着渐带暮色的天空，眉头深锁。

信浓方面森长可军如何行动，与上州方面的泷川一益军息息相关。考虑到泷川军会越过三国岭进入越后领内，森长可军方能安心向上杉的腹地继续深入。

而此时若是得知泷川军败战的消息，森长可军担心被人断了退路，恐怕会立即撤兵。如果让本来已是瓮中之鳖的敌军逃脱，那自鱼津急急退兵的目的也就化为乌有了。

"要加快脚步才行！"

兼续向主君景胜催促。

骑马队固然能够加快步伐，后边徒步的士卒却难以跟上。但是已经没有时间等待了，否则便会眼睁睁地看着森长可这条大鱼溜掉。

"敌人是二本木的森长可军！全都给我跟上！"

景胜大声喝令，一马当先如离弦之箭般向前飞驰。兼续及泉泽久秀、与七实赖等上杉家骑马武士们拥作一团，紧随其后。

直指二本木一地敌将森长可布阵之处的上杉军骑马队，在途中的木田（现上越市木田）与自春日山城再度出战的上条政繁七百人马会合。

飞驰之间，日落西山，暮色降临。

来到距离二本木约莫半里之处，已近深夜时分。空中没有月亮，唯有点点微弱的星光照亮脚下的道路。

（赶得上么……赶得上吧……）

第九章　死中有生

兼续一面赶路,一面祈祷。

然而——

到达二本木之时,敌人已经拔营退兵。

"快去看看篝火灰烬!"

兼续向一旁与板众之一的志驮义秀发出命令。通过篝火灰烬的温度,大约能够知道敌军已经退却了多久。

"还有余温!"

将手探往灰烬的志驮义秀高声叫道。

看来敌军应该没有走远,全力追赶还可能追得上。

兼续急急来到景胜跟前,以目光示意。

(快追吧。)

(快追!)

景胜也以目光作答。

"先锋就交给我吧!"

"好!"

景胜点头应允。

兼续飞身上马,沿着北国街道疾奔,身后紧紧跟着与板众二十名骑马武士。再往后便是泉泽久秀、上条政繁等人的部队。

来到关山神社附近时,忽听得激烈的铁炮铳声划破夜空。前方关山神社的森林中火花飞溅。

(是鸦组吧……)

应该是埋伏于信越国境附近的鸦组正向退却的敌军开枪。

兼续深吸一口气,奋力高呼:

"敌军就在前面!快追!快!"

上杉军拼命向被鸦组拖住脚步的森长可军追去,不久便与对方的殿后部队遭遇,双方展开混战。

在殿后部队与上杉军攻防纠缠的半个时辰内,森长可的主力人马疾驰二里有余，横渡关川，逃回信浓。

兼续等人赶到关川时，河上木桥已被烧断，心下不禁万般无奈。因连日阴雨水位猛涨的关川，成了一道不可逾越的障碍，将上杉军与森长可军分割两边。

由于担心越中方面的情势，景胜决定将上条政繁留在前线，自己返回春日山城。

虽然已将上州方面的泷川一益军与信浓方面的森长可军拒于越后领外，然而上杉家被织田军三路包围的苦境却没有丝毫改变。毋宁说由于越中退兵之举，反而给北陆方面的柴田胜家军大开方便之门，使其有机会一举攻入越后。

举目环视，已是四面楚歌。

国内越后下郡的扬北地方，还有一个与织田军相勾结的新发田重家。

拼命的抵抗似是徒然之举，占据压倒性优势的织田军对上杉家的包围网，正在步步缩小。

六

五月二十九日，清晨——

上杉景胜回到春日山城。

城池笼罩在如雾一般的五月烟雨之中。谷空木的红花被雨水濡湿，娇艳欲滴。城下的水田里，稻谷青叶四方延伸。四下里恬静悠闲，似与往年一般无异。

此时自防御北陆道沿途石田馆的须田满亲、三国岭的栗林肥前守、关川的上条政繁等人处相继送来的关于当地情势的公文，高高堆积在兼续的案头。

第九章　死中有生

"稍微休息一下吧,与六。"

主君景胜对近几日来不眠不休的兼续说道。

"你若不支倒下,我可就失去臂膊啦。就把休息也当作公事吧。"

"现在可不是说这个的时候啊。山本寺景长等十三武将尚在鱼津城苦苦支撑。一想到他们,我怎么也没法休息……"

"这是命令。总之你好歹回屋假寐一会儿吧,有事我会立刻叫你的。"

景胜坚持己见。

此时的景胜说出的话,是不容辩驳的。虽然景胜很少流露出自己的意思,但一旦开口,就绝无收回的可能。

兼续拗不过,只好回到城内大门一旁的居宅。

屋子一片寂静。兼续走在饱含梅雨湿气的廊下,忽然闻到一种不知名的香气。这香气令兼续本已疲劳不堪的身心为之一振,顿觉神清气爽,心旷神怡。

屋子里似乎有人。

兼续拉开板门,一个女子端坐屋内。

"您回来啦。"

身着清爽白底流水纹样小袖的女子低头行礼。

"阿船姐……"

一瞬间,兼续怀疑自己的眼睛花了。

女子缓缓抬起头来,娴静沉着的双目注视着兼续。

的确不是梦境,此时面前的女子正是阿船。

"请叫我阿船吧,因为我是夫君您的妻子呀。"

"什么时候来这里的?"

"三天前刚从与板过来。"

阿船四周的空气中弥漫着清香,跟在走廊上闻到的香气相同,想来是阿船点着的薰香吧。

兼续在阿船身边坐下。

"您累了吧？我已经在寝间铺好被褥啦。"

说到这里，阿船的脸倏地羞红。兼续也不禁双颊发烧。虽然早有夫妻之名，然而两人之间却还未圆房。

不知不觉间两人目光交错，相对无言。

这时，兼续忽然觉得腹内空空如也，饥饿之极，这才想起自行军途中嚼了点干粮之后，就再也没吃过任何东西。

"有劳，能弄点吃的吗？"

"啊，是我疏忽了。我马上去做！"

阿船麻利地起身出去，不一会儿，便将饭食端来屋内。膳盘上有黑米饭、竹笋味噌、煮紫萁、酱山萝卜，俱是用心烹制的料理。

在阿船的服侍下，兼续吃得心满意足。阿船则恭敬地坐在一旁，静静地瞧着兼续。

刚刚填满肚子，睡魔又突然袭来。兼续干脆钻进被子，呼呼大睡。

醒来时，窗外暮色渐现，雨声却仍未停歇。

（得赶快回城去……）

想到这里，兼续从床上一跃而起。

体力已经完全恢复。通过深沉的睡眠，年轻的身体每一分每一寸都充满了力量，随时可以面对突如其来的危难。

兼续忽然注意到一旁的阿船。阿船略施粉黛，嘴唇也点上了胭脂。

"你一直在这里么……"

"你睡得真沉呢。要准备晚饭吗？"

"不用啦。"

兼续摇了摇头，话锋一转：

"城里有没有什么消息。"

第九章　死中有生

"没有。"

"噢……"

兼续松了一口气。

"您这就去城里吗?"

阿船努力抑制住自己的感情,语气有些微妙。

"看样子,大概今晚就得出兵了。要是这样的话,也不知道能不能活着回来。"

对于能否打破此时被织田军三面包围的困境,兼续也毫无把握。就连昔日那样强大的武田家,在织田军面前也不堪一击,从这世上消失了。

不过,即使如此,兼续也暗暗下了决心:

(即使到最后一刻,也要贯彻自己的信念……)

"我帮您换衣服吧。"

阿船垂头一礼,转身欲去邻间取更换的衣物。

"等等。"

兼续倏地一把抓住阿船的手。指尖传来令人心安的温度。

阿船又大又黑的眼睛定定注视着兼续。

"为何要从与板来到这里呢?"

"因为……"

夜色渐渐浓郁,只有雨声兀自滴答。二人之间出现了一阵短暂的沉默。

忽然,阿船徐徐开口道:

"我有话想跟您说。"

"什么话?"

"心情。若不把我真正的心情告诉您,要是真的不能再次见面的话,我……"

夜色更深。

女人的表情隐藏在黑暗里,无法看得真切。两人相距甚近,只听见细细的呼吸声。

"我也是,我有一句抱歉的话务必要对阿船姐……对你说。"

"抱歉的话?为了什么事呢?"

"没有确认你的心情就唐突地成为直江家女婿一事。虽说是为了让上杉家上下齐心,但心里总觉惭愧,没有脸去见你。"

"没有这种事呢……"

阿船摇摇头。

"夫君您是为了上杉家,仅仅是为了这个原因,才与我结为夫妇的么?"

"不对!"

兼续急切地分辩。

"我从很久以前就喜欢你了。"

"我也是。"

"阿船……"

"可我是有夫之妇,怎能容许这样的念头呢?因此直到亡夫遭遇不测之后,我依然将我的真心重重封锁,不敢去想它。不过,只有仙桃院尼大人,似乎明白我的心事。"

"是这样啊……"

自兼续幼时便待他如亲生骨肉一般的仙桃院,有着异常敏锐的直觉。

想必是仙桃院不知自何时起便注意到兼续与阿船各自的心事,发觉两人都在为难以逾越的世俗障壁而烦恼,于是便建议景胜下令让二人结为夫妻。这的确是仙桃院的作风。

"现在我没有遗憾啦。"

阿船说道。

"阿船我,是夫君您的妻子。今后请不要有后顾之忧,好好努力

第九章　死中有生

辅佐实城大人吧！"

"……"

兼续心中不禁如潮水一般汹涌澎湃。

（说不定，这会是此生最后一次相聚了啊……）

想到这里，胸中顿时涌起无限爱意。

黑暗之中，兼续紧紧抱住阿船。女人身体滚烫，在兼续怀里微微颤抖。

七

一个时辰后——

兼续在阿船的目送下回到景胜的居宅。

"该出阵了！"

身着戎装的景胜下令。原来越过国境进入信州野尻城的上条政繁被森长可军包围，派人前来求援。

兼续急急作好准备，与主君景胜一同出兵。

一见上杉军本队到来，森长可军立时撤入海津城内。上杉军则转入野尻城，与敌军相峙。

此时，身在野尻城的兼续收到留守春日山城的河隅忠清差人送来的书信。

（发生什么事了……）

兼续心中担忧会有不妙之事，赶紧将书信打开。

河隅忠清送来的消息甚为奇怪：重重包围的越中鱼津城内来了一位密使，自称是奉敌将明智光秀之命而来。

明智光秀，听说是在以能力至上为宗旨的织田军团中，与柴田胜家、羽柴秀吉平起平坐，深受信长信赖的一位武将。过去光秀曾侍奉

过将军足利义昭，后来成为信长家臣，很快便凭借自身才干显露头角。

如今这明智竟向鱼津送去密使——

（究竟是何缘故……）

兼续怎么也想不明白。

而且，这位密使带来的消息，同样难以理解。

——万望贵方鼎力奔走。

所谓贵方，当是指在鱼津城中坚守不出的上杉方武将。让这些陷入苦境的武将们"鼎力奔走"，这便是明智的使者捎来的信息。

鱼津城的守将们绞尽脑汁也猜不出这其中的含义。

"是阴谋么？"

众将一面疑惑，一面将这消息送往驻守在越中国境上石田馆的须田满亲。须田满亲也无法参透个中玄机，便将消息送到春日山城，最后，这消息又经河隅忠清之手转入信州战场。

（鼎力奔走……）

兼续一面思索，一面带着这封书信来到主君景胜身前。

"鼎力奔走是何意呢？"

景胜亦皱起眉头。

"明智光秀这人……"

"在成为织田家武将之前，曾经侍奉过将军义昭公。"

"为何要向鱼津城送去使者？是信长的命令么？"

"应该不是。"

兼续轻轻摇了摇头。

"信长将攻打北陆一事全权交给了重臣柴田胜家。我曾听说，在织田家中，众将各司其责，互不干涉。信长根据众将各自的实绩信赏必罚。把柴田等将撂在一旁，让明智进攻北陆一地，这种事情对信长来说……"

第九章　死中有生

"是不可能的么？"

"是的。"

"既然如此，为何……"

"只有一个理由。"

"什么理由？"

"明智或有谋反之意。"

兼续屏息悄声说道。

"谋反？"

"此外我想不出其他解释了。让鱼津城将'鼎力奔走'，这便是说，织田家中将会发生令攻打鱼津城的战事中止的大变故。"

"难道明智真想……"

景胜眉间皱纹更深。

"且不要想得过多。明智光秀是与柴田、羽柴相提并论，深得信长倚重的心腹之一。这或许是陷阱。"

"也有可能。"

"千万不可被迷惑，更不要被敌人的举动扰乱步调。"

"是……"

兼续施了一礼，自景胜身前退下。

既然自己的主张被主君断然否定，兼续也不欲反驳。从明智方密使的话语中，一下子就得出光秀将要谋反的结论，也确实有些勉强。

然而——

（难道畿内起了什么变故么……）

这个念头，一直在兼续胸中萦绕不去。

此时——

在京都的确发生了一件大事——"本能寺之变"。

本能寺是一座法华宗寺庙，坐落在京都四条坊门西洞院，寺域宽

阔，占地约莫四町[6]之多。

信长将本能寺改筑为自己在京都的居所，在四围挖掘壕沟，筑起土墙，施设栅栏，令其仿如城砦一般坚固。

接到进攻中国地方大名毛利氏的羽柴秀吉求援的消息，信长于五月二十八日深夜冒雨率军自安土城出发。

二十九日未时（下午两点）前后，信长进入本能寺，身边小姓、随从加在一起仅有七十余人。京都周边在信长的强权统治之下，治安良好，就算女子深夜独自行走街上亦很安全。因此信长认为没有必要带太多士兵随身警卫。

六月一日，信长在京都公卿们的陪伴之下，邀请筑前博多的豪商岛井宗室做客本能寺，并举行了一场茶会，将自己秘藏之宝势高肩冲茶入[7]、松本茶碗、宫王釜等三十八种名物茶器好好炫耀了一番。

参加茶会的众人见到房间内置放着的各色茶具，无不交口称赞：

"能够亲眼见到这般名物，实在是大饱眼福啊！"

"不愧是织田大人啊！"

这些茶器俱是信长以其实力四处收罗而来，每一样皆是名满天下的杰作。

茶事之后，酒宴自傍晚开始。席上信长与岛井宗室闲聊：

"明日惟任日向守（明智光秀）会率兵马一万三千前往备中高松。想必我到达之时，胜负已然分晓啦。"

"大人您出马的话，毛利当会立即归降吧。接下来便是镇西（九州）一地啦。由衷地期盼您早日来到博多呢。"

"还早呢，宗室。东边还有越后上杉家。平定镇西得在那以后啦。"

信长如此断言，心情很是不错。

宴罢，信长观赏了本因坊日海与鹿盐利贤的围棋对局，就寝已是深夜。

第九章　死中有生

到底在什么时候，明智光秀下定了"讨伐主君信长"的决心呢？

一般认为，光秀作出决断，是五月二十七日登上耸立于丹波龟山与京都之间的爱宕山之时的事情。

表面上，光秀来到爱宕山是为了向军神爱宕大权现[8]祈祷战事顺利，实际却是因为爱宕山上能将京都全景一览无余，在此能够清楚看到信长父子的动向，收集相关情报。最近光秀放在京都的探子（大概是爱宕山的山伏）带来消息，信长的嫡男信忠带着两千旗本众驻扎于妙觉寺，而信长本人身边则仅有随从及小姓陪伴，将于近两日内入住本能寺。

此时，织田家的重将均在远离京畿之地。柴田胜家在越中鱼津进攻上杉家，羽柴秀吉则于备中高松城与毛利家对峙。除了光秀一人之外，畿内再无其余武将，宛如空壳一般。

（这是老天命我讨伐信长啊……）

便在这一瞬间，光秀决心谋反。

之前——

织田军团乃是彻底坚持实绩至上的组织。但凡立有大功者，不论出身如何，经历如何，均能被破格提拔。而另一方面，若是没有功劳，则只能等着左迁甚至流放的处分。

织田家的谱代重臣之中，生存至如今的唯有柴田胜家、丹羽长秀等屈指可数的几人，这其中竞争实在无比残酷。

作为织田家的新进武将，明智光秀与其对手羽柴秀吉一样，功勋卓著，在仕途上可谓一帆风顺。

然而，由于光秀在劝降四国的长宗我部元亲的交涉中失败，信长大怒：

"你这家伙真是难堪重任！"

于是决定以武力讨伐长宗我部。光秀颜面尽失。此刻正值秀吉攻略毛利家、柴田胜家攻略上杉家，彼等俱在不断增加自己实绩之时，

光秀却在织田军团中慢慢失去了立足之地，渐渐被逼至绝境。

这些可说是光秀决意谋反的背景。

明智光秀其人，堪称一位深谋远虑的策士，绝不会因为一时意气就作出谋反这般重大的决断。

其证据便是光秀考虑到讨伐主君信长以后的形势，一早便为自己铺好了后路——向越中鱼津城派遣密使。

八

在《觉上公御书集》[9]中，收录了一封天正十年（1582）六月三日收到的书信，其中便有关于明智所遣密使的记载，这便是留守春日山城的河隅忠清寄给与主君上杉景胜一同出兵信州的直江兼续的那封书信了。

——先日，须田相模守使人至春日山城，言明智秘使鱼津，告曰"万望贵方鼎力奔走"一语。

意为：驻守越中国境之须田相模守满亲差来使者告知，先日（六月一日）明智光秀遣密使去往鱼津，请求"鼎力奔走"一事。

自京都前往越中鱼津，快马飞报也需整整两日。使者六月一日到达鱼津城，意即明智光秀自爱宕山派遣使者的时间应为二日之前，也就是五月二十八日。

看来光秀在于本能寺袭击信长之前，便已将越中的柴田胜家视为敌人，因此向正与柴田交战的上杉军委婉致意——鼎力奔走，隐隐透露其谋反的计划，便是将上杉家视为同盟者，请其相助之意。

顺便提一句，由于此言中的反意昭然，曾经也有人认为这封书信大概是伪作。不过，《觉上公御书集》是由江户时代米泽藩[10]编撰的关于"觉上公"，也就是上杉景胜的重要资料。虽说信长当时与上杉

第九章　死中有生

家敌对，然而对于背负弑主之污名的明智光秀，上杉家似乎没有必要特意编造一段话来告诉后世自身与其有所牵连。

总之，据这段话看来，应该是明智光秀在行事之前向上杉家派遣密使，表明求和之意。同时，光秀此举亦不啻断了自己的后路。

明智光秀本部兵马一万三千，越过老之坂进入山城国，到达杳挂一地，是在六月二日黎明之前。

在这里，明智光秀唤来家臣天野源右卫门：

"你带些人，先一步进入京都。若有可能将我等的行动告知本能寺者，杀无赦。"

于是源右卫门带人率先来到东寺附近，将正在耕作的二三十个农民斩杀。

本队到达桂川之前，光秀令铁炮队点燃铳上火绳，让步兵们换好新的草鞋。全军横渡桂川后，光秀方才告知全军，攻击目标乃是身在本能寺的信长。

面对有些踌躇动摇的兵士，光秀的侧近大声喊道：

"待到主公（指光秀）成为天下人之时，诸位皆会得到莫大的恩赏！"

于是全军沸腾，战意高昂。

如雪崩一般卷入京都町中的明智军，推开各处路口的栅门迅速推进，将本能寺团团包围，并于卯时（清晨六点）发起总攻。

乘着铁炮铳声，明智军高喊着横渡壕沟、越过土墙。

另一面，信长被外面的喧嚣声惊醒，原以为不过是市井吵嚷，直到铳弹打在寝殿墙柱上，才惊觉事态严重。

信长对疾奔至身畔的小姓森兰丸问道：

"有人谋反么？谋反之人是谁？"

"敌阵中翻飞飘舞的，确是水青色桔梗纹的旗印无疑。是明智的军队。"

听到兰丸的回答，信长喃喃地说了一句：

——万事休矣！

《信长公记》中如此记载。

于是信长来到大殿，将守卫、随从、小姓统统唤来，建立起防御态势，决心最后一战。

信长取过弓箭，射向院落里的敌军。直到弓弦拉断，又再拿起一杆十文字枪，继续杀敌。

然而毕竟寡不敌众，不久大殿便燃起大火。信长把自己关在寝间内，在熊熊烈焰中自尽。至此，信长的戎马一生在激战中落下帷幕，享年四十九岁。

织田信长死于本能寺一事，北陆路上仍无人知晓。正在围攻鱼津城的柴田胜家、前田利家、佐佐成政等人，无一人注意到京都发生的变故。

虽然直江兼续心中暗自预感某处风云急变，然而因其身在信浓野尻城，无法确认遥远的京都是否有事发生。

本能寺之变翌日，即六月三日——

越中的柴田、前田、佐佐军向鱼津城发起总攻。事前便有以死殉国之觉悟的鱼津城兵将，奋起最后之力与敌军殊死搏斗。

无论是攻城一方还是守城一方，对于那关乎天下形势的政变全然不知，只是拼命地战斗着。这实在不能不说是"历史的讽刺"了。

激战之末，鱼津城落入织田方手中。

鱼津城守将山本寺景长、中条景泰、竹俣庆纲、蓼沼泰重等人，用小刀在耳垂上刺穿一个小洞，将写有自己名字的木札系在上边，尔后切腹自尽。城中本丸之内，尸身堆积如山。

兼续刚从信浓返回春日山城，准备出兵越中之时，便接到了鱼津城陷落的悲报。

（抱歉……）

第九章　死中有生

兼续心中对以十三位守城武将为首的鱼津城将兵感到万分内疚。

但是,此时鱼津既然陷落,上杉家的灭亡便近在咫尺了。占据了越中鱼津城的织田军,必然挟势直指越后。而此前曾一度退却的上州方面泷川一益,信浓方面森长可,也必定会与越中的织田军遥相呼应,再度来袭。

春日山城内,立时举行紧急军议。众人意气消沉,均觉心灰意冷。素来以勇猛果敢闻名的上杉家武将们,此时个个面色铁青,嘴唇不见一丝血色。

兼续向众将大声喝道:

"不能放弃啊!战斗不是现在才开始么!"

然而,兼续自己也没有能够扭转战局的计策,只是未到最后关头,不愿就此放弃。

六月四日夜,越中鱼津城的柴田胜家等人接到一条令人震惊的消息:

"主公于本能寺自尽!"

"不要胡说!主公为何会在本能寺自尽?"

胜家最初并不相信这消息,只当谣传。

然而,京都豪商及留守安土城的武将所派遣的信使一个接一个地到来,众将渐渐清楚了事情的来龙去脉,才深刻地意识到事态的严重,不禁相顾愕然。

"明智光秀竟然谋反……"

柴田胜家蓄满胡须的刚毅面庞尽是怒容。

的确是意料之外的变故。事已至此,眼下如何行动,柴田胜家迅速作出决定:

"总而言之,必须立刻从鱼津撤兵。若是京都的变故传到上杉方耳中,可就知道我等在越中孤立无援了。"

对于胜家的提案，众人均无异议。于是占据鱼津城的织田军立时开始撤退。

柴田胜家返回越前北庄城，其协力武将佐佐成政返回越中富山城，前田利家则返回能登七尾城。众人各自回到自己的居城，开始加强防备。

（真是奇怪……）

织田军的奇特举动，自然很快被上杉方发现。

不止越中方面，信浓、上州方面亦然。森长可军、泷川一益军皆后军转作前军，莫名其妙地引兵返回。

六月八日，本能寺之变的消息传到春日山城。屈指算来，已是信长亡故六天之后的事情了。

（明智的密使果然是来告诉我方其谋反意图的么……）

"鼎力奔走"一语的含义，此刻清晰地出现在兼续眼前。

危机终于过去。

春日山城的三重橹上，兼续仰望悠悠碧空。自流云的间隙射下的阳光，明朗地照射在米山山峰之上。

（真是天运啊……）

兼续胸中尚为已经消逝的危机兀自震颤不已。

此刻，朝向新时代的大门已然打开。天下将迎来新一轮剧烈动荡。

注释

【1】家宝：在家中代代相传的宝物，通常也是持有人身份的标志。

【2】护身小袋：收纳护身神符等物，随身携带的小袋。

【3】阵小屋：安营扎寨时临时修建的小屋。

第九章　死中有生

【4】太刀：日本刀的一种。日本战国时代为主要使用刀具，刀铭刻于茎的左边，佩戴之时刀铭向外，刀刃向下。与此相对，刀铭刻于茎的左边，佩戴时刀铭向外而刀刃朝上的刀，则被称为"打刀"。

【5】《北国太平记》：日本江户时代小说。

【6】町：这里的町是日本古代面积单位，1町约合1万平方米。

【7】茶入：日本茶道中盛放抹茶（粉状茶）的容器。

【8】权现：指佛教中菩萨在日本化身成为的神。这个词汇是日本神佛融合时期的产物。

【9】《觉上公御书集》：由米泽藩藩士整理的关于上杉景胜（觉上公）一代的各种重要文书资料，包括书信。

【10】藩：藩是日本江户时代拥有1万石以上领土的封建领主（大名）所治理的区域。米泽原是直江兼续封地，关原战后上杉景胜封地被改易，直江兼续为保全上杉家，将领地转让景胜，即为后来的米泽藩。米泽藩由上杉家代代治理，直至江户时代末期。

第十章 天下动乱

一

失去信长这位专制主君后，原本犹如铁板一块的织田军团，其体制立时崩坏，一夜之间四分五裂。

关东管领泷川一益逃回伊势，信浓的森长可亦率领本部人马返回美浓兼山。

自鱼津回到富山城的佐佐成政一面坚守城池，一面监视着占据畿内一带的明智光秀的一举一动。

《上杉家御年谱》[1]中，如此记载织田军撤退后的东国情势：

——蚁群也似之信长军悉数退去，不留一人。甲州、信州、越中如大风倏止，重归静谧。

上杉军径直进入越中、信浓、上野等地，向各处派送兵马，如入无人之境。

世事无常，越中、信浓等地的地侍，昨日尚且跟随以"天下布武"[2]为目标的织田一方，如今却开始纷纷倒戈转投于上杉家"毗"字军旗之下。

第十章　天下动乱

（跟那时一般无二啊……）

兼续想道。

在北陆地方绝对的统治者、犹如巨星一般的谦信死后，上杉家很快陷入混乱，一分为二。养子景胜与三郎景虎围绕继承权问题开始的御馆之乱，持续了三年时间，这期间上杉家迅速衰弱。为了保住越后一国，几乎失去了越后之外的所有上杉领地。

此刻的织田家，似乎正遭逢同样的命运。

"明智光秀进入安土城后又接二连三地派来使者，要求与上杉同盟。并且说只要我们答应，就让上杉家统领北陆一带所有领地。"

景胜手执光秀的书信，满脸苦色。

"明智此时的敌人，果然是越前北庄城的柴田胜家。要战胜柴田，他们不得不借助我上杉家的力量吧。"

兼续接到本能寺之变的消息后，立即将鸦组的山伏派往越前、近江、京都等地，搜集各种情报。

"如何是好呢？"

上杉景胜注视着自己的心腹。

度过上杉家的危机后，主君景胜对兼续的信赖愈加深厚。

原则上，上杉家的诸般事务在家老们合议之后，由景胜定夺。不过一旦事关国策前途，景胜便只会找兼续一人商量，只要不是太过重大的事情，就会全权委托兼续一人负责。

平时姑且不谈，此时方值天下巨变，若判断稍有延迟或偏差，后果不堪设想。

与纷繁嘈杂的多人合议相比，跟某一位心思缜密之人商议，对情势迅速作出判断，采取相应的措施的话——

（更易于穿越万丈波澜啊……）

景胜如此认为。这毋宁说是在此非常时期上杉家所能采取的独特体制。

后来，上杉家中完全废除了家老一职。直江兼续担任唯一的"执政"，包揽一切政务。这是后话。

面对主君的疑问，兼续胸中早有答案。

"明智乃是谋反之人。"

"嗯。"

"我上杉家之敌，是越前北庄的柴田胜家。明智光秀亦然。虽然如此一来，与明智联手显得顺理成章，然而对方毕竟是弑主之人。与这样的人结为同盟，岂不玷污了不识庵大人以来以大义为本的我上杉家的名誉。"

"说得有理。我也认为不宜与谋反之人同流合污。"

"我等以义为本的上杉家，此时若被利益蒙蔽理智可就不妙了。不过，既然拒绝了明智的同盟请求，那么取回被织田军所夺的上杉领地，此时正是绝佳时机。"

兼续说道，语气坚决。

织田军离开后，上杉的先锋军须田满亲便已进入鱼津城。此时满亲率军到达越中国新川郡，一面与当地一向一揆联手，一面继续向西推进。

"明智的天下会持续下去吗？你怎么认为？"

景胜问道。

"不会。明智命不久长了。"

（明智光秀的天下迟早会崩溃的。）

兼续如此确信。

安土城中明智的兵马约莫一万三千。与此相对，越前北庄柴田胜家人马一万五千有余。再加上前田利家军七千，佐佐成政军六千，兵数几近三万。即是说，柴田胜家能够调动的兵马，足足是明智的两倍有余。

（我若是柴田胜家，便立时挥军进京，以为信长报仇之名与明智

第十章 天下动乱

决战,绝无半分迟疑。)

不止柴田胜家,大概换了任何人都会如此考虑吧——兼续认为。

倘若战胜明智光秀,取得天下的道路便会为此人大开。

两军兵力上的差距,加上为主君复仇的大义名分,士兵的士气必然高涨,柴田胜家击溃明智不过是时间问题而已。

然而——

与兼续的预料相反,柴田胜家闭守北庄城,毫无动静。

"请立即挥军直指上方,讨伐逆臣明智光秀吧!在下利家虽能力低微,亦会助大人一臂之力!"

副将前田利家向胜家进言,希望能与敌方一决雌雄。

但如胜家的女婿佐久间信盛一般,"此时若急于向上方发兵,加贺一向一揆与越后的上杉便会袭击我军背后了",持有如此慎重态度的人也不在少数。

胜家在主战派与保守派的议论之间摇摆不定,最终采取了折中的办法——派遣先锋越过橡木岭前往近江,视情形再做打算。

总之,先将北陆的根据地稳固下来,待清楚了上方的情势之后——

(那时再一鼓作气出击也不迟……)

胜家如此决定。这样一来,无论情势如何变化,己方都不会遭受太大损失。这便是胜家所选择的稳固方案。

没有想到的是——

这种看似保险的选择,却改变了此后柴田胜家的命运,使天下之大势急剧转往多数人没有预料到的方向。

就在柴田胜家为决战踌躇不决之际,中国地方的一个男子,下了他平生、同时也是日本历史上的一次大赌注。

二

这个男子便是羽柴秀吉。

自一介农民成长为织田家重臣之一的秀吉，今年四十六岁。

秀吉接到本能寺之变的消息，是在六月三日夜晚。此时秀吉正将备中高松城团团包围，并与前来救援的毛利军本队相峙，本欲待主君织田信长到达之后，再与毛利军一决雌雄。

然而，信长突然被害，令状况急转直下。若让毛利方得知此事，羽柴军则无异于身处敌方腹地，随时有可能被一举消灭。

（一直以来赏识提拔我的主公，竟然死了……）

或许由于出身农家，秀吉身上充满率真的一面，此刻得知信长已死，压抑不住心底悲痛，不由得号啕大哭。那猿猴似的脸皱作一团，矮小的身体不住震颤。

不过，一时的悲恸之后——

（得想办法摆脱目前的困境才是……）

秀吉停止哭泣，脑筋不住转动。

此时，军师黑田官兵卫在秀吉耳畔低声说道：

"此际与其说是危机，莫如说是千载难逢的绝好机会！一旦讨伐了明智，天下便是大人您的囊中之物了！"

"天下么……"

"正是。"

与踌躇不决的柴田胜家相反，秀吉当机立断，瞬间下定决心要赌上自己的一切孤注一掷。

到底人生只有一次。为获取天下而以命相搏，结果如何便听天由命吧。就算因武运不济而败北，也不枉此生了。

第十章　天下动乱

（那就动手吧！）

原本满心绝望，眼角兀自挂着眼泪的秀吉，此时双眸又闪现出锐利的光芒。

秀吉立时令黑田官兵卫准备与毛利方议和。

决心已定的羽柴秀吉，行动可谓神速。

军师黑田官兵卫当夜便与毛利方外交僧安国寺惠琼会面，以备中高松城主清水宗治自尽作为和谈交换条件，毛利方表示接受。

翌日，清水宗治切腹。

与毛利方交换了誓书，正式缔结和约之后，秀吉立即引军东还，于疾风骤雨中在山阳道上狂奔。羽柴军中的前野喜平次曾记下此次急行军的情形：

——自备中返回途中，昼夜飞驰不停。臀部磨破，只可跪地而端坐不得。亦无如厕之暇。手足尽皆麻痹僵硬。

仅仅一天之后，羽柴军便回到居城——播磨姬路城。此后用了两天休整兵马，同时收集上方情报，无一遗漏。最后才告之全军信长被害的消息。

秀吉手段巧妙之处在于，危机当时对自军亦实行了彻底的情报封锁，只让麾下几位重臣知道本能寺之变的消息。因为一旦公布信长被害之事的时机有误，自军或会陷入不必要的混乱之中，脱队者与背叛者大概会纷纷出现吧。而在回到根据地姬路的此时，再向全军公布消息——

"此战乃是为主公复仇之义举！"

如此一来，将兵士气自然高涨。

此外，秀吉还将姬路城中所贮藏的金银、铜钱、粮米尽数分与将兵，鼓舞士气的同时，也断了自己的后路，表明了破釜沉舟的决心。

为了与明智光秀军决一死战，秀吉引军东上。

战神往往眷顾能随时势而动的一方。

在摄津国富田一地与信长三男信孝及丹羽长秀等人会合的秀吉，总军力达到三万五千之多，于淀川一侧的山崎与明智军交战，并一举将其击溃。

战败的明智光秀在逃往近江途中，在京都南郊的小栗栖一带被当地农民用竹枪刺死，终年五十五岁。

六月十五日夜半，被派往近江打探消息的鸦组山伏一志大夫赶回春日山城内直江居宅。

原本是伊势御师的一志大夫，擅于奔走，昼夜能行五十里。不过尽管一志大夫深谙呼吸之法，然而此时来得急切，大口喘息之下，肩膀也不住起伏。

"明智光秀于山城国山崎一地败北！"

一志大夫单膝跪地，向走廊上的兼续禀报。

"山崎……对手是谁？"

"羽柴筑前守。"

"秀吉么？"

"是的。"

"……"

直到一志大夫禀报之前，兼续所料想的名字里边，并不包括羽柴秀吉。

兼续怎么也没想到，被拖在备中高松城的秀吉会赶在其余织田家重臣之前先一步讨伐并击败明智光秀。然而，羽柴秀吉却将这众人皆以为不可能的难事完成得干净利落。

（这便是志在天下的男儿么……）

秀吉以天下为目标的豪赌，令迄今为止所见所闻一直限于越后及周边狭小世界中的兼续眼界大开。

当然，秀吉击败了明智光秀，并不意味着织田家的后继者便就此决定下来。越前北庄的柴田胜家，绝不会默默地看着秀吉大出风头。

第十章　天下动乱

但是，在主君信长被害这一大事的处置上，柴田胜家终究进退踌躇，不敢冒险。

危急之际，舍身一搏，亲自将局面打开的秀吉，与在犹豫中止步不前的胜家。这两人的差距，可谓天壤之别。

（以后的天下，将是秀吉的么……）

一志大夫走后，兼续独自仰望夏夜月色。

"怎么啦？"

兼续闻声回头，银白而清澈的月光下，妻子阿船悠然而立。

"总有一天，我也要……"

"夫君？"

"能为之孤注一掷的时机，会到来么？"

兼续低声喃喃说道，一面将阿船揽入怀中。

"此时正值乱世呢。"

阿船注视兼续，瞳孔中闪耀着灵动的光芒。

"不论是谁，总有机会置身于天下大势的紧要关头吧。夫君大人，您也一定会……"

"那样的时机，会到来么？"

"嗯，一定会的。"

"……"

"阿船会一直陪伴夫君身侧。会给您添麻烦么？"

"怎么会。若是我有所迷惘的话，还有你在背后支撑着呢。"

"我可没有那样的力量啊。"

"不，女人的力量，在危急时刻是十分强大的。"

"哎……"

阿船轻轻笑了起来。

（无论是上杉家，还是阿船，我都要尽全力去守护……）

虽然兼续此刻自觉肩头责任重大，不过这反而令他充满了斗志。

这个世界上有两种人。一种一旦登上巨大的舞台，便能爆发出超常的潜力，而另一种则面对众人的期待裹足不前，连自己本来拥有的能力也无法使出。

兼续无疑属于前者。

器量宏大之人限于狭窄的世界里，很容易招致周围的误解，然而一旦置身于广阔的天地中，给予其充分施展才能的条件，便会立时如鱼得水，光彩夺目。

直江兼续之才，此时正向着天下如花绽放。

"这世间当会风云激变哦，阿船。"

兼续说道。

"织田信长在本能寺身死，而杀害信长的明智光秀亦被羽柴秀吉讨伐。在这时代的激流之中，上杉家如何才能生存下去，只有通过智慧来寻求答案。目光再也不能仅限于眼前，必须着眼于更广阔的世界才是。静静地待在雪中等待春天到来的日子，已经结束啦。"

三

的确，时代正在剧烈动荡。

六月二十七日——

在尾张清州城，一场决定织田信长继承人的会议正在进行。世间称之为"清州会议"。

席上，柴田胜家推举信长的三男织田信孝为继承者，而另一方面，羽柴秀吉拥护的则是信长的嫡孙、年仅三岁的三法师。两方为了自己在织田家中的势力，为了手握主动权而展开了争斗。

柴田胜家是织田家首席家老，身份在秀吉之上。但是，为主君信长报仇的却是秀吉，这是不争的事实。在这般事实面前，资格再老的

第十章　天下动乱

重臣也无法置喙。

清州会议从开始至结束，秀吉始终手握主导权，胜家的意见当然不可能被采纳。

之后，秀吉在京都大德寺主持了信长的葬礼。至此，任谁都一目了然——这个好似猿猴的矮个子男人已经成为了天下的中心。

越后山野风雪渐起之时，秀吉的使者来到春日山城。

"羽柴秀吉想与我上杉家同盟。"

景胜对集于大厅的重臣们说道，表情一如既往地冷硬。

厅外风声嗖嗖，厅内寒气袭人。

秀吉的意图非常明显。

由于自己与柴田胜家之间的矛盾日益加深，因此希望与越后上杉氏联手，对其形成两面夹击之势。

柴田的存在对兼续等人来说，亦不啻为眼中钉。虽然上杉方趁着敌方本能寺之变的混乱夺回了鱼津城，但柴田胜家的副将佐佐成政仍盘踞在富山城虎视眈眈，情势依旧紧张。从对柴田的策略方面来说，上杉家与羽柴秀吉的利害关系是完全一致的。

不过，事情并非如此简单。

"羽柴秀吉不过是靠着给信长提草鞋爬上去的吧，怎可轻易跟这个来历不明的家伙结为同盟！"

一门众的上条政繁提出反对。

景胜姐夫政繁出身于能登国守护大名畠山家。由于出身名门，对出身低微的秀吉很是瞧不起。

"与六，你怎么看？"

上座的景胜目光瞧向兼续。

大厅内没有生火。众人呼出的气息化为白蒙蒙的雾气，天气着实寒冷。

兼续将腰一直，回视主君，缓缓说道：

"现在不是考虑门第出身的时候吧。问题是对方是否有与我上杉家同盟的器量。"

"羽柴秀吉此人,具备此种器量么?"

"是的。"

兼续重重点头。

"此人有将危机转化为良机的胸襟与手段,绝非泛泛之辈。"

"果然暴发户跟暴发户惺惺相惜呀。"

听到兼续的话,上条政繁忍不住出言讥刺。

"上条大人,这是何意?"

"那我再说明白些好了。为了继承直江家而硬要成为人家女婿的家伙,还是闭嘴吧!"

"过火了吧,上条大人。"

作为家老之一位列大厅的泉泽久秀,出声喝止上条政繁。

"什么过火?看来如今的上杉家中处处皆是乳臭未干,满口大话的暴发户啊。极为重视门第出身的不识庵大人看到的话,想必会扼腕叹息吧。"

"这可不能听了就算!你是把我们当作没用的胆小鬼么!"

"我可没有针对谁,胆小鬼什么的是你自己说的。"

"什么!"

泉泽久秀与上条政繁二人之间气氛立时剑拔弩张。

"好了,久秀。现在不是内讧的时候。"

兼续低声冷静地说道。

"但是……"

"如今必须着眼于广阔的天下才是。信长之死,令世间大为动荡。上杉家要在这时代的激流中生存下去,不只是上方,东国的情势也务必要了解透彻,然后方能据此决定外交方针。"

正如兼续所言,本能寺之变后,与上杉领接壤的上野、信浓等地

第十章　天下动乱

情势也发生了剧变。

借信长之死而引起混乱的间隙，迅速扩大自身势力之人，还有远州浜松城主——德川家康。

本能寺之变发生时，家康受信长的邀请身在上方，由五十余骑骑马武士随同，游览港町泉州堺。得知事变发生，家康当机立断冒着生命危险穿越伊贺，自伊贺的白子港乘船逃回三河，可谓九死一生。

此后家康的行动更称得上雷厉风行。

他即刻整顿军马，推进至尾张国境，静待上方消息。甫一知道羽柴秀吉在山崎合战中击败了明智光秀，马上挥军东进，如怒涛一般席卷甲斐、信浓两国。加上已有的领地三河、远江、骏河，仅用了半年时间，家康便成为了拥有五国领地的太守，势力大大增强。

此外，家康还引军进入在泷川一益离开之后成为真空地带的西上野，将旧武田领地全域纳入掌中，并对关东北条氏虎视眈眈。

当然，这其间，上杉家并未默默坐视家康四处攻城略地的举动，而是与侵入北信浓的北条军、德川军周旋，三方对峙，保住谦信以来一直尽力守护的川中岛四郡。所谓川中岛四郡，是指信浓一国中最为肥沃的水内、高井、更级、植科四郡。若是置甲信越三地激烈动荡的政治情势于不顾，上杉家在外交上可就会失去发言权。

"为了牵制德川，与羽柴秀吉的同盟对我上杉家来说就是不可或缺的。无论如何，都应该尽早与其联手。"

兼续斩钉截铁地作了总结。

虽然上条政繁仗着有身在备后鞆之浦的将军足利义昭写来的密信，想要促成己方与柴田胜家联合，反对与羽柴家的同盟。不过此时，老旧权威的时代已然终结。

翌年，即天正十一年（1583）二月——

上杉景胜与羽柴秀吉结为同盟。

由于景胜尚无子嗣，便将姐夫上条政繁作为人质，送往上方。

四

就在越后春日山城中的直江兼续正为了上杉家在新时代的生存之道而努力摸索之际——

信州真田乡一位年轻人抬头仰望天空。

天空蔚蓝，万里无云，大地却积满厚厚的白雪。积雪自附近的落叶松枝头落下，沙沙作响。被这声音惊动的野兔从树后跳出，像被什么追赶似的拼命逃走。

"源次郎大哥——，这样成了吗——？"

树林方向传来喊声。

白雪皑皑的原野上有数条人影，是一些戴着头巾，与刚才那位年轻人同龄、或年纪稍小的少年。

脚穿雪履的年轻人在林中敏捷地穿行，渐渐朝发出声音的地方靠拢。

那里是年轻人的伙伴们亲手筑起的一座"城"。当然，这并非真正的城砦，而是用积雪堆砌起来的一座高逾一丈（约3米）的雪城。

虽说只是雪城，不过壕沟、土墙一应俱全，城内还搭有城楼。规模虽小，却也像模像样。

"做得不错呢！"

年轻人看到雪城，满意地点点头，将手中的赤色小旗插在城楼上。

"这边也做好啦——！"

约莫两町开外的小山丘上也有人喊道。那边亦同样筑起了一般无二的雪城。

年轻人走到伙伴们修筑的另一座雪城跟前，在城楼上插起一面青

第十章　天下动乱

色小旗。一片纯白的雪原上，插有赤青小旗的两座雪城格外显眼。

而后，年轻人高声喊道：

"小源太、虎之助、三十郎、左门……"

——等，大约十人的名字。

"你们守卫这座青旗的城砦。木猿跟六郎、半弥、甚八，去守卫赤旗的城砦。大家，听我的号令行动哦！"

年轻人细长的眼睛里闪烁着光芒，麻利地指挥着众少年。

这年轻人——真田源次郎幸村，此时正值十七岁年华。

真田幸村并不是一个身形魁梧的男子。他身材矮小，若说在战场上舞刀弄枪，总觉有些欠缺。其容貌也与"美男子"三个字相去甚远，除了约略突起的额头和一只大鼻子外，不会给人留下太深印象。

不过相对于十七岁的年纪来说，表情举止略显老成，柔和的眼神里蕴含着锐利的光芒，给人以聪颖敏锐之感。

"青组的大将是虎之助，赤旗这边由我指挥。先取得对方城砦的旗帜者胜。"

年轻人们分为十人的青组与五人的赤组两方，开始攻城战的游戏。

人数多的一方占有显著优势，这道理不言自明。青组的虎之助将十位少年分为两组，三人守城，自己率领余下六人向幸村等人防守的赤旗之城奔去。

另一边，幸村站在雪城城楼附近，双手环抱胸前，一动不动，眼睛半开半合，静静地看着青组的年轻人们冲杀过来。

很快——

随着"呀——"的一阵气势充足的高喊，虎之助为首的青组七人挥舞着手里的木棒冲向赤组的城砦。

幸村仍然一动不动，手下的年轻人也大剌剌地站在城楼下方，好像塑像一般。

"快一口气抢过旗帜来！"

虎之助一马当先，大手伸向雪城。

此际——

虎之助的身形意外地消失，跟在他旁边的年轻人也一个个不见了踪影。不是别的，只因他们全都掉下了幸村在城门前挖掘的雪坑陷阱。

"去吧！"

幸村抬手打了个信号，赤组的六郎、甚八等人走近雪坑，用枯枝向坑里敲打，阻止虎之助等人爬出坑来。

"太狡猾了！源次郎大哥！"

"救命呀！"

同伴的惨叫吸引了原本负责防守青组城砦的其余少年，他们不明就里地飞奔近前。就在这一瞬间——

"攻陷敌城啦！"

赤组的木猿不知何时靠近青组雪城，爬上城楼，将青色小旗拔在手里，欢喜高呼。

平时，真田源次郎幸村便是与同伴们玩着这般攻城略地的游戏，打发时间。不过对这个年轻人来说，这些并不仅仅是游戏而已。只因他有着痛切的回忆，所以才如此热衷于以游戏来模拟战斗。

幸村是上野国岩柜城主真田昌幸的次男，其兄长是比他大一岁的信之。

真田氏原本是信浓国小县郡真田乡的小豪族，在昌幸父亲幸隆一代，臣从于自领国甲斐攻入信浓的武田信玄，并在此基础上将自身的势力越过山岭延伸到了上州。

然而信玄死后，武田氏江河日下，最后甚至在织田军的侵攻之下灭亡。身负一族存续之责的昌幸，向织田信长赠以良马，表示恭顺之意。本能寺之变发生后，真田昌幸投到北条氏麾下，与一心夺回北信

第十章 天下动乱

浓领地的上杉景胜军对峙。不过不久之后，昌幸又离开了北条氏，转而臣从于德川家康。

也就是说，自天正十年春天以来的仅仅一年当中，昌幸的主君从武田、织田、北条换到德川，实在令人眼花缭乱。

迄今为止，真田氏都不得不在夹缝中求取生存，这与上杉、北条、德川等庞大势力不断地在信浓、上野国境一带循环碰撞息息相关。毕竟这里必须有真田氏的立足之地。

幸村自小便望着父亲在列强之间不断周旋、绞尽脑汁地撑过一次又一次危机的背影，成长至今。

（弱小势力在与大势力的交战中，如何才不会处于劣势呢……）

这对这位在山间小盆地出生的年轻人来说，不啻于关乎一生的大问题。幸村通过与同伴之间进行攻城略地的游戏，独自寻求着以寡敌众的办法。

"源次郎，好久不见啦。"

此时，幸村身后的落叶松林中传来女子的声音。

五

"初音姐……"

"这不是初音姐吗！"

幸村还未开口，满身是雪的虎之助及六郎、木猿等人便争先恐后地围了过来。

落叶松林中走出一位面带微笑的女子。白色千早的胸前垂挂着水晶数珠，下身穿着红色切袴。

正是祢津的祷巫初音。

"您回来了么，初音姐。还以为您在信浓雪融之前会一直待在上

方呢。"

木猿急忙说道。

不止木猿,一干年轻人看着初音,目光中无不充满了崇敬与仰慕的神色。那黑色竹笠下女子的容颜,是如此美艳动人。

"是父亲大人叫我回来的。"

初音笑着说道。

"父亲大人好像在尼之渊修筑新的城砦吧,源次郎。"

"您已经知道了么,姐姐。"

幸村看着初音,眼神中略有恭敬之意。身为祢津祷巫的初音与真田幸村,乃是同父异母的姐弟。

幸村的父亲昌幸与一位跟祷巫的首领望月千代女有着远亲关系的巫女生下了两个女儿,即是初音与铃音。

望月氏与真田氏乃是同族。

在信浓国中,曾有以咒术远近闻名,被唤作滋野一门的古族,后来分为了望月、祢津、海野、真田等支族。

虽然信之、幸村的母亲,即真田昌幸的正室山手夫人出身京都门第,不过为了稳固自家在信浓国内的根基,昌幸又娶了初音母亲这位同族中人为侧室。

体内流着祢津祷巫之血的初音、铃音姐妹,自幼便作为云游巫女被抚养长大,并在父亲昌幸的授意下,一年中有大半时间旅行诸国,收集情报。虽然出身是真田家的千金,但作为祷巫,她们的行动往往带有密探的性质。

将木猿与虎之助等人撂在一旁,幸村与初音并肩而行。

"尼之渊的新城,是为了防备上杉军而修筑的吧。"

初音一面缓缓踏雪行走,一面说道。

"姐姐从以前就很关注上杉家呢。"

"对我们真田一族来说,与上杉家为敌绝非好事。上杉家的武士

第十章 天下动乱

不会背叛盟友,倒是对父亲大人往来密切的北条、德川等人,决不能过于大意。"

"姐姐如此关注上杉家,是不是因为那个叫作樋口与六的男人呀?"

"你这家伙,什么时候变得这样口无遮拦啦?"

初音责怪似的斜视着弟弟幸村。

幸村不好意思地笑了笑:

"樋口与六,已经作为女婿入赘了上杉家首席谱代重臣直江家,改名为直江与六兼续啦。"

"是么。"

初音将脸庞隐藏在黑漆竹笠之下,含糊地答应着。

"听说他的妻子阿船夫人是越后第一美人呢。姐姐,您吃醋吗?"

"别说傻话。我正在想这是谁呢……共寝过一两次的男人,我哪儿能一一记得起来。"

"真的吗?"

幸村仰望天空。

白雪覆盖的四阿山上空晴朗清澈,阳光炫目。

"直江与六那家伙真是幸运啊。我还没见过姐姐为一个男人紧张成这样子呢……虽然不知道直江的妻子是怎样一个美人,不过我还是觉得姐姐您一定比她美好几倍、好几十倍呢。"

"傻瓜。"

初音扑哧一笑。

虽说是姐弟,但幸村与初音并非从小一起长大。幸村作为正室之子,一直有父亲陪伴身边,而继承了祷巫之血的初音,却自幼流浪四方。

每年仅能见到一两次的初音对幸村来说,与其说是有血缘关系的姐姐,毋宁说是充满神秘感的憧憬对象。

初音奉父亲之命接近上杉家，在这过程中邂逅了直江兼续。

（真美啊，简直快要认不出了……）

少年幸村看到姐姐身上发生的变化，心里多少有些失落。与此同时，他对仅仅比自己大上七岁，如此年轻却已成为上杉家首席家老、处理越后国政的兼续，也有着浓厚的兴趣。

仅在两年之后，自己便会去往那个男子那里接受其教导——这对现在的幸村来说，是做梦也没有想到的。

"不过，父亲大人为何急着将姐姐您叫回来呢？"

幸村问道。

"大概是想尽快知道上方的情势吧。毕竟羽柴秀吉与柴田胜家哪边能够得胜，对于关东、北陆一带的势力划分会有极大影响。"

"北陆雪融之时，大概便会有战事了吧。"

"这场战事羽柴方会获胜的。"

初音仿如预言一般断言。

"为什么会这样认为？"

"这是祷巫的直觉哦。在上方时，我便真切地感受到这天下究竟是以谁为中心而动了。"

"……"

"羽柴击败柴田胜家之后，便会与德川家康展开全面对决。若是跟随家康，父亲大人必定会被令作德川军先锋，与羽柴家的同盟上杉家展开战斗。父亲大人急于在尼之渊修筑新城，便是为了到那时与德川、羽柴或上杉之中能够更为重视真田家的一方携起手来，进而使真田家成为独立势力。"

"姐姐您真像唐土书籍中的军师啊。"

幸村苦笑道。

尼之渊的新城，便是后来的上田城（现长野县上田市）。这是一座位于上田盆地中央，于断崖之上修筑起来的城砦，千曲川的支流尼

第十章 天下动乱

之渊不断冲刷着崖壁,实乃要害之地。并且,此城以山岭道路与真田氏原籍真田乡以及上州的岩柜城、沼田城相连接。

至此,作为一直以来仅仅以中世防御堡垒山城为依靠的真田氏,于盆地中央修建城砦,不啻于表明了自己转守为攻,以期跻身于独立战国大名之列的决心。

顺便提一下,这座上田城在天正十三年(1585)、庆长五年(1600)两度阻止了德川大军的侵攻,这是后话。

总之,二人之父真田昌幸选择筑城之地,意图扩大势力范围之意,由此可见一斑。

六

羽柴秀吉与柴田胜家之间决定信长继承人的战火,在春天山岭雪融之时的四月,于北近江贱岳燃起。

一如巫女初音的预言,秀吉取得了此战的胜利。

败将柴田胜家逃回居城越前北庄,与夫人阿市之方一同自尽。

秀吉将越前一国赐予丹羽长秀,而对于在自己与柴田一战中保持中立的前田利家,除了其旧领能登一国外,另外加封了加贺国两郡作为赏赐。

回到上方的秀吉,在昔日石山本愿寺所处的摄津上町台地,开始修建象征支配天下之中心的巨城——大坂城。

面对秀吉一步一步稳固地向着天下人之位攀登的举动,也有人不肯默默坐视。这便是迅速扩大势力,拥有五国领地的德川家康。

身在远州浜松城的德川家康与越中的佐佐成政、信长的次男信雄结盟,形成与大坂的秀吉对抗的姿态。

翌天正十二年(1584)三月——

秀吉与家康在东西两大势力之间的尾张正式展开冲突。

德川、织田信雄联军一万六千兵马，在尾张小牧山布阵。秀吉亦率领三万人马在小牧以西二里（约8公里）的乐田一地扎营。

家康仅仅率领了八千本部人马参战，剩下的两万三千兵力则留在领国中待命以保存实力，同时也是为了防备秀吉的盟友越后上杉氏来袭。

另一边，秀吉来到尾张之后，也不对小牧山展开攻势，就这样一天天默然对峙下去。

秀吉并不急于交战是有理由的。若是在此勉强决战，双方都会遭受莫大的损失，这并非秀吉所愿。与其用武力强行征讨，莫如说秀吉打算通过政治及军事两方面的压力迫使德川屈服。

敌我双方均不费一兵一卒，以政治外交使对方加入麾下，这便是秀吉堪称一流的策略方针。

虽然不得不与明智光秀、柴田胜家一决雌雄，但面对家康，用政治力量使其妥协是可能实现的。秀吉如此判断。

在尾张小牧山对阵的羽柴、德川两军之间，仅有一次可以称得上战斗的冲突。

秀吉的外甥秀次与池田恒兴、森长可率领兵马向家康领地三河出兵。而探得秀次这一行动的家康在长久手一地设伏，偷袭了秀次的部队。

此战之中，池田恒兴与森长可战死。秀次则惶惶逃回秀吉本阵。

"真是愚蠢！"

秀吉狠狠地责骂秀次。

在局部战事里吃了败仗的秀吉只好立即动员诸大名出兵，最终集合了十万大军，向家康施加压力。

这一招果然奏效。本来与家康结为同盟的织田信雄见了这阵势，慌不迭地归降秀吉。

第十章 天下动乱

原本,家康是以信雄援军的身份参战,此时信雄既降,家康也就失去了与羽柴军作战的大义名分。

这场被世人称为"小牧·长久手合战"的战事,以家康自小牧山撤军的结果分出了胜负。

同年十二月,秀吉与家康之间达成和议。家康送出了自己的次男於义丸作为秀吉的养子(人质)。

另一方面,家康开始谋求与一直以来敌对的关东北条氏握手言和的道路。既然以武力阻止秀吉取得天下已不可得,那么为了能够在外交方面尽可能地取得有利条件,只能寄希望于保证背后的安定及领国力量的充足。

担心秀吉入侵东国的北条氏在这一点上,与家康的利益是一致的。

于是,北条、德川两家开始商议,以"信浓国为德川领、上野国为北条领"为基础,希望在谈判桌上解决双方领地问题。

然而——

两大势力的妥协,引起了领地跨越信州与上州的小大名真田昌幸的强烈不满。

"家康这不是在背叛我真田一族么!"

昌幸愤然说道。

上野国若成为北条领地,那么从属于德川的真田氏便只得交出沼田、岩柜等上州城砦,失去己方在上州的重要据点。

真田昌幸立即让重臣矢泽赖纲前往远州浜松城德川家康处提出抗议。

"上州的沼田、岩柜等吾妻郡内的真田领,可不是德川家的封赏,乃是我等一族费尽心血取得的重要领地。要让我们放弃,实在毫无道理可言。此事我们决不能同意!"

面对使者的责难,家康含糊不清地说道:

"哎，不要这么大火气嘛。真田家的想法，我已经明白啦。"

"那么……"

"要跟北条家说明必须保住上州内真田家的领地，这个很难呢……不行的话，就把信州川中岛四郡划给你们真田家，作为替代吧。"

从矢泽赖纲那里听到家康的回答后，昌幸的愤怒到达顶点。

"把人当成白痴么！"

昌幸额角青筋暴起。

"川中岛四郡，不是在上杉家支配之下吗！要我们自己去找上杉交战，抢回领地么！"

"德川大人是在藐视我真田一族吗。"

长男信之愤怒得身躯震颤。

"初音。"

昌幸向邻间喊道。

"您在叫我吗，父亲大人？"

与平素的巫女打扮不同，身着牡丹色小袖的初音打开杉木拉门，来到昌幸身前。

"你与越后上杉家的首席家老直江兼续有所往来吧？"

"是的。"

"你立刻赶往春日山城，通过直江兼续联系到上杉景胜。"

"是要跟上杉同盟么？"

"德川家康那混蛋，把我等当作山间的小土豪来侮辱……得让他知道，虽匹夫亦不可夺其志！"

"但是，父亲大人……"

初音注视父亲，目中略带忧虑。

"上杉家会信任我们么？"

"把幸村送去上杉家。"

第十章　天下动乱

"哎?"

"都把儿子送去做人质了,上杉家应该不会不答允吧。就让幸村去学学谦信流传下来的上杉家兵法也是好的。"

真田昌幸朗声长笑。

注释

【1】《上杉家御年谱》:江户时代米泽藩编纂的关于上杉家的史料。

【2】天下布武:意为以武力来平定乱世,取得天下。1567年,织田信长吞并美浓国,占领稻叶山城后将城改名"岐阜"城,取周文王"凤鸣岐山"之意,并为自己定制了一方图章,上刻"天下布武"四字。表明了信长取得天下的决心。

第十一章 兼续与幸村

一

自信州上田至越后春日山,所经道路即为北国街道。整修这条道路之人,乃是上杉谦信。

北国街道原本是作为上杉军远征信浓时使用的军道,同时亦是连接越后与信浓两地的商路。

盛夏酷暑时节——

一行人在这北国街道上向北行走,正是作为人质前往上杉家的真田幸村及随从。幸村骑着一匹黑褐色战马,周围是重臣矢泽三十郎赖幸等五名骑马武士。另有二十名足轻跟随其后。虽说作为人质,这么多人护送未免有点小题大做,不过这是幸村之父真田昌幸深思熟虑之后的安排。

"听好了,幸村。虽然我们被人当作是山间的小土豪,但也绝对不能让人看扁。让对方看穿我们的弱点,那就完了。我们并非向上杉

第十一章　兼续与幸村

家求援，要抱持着是去助上杉一臂之力的心情，绝对不能退缩。"

在马背上一路颠簸的幸村，脑海里想起出发时父亲在耳畔的再三叮嘱。

没有风。火辣辣的阳光将道路照射得白茫茫一片，热浪滚滚。两旁茂密的草丛也纹丝不动，无精打采。

"幸村大人也来一个吧？"

木猿从后边拍马上前，递出手来。

"什么东西？"

"李子。"

"哪儿来的？"

"路边的树上摘的。"

"手脚真快啊！"

幸村一面笑，一面接过李子，咬了一口。味道挺酸。

作为幸村侧近的木猿等人，大多非泛泛之辈，个个熟谙疾走、忍术、药理学等特殊技能与知识，堪称异人。

势力覆盖上越国境一带的真田氏，与山伏及袮津的祷巫这般的咒术者集团关系密切，常常驱使他们开展收集敌方情报，扰乱敌军后方的工作，有如自己的手足一般。

乱世之中，弱小势力为了在列强的包围之下生存下去，必须持有能够自保的智慧与能力。真田氏将身怀绝技之人纳入麾下，并使其在战斗中发挥作用，这也是一种"生存的智慧"。

顺便提一下，作为幸村手下的木猿，乃是山伏与真田乡的村妇所生之子。在四阿山的修炼地学得一身功夫，行动如猿猴一般敏捷，人称"猿飞"。

不难想象，后世的传说及故事中脍炙人口的"真田十勇士"，其原型正是在幸村周围那些身怀绝技的异人们。

"直江兼续是怎样一个人呢？"木猿问道，一张脸因李子酸味的

刺激皱作一团,"如今执掌上杉家政事的,就是这个男人吧?"

"嗯,听说是这样。"

"一定是个架子十足的家伙。初音姐怎么会看上这种男人呢?"

心中对初音怀着隐隐爱慕之心的木猿,在会面之前,一直对直江兼续心怀不满。

幸村没有理他,自顾说道:

"听说上杉谦信十分欣赏他的才华,将其视作弟子,一定是了不起的人物吧。而且……"

"什么?"

"不,没什么。"

此行的目的地上杉家究竟是一个什么样的地方,幸村心中完全没有底。

战国武将皆以"利"为行为准则,真田家亦然。然而在这股洪流之中,却有抱持着"义"这种与"利"全然对立的价值观的上杉家,幸村觉得不可思议。

幸村一行在海津城(现长野市松代)受到上杉方须田满亲的迎接,翌日越过关川国境,进入越后。

从国境至春日山城约莫八里(约32公里)。来到木田村,日渐西斜,道旁的赤松拖下长长的树影。夏蝉鸣叫之声四处响起。

"那是……"

正在眺望远处的木猿忽道。众人循声望去,春日山已在不远之处。

此时,道旁出现一团人影。

待人马渐渐行近,原来是一干骑马武士。这群武士下得马来,彬彬有礼地站在原地,似在等候宾客。

"是什么人啊?"

木猿眨巴眨巴细小的眼睛,回头看着马上的幸村。

第十一章　兼续与幸村

"不知道……"

当然，幸村也不认识。

此时，自海津城一路陪同过来的上杉家武士说道：

"那便是本家的首席家老，直江与六兼续大人。"

"直江大人……"

"是啊。"

"为何直江大人会在这里？"

"是过来迎接公子您的呀。大人说了，千万不可怠慢自信浓远道而来的贵客呢。"

"特地来迎接我么……"

幸村忽然感到不知所措。

虽说父亲一再叮嘱在心里务必把自己和对方放在平等的位置上，然而实际上，自己毕竟是作为人质前来上杉家。而且，并非来自北条或德川之类有力大名，仅仅是所谓山间小土豪的次子罢了，况且还如此年轻。

（竟然亲自下马迎接我……）

幸村吃惊不小。

来到稍近处，幸村翻身下马，向前来迎接的一干人走去。

一位身着木棉浅葱色无袖羽织、身材高挑的男子看到幸村，上前几步道：

"是真田幸村公子么？"

男子清澈的目光注视着幸村。

这，便是直江兼续与真田幸村这两位作为智将名留青史的男人宿命的相会。

二

春日山城下，每日都在酷暑中度过。

以冬季的大雪闻名的越后，夏天却并不凉爽。由于颈城平原临近日本海，湿气很重，酷暑之际更使人汗湿重衫。就算静静坐着不动，汗水也好似泉涌。

这天，直江津港青色的海面反射着粼粼的阳光。阿船身着燕子纹样的越后上布和服，小口小口地斟着用冰窖里的冰与甘葛制成的冷饮解暑。兼续的弟弟小国与七实赖来到春日山城内的直江居宅。

"大哥在么？"

"这不是与七吗。"

阿船微笑着出迎。

"真不巧，夫君他出去啦。"

"可他没有来实城大人这里呀。"

实赖疑惑地说。

"应该是看海去了吧。"

"看海？"

"跟那位真田家的客人一同骑马去了居多浜。幸村大人在山国出生，似乎还没有见过海的样子呢。"

"大哥好像跟真田家的这位人质很合得来。"

"是啊。"

阿船点点头，又道：

"大概是很同情他吧，被当作人质送到陌生的地方。昨晚也把幸村大人叫来，两人一直聊到深夜呢。"

实赖神色陡然一暗。

第十一章　兼续与幸村

"嫂子请务必转告大哥，对这位人质最好提防一些。"

"提防是指……"

"真田一族，你以为他们在那一边的时候，他们跟随的却是这一边；你以为他们跟随这一边的时候，他们却又是那一边的人。墙头草随风摆。稍不注意，恐怕就会在睡梦中丢掉性命呢。"

"夫君他应该有分寸的。"

阿船若无其事地笑道。

"话说，您来找夫君有什么事呢？"

"嗯，大哥一回来，你就告诉他速来实城。"

"发生什么事了么？"

就在小国实赖告诉阿船主君景胜火速召集众人前往实城之际，兼续人正在居多浜——

缓缓倾斜的沙丘仿佛俯视着琉璃色的海平面，一直向远方延伸。坡下的野玫瑰随风悠然摆动。

"都说越后人胸襟豁达，此次来到这里，我才真切地体会到其中缘由。"

沙丘上，真田幸村弯腰坐下，注视着大海说道。

"缘由是？"

兼续盘膝坐在幸村一旁。沙子被阳光灼晒，透出暖洋洋的惬意。

"是因为这大海。"

"大海……"

"一看到海，总觉得胸怀顿时为之大敞。在我生长的山国，很难有如此开阔的感觉。这里那里总是被群山环绕，人们被狭窄的土地攫住，山谷与山谷被崇山峻岭阻隔，人与人之间充满敌意。"

"人们的争斗，可不仅仅限于山岭之地啊。这越后亦是如此，曾经也有过豪族们内斗不息的年代。"

"……"

"后来，在已故的不识庵大人带领下，人心才收作一团，国内重归平和。你认为是如何办到的呢？"

兼续一面说，一面注视着这位比自己小七岁的年轻人。

"是靠力量么？"

幸村问道。

"不。"

兼续缓缓摇了摇头：

"力量只能用来支配别人，让敌人屈服于自己。将这一点贯彻始终的人物便是织田信长。他构筑了以自己为中心的绝对权力，以高压的手段让人屈服，下场却是被自己的家臣背叛，织田家的荣华也宛如沙城一般就此崩溃倒塌。"

"那么，谦信大人是以什么来将人心聚集一处的呢？"

"以'义'。"

兼续朗声说道。

"这才是能够穿越这乱世的万丈波涛，指明前路的道标啊。"

与真田幸村这位年轻人相会之时，兼续便认为这是命运的安排。

这并非因为幸村是那位初音的异母之弟的缘故。在初音向他告知自己身世时，兼续的确吃了一惊。兼续原本对初音的背景一无所知，对她的举动也时常产生疑惑。但既然初音是真田一族之人，那么这些疑惑便迎刃而解了。

兼续在幸村的身上，看到了曾经受教于谦信之处的自己的影子。

（这个年轻人，正在不知疲倦地探寻自己人生的方向，他拥有与生俱来的才干，野心也不小。不过，他正在为自己的才干和野心在这纷乱的天下能够有何作为而迷茫不已……）

兼续仿佛并不只是在跟幸村对话，而是想在自己心中刻下什么一般，继续说道：

"立于岔道之时，人会依何而抉择呢？"

第十一章　兼续与幸村

"天下熙熙，皆为利来；天下攘攘，皆为利往。这是家父昌幸的口头禅。"

幸村回答。

真田家有一句老话：

——人若以利诱之，则万事皆抛于脑后，无论忠义生死。

人心脆弱。见到悬挂于眼前的甘美饵食，初始尚有拒绝之心，然后渐渐动摇，终至无法忍耐，一口吞下。在赤裸裸的欲望面前，一切冠冕堂皇的说辞都是没用的。

"这就是人啊。"

真田昌幸如此教导儿子们。

昔日，幸村的祖父幸隆对人的这种本性加以巧妙利用，致使村上义清号称易守难攻的户石城自内部分裂，终至陷落。

人是受利益所驱使的。冷静地观察欲望所在之处并加以利用，这是幸村一族在累代的战事之中获取的经验。

而此时幸村面前这位年轻的上杉家家老，说了一番幸村迄今为止从未耳闻过的话语：

"的确，人受利益所驱使。不过，并非仅仅如此。"

"此话怎讲？"

"有时，人也会超越利益而为平时所不为之事。"

"那超越利益之物，便是'义'么……"

"是的。"

兼续点点头，望向大海的方向。

"假如那里有小孩子溺水了，你去相救也不会得到一文钱酬劳，武名亦不会因此而传扬。然而，你能见死不救么？"

"不能。"

"这就是了。但凡有良心之人，必会毫不犹豫地跳入海里救人。此时，他便不是因利益的驱使而行动。虽然弄不好自己也有溺水身死

的危险，但却不能不去救人。这便是义之心了。"

"……"

"值此乱世，人人为了一己私欲，毫无愧色地背叛主君、欺瞒朋友、乃至于骨肉相残。但是，如此下去结果又能如何呢？人的欲望没有止境。将想要的东西一件又一件攥在手里，内心依然无法得到满足。倒不如远离欲望，另择他途，或许在超越欲望之后，便会迎来自己真正生存着的充实之感。"

"说得有理……"

"我等并非禽兽，而是人。在一心逐利之时，心底亦会感到无比空虚。不识庵大人便是通过高举'义'之大旗，令众人领悟到活着的真正意义。"

兼续这番话如清泉一般渐渐渗入十九岁的幸村心底。

（世上还有这般的道理啊……）

这在善于巧妙利用人们的欲望来帮助自己度过战国乱世的真田一族中，的确是从未听说过的价值观。

"以义为本，确实是非常不易的事情。"

兼续又道：

"所以人们纷纷摒弃大义之心，为利益而奔走。不过，正因为并非易事，所以才会如此崇高而耀眼。以义为本，便不会被眼前之利所阻挠，能够获得他人发自内心的信任。"

兼续站起身来。

"我想让你看一样东西。"

说着，兼续转入沙丘背后的松林，翻身上马，向前飞驰。幸村亦纵马紧随其后。

第十一章　兼续与幸村

三

二人沿着海岸向东疾驰半里（约2公里），来到关川入海口处的直江津港。兼续在港前勒马止步。

直江津港内密密麻麻停泊着一大片降下竹帆的北国船只，四处桅杆林立，约莫有一百五十艘。

关川岸边，由杉木熏制而成的黑板壁搭建的仓库并排矗立。码头的阶梯上，脚夫正忙着从船上卸货。

来自上方的天王寺屋[1]商人、船夫、水手、卖鱼小贩，以及招徕客人的青楼女子，夹杂在熙攘往来的人群中，使这港口充满活力。

这一时代，日本水运的中心并非太平洋一侧，而是在另一侧的日本海。

"曾听说越后国是苎麻的产地呢。"

幸村眯起眼睛，注视着繁华的直江津港。

苎麻即是青苎。青苎是一种植物，是制作名产越后上布的原材料。

战国时代，以越后国内鱼沼郡为中心栽植的青苎，便是在直江津及柏崎两个港口，通过北国船只运送至对此有极大需求的上方。

幸村从姐姐初音及往来北国街道的行商们那里了解到，青苎贸易是上杉家财政的重要资金来源之一。

"不错，北国船只运送的货物大半都是苎麻。"

兼续将手里的马鞭指向港口船只：

"上杉家自上方的青苎商人处收取的冥加金（交易税），每年有五万贯。自运送青苎的苎船处收取的船道前（入港税），每年有四万贯。数额非常庞大。"

"的确。"

"另外——"

兼续顿了一顿，又道：

"上杉领内还有高根金山与上田银山。我有时在想，若非这物产丰饶的国土，就算有不识庵大人在，越后一国之人还会不会坚持追寻大义之理想呢。"

越后的富饶，一直持续到近代。

根据明治十三年（1880）政府的调查，当时全国人口最多的地方是新泻县（旧国越后一地），达到了一百五十四万人，而东京仅以九十六万人列于第十二位。

明治以后，日本海沿岸由于没有跟上近代工业化的脚步而日渐落后，在经济上与太平洋一侧产生了显著的差距。然而那之前，由于拥有肥沃的土地耕田，日本海一侧在经济上占有十分明显的优势。

"不识庵大人虽然号称毫无私欲的义将，不过他的力量之所以强大，是靠着青苎以及金山银山等在经济上作为有力支撑，这亦是不争的事实。"

"即是说，若是没有经济利益的支撑，义也会沦为空谈么……"

"我想应该如此吧。"

兼续点了点头。

"要行大义之举，亦不能抹杀利的作用。逐利并非卑劣之事。重要的是，不要被利益蒙蔽了眼睛。所谓利，只是手段，不是目的。只要记住这个，便能够挺直脊梁，以一个人应有的方式生存下去。"

"……"

两人都不再言语，只是凝视着北方没有一丝阴云的苍穹。片刻之后——

"该回城啦。"

"好。"

第十一章　兼续与幸村

两人悠闲地策马沿着来路返回，此时——

"幸村大人——！"

一人一面高呼，一面飞奔过来。

是幸村的侧近木猿。他矮小的身躯在搬运青苎的脚夫之间敏捷地左穿右插，很快来到幸村马前。

"怎么了，木猿？"

"大事不妙！"

木猿神色慌张，但他忽然注意到一旁的兼续，于是噤口不语。

"没有关系，你说吧。"

幸村道。

木猿向幸村报告之事，对真田家来说着实是一件大事，甚至可说是关乎着真田一族的存亡。

德川家康眼见真田家与上杉氏结为同盟，大为恼怒，下令兴兵攻打上田城，誓要剿灭真田一族。

幸村之父昌幸在与德川家断绝关系之时，也料到迟早会有这么一天。

"父亲大人与兄长怎样了？"

幸村不愧生于乱世，听到关乎一族存亡危机之事，脸上神色仍未有丝毫改变。

"昌幸大人据守上田城，信之大人据守户石城，正在作坚守迎战的准备。"

"敌军呢？"

"家康派遣家臣鸟居元忠、平岩亲吉、大久保忠世等人，集结甲州、信州一带的人马，想要一举攻陷上田城。"

"是么……"

"现在这种关头，我们能做些什么吗？幸村大人？"

木猿黝黑的脸庞神色焦急，双肩亦不住颤抖。

能做什么呢？幸村眼下不过是上杉家的人质。

"你率领部下回上田去吧。"

一直在旁边默默倾听的兼续忽然开口说道。

"这是人质能做的事情么……"

幸村表情一变，目不转睛地注视兼续。

"不是一族危急之时么。跟随你来到春日山城的部下，对真田家来说也是宝贵的战斗力吧。一旦开战，我也会派遣兵马前来援救，决不会坐视不理。"

"直江大人……"

"这便是上杉家的大义。"

兼续斩钉截铁地说道。

出生于以谋略见长的真田家的幸村，或许便是在这一瞬间，领悟到了"义"字的真髓。

此时此际的感动，深深刻于年轻而敏感的幸村心底，对其后来的一生产生了重大的影响。

四

春日山城内，主君上杉景胜正焦急地等待着兼续。

在德川军准备侵攻上田之际，另一大势力在越中方面也有了动作。

"适才，大坂的石田治部少辅三成差人送来消息，羽柴秀吉向越中出兵。"

"出兵越中……"

兼续面色一敛。

前年结成同盟的上杉家与羽柴家，外务交涉是通过两方重臣进行

第十一章　兼续与幸村

联系商谈。上杉家担任此事务的是通晓上方诸般事情的文士千坂对马守景亲，羽柴家则是秀吉的侧近石田三成。

兼续本人并未见过石田三成，不过听千坂对马守说，石田三成"虽然年轻，却甚为聪颖。所谓七窍玲珑，大概就是形容这种人吧"。看来是一个才思敏捷到令人咂舌的人物。

这位三成在给景胜的书信中写道：

"今番关白[2]殿下意欲亲征越中之地，讨伐逆将佐佐成政。因请上杉协力为荷。"

在柴田胜家败于贱岳合战后，越中佐佐成政便与德川家康携起手来，共同对抗秀吉。

"成为关白了么？"

看了三成的书信，兼续面上浮现出略微复杂的神色。

"是的，关白。"

景胜依旧面无表情。

今年（天正十三年）七月，秀吉力排众议，叙任从一位关白之职。（此外，同年九月，秀吉受朝廷赐姓，改羽柴为丰臣，是为丰臣秀吉。）

秀吉的天下正在一步步地稳固。以武士的身份就任代表公家最高权威之职——关白，标志着秀吉成为了名副其实的天下人。

"是在命令我上杉家出兵，自背后牵制佐佐成政呢。"

"嗯。"

"对我方来说，佐佐成政亦是敌人。对于剪除此人，倒没有什么异议。只是……"

兼续心中有一件事情放不下心——

（那之后，秀吉将会如何对待我上杉家呢……）

的确，为了便于对抗东海德川氏与关东北条氏，秀吉与上杉家结为同盟。然而，秀吉心中到底是如何打算的呢？由于对秀吉其人不甚了解，因此难以推断将来之事。此人究竟是如织田信长那般残酷的独裁者呢？还是如武田信玄那般擅于军略与民政的大野心家呢？

旧主信长死后仅三年之内，便令畿内、四国臣服，位及关白，其行动之迅速，手段之麻利，显示此人绝非易与之辈。

"去见上一面如何？"

兼续说道。

上杉景胜默然不语。

"今番攻打佐佐成政，关白会亲赴越中。我想前去对方营地，亲自确认一下他们的意图。"

"不要轻举妄动。"

"……"

兼续觉得景胜有些过于慎重了。

照此看来，秀吉权倾天下，必然会要求迄今为止依然独立的上杉家臣服于自己。到了那时，是接受对方的要求呢，还是奋起反抗呢，这是不得不面对的问题。考虑到这一点，就必须对对方有一个彻底的了解。

不过，既然景胜不同意，兼续也不好擅自做主。

"那么，便应了石田三成的书信，向越中派遣兵马，同时关注羽柴军的动向吧。"

"嗯。"

而后，兼续对景胜提出了向德川军威胁之下的信州上田城真田氏派遣援军的请求。

"既然是义举，那就去吧。"

景胜表示赞成。而暂时让人质真田幸村回到上田之事，则交予兼续自行定夺。

八月上旬——

第十一章　兼续与幸村

关白秀吉出兵，攻打越中佐佐成政。

前田利家、丹羽长秀等人率领五万兵马为先锋，秀吉亲率八千部下随后自大坂城出发。

与秀吉庞大的兵力相对，佐佐成政仅有七千人马。虽然成政以刚勇著称，然而面对这太过悬殊的差距——

"这仗实在打不得……"

成政喟然长叹，放弃抵抗，献出富山城，归降秀吉。

闰八月一日，羽柴军高举黄金色千成瓢箪之马印[3]，进入富山城。

秀吉在兵不血刃占领富山城的翌日，便派出使者至春日山城上杉景胜处，提出会面要求。

"哎？关白是要让主公去富山向他低头臣服么？"

上杉家重臣们纷纷紧张责问，而秀吉使者的话语却令众人大感意外：

"上杉大人不必费力专程去往富山，关白殿下意欲亲自前来越后领内。"

听了这话，不仅重臣，就连上杉景胜也吃了一惊。

"秀吉大人真的意欲亲自前来越后么？"

"会面的地方，就请贵方尽快决定吧。"使者说道。

"……"

瞬间，景胜与一旁的兼续交换了一下眼色。

秀吉如此大胆的请求，要如何应对才好呢，真是难以判断。

少顷，首席家老兼续代替景胜向使者回答：

"那么，就在落水一地如何。"

"落水……"

"正是。此地景色宜人，乃是欣赏海景的绝妙所在。离越中、越后的国境也颇近。"

"既如此，我向关白殿下回复便是。"

使者返回富山，禀明秀吉见面场所定在落水一地。

兼续受主君上杉景胜之命，着手准备面见秀吉相关事宜。

秀吉若是令己方去往富山城，己方或会拒绝，不过此番却是对方亲自动身前来越后，则又另当别论了。双方立场可谓五五分，彼此对等。

（看来能够相对促膝而谈了……）

兼续对秀吉其人顿时有了改观。当初听说秀吉成为五摄家[4]之一近卫家的养子，强行就任关白一职之时——

（果然只是一个暴发户么……）

兼续不由有些泄气。

不过，原本以为秀吉会将景胜召至富山或者大坂会面，如今却变作秀吉亲自前来越后——

（这胆识真是无人能及啊……）

兼续心下十分佩服。

虽说两方互为同盟，然而会见场所落水是在上杉领内。己方一旦起意，令兵马将其团团围住，秀吉定然插翅难飞，命丧当场。

当然，就上杉家家风而言，断然不会行如此卑劣之举，然而如今毕竟尚是乱世，究竟会发生什么事，任谁都难以预料。

（是在以命相搏么……）

秀吉的行动几近于赌博。深入对方腹地，不惜以身犯险，以此表现出足够的诚意，同时也让景胜脸上颇为有光。

如果这一切都在秀吉计算之内的话——

（此人对人心的洞察真是令人吃惊啊……）

如何使对方照自己的意愿行事，秀吉洞隐烛微。好利之人便以利诱之，重义之人则以义待之。

兼续渐渐期待与秀吉会面的时刻。然而，在那之前，却有急报自

第十一章　兼续与幸村

信州传来：

"德川军追近上田城！"

五

（终于来了么……）

兼续在主君景胜的默许下，让作为人质的真田幸村赶回其父昌幸驻守的上田城。

鸟居元忠、平岩亲吉、大久保忠世等旗本为主力的德川军有七千人马，而守城的真田军仅有两千。怎么看也是一场非常严酷的战斗。

"派人去海津城守将须田满亲处，让他率军援救上田城。决不能坐视真田一族被德川所灭。"

兼续命令道。

上田城主真田昌幸与德川大军相周旋的此次战事，被世人称为"神川合战"。正是让真田一族的奇智鬼谋名扬天下的一战。

面对自佐久方面横渡千曲川迫近上田城的七千德川军，真田昌幸教次男幸村率领部下在城东南的神川迎击，两方展开小规模的遭遇战。

当然，真田方寡不敌众，转瞬便被德川军击溃，回身向上田城逃去。

"就此一口气将城攻陷吧！"

德川的旗本众将真田视为山间土豪，十分轻视，眼见对方败逃，立时率军追赶，雪崩似的涌到上田城下，马蹄嗒嗒之声如奔雷般逼近城池正门。守军虽开门迎战，拼死防守，却依然无法阻止德川大军。敌军自大开的城门拥入城内。

被敌军追赶的真田守军自三之丸逃到二之丸，从里边紧紧关上大

门。

而后——

这乍一看毫无还手之力，被敌方大军挤入城内的窝囊战况，却早在谋略之将真田昌幸的算计之内。

"敌军在二之丸门外挤得满满的啦！"

听得此报，端坐在本丸三重橹处正与家臣祢津长右卫门弈棋的昌幸淡淡一笑：

"引进来了么。"

昌幸站起身来，高声下令：

"敌军已是瓮中之鳖！放箭！落石！"

在昌幸指挥下，真田军开始了猛烈的反击。

以粗绳勉强系于高处的滚木、礌石，向挤于门前的德川兵卒直砸将下去。

德川兵卒们立时惊慌失措，本能地想要沿原路逃走，无奈通道过于狭窄，加之早已人满为患，身体根本无法动弹。许多人连惨叫声都尚未发出，便葬身于滚木礌石之下。

此外，自二之丸城壁的缝隙处，真田军弓矢如雨，铳声震天。

侵入上田城三之丸内的德川兵马，完全落入真田昌幸所设的陷阱之中，陷入极大混乱。

昌幸见此情形，喝令：

"出击！"

进攻的太鼓轰然敲响。以鼓声为号，城内千余守军齐齐冲杀出来，将德川军迫出上田城大门。与此同时，昌幸埋伏于城下的三千农民一齐现身，喊声震天，四方纸旗舞动，如潮水般拥上前来，无数飞石向德川军头上砸去。

德川军慌乱之下，以为是真田方伏兵，吓得魂飞胆丧——

"撤退！撤退！"

第十一章　兼续与幸村

急急向神川逃去。

此际——

自户石城赶来的真田信之军以迅雷不及掩耳之势急袭德川军侧面。德川军立时全面崩溃。指挥无力，兵卒四散，惶惶然意欲渡过神川逃之夭夭。

然而，来时水位甚低的神川又忽然涨水，原来是真田方见机打开了上游的堤坝，河水倾泻而下，来势汹汹，德川军溺死者甚多。

此战，德川方折了一千三百人马，与此相对，真田方仅死伤三百，可说是取得了压倒性的胜利。

信之在给沼田城守将的书信中如此写道：

——前二日国分寺（神川西侧）一战，杀敌一千三百，甚为酣畅。

据记载，德川一方参加了此战的大久保彦左卫门在《三河物语》中，记下了兄长忠世对己方士卒的溃逃愤愤不已的话语：

"一个个都是废物！"

"那手脚瘫软的样子，酒喝得太多了么！"

德川军回到远离上田城的佐久，在八重原重新扎营，意欲寻找反击的机会。然而上杉军的须田满亲率军进入上田城，与真田合兵一处，使德川军无隙攻击。

真田军的大胜，令天下武将尽皆惊叹。真田家在跟羽柴家争夺天下霸权的德川家康军面前，不仅没有半分示弱，反而令敌军遭受莫大的损害。

（真是可怕的一族啊……）

春日山城内，兼续仰望着被夕阳映红的天空。

不过，对于兼续来说，尚有属于他自己的战斗在等待着他。那是以关白秀吉为对手的，没有硝烟的战斗。

落水城——

位于现新泻县系鱼川市青海地方的这座城砦，遥望群山，俯瞰日本海。海拔约三百二十八米。

城西被海浪击打冲刷着的断崖，便是天险亲不知。越过天险就是越中国。城东一望之地，则是系鱼川一带的不动山城。

虽说此地在景胜领内，然而除了城砦下方有北陆街道通过之外，附近没有民家，亦无田地，只有风吹草木摇曳发出的轰轰然低沉之声。

虽然已是秋天，不过日头依然晒人。海边的白色浪花宛如小兔跑过留下的踪迹。

先一步到达落水城的上杉景胜、直江兼续主从二人，在望楼下拉开的"竹丸双飞雀"纹帐幔之前，等待着羽柴秀吉。

重臣泉泽久秀与千坂对马守已前往国境线上的市振一地迎接秀吉。

"真慢哪。"

"嗯。"

"大概是困在天险亲不知了吧。今天的浪涛有一些高呢。"

"嗯……"

或许约略有些紧张，景胜比往常更加沉默。

不过，这种沉默寡言、板着一张脸的样子——

（对初次见面的人来说，或许会留下沉毅稳重的印象吧……）

兼续如此想道。

人与人的初次见面是非常重要的。若是第一次会面便被对方压了下去，那么此后一生都会被瞧不起。务必要让秀吉见到谦信以来的上杉家家臣团结一致、有条不紊的家风，务必要让秀吉对上杉家产生"果然不凡"的印象。

缘此之故，兼续将精锐的长枪队配备于街道之上各处要地，教武

第十一章　兼续与幸村

士们手执"毗"字军旗,在通往城砦的大道旁并列而立。

就好似期待着一决高下的剑术家一般,身心俱作好充分的准备之后,兼续等待着这次会面。

少顷——

二人接到来报:秀吉已行近城下。

远远望去,鲜艳夺目的朱伞之下,一行人马簇拥着轿舆缓缓而来。

六

兼续看见秀吉的轿舆一行,心下暗自惊讶。

(这……)

秀吉的随行人数极为稀少,仅有不足二十人。

一旁观看的落水城主须贺修理亮不由嗤笑道:

"说是关白,还真是粗心大意呢。就那样子,教人拥上去团团围住,恐怕连声音都发不出来便被砍下脑袋了吧。"

"别乱说话。"

兼续制止道。

"随从不多是因为信赖我方的缘故,发言请谨慎一些。"

"明白……"

须贺修理亮慌不迭地敛色称是。

不过,就初次踏足他国领地来说,警备如此薄弱,也的确令人感到诧异。

(是另有所图……)

兼续立时警觉起来。

由于山路陡峭,兼续特地在山麓为秀吉准备了登山用的竹轿。然

而，走下轿舆的秀吉却没有乘坐。

"不用坐这东西啦。"

秀吉一面说，一面自顾自地徒步走上山道。

到得城门，兼续等人正在此处迎接。秀吉绫罗小袖的衣襟已被汗水湿透，胸膛起伏，不住喘着粗气：

"哎，真是费力呀。看来我已经老啦。"

秀吉那张如传言一般好似猿猴的皱脸，在兼续面前笑作一团。

秀吉小袖之上，套着一件光彩夺目的虾夷锦羽织，下着野袴。脸比预想的更为瘦小，在灼热阳光的曝晒下，蔫巴巴的好像干柿子。

作为武将来说，秀吉身材太过矮小，完全谈不上大将风范，然而其笑容却带着一股子难以形容的魅力。这或可说是正当年的男人的自信，抑或称为令人容易接近的亲和力。

"这位就是上杉家家老，直江与六兼续大人吧？哎哎，不用说我也知道，名声都传到上方啦。冷静从容的凛凛武者之风，若是给大坂城的那些女人看到，大概一个个都会被迷得晕头转向呢！"

秀吉说罢，仰天哈哈大笑。

如此爽直的态度，令兼续顿生好感。

原以为此人会自恃关白的身份大摆架子，然而眼前的秀吉却连一点居高临下的样子也没有。

说到底，雪国人较为沉默寡言，面对初次见面之人，难以放开胸怀。而秀吉却能轻易越过人与人之间的壁垒，直达人心。

这确是兼续此前从未见过的类型，令人觉得为人爽快，却又透着敏锐。

"旁边这位是落水城主须贺修理亮大人吧？手取川一战时的过人武勇，我亦有所耳闻哪！"

"这一位，是直江大人的弟弟小国与七实赖大人吧？听说擅长书法与连歌呢，真是不输于兄长的好男儿啊！"

第十一章　兼续与幸村

不知道作了怎样的调查，秀吉对上杉家的家臣个个了如指掌。

会面之前——

"秀吉之流有什么大不了的。"

持有如此傲慢态度的须贺修理亮跟与七实赖，此刻亦大为惊讶：

（掌握天下的关白殿下，竟然知道我的名字……）

内心深处实在又是欣喜，又是感激。

兼续稍后才明白过来，这便是秀吉笼络人心的一流手段。

总而言之，不管对方如何——

（我方须得示以诚意……）

于是兼续在引领对方会见主君上杉景胜之前，先请秀吉沐浴更衣：

"温水已经备好，请先沐浴休息，一洗旅途劳顿为是。"

"这可再好不过啦！是吧，治部少辅？"

秀吉回头，向随于身后的年轻男子说道。

这是一位身材不高，举手投足亦严谨从容，细长的眼里透出锐利目光的男人。此人正是后来与兼续结为一生之友，对彼此命运产生巨大影响的男子——石田治部少辅三成。

于是关白秀吉去往浴池，洗去遍身汗水。而后换上了由越后上布织成的干净小袖。当然，这亦是兼续的周详安排。

"噢，真是合身呢。这小袖触感清爽，仿佛身在肌肤细腻的美人怀里，实在令人心情畅快！"

秀吉心情极好。

饮过眉目清秀的少年仆从端上来的清茶后，秀吉前往景胜所候的大殿。

两人在微风拂过的厅中会面。

走廊之外，能清楚地俯瞰到蔚蓝色的海面。

景胜自己坐于大厅中段，将上首的座位让与身为关白的秀吉。不

过，秀吉一见之下——

"哎，这可不行。我与景胜大人可是情同手足呢。"

说着拉过景胜的手，让他坐在自己身侧。

于是，秀吉与景胜在上首比邻而坐，大厅中段则是秀吉的侧近石田三成与景胜的侧近直江兼续二人相对。

景胜一如往常地寡言少语。虽然身处重要的会面场合，然而与生俱来的性格依然难以改变，自然只好由兼续代替主君与秀吉交谈。

秀吉对一手操持上杉家政事的兼续极有兴趣，向其询问各种各样的事情。

"直江大人二十六岁么？"

"是的。"

"这位石田治部少辅，与你同年呢。是在哪里修习的学问呀？"

"在越后国上田庄一所名为云洞庵的禅寺。我跟随主君景胜大人入寺，自书籍、算数，乃至军学，都有涉猎。"

"真是巧啊。治部少辅年少时是在近江观音寺中修习，曾经被人称作神童呢。我这人没读过什么书，这家伙自小便学富五车。来来，你们俩打个招呼吧。"

秀吉笑嘻嘻地说道。

兼续与对面的石田三成相互对望一眼，施了一礼。

而后，关白秀吉继续跟兼续交谈。兼续态度不卑不亢，对答如流。

"上杉大人有这么好的家臣呢！"

秀吉看着兼续，心下不禁甚为喜爱。

作为一介农民而至飞黄腾达的秀吉，有一块难以抹去的心病：没有如其他大名一般的谱代家臣。

缘此之故，秀吉但凡在亲友中或领地内见到才华出众、将来或会大有作为的年轻人，便会说"来我身边吧"，将其召至身畔，待其如

第十一章　兼续与幸村

同己出，盼其能担当重任。

秀吉的远亲加藤清正、福岛正则等人，以及秀吉担当近江长浜城主时遇到的石田三成，皆属此类。

然而，秀吉势力日益扩大，政务要事越来越繁杂，家臣的数量却又显得极为不足。

如才华横溢且人品俱佳的兼续这般的谱代家臣，对秀吉来说实在是胜过金银钱财的至宝。

"上杉大人有时也会来京都走走么？"

秀吉询问景胜。

兼续代主君答道：

"先代不识庵谦信大人在世时，曾两度上洛，并且在洛东清水一地有一所居宅。不过，我家主公忙于经营领国，近来数年亦战事不断，迄今为之还不曾踏上京都的土地……"

"还未来过么？"

"是的。"

"那么，我想邀请上杉大人来上方走走，游览一番。"

秀吉探出身子，说道。

"京都很好哦。春天有御室[5]的樱花，秋天有长乐寺的红叶。鹿苑寺金阁[6]的屋檐上所积的薄雪也别有一番风情。哎，不过对你们越后人来说，雪可是见得多啦！"

秀吉说罢，仰头爽朗地大笑起来。然而景胜、兼续二人却没有笑。

所谓"游览上方"，乍一看不过是盛情邀约，但背后的含义却远不止如此。

（前来上方，并将上杉家对吾之政权俯首称臣一事展现于全天下吧！）

秀吉越过国境，专程来到越后的意图，兼续这才恍然大悟。

此时秀吉忽然说出"请来上方吧",就此事而言,切不可贸然作答。

"这个还须与家中众人从长计议,才好决定具体时日……酒肴已经准备好啦,请移座吧。来来,请。"

兼续一面慎重地斟字酌句,一面以酒宴来岔开上洛的话题。

然而秀吉也不是省油的灯:

"不,等等。没有得到上杉大人的回答,我可没法安心地喝酒呢。如何?能在此时此地决定上洛之事么?"

秀吉满脸笑意,看看兼续,再看看景胜。

这一副笑嘻嘻的表情,正是他从白手起家到位极人臣的有力武器。

(真是精明啊……)

兼续心下对这位此刻作为对手、却极擅控制局面的政治家有了几分佩服。

再看景胜这边,虽然看不出是什么表情,不过嘴唇紧绷,显现出些许怒意。

"上杉家或许对我有所误解吧?"秀吉开口说道,"虽说好像辩解,不过我秀吉却并非是为了私欲私利而战。"

"此话怎讲?"

兼续问道。

"是为了使这乱世早日终结,为了让世上不再有遭受战乱之苦的无辜平民。"

"……"

"百姓们吃了这顿没下顿的日子,也该到头啦。天下须得归于秩序才是。为了天下万民的安定与繁荣,一定要国政安定。这对百姓来说,不是最为盼望的事情么?秉持大义之心的上杉大人,一定非常明白吧。"

第十一章　兼续与幸村

兼续吃了一惊，万万没有想到能自秀吉口中听到这样的话。

终结乱世，而后让世间安定繁荣——

这不正是兼续自身以亡故的谦信为指引，而致力追求的目标么。此刻秀吉正是在邀请上杉家参与到这一大事业中来。

（谁是天下之主，这只是微不足道的问题。重要的是，要给百姓带来一个安定繁荣的好时代……）

兼续如此想道。

当然，这番话也不能原原本本照单全收。秀吉意欲称霸天下，除了私欲之外不作他想。然而，若是最终能给此世带来安定繁荣，一些不必要的坚持便应当舍弃吧。

主君景胜的表情仍然不见任何变化，不过脸颊却约略有些泛红。

秀吉所说的"大义"一词直刺入景胜内心。说起来，景胜对自己成为先代上杉谦信大义之精神的后继者，有着强烈的自豪感。

"我会上洛。"

一贯沉默的景胜倏地开口承诺。

"哦哦，会来么？"

"我不说第二遍。"

"这正是我亲赴越后之意啊。实际上，中国地方的毛利辉元也立下了上洛之约。如此一来，上杉与毛利这东西两雄与我相会一处，天下由乱而治指日可待呀！"

秀吉拍手笑道，甚是欣喜：

"越后的酒好，京都的酒也不错哦。"

于是众人离座，前往筵席。

雪国人平素不擅言辞，然而酒一下肚，立时变得开朗豪放。

泉泽久秀表演了以落水附近的上路之里为舞台的《山姥》之舞[7]，小国与七实赖则用他一副好嗓子唱和谣曲。

由于北国船只的往来，古老的京都文化深入越后之地。《山姥》

一曲的作者世阿弥[8]，也曾自京都被流放到佐渡岛。

兼续也舞了一曲世阿弥的《西行樱》[9]。

此身虽如朽木 深埋泥中无人知晓
此心 却如百花残留世间
看得赏花人呼朋引伴
却只为挂满枝头的新绽樱花

兼续潇洒优美的舞姿令秀吉大为倾倒。夕阳西沉之时，秀吉心情极好地离开了落水城。

注释

【1】天王寺屋：战国末期堺港豪商津田宗及的商号。

【2】关白：古代日本代替天皇执掌天下政权的官职，同时也是公家的最高权威。

【3】马印：也写作马验、马标。是一种竖立在大将马匹一旁，用来夸大自军的威势以及显示自军总大将所在的地方，自天正年间（1573—1592）始有。黄金色千成瓢箪是秀吉的马印，瓢箪即葫芦，千成表示（葫芦）重重叠叠、数量巨大之意。

【4】五摄家：摄家是公家之中最高位家格，可以经由大纳言、右大臣、左大臣等职位的晋升最后成为摄政或关白（一般担任关白，若天皇当时尚年幼，则为摄政）。五摄家指近卫、鹰司、九条、二条、一条五家，俱源自藤原北家一系。

【5】御室：京都市右京区地名。

【6】鹿苑寺金阁：鹿苑寺是位于京都市北区的临济宗相国寺派寺庙。因其核心建筑舍利殿外墙俱以金箔装饰，因此又得名"金阁寺"。

第十一章 兼续与幸村

此处的"鹿苑寺金阁"即是指鹿苑寺舍利殿。

【7】山姥之舞：指世阿弥以上路之里有名的山姥传说改编的猿乐（猿乐是日本古代一种曲艺形式，是能剧的前身）剧目《山姥》。这里是说此剧目当时席上由泉泽久秀舞蹈，小国实赖唱和。

【8】世阿弥：日本室町时代初期猿乐演员、剧作家（1363—1443）。世阿弥与其父观阿弥同为集猿乐（也作申乐，即现在的能剧）之大成者，留下了许多著作。观阿弥、世阿弥的能乐由观世流继承至今。

【9】西行樱：世阿弥作品之一。此处的西行指平安时代的歌人西行法师（1118—1190）。

第十二章 上洛

一

天下，围绕着秀吉、家康这两大势力缓缓转动。

在北陆与上杉景胜会面后回到大坂的秀吉，于九月九日拜受朝廷赐姓丰臣。这"丰臣"二字，乃是取"天地长久、普天同庆"之意。

另一方，东海的枭雄德川家康为对抗秀吉，忙着加固领内的骏府城、吉良城等城池。

十一月，发生了一件令家康大受冲击之事。

自幼便成为家康侧近的家老石川数正，携妻带子自三河冈崎逃往大坂秀吉处，请求归顺。

甘苦与共的重臣竟然背叛，这对家康来说，不亚于剜却心头之肉一般。而实际上，石川数正自德川家出走的背后有着秀吉一方充分而缜密的布置。

原本，数正奉家康之命，曾数次去往大坂行外交交涉之事，其间秀吉总是对其礼遇有加。于是——

"数正那家伙，暗地里内通大坂一方吧。"

德川家的家臣中渐渐流传着如此的谣言。

第十二章　上洛

虽然家康本人不会相信这种谣传，然而数正却终于无法忍受德川家中他人的冷眼，愤而出走。

其实，对数正的厚遇，以及德川家中的流言，均是秀吉一手操持的策略，借以造成德川家臣团的内部分裂。

"真是个笨蛋啊！"

发现数正出走的家康，满面愁容，长叹一声。

由于担心家老的出走招致家中人心动摇，家康即刻作出决定，让遣往信州攻击真田氏的兵马立即撤退。

——德川军骤然退兵，不明缘由。拟往甲州边境派遣斥候，打探消息。

上田城的真田昌幸在给上杉的书信中如此写道。

德川军撤退后，真田幸村回到春日山城。

春日山城大雪纷飞。城下的民家笼罩在灰茫茫的雾中，犹如一纸剪影。寒风将大雪卷作漩涡，仿佛猛兽痛苦扭曲着身体自原野上呼啸而过。上杉家的政事也仿佛进入冬眠一般。

不过，这只是表面现象而已。就算在大雪之下，掌握上杉家政要事务的兼续，头脑亦在一刻不停地转动。

"我回来了。"

真田幸村在兼续身前伏身一礼。

"把德川赶跑了呢。"

面向案几正在书写什么的兼续搁下笔来，看着幸村。

"是对方主动退兵。这对我真田一门来说，实在是幸运啊。"

"并非仅仅是幸运。令尊昌幸大人的智谋让德川的大军一筹莫展，半点好处也没有捞到。"

"听说直江大人您已经与关白殿下会过面了。上杉家会与丰臣家联手吧。"

"这是为了天下而作出的决断啊。"

"为了天下……"

"协助丰臣家建立政权,治理国政,对我等来说,是使这乱世早日终结的捷径吧。"

"您变了呢。"

幸村说道。

"直江大人您变得更加坚决了。"

虽然举止一如既往地冷静沉着,然而与幸村赶赴信州之前相比,兼续的眼神中更多了几分强劲与锐利。

自从在落水城与丰臣秀吉会面以来,兼续的目光便不再拘于近国,开始放眼天下。

(使这日本国终结战乱,得到安定繁荣。想来这才是我此生的职责所在吧……)

兼续将自己的信念明确下来,而后屡屡与秀吉侧近石田三成联络,商谈景胜上洛之事。此时便是在撰写给三成的书信。

"前些日子,实城大人(景胜)向新泻港发兵,攻打新发田重家了吧。"

幸村说道。

新发田重家与上杉两家,可谓积怨已久。自四年前与织田信长勾结高举反旗以来,新发田重家陆续占据了新泻、沼垂两城,将阿货野川、信浓川水系的水运物资扣押,令景胜十分苦恼。

景胜以已经对重家心有不满的城下商人玉木屋、若狭屋为内应,在他们的帮助下攻下了新发田军的据点新泻城,继而又将沼垂城攻陷。

挟胜利之势的景胜,为了切断新发田重家与邻国会津芦名隆盛的联系,开始攻打赤谷城。

此战中,代替幸村随上杉军出阵的矢泽三十郎赖幸战功赫赫,景胜特赐其太刀一柄以示嘉奖。

第十二章　上洛

——矢泽奔走奋战。景胜一方大胜。（《真武内传》）[1]

之后，敌将新发田重家退守根据地新发田城，负隅顽抗。此时已然入冬，不久大雪一至，两方只好进入休战状态。

"一俟春天，便发动总攻。你以为如何？"

兼续问道。

"进攻新发田之时，请务必让我助一臂之力。"

"幸村公子……"

"让身为人质的我赶回上田城，此恩没齿难忘。虽说才疏学浅，我愿作为上杉家一员尽绵薄之力。"

幸村目光澄澈，一片真情溢于言表。义之心必定得以义报之，此外别无他途。

"会给您添麻烦么？我身为人质，却作为上杉军的一分子出战……"

"……"

兼续注视幸村片刻，然后自身畔的文件匣中取出一纸公文，默然递与他。

幸村一见之下，大惊失色。

"这是……"

是上杉景胜赐予真田幸村信浓国植科郡、更级郡内一千贯知行[2]的文书。

信浓的植科、更级二郡，原是豪族屋代秀正所领。后来秀正因追随德川方而被上杉军攻打，逃亡远州浜松城。此刻景胜便是将秀正旧领三千贯领地中的一千贯赐予了幸村。

——源次郎信繁（真田幸村）返回春日山，景胜赐其屋代左卫门田地三千贯之一千贯，是为封赏。

关于此事，《真武内传》中如此记载。

"我一介人质之身，一千贯……"

幸村不由喃喃说道。

的确，一千贯的话，约莫相当于一千四百石，在上杉家中相当于领有营砦的武将所拥有的待遇了。

"真是惶恐，但……恕我不能接受……"

"怎么啦，觉得不够么？"

兼续双目一细。

"绝非此意……但是无功不受禄。否则的话，会扰乱上杉家的平和吧。"

"有功劳的。"

兼续笑道。

"真田军于神川一战将德川军打得落荒而逃，短时间内不敢来犯，这对与德川为敌的上杉家来说，可不是普通的功劳啊。"

"但是，那是家父昌幸……"

"对你的封赏，也是对令尊昌幸大人的酬谢。今后，对德川家的防备当进一步加重。你早已不是人质，而是上杉军出色的战斗力呀。"

"是……"

幸村胸口一热。

一直以来在各大势力之间辗转生存至今的真田氏，迄今为止，无论是武田家也好，北条家也好，德川家也好，均将其视为外人，随意差遣。这让真田氏总觉面上无光。

而此刻，上杉家的家老并不将自己当作旁人，待自己与上杉家臣一般无二，甚至赐以一千贯这等厚禄。

（这，就是上杉家的"义"么……）

幸村将此时涌起的一股热忱，深深地刻在了心底。

第十二章　上洛

二

　　这年冬天格外寒冷。一般说来，冬至以前若是下了三场雪，越后人便称此年为大雪之年，而今年已下了四场。

　　春日山城下，濡湿厚重的积雪堆砌至家家户户的屋檐上下，北国冬日的生活被封闭在阴暗的天地之间。

　　不过，就算此时，天下情势依然风起云涌。

　　转过年来，到了天正十四年（1586）正月——

　　丰臣、德川两家之间原本一触即发的紧张关系忽然一变，开始步步趋向缓和。

　　失去家老石川数正的家康，暗忖与秀吉如此对立下去，恐怕捞不到好处。于是态度一缓，改变了外交策略，在确保自身独立的基础之上谋求最大利益。

　　如此一来，丰臣氏又向着一统天下的目标大大前进了一步。

　　大坂的石田三成也频频向兼续送来书信，催促上杉家尽早上洛。

　　在德川家康已渐现归顺丰臣政权之意的此时——

　　"在东国的情势决定下来之前，请务必早一步上洛。这对上杉家大有好处。"

　　三成热心地劝说兼续。

　　后来被同僚加藤清正、福岛正则等人称为"谗言之人"，由于那不知变通的性格而无故被他人厌恶的三成，不知为何此时唯独对兼续持有善意。原因之一，或许是在频繁往来中，三成逐渐了解到兼续是一位头脑缜密、举止优雅之人的缘故。

　　只因主君秀吉一步登天，丰臣家中，仅会舞刀弄枪便傲慢非常的武功派占据了很大一部分，而对于天下国家的政事持有明确构想之人

却甚为稀少。

不，这样的人不只是稀少——

（除我以外，再无他人了吧……）

三成如此认为。

将他人都视作笨蛋，这对三成来说也是没有法子的事情。这男子为了秀吉如今脚下的天下统一之路绞尽脑汁，可谓鞠躬尽瘁。

就在此时，三成见到了直江兼续。

与三成同年的兼续亦作为谋士支持着主君，独揽上杉家政事，堪称一国之栋梁。

（真是一位志同道合的人啊……）

这对三成来说，仿佛茫茫大海中的一叶孤舟忽然看到了帆影。因此三成不断催促兼续，说明早一日上洛对上杉家的将来有着莫大的好处。若是磨磨蹭蹭，被家康抢先一步的话，东国的领土分配无疑便对德川方有利了。

（德川的势力若继续增大，以后对丰臣家可就大有威胁……）

再加上政治上的考虑，作为牵制家康的策略之一，三成更为重视与上杉家的关系。

石田三成之意，兼续非常明白。

"雪融之时，即刻上洛。"

兼续向大坂回信。

上杉景胜上洛之日，定于五月。

上洛沿途住宿的安排、兵粮的准备，皆由家老泉泽久秀一手操持。另外，兼续之弟小国与七实赖则负责挑选进献给京都朝廷及丰臣家的礼物。

"真是棘手啊……要准备什么样的礼物才好呢，完全没有头绪呢。"

实赖十分为难。

第十二章　上洛

虽然以上杉家之殷实，领内各种特产不可谓不丰富，然而对手却是地位显赫的公家及目空一切的上方武士。此外听说大坂城中，秀吉的夫人北政所宁宁加上双手数不过来的侧室们，以及照顾伺候她们的女官，足足有不下三百人之多。要如何筹备安排，方不致使主君景胜蒙羞，实赖双手抱头，冥思苦想，始终不得其法。

嫂子阿船见状不忍，建议道：

"进献朝廷的物品，在不识庵大人以往的上洛记录中或许有记载。何不探查一番，看有没有先例可循。"

"啊啊，我怎么没想到这个！不过，就算进献朝廷之物有先例可循，大坂城的那一干女人却如何是好……"

"女人对礼物都是没有抵挡力的啦。"

"噢。"

"只是，若不根据对方的身份及心意来选择礼物的话，或许会反而因此而招来其他女子的嫉妒，种下意想不到的祸端。"

"我对女人的心意什么的，实在是一窍不通……"

"哎……与七身边不是有阿荣这位出色的贤内助在么。"

阿船笑道。

实赖在入赘天神山城主小国家做养子之际，迎娶了小国重赖的女儿阿荣为妻。

跟兼续与阿船的水乳交融相比，实赖之妻一贯以继承了清和源氏之血的名门小国氏自居，夫妻之间难说和睦。只因实赖从不将家里是非向旁人说起，所以阿船对此并不知情。

"那家伙不行的。可不是像嫂子这样聪明能干的人哪。"

"若不让女人站在自己这一边的话，男人可是做不成大事的哦。"

阿船轻声责备。

"女人的事，还是交给女人吧。若不嫌弃，给大坂城的女众准备礼物一事，就让我来想办法好啦。"

"那可真是求之不得！如此便有劳嫂子了！"

听了阿船的话，实赖连忙伏身一礼，将此事托付给了阿船。

于是，阿船便开始着手为丰臣家的女眷们筹备礼品。她差人自前来直江津港做青苎生意的上方商人处打听北政所的喜好、侧室们的出身及人际关系，以及身居要职的女官名字等等消息，再根据这些消息准备各自适合的礼物。

兼续将这份礼物单过目之后，简直大喜过望，不由赞道：

"你在这方面还真有能耐呀！"

"您这次去上方，要待到什么时候呢？"

阿船询问兼续。

此时二人之间还未有子女。缘此之故，阿船看来与昔日无二，而兼续因担任上杉家家老，忙于政事，面容风貌日渐稳重，看上去似乎竟比阿船年长了。

"应该不会太久的，毕竟还有剿灭新发田一党之事尚待完成。只是，如果关白殿下坚持的话，或许会稍晚一些时日回来。"

"京都是华丽风雅的地方吧。"

从未踏出越后一步的阿船眺望远方，目光中满是憧憬。

"我也是第一次去京都。以前只是从已故的不识庵大人那里听到过一些传闻。"

"京都是什么样子的呢？"

"天子所在，风、水、草、木俱与我越后大相径庭。那个地方，有让人为之神往之处。"

阿船听罢，眉头微蹙。

阿船的姐姐由于无法与谦信结为连理而出家为尼。阿船想来，或许谦信在京都之地有姐姐以外的女人亦未可知。

"不识庵大人怎可能有这样的事呢！"

兼续笑道。

第十二章　上洛

"诸国群雄无不倾心于那王城之地啊。不识庵大人一定也曾心怀天下之梦。"

出发之前，兼续令甘糟景继、色部长实、本庄繁长等人留守春日山城。这一干人俱是值得托付的骁勇之将。

内务方面，虽有景胜生母仙桃院、御台所[3]菊姬坐镇，不过兼续还是让妻子阿船协助二人打理。

"我不在期间，你代我帮助仙桃院尼大人管理内务吧。"

"是。"

"有什么事情即刻通知我。"

"听说御台所夫人近来心情不好。我去陪伴一些日子，与她说话儿解闷吧。"

"嗯，有劳啦。"

"是。"

阿船深深颔首。

景胜的夫人菊姬与阿船一般，尚未产下嗣子。虽然以景胜的一根筋性格，很难有在夫人之外再纳侧室的想法，然而武田氏灭亡之后，菊姬失去了娘家这一后盾，时常显得焦躁。

顺便说一下，此后兼续每与主君上洛，不在春日山城之际，阿船都像这样代替丈夫协助菊姬与仙桃院管理城中内务，深得两人信赖。

三

景胜上洛一行，自首席家老直江兼续以下，包括泉泽久秀、千坂对马守、狩野新介、小国与七实赖等主要家臣，队伍总共约莫四千人。

米山雪融之时，上洛的日子近在眼前。

终于到了出发前一日。当夜——

兼续默然立于春日山城三重橹内的壁书前。这壁书是不识庵谦信生前所书。

"武运在天，铠甲在胸，功勋在足下。置敌于掌股之中，与之一决，伤亡可免。心怀一死而战则生，心怀贪生之念而战则必死。若怀离家一去不返之决意，则返；若怀返还之念，则难返。心中犹豫踌躇，万事难以如愿。是故武士当弃犹疑之心，存坚定之意，方是正道。"

兼续挑灯细读壁书文字，忽觉身后有人。回头看去，却是幸村。

"有事么？"

"我猜想您也许在这里……明天您就要出发了，由衷祈愿一路平安。"

幸村郑重一礼。

兼续轻声笑道：

"不用特意来作别啦。上方事情一了，很快便会回春日山城来。"

"是……"

幸村沿着兼续适才的视线方向望去，看到了上杉谦信的壁书。

"这是壁书呢。"

"是记载了不识庵大人战阵心得的宝物。我一旦有所迷惘，或者在事情的紧要关头，总会来此仔细端详体会一番。"

"……"

幸村就着兼续手中烛光阅读壁书，双眸光芒闪动。

"心怀一死而战则生，心怀贪生之念而战则必死。"

幸村嘴唇微颤。

"这或许便是人世之理吧。对某事某物持有强烈执念之时，反而无法得手。若舍弃一切而入无欲无求之境，却能得天相助。"

第十二章　上洛

"……"

"虽然有人说生死不过一时之运，胜负不到最后不会分晓，然而实际上并非如此。当人主动制定谋略，着手一步步进行之时，事情就已经慢慢起了变化。我每于务必要抱一死之决心离家时，便会到此重新揣摩领略壁书中的道理。"

"这壁书令人身心紧张，却又仿如吹过荒野的风一般令人为之一振。"

"是很严肃的决心啊。不过这才是武士……不，男儿的生存之道吧。"

"心怀一死而战则生，心怀贪生之念而战则必死……"

仿佛要将这字句深深刻于心底一般，幸村再度喃喃念道。

屋外，雨水淅淅沥沥，溅落屋檐。

上杉家一行于雨中自春日山城出发，踏上了上洛的路途。人马沿北陆道前行，过了国境市振，进入越中国。

越中国当时在加贺金泽城主前田利家的治理之下。翻越俱利伽罗岭，甫进入加贺国，景胜便受到利家的迎接。

"您终于来啦。"

唇上蓄着两撇犹如鲶鱼胡须一般的利家，向景胜郑重施了一礼。

领有加贺二郡、越中三郡及能登一国的前田利家，与景胜却是初次见面。

利家在最后关头从被自己称为"老爷子"、关系一贯亲密无间的柴田胜家身边撤离，此举直接导致了贱岳合战秀吉方的胜利，因此他在丰臣政权下的诸将之中极有分量。加之其领地与上杉领彼此相接，所以相互都不敢对对方掉以轻心。

"这位是直江兼续大人吧。听关白殿下说，大人拥有与年龄毫不相称的高致雅量啊！"

利家面上浮现温和的笑意，说道。

无论容貌还是体格都称得上是勇猛果敢的利家，举止却意外地柔和，言语亦慎重有礼。

（这正是这个男人能生存至今的原因吧……）

兼续暗忖。

想来眼前的这位前田利家，正是一位将战阵之上的"刚"与治理领地的"柔"两面结合，相得益彰之人吧。在这由乱而治的时代中，似利家这般刚柔相济之人，方能顽强地生存下去。

此时，立于利家身侧的一位小个子男子问候道：

"远道而来，实在是辛苦啦。"

此人身着平整干净的肩衣袴，表情俨然。正是石田三成。

"这不是石田大人么……您专程自大坂前来……"

兼续吃了一惊，万没有料到作为秀吉亲信的三成，会特意前来加贺迎接。

"屡次向上杉大人提出不情之请，作为关白殿下的臣属，到此迎接乃是当然的礼仪。"

三成正色说道。

石田三成前来加贺迎接一事，显示了秀吉对上杉家足够的重视。

西国已有中国地方的毛利氏上洛，对丰臣家宣下忠诚之誓。但东国的诸般势力此时却仍然据守各自领地，无人向秀吉低头。

（上杉一来，德川便坐不住了吧……）

秀吉这般料想，于是让三成速速催促上杉尽早上洛。

不难想象，此次上洛受到的热切迎接，其实是丰臣家在政治上诸般考虑的结果，可说是一种"仪式"也不为过。

兼续当然明白这"仪式"背后的深意，不过对亲自前来加贺与前田利家一同迎接景胜一行的三成，还是产生了好感。

信赖是人与人之间的纽带。

第十二章　上洛

一个只顾满口大话，纸上谈兵的人，实在无法教人信得过。而三成的所作所为虽然有些一板一眼、按部就班，却令兼续强烈地感到"这是一个可以成事之人"。

在金泽城内受到前田利家的款待之后，上杉家一行以石田三成为向导自北陆道通过西近江路，于六月七日夜抵达京都。

此时恰值京都举行祇园祭[4]，町中张灯结彩，光彩夺目，热闹非凡。由平安时代祈禳疫病仪式演变而来的祇园祭，在应仁大乱中一度断绝，后来由京町经济资本雄厚的商人们出钱出力，终于使其恢复，将盛况再度呈于众人眼前。

这个渐带初夏暖意的夜晚，华丽而盛大的节日达到高潮。

在三成的授意下，景胜一行的住所安排在位于六条大道的日莲宗[5]总本山——本国寺（江户时代改名为本圀寺）内。

节日中神职们的钲音随风传来，令人感到确实已身在远离越后的京都。

（这里便是群雄所向往的天下中心么……）

兼续心潮起伏，辗转反侧，彻夜无法入眠。

四

六月十四日——

上杉景胜登上大坂城楼，拜谒丰臣秀吉。

黑田官兵卫主持修筑的大坂城，位于上町台地北端，过去曾是一向宗根据地石山本愿寺所在之处。

石山本愿寺曾与织田信长对立，在经过长达十一年的守城战后，于天正八年（1580）与信长缔结和议，去了纪州。然后秀吉便瞄上了这块土地。

由于地处濑户内海海上交通与畿内水运大动脉淀川水系两者相接的枢纽处，大坂自古以来便是天下第一要地。秀吉在大坂筑起巨城，广集天下能人异士，振兴商业，意欲使之成为支配天下的中心。

耶稣会传教士路易斯·弗洛伊斯曾如此描绘大坂城的雄姿：

——青色的天守城壁之上镶以金饰，阳光之下，璀璨夺目，极远之处亦可见。

本丸之内，是屹立半空、灿烂辉煌的五层八重大天守。一旁是表御殿跟奥御殿，周围环绕着二之丸、三之丸、西之丸与山里曲轮。西侧是武家居宅。商人及手工艺人居住的町家则遍布四周。

大坂城的雄伟壮丽也令遥远的西洋人惊叹不已。将其与埃及金字塔、亚历山大的大灯塔等世界七大奇迹相提并论，描述其为"地上太阳的光芒，胜过了天上的太阳"。

关白秀吉会见景胜的场所，定在本丸表御殿的会面厅。

大厅之内，秀吉稳坐上首。景胜则在中首背对庭院而坐。这不啻于清晰地宣示了两人的主从关系。同在中首，头戴侍乌帽子[6]、身着素袍礼服的诸大名并列两行。作为上杉家家臣的直江兼续则在下首正襟危坐。

秀吉欢迎景胜的仪式可谓大费周章。

作为对上杉家进献的银锭五百枚、越后上布三百疋的回礼，秀吉将包括包丁藤四郎[7]在内的数柄名刀赠予景胜，以示慰劳。看来是作了详细的打探，知道刀剑是景胜唯一的兴趣所在。

茶饭之后是能乐表演。表演者是观世太夫、金春太夫等大和四座[8]的能乐师。兼续坐于秀吉与主君景胜身后，细细鉴赏。由于曾侍奉过极其喜好京都文化的上杉谦信，兼续自能乐、茶道乃至连歌、幸若舞，无不有所涉猎。

观赏表演期间，兼续代替寡言的景胜与秀吉交谈。

"真想将你自上杉大人处要来，助我一臂之力啊。"

第十二章　上洛

原本便为兼续的才气所倾倒的秀吉，如今见兼续侃侃而谈对答如流，举止冷静从容，心下更是喜爱。

"留在大坂这些时日，来参加茶会吧。我想将茶头[9]千利休介绍与你认识。"

"真是感激不尽。"

兼续伏身一礼。

之后，心情极好的秀吉领景胜、兼续二人参观大坂城的天守阁。

自天守阁的最高层，可将天满川（淀川下游的称谓）尽收眼底。茅渟海（大坂湾）风平浪静，远处淡紫色的岛影或许是淡路岛吧。

海面映着夕阳，闪耀着黄金色的辉光。海上帆影往来，愈加显示出此地的繁华。

秀吉再将二人引至女眷居住的奥御殿。

看到景胜一本正经的顾虑模样，秀吉说道：

"哎呀，今天我与上杉大人好似兄弟一般。兄长让弟弟见见自己的亲眷，有什么可顾虑的呢？"

然后半拉着景胜进入殿中。

此时秀吉等于是让景胜参观自己的寝殿。房间内的地面铺着南蛮[10]人编织的华美地毯，西洋风格的寝床上是同样来自南蛮的大红色天鹅绒毯。

在这里，景胜与兼续见到了秀吉的夫人——北政所宁宁。

秀吉让宁宁拿来自己最为喜爱的饰以金银丝线的红色无袖羽织赠予景胜，并亲手为其披在肩上。显示出格外的厚意。

会见的第三日——

上杉景胜应秀吉之邀，出发前往大坂城内的山里曲轮参加秀吉的朝茶会。兼续与同僚千坂对马守陪伴左右。

天色渐明，路面撒了清水，令人气宁神怡。三人走向草庵风情的茶室。

山里曲轮,是秀吉的茶头千利休按照自己的审美情趣修建布置的。松林之中,分布着二榻[11]、三榻及四榻半的柿木屋顶小茶室,以及从四榻半到八榻的草屋顶大茶室。

与大坂城黄金铺就的辉煌大殿相对,这里是清寂的世界。

平步青云的秀吉,本来极为喜爱奢侈华美的事物。但是受到鄙夷一切浮华之物,崇尚和、敬、清、寂之美的千利休的影响,在城内修筑了这座于闹市中有山野风情的山里曲轮。

在格调最为高雅的二榻茶室内,秀吉亲手为景胜点茶[12]。所使茶入为初花肩冲[13]。作为天下三大名物肩冲之一的此物,是德川家康为祝贺秀吉在贱岳一战中的胜利所赠。壁龛上所挂,乃是足利将军家家传的《烟寺晚钟图》。茶碗为尼子天目[14]。此外所使用的姥口平釜[15]、曾吕利花入[16]、芋头水指[17]等物,每一样皆是天下名品。说明秀吉对景胜上洛一事,实是煞费苦心。

原本对茶道全无兴趣的景胜,面对这些名满天下的茶器,也显得兴趣缺缺,只是默默自顾饮茶。

另一处的三榻茶室内,千利休正在款待兼续与千坂对马守。茶席上,利休并未如秀吉那样使用唐物[18]茶具。兼续则兀自望着壁龛中一个竹笼花入出神。

(嗬……)

"您注意到那个了么?"

利休双眼眯缝,开口问道。那敏锐的目光与其说是茶人,莫如说更像武士。

"真是赏心悦目啊。"

"您能看出这花入美在何处么?"

"这花入微微泛着褐色光泽,略带柔和的浑圆姿形,不知不觉把人的心神都吸引过去了。"

"正是。"

第十二章　上洛

利休微微一笑。

兼续留意到的这只竹笼花入，名为"桂笼"。

千利休曾经途经桂川时，对一位正在捕捉鲇鱼的渔翁腰间的鱼篓大感兴趣，于是便拿了点钱，让这渔翁把鱼篓卖给了他。

利休潜心茶道，不仅收集唐物茶器，更对和物情有独钟，构建着自己独特的审美世界。

"您拥有能够发现物事之美的独特眼光呢。"

向来极少称赞他人的利休展颜说道。

"在何处学习过茶道之事么？"

"曾受教于不识庵大人处。"

"不识庵谦信大人么？"

利休灰色的瞳孔瞬间闪过锐利的光芒。

"听说这位大人，不仅是一流的武将，也是独具慧眼的一等风流名士呢。看来您一定继承了他如此的审美情趣。"

说着，利休以悠然而娴熟的手法点好茶，将充满清寂风情的井户茶碗置于兼续膝前。

山里曲轮的这场朝茶会，如此便顺利地结束了。

同日夜，景胜、兼续主从受秀吉之弟、大和郡山城主丰臣秀长之邀来到他位于大坂城内西之丸的宅邸。秀长举办酒宴为他们接风洗尘。

次日，第三日，酒席与茶会络绎不绝。兼续跟随景胜，认识了秀吉麾下的许多武将。如蜂须贺小六、黑田官兵卫、蒲生氏乡、大谷吉继、浅野长政、小西行长、加藤清正、福岛正则、池田辉政，以及毛利一族的小早川隆景，秀吉的首席侍医兼政事顾问施药院全宗等人。

（天下真大……）

与各色人物的会面，给兼续的内心带来极大冲击。自己从不了解的新奇知识与价值观，无论好坏一股脑儿地席卷而来。置身于这天下政治的中心，令兼续感到——

（我竟是如此渺小的存在吗……）

兼续不由得重新开始考虑，在如此宏大的激流中如何才能更好地守护上杉家的立场。倘与此前一样，停滞不前，无疑会被时代之激流一口吞没。上杉家到了不得不有所变革的时候，并且，自己也亦到了不得不有所改变的时候了。

此前是置身越后，放眼天下。而今后则是置身天下来审视越后，以决定上杉家未来的时代了。

（但是……）

兼续想道，在大胆变革之余，也有绝对不能舍弃的东西。

那便是"义"之心。

谦信以来，上杉家强有力地团结聚集在大义之旗帜下，并以此自豪。

倘若失去大义之心，上杉家很快便会被激流卷去，无影无踪吧。要在这广阔天地之间立足，一定要有自己所坚持的信念，决不能有丝毫动摇。

（安定与繁荣么……）

丰臣秀吉曾经说过的话，兼续一直挂在心上。

此话若非虚言，那么为了天下万民，协助丰臣政权建立一个太平之世，岂非正是究极的大义么。

五

兼续在百忙之中，抽空来到大坂的经济中心，被称为"天满八轩家"的码头，想要亲眼见证一下秀吉所言的"安定与繁荣"。

淀川下游天满川河面，被熙来攘往的小型货船与大型游船挤得满

第十二章　上洛

满。两旁河岸仓库林立，自船上向仓库中运送货物的脚夫号子声震天价响，运送的大袋子里装满了米、盐、腌制物。整个码头生机勃勃。

兼续乘坐往来于大坂与泉州堺之间的客船，前往堺港。

船上商人不少。作为日本第一贸易都市繁荣起来的堺港，与作为丰臣秀吉支配天下之中心的大坂，近年来益发繁华，人与货物川流不息。

（说起来……）

前日在大坂城山里曲轮会面的千利休，亦是堺港商人。

听说千利休不仅仅是秀吉的茶头，更是深得重用的亲信。商人参与政事，这在不久之前还是难以想象之事。这皆因武功的时代即将终结，此后天下将由文治取而代之的缘故吧。

兼续打算游览一下堺港市镇，拜访一下当地的铁炮锻冶师再回去。

客船顺江而下，狗子岛、苇岛、荻岛等点点沙洲分布在天满川入海口，往前便是茅渟海。客船顺流南下，左岸是住吉神社的森林。

船上江风宜人。

立于船头远眺海面的兼续，听闻身后一阵嚷闹，便回头察看。靠近桅杆的地方，一名身着绢织外衣、生意人模样的男子朝着一位年轻女子大声说着什么。

"都是你家老爷子的错，害我蚀了一大笔钱！这笔账该怎么算？"

"这我可不知道，你自己去跟我爹说好了。"

"你说什么……"

男子满脸怒容，伸手欲推年轻女子。

（不好……）

兼续立时朝二人中间奔去。

听到这边的骚乱声，许多客人都围拢过来看个究竟。

兼续在人群中挤出一条通道，近得二人，正好看到那男子的手堪

堪伸到年轻女子身前，却被女子的纤纤素手一把攥住。只听"哇——"的一声惊呼，生意人模样的男子眨眼之间被远远抛出。

"啊呀，痛痛痛……这小娘们干什么！"

男子一脸痛苦地站起身，又欲上前伸手去扭年轻女子。

"住手吧，欺负一个弱女子，只会教别人笑话。"

兼续走到当中，将两人分开。

身高近六尺的兼续突然出现在面前，男子瞬间打了个趔趄，不服气地大声说：

"这女人哪里弱了？能把男人扔出去，她厉害得很呐！老爷子乱七八糟，女儿也蛮不讲理！"

或许是喝了酒的缘故，男子呼出的气息满是酒臭。

"有什么不满之事么？"

"当然有！"

男子狠狠盯着兼续身后的年轻女子。

"这小娘们的老爹，不知从哪里弄来一个时宗[19]的和尚用过的破烂茶碗卖给我，骗我说这是什么天下的名物，要了我三百贯的价钱哪！听清了吗？三百贯哪！足足三百贯哪！"

"是真的么？"

兼续转头面对年轻女子，问道。

这女子约莫十八岁，一张漂亮的鹅蛋脸，睫毛又黑又长，清澈的双眼目光闪动，隐约透出一股子倔强。

"茶碗的确是时宗的和尚使用过的。不过，父亲是认为那个茶碗有其独特的清寂之美，才判断够得上三百贯的价值吧。"

"啥独特的清寂之美什么的，你就吹吧。"

男子冷笑道：

"我把那个茶碗给一个懂行的奈良商人看，可算是丢脸丢到家了。那东西根本值不了两个钱！花言巧语把别人的钱财骗走，真是太可笑

第十二章　上洛

了！简直是强盗！"

"大呼小叫地说我爹是强盗，可笑的是你吧！也不知是谁没有眼光！"

"你这小娘们……"

男子怒气冲冲，意欲上前，瞬间却发出一声闷哼，原来被兼续重重一拳正中胸窝，顿时白眼一翻，浑身瘫软倒在地上。

船到堺港码头，那男子犹自昏厥未醒。

下得船来，年轻女子由一名侍女与一个老妪相随左右，向兼续招呼道：

"那个……"

"有事么？"

"刚才那件事……"

"道谢就不必啦，不过——"

兼续注视着女子的脸：

"你还真是厉害呀。"

"你是想说我很粗鲁吗……"女子雪白的双颊浮上一层红晕，"是对方先动手的，我总不能任由他欺负吧。况且，说我爹是强盗什么的，我可没法坐视不理！"

女子语调倏地急切起来。

雪国的女人们骨子里很顽强，不过却很少像这般将自己的感情外露。兼续熟识的女人如阿船或是仙桃院，无论承受多少艰辛，却总是保持着笑容，一直隐忍下去。

而似这女子一般眼中闪烁着怒光，毫不服输的认真表情，在兼续眼里着实新鲜。

"的确，就算是女人，对于无理之人也不必客气。"

"我这人就是这样，遇到这种事情，'刷'的一下就生气了……总被人们说我不像个女孩子呢。"

"刚才你的招式真是漂亮，教人看得入神。莫非就是传说中的竹内流柔术么？"

"你竟然知道呢。"

女子一下子神采飞扬。

兼续尝听人说过美作国（现冈山县）一之濑城主竹内久盛所创立的一种武术——竹内流柔术。久盛对战场上击败身着铠甲的武士的各种技巧加以研究改进，创造出了这种徒手便能将对手击倒的武技。

"阿凉小姐，不早点赶回去，店里的人们会担心的。"

一旁的老妪催促道。

（叫阿凉么……）

兼续脸上浮现笑意。实在是与这女子相称的飒爽名字呢。

"那么，我告辞了。"

兼续轻轻点了点头，悠然而去。不过心中总觉对这年轻女子有些莫名的不舍。

（大概是堺港商人的女儿吧。）

进入堺町，兼续察觉到自己竟然还在想着适才那位女子，心下不禁有些失笑。

（是那双眼睛的缘故么……）

那清澈闪动犹如冬日夜空的星辰，却又带着一些倔强的眼眸，不知为何总是萦绕胸中，不肯离去。

六

兼续来到在堺港樱之町开设锻冶作坊的铁炮锻冶师和泉屋松右卫门处拜访。在不识庵谦信时代，和泉屋便与上杉家来往密切。谦信病故，年轻的景胜继任家督以后，与和泉屋的关系也丝毫未改。

第十二章　上洛

兼续在松右卫门处订购了最新式的铁炮——二十文玉筒[20]，然后顺便打听了一下町中对秀吉的看法。

一问之下，兼续大感意外。原来堺港町人对丰臣政权的评价并不那么好。

"比起我们来，关白殿下这个时候可是把博多那些商人养得膘肥体壮。"

松右卫门恨恨地说道。

"镇西（九州的别称）的博多么？"

"是的。"

松右卫门点点头：

"把堺町众撂在一边，跟神屋宗湛、岛井宗室这些博多豪商打得火热，搞得亲密无间的样子。到处都谣传说关白殿下快要进攻镇西了。"

"哦……"

兼续眯起双目。

镇西一地，有着岛津氏这样的庞大势力。

在收服了四国的长宗我部氏、中国地方的毛利氏，掌握了濑户内海的水运之后，秀吉的目光放在了更远的九州。

兼续在堺町宿泊一晚，次日回到大坂的居所。山伏一志大夫已经久候多时。

"领国中有什么事吗？"

兼续看着单膝跪在庭院一角石灯笼背后的一志大夫，开口问道。鸦组的一志大夫受兼续所托，留在春日山城下，将领国内的消息时时报与兼续知晓。

"真田失踪了。"

"真田……是幸村么？"

"是的。"

"失踪了是指?"

"他与他的家臣在一天夜里自城下消失。难道是趁实城大人不在之时，突然起意逃走了么。真是愚蠢之举。"

一志大夫眉头紧锁。

"回上田了么。"

兼续也不由沉下脸来。因为一直相信这个年轻人通晓大义之心，却不料遭到如此无情的背叛，任谁的心情都不会好过。

（但是，为何要如此呢……）

原因尚且不明。

为了在德川军的攻击下守住领地，幸村之父真田昌幸还得向上杉家求援才是。如此看来，幸村自春日山城出走，与其说这是自己的意思，莫如说是他背后的昌幸出于某种原因的指使。定然如此。

（想离开上杉家转投德川么？不，与德川家经过那样的交战，应该不可能。这样说来……）

兼续对一志大夫说道：

"你立刻赶回领国。我等会尽快完成上方的事务，争取早日回到越后。你去告知领国的家臣们，让他们万勿动摇。"

"是。"

一志大夫领命，立即启程返回越后。

上杉景胜知道真田幸村回到信浓一事后，极为震怒。

"真是岂有此理！"

本来景胜是极通事理之人。自己以完全不同于对人质的方式厚待幸村，甚至赐其一千贯知行。不料对方却趁自己不在领国之际偷偷溜走，简直如同往自己脸上抹了一大把污泥，可说是极难原谅的背叛行为。

不久，真田昌幸命儿子回到上田城的理由真相大白，景胜的愤怒亦更上一层楼。

第十二章　上洛

"如今上杉家已向丰臣家行臣从之礼,咱们不再需要上杉家的力量啦。我真田家也要臣从秀吉,与上杉平起平坐,成为丰臣家的直属大名。如此才是上上之策。"

擅于谋略的昌幸,冷静地观察天下形势之后,强行将幸村唤回,意欲将他重新送往大坂城的秀吉处作人质。

原本昌幸便不是上杉家的谱代家臣,这等做法也算不上是什么背叛。为能在乱世中顽强地生存下来,作为战国武将来说,这般行为也可说是理所当然。

不过,这样的道理在上杉景胜处可行不通。

"真田乃是不明事理的卑怯之人。那样城府太深的家伙,断然不可留于身边。"

景胜向秀吉进言。

然而,秀吉却没有理会景胜的弹劾:

"哎,不要这样生气嘛。大家和和气气地携起手来,为丰臣家效力吧。"

于是将昌幸送来做人质的幸村留在了大坂城内。秀吉考虑的是,在出兵关东之时,真田家有作为先锋的利用价值。

这边,兼续尽力劝说难抑心中怒气的景胜:

"真田之事,事到如今多说也无益。平定越后内乱,巩固领地,才是当务之急。此时的敌人并非真田,而在领国之内。"

景胜滞留京中,参谒了天皇御所,并蒙受正亲町天皇亲自赐酒。

——拜受御赐美酒,实乃稀世之厚遇也。

《上洛日记》[21]中如此记载。

在京中,景胜受取官位官职,叙任从四位下左近卫权少将。而后启程返回领国越后。

注释

【1】《真武内传》：江户时代成书的军记物，记载了真田幸隆、昌幸至幸村三代的事迹。作者不详。

【2】知行：自安土桃山时代至江户时代，将军、大名作为俸禄给予家臣的土地支配权，称为知行。知行以每年相应土地的粮食产量计算。知行的表示方法有贯高制与石高制两种。日本战国时代，包括越后国在内的东日本的分国大多采用贯高制计算，因此此处景胜给予幸村的知行为一千贯。由于每年及各地收成情况均有不同，米价差异很大，贯高与石高之间难以准确换算。在太阁检地（自1582年始）之后，无论是知行还是土地的粮食产量，均统一采用石高制进行计算。例如一名知行为一千石的武士，其可支配土地的粮食年产量约为一千石。

【3】御台所：日本室町至安土桃山时代对大名正室夫人的称呼。江户时代之后专指将军正室夫人。

【4】祇园祭：祇园祭是日本京都每年一度举行的节庆，起源自公元869年疫病祈禳仪式。被认为是日本传统最大规模及最著名的祭典。整个祇园祭长达一个月。

【5】日莲宗：佛教宗派之一，创始人为镰仓时代僧人日莲。

【6】侍乌帽子：一种如船形的乌帽子，是武士出入重要场合所穿的正式礼服。

【7】包丁藤四郎：刀名。藤四郎，即是镰仓时期著名锻刀工栗田口藤四郎吉光。包丁原意指菜刀，这里指短刀。

【8】大和四座：指江户时代之前能乐的四大系统流派，即观世座、宝生座、金春座、金刚座。

【9】茶头：为身份高贵之人执掌茶道之事的茶人。

第十二章　上洛

【10】南蛮：这里指日本室町时代至江户时代对菲律宾以南地域的称呼，后又指途经该地域来到日本的葡萄牙人与西班牙人等西方殖民者。

【11】榻：日文写作"畳"，即榻榻米，同时也作为房间面积大小的量词。后文的"二榻"、"四榻半"等即是指茶室的面积为两张榻榻米或四张半榻榻米大小。

【12】点茶：指茶道中向盛有抹茶（粉状茶）的茶碗内注入沸水并搅拌的程序。

【13】肩冲：一种盛装抹茶的罐子，以其形态而得名。初花肩冲是天下三大名物肩冲之一，从中国传往日本，据说是杨贵妃盛头油的器皿。

【14】天目：即天目茶碗，因产于中国天目山而得名。

【15】姥口平釜：釜是茶道中烧水的器具，平釜是釜的一种，因其形状较为扁平而得名。

【16】曾吕利花入：花入即是茶道、花道道具中的花瓶。曾吕利花入是花入中的一种。

【17】水指：茶道中盛放清水的罐子。芋头水指是水指的一种，因其形状而得名。

【18】唐物：主要指来自中国的舶来物品。有时也泛指除南蛮以外的外国传到日本的物品。与"和物"相对。和物，指日本本土物品。

【19】时宗：这里指佛教宗派之一，兴起于镰仓时代末期，是净土教的一个宗派。开山祖师是一遍上人（1239—1289）。

【20】二十文玉筒：铁炮的一种，因所用子弹重量为二十文而得名，属于威力较大的一类。玉，这里指铁炮子弹。文，古日本重量单位，一文约合3.75克。

【21】《上洛日记》：这里指上杉家关于上洛事宜的记载文书。

第十三章 山城守

一

天正十四年（1586）十月十四日——

长期以来与秀吉对峙的远州浜松城主德川家康，终于移动大驾，踏上上洛之途。

家康进京后，于同月二十六日来到大坂城。

二十七日，家康在诸武将面前向秀吉俯首称臣，这无疑是向天下宣示了秀吉政治上的胜利。

秀吉大喜之下，对家康说道：

"信州的诸般事宜，就交给德川大人处置好了。"

于是，信浓国内所有原本直属秀吉的如真田昌幸、小笠原贞庆、木曾义昌等大名，统统被划入家康辖下。别的不论，只说为了守护领地而顽强抵抗德川军侵攻的真田氏，在丰臣政权下却成为敌人的部属。这实在是莫大的讽刺。

翌天正十五年（1587）春，积雪融化，上杉景胜对越后下郡的新发田重家发起总攻。经过半年的激战，新发田城被攻陷，新发田重家

第十三章　山城守

自尽。此事终于告一段落。

"你速速去往上方，代替景胜大人将越后既定一事禀报关白殿下。"

兼续命令弟弟小国与七实赖。

"这等大事……派我去合适么，大哥？"

实赖双颊微微泛红。

"你一定能漂亮地完成任务。这亦是景胜大人意思。振作精神好好去做吧。"

"遵命！"

实赖受此重任，心中又是欢喜，又是激动，于是抖擞精神，大声回答。

同年，秀吉决定着手进行筹备已久的九州远征，铁了心一定要令岛津义久臣服。另外，在京都内野修建的聚乐第[1]于九月大致竣工，秀吉将居所自大坂城搬到了这里。

因此实赖作为上杉家的使者此去上方，除了报告越后平定一事，亦要预祝秀吉九州远征大获全胜，以及恭贺聚乐第落成。

十一月上旬，与七实赖携带上杉家的贺礼进京。此次上洛前，在主君景胜的命令下，实赖将姓氏小国改作了大国。

实赖在刚刚修建完毕的聚乐第谒见了秀吉。而后，在秀吉的斡旋之下，实赖参谒了京都御所，并受天皇之恩，叙任从五位下但马守之职。

回到越后的实赖俨然成了秀吉的拥趸。

"聚乐第真是漂亮啊，大哥。想必世间一切极乐之事，全都在那里了吧！一到聚乐第，立时会感受到关白殿下的威势遍及四方啊！"

实赖开口三句话不离秀吉。

"与七那家伙，成了丰臣家的家臣了吧。"

背地里，上杉家中不免有人风言风语。

见到这种情形，嫂子阿船开始有些担心：

"与七他不要紧吧？这样到处去说丰臣家的好话，可会招致他人没来由的猜疑哦。"

"关白殿下的确很会笼络人心。不过，不必担心。"

兼续笑道：

"与七这次去也算是开了眼界。不出半月，京都那令人眼花缭乱的美景在他心里便会慢慢淡下去了。"

"那敢情好……"

"与七堪称我的左膀右臂，无论经受怎样的诱惑，也不会失去对景胜大人的忠诚之心。正因如此，我才会让他去京都。"

"京都，是那样可怕的地方吗？"

阿船注视兼续的双眼。

"一如不识庵大人所言，京都很美。不过，那美的背后总是隐藏着什么……因为不甚了解，所以会觉得可怕，但同时又令人心驰神往。"

"夫君您也向往京都么？"

"我还是更喜欢越后清冽的雪峰。无论水或是酒，与京都的比，还是越后的更适合我的口味。"

"虽然您这样说，我还是想去京都看看，哪怕一次也好。"

"会有这个机会的。"

翌年（1588）四月二十日——

兼续跟随主君景胜，再度踏上上洛的路途。

五月七日，一行人到达京都，与前次一样入住六条本国寺。十二日，在聚乐第谒见秀吉。景胜在秀吉的关照下官位升至从三位，于是前去御所参谒跪谢天皇之恩。同时，兼续亦拜受从五位下山城守的官位。从此，兼续便被称为"直江山城守"。

第十三章　山城守

而后，主从二人一同赶赴纪州高野山，参诣位于山内寺院深处的谦信灵庙。

回到京都本国寺的居所时，石田三成来访。一如往常，三成浑身上下一本正经，肩衣袴熨得平平整整。

在祝贺兼续就任山城守之后，三成说道：

"关白殿下意欲将京中一条[2]的土地划给上杉家，作为上杉家京屋敷。不知实城大人意下如何？"

这当然是求之不得的事情。兼续也时常寻思几时得在上方某处建立上杉家往来辗转的落脚之处才是。

三成顿了一顿，又道：

"要在京中修建宅邸，需要很大的开销吧。关于这个，我已经做了安排，就将近江国中一万石作为赠礼，赠予上杉家吧。"

三成言之凿凿，俨然一派能吏模样。

"三番五次的厚意，真是不知如何感谢才好！"

兼续受宠若惊。

"不。"

三成摇了摇头，正色说道：

"上杉大人与中国地方的毛利氏一样，乃是支撑丰臣家天下的栋梁。这等处置是理所当然之事。我这话可只在私底下说——德川家康虽然名义上是关白殿下的下臣，却到底难以信赖。因此，关白殿下想将牵制德川的重任——"

"交付与我上杉家么？"

兼续问罢，石田三成重重地点了点头。

既然德川家康已被纳入丰臣政权之下，那么在九州平定以后，关白秀吉的目标便会转向东国了。关东地方有北条氏、佐竹氏等有力大名。而在更东边的出羽、奥州，芦名、最上、伊达之间争战不息。将这些东国大名收服后，丰臣氏的天下才能真正称得上统一。为了今后丰臣家在攻略东国的时候能够免除后顾之忧,上杉家必定要承担重要的角色。

"关白殿下已下了决心攻打小田原的北条氏。"

石田三成注视着兼续,缓缓说道。

"会在几时?"

"或许就在来年吧。自上州方面进攻的先锋,就交由上杉家担当了。不知尊驾意下如何?"

"遵命。"

兼续恭谨地回答。自先代谦信以来,上杉家曾数次向关东出兵。对于谦信的弟子兼续来说,攻打小田原北条氏,可说是一直以来的夙愿。

"不过,若是进攻小田原,德川会在一旁乖乖地袖手旁观么。"

兼续眉头一蹙。

家康娶了秀吉的妹妹朝日姬,并发誓效忠秀吉。然而另一方面却又与丰臣政权之敌小田原北条氏同盟。从这一事便可看出,家康并未放弃夺取天下的野心。

"这正好对德川试上一试。"

三成眼中精光闪动。

"看看家康对进攻小田原作何反应,便会明白那家伙的真意了吧。是默默听从呢,还是一把扯下伪装露出与丰臣家为敌的真面目。"

"嗯,如此便能知其底细。"

"正是。"

三成点头。

石田三成在许多人眼里,不过是一个只懂得经营事务的小官吏。不过此时的三成却令兼续感到:此人并非等闲之辈。

其中一个缘由,或许是自三成身上难以看到丝毫私利私欲的影子。

第十三章　山城守

（此人掌握权力，全为建立安定繁荣的统一国家，并非为了他一己之欲……）

或许这亦是一种大义吧——兼续如此想道。

二

此番上洛，除了公事之外，兼续还有两件事要做。

其一是——

（不知真田幸村近来如何……）

关于这位自春日山城出走，然后被送往丰臣家做人质的年轻人，那以后再也没有了消息。兼续也是人。将原是人质的幸村以客将相待，视为手足，却不料幸村竟私自出走。兼续在刚刚得知这个消息时，心里自然恼怒，不过随着时间慢慢推移，怒气已渐渐平复下来。

（若自己也出生于真田这样的小大名家，大概也只能作同样的选择吧……）

人与人之间，信义比任何事都来得重要。若是失去信义，世间当会变作一团乱麻。然而，要贯彻信义二字，力量却是必不可少。

正因上杉家、德川家又或者丰臣家都拥有强大的经济、军事实力作为后盾，方能沿着自己的意图一往无前。而没有这般实力之人又该如何是好呢？

（只能一面努力地越过眼前的万丈波澜，一面寻找前路的方向吧……）

恐怕幸村也正一面迷惑着，一面寻找前方的道路。上杉有上杉家的生存方式，而真田家，当然有真田家的生存方式。

听到兼续问及幸村的近况，石田三成的回答是：

"一切平安。幸村公子深得关白殿下喜爱，先日，关白殿下亲自

将千石的俸禄赐予幸村公子。"

三成当然知道上杉与真田之间围绕着幸村的那些恩恩怨怨，不过在说起这件事的时候，他依然是一副漠不关心的表情。

另外，幸村的兄长真田信之后来出仕于德川家。也就是说，昌幸将自己的长男与次男分别送往德川、丰臣两方，这也可算是为了使真田家能够延续下去的策略吧。

（平安就好……）

兼续不再多问。或许某个适当的时候，幸村会来与自己相见。

兼续的另一件事，是拜访秀吉的茶头——千利休。

（真想向利休先生学习茶道真髓啊……）

前次上洛时，兼续心中便有此打算，无奈时日紧迫，未能如愿。

千利休的茶道与兼续迄今所知的茶道有着明显区别，犹如研磨得极为锋利的刀刃一般，无论是氛围还是心境，都令人耳目一新。兼续从利休的茶道中，感受到一股清新的时代之风。要与丰臣政权下的天下诸将平起平坐，就必须时常勤勉修为，提升自己的涵养，不教他人笑话才是。

实际上，在千利休门下，已有如蒲生氏乡、细川忠兴、高山右近、古田织部等声名显赫的大名武将聚集一堂，俨然雅集一般。

千家的京屋敷在聚乐第附近的一条归桥[3]，刚好在秀吉赐给上杉家的京屋敷修建地附近。

兼续向利休说明来意后，利休很是高兴：

"无论几时都欢迎您来。"

初夏的一个午后，微风徐徐——

兼续身着越后上布织成的灰蓝色底山竹叶纹样小袖与崭新的葛布小袴，造访千家。

静静伫立在石板路上四下观望，从庭院中种植的常绿桐与椿树，

第十三章　山城守

到长满青绿苔藓的石水钵,无一不体现出利休独具匠心、毫不妥协的审美情趣。

兼续被引至宅中的四榻半茶室,然后在此静候主人利休。

茶室的墙面抹了一层粗灰泥,靠近地面之处开了两个小窗。从贵人席到点茶席方向,有用粗制草席张开形成的天花板,顶棚上开了天窗。几缕柔和的阳光透过天窗,照进原本稍显阴暗的茶室。寂静之中,只听到山竹叶在微风吹拂下沙沙作响。

不多时,茶室门外有人的动静。

"簌"的一声,板门被拉开,一个纤细的人影从狭窄的入口进到室内。并非千利休,而是一位年轻的女子。

"你是……"

兼续定睛瞧了瞧女子白皙的面庞。

"是您?"

女子看见兼续,也吃了一惊。

"您不是那天那位……"

"咱们在去堺港的船上见过面呢。"

"您还记得我呀。"

"怎么会不记得。看上去好像弱不胜衣,却将那样高大的男子远远扔了出去。这样的女子,世上可不多啊。"

兼续半开玩笑地说道。

"哎……"

女子面颊微微泛红。这正是兼续第一次上洛时,在船上被醉汉纠缠,后得兼续相助的那位年轻女子。虽然只是偶遇,但她眼里闪烁的熠熠神采与坚定的意志,给兼续留下了深刻的印象。

"是阿凉小姐吧。"

"你怎么知道我的名字?"

"那天听你的随从这样叫你来着。"

"噢噢……"

不知什么缘故，女子忽然掩口吃吃笑了起来。一笑之下，女子眼神中原有的矜持顿时消失无踪，表情十分顽皮可爱。

"话说回来，你怎么会在这里？"

兼续问道。

"您才是，怎么会在这里呢？"

"我来拜访这家主人，千利休先生。"

"难道，您就是我爹新收的弟子？"

"哎？利休先生是你父亲么？"

"是啊。"

阿凉大大的眼睛直直盯着兼续，轻轻点头。

"那个时候，那醉汉口口声声说你父亲好像强盗一般，是指……"

"嫉妒我爹的成就，对我恶言相加的人，这世间可不少。我爹可不是把俗物漫天要价，然后骗人钱财的卑劣之人。"

阿凉忍不住斩钉截铁地说道，语气比以往更加强烈。

说起来，阿船细长的双眼跟紧紧抿着的嘴唇，跟父亲利休简直是一个模子里刻出来的。

（原来是千家的女儿啊……）

兼续心中对自己与阿凉的奇妙邂逅感到有些不可思议。

千利休的家庭实在有些复杂。

利休的发妻（戒名宝心妙寿）去世得早，为利休留下了长子道安及包括长女阿吟在内的三个女儿。此后，利休娶了小鼓师宫王三郎三入的遗孀宗恩为妻（宗恩是带子嫁给利休，其子便是后来成为利休的养子、继承了千家的少庵）。

此外，利休还娶有侧室，为他生下了二男三女。

阿凉便是这位侧室的女儿。

第十三章　山城守

利休对长男道安等子女甚为严厉，对小女儿阿凉却格外宠爱。因此阿凉经常往来于千家的京屋敷与堺港之间，也不嫁人，只顾自由自在地过着日子。嫁给堺港商人石桥良叱的长女阿吟，是一位远近闻名的美人。阿凉的容貌丝毫不逊其姐，且此刻方值豆蔻年华，正是大好时节。

只是，阿凉也不知道是像谁，比一般男子还要强。身为一个女子，竟在堺港百舌鸟耳原骑马往返奔跑，还学习竹内流柔术，在他人眼里甚是特立独行。

虽然稍微有些不像平常女子，不过作为利休的女儿，茶道自然是无可挑剔。此时阿凉正熟练地在青瓷茶碗中点好茶，用手指轻轻推送至兼续身前。

"不巧今天我爹被关白殿下急急叫去了聚乐第……临走前叮嘱我好好招呼上杉大人的家老，切莫疏忽怠慢。"

阿凉说道。

兼续端起茶碗，一气饮干：

"那么我便告辞了，改天再来。反正住所就在附近。"

兼续说罢，准备起身。

"那个……"

"什么事？"

"那天的事，实在非常感谢。不过……"

"不过？"

"我在大庭广众之下那样的举止，千万别告诉我爹。他知道了一定会生气的。"

"我知道啦，放心吧。"

听到兼续的话，阿凉咧开嘴高兴地笑起来。虽然是鸡毛蒜皮的事，不过也算是两人之间的小秘密。

此后，兼续便经常出入千家宅邸，修习茶道。

兼续原本就对茶事有所涉猎，进步自然很快。兼续常常参加茶会，并结识了蒲生氏乡、细川忠兴、作为丰臣家茶头之一的津田宗及，以及妙心寺长老南化玄兴等人。

兼续将玄兴秘藏的二十三卷《古文真宝抄》借来，教上杉家的文书官抄誊一遍，以便将来带回越后。

兼续以爱书闻名，藏书有八百五十册之多。其中包括目前世界上仅存的宋版《史记》、《汉书》、《后汉书》等极其珍贵的汉籍善本。后来，兼续在自己藏书的基础上创建了学问所"禅林文库"，作为家臣的受教场所。此外，日本最初的铜板活字印刷书籍《文选》的刊行，也是兼续的功绩。

南化玄兴曾评价兼续是"文武双全、出类拔萃的名士"，也曾称赞他是"见利忘义的此世中舍利而取义之人"。

兼续周身经历京都风雅文化的洗礼，眼界大为开拓。

阿凉也时而一同参与茶会，每于兼续造访千家之时找各种理由来与他相见。兼续感到，在阿凉眼里，有一种比普通朋友更进一步的好感。

"您会一直待在京都吗？"

一次茶道练习后，阿凉突然将视线转到一旁，开口问道。

"秋天就不得不回越后了。一旦下雪，北陆路便难以通行啦。"

"雪要是能早点下就好了。"

"为什么……"

"这样的话，您就可以一直待在京都了吧。"

"那可不行。"

"为什么？因为家里夫人等着你么……"

"……"

面对阿凉抬起头来直视着自己的强烈目光，兼续忽然间不知该如

第十三章　山城守

何回答才好。

三

这年秋天——

兼续与主君上杉景胜一同，率领部属回到越后。

安顿下来不久，景胜便在家中宣布：

"今后废除家老一职，国政之事悉数交予直江山城守兼续裁决。"

这等于宣告了兼续单独执政体制的开始。

于是，上杉家所有权力尽数集于直江兼续一身，政策的确立不需要再经由老臣们商议，从而能够更加迅速地制定施行。

这样的人事结构变动虽然稍显强硬，不过家中众人几乎没有异议。这表明不仅主君景胜信赖直江兼续的内政、外交事务能力，大多数家臣也对他寄予了厚望。此前，上杉家能在丰臣政权之下保持自身的地位，全赖兼续身上作为行政者所必须具备的创新与果断。

若是单凭这些理由，兼续还不足以使人心服口服。不过，兼续为人谦虚谨慎，从不居功自傲，毫无私心地支持着主君景胜，这些特质都让他足以担当诸大名家中前所未闻的"单独执政"体制中心之重任。

由于丰臣秀吉即将对小田原展开攻势，兼续与一直以来关系和睦的常陆佐竹氏结为同盟，开始着手东国各大势力的瓦解与笼络工作。另一方面，兼续通过石田三成，请求秀吉承认上杉家对佐渡岛的领有权。

当时，佐渡岛被土豪本间氏占据，不受上杉家的管辖。

"佐渡就划给上杉家好啦。"

在石田三成的游说下，秀吉正式认可了上杉家对佐渡岛的支配

权。

入冬以后，上杉家开始着手远征佐渡的准备事宜，此时直江家迎来了一件大喜事——阿船怀孕了。

兼续夫妇成亲以来，一直没有孩子。阿船年龄本来就较兼续大，又迟迟未孕，久而久之这也成了她的一块心病。她也曾劝说兼续迎娶侧室：

"您不用顾忌我。若是有看得上的女人，便召来您身边吧。"

当然，兼续非常清楚这不过是违心之言。

所以，阿船这次怀孕，二人都大为欣喜。

直江家的家臣们纷纷从与板城中赶来道贺：

"真是恭喜呀！"

景胜与仙桃院也专门派人送来各种礼物问候。

"给我生个好孩子吧。"

兼续注视着窗外飘然落下的雪花，说道。

"我一定会努力建立一个让初生的孩子能够平安长大的国家，一个没有战乱、人民不会为饥馑所苦的国家……"

"一定会生个好孩子的。"

阿船微笑说道，脸上充满了对丈夫的信赖。

翌天正十七年（1589）六月——

上杉景胜备好军船，自直江津、乡津两个港口出兵，进攻佐渡。

冬日波涛汹涌的日本海，在夏天却是风平浪静。

由于太平洋一侧的风浪较大，因此当时日本国海运的主要干线均集中在另一侧的日本海。有水路将上方与越后相连，这亦是上杉家繁荣的原因之一。

渡过二十里海面之后，上杉军攻入真野湾。继而次第攻陷了本间高统、高茂据守的河原田城和羽茂城。眨眼之间，上杉家已将佐渡一

第十三章　山城守

国拿下。

其后，景胜将佐渡的支配权交予直江兼续。兼续在上田众跟与板众中挑选官员，分配到岛内各地管理诸般事宜，并将上田银山的四百名"上田掘金者"送往佐渡金山，大力开采金矿。

佐渡岛以盛产黄金闻名天下，便是在兼续积极着手使人开发佐渡金山之后。

佐渡岛每年产出黄金大判七百九十九枚，加上岩船郡的高根金山等越后国内矿山一千一百二十四枚黄金大判的产量，整个上杉领每年产金近两千枚，占了日本国内黄金产量的六成。

不过，其中一半要献与丰臣秀吉，上杉家只能留下余下的一半。丰臣家在大坂城中所蓄的大量黄金，大部分出自上杉领内。

兼续随军远征佐渡期间，留在与板的阿船产下了一个女婴。她便是后来成为本多政重之妻的阿松。

这之后，阿船陆续为兼续生下了次女阿梅、嫡男竹松（平八景明），共一男二女。

从佐渡回来以后，兼续也没有闲暇好好抱抱初生的孩子。各种内政、外务堆积如山，令他忙得晕头转向。

内政方面，为了提高位于越后中央蒲原平原的粮食产量，得着手中之口川的开凿等一系列针对信浓川水系的水利工程。另外，兼续煞费苦心地开通了一条北国船只定期航线。这条航线从越后沿日本海向西，经由下关折回濑户内海，最终到达大坂。亦是一条"西环航路"。

所谓"西环航路"，本是指江户时代宽文十二年（1672）在德川幕府的授意下由河村瑞贤[4]（1617—1699）开通的航道。不过，实际上远在此前，直江兼续及加贺金泽的前田利家便以北国船只将大坂与加贺至越后一线联结在了一起。

可以认为，直江兼续将自古就有的日本海一侧水运与濑户内海水运连接在了一起。于是，北陆一带与作为丰臣政权的中心而发展繁荣

起来的一大商业中心——大坂，通过一条长长的海路彼此相连了。

自此，金银、青苧、粮食等物资不断自越后运出，反过来陶瓷器、酒、油、盐乃至铁炮等货物，则从大坂沿海路被送往越后。直江津、柏崎、新泻等各个港口比此前更为繁荣。上杉领内的经济发展蒸蒸日上。

就在上杉景胜进攻佐渡的同一时期——

奥羽[5]一带一位年轻的枭雄正在崛起。此人便是出羽米泽城主，年仅二十三岁的伊达政宗。米泽一地，正是上杉家后来的移封之地。因此在多数人脑海里，此地上杉家的色彩较为浓厚。不过，这里也是独眼龙伊达政宗的出生地。

幼时右眼因病失明的政宗，十八岁时继承了伊达家家督之位。此后为了伊达家的存续，与包括南奥州第一有力大名——会津黑川的芦名义广在内的周边大小势力展开激烈争斗。

这年五月，政宗在摺上原之战中大败芦名义广，并将义广赶到常陆，自己进入了会津黑川城。

之后，白河城主白川氏、须贺川城主二阶堂氏等豪族次第归降，从现在的山形县南部起，包括大半个福岛县，乃至宫城县中部的广大地域，尽数落入伊达政宗手里。继承伊达家后不过五年时间，政宗已打下了一大片领地。

对国境与之接壤的上杉家来说，势力不断膨胀的伊达政宗，绝非可以忽略不理的存在。

"务必要阻止伊达的势头。"

兼续对主君景胜说道。

实际上——

今年年初，上杉家便奉关白秀吉之命，与会津的芦名义广结为同盟。

第十三章　山城守

为救助笼罩在伊达政宗威胁之下的芦名氏，景胜向会津派遣了两千援军，不过后来因为攻打佐渡将援军撤回。政宗乘此间隙攻入会津，夺取了黑川城。芦名义广丢了城池，只得逃往常陆。

在景胜眼里，伊达此举无异于趁火打劫，顿时大为震怒：

"政宗那家伙，太卑鄙了！"景胜愤然道，"如若听之任之，真不知会得意忘形到什么地步！"

"的确如此。"

对力量急速增长的政宗，兼续隐隐感到其野心的可怕。

关白秀吉为了平定东国，以前便教侧近的侍医施药院全宗极力劝说伊达政宗上洛。然而此事还未有个结果，政宗却将向来与丰臣家交好的芦名氏击灭，这令秀吉与伊达家的关系迅速恶化。秀吉令富田知信、前田利家等人送信给政宗：

"攻入会津一事，请务必前来告知缘由。倘使于理不合，我等或会采取必要举措。"

言下充满威胁之意。

若是寻常武将，见到此信当会又惊又惧吧，不过政宗却非等闲之辈。

政宗立时与丰臣家的敌人小田原北条氏政、氏直父子携起手来，意欲对常陆的佐竹义重两面夹击。另一方面，政宗又打发使者去往秀吉处，谎称自己与攻打会津一事毫无干系，并拜托浅野长政从中斡旋。

怎么看，这也不像一个二十三岁的年轻人能够玩的手段。

（将关白作为对手，这年轻人大胆得紧哪……到底是一个荒谬透顶的白痴呢，还是一个百年难遇的英杰？）

此刻的兼续，对政宗的本性实在捉摸不透。但无论如何，若是放任这危险的男人在邻国我行我素，对上杉家也实在是个威胁。

兼续与景胜商讨之后，决定向南会津派遣兵马，在水洼（地名）

一地筑起城砦，牵制政宗的行动。

四

天正十七年（1589）十一月二十四日，秀吉向小田原北条氏发出讨伐檄文，并向诸大名下令：

"来春三月一日发兵。诸位各自筹措兵粮武器，以备远征。"

秀吉决心进攻北条氏，其间的经过可谓一波三折。

北条家的当主氏直，娶了德川家康的女儿为妻，与德川家结为姻戚同盟。秀吉虽然老早就想对北条氏动手，但由于顾忌家康，迟迟未作出武力讨伐的决定。后来秀吉斟酌再三，决定从政治上入手，于是差遣使者前往小田原，敦促氏直上洛。

所谓上洛，其实就是向秀吉屈膝称臣。如今天下大势以秀吉为中心，无论是越后的上杉景胜、中国地方的毛利氏，还是北条的同盟者德川家康，一个个全都奔赴上方，向丰臣政权行臣从之礼。

然而，北条氏政、氏直父子二人的心思，却与这些大名有所区别。

（岂可向秀吉之辈屈膝低头……）

父子心中，对向秀吉称臣一事极为抵触。

自初代北条早云以来，北条家五代称雄关东。在北条家意识中，早已将自己作为镰仓幕府执权北条氏的后人（其实并非如此），对拥有东国武家政权引以为豪。因此，自诩"关东之王"并且以镰仓幕府传统的继承者自居的小田原北条氏，岂可对上方的政权唯唯诺诺，言听计从。

氏直几番深思熟虑后，决定并不亲自上洛，只是让叔父北条氏规代替自己前往上方，并对氏规说：

第十三章　山城守

"去如此告知关白：请将上野国（今群马县）真田家所领的沼田城赐予我北条氏，如此一来，我等便甘愿听奉关白大人差遣。"

这上洛之行当然失却了行臣从之礼的意味，反而向秀吉提出条件，意欲将上野一国内唯一不在北条家支配下的沼田城纳入掌中。

这不啻将了秀吉一军。

不管怎么说，沼田城主真田昌幸将次子幸村作为人质送到了丰臣家，以此表示自己臣从的决心。

（不是舍不得沼田城，实在是不知如何向真田家开口啊……）

秀吉冥思苦想。

对于真田一族来说，上州沼田城有着特殊的意义。

位于利根川左岸的沼田城，原本是上杉谦信出兵关东的据点。御馆之乱时，尚是武田方武将的真田昌幸乘乱将其夺取。沼田地处连接越后与关东的水陆交通要冲，无论在经济上还是军事上，都有极其重要的意义。

为了完全支配关东一带，在真田昌幸从属德川家康之际，北条家曾向家康提出出让沼田城的条件。由于家康同意了这一要求，昌幸一怒之下脱离德川家，与上杉家结盟。

沼田城便是这样一座城砦。

就算有秀吉之命，想来昌幸也不会轻易地放弃沼田城。

然而，秀吉却打定了主意，无论如何也要北条氏直上洛。于是他派遣密使来到真田昌幸处，捎来话说：

"看在我秀吉的面上，就把沼田城让与北条家吧。我以利根川沿岸吾妻郡的名胡桃城作为交换。这次给我一个面子，我秀吉今后定然不会亏待真田家。"

对昌幸来说，此时此际卖秀吉个顺水人情，亦不是一件坏事。作为交换的名胡桃城，位于沼田城北面，能够监视沼田城中的一举一动。秀吉的言外之意——

（万一要对北条用兵，真田家可作先锋……）

于是，沼田城的支配权便从真田家手里转移到了北条家手中。

然而——

得到沼田城后，北条方却并不满足，立时进兵攻陷了近在咫尺的名胡桃城。

秀吉接到来自真田昌幸处关于北条方违反约定一事的申述后，心下暗自一喜：

（这不是绝好的大义名分么！）

当即决定武力攻打小田原，并向麾下诸大名发出军令。

一直以来致力于与北条家达成和平交涉目的的德川家康，此时除了向北条家出兵之外，也别无选择。

天正十八年（1590）三月一日——

丰臣秀吉率领两万大军，自京都出发。包括先锋德川家康在内，还有蒲生氏乡、丰臣秀次、织田信雄、浅野长政、宇喜多秀家、细川忠兴等，总兵力约十二万，沿东海道进军。

除了东海道的本队之外，秀吉安排了另一路人马，自信州方面攻入关东。包括上杉景胜、前田利家、真田昌幸、依田康国诸大名，共有三万五千人。

一万二千上杉军自春日山城出发，沿着积雪尚未消融的北国街道前进，越过国境进入信浓领内，然后在此等待与沿北陆路前来的前田利家军会合。不久，前田军差人送来消息：由于强风的缘故，前田兵马无法越过天险亲不知子不知，只好返回，绕道近江、美浓，再沿木曾路进入信州。于是上杉军进入北信浓的海津城，继续等候前田军到来。

"真田难道不该派人前来问候一声么？"在海津城等待之时，身着绀丝威当世具足的大国（旧姓小国）实赖愤愤不平地对兄长兼续

第十三章　山城守

抱怨，"背叛了我方的信赖，也让实城大人面上无光。实城大人嘴上虽不说，想必心中也不能释怀吧。"

"这事不要提了，实赖。"

兼续站在海津城的三重橹上，俯视千曲川。崭新的薄浅葱丝威最上胴具足，十分适合他挺拔的身材。与具足相配，新造的头盔前方，高耸着一个"爱"字前立。

为了在战场上宣示自己的存在，战国武将大都按照自己的兴趣给头盔添以装饰。兼续的头盔便是在黑铁的卷云之上饰有一个大大的"爱"字，在阳光映射下闪耀着黄金色的光芒。

这"爱"字，原是源自上杉家的"义"。

兼续之师上杉谦信，在这背叛与阴谋横行的战国乱世，高举"义"之旗帜，向天下展示了一个不为眼前之利蒙蔽，以诚待人，挺直脊梁且无愧于天地的生存之道，以及坚信自己的道路而不惜蒙受利益损失也要将志向贯彻到底的决心。

谦信在临终之际，曾对兼续喃喃说过几个字：

"你自身的'义'……"

谦信终其一生，将自身的"义"贯彻始终，不断地与为着私利私欲侵占他人领地、扰乱天下秩序之人作战。不过这说到底，也只是谦信自己所理解的"义"。

谦信对弟子兼续说过：

"你与我不同，你会找到属于你自身的'义'。"

那以来，兼续一面与风云变幻的世事激流苦斗，一面不断求索答案。到如今，终于形成了自己对于"仁爱"的理解。

谦信亡故后，兼续眼见了一代风云人物织田信长从光芒万丈到突然陨落的过程。信长一生致力于改革中世权威室町幕府陈旧保守的作风，令丧失秩序的战国乱世归于统一。"天下布武"四字，便是信长理想的写照。

信长天下布武的本来意思，并非一味诉诸武力称霸天下。而是包括"息暴乱，止干戈，保国纲，定功劳，安民心，和众议，丰物产"这所谓"七德"。

然而，"七德之武"却渐渐变成信长将自己的权力欲正当化的幌子，在"天下布武"的名义之下杀戮了大量无辜民众，造成许多无意义的流血牺牲。

因此，信长于本能寺横死，当是为政者偏离其应循之道，从而导致的必然结果吧。

（武力绝不可沦为滥杀的工具，要避免百姓为战争所苦。万不得已时，也务必要将苍生的福祉置于第一位置。无论何时，绝不可忘却对黎民百姓的仁爱之心。治国当以慈悯、体谅为本。这才是自己所寻找的大义吧……）

兼续戴上"爱"字前立的头盔，等于是将自己自谦信之处发展而来的理念当作人生的信条，并以此昭示天下。后来，兼续更将书写着"爱"字的军旗，添入上杉家本阵旗之中。

在想通此节之后的兼续看来，让弟弟实赖愤愤不平的真田一族的狡黠善变，实在是不值一提的小事。

武士本就不该因为无聊的争斗心或是私欲而战。和这些比起来，崇高的理想不是更值得自己拼上性命去追求么。

（这便是我此生活着的意义，定要深深刻于心底，不可有片刻忘却……）

五

上杉军与真田昌幸、依田康国以及久久才赶到信州的前田利家军会合后，以真田、依田军为先锋，越过碓冰岭向关东进军。北条方上

第十三章 山城守

州要害据点松井田城的守将,是北条家老臣大道寺政繁。

丰臣联军将松井田城团团围住,着手准备总攻。不过此城防守坚固,不易攻陷。战事渐渐演变为围城断粮的持久战。

另一边——

沿东海道而下的秀吉本队攻陷了伊豆山中城,突破了天险箱根。而后,北条家的根据地相州小田原便近在眼前了。

面对来势汹汹的丰臣大军,北条氏政、氏直父子决定在小田原城坚守不出。

(这小田原城可不是那么容易攻下的……)

小田原城南临相模湾,西面是箱根群山,城内外皆有护城河。此外,就连城下町也被土垒与壕沟围在里面,各处要地建有箭楼及望楼,形成了一个东西五公里、南北七公里、方圆约二十公里的大城池。这便是北条家引以为傲的"总构"筑城法。这种将城下町都包围在内的建筑方式,原是自大陆流传而来。当时小田原城下有许多明国商人,因此大陆文化的影子随处可见。

后来,秀吉也将京町用城壁包围,将大坂城改筑为"总构"的形式,无疑便是受了小田原城的影响。

总之——

(不论天下如何广大,亦断无能够攻陷此城之人……)

北条氏政、氏直对此非常自信。当初就连上杉谦信、武田信玄等战国名将攻到城下,也只好望城兴叹。小田原城的坚固,令氏政、氏直父子底气十足,也令北条家臣们在大军面前依然同仇敌忾,不致就此崩溃。

四月四日——

丰臣军包围小田原城。城西箱根方面,是德川家康、丰臣秀胜、丰臣秀次、宇喜多秀家等五万人马。城南热海方面则有堀秀政、长谷川秀一等三万兵马。此外,还有两万水军在海上对相模湾进行封锁。

包围网的军队数量不断增加的同时，秀吉还在能够俯视小田原城的丘陵上修筑了一座城砦——石垣山城。

在能够俯瞰敌城的地方修建城砦，可以大大加强己方的心理优势，攻城战也显得不紧不慢、有条不紊。秀吉在攻取中国地方的三木城、鸟取城、备中高松城之时，便采取过这样的方案。这可算是他十分擅长的战术了。

秀吉还将爱妾淀君自上方唤来身边，又令茶头千利休主持举行茶会，简直就像来此游玩一般，悠然自得。

到了如今，箱根以西再无反抗秀吉的势力。因此秀吉能够如此游刃有余地进行小田原包围战。

在石垣山扎下阵来的秀吉向奥州的伊达政宗派去使者，催促其：

"速来小田原参战。"

这无疑是为征讨关东之后进一步平定奥羽之地作准备。

四月十九日——

上州松井田城陷落。守将大道寺政繁在上杉、前田、真田、依田诸军的攻打之下，虽然一度负隅顽抗，但见周边的西牧城、厩桥城等支城被次第攻陷，只好断了死守的念头，开城投降。

兼续对政繁这位面对敌方大军亦毫无畏惧、英勇作战的老将礼遇有加，让人送上备好的崭新小袖，摆酒设宴。好似招待宾客一般，小心翼翼，生怕有丝毫怠慢之处。

前田利家之义侄庆次郎利太（即前田庆次，其养父前田利久是利家之兄）看到如此情形，觉得很是不可思议，便问道：

"山城守大人，为何对败军之将如此厚待啊？"

兼续微微一笑：

"胜负只是时运而已，胜者、败者的区别，不过如一层纸薄。今日的胜者，明日也许就会变为败者。我以为，对奋勇作战的对手，应以礼待之。对败者的体恤，对其尊严的尊重，这亦是武士之道吧。"

第十三章　山城守

"武士之道么……我叔父前田利家善于处世,计算勘定也很高明,却从未提及过远离利害关系的武士之心。山城守大人此话,当真如拨云见日一般啊。"

听了兼续的话,前田庆次心中涌起莫名的感动。此后,庆次与兼续结为莫逆之交。

后来,庆次离开前田家,暂居京都,自诩为天下第一倾奇者,过着无拘无束的生活。不过在受到兼续邀请之后,庆次便毫不犹豫地出仕上杉家。那时,庆次提出的条件是:

"俸禄多少没有关系。只是,我讨厌被人束缚,请让我自由自在地工作吧。"

兼续微笑答应,给予庆次千石的俸禄,任命其为组外御扶持方头领。

所谓"组外御扶持方",大约相当于现代的雇佣兵部队。成员均非上杉家谱代家臣,大都是身怀绝技、武艺高强的流浪武士。对庆次这等闲云野鹤般的人来说,这差事真是再合适不过了。

作为家臣首次晋见上杉景胜时,庆次拿了个盆子,里边放了三根带泥的大萝卜,对景胜说:

"这萝卜就好比在下一般,初见之时令人觉得肮脏讨厌,吃起来却甘美可口呢。"

兼续以义贯彻始终的凛然精神,令这天下第一的倾奇者也不免为之心折。这些都是后话。

成功攻取松井田城之后的上杉景胜、前田利家,带着降将大道寺政繁,赶往秀吉所在的石垣山城,禀报已平定上州的消息。

"干得不错!"

秀吉听了报告,心情大好。

"那么,就让降将大道寺政繁为先锋,去攻打武藏一国。武藏平定之后,北条氏便会如风中危烛一般了。无论小田原城多么坚固,也

会失去继续顽抗的决心吧。"

会面后,秀吉唤来千利休,与兼续等人共行茶事。

在石垣山盘桓停留之际,兼续第一次见到了德川家康。秀吉暗中透露,在平定关八州后,拟将北条的这些旧领交予家康治理。因此,对世代继承关东管领一职的上杉家而言,家康其人实在是万万不可忽视的存在。

注释

【1】聚乐第:丰臣秀吉在京都营造的宅第。天正十五年(1587)落成。第二年后阳成天皇来此巡幸,秀吉借此向诸大名展示了丰臣的实力。后来成为其养子丰臣秀次的居所。秀次死后被毁。

【2】一条:京都地名,即京都一条大道附近。

【3】一条归桥:京都地名,位于京都一条大道上,横跨堀川。相传延喜十八年(918)二月,汉学者三善清行去世,送葬队伍通过此桥之际,原本在熊野修行的儿子净藏终于赶来,并在棺木一旁祈祷。此时一声惊雷,清行得以暂时生还,使儿子能见其最后一面。父子相拥而哭。此桥因此得名"归桥"。

【4】河村瑞贤:江户时代初期豪商,西环航路(自东北出羽酒田经日本海沿岸,在下关折返至濑户内海,最终到达江户湾)与东环航路(利根川河口至江户湾)的开辟者。

【5】奥羽:日本本州东北陆奥、出羽两国的合称。

第十四章　家康

一

以上杉军、前田军为首的丰臣方北陆方面军奉秀吉之命自上州南下，攻入武藏一国。

大军依次攻陷川越城（今琦玉县川越市）与松山城（今琦玉县比企郡吉见町）后，于五月中旬兵临武藏国中北条方最大据点——钵形城（今琦玉县大里郡寄居町）下。钵形城守将是氏直的叔父——北条一门众中的北条氏邦。

面对敌方大军，素来以勇猛闻名的氏邦率领三千将兵固守钵形城中。

钵形城坐落在荒川激流拍打的断崖之上，加之此时正值梅雨时节，河水上涨，更是令敌军难以靠近。

上杉景胜、前田利家、真田昌幸、依田康国以及上杉家执政直江兼续等人商议之后，认为单凭武力攻下此城很是困难，于是便在城四周围起鹿砦，准备进行持久战。

这时，加上秀吉派来的浅野长政、木村吉清的兵马，攻城方人数已增加到守城方的十多倍。

另外，正在攻打下总一国诸城的德川家康军所属本多忠胜、鸟居元忠、平岩亲吉等部队也差人送来消息：

"这边战事一了，立即前来钵形城助一臂之力。"

这对攻城方来说无异是如虎添翼。

不过——

"都到这地步了，可不需要德川跑来相助什么的。"

景胜坐在金扇马印前的折凳上，一脸不高兴。对景胜来说，再也没有比攻打钵形城的功劳被德川家横加夺取一事更令人不快了。

前田利家也是同样：

"就算我等拼尽全力，到头来这关东还不是得交给德川家康么。真教人提不起干劲呢！"

一副兴趣缺缺的模样。这气氛很快感染了前田军，士气顿时一片低落。

只有真田昌幸的心情略有些不同。去年，真田家让嫡男信之去德川家出仕，并且迎娶了德川家谱代家臣本多忠胜之女小松姬为妻。一方面归顺丰臣政权，一方面又与实力强大的德川家康搭上关系，这真不愧是有"表里比兴"之称的真田一族所能想到的两全之策。

雨不大，却总是淅淅沥沥地下个不停。

攻打钵形城的部队营寨里外尽是湿气，兵士们的心情也总有些郁闷不振。

在这淫雨霏霏的梅雨季节里，一个男人来到兼续处造访。

此人正是石田三成。

攻打小田原期间，三成作为军监，在各地奔波。日前兼续等人在石垣山停留之际，三成指挥小辎重队运送兵粮去了伊豆，二人没能碰面。

"我有话想单独跟您说。"

第十四章　家康

一进上杉营地的阵小屋,三成便请兼续屏退左右。

三成身上的伊予札具足被小雨打湿,或许是身处战阵的缘故,他白皙的面庞绷得更紧,令人越发觉得精悍。

阵小屋中的与板众家臣退下后,三成小心翼翼地环视一圈,然后一字一顿地说道:

"听说,您在石垣山的时候,见过德川大人了?"

三成原本是一个不会明显表现出个人好恶的男人,然而一说到家康,不满之情却溢于言表。这或许是因为三成总是担心家康对丰臣政权是一个潜在的威胁吧。

"嗯,的确见过了。"

兼续一面点头,一面请三成坐下说。

三成如言在折凳上坐下:

"那么,您怎么看?"

"什么怎么看?"

"怎么看家康这人。诸将之中,大都觉得德川大人战功赫赫,任劳任怨,而且为人谦和有礼,对其评价甚高。不过在我看来,那个胖老头子是个大大的骗子,城府深得很呐。"

"不是易与之辈啊。"

兼续两手一抄,喃喃说道。

坦白地说,兼续对德川家康其人,并没有像三成那样强烈的敌意。

虽然兼续常听三成说他是一个深藏不露的阴谋家,不断诉说他的不是,但见面之后,兼续发现家康出乎意料地谦虚和蔼,给人笃实忠厚的印象。

不过——

(对那双眼神,可是千万大意不得……)

从家康双眼不时闪现出的精光之中,兼续也嗅出了野心家的味

道。

"作为敌人的话，德川大人是一个相当麻烦的对手啊。想必关白殿下虽视之为眼里的沙子，却也不得不慎重地对待吧。"

兼续率直地说出了自己的看法。

"是吧！"三成说着，重重地拍了一下膝盖，"家康那家伙，无视关白殿下的命令，随便按照自己的意思处置战事。从武藏到下总，只管攻打一些小城砦。只要对方投降，便通通赦免，还悄悄地将对方收为自己的家臣。这当然是考虑到今后统治关东地方时，不至于引起当地武士的激烈反抗的缘故。这不是证明了家康在丰臣家的威令之下，首先考虑的却是自己的利益么？"

三成一口气说了这许多，语气比以往更为激越。

"直江大人。"三成直直盯着兼续的眼睛，"我有一个心愿。"

"心愿……"

"是的。"三成点了点头，"别人或许难以理解，但我想一直以来对上杉家忠心不二的您，或许会明白我的想法。"

"石田大人的心愿，我在此洗耳恭听。"

兼续坐姿一端，正色说道。

兼续心里明白，虽然世人评价三成是一个冷酷无情的能吏，但实际上，三成却是一个格外纯粹的理想主义者。

（他会说什么呢……）

作为一个有血有肉的人，三成的心里到底是怎样想的，兼续很有兴趣。

"直江大人您知道，我幼时在近江观音寺修习学问之际，遇到了当时还是长浜城主的关白殿下。"

"听说是一个十分聪慧的少年呢。"

"哎……"

三成皱了皱鼻子，继续说道：

第十四章　家康

"总之，从那时起，在下便摒弃私心跟随关白殿下，开始认真考虑我到底能够做些什么。考虑之后，得到了一个答案。"

"这答案是？"

"为了天下，要建立一个以关白殿下为中心，具有不可动摇的规则与秩序的体制。"

三成说道。

"规则与秩序么……"

石田三成所言之事，兼续亦深以为然。

（此时，天下正处于由乱而治的转折时期……）

在群雄割据的战国乱世，尾张国出了一个叫作织田信长的风云儿。而信长霸业未竟惨遭横死后，其家臣丰臣秀吉继承了统一天下的事业。

武将们凭着实力割据而治的时代，确实已经告一段落了。正如乱世有着乱世的价值观，治世亦有治世应有的治理理念。

那便是三成口中所言的"规则与秩序"。

"要平稳治理天下，秩序最为重要。在下克上[1]的时代，儿子流放父亲，家臣杀害主君，这般大逆不道的行为可以横行于世。然而如今，这些恶行若不制止，将有灭国之虞啊！您不这样认为吗，直江大人？"

"如石田大人您所言，破坏古老的秩序，打开闭塞已久的时代之门，这些枭雄们的使命已经终结。从此往后，一味的破坏断然不行，务必要建立新的秩序才是。"

"不愧是直江大人。您明白我的心意了吧！"

"是的。不过，石田大人心中的规则与秩序，具体要如何去实现呢？"

"这个嘛……"

三成说出了自己的想法。坦言之，石田三成的国家构想，便是让

所有的权力集于关白秀吉一身，也就是所谓的"中央集权"。以德川家康及上杉景胜、前田利家等为首的诸大名，必须对丰臣政权绝对服从，共同协力，治理国家。

自镰仓幕府以来，日本的武家政权均是在承认各地武士自治的基础上，由征夷大将军统领全国。政权以"地方分权"的形式存在。因此三成此时的中央集权构想，对于日本来说无疑具有划时代的意义。

如石田三成所言，在中央集权的体制下，日本国力当会大大增强，各地治安趋于良好，百姓安居乐业，经济也会更加繁荣。

然而——

（诸大名会坐视这一切的发生么……）

兼续也看到了这个构想推行的困难。此时臣从于丰臣政权的大名们，皆是残酷战国乱世中的幸存者。他们用自己的血与汗换来了如今的领地与城池。

上杉家亦是如此，数度跨越灭亡的危机，终于生存至今。若是为了建立新的国家体制，要将领地城池双手奉上，那也是断然不行的。更不用说德川家康这些身经百战之人了，他们决计不会听命。

"石田大人真的打算如此么？"

兼续问道。

"是的。"石田三成斩钉截铁地说道，"目前，我奉关白殿下之命，正在畿内、西国各地进行检地[2]。并且颁布了刀狩令[3]，以彻底实行兵农分离之法。另外，还要将寺社等宗教势力纳入丰臣政权的管理之下。"

"这些事情都是石田大人您在负责推行么？"

"正是。"

"一定有很多人责难您吧。"

"我可不是为了一己私欲在干这些事情。这全是为了大义啊！就算遭致世人的毁谤，乃至流血牺牲或曝尸荒野，我也不会有丝毫后

第十四章 家康

悔。"

"您这是真心话么?"

"天地神明可鉴!"

"我明白了。"兼续沉声说道,"既然石田大人有此决心,我上杉家必定协力保证丰臣政权的稳固。在将全国统一的大义之前,各自的领土欲望实在算不得什么。"

"真是感激不尽。"

很少在别人面前显露心意的石田三成,此时满脸感激之情。

"不过,这条路很不好走啊。"

兼续眼神遥望远方。

"这事急不得。若是操之过急,定会招致更多阻碍的。要待天时、地利、人和这三者集于一身之时,方可成事。"

"我自有分寸。"

石田三成轻轻颔首。

二

围城一个月后——

武州钵形城守将北条氏邦开城投降。

上杉景胜与前田利家再度赶赴石垣山秀吉本阵,禀报胜利的消息。

秀吉却并不高兴。

虽然北条方在北武藏的据点被攻下之后,小田原的陷落不过是时间问题,然而秀吉却青着一张脸:

"你这几个家伙,真的在用心打仗么?一定只是等着守军投降,好保存自己的实力吧。就这么担心自己的兵马遭受损失么!"

秀吉重重地斥责二人。其实，秀吉的不快，并不是针对上杉、前田等人，而是来自于对与北条方交好、在这次攻打北条的战事中不肯尽力的德川家康的强烈不满和不信任。但这满肚子的火又没法直接对家康本人发泄，结果正好拿景胜与利家当了替罪羊。

"不是这样的！"

前田利家申辩。利家与秀吉原是织田家的同僚，信长还在清州城的时代，两人毗邻居住，情同手足，关系非常融洽。因此这当口被秀吉没来由地责骂，利家有些按捺不住。

"您一定是误会了。我等千里迢迢自北陆赶来，拼命作战，绝无半分不力之处！"

"闭嘴！你要造反么！"

秀吉厉声大喝。两人之间的气氛一下子变得僵住。

此时，端坐于主君景胜身后的兼续开口说道：

"请等一下，关白殿下。"

秀吉闻言，锐利的目光射向兼续，给人以沉重的威压之感。

"怎么，山城守？"

"想必在关白殿下眼里，我等此战正如您所言，磨磨蹭蹭，未尽全力。"

"你也想申辩么？"

"不，在下不欲申辩。"兼续端正身姿，回视秀吉，"在下一战中，我等全军定会拼死作战，以彰忠义之心。请殿下拭目以待。"

"说得好，不愧是上杉家啊。"

兼续此言，让秀吉心情多云转晴。

这次关于"上杉、前田作战怠慢"的事件，实际上是兼续与石田三成商议之后定下的一条计策。

上杉景胜、前田利家等人，与德川家康及毛利元就并列，是丰臣政权下的有力大名。然而在遭到秀吉叱责的时候，就连上杉、前田这

第十四章　家康

样的大名也不敢造次，只能绝对服从——要将秀吉的威仪宣告天下，再没有比这出戏更合适的了。

事实上，在这件事以后，诸大名的态度一下子有了转变。为了天下统一之后的势力图划分，一个个争相向秀吉表明忠诚，唯恐落于人后。

经过长期交涉，伊达政宗终于前来小田原参战。此时的政宗一身白衣，在秀吉面前伏身拜谒，为自己的迟到谢罪。

"参战来迟，请关白殿下发落。"

秀吉用手杖轻轻在政宗头上敲了两三下，半开玩笑半是威胁地说：

"再来晚一点的话，这个可就不在项上啦。"

之后，秀吉行茶事款待了政宗，并赐以太刀一把，命其治理奥羽二国。

另一方面——

上杉、前田、真田等率大军自钵形城向南武藏进军，包围了八王子城。

六月二十三日黎明前，攻城部队在浓雾中用铁炮及弓矢向城内一齐射击。

"冲啊，一口气把城拿下吧！"

一直对秀吉的叱责耿耿于怀的前田利家赌气似的大声喊叫，上杉军也将生死置之度外，拼命战斗。

激战下来，同日傍晚，八王子城陷落。守军战死者一千余人，二百余人被捕。上杉、前田一方也有不少死伤。

"这样好么？"

看着自军兵士们疲劳伤残的样子，上杉景胜转头问道。

"这一切，都是为了天下吧……"

爱字前立的头盔下面，兼续的神色也有些凝重。

只是——

（大义之前，不能感情用事啊。否则前路将寸步难行吧……）

兼续在心里喃喃说道。

转眼到了盛夏，处于孤立无援之境的北条氏断了坚守的念头，于七月五日开城投降，将小田原城献与丰臣秀吉。

收服小田原北条氏后，丰臣秀吉下令将德川家康的领地移封到尚无人治理的关八州。

（总有一天，家康会向我露出獠牙吧……）

在秀吉内心，时常有着这样的担心。虽然此时的家康看似温顺，不过一有机会，他便会显示出夺取天下的野心与实力吧。

（可能的话，尽量让他离畿内远一些为好。）

秀吉打定这个主意之后，便将家康移封到了关东。

名义上，家康的移封是由于进攻北条有功所致。家康旧领三河、远江、骏河、信浓、甲斐五国，总石高[4]为三十万余石。此番移封关东，新领地石高数量大大增加，总石高竟高达二百五十万余石。然而实际上，对家康来说，不仅要离开自己常年经营的根据地三河，而且关八州曾被北条氏统治五代，要治理得有如自己的领地一般，也颇为困难。不利之处林林总总，数不胜数。当然，这正是秀吉想要的结果。

不过家康到底不是等闲之辈。

"将关东的治理交予老臣，实在光荣至极。"

就此接受了秀吉的移封，脸上没有半分不情愿。

若有半点不满，自己与秀吉的关系便会迅速恶化，武力冲突在所难免。久经世故的家康对这一点看得很透。这两人真是猴子对狸猫，你来我往，钩心斗角。与枪林弹雨相比，也可谓是暗中的生死较量了。

家康获得秀吉的首肯，将江户定为居城，开始治理关东。

第十四章　家康

秀吉处理完关东的事宜，自小田原沿奥州道路北上，八月九日进入伊达政宗献出的会津黑川城（今福岛县会津若松市）。

未前往小田原参战的葛西晴信、大崎义隆、石川昭光、白川义亲等奥州诸大名的领地被秀吉没收。秀吉将葛西、大崎的旧领三十万石赐予侧近木村吉清，将做为奥州要冲的会津黑川四十二万石赐予了蒲生氏乡（后来增加到九十二万石）。

由于攻打关东及奥羽的战功，秀吉将出羽国内的田川郡、枥引郡、游佐郡——也就是所谓的"庄内三郡"赐予了上杉家。这数年间，围绕庄内地方，上杉家与出羽的最上义光反复较量，如今这里终于正式成为了上杉家的领地。加上旧领越后、佐渡两国，以及信浓的川中岛四郡，上杉家领地总石高达到九十一万石之多。不过比起庄内三郡来，对上杉家来说更为重要的，是得到了北国船只的停留港——酒田港（今山形县酒田市）。

这本小说中多次提到，当时日本的海运干线在日本海一侧。因为这一海运线路而繁荣的港口，主要有若狭小浜、越前敦贺、越后直江津、出羽酒田以及陆奥土崎。其中位于最上川入海口的酒田港，堪称北日本第一繁荣之地。当时有句俗话——"西之堺、东之酒田"，可见酒田的繁华不亚于泉州堺港。

在堺港，有被称为"会合众"的三十六人作为商人们的代表，实行町中自治。酒田也是同样，由被称为"长人"的三十六位商人联合商议主持町政。在后来的江户时代，此地的豪商本间家控制着水运及稻米买卖富甲一方，并购买了大量田地山林，成为日本第一大地主。"就算不能成为本间大人，也要成为一方之主"，这句歌谣便是说，就连一方大名也比不上本间家的富有。

上杉家执政兼续率军进入酒田港后，将残留在这里以及整个庄内地方的最上义光旧势力尽数扫灭。而后疏浚了因泥沙堆积而变浅的港湾，在地子（固定资产税）及冥加金（交易税）等税收方面也给予

酒田商人极大的优惠。这些措施都使港町的发展比从前更上一层楼。

兼续让以刚勇无双闻名的上田众武将甘糟备后守景继驻守港町附近的东禅寺城,并作为代官[5]治理酒田港。

三

大海雪前雷鸣之时——

安置好庄内一地诸般事宜的兼续由海路返回春日山城。

回到家门口,阿船怀抱去年生下的长女阿松迎出门来。这孩子十分讨人喜欢,见到分别十个月的父亲后,也不哭闹,只顾一个劲儿地笑。

经过这一段戎马征战、奔波劳累的日子,看到自己妻女,兼续不由长舒一口气,心里顿时觉得平静安宁。

不过,阿船却面带愁色,看样子有什么心事。

"怎么了,阿船?我不在这段时间有什么事情发生么?"

"没有……"

"这可不像你啊。我们不是夫妻吗?有心事还是说出来为好。"

"……其实,是御台所夫人的事情。"

"阿菊御料人吗。"

"是的。"

阿船秀眉微蹙,点了点头。

上杉景胜的夫人阿菊御料人原是武田信玄之女,因政治联姻而嫁到春日山城。这时娘家武田家早已灭亡,而阿菊与景胜之间也未生下一男半女。

一向沉默寡言的景胜,就算在妻子面前,也不会开半句玩笑。在旁人看来,这对夫妻之间不仅缺少情趣,甚至压抑得让人有些透不过

第十四章　家康

气来。不过这种男女之事，他人也只能从表面窥得一二，或许两人反而习惯这样相处亦未可知。

"御台所夫人怎么了？"

"夫人说她不愿意去上方……这段时间一直把自己关在屋里，不听任何人劝说。"

"不愿意去上方么……"

"仙桃院尼大人跟我轮流着陪在她身边，想尽可能地说服她，但……"

阿船脸上满是歉意。

这的确是个麻烦事情。

"把你们的妻小都接到京都来吧。"

丰臣秀吉曾对诸大名如此宣布。谁都能看出来，秀吉此举是为了防备大名们造反作乱，因而让他们将家人送至京都做人质。上杉家自然当即应允。不过由于阿菊御料人身体不太好，所以拖延至今也未能成行。但在秀吉已经完成一统天下大业的此刻，可不能让阿菊御料人由着自己的性子行事了。

"御台所夫人原本就是被武田家当作人质嫁来上杉家的。想必是厌恶一而再、再而三地被当作政治工具利用吧。"

阿船同情地说道。

"我也不是不明白御台所夫人的心情。"兼续面现苦色，"只是，别家的当主夫人，大家不都在忍耐么。为了上杉家，务必要请御台所夫人前往京都啊。"

"这么说，我们女人无论什么时候都得对男人们单方面的决定言听计从咯？"

"阿船……"

妻子突如其来的不满让兼续不由一怔。

不过，阿船立刻恢复了往常那般恭谨有礼的表情：

"说了任性的话,请不要介意……男人们也同样不得不忍耐吧。我明白了。"

"虽说是人质,不过御台所夫人不会感到任何不便的。关白殿下在聚乐第附近为我们上杉家准备了一座大宅。御台所夫人也一定会喜欢那里吧。"

"我会继续努力说服御台所夫人的。如果夫人实在觉得寂寞,就让我去京都陪伴她也没有关系。"

"你也去京都么?"

"不行吗?"

"不。既然如此,那这件大事可就交给你了。"

于是,关于阿菊御料人的事,兼续全部托付给了阿船。如兼续这般一手主持上杉家国政之人,也没有办法探知御台所夫人的内心深处。

大雪之中,这年很快过去。

翌天正十九年(1591)——
新年刚过,兼续便跟随景胜第三次上洛。

兼续在公家劝修寺晴丰的茶会上,与细川幽斋等人作起连歌,往来交流。而后又与石田三成、浅野长政、宇喜多秀家、大谷吉继等丰臣政权的政要人物会面。每天都在繁忙中度过。

在与上杉家京屋敷毗邻的千家宅邸中,兼续再次见到了利休的女儿阿凉。

"听说,您在故乡的夫人为您怀上了第二个孩子吧。"

茶事途中,阿凉一双忽闪忽闪的大眼睛定定地盯着兼续,一副气鼓鼓的样子说道。

虽然板着一张脸,样子却益发娇艳。许久不见,比起以前飒爽的模样来,更增添了几分女人味,教人眼前一亮。

第十四章　家康

"知道得挺清楚嘛。"

兼续吃了一惊,没想到阿凉连自己的私事都这么了如指掌。说起来,阿船怀孕的消息五天前才有人送来京都。虽然禀报了主君景胜,但由于不过是私事,自己就没向外人提及。

"我都知道。只要是关于您的事,我全都知道。"

阿凉一字一顿认真说道。

"阿凉小姐……"

兼续顿时有些不知所措,只得将手里的黑乐茶碗放在膝边。

"骗您的……"

"骗我的?"

"我说关于您的事情我全都知道,是骗您的。其实是昨天千坂对马守来我家归还四方釜的时候听他说起的。"

阿凉说着,扑哧一笑。

留守在上杉家京屋敷的千坂对马守跟兼续一样,为了与京都诸将及公卿、豪商等结识往来,也在千家门下学习茶道。听说当千家当主利休跟随秀吉出征东国之时,便是由女儿阿凉来辅导对马入门。

"哎,千家的那位千金真是严格呢。练习的时候训斥起人来毫不留情啊。越后倔强的女人也不算少了,可没有像她那样正面顶撞男人的呢。"

兼续这回刚到京都,千坂对马守便向他发牢骚。

如对马所言,阿凉的茶道修为出类拔萃。就连后来被称为"利休七哲"中人的利休亲传弟子古田织部与濑田扫部也自叹弗如。

——能够继承利休大人一代宗师衣钵之人,就只有阿凉小姐吧。

近日来,甚至还有这样的传言。

如阿凉这般深受京都文化熏陶、才华横溢的女子,自然有不少人上门提亲。然而阿凉本人却仿佛丝毫没有这方面的想法,教仰慕者们捉摸不透。

（上方的女子实在是不好对付啊……）

兼续心中苦笑，一面再度端起茶碗，将已经变凉的茶一气喝干。

四

这次上洛，兼续在石田三成的介绍下认识了一名男子——筑后柳川（今福冈县柳川市）城主立花宗茂。

此人一生当中改了十次名字，这时叫作统虎。不过他晚年的名字宗茂更为人熟知，小说里为了方便，此后都以立花宗茂相称了。

宗茂此时年方二十五，比兼续年轻七岁，面色黝黑，脸形浑圆，目鼻扁平，谈不上仪表堂堂。个子虽然不高，却剽悍十足，充满干劲。深陷的眼窝中，双目精光四射，炯炯有神，给人以压迫之感。绷紧的嘴角和浓密的眉毛凸显出他刚直好胜的性格。看来这是一个极为厌恶旁门左道的男人。

也许初见之下，宗茂便觉得兼续与自己有共同之处，因此对他颇有好感。

"关白殿下对我有着莫大的恩情呢。"

宗茂说话声十分响亮，实在是战阵之上锻炼出来犹如洪钟一般的声音。三人说话的地方，是聚乐第大膳房旁边的一间小屋。宗茂此话一出，三成不由得欠起身来向外边瞧了瞧，唯恐惊扰了他人。

"那是五年前的事情了。那时候，我军正在抵抗入侵筑前的岛津军，坚守岩屋城的父亲高桥绍运战死，母亲与弟弟都被敌军捉去。我据守的立花城，也被岛津军里三层外三层围得水泄不通。就在我决心战死的时候，关白殿下率军出现。岛津军见势不妙，慌忙撤退，这才解了立花城之围。趁岛津军退到一半，我带兵冲杀出去，激战之下，攻陷了岛津方的高鸟居城。关白殿下称赞我是九州第一猛将，将我收

第十四章　家康

为直属家臣。若没有关白殿下,我也不会活着在这里说话啦。"

宗茂好像已有几分醉意,兀自喋喋不休,眼里隐隐泛着泪光。

"关白殿下叫我去死,我就高高兴兴地去死。关白殿下命我去作战,哪怕对方有十万、二十万人马,我也当提枪突入敌阵。关白殿下对我来说,无异于再生父母啊。"

立花宗茂的话语中,充满了对秀吉的感激与崇敬之情。

秀吉帮助宗茂渡过了生死难关,让他成为直属大名,还赐其羽柴姓氏。怎不教这热血男儿感激涕零。

就丰臣家的恩义这一点来说,兼续亦是同样。与秀吉结盟之后,上杉家不仅渡过了生死危机,根基也愈加深厚,同时兼续自身在上杉家中的影响力也日益增大,得以发挥自己的指挥才能。

虽然不像宗茂那样,将秀吉视同父亲一般,不过面对秀吉毫不做作的人情味,兼续也感到十分亲切。

"东有直江大人,西有立花大人。天下虽大,关白殿下最为信赖的,还是您两位大人啊。"石田三成正色说道,"丰臣家一旦有事,能够真正仰赖的除了两位以外再无他人了。我三成打心底里这样想。"

"治部少辅大人……"

宗茂热血上涌,一张久经沙场的圆脸涨得通红。

"正因如此,我有话对两位说……关白殿下打算在来年兴兵入唐。"

"入唐?"

"正是。"

三成颔首道。

所谓入唐,这里便是指向朝鲜及明国出兵。

过去的织田信长便有出兵大陆的野心,作为他的继承人完成了天下统一大业的秀吉,早在九州攻打岛津氏之时,就曾经随口提到过入唐之事。因此入唐这个话题并不新鲜。不过时间定在明年,这一点兼

续与宗茂倒不知道。

"真要出兵么？"

宗茂精神一振。

作为柳川城主的宗茂，其居城位于与大陆隔海相望的九州，因此格外关心入唐的事情。一旦出兵，西国的大名将是战斗的主力，这点毋庸置疑。

"殿下暗中吩咐我等奉行众着手准备入唐事宜。就在今年内，便要在肥前修筑一座城池，作为入唐的根据地。"

"嗯……"

宗茂长长地吐了一口气，轻轻拍了拍膝盖。

如石田三成所言，这年年内，秀吉便向诸大名正式发出了出兵朝鲜的命令，并开始在肥前名护屋一地修建城池。

然而，在丰臣政权内部，也有人持反对的意见。

"千利休反对出兵之举。"

三成不快地说道。

"利休居士反对么……"

"不止利休居士。关白殿下的弟弟大和大纳言秀长大人，还有德川家康，也对入唐一事颇有微词。说什么现在不是向海外用兵的时候，应该重视内政，积蓄国力。"

"……"

兼续虽是三成的盟友，此时也觉得反对出兵的一派言之有理。兼续认为，在天下刚刚统一之际就迫不及待地远征海外，于国于民实在不利。

"这么重大的事情，不是应该听取各种意见之后再行定夺么，治部少辅大人？"

"那怎么行。"

三成目光如电，直射兼续。

第十四章　家康

"听取各种各样的意见——这是断然不可的。"

"为什么？"

"直江大人您身负上杉家政要之责，应该明白吧。我们不是要建立一个天下太平、百姓安居乐业的政治体制么，这就是以关白殿下为顶点，使殿下的意志能够很快传达下去，并迅速得到实施的体制。在这样的体制中，若允许第二种或者第三种意见存在，岂不是使政令混乱么？"

"这就是天无二日、民无二主的理论么？"

"丰臣政权要一百年、两百年这样持续下去，并且坚如磐石的话，这个道理便是关键所在！"

三成重重地说道。

（是关键所在么……）

兼续微微皱起眉头。

迄今为止——

秀吉身边最为得力之人，便是亲弟弟大和大纳言秀长。秀长擅于经济，统领军费及兵粮筹措等诸般事宜。在秀吉夺取天下的过程中，秀长一直站在背后支持兄长，起着重要的作用。

"如果没有大和大纳言大人，关白殿下也不会成为天下人吧。"

也有人如此窃窃私语，可见秀长在诸大名中很有名望。

当然，秀长并非只有名望而已。为了让大名们不战而降，秀长四处交涉，立下汗马功劳。这过程中，自然跟以德川家康为首的诸大名之间建立了密切的联系。秀长一面倾听着大名们的声音，一面在他们与秀吉之间建立起沟通的桥梁，以期迅速强化原本根基薄弱的丰臣政权。

也就是说，与石田三成推崇的"中央集权"体制不同，秀长所考虑的，是秀吉居于诸大名自治联合体之上的"地方分权"体制。

秀长的想法，跟身为秀吉侧近，作为茶人交游广阔的千利休不谋

而合。以秀吉为中心,"内有利休,外有秀长",形成了一条处理政事的纽带。

  与之相对的,正是近来渐渐得势的以首席奉行石田三成为首,包括增田长盛、长束正家等人的年轻奉行众。

  他们本就是极为能干的官吏,擅于处理民政及财务,加上以近江浅井家出身、深得秀吉宠爱的淀君的权势为背景,力量迅速增长,近来已渐渐威胁到利休与秀长一派。

  更重要的是,两年之前,淀君为秀吉生下了嫡子鹤松,秀吉对鹤松寄予厚望,希望他能继承丰臣家的天下。缘此之故,奉行众更为得势。

  对秀吉来说,为了让嫡子鹤松将来能坐稳天下人这个位子,跟秀长、利休等人主张的地方分权形式相比,心中自然更为偏向能够让丰臣家获得绝对权威的中央集权形式。

  于是,加上与秀长、利休等人交好,同样身为"地方分权"一派的德川家康,两方在丰臣政权内部展开了暗中较量。

  如今围绕入唐一事,两派针锋相对,各不相让。

  "说起来,大和大纳言秀长大人的病情,似乎十分严重啊?"

  立花宗茂开口询问。

  "从去年秋天开始,秀长大人就在大和郡山城中一病不起。听侍医施药院全宗说,好像只剩一个月……不,半个月可活了。"

  石田三成小声地说。

  "病到这个地步了么……"

  兼续心中隐隐感到,秀吉之弟秀长若是死去,将会有一场风暴发生。

  "人总有一天会死的。在入唐这关头的话……那可真是刚好合适啊。"

  "这样说不太好吧,治部少辅大人。"

第十四章　家康

兼续对三成说道。

"您的目标是非常崇高的，不过多少还是有些人情味为好。人可不仅仅是为道理而活，谁都有恻隐之心。为了实现自己的政见，还得在义理与人情两面都有所顾及才是。"

"我不这么认为。"

三成表情倏地一沉。

"一味耽溺于人情，是不能成事的。我三成可以发誓，在政事上我没有掺杂丝毫的私心，此心苍天可鉴。我原本以为，直江大人您是能够理解我的。"

"我理解。"

兼续直视三成的白净面庞。

"但是，人终究生存在义理与人情之间，这两者就好比是左手与右手。所谓真实，便存在于这两者之中。基于这真实行事，才是为政之道。"

"这两者之中什么也没有。道路不在左边，便在右边，两者只居其一。"

不知不觉间，两人争辩起来。

任一方均是自幼便在寺院中修习学问，因此争吵的时候也仿佛打机锋一般。性情耿直粗犷的立花宗茂插不上话，只好在一旁看着两人发呆。

"总而言之，"兼续身子前倾，"做什么事都不要太过性急，谨慎一些为好。过于独断专行的话，只会招致周围更多人的反对。"

"您的忠告，我记下了。"

虽然这样说，但对于兼续逆耳的忠言，三成仿佛半点也没听进去。

五

一月二十二日——

大和大纳言丰臣秀长因肺病去世,享年五十二岁。

丰臣秀长一死,形势顿时有了变化。石田三成等"中央集权"派与以秀长为后盾的千利休等"地方分权"派勉强达成的均势立时瓦解,政局急转直下。

为了弹劾利休,三成等人列举了利休的数条"罪状":

其一,于茶具之事标新立异,高价贩卖寻常物品以牟私利。

其二,在天皇及关白殿下穿行的大德寺正门门楼之上,安置自己足踩竹皮屐、手持木杖的木像,大为不敬。

其三,勾结被明令禁止的天主教信徒,意图谋反。

其中第一条,将当时生产的普通茶具或其他物品以高价贩售,倒是事实。利休的茶道,一反古来对唐物茶器推崇备至的惯例,奉行和、敬、清、寂的价值观,认为这才是茶道之美的真正所在。利休对大陆传来的茶器并不加以无条件的尊崇,反而对渔夫使用过的鱼篓或者山伏手里的酒葫芦大感兴趣,把这些东西拿来当作花入等茶具使用。利休认为,这些普普通通的日常器具"自有美妙之处",便为自己看上的物品写下鉴定书,当作稀世珍品。这实在很容易让人觉得利休为了中饱私囊,作出了不正当的鉴定。

当然,在利休本人的意识中,并没有利用茶具来敛财的想法。不过他的这些行为,也确实容易招致世人的种种误解与诟病。

第二条中的大德寺正门门楼,指的便是大德寺金毛阁。利休等堺港商人与大德寺的关系非常密切,利休之孙宗旦自幼便在大德寺坐禅修行。

第十四章　家康

利休青云直上，成为秀吉侧近之际——

（我终于也身居高位啦……）

曾这样感慨，然后向大德寺布施了许多钱物。布施固然是好事，然而在门楼上安置自己的木像之举，却招来了许多非议。

第三条说利休勾结天主教徒，意图谋反，却是三成一家之言，没有任何证据。

但是，谋反之类的谣言传入秀吉耳中，难免造成秀吉对利休的不信任，产生进一步隔阂。

二月十三日——

关白秀吉令千利休在泉州堺家中闭门思过。

利休在淀川码头乘小船沿河而下，回到位于堺港今市町的家里。

向来与利休交好的前田利家、细川幽斋、富田知信等人纷纷差人前往利休住处劝说：

"请向关白殿下道歉，再拜托大政所夫人（秀吉之母）、北政所夫人说情吧。这样一来，关白殿下一定会消气的。"

然而利休却不愿如此。

"我这以茶事闻名天下之身，从未想过为了苟且偷生而向女人低头。况且我本来就问心无愧，如果关白殿下一定要杀我，那也没有办法。"

利休认为，以自己天下第一茶道宗师的气概，怎能拜托他人为自己求饶。于是拒绝了大名们的好意。

而秀吉这边，原本料定在命令利休禁足之后——

（那家伙总会熬不住，来向我低头道歉吧。）

然而，因为利休顽固的态度，两人的关系一下子恶化，再也没有回旋的余地。

秀吉将利休叫回京都，并命令毗邻的上杉家用兵将利休的宅邸包围起来。

"真是令人提不起劲的差事啊。"

很少流露出感情的景胜，此时也一脸的郁郁寡欢。

这既不是在战场上，对方又是一个茶人，并非武士，加之罪状不明不白。这种种原因，当然教人没法打起精神。

兼续的心情也是一样。自己常常进出千家宅邸，在茶道上受过利休许多教诲。不过当接到命令时，脑海中最先浮现出的，还是利休之女的影子——

（阿凉小姐……这时不知道伤心到什么地步呢……）

那个原本就好强的女子，在悲伤流泪之余，一定对秀吉的决定非常愤怒吧。自己在一旁却无能为力，什么也帮不了。想到此处，兼续不禁自责起来。

但是，命运的车轮一旦开始转动，任谁也无力停止。

这晚，天空云层厚重，不见一丝星光——

兼续率领三千上杉亲兵，包围了利休住处。

"对方是没有一兵一卒的利休先生，至于如此劳师动众，将屋子重重包围起来么……"

千坂对马守一面揉搓着冻僵的手指，一面抱怨。虽然大家都出生于雪国越后，惯于抵御寒冷，但京都夜里的严寒却与预料不同。越后濡湿的寒气自肩头沁入，而京都干燥的寒冷却是自脚底蔓延上来。

虽然日历上已是早春，但三日前意外地下了一场大雪，风也变得冰冷刺骨。

"在畿内，仰慕利休先生大名的人甚多。关白殿下想必是顾忌他们会有所举动吧。"

"说起来，如此对待原本那样偏爱的茶道宗师，您不觉得殿下太孩子气了么？"

"太孩子气了吗……"

兼续心里明白，这场变故并不单是秀吉与利休个人之间的事情，

第十四章　家康

而是政治斗争。

由于丰臣秀长的死,使得一心主张中央集权的石田三成与作为诸大名与秀吉之间的桥梁、拥护地方分权制度的利休之间的对立如火山一般爆发出来。

利休在政治斗争中失败的最大原因,并非来自三成的策谋算计,而在于利休自己并不懂得成为天下人的秀吉内心的真实想法。

两人在跟随旧主信长之时,作为信长茶头的利休,身份比秀吉要高。缘此之故,就算在秀吉已经取得了天下的今日,利休的心底对秀吉也还是不太瞧得起。

而利休的轻慢态度,早被已经倾心于自己掌握绝对权力的"中央集权"制度的秀吉看在眼里,于是招致了悲剧的结果。

(看样子,这雪还得下几天呢……)

兼续仰望夜空。黑暗阴沉寒冷,无边无际。

四周一片寂静。宅邸门前燃烧的篝火噼啪作响,不断散放着银色的火星。

这时——

利休宅邸紧闭的大门一侧,一扇小门从内侧打开,发出"吱呀"一声。

守在门口的兵士们立时警觉起来。

一个女子从门里走出。女子脸上包裹着一层紫色头巾,看不见容貌。

"要去哪里!"

手持长枪的上杉兵士拥至女子身前,拦住去路。

"快让开!"

"什么?"

"我说快让开!"

"不行!我们奉关白殿下之命,不能让这宅子里边的人往外走出

一步。"

"那么我可要硬闯了。"

蒙面女子不顾兵士的阻拦，迈步向大道走去。

"站住！"

一名兵士大喝一声，伸手去抓女子手腕。

刹那间——

兵士的身体向前急扑，在空中翻了个筋斗，重重摔在地上。

这不过一眨眼间的事，不仅周围的人，就连摔了个仰面朝天的兵士自己也没弄清楚到底发生了什么事情。

"再要阻拦的话，我会把你们一个个全都摔出去。"

头巾之下，女子用锐利的目光扫视着这群士兵。

"这家伙！"

另一个兵士口中呼出白白的雾气，伸手来扭女子。

女子一把扯过男子的手，纤腕一翻，大喝一声："呔！"素来以刚勇闻名的上杉兵士，顿时被干净利落地抛出，一头撞在宅院外墙上，晕了过去。

"可恶，这女人用的什么妖怪伎俩！"

士兵们眼中神色一变。一群堂堂七尺男儿竟然拿一个女子没有办法，这要是传了出去，上杉家可就颜面扫地了。

"愣着干什么！还不赶快把她拿下！"

小队长命令一下，士兵们齐齐将手中长枪枪尖对准女子，一步步向她逼近。

"住手。"

身着薄浅葱丝威具足的兼续，忽然出现在两方中间。

"是阿凉小姐吧。"

兼续看着紫色头巾蒙面的女子。

"……"

第十四章　家康

女子沉默不语。

不过，就算不答话，答案也显而易见。那一双如火一般燃烧的眸子，除了千利休的女儿阿凉以外再无他人。

"你要去哪里？"

"一定要回答么？"

"为了利休先生跟阿凉小姐的安危，可能的话，还是告诉我为好。"

"这个时候才说这些……"

女子头巾之下的双眼流露出轻蔑的神色。

"这位大人，跟石田三成是一丘之貉吧？也不管有的没的便在别人头上乱加罪名，只为了把碍眼的政敌从这世上抹去。"

"不对。"

"哪里不对了？这些士兵，不就是您跟石田串通一气的最好证据么？我竟然曾经对这样的男人如此信任，真是愚蠢！"

"阿凉小姐……"

"我这是去找蒲生大人。"

阿凉截然说道。

"我爹让我送一封信去蒲生大人处。如果执意不肯放行，就算动武我也要杀开一条路。"

阿凉将手伸入小袖怀中，想必怀里藏着一把短刀吧。阿凉沉下腰来，摆好架势，浑身上下充满了不寻常的气势。

"你这女人，太无礼了。"

小队长手按刀柄，再度向阿凉靠近。

"好了。"兼续开口道，"让这位小姐过去，不要阻拦。"

"但是……直江大人，关白殿下有命令，一只老鼠也不能从这屋子放出去……"

"我说了，让她过去。所有责任我来承担。"

"是……"

听了兼续的话,小队长侧身让出道路。

阿凉定定地注视着兼续。

"还在干什么,赶快走吧。"

"我……"

阿凉欲言又止,俯地低眉一礼,转身疾行,很快没入黑暗之中。

注释

【1】下克上:所谓"下克上",是指在日本战国时代,下级代替上级、分家篡夺主家、家臣消灭家主、农民驱逐武士等行为。日本战国大名并排仅仅来自室町幕府的守护大名,其最大来源其实是国人(豪族)和守护代。国人与守护代通过"下克上"的方式取代守护大名,从而成为战国大名。

【2】检地:丰臣政权时代,为了强化农村支配的基础而实施检地法。天正十年(1582)开始彻底施行检地法,史称太阁检地。透过检地的实施,重新清算原有庄园制的支配关系,并制定一套新的租税体系,以及确立对农村的支配体制。

【3】刀狩令:刀狩令的内容,主要是没收农民手上的武器。此法令最早由柴田胜家在越前实行,以完全达到兵农分离的目的,同时能够防止一揆(农民暴动)的发生,加强对庶民的统治,使日本武士和庶民的身份阶级更加稳固。天正十六年(1588),丰臣秀吉在全国施行刀狩令。

【4】石高:"石(dàn)",计量单位,一日石相当于1.80中国石;"高",意指数量。石高制是日本战国时代不按面积而按法定标准收获量来表示(或逆算)封地或份地面积的制度。对大名与武士而言,"石高"是授受封地(或禄米)以及承担军役的基准,即《石高

第十四章　家康

知行制》（知行，原义为行政管理，后转为封地制或与之相当的俸禄）或《石高知行军役制》（如每百石出军役5人）。

【5】代官：古代日本武家政权职务之一，代替主君主持管理辖地的军务或政事。

第十五章　男与女

一

天正十九年（1591）二月二十八日——

千利休在京都的宅邸切腹自尽。担任介错[1]的是验尸官蒔田淡路守。

千家在京都、大坂、堺的宅邸、财产、茶器被尽数没收，一族中的男子统统被流放。

长子道安被利休茶友、飞驒高山城主金森长近收留了一段时间，尔后流浪四方。文禄三年（1594）因赦免回到京都，尚未留下子嗣，便因病郁郁而终。

女婿少庵也被流放出京都，栖身于会津黑川的蒲生氏乡之处。少庵之子宗旦因年幼而幸免于难，留在了京都大德寺。

利休的妻子与女儿们没有受到牵连，但从此却自人们的视线中消失。

那以后，阿凉也音讯杳无。

——"我竟然曾经对这样的男人如此信任，真是愚蠢！"

第十五章　男与女

阿凉曾对兼续这样说。

这句爱恨交织的话,犹如刻在兼续心里一般。在失去之后,兼续方才注意到对阿凉的恋慕之情不知何时已经在自己心里悄然滋生。

这与对妻子阿船的感情不同。阿船仿佛自己身体或心灵的一部分,跟自己同甘共苦、相濡以沫。然而与阿凉相对时的局促感、阿凉那双忽闪忽闪的大眼睛、充满京都风韵的教养、浑身上下散发出的强烈个性,这一切都强烈地吸引着兼续。

如果说对阿船的感情是"爱",那么对阿凉的感情无疑称之为"恋"了。

此时在兼续这个男人心里,两个女人的地位同样重要。

(真是个任性的家伙……)

兼续不知道这时该不该去寻找阿凉。迷惑之中,兼续对阿凉的思念不禁越来越深。

五月下旬,上杉景胜与兼续回到春日山城。

还未好好休整一番,使者便来到越后,带来了关白秀吉的出兵命令:

"速速平定奥州葛西、大崎的暴乱。"

去年内,秀吉将奥州的领地重新分配,但得到葛西晴信、大崎义隆旧领三十万石的木村吉清治理辖地失败,民众发生了大规模的暴动,奥州政情立时陷入动荡。

有传言,在背后煽动暴乱之人,正是出羽米泽的伊达政宗。于是秀吉将政宗唤来京都。

政宗一身白衣前来参见秀吉,并将一个贴有金箔的磔柱[2]竖在身前。白衣与磔柱,无疑象征政宗已有一死的决心,一副"要如何处置,悉听尊便"的架势。

虽然在小田原时,秀吉也见识过政宗身穿白衣前来请罪的样子,但这回加上金色磔柱，还是令秀吉吃了一惊。

秀吉将证明政宗有煽动暴乱之举的文书扔在政宗面前，要他解释。政宗拿起文书，一面痛斥这是捏造，一面将其撕作两半。这一来便没了罪证。

秀吉虽然对政宗煽动暴乱的事实心知肚明，却也被他的胆量折服，对这事不再严加追究。不过，秀吉还是收回了包括伊达家根据地米泽在内的出羽置赐郡、奥州伊达郡、信夫郡等领地，改将正被叛军占据的葛西、大崎领地封给了政宗，以示惩戒。

总之，秀吉对政宗等东国大名下令，需迅速平定葛西、大崎的暴乱。

七月十三日，上杉军出阵。

这边兼续随军前往出羽庄内平乱，那边妻子阿船则陪伴景胜夫人阿菊御料人踏上了上洛之途。

"御台所夫人之事，就拜托了。"

临行时，兼续将阿船白皙的双手紧紧握住。

"京都就是我的战场，我们祝彼此武运兴隆吧！"

"嗯！"

于是，夫妻二人再度分别。

兼续率军进入出羽庄内，迅速将在此地横行肆虐、并跟葛西大崎领地一揆众相勾结的藤岛一揆扫灭。接着下令修筑加固大宝寺城与东禅寺城等城砦，稳定庄内情势。

此后，上杉军经由出羽置赐郡进入奥州葛西旧领，在柏山一地扎下营寨。然而，在伊达军从大崎旧领至葛西旧领的一气猛攻之下，葛西、大崎的一揆众遭到毁灭性的打击。上杉军还未动手，葛西、大崎的暴乱就被镇压了下去。

"伊达很拼命啊。"

景胜听了探子的报告，转头低声对兼续说道。

第十五章 男与女

"不打胜仗就没有领地嘛。原本暴乱便是由政宗自己煽起,如今却毫不留情地将他们剿灭。是为了斩草除根吧。"

"这个两面三刀的男人。"

性情直率的景胜不禁对可称为北国枭雄的政宗心生厌恶。

不久,以秀吉外甥丰臣秀次为总帅,包括德川家康、蒲生氏乡、佐竹义重等东国有力大名在内的丰臣军沿奥州道路北上,上杉军也在其中。

大军以绝对的优势迅速镇压了与葛西、大崎暴乱同时兴起的和贺、稗贯等地的一揆。然后包围了九户政实据守的九户城(今岩手县二户市)并将其攻陷。

平定出羽一带之后,秀吉的天下重归平静。

然而此时——

丰臣家却发生了一件极为不幸之事。

二

侧室淀君为秀吉所生的爱子、丰臣家的继承人鹤松因病夭折,年仅三岁。

秀吉在众人面前号啕大哭,在极度悲伤之下,用小刀割断了自己的发髻。据《多门院日记》记载,秀吉伤心欲绝的样子,令人不忍卒睹。

秀吉这时已经五十五岁,心里想着:"也许我不会再有孩子了吧。"于是打消了让亲生孩子继承家业的念头,指名让外甥秀次来继承自己用血汗筑成的丰臣家的天下。

秀吉辞退关白一职,并且奏请朝廷,让秀次当上新的关白,自己则冠以关白退位后的称号——太阁。不过,政治的实权当然不会握在年轻的秀次手里。

为了将身心从爱子鹤松死去的悲伤中解脱出来,秀吉一头扎进一直以来念念不忘的入唐计划中。

从奥州回到越后春日山城的上杉景胜、直江兼续主从二人,很快便接到了准备出兵的命令。

由加藤清正等西国大名负责修建的肥前名护屋城就快要修筑完成,在小豆岛等各地军港也开始大量建造军船。

"入唐实在是不义之举,仅仅是为了追逐利益。真是一场令人觉得空虚的战事啊。"

兼续端正的面容浮现忧色。

"但是,听从太阁殿下的命令,正是我等的大义所在。"

景胜表情严肃。

"我等居于下位者如果各持己见的话,岂不是乱了国纲么。"

"可是……"

"不要有太多迷惑,山城守。决定将我上杉家的家运赌在丰臣家身上的,不正是你么。"

"是……"

"已经决定了的事,就要贯彻到底。这是不识庵谦信大人的教诲。"

"……"

既然景胜已经下定决心,兼续也不再多说。

不过——

(到底为了什么才去作战呢……)

兼续思考着这个问题。

战事须有大义名分,多行不义必自毙。这可算是作战的常识。兼续的老师、不败之名天下皆知的上杉谦信,终其一生为大义而战。

毫无疑问,到天下统一为止,秀吉的大义便是平定乱世,构筑一个

第十五章　男与女

安定繁荣的国家。兼续正是因此产生了共鸣，于是决定支持丰臣政权。

然而——

（此次入唐之事，不是反而给世间带来战乱么……）

如荒漠一般的不安感，在兼续心底蔓延。

翌文禄元年（1592）正月五日——

太阁秀吉向各路大名发出出兵朝鲜的军令。

三月一日这天，上杉军本队五千人马自春日山城出发。在京都稍事停留，而后沿山阳道向西而下。

除了景胜、兼续等人的本队之外，兼续的弟弟大国实赖负责指挥装载了三千石兵粮的三艘北国船，在关船、小早船等军船的护卫下沿海路向九州名护屋进发。

四月二十一日，上杉军到达肥前名护屋。

名护屋城修筑在强风呼啸的高地上，俯瞰玄界滩。五层七阶的宏伟天守阁顶，琉璃瓦在初夏的阳光沐浴下熠熠生辉。

上杉军在名护屋城西北十町之地的小山丘上扎下营寨。景胜颁布了七条军规，约束自军士兵不得吵闹生事，否则不问对错双方都严加处置。这是由于兼续提出"在长期远征途中，军纪极易散漫混乱。对士兵们一刻也不能放松"之故。

四天后的四月二十五日，太阁秀吉与侧室淀君、松之丸君一同进入名护屋城。

入唐的主力，是九州、中国地方的西国诸大名。他们不等秀吉到来，便乘船渡海到达了前方的壹岐、对马。三军将士合起来，总兵力有十五万八千八百之多。

第一军即先头部队的小西行长、宗义智等人的船队乘风破浪，横渡海峡。

——倭船自海上席卷而来，一望无际，数不胜数。

在当时朝鲜官吏柳成龙的《惩毖录》中,有着这样的记载。

第一军在釜山登陆后,立刻包围了釜山城。

小西行长向守将郑拨送去使者:

"我军目的乃是进入明国。朝鲜国可速速归降,担当向导。如此则不伤尔等将兵性命。"

行长的要求对方当然不会同意,也没有差人前来答复。

于是,第一军向釜山城发起攻击,一时铳弹如雨。城壁很快被突破,釜山城陷落。

日本经历了一个世纪之久的战国乱世,是当时世界上屈指可数的在军中装备了火绳铳的国家。与冷兵器相比,火器的威力实在惊人。

攻陷东莱城后的小西军取道向北,直指朝鲜国都汉城(今首尔)。

第二批登陆的加藤清正、锅岛直茂等人的第二军,亦跟随小西军向汉城进军。

小西等先锋军成功攻陷汉城,是在五月二日。从第一军出海向朝鲜半岛横渡之日算起,不过区区二十天。如此迅速的进军令兵士大为鼓舞。

战胜的消息立时传到了名护屋城的秀吉处。秀吉大喜,一拍膝盖:

"我要渡海前去朝鲜,亲自指挥作战!"

不过——

"殿下贵体不宜过度操劳,还是留在此处为好。"

在留守名护屋城的德川家康、前田利家等人的劝谏下,秀吉放弃了这个念头,让侧近石田三成作为监军前去汉城。

但是,武功派的诸将原本就对三成有所不满。

"不知战场劳苦的家伙跑来对我们得意扬扬地指手画脚,真是让人笑掉大牙。"

第十五章　男与女

　　加藤清正、福岛正则、黑田长政等人对随后前来的石田三成怀有明显的敌意。从这时起，丰臣军的进攻速度也开始慢了下来。

　　上杉军没有渡海前往朝鲜半岛，而是留在肥前名护屋进行后方支援。尽管如此，在远离故乡越后的九州营地里，士兵们心里多少会涌起思乡之情。

　　自先代谦信以来的每场战事，上杉军的士兵们胸中都会有"我们是为大义而战"的自豪感，并因此而团结如磐石一块，行军途中没人会闲聊废话，军纪肃然。

　　但是，这次入唐之战，任谁看来都毫无大义可言，这让以"义"为本的上杉军从一开始就缺少精神支柱。正因如此，兼续在到达名护屋时，才颁布了远征军的军规以正风纪。

　　不久，兼续的担心变成了现实。

　　"听说上田众的西方新五郎临阵脱逃，跑回越后去了。山本忠左卫门也在昨天晚上不见了踪影。还有许多人，虽然嘴里不说，但心里也很想返回故乡。"

　　弟弟大国实赖对兼续说道，表情极为不悦。

　　"违反军规可是重罪。为了整肃军纪，不得不严厉处罚西方新五郎。"

　　"但是，大哥，我能体谅那家伙的心情。这无聊的战争到底是为了什么呢？我也很不愿意留在名护屋。"

　　"实赖！"

　　兼续严肃地注视着弟弟。

　　"不要说这种话。如果担任后援的我们乱了阵脚，在前方作战的将士们会怎样呢？"

　　"说到这个……听说往汉城运送兵粮的船只被敌军击沉了。"

　　"……"

　　这消息兼续已经知道。

由加藤嘉明、九鬼嘉隆等人所率的向朝鲜国都汉城运送兵粮的船队从釜山出发后，半路上被敌方水军拦截。敌军指挥将领正是朝鲜名将、全罗左水使李舜臣。

这一场在闲山岛、安骨浦爆发的海战，丰臣水军在李舜臣手下大败而归，丧失了制海权，无法再以海路往前方运送兵粮。

三

"大政所夫人病危！"

七月下旬的一纸消息，让太阁秀吉急急赶回京都。

秀吉的母亲大政所夫人已年届八十，自今年年初开始，身体状况急剧恶化。虽然聚乐第的侍医们绞尽了脑汁，大政所却还是在秀吉赶到之前撒手人寰。

秀吉得知母亲已经去世，极度悲痛之下，晕厥了过去。

处理完大政所的后事，秀吉便把自己关在大坂城内，一连数日，对外界一概不闻不问。母亲去世，给秀吉带来了巨大的冲击。

不久，淀君等侧室也从名护屋回到了大坂。

秀吉再次出发前往名护屋，已是十月一日。淀君没有同去，留在了大坂城二之丸。

制海权被李舜臣夺取后，丰臣军兵粮、武器及弹药的补给路线被切断，加上当地民众的反抗以及明国的援军，境况委实苦不堪言。

然而，秀吉的战意却一如既往，并未因此而削弱。

第二年，也就是文禄二年（1593）的四月，浅野长政、伊达政宗等作为援军渡海，前往朝鲜。

六月——

"以我的名义前去朝鲜吧。"

第十五章　男与女

秀吉对上杉景胜下令。

于是，上杉景胜、直江兼续二人乘坐自秀吉处拜领的大船小鹰丸渡海来到朝鲜半岛，并在和釜山同样重要的海港要地熊川城开始了加固城防的工作。

但是，陷入泥沼状态的战况没有得到好转，万般无奈之下，秀吉也只好考虑和谈。

就在这节骨眼上，有飞报传来名护屋军中。

——淀君怀孕。

"是么……阿淀又怀上了么！"

秀吉不由得喜极而泣，瞬间把朝鲜战况什么的一股脑儿抛到了九霄云外。

如秀吉所愿，八月三日，淀君在大坂城生下一个男孩，并将这男孩儿取名为"阿拾"。去年爱子鹤松夭折之后，秀吉曾以为自己不会再有孩子，一度灰心丧气，放弃了让亲生孩子来继承丰臣家的念头。如今重获麟儿，欢喜之情可想而知。秀吉下令：不仅中止前方战事，而且设在九州的大本营也立即拆去。然后引军返回大坂。

这消息也传到了海峡另一边的远征军中。身在熊川的兼续从石田三成处接到了命令。

"上杉军也赶快准备撤退吧。"

"这场战事究竟是为了什么，治部少辅大人？"

事到如今，面对曾积极推行入唐计划的三成，兼续有些话实在是不吐不快。

"由于生下了能继承丰臣家的男孩，便中止了战争。这样来看，入唐之战的大义到底在哪里呢？"

"树立一个目标，令举国上下能团结一致。这便是大义所在了。"

三成断然说道。

兼续却认为，三成的理论不过是诡辩而已。

"结果真的团结一致了么？不是就连入唐作战的武将，也有不同的意见么？"

"你是说主计头他们么。"

三成的眉毛下意识地耸动一下。

主计头——即是指作为入唐第二军武将、立下赫赫战功的加藤清正。围绕作战行动，清正与随后作为军监来到朝鲜的三成发生了数次冲突。后来秀吉命令清正撤回，并责令其谨言慎行。

与三成意见相左的不止清正一人。在战场流血流汗、拼死作战的秀吉部曲武将们，也就是所谓的"武功派"，几乎个个都对作为军监处处限制自己的三成极为不满。两方的矛盾日益加深。

"那些家伙，都只考虑着自己眼前的战功。"

三成冷冷说道。

"从大局来讲，由于此次入唐之战，太阁殿下的威光必将遍及全日本。正因为君临天下者有如此强大的力量，世间才会太平。"

三成对自己心里的信念十分坚持，没有丝毫动摇。

八月下旬——

上杉军拔营退兵，乘船返回肥前名护屋。

其余大名也一个接一个回到日本。小西行长等人则暂时留在朝鲜，与明国的将军议和。

深秋时节，兼续与景胜一同回到京都。不见了战场的喧嚣，此际映入眼中的寺庙漆黑屋檐与东山山峰，还有鸭川清澈的流水，都与以前一般无二。

上杉家京屋敷中，妻子阿船正翘首期盼着兼续回来。

与阿船相见固然令人欣喜，但一想到自去年为止还住在千家宅邸里的阿凉，兼续心里就如同打翻五味瓶一般百感交集。当然，这种念头在阿船面前是绝对不能流露半点的。

"您辛苦了！"

第十五章　男与女

"留在京都的你才更辛苦呢!"

"没有啦……"

身着金银箔秋草纹样小袖的阿船低眉说道。华丽的小袖将阿船雪一般的肌肤映衬得更加动人。

"这件衣服真适合你!"

兼续双目一细,由衷地赞道。

阿船今年已经三十五岁,不过容颜却丝毫未见衰老。相反来到京都的这一段时间,阿船一洗越后的乡土气息,举手投足渐带京都风韵,犹如水仙花一般清雅沁人。

在兼续的凝视下,阿船不由约略有些脸红。

"这件小袖漂亮吧!这是前些日子我陪伴菊姬夫人前往大坂城参谒,北政所夫人所赠。"

"北政所夫人所赐么。"

"是啊。我们聊了不少话题呢,比如越后的山竹叶团子什么的。"

"在天下的中心大坂城谈论山竹叶团子,这也太……"

"大家都是女人嘛。听说北政所夫人在太阁殿下出人头地之前,还住在尾张清州城下小屋里的时候,也曾经在五条川的河堤旁采摘艾蒿,亲手制作很好吃的草味年糕呢。"

阿船笑着说道。

插句题外话,秀吉的夫人北政所宁宁也十分喜爱阿船,常常邀请她与前田利家夫人阿松等大名眷属一同,观赏春天的樱花或秋天的红叶。

当晚——

夫妻二人久别重逢,自然百般恩爱。这一年半以来,阿船与兼续分隔两地,也不知有多少话要说。

微微的月光透过拉门照射进来,阿船雪白的肌肤在清凉的月光下格外诱人。

兼续与阿船之间,仅有两个女儿,一个三岁,一个五岁。也就是

说，阿船还没有生下能够继承直江家的男孩。

年龄已有些偏大的阿船有时也劝兼续迎娶侧室，兼续却总是笑着回答：

"只是为了生个儿子就把人家娶进门，这事我可干不来。有你就已经心满意足啦。"

同样，主君景胜也还没有生下能够继承上杉家的孩子。或许是由于阿菊御料人的脾气太过倔强，景胜一直没有心思接近其他的女人。既然有这样的主君，兼续对迎娶侧室一事有所顾忌也合乎情理。

纷乱的思绪中，秋日的长夜很快过去。

四

天色将明，兼续被庭院内的松涛声唤醒。一旁的阿船睁着双眼，直直地盯着昏暗不清的天花板。

"怎么了，阿船？"

"抱歉……不知道怎么回事，就是睡不着……"

"是太累了吧。"

兼续抱住阿船的肩膀，用手温柔地梳理着她的长发。

"这以后，天下会变成什么样子呢？"

"天下……"

"我在京都的时候，经常觉得会不会有什么变故发生。"

"是指太阁殿下与关白殿下的事情么？"

"您也知道了？"

阿船有些担心地看着丈夫。

"是因为阿拾公子的缘故。看情形，不多久就会有事情发生吧。"

"北政所夫人也在担心这个。"

第十五章　男与女

"……"

一直以来，兼续也对丰臣家的后继问题甚为担忧。

关白秀次是秀吉指定的丰臣家继承人。但是，就在秀次成为继承人后不久，淀君为秀吉生下了儿子阿拾。

自己戎马半生打下的江山，想让亲生孩子来继承，这实在是人之常情。但是，有时就因为这样的人之常情，才为世间招来了混乱。

"太阁殿下将关白殿下叫到大坂城，提出请求说：我将日本分为五份，其中四份给你，剩下一份就留给阿拾吧。"

阿船说道。

"太阁殿下对秀次殿下提出请求么？"

秀吉如今作为天下人君临日本，国内再无人敢违拗他。这般权势通天的秀吉竟然向秀次低头请求，令兼续大感意外。

秀吉想必对将天下让给外甥秀次一事感到后悔了吧。但是，既然已经昭告天下，这个时候也不能出尔反尔。万般无奈之下，秀吉才会向秀次提出将日本国分作五份，其中五分之一让给阿拾的请求吧。

不过，从心底来说，秀吉的真正意图却是——

（我都这样低声下气了，如果明白我的心意，就应该说：把天下全都让给阿拾好啦。）

然而，年轻的秀次却完全不明白秀吉的心思。

"关白可是我！"

既然已经身处关白之位，秀次对这象征权力的位子十分执着，丝毫没有体会到年迈的秀吉此时的心情。

聚乐第的关白秀次与大坂城的秀吉之间，空气渐渐变得紧张。

"人真是执着啊。一旦得到了什么，便再也不肯放弃。"

阿船低声喃喃说道。

"如果最初就没有让位之事，就不会有如今的同族之争了吧。这样说来，我还没为夫君您生下男孩，也不一定是不幸的事情了。"

"说什么幸还是不幸呢？我能和你就这样生活下去，相濡以沫，这才是最为宝贵的呢。"

"是。"

"阿船。"兼续看着妻子的眼睛，"这以后，我们不要对一些小事太过在意。自由自在地生活下去吧。"

"自由自在……"

"不要对有些事太过忧心，顺其自然地生活。最为重要的事情不是直江家，也不是上杉家，而是做人做事无愧于天。这就行了。"

听了兼续的话，阿船深深地点了点头。

文禄三年（1594）正月，兼续回到仍被大雪冰封的春日山城。

去年由于城主景胜去了朝鲜，没有举行正月酒宴。今年上杉家众将齐聚一处，在城内大厅中大摆宴席庆贺新年。众人轮流用景胜赐下的红漆大酒杯饮酒，酒过三巡，武将们也渐渐放开手脚，畅饮起来。

膳食有腌渍鲑鱼、冰头脍、鲱鱼、海带卷、煮菜、打豆[3]、青菜炸豆腐汤等等。负责安排宴席之人，正是景胜生母仙桃院。

在用爛锅斟酒之时，仙桃院悄悄在兼续耳边问道：

"听说你准备迎纳养子了？"

"您也听说了啊。"

兼续恭谨地举起酒杯领受。

"是要将女儿嫁给本庄繁长的儿子与次郎，让与次郎成为直江家的婿养子吧。这事京都的阿船知道吗？"

仙桃院一面问，一面向旁边瞅了一眼。

那边，满脸胡须的本庄繁长正在跟泉泽久秀大声地说着什么。久秀平素虽然话不少，但此时本庄繁长正滔滔不绝地夸耀自己昔日的武勇，他也是一副插不上口的样子。

"已经告诉她啦。"

第十五章　男与女

"你跟阿船究竟是怎么想的？你们俩人还正年轻，还没到放弃生孩子的年纪吧……"

仙桃院轻轻皱起眉头。

"要将家门渊源的直江家拱手让给别人吗？"

"我跟阿船是不会介意这种事的。"

"你的意思是？"

"重要的是家中和睦。我常年追随景胜大人，大多数时候不在春日山城。这个尚且不论，就说我一人独揽上杉家政务，已经让领内许多人不满了吧。"

"为了尽可能平息这样的情绪，你就要从扬北众本庄家迎纳养子么？"

"与次郎是一个聪明伶俐的孩子。就像当年不识庵大人之于我那样，我也想将不识庵大人的教诲传授给年轻人。"

"或许将来会后悔哦。无论哪家，对于继承家门一事都是慎之又慎、举棋不定的。"

对兼续与景胜来说，这是在春日山城举行的最后一次贺年酒宴。

一到春天，上杉景胜与直江兼续再次上洛。同时，伏见城的修筑工事也在上方展开。

"为了我儿阿拾，修筑一座新城吧。"

由于阿拾（秀赖）的诞生，原本就喜好修建城池的秀吉决定在京都南郊伏见一地修筑一座不亚于大坂城的宏伟都城。包括木匠、石匠、搬运工等在内，这工程总共募集了二十五万人。修筑石垣所用的巨石由船只从濑户内海的小豆岛等岛屿运送，用作木材的丝柏木则大量自木曾谷的山中采伐。

这桩浩大工程顿时让上方变得更加繁荣热闹。

上杉家担任修筑伏见城总构壕沟的事务，由兼续与泉泽久秀负责

指挥。

　　这年年内，伏见城中包括天守、御殿、城楼等大部分建筑完工。秀吉让淀君母子住在这座弥漫着丝柏木清香的城内，自己则常常自大坂城乘专用船只前来伏见。

　　这期间——

　　秀吉与关白秀次的关系表面上还是和和气气，私底下却是暗潮汹涌。

　　翌文禄四年（1595）二月，秀吉所倚重的领有会津若松一百二十万石的蒲生氏乡病死。他的亡故，给丰臣政权笼上了一层不吉的阴影。秀吉原本打算去上州草津温泉疗养的计划也告中止。

　　四月十六日，大和郡山城主丰臣秀保（关白秀次之弟）不慎自十津川的峭壁上坠崖身亡。底下有传言说：这大概是石田三成为了使关白殿下倒台而设下的阴谋吧。

　　渐渐地，对秀次的包围网越收越紧。

　　感到危机将至的秀次心中焦急，却又束手无策，只好自暴自弃，每日沉溺于酒色之中。这当然只能令事态进一步恶化。

　　七月——

　　秀吉以谋反的罪名撤去了秀次关白之职，并将他流放到纪州高野山。秀次被软禁在高野山本坊青岩寺内，很快又被勒令切腹。二十八岁的生涯画上了句号。秀次的妻妾子女共三十余名，尽数被带到京都三条河原斩首。

　　这次事件之后，秀吉下令撤废聚乐第。

　　——聚乐豪奢黄粱梦，一朝尽成荒野。

　　《义演准后日记》中如此描述。

　　虽说此事全是为了自己的孩子阿拾能够继承天下，但秀吉心中却总有些不安，生怕发生什么变故。在撤废聚乐第，抹掉关白秀次的痕迹同时，秀吉命令诸大名写下血书，立誓效忠阿拾。

第十五章　男与女

这年,秀吉五十九岁,继承人阿拾却仅有三岁。秀次死去后,老迈的秀吉忽然对丰臣政权的未来忧心忡忡。

八月三日,由德川家康、上杉景胜、宇喜多秀家、前田利家、毛利辉元、小早川隆景等有力大名联名,公布了禁止大名之间私自联姻、私自结为同盟等五大条规。这意味着德川家康等六位大名实际上已经成为了支撑丰臣政权的家老。

不久,小早川隆景病逝。余下的家康等人,被称为"五大老"。

与此相对,作为秀吉的直属家臣掌管丰臣家实际政务的,是被称为奉行众的事务官们。其中以石田三成为首,加上浅野长政、前田玄以、长束正家、增田长盛,一共五人,也就是所谓的"五奉行"。

五大老加上五奉行,辅佐阿拾将来能够继承天下的丰臣政权新体制就这样确立了。

其中,直江兼续作为成为大老的主君景胜的得力股肱,继续操持上杉家的外交、财政、民政一切事务。世间竟有传言:若没有直江山城守,便没有上杉家。

正在兼续一心政事、鞠躬尽瘁之际,阿船为兼续生下了第一个男孩。男孩幼名竹松,也就是后来的平八景明。

五

枝垂樱飘散。时值庆长元年(1596)春天。

兼续入住新建成的上杉家伏见宅邸。

随着伏见城的完工,大多数大名都将宅邸从京都搬到了伏见。

作为丰臣政权大老之一的上杉家,也在伏见修筑了宅邸。宅邸坐落在流入宇治川的高濑川岸边,距离其他大名稍远。毗邻的是石田三成的别院。这当然是考虑到方便联系的缘故。

秀次事件造成的混乱渐渐平息，这是一个表面祥和的春天。

"直江大人，有件事您听说了吗？"

兼续正在黑书院中浏览领国寄来的书信公文，千坂对马守忽然开口。

千坂对马守原本是上杉家留在京都的事务官，如今随着大名宅邸的迁移，也搬来了伏见。

"什么事？"

"关于阿凉小姐的事。"

千坂对马守悄声说道。

"就是以前京屋敷旁边千家……利休居士的千金啦。您记起来了吗？"

"……"

兼续从书信堆中抬起头来，眼光注视着书院的中庭。

樱花似锦，在和煦的春风吹拂下，花瓣向池塘纷纷散落。其中一片随风飞舞，飘进屋内。

自利休切腹以后，阿凉便失去了踪影。因利休事件受到株连被流放的千家子孙，由于之前文禄三年秀吉的大赦，陆续回到了上方。只有阿凉一人还是音讯杳无。

在阿船为自己生下了男孩，并且整天埋头政务的这些时日中，那人倔强的目光仍然时常在兼续脑海里浮现，一刻不曾忘记。

（那家伙现在在做什么呢……）

此时抬头望见樱花枝头繁茂，不由得忽然又想起阿凉来。

"听说阿凉小姐眼下独自居住在奈良猿泽池边呢。"

千坂对马守说道，语气中充满同情之意。大概是因为他曾受阿凉辅导茶道，所以也很关心阿凉的事。

"说是在指导小孩子们练习书法，一个人勉强维持生计。没想到天下第一茶道宗师利休居士的千金，眼下竟是这般境遇。"

第十五章 男与女

"没有拜托家族里的亲眷么?"

"谁知道呢。"千坂对马守煞有其事地歪了歪脑袋,想了一想,"兄长道安虽然已经恢复了身份,目前是太阁殿下的茶头,但到底是异母的兄妹吧,大家也不经常往来,有些疏远。"

"是么……"

失去了挚爱的父亲,一个人孤零零地生活着。一想到阿凉如今的境况,兼续不由得阵阵揪心。

(可以的话,真想为阿凉做些什么……)

然而,继承了利休血脉的阿凉自尊心极强,一定不愿意有人对自己施以同情。兼续忽然想起自己率兵包围千家宅邸之时,阿凉那沉入绝望深渊的眼神,胸中顿时阵阵刺痛。自己背负阿凉的爱恨于一身,此时若还将阿凉置之不理,简直枉作男人了。

又一片花瓣飘零飞舞,映入兼续眼帘。

以后数日——

兼续忙得自顾不暇,要处理的政事多如牛毛。

这年春末夏初竟然下了一场雪,入梅后又发了几次洪水,天灾频频。不久,信州浅间火山喷发,火山灰跟红色砂土从天而降,京都、大坂的町中顿时蒙上一层灰土,犹如老人的白发一般。到了夜里,原本应该漆黑的天空被艳丽可怖的扫帚星映得通红。

"这不会是大灾祸的前兆吧……"

人们仰望夜空,议论纷纷。很快,担忧变成了现实。

闰七月十二日夜半,近畿一带发生了罕见的大地震。这便是世人所说的"庆长大地震"。

地震带来的损失极其惨重。在《卜斋记》中曾记载说:

——伏见(城)天守二层崩落,御殿屋脊、屋檐、木格子尽数断裂,里外相通。诸大名宅邸大门坏裂,城内正门里门倒塌。(横滨)

一庵法印（领地五万石的大名）等番众[4]死亡。家康公宅邸二楼崩塌，加加爪隼人身亡。

此外，伏见城里有高级女官七十三人、侍女、下级女仆等五百人也因地震而亡。极目所见，遍地尸骸，惨不忍睹。

地震甫一发生，太阁秀吉立即抱起爱子阿拾撒腿就往院子里跑，因此逃过一劫。但城中化为一片瓦砾废墟，秀吉只好带着阿拾和淀君逃到木幡山群峰，在那里过了一夜。

地震的时候，兼续正在伏见上杉宅邸的屋内。地底突然发出犹如大蛇翻滚一般可怕的轰鸣声，刚刚睡下的兼续被一阵突如其来的激烈晃动惊醒。

（地震了！）

兼续想坐起身来，但剧烈的摇晃令身体仿佛置身于被大风大浪袭击的船上，就连抓住身旁阿船的手腕、将她拉近身来都无法做到。

长时间的晃动暂时平息之后，兼续向黑暗中大声唤道：

"阿船，你没事吧！"

"没什么大碍，快去看看竹松……"

三岁的竹松跟乳母一同睡在隔壁房间。孩子听到阿船叫着自己的名字，才吓得"哇"地大哭出声。所幸孩子身上并没有受伤。

"我去看看主公怎样了。"

兼续对阿船说罢，提了一柄长刀，就这样穿着白色睡袍奔出了屋子。

这晚没有月色。

不过，由于地震的缘故，大概有好些地方都发生了火灾，伏见城的各个角落都可见到红彤彤的火光。

景胜也安然无恙。

上杉家的伏见宅邸，是由从越后招来的木工、搬运工等四千人悉心建造，牢固非常。除了厨房门倒塌之外，基本上没有什么大的损

第十五章　男与女

失。在每年都要被大雪深埋的越后，房柱与屋梁极为粗壮坚固（比普通的房屋粗一点五倍到两倍）。这样的建筑习惯让上杉家的伏见宅邸在这次地震中幸免于难。

——并无一人受伤。

《上杉家御年谱》中这样记载。

兼续回到屋里穿戴整齐，然后走出上杉宅邸大门。

上杉宅邸虽然损害甚微，但周围大名宅邸却是一片狼藉。大多数宅院的大门、土墙及望楼尽数倒塌，四周景象顷刻间已经面目全非。负伤者的呻吟声、武士们的吵嚷声、瓦砾下的求救声混杂一处，令人窒息。

"大哥！"

弟弟大国实赖飞奔过来。

实赖身穿小具足，旁边的随从手里拿着火把。看样子已经在周围视察了一圈。

"大名们的宅邸都受损崩塌到这种程度，城下的民家更为悲惨。就好像被一千门、一万门大炮轰击了一样。"

"死伤人数如何？"

"还不知道。失去屋子、无家可归的人像幽灵一样在废墟上徘徊。"

"是么……"兼续神色一下严峻起来，略一沉吟，随即毅然对弟弟说道，"去告诉千坂对马守，让他打开上杉家宅邸的粮仓。"

"打开粮仓？"

"是的。要在天明之前炊煮粥饭，救济饥民。还有，小心防范盗贼趁火打劫。让上田五十骑的武士们披挂整齐，在周围巡察吧。"

"明白了。"

"还得赶快派出使者前去伏见城太阁殿下那里问候。这事就交给泉泽久秀好了。"

这时，余震忽然发生，威力还不小。

隔壁石田别院的屋檐上瓦片哗啦哗啦地掉落，激起一片尘土飞扬。

兼续见到这一情形的瞬间，心里忽然打了一个激灵。

（阿凉……）

阿凉独自居住的奈良町离伏见没有多远，大概也会受到这场地震的波及吧。

说不担心是假的，若非身负上杉家之责，兼续一定会立时赶往阿凉那里。但兼续终究是上杉家的执政，身不由己，只好摇了摇头，暗暗将阿凉的影子抛在一边。

接下来几天，兼续为了收拾地震造成的混乱局面，忙得昏天黑地。

五天后，伏见町终于慢慢平静下来。阿船一手操办上杉宅邸的内务打理，以及为无家可归的人们提供饭食的事务，进行得干净麻利，有条不紊。

"阿船，我要出去几天。"

"这种时候您要去哪里？"

兼续没有回答阿船的询问，从马厩牵出一匹黑褐色战马，翻身跨上马背。

兼续纵马狂奔，沿着大和街道南下。途经长池村时，路上有一道巨大的龟裂。兼续一振缰绳，大喝一声："驾！"飞马越过裂缝，继续向南行去。不久便来到木津川边。

河水很浅，兼续策马蹚了过去，水声潺潺。木津川的另一侧便是大和国。

兼续一口气奔上奈良坡道，来到以十三重石塔闻名天下的般若寺附近，平缓丘陵环抱之下的奈良町映入眼底。

（阿凉小姐……）

第十五章　男与女

兼续一打马鞭，向前疾奔。

绕过屋瓦破损的东大寺转害门，兼续进入町中。虽然受灾程度不像伏见那样厉害，但也有许多房屋损毁。记得千坂对马守曾经说过，阿凉住处在猿泽池附近。

兼续在一家免遭于难的茶店门口下马，向一旁收拾茶碗碎片的老妪询问阿凉的事情。

"是说教小孩子们书法的那位女师父呀？"

"您认识她么？"

"她常常到这里来呢。不过，她居住的草庵很旧了，不会被掉落下来的屋梁压着吧？"

兼续问过老妪，得知阿凉草庵所在，于是沿池边策马疾行，心里又是激动，又是担忧。

在地藏堂旁边的草庵前，兼续翻身下马。

——也许称之为从前的草庵更为合适吧。屋顶已经完全倒塌，整个房屋一点也看不出原来的样子。

（要是更早些来就好了……）

兼续十分自责。

要是在从千坂对马守那里得知阿凉消息时，立刻飞马前来奈良的话，事情也许就不会糟糕到这个地步。但是在兼续心中，一方面恋慕阿凉，一方面却又踌躇犹豫，不知道是否该来与之相会。常常以"要想想自己的立场处境，不能被儿女情长迷住了头脑"为借口，让自己暂时忘掉阿凉的事情。

（我真是个蠢材啊！）

兼续咬牙想道。

人与人的相遇与分别，有着"一期一会"[5]的说法。若不珍惜与他人相处的每一分每一秒，就算不上是经历了真正的人生。

"阿凉！"

兼续向倒塌的草庵狂奔过去。

一时间，无论是主君上杉景胜，还是依仗并信赖着自己的上杉家家臣们，或是怀抱幼子的妻子阿船，统统都从兼续脑海里消失。他一心只是祈祷阿凉平安无事，一面拼命分开掉落的草葺屋顶，一面搬动倒塌的房柱屋梁，不断搜寻着女子的身影。

不久——

兼续从破裂的板门下边刨出一个金铜的小佛像。

这个容貌端庄慈祥的观音菩萨像，想必是阿凉的贴身之物吧。虽然已经被泥土弄脏，却依然透出亮光。也许是心理作用吧，佛像的表情看上去有一些淡淡的哀伤。

（还是不行么……）

兼续的心顿时沉向无边黑暗。就在这时——

背后仿佛有什么动静。

兼续回过头去，被暮霭笼罩着的池边，一个女子悄然而立，目光呆滞。这双眼睛直直地盯着兼续。终于，干涩的眼神渐渐湿润，随即泪水夺眶而出。

"直江大人！"

女子倏地大喊出声，飞身扑入兼续怀里。这不是阿凉是谁！

阿凉在兼续怀里失声痛哭，肩膀不住地耸动。

"你去了哪里？"

兼续紧紧抱住阿凉，柔声问道。

"刚刚开始晃动，我就本能地翻身下床，拼命逃出屋子……然后，这草庵就……"

"倒塌了么？"

阿凉眉目低垂，不住地点头。

"那以后的事情，我就记不太清了。只知道很害怕，很害怕……随便逃到哪里去都好，逃得越远越好……然后就在町中漫无目的地游

第十五章　男与女

荡。回过神来的时候，发现又回到了这里。"

"已经过去了，有我在这里呢。"

"直江大人……"

阿凉紧紧地抓住兼续的手腕。

"得找个安静的地方暂时栖身才好。你在这里稍等一下吧。"

"不！别留下我一个人……"

阿凉原本失去光辉的眼神里，忽然燃起明亮的火焰。这眼神里蕴含着打从心底对兼续的希冀。仿佛在说只要兼续陪在身边，其他一切都不重要了。

（这便是宿命么……）

兼续怀里的阿凉，长发在月光的映衬下黑亮光洁。兼续俯下面庞，深深吻在阿凉不住颤抖的嘴唇上。

身畔近处的猿泽池中，传来水鸟振翅的羽音。

注释

【1】介错：日本武士切腹之时，在一旁担任一刀砍下切腹者头颅，减轻其痛苦的人。

【2】磔柱：行磔刑的十字架。磔刑，将人绑在十字架上用长枪刺死的死刑。

【3】打豆：将大豆浸水以后用棒槌捣碎而成的食物。

【4】番众：这里指大名辅助役。一庵法印良庆曾是丰臣秀长的首席家老，领有五万石知行。

【5】一期一会：本是茶道用语，指茶事之时须抱持一生只此一次的心情，主客极力以诚相待。引申为人与人的每次相会均应视作一生的唯一，倍加珍惜。

第十六章 去会津

一

丰臣秀吉这人，凭着无双的才智与过人的胆略一步登天，自然在任何情况之下都能迅速地作出判断。

庆长大地震的第二天，秀吉便立刻下令：

"崩塌了的旧城就不要管了，马上给我筑起新城。"

于是代替毁于地震的指月岗伏见城，在旧城以东十町之地的木幡山，新伏见城很快开始动工。

新伏见城完工，是翌年五月的事情。在那之前，秀吉暂时在大坂城落脚。

地震两个月后，也就是庆长元年（1596）九月，与明国的和谈破裂。秀吉决定再兴入唐之兵，也就是所谓的"庆长之役"了。

这次出兵的主力与前次相同，仍是中国地方、四国、九州等地的西国大名。

上杉家没有参加远征军，而是留在上方参与修筑新伏见城。不光上杉家，德川家康、伊达政宗等东国诸大名，也留在伏见和大坂。

第十六章　去会津

翌庆长二年（1597）七月，战斗再次在朝鲜打响。总数达十四万的远征大军打算在两个月内将朝鲜半岛南部拿下，然后以此为据点与明国朝鲜联军长期对峙。

兼续一面在伏见城的工地指挥从越后招募来的四千名工人的修筑工作，一面担心着大海那边的战况。由于在先前的文禄之役中曾踏上过朝鲜的土地，对当地情况十分了解，因此不难想象前方军队艰难的处境。

（补给线太长了。拖得越久，对战事越不利啊……）

此时兼续眼前，忽然浮现出在前线时所看到的犹如珊瑚一般血红的夕阳。

此后每日，兼续作为修建伏见城入船河渠的总事务官，整天都在建筑现场忙碌，直至太阳落山。之后再去大坂城与石田三成等五奉行商量事宜。回到伏见的上杉宅邸时，已是深夜子时。

这天夜半，所有人都睡了。兼续独自在宅邸屋内就着烛光阅览领国寄来的书信。忽然烛光一阵摇曳，兼续倏地抬起头来。走廊上似乎有人。

"是阿船么？"

兼续问道。

拉门被悄无声息地拉开。

一阵风吹过，屋里突然出现一个人影。当然，这时出现在兼续面前的并不是一个虚无的黑影，而是一个活生生的女子。此女身着黑漆斗笠与白色千早，一眼便能看出是一个巫女。

"是你……"

兼续定睛一看，不由眉头微蹙。

"您夫人就睡在隔壁呢。若是大声说话，可能会把她惊醒哦。"

巫女用手将身后的拉门拉上，然后摘下斗笠。一张熟悉的艳丽面庞出现在兼续眼前。

"初音。"

兼续两眼眯缝起来。

女子正是以信浓国为根据地，脚步遍及四方的云游巫女——祢津的祷巫初音。

"好久不见，与六大人。不，现在应该叫您上杉家执政、闻名天下的直江山城守兼续大人啦。"

"别取笑了。"

"呵呵……我可没有取笑的意思。我不过一介巫女，如今已经没有法子像以前那样无拘无束地跟您说话啦。您的距离越来越远了，只是远远眺望都让人觉得炫目呢。"

虽然说话的内容很是恭敬，但初音的声音却充满了玩笑的味道。大概是因为这个女子已经超越了一切俗世的权力，置身于凛然不可侵的神职世界之故吧。

兼续与初音的上次见面，是十二年前上杉与真田结盟时候的事情了。

当时为了对抗将爪牙伸向信州的德川家康，上田城主真田昌幸请求与上杉家结为同盟。那时候作为真田家密使来到春日山城的，便是初音。然后兼续才自初音口中得知她是真田家的女儿。在那之前，初音对兼续来说，完全是一个神出鬼没谜一般的存在。

初音是真田幸村同父异母的姐姐。幸村自春日山城出走以后，初音也有很长时间没有在兼续面前出现过了。

"关于我一族的事……我弟弟的事，您还在生气么？"

初音在兼续身畔坐下，轻轻向他依偎过去，口中呼出的气息温热宜人。

岁月的痕迹虽然已经慢慢爬上这女子的面庞，然而却使她显得比以往更加妖冶动人，令人喘不过气来。

"有时为了生存下去，也不得不作出痛苦的选择吧。重要的是，

第十六章 去会津

要在这世上刻下什么,留下生存过的证明吧。"

"嘿嘿……"

初音将白色千早的袖子掩在口边,吃吃笑了起来。

"有什么奇怪么?"

"我弟弟幸村,也曾经用这样的语气说话呢。"

"……"

"我的目标,是好像天上星辰般闪耀的大义精神。为此,就算是弄巧使诈也在所不惜。再艰难也要顽强地生存下去。为了在有生之年挺起胸膛,在世间刻下真正的大义——就是这样的话。"

"……"

"很奇怪吧?被称为表里比兴一族的真田家人,嘴里竟然会说出大义什么的。"

初音笑道。

兼续却没有笑。

(是么,幸村他……)

兼续回忆起那些日子里,对作为人质来到上杉家的幸村述说自己从老师谦信那里继承下来的精神。看来兼续所说的关于大义的价值观,对真田幸村这位头脑机敏聪慧的年轻人产生了深厚的影响。

幸村离开上杉家以后,作为秀吉身边的骑马护卫,在过去的文禄之役中身处名护屋阵地。此外,还娶了丰臣家奉行众之一大谷吉继的女儿为妻,叙任从五位下左卫门佐官职,已经成长为一名堂堂的武将。

"你来这里有什么事呢?"

兼续锐利的目光射向女子。

初音作为祷巫,熟知诸国里各种见不得光的内幕。不知道这次又是为了执行什么秘密任务,再次前来接近自己。

"曾有过肌肤之亲的女子耐不住思念前来相见,这不算过分吧?"

初音的手温柔地抚着兼续的膝头,在他耳边低语,"我可没有一天忘记过您呢。"

"说说你真正的目的好啦。你不会是专门为了跟我开玩笑跑来京都的吧。"

"您还当我会耍什么花样么?"初音哈哈一笑,继续道,"我来京都是别有目的的。"

"果然如此。"

"不过这事情跟您没什么关系。我来这里,是看在咱们是老交情的分上,告知您我偶然听到的一件关于上杉家的大事。"

"什么大事?"

"您想知道么?"

初音意有所指地瞧着兼续。

"随便你啦,反正你的话也不知是真是假。"

"听说,上杉家最近会更换领国。"

"什么……"

一瞬间,兼续怀疑自己听错了。

"你刚才说什么?"

"上杉家会从越后被移封到他国。"

"这绝无可能。越后是不识庵大人以来上杉家的根基所在,怎么可能会更换领国。"

"信不信由你啦。总有一天你会知道是真是假的。"

"等等,这件事你是从……"

兼续话音未落,忽觉手畔一空,初音的身影消失不见。庭院的黑暗里,唯余一片秋虫鸣叫之声。

第十六章　去会津

二

三天后，石田三成将兼续叫到自己屋里，说是有机密要事相商。

三成的表情稍显严肃。这个从来说话简洁、开门见山的男人，这天似乎有些难以启齿。于是兼续只好率先开口：

"是更换领国的事情么？"

"您怎么知道！"

三成大吃一惊。兼续心想，当然不能告诉你是从祢津的祷巫那里听说的。

"我只是随便猜猜。"兼续敷衍道，"这样说来，真要更换领国么？"

"天下大名小名[1]虽多，但丰臣家真正能够仰赖的，只有实力与信义兼备的上杉家而已。真希望贵方能够接受此事。"

"不要这样说。既然是太阁殿下的命令，我等作为臣下，理应俯首听从。不过……"

"真是感激不尽。"

"不过，上杉家离开了根据地越后，会移封到哪里呢？"

"会津。"

话已说开，石田三成便没了顾虑，恢复了直截了当的作风。

"会津……"

"直江大人您也知道吧。会津若松（黑川城改名）城的蒲生家，重臣之间钩心斗角，领内混乱不堪。"

这件事情兼续也有所耳闻。

过去的文禄四年（1595），治国有方的会津若松城主蒲生氏乡病死。氏乡的孩子，也就是当时正在京都南禅寺修行的鹤千世，仅有十

三岁。秀吉让他立刻元服，改名为藤三郎秀朝，回到会津继承蒲生家。

然而，秀朝毕竟只是一个孩子。要他来治理陆奥的伊达政宗与关东的德川家康均虎视眈眈的奥州要害之地会津若松，这副担子实在太重。于是为了夺取家中的主导权，家老蒲生乡安与蒲生乡成起了争执，不久便发生了会津总奉行绵利八右卫门惨遭杀害的紧急事态。

"会津不能够再交给蒲生家了。"

将会津视作支配东国的要地，对之极为重视的秀吉，感到有必要更换大名领国。

"因此，想让我上杉家……"

兼续询问石田三成。

"是的。"

三成点头说道。

"能够代替蒲生，委以治理奥州要地会津重任的，除了上杉大人以外再无他人了。这也是太阁殿下的命令。"

"……"

这当然是秀吉的命令，不过同时也是三成自身强烈的希望。

这几年间，秀吉身体一日不如一日。在两年前的关白秀次事件之后，秀吉便于伏见城一病不起。那时众人在祇园感神院、北野天满宫、爱宕大权现、石清水八幡宫、清水寺、春日大社等畿内各地的神社佛阁行祈祷之礼，就连朝廷的内侍所也举行了神乐祭演，祈求秀吉早日康复。虽然一个月后秀吉的疾病便告痊愈，但却落下了病根，此后时时复发，只得常常卧床休养。

倘若秀吉有个万一，继承丰臣家业的便是嫡男秀赖了。但是秀赖才五岁，要作为天下人君临诸大名之上，实在过于年幼。

担心政权旁落的秀吉，定下了"五大老"、"五奉行"的制度，让诸大名写下誓书，立誓支持秀赖。

第十六章　去会津

不过就算如此,秀吉也无法安下心来。曾经是一同争夺天下的最大宿敌,此时却留在政权体制内部的德川家康,其动向屡屡令秀吉感到忧心忡忡。

无论如何也要将关东的德川周围封死,叫他动弹不得才好——这是丰臣政权如今面临的最大问题。

"既然是直江大人您,我也就不再隐瞒了。殿下的御体近来渐渐衰弱,一天不如一天。大概只剩两年……不,或许只有一年了……"

"病到这种程度么?"

"嗯。"

三成神色黯然。

"真希望殿下身体健康,能一直看到秀赖公子长大成人哪。不过虽然心底如此祈盼……"

"手上还得作最坏的打算,早日想好对策吧。"

兼续低声冷静地说道。

"直江大人。"

三成稍稍挪近身子。

"殿下的御体万一有个好歹,家康一定会举兵的。"

"德川内府[2],可不是个会让机会从自己眼前白白溜走的人。"

"您知道么,无论是殿下还是我三成,都想把防备德川的重任交托与上杉大人。"

"您如此看重上杉家,真是……"

"拜托了!"

三成满怀期盼地注视着兼续的双眼。

"我明白了。"

兼续深深地点了点头。

"想必景胜大人听到石田大人这一番话,也会同意移封会津之事吧。值此天下危急存亡之秋,不是拘泥于小事的时候。"

"我们这边为了避免上杉家中异议过大，也会大幅增加封地石高。"

石田三成不愧是精明能干的事务官僚，立时向兼续说明了这次移封的诸般优渥条件——

目前，上杉家的领地包括越后国、佐渡国、出羽国庄内三郡、信浓国川中岛四郡，总石高九十一万石。移封之后，佐渡及出羽庄内的领地保持不变，再加上旧蒲生领地会津，总共有一百二十万石之多。此时封地百万石以上的大名，仅有德川家康（二百六十五万石）与毛利辉元（一百二十九万石）两位。也就是说，如此一来，上杉家便成为了名副其实的天下三大大名之一。

虽然失去了本来的根据地越后及信浓，不过保留了藏金丰富的佐渡与作为日本海水运基地的出羽庄内，从自古移封的惯例来看，这已经算是破格的待遇了。

（言下之意，增加的石高当会用来增强军备，以抵御关东的德川与奥州的伊达吧……）

上杉家封地大幅度增加的理由，兼续做了如此揣测。

三

兼续回到伏见上杉宅邸，向主君景胜报告了更换领国一事。

景胜表情木然，不过，突然听到如此变故，想必心情也一定是大受冲击吧。

"既然事已至此，也不容得有异议吧。"

"是。"

"你记得么，与六。"

景胜目光眺望远处。

第十六章　去会津

"年少的时候，在鱼沼云洞庵案几相并，同修求学的那些日子。"
"记得。当时教我们的是住持通天存达禅师。"
"天可真是冷哪。"
大约是回忆起严冬时禅堂中的寒冷，景胜的身躯不禁微微颤抖。
"脚底踩在冰冷的榻榻米上，还会发出黏乎黏乎的声音呢。"
"还能打雪仗呢。"
"是啊。"
"然后在房里小口喝着热粥，那滋味真是无以伦比啊。"
"是啊。"
"一到春天，就去山里采摘通草的新芽。"
"那味道虽然有点苦，但很好吃呢。用合六碗[3]来盛的话，都能吃几大碗呢。"
"还吃了桑葚，嘴唇都被染成紫色了。"
"是啊。"
景胜一边说，兼续一边附和。
"去了会津之后，可能再没有机会回越后了吧。"
"时移世易啊。太执着于过去的话，会跟不上这瞬息万变的时代激流吧。"
"这我明白……"
景胜胸中流淌着的对故乡的思念，也深深地感染着兼续。不，对于兼续自身来说，对故乡的不舍之情比任何人都要强烈才是。

（真不想离开越后啊……）

这样想也是人之常情吧。

越后的山野中，刻下了兼续少年与青年时代的回忆。无论是受教于谦信，还是谦信亡故后辅佐景胜在御馆之乱中战胜景虎，都是在越后大地上发生的事情。虽然冬日越后的大雪濡湿厚重，但居多浜的海浪声与雪椿花娇艳柔弱惹人爱怜的殷红，依旧让故乡的回忆在兼续心底蔓延开来。

（然而……）

虽然教人感伤，但为了天下的缘故，也不得不离开难以割舍的故土了。

上杉家正式移封会津的命令传达下来，是庆长三年（1598）正月十日的事情。此前，迄今为止领有会津的蒲生家被减封至十八万石，迁往下野宇都宫一地。在上杉家离开之后，由堀秀政入主春日山城，封地三十万石。此外，新发田城封给了沟口秀胜，本庄（村上）城则封给了村上义明。

在一百二十万石的新上杉领地中，秀吉将米泽一地的三十万石直接赐予了直江兼续。

之后兼续决定返回春日山城，着手准备更换领国的各种事宜。

"以后说不定真的没有机会再次踏上越后的土地了呢。"

阿船一面帮助兼续打点行装，一面说道。

"舍不得么？"

"任谁都会感到不舍吧。毕竟是生我养我的故乡嘛。"

"别想太多啦。"

兼续强笑道：

"说是更换领国，也就是前往仅仅一山之隔的邻国而已。而且会津若松城下在擅于民政事务的蒲生氏乡大人的治理下，聚集了近江跟伊势的许多商人和手艺人，一定非常热闹呢。雪融之时，移封的事情差不多就完成了。你去求得御台所夫人允许，然后来会津见识一番吧！"

"冬天里就要往会津搬迁了么？积雪很厚呢。"

听了兼续的话，阿船有些吃惊。

与越后相同，会津的积雪也很深厚。因此阿船原以为搬迁的事情要等春来雪融的时候才会正式开始。

第十六章　去会津

"这事不急不行。"

兼续说道，神色严峻。

"蒲生家从会津离去的同时，伊达家便会从北面越过国境入侵吧。"

"还有这样的事……"

"潜伏在伊达领内的山伏送来消息说，最近伊达家的举动有些可疑。"

"要是有违反命令的异常举动，太阁殿下不会坐视不理吧？"

"伊达政宗这人精明得很，不仅胆大，而且心细。眼见太阁殿下的病情不太乐观，想趁着更换领国一事产生的间隙，在奥州尽可能地扩大自己的势力吧。"

"北有伊达大人，南有德川大人……这以后，身负奥羽镇护大任的上杉家，担子可越来越重了。"

阿船有些担心地看着丈夫。

"这正是我的使命所在。属于我的战争，就从现在开始。"

大雪之中，兼续沿北陆道路返回越后。

兼续回到春日山城这天，天空碧蓝如洗，万里无云。这在越后的冬天实属罕见。山麓的田地、城下民家的屋顶以及城中的望楼顶上覆盖着的白雪，都反射着耀眼的光芒。

春日山城，是历经了（长尾）为景、（上杉）谦信、景胜三代的城池。

以这座修筑在春日山顶上的城池为根据地，不世出的英雄——被称为"越后之龙"的上杉谦信，将领国版图由越后一国扩张至包括上野、信浓、越中、能登等地在内的广大地域。

然而谦信去世后的二十年间，世上发生了令人瞠目结舌的变化。从群雄割据的战国乱世，经过织田信长的崛起与夭折，最终让秀吉一

统天下。

城池的样貌也在发生着变化。

中世引以为傲的春日山城这般修筑在山上的城堡,已被以大坂城、伏见城为代表的被深沟与石垣环绕的近世大城廓代替。

春日山城已经成为一座落后于时代的城池。

(世间变化太快了……)

新的时代以令人窒息的速度迎面压迫而来。

兼续进入城内,召集重臣武将,代替留在上方的主君景胜转达了上杉家移封至会津的命令。

因为已经事先得到了消息,众人没有太过惊讶。不过由于此事多少有些突然,家臣们不免有许多疑问。

"上杉家的所有人自然都会搬迁到会津,不过城下町的百姓跟领内的农民如何处置呢?"

擅长舞蹈与连歌的倾奇者水原亲宪问道。

兼续表情纹丝不变:

"町人百姓都会一齐搬迁至会津,不过耕作田地的农民一个也不能带走。这是太阁殿下的命令。"

"自家的财物与日常用具怎么处理呢?"

个子高挑,善使长枪与长刀的甘糟景继询问。

"自己打点好,带去会津便是。"

"不识庵大人的灵庙怎么办呢?"

兼续的父亲、从直峰城前来的樋口总右卫门大声问道。

"不识庵大人的灵庙,就留在春日山城。"

兼续回答。虽说二人是父子,但兼续既然身为执政,在公事上地位远比其父要高。

"什么?要把不识庵大人的灵庙……"

"就这样留在城里么?"

第十六章　去会津

家臣中立时炸开了锅。

这是很难接受的事情吧。一生不近女色、以大义为己任的不识庵上杉谦信,在亡故之后也仍然是上杉家的精神支柱。如今要将谦信的灵庙留在即将落入他人之手的春日山城,这对上杉家的家臣们来说,就好像是要他们抛弃自己与生俱来的信仰一般。

"只有这事,无论如何也不行么?我们想亲手祭祀不识庵大人的灵庙啊!"

曾为谦信身边小姓的山浦源五(村上国清)说道。

"不行。"

兼续一口否定。

"要转告给大家的,就是以上这些了。我先一步前去会津。以后的事情,就跟随后回来的大国但马守实赖商量吧。"

留下这句话后,兼续离开了大厅。

当夜——

兼续独自来到实城中的三重橹上。

"武运在天,铠甲在胸。"

三重橹的楼里,挂着先代谦信所写的壁书。

就在兼续手拿烛火细看壁书之时,父亲樋口总右卫门从暗处慢慢走近身旁。

"原来在这里。"

"我想再来看一次不识庵大人的教诲,把它刻在心里。"

"心怀一死而战则生,心怀贪生之念而战则必死。若怀离家一去不返之决意,则返;若怀返还之念,则难返……真是深刻啊。"

"是啊。"

"将灵庙留在这里,是有不远的将来或许会重回越后的打算吗?"

总右卫门锐利的眼神注视着兼续的侧面:

"太阁殿下一旦亡故,世间或许会再次回到战国乱世吧。你心里是想,到那时再以春日山城为根据地,一呼百应么?"

"若怀返还之念,则难返。从一开始就抱有野心的话,大概什么事也做不成吧。"

兼续若无其事地笑道。

(成为了不起的男子汉了呢……)

樋口总右卫门看着自己的儿子,不由大为感叹。如今的兼续不再轻易在人前透露自己的本意,变得高深莫测。若是易于被他人看穿心意,就很难成为一流的政治家。作为父亲,总右卫门对儿子的成长实在感到非常欣喜。

"虽然不说你也明白,不过我想还是提醒一下为好。"

总右卫门再次开口:

"让家中的武士们把嫡男带去会津,把次男、三男留在越后各个村子里,并令其抛却武士身份,成为农民吧。一旦有事,可教他们煽动村民,发起一揆暴动。"

"……"

"另外,还要找一些信得过的商人留在城下町,时时将越后的情报送来会津。"

"父亲您真不愧是谋士啊。"

兼续双目微眯,似笑非笑。

"哎,说什么谋士不谋士的。"

总右卫门意外地正色说道:

"就算是不识庵大人,在战斗的背后也常常作出各种不懈的努力。若没有万全的准备,怎能够将自己的志向贯彻到底呢?"

"您的忠告,我谨记心里了。"

而后,父子二人再不言语,只是静静地阅览着寒冷黑暗中浮在烛光里的谦信壁书,口中呼出阵阵白气。

第十六章　去会津

四

翌日清晨——

兼续告别了春日山城，出发前往会津。

与昨日晴朗的天气不同，细雪漫天飞舞。

跟随着兼续的，是直属家臣团与板众的二百余骑武者。加上下级武士、随从、仆役等，总共千余人。途中，兼续在直江家的故土与板稍事停留，将更换领国要处理的各种事宜吩咐下去，然后参拜了直江家祖上的墓地以及本地的神社佛寺。

"我在前面引领大家去会津吧。"

鸦组的一志大夫原本是伊势御师，十分熟悉山路地形，于是自告奋勇担任向导。

兼续一行翻过六十里越[4]前往会津。山岭之间积雪深厚，仆役们脚穿踏雪套鞋交替着将松软的积雪踩实，以便行走。货物装载于雪橇上，由脚夫拖曳前行。众人还将寒造里抹在手足皮肤表面，以防冻伤。就在这冰天雪地中，兼续等人艰难地向新领国行去。

——白河以西便是会津，领内山脉连绵。西邻越后，雪寒风烈，犹胜北国。

关祖衡的《新人国记》中，有着如此记载。

会津若松城内，石田三成正等着兼续。三成这次是为了蒲生家与上杉家的会津交接事宜，与五奉行之一的浅野长政一同自上方来到奥州。

"禁止蒲生家武士将耕农带去宇都宫。若有违反，当事人自不必说，兄弟乃至族人都要严加处置。"

为了平复因为领国更替引起的混乱，兼续与三成联名，发布了如上数条规定。

二月中旬，石田三成自蒲生秀朝处接收了会津若松城以下领内的十四座城砦。而后，兼续作为上杉家一侧的代表，再从石田三成手中将诸城砦接受过来，并立刻在会津、仙道等地的城砦中配置了兵马。

"总算是交接完成啦。"

会津若松城天守阁上，石田三成遥望东北高耸的盘梯山雪峰，喃喃自语。

有"鹤之城"之称的会津若松城，历来是芦名氏世代的居城。后来蒲生氏乡入主会津，在城上增筑了宏伟壮丽的七层天守阁，可俯瞰会津盆地。

会津一地，十分富饶。

四周被葱郁的群山环绕，一到收割时节，片片水田的稻穗都闪耀着黄金色的光芒。托盆地地形的福，令奥州大部分作物遭受冻灾的山间寒风完全吹不到这里，即使在其他地方收成不好的年头，此地稻穗也株株颗粒饱满。水源丰富，很少有泛滥之忧。由于这些良好的地理条件，在整个奥州，会津的粮食产量极高。以盘梯山惠日寺为中心，这里自古以来佛教文化便非常繁荣。

另外，会津一地地处交通要冲，通往奥羽各地以及关东、北陆的五街道——白河街道、下野街道、二本松街道、米泽街道、越后街道，呈放射状向四面延伸开去。因此，会津被称为奥州的咽喉，在军事上及商业上均有重大意义。

"伊达政宗的野心，不可不防啊。"三成撇下嘴角用力地说道，"趁太阁殿下身体抱恙，不知何时就会露出张牙舞爪的真面目来。探子送来消息说，政宗跟德川内府暗通款曲。为了奥州……不、为了天下的安定，上杉家务必还要增强军备才行。"

"我明白。"

兼续点头道：

第十六章　去会津

"旧蒲生领地有支城十四座。从防备伊达、德川的方面来考虑，还远远不够。我打算在武士们的移迁完成后就尽快修筑新的城砦。此外，会津连接其他领国的军道、桥梁，也要大力加以修葺。"

"多少有些勉强，还请见谅。就算年贡有所增加，其余事务也要准备万全才好。"

"虽然有些对不住会津的百姓，但如今是非常时期啊。"

凛冽的北风刮在兼续神色严峻的面颊上。

石田三成离开会津前往越后，为成为新的春日山城主的堀秀治、新发田城主沟口秀胜以及本庄（村上）城主村上义明了结领地交接事宜。

原本身在伏见的上杉景胜经由越后进入会津，是三月二十四日的事情。当日新历是四月二十九日。

此时会津的积雪几乎已经完全消融，枝头樱花满开。

就在这时，有变故发生。

伊达政宗的军队，袭击了信夫郡的福岛城。

——原以为太平时节，仙台（岩出山之误）城主伊达左京大夫政宗却出兵入侵福岛一地，焚烧民舍。

《上杉家御年谱》中如此记载。

守卫当地的水原亲宪、小岛丰后守、蓬田寒松斋奋战数刻，到了夜里，伊达军终于撤退。景胜通过兼续授予各位武将感状[5]，以彰其功。

除了政宗这件事外，领内的事务大致上还算顺利。

兼续向主君景胜报告会津诸事的进展。景胜还是如平常那般不动声色，只是默默倾听。对直江兼续这位有才干……不，从某种意义上说，可以称为"过于"有才干的家臣，景胜从来没有提出过异议。

（我非常信任你的才干。因此，绝不会对你的决定指手画脚。总

之一切都交给你了，好好干吧……）

无他，全因为景胜对兼续有着无限的信赖。

乍看起来，景胜作为主君，实在是没有责任感，然而实际上却并非如此。景胜在将外交、民政、军事等一切权限都委任给兼续的同时——

（造成的一切后果和责任，由我来承担。）

心底有着如此的觉悟。

这并非是所有人都能做到的。若没有景胜、兼续主从二人长久以来的情谊，以及景胜自身宽宏度量的话，就算兼续再怎么有才能，也没办法尽情施展吧。

自然，兼续对这些情况也是心知肚明。正因为如此，兼续才下了决心：

（为了这位主公，我当全心全力打理好一切政事……）

虽然秀吉亲自将出羽米泽三十万石的厚禄赐予了兼续，兼续也不会有半点怠慢甚至背叛主君的想法。

"我不过一介家臣之身，三十万石实在是受领不起呀。只要米泽城六万石就感激不尽了。"

兼续说道。

"三十万石是太阁殿下亲自赐予你的。你不要有顾虑，收下好了。"

"不，这可不行。不能因为此事而扰乱了家中和睦啊。"

兼续坚持没有受领三十万石俸禄，正是为了贯彻自己身为上杉家臣的立场。

随着上杉家领地石高大幅度增加，配置到领内各个城砦的家臣们的俸禄也水涨船高——

米泽城（置赐郡）直江兼续 六万石

南山城（会津郡）大国实赖 二万一千石

第十六章　去会津

白石城（刈田郡）甘糟景继 二万石
梁川城（伊达郡）须田长义 二万石
中山城（置赐郡）横田旨俊 一万二千石
荒砥城（置赐郡）泉泽久秀 一万一千石
福岛城（信夫郡）本庄繁长 一万一千石
浅香城（安积郡）安田能元 一万一千石
津川城（蒲原郡）藤田信吉 一万一千石
伊南城（会津郡）清野长范 一万一千石
金山城（置赐郡）色部光长 一万石
鲇贝城（置赐郡）中条三盛 一万石

加上此外的十一座城砦以及会津以外的庄内三城、佐渡二城，一共二十八座支城。兼续向每一座支城都派遣了武将，整饬军备，如临战一般。

这其中，在军事上最为重要的是北面与最上氏相持的米泽城，地处越后、下野与会津相接要地的南山城以及防备伊达氏的白石城三座城砦。

米泽城由兼续自己治理，另外两座城砦则分别由兼续最为信赖的弟弟大国实赖与上田众中武艺超群的甘糟景继担任守将，稳固防守。兼续指定岩井信能、安田能元、大石元纲为会津三奉行，委以民政实务。

此外，兼续还将前田庆次、车丹波（佐竹家旧臣）等一干能人招来了上杉家。

由于与当主利家脾气不合，庆次离开了前田家，在京都过了一段时间潇洒快活的日子。在意气相投的兼续邀请之下，庆次郎前来上杉家出仕。

为了会津若松的繁荣，兼续免除了城下商人一年的税金，并鼓励人们种植越后特产作物青苎，以此带动领内的发展。

然而，为了储备军费，虽然并不是合适的时机，兼续也只得狠下心来，将领内农民的年贡由蒲生时代的三成八分增加到五成。增收的费用则用来建筑军道和制造铁炮。

此时——

上方太阁秀吉的死期悄然临近。

注释

【1】小名：日本古代班田制崩溃之后，田堵制取而代之。土地所有人将土地冠以自己的名字，称为"名田"。名田的所有者便称为"名主"。领地广阔的名主称为大名主，也就是通常所说的"大名"。领地相对狭小的名主则称为小名主，简称"小名"。

【2】内府：日本古代令制官"内大臣"的中国式称谓。当时的德川家康叙任从二位内大臣，因此被称为"德川内府"。

【3】合六碗：也写作"合鹿碗"。一种碗足较高的碗，便于端起。

【4】六十里越：越后鱼沼与奥州会津之间的山岭，海拔约760米。

【5】感状：日本古代军中，上级赐予下级表彰其战功的文书。

第十七章 战云

一

庆长三年（1598），六月——

太阁丰臣秀吉在伏见城一病不起。

据《当代记》记载：

——自六月二日始，太阁秀吉公御体欠安，不能站立。

施药院全宗、曲直濑玄朔等丰臣家侍医们不分昼夜努力诊治。朝廷在北政所宁宁的奏请之下，也在内侍所祭演神乐，并向伊势神宫等诸寺社派去敕使，祈愿秀吉痊愈。

然而，秀吉的病情却一天比一天加重。

秀吉原本就身材矮小，如今更是消瘦得犹如风干后的萝卜。青黑色的脸上，只有双眼还闪动着异样的光芒。开口闭口尽是继承人秀赖的事，对在海峡那边的朝鲜国土作战的士兵却不闻不问。这令人不忍卒睹的龙钟老态，任谁都一目了然。

除了留在领国会津的上杉景胜外，极为担忧丰臣家未来的秀吉将德川家康、前田利家、宇喜多秀家、毛利辉元几位大老唤至病榻前：

"几位请务必团结一心，好好辅佐秀赖啊。"

秀吉眼中含泪，千叮万嘱。

秀吉下命，在自己死后，让伏见城的秀赖移居大坂城，请自尾张时代以来一直与自己交好的前田利家担任秀赖的监护人。同时，将伏见城交予德川家康管理。

此外，挂念着秀赖将来的秀吉还写下了一封给五大老的遗书：

——秀赖之事，再三再四，拜托五人众（五大老）。并已传达五人者（五奉行）。（不能亲见秀赖成人）心下甚为遗憾。唯愿神明加护诸位，辅佐秀赖。除此以外，再无他事。切切。

面对一直以来的政敌家康，秀吉也无法抑制自己的心情，由衷地托付后事。此情此景，实在教人感到悲壮莫名。

随着秀吉病情的恶化，世间开始流传种种谣言：

"听说东山的将军冢隆隆作响呢。"

"有人说，狸谷不动院里的本尊不动明王眼睛闪闪发光。"

"好像京都御所猿十字路的木猿雕像，一到晚上就在町中四处游荡。"

"是有妖怪作祟么？"

"说到这个，据说太阁殿下去年把信浓国的秘佛善光寺如来迁移到了丰臣家菩提寺方广寺祭祀。"

"突然发生这样的事，难道……"

"大概是善光寺如来佛祖想回到信浓去，因此才让京都出现这些奇怪的事情吧。"

"真是可怕啊，真是可怕……"

这事儿一传十十传百，很快传到了伏见城病榻上的秀吉耳朵里。

秀吉这位凭着自己的力量飞黄腾达的武将，原本不是个会被古来的旧习及迷信困扰的人。

——若是害怕妖魔的话，还怎么作战呢？

对于根植于人们心中的对妖魔的恐惧，秀吉一笑置之。

第十七章 战云

缘此之故，在自己修建的方广寺中大佛因庆长大地震毁坏之后，秀吉便将相传是日本最为古老最为灵验的佛像——信浓国善光寺的秘佛搜寻出来，并迁移到了京都。对于此事，秀吉当初心里并没有一丝恐惧。然而如今，秀吉却因病魔缠身，失去了以往的魄力。

（我的病，难道是擅自移动了善光寺如来的缘故么……这样下去，不止我的性命，就连丰臣家的将来也堪忧啊……）

秀吉好像要抓住最后一根救命稻草一般，下令道：

"将善光寺如来送回信浓，诚恳恭敬地祭祀一番吧。"

大概是希望将方广寺的善光寺如来送回信州后，京都的种种怪事便会随之烟消云散。

黑暗中——

"铮——铮——"的清澈响声划破长空。

俯瞰京之町的东山三十六峰之一——华顶山上的将军冢前，一位身着红色切袴的巫女坐在一块大石上，弹拨着梓弓弓弦。正是祢津的祷巫初音。

初音身旁，一位目光深邃的男子静静站立，倾听着弓弦之声。

——真田左卫门佐幸村。

曾经作为人质去往越后春日山城，在上杉家中深受大义精神熏陶的年轻人，此时已经成长为一名三十二岁的堂堂武将了。

"一切都照着姐姐的想法顺利进行呢。"

幸村说道。

"姐姐您为了取回被太阁殿下迁来上方的善光寺如来，教部下的祷巫以及木猿、甚八、望月六郎等人在洛中制造各种怪事并散布流言。就算不辟斧钺的武士，在胆怯时也会一心祈求神佛相助。不过没想一代天下霸者太阁殿下，也会有心慌意乱的时候呢。"

"别说话……"

初音制止弟弟。

弓弦弹在土苓木上，继续发出"铮——铮——"之声。初音双眼微闭，嘴唇翕动，喃喃说道：

"此后数日之内，火焰将会熄灭。"

"火焰……"

"生命的火焰。"

"这难道是指，太阁殿下……"

"火焰一旦消逝，云群便将流动。流云之中，大蛇与百足（蜈蚣）激烈相斗，不久天下一分为二，大乱将起。"

"大蛇和百足……是说……？"

"……"

"那么，哪一边会胜，哪一边会败呢？"

"不知道。"

初音摇头。

"漫山遍野尽被鲜血染红。浓雾背后，只听见铳声……喊杀声、马嘶声，还有林立的旌旗……浓雾消散之后，这激战的结果……这结果……"

犹如呓语般的话语戛然而止，梓弓弓弦声中断。初音身体前倾，从大石上颓然栽倒。

"姐姐！"

幸村急忙将初音扶住。

"振作一点！打起精神来，姐姐！浓雾的背后究竟看到了什么？"

片刻之后，初音仿如从悠长的梦境中苏醒，睁开双眼。幽暗的瞳孔仿佛蒙上了一层薄纱，明艳不可方物。

"姐姐……"

"不要紧，每次都是这样。"

初音一面说着，一面扶着幸村的手站起身来。

第十七章　战云

初音身为祷巫，常常受人所托祈请神明或者将死者魂魄召回现世，而且她还拥有预见未来的能力。幸村也见过几次这位身负异能的姐姐祈请神明的情形。

"看到了什么，姐姐？刚才您说大蛇跟百足相斗，那是指谁呢？"

"我说了这个么？"

"嗯，还说天下大乱将起。"

"我不记得了……"

初音目光注视着山麓的京都：

"这都是神谕。如果附在我身上的神明这样说了，那就切切不要怀疑。"

"这样说来，太阁殿下性命的火焰不久就会消逝了……"

"幸村。"

初音回头看着弟弟。

"如宣示那般，天下的大乱成为现实的话，你会选择怎样的道路呢？"

"……"

"只要是男儿，无论是谁，总有一天会迎来对自己生存方式的考验。也是对你、父亲大人、兄长……对我们真田一族的考验。那时候不管是生是死，是开创了自己的道路还是被激流吞没，都必须用自己的双手，来选择前行的道路。"

"这也是神谕么？"

"不。"

初音婉然一笑，清澈雪白的双颊顿时笼上一层阴影。

"世间的变乱日渐临近了。对我们这样活在夹缝中的弱小家族来说，乱世反而是孤注一掷的绝好机会。"

"这可不像是祈请神明的巫女说出来的话呢。"

"人的一生，不就像是赌博么。"

"也许是吧!"

在这对低声交谈的姐弟眼眸里,京之町灯火摇曳,明灭不定。

二

八月十八日,太阁秀吉在伏见城去世,享年六十二岁。

身后留下的遗孤秀赖,尚是六岁的孩子。

秀吉去世的事情,隐瞒了一段时间。因为此时加藤清正、小西行长等武将仍然滞留在朝鲜战场上。

同月二十五日,五大老中的德川家康与前田利家向朝鲜战场派去使者,命令远征军撤回日本。五奉行中的石田三成、浅野长政等也立即赶往筑前博多,指挥撤军事宜。

滞留朝鲜的各位大名军队在釜山集结,然后次第乘船返回日本。

快马带来秀吉去世的消息时,上杉景胜、直江兼续主从二人正在会津若松忙于新领地的经营治理。

"得赶快前去上方!"

景胜说道。

秀吉生前,曾向作为五大老之一的景胜托付后事——"秀赖之事,千万拜托了!"秀吉亡故之后,政治局势瞬息万变,必须早一步前往畿内,尽快取得先机。

"那么我先一步赶往伏见了。"

一直对此刻的来临有所准备的兼续,态度冷静自若,从容不迫。

"主公您准备万全之后再去上方吧,这次不能再教伊达钻了空子。"

"说得是。"

景胜点头。

第十七章 战云

"要让离伊达领地最近的白石城严加防备。"

"那么,就命令甘糟景继增强铁炮队的数量好了。"

"山城守。"

"在。"

"这正是考验人心的时候啊。我们可不能迷失了方向,要将上杉家的大义贯彻下去才是。"

"在下谨记。"

兼续沿白河街道急急赶赴上方。道路两侧的田野,正是稻米收割时节。

九月中旬——

兼续一到上方,便迅速来到大坂城本丸御殿中参见北政所,代替主君上杉景胜凭吊太阁的去世。

之后,兼续与毛利家外交僧安国寺惠琼及宇喜多家执政明石扫部等人互通声息,并且由上杉家客将前田庆次作为中间人,与前田利家的次子前田利政会面。

被任命为大老的毛利家、宇喜多家与前田家,无不表示了今后当支持秀吉遗孤秀赖,将丰臣政权维持下去的立场。

不过,足智多谋的安国寺惠琼一边用白白的牙齿啃着自己喜欢吃的柿饼,一边忧心忡忡地说道:

"事情不会就这样简单完结的。那个老奸巨猾的德川内府,会一直像猫那样柔顺么?等到自朝鲜撤兵之事了结,他就会暴露出本来面目啦。"

惠琼曾经预言过织田信长如飞鸟坠落之势的灭亡,以及其后秀吉取得天下。这位政治触觉极为敏锐的僧人,如今也清楚地看到秀吉死后的丰臣家犹如滔天巨浪下的沙城一般脆弱,不免惶惶不安。

(家康一定会有所行动的……)

兼续亦嗅到了德川家康深藏在和蔼表情后面的巨大野心。

十月二日，料理完国内事务的景胜抵达伏见。

半个月后，前往筑前博多指挥远征军撤退事宜的石田三成回到上方。兼续来到伏见的石田别院造访三成。

当然，对于常年以来一手提拔自己的秀吉的去世，三成心底比任何人都悲痛。今后必须背负的支持年幼的秀赖、支撑丰臣家体制的责任，令这个男人显得更加严肃，不苟言笑。

"自朝鲜撤兵之事，平安结束了吧？"

兼续询问。

"岛津军负责殿后，就快回来了。唉……殿下去世了，入唐之事也就这样结束了……"

三成的语气充满了无奈。

"太阁殿下的葬礼，要在何时举行呢？"

"大概在过年以后吧。撤兵一事和葬礼都完成之前，家康应该不会轻举妄动才是。"

"那可不见得。"

兼续摇头说道：

"对手不是泛泛之辈。治部少辅大人，您想想看，家康也已经五十七岁啦。跟我们这些还不到四十的人不一样，他的身体也是一年不如一年。"

"你是说，他开始着急了么。"

"从信长的时代到太阁殿下的治世，家康都一声不吭地耐心等待着。若是没有实现自己的野心，没有达成目标就死去，一定会非常不甘吧。家康清楚地知道这点。"

"嗯……"

"因此，不能再等了。"

"但是，太阁殿下指定的大老并非只有德川内府一人。还有秀赖

第十七章　战云

殿下的监护人前田利家,还有宇喜多、毛利,以及大人您的主君上杉景胜大人。大家不会眼睁睁地看着内府专横跋扈的。"

"总之,家康一定在打着什么算盘。"

"嗯。"

"治部少辅大人您不在上方的时候,藤堂高虎、伊达政宗、堺商人今井宗薰等人频繁出入伏见向岛的德川宅邸。他们一定在秘密谋划着什么吧。"

"藤堂么……"

三成面现苦色,原本端正的面庞不禁有些扭曲。

"那家伙可是深受丰臣家恩泽的家臣。在郡山丰臣家(指丰臣秀长一系)断绝之后,身为家老的他便开始接近德川内府,真是讽刺。堺的今井宗薰也是由于父亲宗久被太阁殿下疏远而心生恨意,这才向德川大献殷勤。"

"治部少辅大人。"

兼续注视着三成的眼睛。

"大人您为了丰臣家鞠躬尽瘁,毫无私利私欲之心,这毋庸置疑。但是未免偏激了些。"

"您的意思是?"

三成脸色一变。

兼续静静说道:

"在下自少时便担任上杉家执政,一手操持家中政务至今,因此我很清楚:所谓为政之事,难道不就是考虑如何少树敌,尽量增加与自己志同道合之人么?"

在石田三成面前,兼续开始阐明自己对于为政的看法。

"这世上,形形色色的人们构成一个个不同的集团。人与人容貌不同,体格有异,心中所想也是千差万别。要将这各色人等的心思完全统一起来,几近不可能。缘此之故,身为上位者,当集思广益并努力协调，才能最终将众人引领至正确的方向。"

"没想到，这话竟会从直江大人您口里说出来。"

三成眉头一皱，一副意外的表情。

"人是有着各种各样的心思想法，但这世上大部分人不都是愚不可及么？比如只懂得舞刀弄枪的加藤清正、福岛正则、浅野幸长、加藤嘉明、池田辉政……没有一点儿教养，只知道好勇斗狠的这帮家伙，他们知道什么？要我去听这些目光短浅之辈的意见，简直毫无意义！"

"这就是您偏激之处所在了。"

兼续说道。

"世间的真理，往往不偏不倚，在中庸之道。还记得已故的太阁殿下是如何做的么？面对敌人，殿下反而会敞开心胸，将对手纳入自己麾下，让对方的力量为我所用。大人您这一味树敌的处事方法，对自己可没有好处啊。"

"就算没有好处，我也断然不会改变。"

"治部少辅大人……"

"太阁殿下是太阁殿下，我是我。"

一瞬间，三成的神色浮现出几分孤独的阴影。

"直到如今，我依然坚信我选择的道路是正确的，以后也绝不会改变。这全是为了守住太阁殿下一手建立起来的丰臣天下，排除异己，绝非为了一己之私。我要有任何私心，教我不得好死！"

"您真是固执啊……"

面对为自己选择的道路赌上性命的三成，兼续也无话可说了。

石田三成在上方滞留数日后，再次返回了博多。

临近年末的十二月中旬，担任远征军殿后职责的岛津军自朝鲜返回了日本。

第十七章　战云

三

伏见向岛的德川宅邸——

自宇治川引来的河水,注入庭院池中。池边种植的红梅、白梅婀娜多姿,凤尾竹郁郁葱葱。

"今年冬天还真是暖和呢。这样下去,说不定年内梅花就会盛开吧。"

俯瞰水池的假山亭中,身着萌黄色绫罗小袖,外罩一件缀有葵纹[1]的十字花染[2]羽织的德川家康喃喃说道。

"那可不一定。"

端坐于家康对面的男子摇了摇头,这男子其貌不扬,脸上还有些麻子瘢痕。

"山川草木是不会遂着人心变化的。要是明天下一场雪,这些花蕾全都会被冻坏吧。"

"不愧是历尽坎坷的佐渡守呢。这世上的事情,便是如你所言那般,难以预测。"

"坎坷什么的,主公您可比在下经历得多啊,一直忍辱负重才到了如今,深知世事无常。就算是面前放着一杯好酒,也不会不经思索就轻易伸出手去的。"

"要饮到这杯好酒,不作周全的安排不行啊。"

德川家康喉咙深处低笑两声。

亭中与家康说话之人,正是本多佐渡守正信。正信比家康年长五岁,今年六十有二。正信原是一个驯鹰匠人,因其敏锐的战略眼光及政治嗅觉被家康提拔重用,并成为其心腹,深得信赖。作为家康来说,有许多不足为外人道的事,都会与这位谋士推心置腹地商谈。这主从二人历经残酷的战国乱世，数度窥见地狱的模样，终于生存至今。彼此对对方的长处、弱点、思考方式都了如指掌，可谓如鱼得水，相得益彰。

"说起这个，跟伊达结亲之事如何了？"

本多正信灰白的眼睛望向家康。

"拜托今井宗薰当中间人，差不多有了令人满意的答复。"

"如此甚好……"

所谓跟伊达结亲，是指家康的儿子忠辉与伊达政宗之女五郎八姬的婚事。

虽然秀吉有遗命，大名之间严禁擅自联姻，不过家康却根本无视这条命令，暗暗跟伊达家之间商议亲事。此外，家康还将自己的外甥松平康成之女与小笠原秀政之女（家康的外曾孙女）迎为自己的养女，分别嫁给了秀吉的心腹大将福岛正则的儿子正之以及与丰臣家关系深厚的蜂须贺家嫡男至镇。这些拉拢手段不啻是对丰臣政权的公然破坏。

"分化瓦解各位有力大名，让他们变成我们的人。在这个基础上再收紧对丰臣家的包围网。不愧是主公啊，这一手实在高明。"

家康用粗短的拇指摸了摸臃肿的双下巴：

"为了将天下收入囊中，任何力量都是必要的。单凭一己之力的话，定然不会成功。水往低处流，首先得将世间人心的流向转变过来才行。"

"但是，公然违反太阁殿下遗命的话，奉行众们——特别是石田三成——一定会大为愤怒，闹出些乱子来吧。"

正信担忧地说道。

"这不是给了对方弹劾主公您的绝好口实么。前田、上杉等其余大老，绝不会置之不理吧。"

"这可是正中下怀啊！"

第十七章　战云

家康大笑道。

"此话怎讲？"

"要扭转原本的大势流向，就要亲自向水中投入石头，激起波澜。如此一来，方能掌握主动。看对方如何应对之后，才好再作打算。"

"主公的智慧，在下实在心服口服。"

"这些奉承话就不要说啦。"

家康说完，抬头仰望。清澄的天空中，老鹰飞舞盘旋，划出长长的弧线。

这年十二月下旬，太阁秀吉逝世的消息昭告天下。

秀吉的遗物被分赠与众人。德川家康得到玉涧作远浦归帆图[3]及金子三百枚，前田利家得到正宗小太刀[4]及金子三百枚，毛利辉元得到七之台，上杉景胜得到雁绘图，直江兼续则拜受一柄兼光[5]小太刀。其余诸侯武士及至寺社的僧人神职，也分别得到太阁遗留下来的茶具、金银财宝及刀剑等物。

翌庆长四年（1599）正月——

诸大名来到伏见城，向新成为天下之主的七岁秀赖行拜贺之礼。

秀赖的监护人，乃是前田利家。然而此时已经六十二岁的利家身染恶疾，强拖着每况愈下的身体来担当重任。

正月十日，秀赖遵从秀吉"我死后，秀赖进入大坂城，由前田利家监护辅佐，治理天下"的遗言，自伏见城出发。六十艘大船在风雨之中齐头并进，沿淀川前往大坂城。以前田利家为首，德川家康、宇喜多秀家、毛利辉元等身在伏见的大名们悉数跟随其后。景胜、兼续主从二人亦乘船进入大坂。

同日傍晚，秀赖与其母淀君顺利进入大坂城本丸。而迄今为止住在本丸的秀吉遗孀北政所，则退到大坂城西之丸居住。如此一来，以秀赖为首的丰臣政权新体制便告成立。

身受秀吉遗命担当秀赖监护人的前田利家也进入本丸，司掌各种政事。然而利家毕竟身患重病，因此政务方面实际上是由五奉行之首石田三成一手操持。

秀赖进入大坂城当夜，便有事情发生——

"石田治部少辅似乎有异常举动。"

服部半藏来到大坂城内片桐且元的宅邸，向在此地留宿的德川家康报告。统领伊贺忍者的服部半藏受家康之命，暗中向石田三成宅邸派去探子，关注着三成的一举一动。

"异常举动是指？"

家康一掀被子，在黑暗中翻身坐起。其动作之敏捷，完全不像一个年近六旬的初老之人。

寝间外面的走廊上，服部半藏单膝跪地，急急向家康禀报：

"三之丸的石田宅邸燃起篝火，人影频频进出，看样子似乎是四五十人的铁炮足轻队。"

"目标是老夫么。"

家康凝视着黑暗深处。

对辅佐幼小主君秀赖的石田三成来说，最为可怕的敌人便是天下第一有力大名家康。而今眼下，家康虽然奉秀赖为主君，看似顺从地甘做臣下，胸中却着实隐藏着篡夺政权的野心。

（是想先下手为强，置老夫于死地么……）

看来三成为了尽早除掉政敌，正是想趁家康没有防备的时候，一口气将其赶尽杀绝。

（治部少辅那混蛋，急不可耐了啊。）

这生死系于一发之际，家康却毫不慌乱。自然，家康从年轻时起，便经历了包括作为今川军的一名武将参与却败于织田信长奇袭的桶狭间合战、惨败于武田信玄的三方原合战，以及在本能寺之变爆发之际惶惶然穿越伊贺逃离上方在内的数次生死危机，可说是身经百战

第十七章 战云

了。

"半藏。"

"在!"

"要赶在敌人行动之前回到伏见。你带路罢。"

"是!"

半藏应答一声,"嘘"地打了一个呼哨。在黑暗的庭院各处,顿时出现数个如鬼魅一般身着忍者装束的黑影。

家康草草打点了一下行装,便在伊贺忍者们护送下,悄悄离开了片桐宅邸。不久,本多忠胜带了五十余名骑马武者赶来救助。在途中的枚方一地,接到急报的藤堂高虎也前来迎接。翌日清晨,家康一行平安回到伏见向岛的宅邸。

大坂与伏见之间,政局立时两相对峙。

大坂城一边,是辅佐秀赖的前田利家与石田三成。而伏见一方,则是虎视眈眈意欲夺取政权的家康。

紧迫的政治局势之中,上杉景胜与直江兼续也自大坂赶回伏见的宅邸。不过他们可不是为了加入家康一派,而是为了牵制敌人而回到这个距离家康住处不远的地方。

(若是有什么异样举动,我上杉家绝不原谅……)

景胜目光注视着自越后移植到伏见宅邸庭院中的雪椿花,担忧地说:

"听说秀赖殿下进入大坂城的当天晚上,石田三成意欲袭击德川大人。"

"这事我也听说了。据说功亏一篑,让德川大人逃离了大坂,没有惹出太大的乱子。"

"你没有参与石田的这个计划吧?"

"我第二天凌晨才知道此事。事前他一点儿都没告诉我。"

"那就好。"

景胜眉头舒展开来。

"对于德川大人在太阁殿下亡故之后，违背太阁遗命，私自与伊达、福岛等人联姻的举动，我认为很不恰当。既然身负太阁殿下所托辅佐秀赖殿下，就算拼上性命也要贯彻到底。但是……"

"像这种想暗地里置人于死地的做法，可是违背上杉家家法之举。"

"是的。使用卑鄙的手段，就算能够除掉敌人，因果循环，有朝一日报应也必定会降临到自己身上。天网恢恢，疏而不漏。若行违背道理之事，必定会招致人心离散，使丰臣家走上衰亡一途吧。"

"我明白。"

兼续深深颔首。

"石田大人是石田大人，上杉家自有上杉家的道路，这点我谨记于心，丝毫不敢忘记。只是对手势力庞大，且极其狡猾。伊达与德川通过这次联姻真正携起手来，将我上杉家夹在中间，今后的压力可就更沉重了。"

"这正是对方的意图吧。"

"对于家康的狡猾伎俩，我们不会以狡猾伎俩来回应，而要堂堂正正地决一胜负才是。"

兼续说道。

四

天下时势，如轰隆作响的暗流，渐渐发生变化。

大坂的石田三成与伏见的德川家康相互牵制、夺取主动权的争斗渐渐白热化。一旦平衡被打破，发生任何事都不足为奇——两者之间剑拔弩张，空气中火花激荡。

第十七章　战云

（就算不择手段，也要除掉家康……）

石田三成暗忖。因此袭击片桐且元宅邸的计划流产之后，三成打算在政治上正面弹劾家康。理由是有的：家康无视太阁遗命，强行与其他大名联姻。

"德川内府违背太阁殿下遗命，擅自与其他大名家联姻。这可不能等闲视之。"

三成指责家康。

"若没有合理的解释，那么便不得不按照条规，将其驱除出五大老之列了。"

这主张实在很有道理。

以秀赖的监护人前田利家为首，上杉景胜、毛利辉元、宇喜多秀家等大老，看法均与三成一致。于是，除家康之外的四大老与五奉行联名签署了一份责问书，让使者给家康送去。

正月十九日——

使者携带责问书，来到伏见向岛的德川宅邸。

家康不动声色地看了一遍责问书，然后斜靠在凭肘几[6]上，一言不发。

"您的回答是？"

使者沉不住气，不由开口催促。

"联姻的事情，全都交给媒人今井宗薰在打理。具体的情况嘛，我倒不太清楚。"

家康厚着脸皮敷衍道。

"您一句不清楚就完了么？"

使者追问。

"没有办法，记不清楚啦。话说回来，这一纸责问书，不就是打算将老夫驱逐出五大老之列么？这是谁的主意啊？已故的太阁殿下，可专门向老夫嘱托后事。想要弄阴谋除掉老夫，岂不正是对秀赖殿下不忠么？"

家康气势汹汹的一番话，令使者张口结舌，不知该如何回答，只好灰溜溜地返回了大坂城。

家康这边用不知情来推脱责任，消解石田三成的攻势，那边更抓紧分化联合丰臣家诸大名的行动。此时，家康以外的作为丰臣家权力中枢的其余四位大老及五奉行，均站在了与家康对立面。

家康察觉到，已故太阁秀吉的亲信武将以及与丰臣家关系密切的各位大名内部，并不是铁板一块。

被称为"武功派"的加藤清正、福岛正则、池田辉政、浅野幸长、加藤嘉明、细川忠兴等人，对此前深得秀吉重用的"吏僚派"石田三成极为反感。

"那家伙不知战场劳苦，阿谀奉承倒挺有一套。"

家康利用丰臣家内部的强烈不和，采取了分化瓦解的策略。负责与众位武将交涉的，是伊予宇和岛城主藤堂高虎。

高虎原是丰臣家臣，由于侍奉的郡山丰臣家因三成的进言被取缔，对三成极为痛恨，于是与家康携起手来，反对石田三成。

藤堂高虎在黑田长政的邀请下，分头对其余武将进行游说。一直非常讨厌三成的加藤清正、福岛正则等人很轻易便被说服。

将这一切看在眼里的石田三成心中冷笑不止：

（真是鼠目寸光的蠢货……内府一挑拨，便将太阁殿下的恩义忘得一干二净了！）

三成认为，家康的这些举动反而给自己提供了一个更好的口实。

"德川内府不仅破坏了禁止私自联姻的规约，更违背了太阁殿下禁止结党营私的遗命。很明显，内府这是意图谋反！"

三成强烈地弹劾家康。而家康也寸步不让，仍旧我行我素。

（这样下去，会交战吧。）

嗅到时局动荡气味的武将们，站在丰臣家这边的悉数赶往大坂，

第十七章 战云

而亲近家康的则纷纷来到伏见。两方都在厉兵秣马,摩拳擦掌。

此时,兼续在伏见的上杉宅邸内。

潜伏在向岛德川宅邸及大坂城中的鸦组山伏一刻不停地送来急报:

"伊达政宗领兵进入德川宅邸!"

"最上义光大人、加藤清正大人、福岛正则大人陆续来到德川宅邸……"

"立花宗茂大人率领千余名亲兵赶往大坂城!"

"佐竹义宣大人、长宗我部盛亲大人进入大坂城中!"

事已至此,战事看来已经无法可免。

(如何是好呢……)

兼续茫然凝视空中。

就此进入战事,并不是兼续愿意看到的。大坂与伏见之间一旦发生内战,政事必将陷入混乱。一旦战火燃起,受苦受难的还是无辜百姓。

(要想办法阻止才行……)

兼续正在思量之时,身着浅葱丝威黑皱革包二枚胴具足的主君景胜出现在走廊上。

"在干什么?还不快赶去大坂城秀赖殿下那里!"

"请等一下!"

此时仍然穿着常服的兼续拦住主君。

"现在不是打仗的时候。大家不过是被一时之气冲昏了头脑。还请冷静下来,再作打算。"

"但是,事情已经一发不可收拾了,不是想阻止就能阻止得了的。"

"不,应该还有办法。"

"你打算怎么办?"

"尽力而为吧。总之主公您先留在伏见为好。"

兼续说完，迅速取马出门，向大坂疾驰而去。

大坂城中一片吵吵嚷嚷的景象。城内到处点着了篝火，挤满了身着戎装的兵士。

兼续在正门处下马，前去寻找引起动荡的其中一方当事人——石田三成。

"正等着您哪，直江大人！"

石田三成慌忙飞跑出来迎接。三成与兼续一样，身着常服，没有披挂。只是他一贯冷静沉着的眼神此刻却带着异样的热忱。

"来来来，坐这里。"

三成取来蒲团，招呼兼续坐下。

"上杉大人呢？"

"还在伏见的宅邸里呢。"

"还在宅邸……"

三成的神色微微显露不满。他原本以为景胜当然会与兼续一道引领兵马来到大坂城的。

不过——

"哎，没关系。我是十分信赖上杉大人的。"

三成瞬间恢复了常态。

"对秀赖殿下心怀反意的人，可算——现出原形了！那些前去德川宅邸的家伙，全都是甘愿冒天下之大不韪的谋反之人啊！"

三成语气坚决地说道。

第十七章 战云

五

当夜——

聚集在伏见向岛德川宅邸中的,有:

伊达政宗(陆奥岩出山城主)

福岛正则(尾张清州城主)

加藤清正(肥后熊本城主)

池田辉政(三河吉田城主)

细川忠兴(丹后宫津城主)

藤堂高虎(伊予宇和岛城主)

加藤嘉明(伊予松山城主)

黑田长政(丰前中津城主)

最上义光(出羽山形城主)

堀秀治(越后春日山城主)

——等等。其中有如伊达政宗、福岛正则等与德川家有联姻之约的大名,也有因与石田三成有私人恩怨而加入家康一侧的武将。

大坂城这边,有:

前田利家(加贺金泽城主)

毛利辉元(安艺广岛城主)

宇喜多秀家(备前冈山城主)

佐竹义宣(常陆水户城主)

立花宗茂(筑后柳川城主)

小西行长(肥后宇土城主)

长宗我部盛亲(土佐浦户城主)

等等齐聚一堂。此外当然还有石田三成、增田长盛等奉行众。然而，五奉行中与家康关系亲近的浅野长政，此时却不见身影。

"如此一来，以秀赖殿下之名，必将诛杀与德川同流合污的奸贼！大义在我等手中，此战必胜！"

石田三成热血上涌，激昂地说道。

"这样真的好么？"

兼续注视着三成的双眼。

"您这是何意？"

"眼下就此让世间陷入混乱，真的算是大义么？"

"违背誓言，招来混乱火种的，正是德川内府。扫除德川，方能令世间重获太平。对此您有何顾虑？"

"因为此事，不单伏见、大坂，日本六十余州都会化为战场。"

"为了天下，这也是无法避免的。"

"不，不对。"

兼续摇了摇头。

"天下并非哪一个人的天下，而是天下万民的天下。令黎民百姓深受苦难的战争，应当尽量避免才是。"

"……"

"拔刀相向，是万不得已之举。所谓为了天下而行大义之事，不就是应该尽力通过商谈寻求问题的解决之道么？"

"您说得的确有理。"三成点了点头，又道，"但是，此刻已经箭在弦上，不得不发了。"

"还没到那个地步。要避免交战，还是有办法的。"

兼续劝说完石田三成后，立刻又赶往前田利家处。

利家病得不轻，脸色很差，一举一动都仿佛用尽了全身力气。与兼续交谈之后，利家也不希望与伏见一方大动干戈。

"德川大人还是通情达理的。要是有适当的人选居中调停，让此

第十七章　战云

事平息下来就好了。"

"请三位中老[7]作为调停人如何?"

"啊啊,倒把这个忘了!"

利家一拍膝盖。

所谓三中老,是指作为五大老辅助官的堀尾吉晴、生驹亲正、中村一氏三人。他们很早便出仕秀吉,可谓秀吉的亲信。让他们来处理丰臣政权内部的协调事宜,是再合适不过的了。

在兼续与前田利家的邀请下,三中老来到伏见的德川宅邸拜会家康。

面对三位中老提出的与大坂一方和解的提议,家康答应得意外爽快:

"老夫原本就对秀赖殿下忠心耿耿。想要挑起是非的,是大坂城内的某些人吧。总之,您们的忠告我记下了,今后对于联姻之事,我会谨慎处理。"

对家康来说,也不欲在这个时候便与石田三成发生正面冲突。况且,大坂城内还有前田利家等四位大老坐镇。眼下看来,秀吉的遗孤秀赖入主大坂城,并且有极具声望的前田利家为后盾,大部分中立武将或许会因此而倒向三成一方。所以——

(时机还未成熟啊……)

这才是家康的真正想法。

"德川大人您这样说,我们就放心啦。我等立刻返回大坂城,转达德川大人的意思。"

在三中老的斡旋下,最坏的结果得以避免。前田利家、上杉景胜、毛利辉元、宇喜多秀家四大老与德川家康相互交换了誓愿文书,达成和解。石田三成等五奉行则担负起造成混乱的责任,割掉发髻,以示惩戒。

二月二十九日——

前田利家抱病前往伏见向岛拜访德川家康。

"我是活不长啦。"

利家神色黯淡地说道。

"故太阁殿下交给我辅佐秀赖殿下的重责,我是没办法完成了。以后的事情,可全都拜托德川大人您啦。"

利家把这当作自己最后的请求,令家康难以推脱。话都说到了这个份儿上,家康也只好郑重其事地承诺:

"前田大人的心情,我家康感同身受。今后一定会更加尽力辅佐秀赖殿下。"

三月三十一日,家康来到大坂探望前田利家,对利家的病情致以慰问。

表面上看,一切风平浪静了。然而,这并不意味着争斗就此结束。

(真正的战斗,现在才刚刚开始吧……)

兼续想道。

六

闰三月三日,前田利家在大坂的宅邸中病殁,享年六十二岁。

由于秀赖的监护人、德高望重的前田利家去世,政局立时发生剧烈变化。此前为止伏见的德川家康、大坂的前田利家两大巨头之间的政治平衡,咔拉一声崩裂无踪。

前田利家一死,石田三成立刻陷入极其被动的境地。以前靠利家的力量遏制住的对于三成的憎恶与不满,此时一股脑儿迸发出来。

利家去世当夜——

一直以来憎恨三成的武功派诸将中,加藤清正、黑田长政、浅野

第十七章 战云

幸长、福岛正则、池田辉政、细川忠兴、加藤嘉明七人聚集一处,气势汹汹。

"除掉石田治部少辅!"

这就是他们的目的。

加藤清正等人立时开始行动,企图在前往大坂城下的前田宅邸吊唁的石田三成回家途中予以伏击。

不过,三成也十分小心谨慎。曾预料到可能会有变故发生的三成,此前便放出忍者打探消息,如今果然接到忍者来报,方知事态紧急。于是赶在加藤等七人行动之前,悄悄绕道逃回了自己的宅邸。

然而——

"这里也不甚安全!"

三成的家老岛左近说道,双眼在黑暗中闪动锐利的光芒。

岛左近此人是一名久经沙场的猛将,可谓战场上的硝烟气味已深深沁入骨髓。三成甫一取得近江水口城四万石俸禄,就以其中一半——两万石的优厚待遇(另有一种说法是一万五千石)将岛左近招致麾下。不擅战事的三成为了弥补自己的这个弱点,把军事方面的一切事务都委以岛左近处理。

"那七人一旦发现自己扑了个空,定然会跑来将这屋子团团包围吧。"

左近猜测。

就在石田三成忙着与岛左近商量对策之时,常陆水户城主佐竹义宣匆匆赶来。

当年秀吉进攻小田原北条氏之后,在三成的照顾下,佐竹义宣成为常陆一国的领主。此后义宣便对三成感恩戴德。

"我带来了一些女子衣物。在那七人到来前,三成大人尽快乔装赶到宇喜多大人之处为好。"

义宣一张刚刚剃过胡须的黝黑脸庞显得极为紧张。

宇喜多秀家身为秀吉养子，自幼便深得太阁喜爱。如今身居五大老之列，对丰臣家尤为忠诚。此际若是能够仰仗秀家，大概就能够避免眼前的杀身之祸吧。这是佐竹义宣的看法。

"的确，除此以外别无办法了。"

家老岛左近亦赞同义宣的意见。

"十分感谢！"

生死攸关，此时不是计较脸面跟名声的时候。三成谢过义宣，将他带来的女子衣物穿在身上，连夜赶往宇喜多秀家宅邸所在的天满川沙洲中之岛。

然而，秀家却对收留三成一事感到犹豫。秀家虽然同情三成的处境，然而对方却是被怒火冲昏了头脑、全然不知会做出何等事情的武功派七位武将。更不巧的是，此际秀家的兵马大部分留在领国备前冈山，带来大坂的兵士尚不足一千人，而加藤清正、福岛正则等七人的兵力合计五千有余。要让他们知道三成逃进了宇喜多宅邸，一定会以强硬的态度要求自己交出人来。

"如不应允，我等只好将宇喜多大人视为石田同党，强行进入宅邸搜索了。"

想到此节，秀家便非常迟疑。

"我没有信心能够阻拦那七人啊……"

最后秀家只好拒绝了三成的请求。

被秀家拒之门外的三成，完全失去了落脚之处。由于上杉家与德川家康互有约定，在石田与武功派诸将的相争中，不偏袒任何一方，因此也无法去拜托好友直江兼续。这次骚动被看作是丰臣家内部武功派与吏僚派的私斗，缘此之故，身为上杉家执政的兼续倘若参与其中，则大大地超越了自身的权限范围。

走投无路的三成思前想后，最终作出了一个任谁也意料不到的大胆决定。

第十七章　战云

三成自宇喜多宅邸出来，径直逃向堪称敌方幕后主使——德川家康位于伏见向岛的宅邸。

"什么！去了德川宅邸？"

接到鸦组送来的消息，兼续着实吃了一惊。虽然表面上保持中立，没有任何举动，然而兼续却正在与弟弟大国实赖商量暗地里搭救石田三成的办法。

"石田大人疯了么？"

实赖喃喃说道。

自己送上家康的门，这完全是自投罗网的行为，与纵身跳入虎穴一般无二。

"这样一来，石田大人可就完啦……"

实赖仰天长叹。

"德川内府一定会迫不及待地将他交给那七位武将吧。早知如此，还不如与德川内府一战，先一步派兵前去救援呢。我们在这边一个劲儿地着急，石田大人却……"

"下结论还言之过早。"

兼续眉头深蹙。

"或许，这反而是起死回生的一着妙棋哪。"

"您说什么呢，大哥？石田大人现在可是落在德川……"

"落井下石，自是易如反掌。然而德川内府若是意欲成为天下人，必然会考虑自己的作为带给世人的印象。"

"会认为他冷酷无情，没有治理天下的德行与胸襟吧……"

"是的。石田治部少辅此举，便是将宝押在了德川内府必须顾忌天下风评的心思之上。"

"那么，这是石田大人置之死地而后生的计策了？"

听了弟弟的话，兼续点了点头，眼底光芒闪动。

"能够阻止加藤清正等人的，除了德川内府之外再无他人。考虑到世人的评价，内府也不会将自己送上门来的石田大人交出去。想必会想其他办法缓解七位武将的情绪，让纷争平息下来吧。"

"这样一来，石田大人不就欠了德川一个人情么？"

"这也是没办法的事。"

兼续低声缓缓说道。

"世间的争斗，仿如潮水一般。时而潮来，时而潮去。重要的是，不能看错了潮水的去向啊。"

事态如兼续预料那般进行。

加藤清正、福岛正则等七位武将逼到德川宅邸，请家康交出石田三成，不过在家康的安抚之下，七人渐渐平复了怒气。

"看在德川大人的面上，这次便放过三成那厮！"

于是收兵而去。

不过，三成并非全身而退。作为承担起造成混乱的责任，三成被解除了一切公务，就此从政治的表面舞台上消失了身影。

闰三月十一日——

三成辞去首席奉行一职，在家康之子结城秀康的兵马看管下，于居城近江佐和山城蛰居。

以这次事件为分界，天下开始倒向德川家康一边。家康率领家臣团进入伏见城，渐渐执掌天下政事。

在奈良兴福寺僧侣的《多闻院日记》中，开始将家康称为"天下殿"[8]。

当然，在大坂城还有秀吉的遗孤秀赖。因此严格说来，此时家康还不能算是真正的天下人。然而任谁都一目了然，如今实力排名第一的大名，非家康莫属。

伏见城的家康向大泥国（马来半岛的小国，因贸易繁荣）送去了国书。这种向异国送去署有自己名字的国书的行为，不啻是对外宣

第十七章　战云

称，自己已经成为了"日本国王"。

注释

【1】葵纹：这里指三叶葵纹，是德川家家纹。

【2】十字花染：盛行于桃山时代的一种织物高级染色技法。江户时代中期随着友禅染的出现，十字花染迅速衰退。

【3】玉涧作远浦归帆图：指南宋著名画僧玉涧（若芬）所作《远浦归帆图》，如今藏于日本。

【4】正宗小太刀：指正宗打造的小太刀。正宗是日本相州（相模国）著名刀锻冶师使用的铭文，他们打造的刀，在刀茎上均刻有"正宗"二字。

【5】兼光：日本南北朝时代备前国的刀锻冶师，其最著名的作品是"备前长船兼光"。

【6】凭肘几：原文为"胁息"，是一种放在座位旁边，供人搁手臂休息的小家具。

【7】中老：近世以后的武家政权职位，作为家老的辅助者处理事务或协调人际关系。在后来的江户时代逐渐演变成与诸藩的家老共同执掌政事的职位。

【8】天下殿：这里是对家康的尊称。意为统领天下之人。

第十八章 北之城塞

一

庆长四年（1599）七月下旬——

上杉景胜前往伏见城拜会德川家康。

"离开领国已有许久时日，请允许我等返回会津。"

景胜向家康辞别。

景胜所效忠的主君，固然是大坂城中的丰臣秀赖。然而目前作为秀赖代理人处理一切政务的，却是西之丸[1]内的家康。因此景胜虽跟家康同属五大老之列，但在公事上却处于家康之下。

"哎，要回领国去么？"

家康眯起那双大大的金鱼眼。

执政直江兼续如影随形地跟随在面无表情的景胜身后，而对面家康身旁，则坐着他的心腹本多正信。

兼续代替不擅言辞的主君，接口回答：

"接到太阁殿下去世的消息，我等便急急赶来上方，会津还有许

第十八章　北之城塞

多事务尚待处理。如今秀赖殿下已经入主大坂，天下安定，因此我等想返回领国，万望准许。"

面对此时天下第一有力大名家康，兼续态度不卑不亢。言语虽然恭敬谨慎，但双眼紧紧盯着家康，目光坚定。

（就算您有什么异议，我等也一定要返回领国，没有妥协的余地。）

石田三成被勒令在近江佐和山城蛰居，家康又将大坂城的秀赖当作傀儡，一手把持政事，这些都令兼续心中一直压抑着的反抗之心渐渐浮显。

"上杉大人的请求，言之有理啊。"

一旁的本多正信不动声色地说道。

"对大名来说，经营领国乃是分内之事。各自治理好了领内事宜，天下不就太平无事了么。"

"是啊。"

家康点点头。

"那么，不光是上杉家，就让其他大老也都返回领国去吧。反正眼下上方的确也没有什么要紧的事情。"

（这是打的什么算盘……）

除上杉家外，德川家康还打算劝前田、宇喜多、毛利等大老返回各自领国。对于家康这么做的真正用意，兼续感到迷惑不解。

让这些有力大名悉数返回领地，不啻放虎归山。眼下上杉家，实际上便是打算在景胜返回之后稳固坚守自己一百二十万石的领地，与德川对抗。

不过另一方面，大老们一个个都离开上方之后，家康自然更加容易一手遮天。

"你们就放心回会津去吧。秀赖殿下之事，就交给我德川内府好啦。"

家康面色一缓，不紧不慢地笑道。

"今年春天利家大人亡故之后，家中也有人曾前来恳请继承家门的嫡男利长返回领国呢。家家有本难念的经啊！是吧，佐渡守。"

"的确如此。不过……"

本多佐渡守正信点了点头，直直地盯着兼续。

"听说直江大人跟蛰居佐和山城的石田治部少辅很合得来？"

"那又如何？"

兼续用锐利的目光回视这位脸上约略有些麻子瘢痕的老人。

"不，也没什么大不了的事情。只是前日听到一些传言。"

"什么传言？"

"有人在背地里说，上杉家执政直江山城守置主君景胜大人不顾，屡屡暗中与石田治部少辅秘密商议，想要将天下……"

"说话请谨慎一些。"

不等兼续回答，主君景胜倏地开口打断本多正信的话头。

"将毫无根据的传言煞有介事地在德川内府大人面前陈述，实在是有失体统。我上杉家，绝无背信弃义之人！"

景胜目光如炬地瞪着正信。

这番话掷地有声，恍如平地一声惊雷。本多正信一时无言以对，只好闭口不语。

自德川家康处获得返回领国的许可后，上杉景胜、直江兼续主从二人离开了伏见城。

"佐渡守，你怎么看？"

与谋臣本多正信独对的家康，一边嚼着浜纳豆[2]，一边询问。

"您说那主从二人么？"

"嗯……"

"哎，真是令人吃惊啊。两人之间的信赖竟然到了那种地步……

第十八章　北之城塞

我本以为像这般才华出众的家臣，或许没有将主君放在眼里，故而出言试探……"

"没想到碰了一个钉子吧。"家康苦笑说道，随即面色严峻，"作为敌人来说，实在是棘手啊。怀抱着自己深信不疑的东西，无论面对什么困难都全然不惧。那便是长久以来与严冬抗争的雪国人的坚强之处吧。"

"是的。"

正信点头。

"与心浮气躁的石田治部少辅之流相比，可是要沉着坚韧得远了去。您不担心么……"

"担心什么？"

"把直江山城守这样危险的人放归会津。虽然在先前加藤等七武将的事件之中，我们如何仔细都没能抓到他的把柄，但这人肯定暗中与石田有联系。这次返回领国，定然是为了准备或许即将来到的战事无疑。"

"这事我明白。"

家康将一粒沾有山椒的浜纳豆放入口中嚼碎。

"正因如此，我才让他们回去。"

"这是什么缘故？"

"目的有两个。"

"噢噢。"

"其一，让大老们各自返回领国，能够分散他们的力量，教他们无法轻易联起手来。"

"那么，其二呢？"

"让他们去游吧。"

家康缓缓说道。

"让这些鱼回到海里自行游弋，然后根据他们的动向决定我们的

下一步方策。这便是兵法中所谓的后发制人。"

"上杉的话，会如何行动呢？"

"不知骰子会掷出几点，不正是赌博较量的有趣之处么。到底是大还是小，是双还是单呢？"

家康饶有兴味地说道。

二

为了准备返回领国，伏见的上杉宅邸中一派繁忙景象。

这次返回领国与以前不同，空气中充满了紧张的气息。想必世间情势的危急与对随之而来的风暴的预感，已经在家中每一个人的心底掀起波澜。

照例留在上方的千坂对马守等人，脸色更是严肃紧张，如临大敌。

"以后这里的事情就拜托你了。"

兼续向千坂对马守道别。

上杉家主力返回会津后，一旦德川方开战，千坂对马守的担子可就重了。他一定得保护好景胜夫人阿菊御料人，让她平安逃回会津。

"直江大人。"

"什么事？"

"啊，不……没什么。我只是想，要等主公再次上洛的时候，才能与直江大人一同参与茶会了吧。"

虽然没有明白地说出来，但无论是千坂对马守还是兼续，以及宅邸中的每一个人，对于不可避免的大战心中已经有了觉悟。

"我会高兴地等着那一天呢。千坂大人也请保重。"

"直江大人保重。"

第十八章　北之城塞

处理完身边杂务，兼续给阿凉写了一封信。

确切地说，这并不算是一封信。信纸上，唯有一首汉诗：

> 二星何恨隔年逢，
> 今夜连床散郁胸。
> 私语未终先洒泪，
> 合欢枕下五更钟。[3]

二星，便是牵牛星与织女星，一年一度方可鹊桥相会，实在教人哀叹。今夜与你如此同床共衾，虽然也如牵牛织女一般艰难，我却以为是一大幸事，令胸中忧郁得以消散。未及私语，我俩已是双目含泪，喉中哽咽，相思言语竟不能出。然而良宵苦短，未几便听得钟鸣，已是五更（凌晨四时）。

对于只知直江兼续是上杉家执政，而不知其学识造诣的人来说，读到此诗定会大为惊叹。

在庆长大地震中失去居所的阿凉，此时已经回到了与千家因缘深厚的堺町生活。

阿凉经历地震，饱受惊吓，兼续暂时将她安排在自己熟识的近江坂本商人的别院中栖身。阿凉慢慢康复后，恢复了往日的飒爽性情。

"我要回堺町去。这以前一说起茶道，我就会想到死去的父亲……不过，现在我想试试有没有勇气平静面对。"

阿凉选择了独立生活下去的道路。

所幸在堺町，千家一族的亲戚以及曾受亡父利休教诲的弟子众多。与让父亲深入政治却招来杀身之祸的茶事不同，在这里，阿凉以商家的妻女为指导对象，开始探求平和而优雅的茶道。

那之后，兼续与阿凉书信往来，暗暗心意相通。然而此刻，兼续借返回会津之机，决心要离开阿凉。原本兼续便不是为了女子能舍弃

国事之人，虽然二人互有情意，却到底没有打算结为连理。那么，就此切断因缘，分道扬镳，也未尝不是一件好事。

——牵牛与织女尚能一年一度鹊桥相会，你我今后却或许没有重逢之日了。

兼续在信的末尾加上了这句话。

除了书信，兼续还附上了十枚黄金，差人一并送去。黄金十枚算是一笔不小的数目，这原本就是兼续为了防备自己有个万一，为阿凉留下的。

翌日就要出发了，这天晚上——

兼续与妻子阿船两人相对，饮酒说话。

庭院中，萩花散落一地。虽然日间仍旧暑气逼人，入夜以后的秋风却已渐带凉意。

"就快能看到中秋的圆月了呢。"

阿船说道。院子里一片虫鸣之声。

"哎，已经是这个季节了么。"

"您操心的事儿太多啦，无暇顾及季节的变化呢。"

"抱歉。"

兼续道歉。

"道什么歉呀？"

阿船把头一歪，注视着兼续。

"我也不知道。"

兼续将杯里的酒一饮而尽。

"虽然不知道，还是想道歉。我总是把这样那样的重担交给你呢，真是难为你了。"

"没有的事。"

阿船微笑说道。

第十八章　北之城塞

"我们是夫妻吧。夫君您身上的担子这样沉重,做妻子的为您分担,是理所当然的嘛。"

"哎……你一直都是这样,不辞劳累。这样宽宏大量,会把我给惯坏的哦。"

"夫君……"

"还记得么?"

兼续遥望远处。

"进入越后的群山之间,能看到正在开花的姬百合呢。"

"是啊。"

阿船点了点头。

"这是雪国的花,上方可看不到啊。我在听说领国更换到会津的时候,还以为再也见不到这花了,感到很寂寞呢。"

"会津也有姬百合的。"

"噢……"

阿船双目微眯。

"阿船。"

"嗯?"

"我要下我这一生唯一一次的大赌注了。"

"赌注……"

阿船脸色一变。

人们的传言与宅邸内的气氛,令阿船也感受到政治情势的迫切。然而她没有想到,对任何事情都深思熟虑、谋定而后动的兼续,此时竟然下了决心要进行一次大赌博。看来事情非比寻常。

"这是怎么回事?"

"这就是说,我要为自己选择的道路拼上性命了。无论是谁,都会有这么一天的。"

"……"

"胜负乃是一时之运。这赌博可能胜利,也可能失败。就算时运不济,失败我也无怨无悔,然而那个时刻一旦到来,我就再也不能与你一同去野外观赏盛开的姬百合啦。因此,我想向你说声抱歉。"

听了兼续的话,阿船一语不发,只是一个劲儿地摇头,大滴大滴的眼泪不受控制地从眼眶中溢出。

三

八月三日——

上杉景胜率领二千亲兵向会津出发,越过山城、近江国境上的逢坂山,沿东海道而下。

队伍来到途中的草津一地,兼续悄悄辞别主君景胜,独自行动——前往佐和山城与石田三成会面。

佐和山城是修筑在琵琶湖东岸陡峭山峰上的一座城池,位于东山道(后来的中山道)与北国街道交界之处的交通要冲。自山上远眺,以稻谷良田闻名天下的湖东平原尽收眼底。

九年前的天正十八年,石田三成作为城主进入佐和山城之时,当地流传着一首民谣:

> 三成的臂膊啊有两个
> 岛左近与佐和山城

在世人眼里,三成这样的书生所能倚仗的,除了名震天下的猛将岛左近以外,就是地理位置绝佳的佐和山城了。不过,三成发挥自己擅长的民政才能,将领地治理得井井有条,城下町渐渐繁荣,领民的生活日益富足。

第十八章 北之城塞

佐和山城的格局很是气派。山顶本丸中,矗立着五层高的天守阁,北有二之丸、三之丸,南有钟之丸、太鼓丸、法华丸。三成日常居住的御殿,位于山麓的侧门附近。家臣们的宅邸则集中在湖岸松林一带。

(这……)

兼续进得三成的御殿,四下一打量,不由吃了一惊。

这大殿外表十分宏伟,内壁却是廉价粗糙的墙壁。房间里不仅没有榻榻米,就连大厅的地面也只由木板铺就。院中之物并非刻有产地铭文的名贵石木,只不过是日常普通之物罢了。

加藤清正与福岛正则等人曾经愤愤不平地说过:

"三成那混蛋,利用职务之便中饱私囊,不知捞了多少好处!"

然而实际上,三成的生活极为清贫,远不似传言那般。

一般来说,精明的近江人很容易遭到世人的误会。三成也是如此,被世人认为"只不过是一个大捞油水、连一个铜板也不会放过的家伙"。

然而,近江人的本质其实是令人意外的诚恳率直。就算是在商场上,也秉承着"对待客人一定要重信义"的作风,从不弄虚作假,重视与他人之间的信赖关系。就算成为有钱商人之后,也不会仗势欺人,对宅邸的修筑十分小心谨慎,主人的房间通常会修建在靠北的角落,不会过于明亮显眼。

近江人一般素有教养,头脑聪慧,尤其极具算勘之能。缘此之故,就算在这战国乱世,也有许多如石田三成、蒲生氏乡、大谷吉继、藤堂高虎等人这般出人头地的人才。

不过,也许正是因此,才招来了世人的嫉妒。然而由于性情直率,对于各种非难从不加以辩解,或许是认为没有辩解的必要吧,于是误会才越来越深。

"您来了,真是太好啦!"

虽然在蛰居处分之中，三成却并不沮丧，反而格外意气风发，双眼闪闪发亮，竟然比身在大坂之时还要有生气得多。

"别来无恙吧！"

在佐和山城会面所的木地板上，兼续与石田三成相对而坐。

"您原以为，我会垂头丧气吧。"

"不……"

"没有工夫垂头丧气啦。有这个闲暇，德川内府的势力可就慢慢增强，要夺取秀赖殿下的天下了。"

"德川内府入主伏见城了。那样一来，不就证明内府想要与大坂城的秀赖殿下平起平坐了么。"

兼续沉声说道。

"我家主君上杉景胜大人自不待言，宇喜多秀家大人、前田利长大人、毛利辉元大人等，无不为这事义愤填膺。决不能任由内府就此专横跋扈下去。"

"真的么？"

石田三成直直盯着兼续的双眼。

"当然。"

兼续深深颔首。

"我原本就认为，这一天终究会到来。我上杉家绝不退缩。无论是景胜大人还是我，都已经下定了决心。"

听了这番话，三成热血上涌。

"有您这句话，实在是莫大的欣慰。独居佐和山城的这些日子里，我三成开始明白了他人的可贵。"

三成低眉说道。

"不怕您笑话。我自幼便得太阁殿下提携，从未经历过什么挫折。太阁殿下飞黄腾达之时，我也随之得以平步青云，年纪轻轻便一手操持天下政务。因此我自视甚高，总认为别人都是笨蛋，无人如我这般

第十八章　北之城塞

有才华见识。由于这个原因,我看不到他人的内心,徒然树立了许多敌人。但是,这段时间以来,我明白了直江大人您的话语。人是没法子一个人生存下去的啊!"

"治部少辅大人……"

"我卸下政务,蛰居佐和山,也并非毫无意义之事。这令我重新审视自己,再次获得了战斗下去的力量。"

"这才是治部少辅大人嘛!要与德川内府交战,就得尽可能地让更多大名加入我方才是。"

"嗯。"

"对方也已经开始分化拉拢各位大名了。"

兼续说道。

"无论敌方使用何种手段,也不足为惧。正义在我们这一边。现在向德川摇头摆尾的那些家伙,一旦开战,定然不敢正面向秀赖殿下举起刀枪。"

佐和山的石田三成对诸将的动向显得极为乐观。

"但是,对手可是活生生的人,随着时势的推移,不知道会发生怎样的改变呢。"

兼续说道,表情严峻。

"你是说,太阁殿下待之如同己出的加藤清正、福岛正则这些人,会违背殿下的遗愿么?"

"不一定会跟随道理而行动之物,正是人心。要考虑到最坏的情况,早作打算才好。"

"直江大人您过虑啦。"

三成对兼续的担忧付之一笑。

"那样一来,他们不都成了反贼了么?他们憎恨的是我三成,可不是秀赖殿下。"

"但是,秀赖殿下太过年幼。交战之时,谁来指挥呢?"

"关于这个,我倒有一个想法。"

三成身体前倾,欣然说道:

"我本人缺乏威望,这点我非常清楚。因此我决定后退一步,让众望所归之人来担任总大将。"

"让谁来担任呢?"

"毛利大人如何?"

三成说道。

"本来我想让前田家来担任此责,但前田家当主刚刚继任家督不久,资历尚浅。同样,宇喜多秀家大人太过年轻,统领众将的经验稍嫌不足。另外,上杉大人又在北面的会津,距离上方过于遥远。"

"嗯……"

"这样一来,就剩毛利大人了。由西国极有分量的毛利大人作为秀赖殿下的代理人,实在是再合适不过了。"

"我上杉家没有异议。"

兼续点头说道。

"实际上,我已经暗中联系毛利家,向他们透露我的想法了。"

"果然在佐和山蛰居并非无益之举呢。自己退后让他人担当总帅,与此前的石田大人大不相同啦!"

"这全是为了胜利啊。"

石田三成紧紧握住兼续的双手。

四

八月二十二日,上杉军回到会津。

上杉景胜、直江兼续甫一进入会津若松城,便径直来到位于城内三之丸的谦信灵庙处拜祭,报告归国一事。

第十八章　北之城塞

原本谦信的遗骸身着甲胄置于大瓮之内,留在越后春日山城。然而春日山新城主堀秀治强烈请求:

"谦信公睥睨之下,我等实在难以经营领国。无论如何,万望将其迎归贵领,感激不尽。"

于是谦信灵庙会同能化众十一院,所化僧坊九院,齐齐迁至会津。

(不识庵大人……)

面对谦信灵位,兼续双手合十,心中祈祷。

说起来,在兼续心里根植下义之精神的谦信,虽是世间公认的战国数一数二的有力大名,然而却从未想过争夺天下霸权。这当然跟谦信自己重视古老权威的保守性以及雪国人淡泊名利的个性脱不开干系。

但此时,时代发生了重大的改变。

与石田三成相呼应的上杉家,一旦打倒德川家康,将日本的东半部握在手中并非遥不可及的梦想。开辟一条从关东到日本海的经济大动脉,在东国一带建立起繁华的商业圈,这是兼续一直在心中描绘着的宏伟蓝图。

(这并非违背大义之心的战事。)

兼续心里默默对老师谦信说道。

(这是无愧于天的战事……是真正的义战。我这一生唯一一次胜负,请您在天之灵好好地观览吧!)

拜祭过自己尊为师长的谦信之后,兼续立时着手进行确保兵粮的政务。这年,奥州、出羽两地粮食丰收,其中五成被征收,纳入粮仓中保存。此外,还从日本海一侧的新潟港、酒田港运来了大量的盐。会津本是山国,不产盐,对于长期作战来说,食盐的储备也是不可或缺的。

之后,兼续命令库房检视自越后带来的黄金还剩几何。检查结

果,尚有黄金一千三百七十六枚(合一万三千七百六十两)又五两四厘五毫。兼续将其中八百枚入库,其余的取出作为修建土木工事及增强兵力的重要军费。

兼续忙得昏天黑地,就算有三头六臂也难堪重负。

(必须大量制造铁炮,还要加固军道与桥梁……另外,为了迎击敌军,得新筑一座城池才好。)

城内虎之间中,兼续将领内地图铺在木地板上,仔细察看。

这座会津若松城,是芦名氏累代的居城,后来又经蒲生氏乡重新修筑,如今交到了上杉家手里。

作为奥州数一数二的巨城,以七层天守为中心,箭楼众多,内外壕沟极深,且将武家宅邸尽数围在其中,正是总构的修筑方式。

然而这座城在防守上却有一个致命的弱点。

城西南1.3公里之处,有一座被称为小田山的小山。此山海拔三百七十二米,俯瞰会津若松城。

在蒲生时代,大型火器还未广泛使用,小田山的存在不足忧虑,然而在大炮被运用到战事之中的如今,就产生了致命的问题。

若是从山上用大炮轰击城内,可能会造成莫大的损害。实际上,幕末戊辰战争[4]之际,官军便在此山山腰修筑炮台,轰击会津若松城。而且,城中的七层天守更会成为敌军绝好的狙击目标。

(会津若松城的地势太过险恶,得在盆地里某处修筑一座用于战事的城塞才……)

兼续仔细搜索,忽然目光停留在地图上一点。

那是位于会津盆地中央的一处平原,在会津若松城西北一里(约4公里)之处,附近有河川流过——正是神指原。

(这地方不错,能够修筑一座坚城……)

兼续想道。

此地四周没有高山,视野广阔,东西两面是阿贺川(阿贺野川)

第十八章 北之城塞

与汤川,不仅易于防卫,输送兵粮也十分方便,实在是一个理想的地方。

兼续将芦名支族北田氏的旧馆遗址作为备选方案,与神指原的方案一同交予主君景胜定夺。

"就在神指原好了。"

景胜一锤定音,于神指原修筑城塞之事就这样决定下来。

实际上,修筑这座新城,并非仅仅是从上杉家自己的角度在考虑。而是为了——

上方的大坂城(丰臣家)

西国的广岛城(毛利家)

东国的神指城(上杉家)

三地呼应,将丰臣政权的支配贯彻全国。

因此,这修筑新城的计划,是按照秀吉的遗志行事——常陆的佐竹义宣派遣了三百名家臣协助筑城,便是有着这个原因在里面。

五

季节交替。

会津城下的身不知柿[5]红彤彤挂于枝头的时候,盘梯山顶已是白雪皑皑。大概半月之内,山麓也会雪花飘舞了吧。神指原筑城一事,只能等到来年春天再动工了。

漫山红叶之中,兼续策马前去自己的领地出羽米泽。

跨下军马在米泽街道上飞驰。越后的食盐,经由会津运往米泽,所行的便是这条道路。

会津到米泽约十四里,途经浜崎、熊仓、大盐,越过国境桧原岭,再穿过纲木岭、船坂岭,然后视野便会豁然开朗,将盆地底部的米泽城下町一览无余。

米泽以南耸立着吾妻山，东面是奥羽山脉，西侧有笹野山。三面环抱之下，北边的平地有松川（最上川上游）流过，地势险要。

战国时代，此地是伊达氏的领地。米泽城是晴宗、辉宗、政宗三代的居城。不过政宗在击破芦名氏扩张自己势力之后，将根据地转移到了桧原岭另一边的会津。后来秀吉重新分配奥羽领地，政宗迁往奥州的岩出山，米泽一地经过蒲生氏乡时代之后，成为了直江兼续的领地。

如今，米泽城还是伊达时代的老样子。本丸与二之丸在一重壕沟的内侧，壕沟周围是兼续直属家臣团与板众的宅邸。再往外，便是町人居住的大町、立町、粡町、柳町、东町、南町、御免町、河田町等八町，町中穿插着源悦小路、家风小路、寺小路等三条主要道路。

兼续不在的时候，作为城代管理米泽城的是其父樋口总右卫门。总右卫门本就擅于处理财政内务，经营六万石的直江家领地自然绰绰有余。兼续年轻时对于父亲商人似的性格感到很讨厌，然而如今在兼续心里，将领地交给父亲打理实在是最可靠不过了。

眼下，久未见面的父亲总右卫门白发急速增多，身子也比从前畏冷，裹着厚厚的衣物。不过，眼神还是一如既往的锐利，精神矍铄。

（我还没到卸下担子的时候呢……）

总右卫门跟从信浓的泉家嫁来的后妻生下了一子二女，其中兼续的异母弟弟（后来的樋口与八秀兼）已经十岁了。

"你拜托我的那件事情，已经差不多啦。"

樋口总右卫门说道。

"朝日军道么。"

"嗯。"

总右卫门点点头。

兼续还在会津时，就差人联络父亲，请他筹划悄悄开辟一条联结

第十八章　北之城塞

米泽城下与庄内的军道。

在上杉家一百二十万石的广大领地中，日本海畔的庄内地方以及金银矿山所在之地佐渡岛，是远离会津的飞地。海上的佐渡岛是没法子的事情，但酒田港所在的庄内地方如果一直与本领地分断开来，会产生种种问题。不巧的是，近来与上杉家关系渐渐恶化的山形城主最上氏的领地，刚好横在米泽与庄内之间。

（事关危急，一定要在最上难以发现的地方开辟一条从庄内到米泽的军道才好。）

兼续打定主意后，便拜托身在米泽的父亲总右卫门，着手开辟道路。

由于道路要经过最上领地，不能在平地上修建，因此这条道路最后定于米泽西北朝日连峰的山脊，经过了大朝日岳、西朝日岳、以东岳等海拔一千八百米以上的险峰。实在可以称为"云上之路"了。

从西朝日岳到三方境的六公里山脊道路，在最上领地及越后村上义明领地以内，并非上杉领地。然而，由于地处人迹罕至的山岭之上，最上、村上两家也难以发现。

另外，道路的各处要地还修建了山间小屋，以储蓄薪炭粮食，便于行军兵士休憩。

"道路这样险峻，还得让军马能够通行。跟不识庵大人在十五里尾根天险的军道相比，朝日军道更加难修啊！"

总右卫门说着，苦笑两声，随即话题一转：

"那么，上方的形势如何了？"

开辟朝日军道期间，总右卫门也时常关注上方情势，不断向身在会津的兼续派去使者，了解情况。

"如您所料，德川内府终于开始显露本性了。"

"有所行动了么？"

"是的。"

兼续点了点头，神色严峻。

德川家康离开伏见城，进入了大坂。名义上是为了辅佐年幼的秀赖，实际目的却是要让自己的影响力深入号称丰臣家"根据地"的大坂城内部。

秀赖与母亲淀君居住在大坂城本丸，家康则在西之丸处理政务。西之丸位于大坂城正门附近，而且建有连接本丸的高台，是城内枢要之地。家康在大坂城西之丸筑起五层天守，睥睨天下。

在政事经营渐有起色后，家康向五大老之一的前田利长（利家之子）发难了。

事情的起因，源于奉行众之一增田长盛将一个传言说给德川家康听：

"听说前几天，浅野长政、大野治长、土方雄久等人在商量一件不得了的事情！"

"什么事情？"

"说是要暗杀德川大人您。"

增田长盛本来是吏僚派之一，与石田三成很是亲近。然而这个时候基于职责所在，便将自己听来的传言原封不动地告知了家康。

家康当然大为光火：

"把这几个家伙给我叫来！"

被带到家康面前的浅野长政等人，推说暗杀计划的主谋并非自己，而是前田利长。家康将三人处以流放之刑，而后将矛头指向了前田家。

身在加贺金泽城的前田家当主前田利长得知这个消息，大为惊惶，连忙派遣重臣横山长知前往大坂，对家康再三辩白。

"这对前田家真是飞来横祸啊。"

总右卫门眉头深皱。

"到底有没有暗杀计划这件事，都难说呢。"

第十八章 北之城塞

"是德川方的阴谋吧。浅野长政那人,原本就跟家康暗通款曲。恐怕这是为了栽赃前田家而设下的苦肉计。"

"那么,前田家的辩白起作用么?"

"要是将捏在手里的把柄白白放过,就不是德川内府啦。前田庆次等人,已经极为愤慨地准备与德川决一死战了。"

"前田会立刻与德川翻脸么?"

"现在还不知道。"

兼续眯起双目:

"不过,有一点是可以肯定的。"

"哪一点?"

"这火很快就会烧到上杉家来。一到那时,我等的路只有一条——为贯彻大义而战斗下去!"

六

兼续在米泽仅仅逗留了三天,便迅速回到会津若松。

这年的第一场大雪降临会津若松城下之日,鸦组的一志大夫从上方返回。

"前田家向德川低头了!"

一志大夫单膝跪于庭院中,斗笠与蓑衣上满是积雪。庭院里亦是一片雪白。

"前田家竟然低头了么?!"

"是的。"

根据一志大夫的禀报,年轻的前田利长也曾血气方刚地想与德川一战,却被老臣们劝阻,最终屈服。作为不讨伐前田家的条件,利长之母、先代当主利家的夫人芳春院(阿松)被作为人质送出。

由于此事，原本抱成一团反对家康的四大老联盟一角便告崩塌，政局顿时开始变得对德川方有利。

（前田意外地懦弱啊……这么害怕德川的恐吓么。）

得知前田屈服的消息，兼续一点也没有退缩的意思，斗志反而更加高昂。

"里面准备了热腾腾的醪糟酱汤，去吃一点，让胃暖和一下吧。"

兼续对一志大夫说道。

无论事态多么危急，心中也不会忘记对下属的关心。这是为将之人的心得。聪颖果断的智慧与体恤他人的心肠——这两者正是迎来壮年的兼续难能可贵的品质。

"是！"

一志大夫毕恭毕敬地深深一礼。

翌日清晨，一志大夫在大雪中再度前往风云激荡的上方。

转过年来，到了庆长五年（1600）正月——

八岁的丰臣秀赖在大坂城本丸接受诸位大名恭贺新年。表面上，秀赖与亡父秀吉同样，作为天下之主君临各位大名之上。然而，与秀吉时代有明显区别的是，大名们在本丸草草参谒过后，一个个都前去西之丸向德川家康恭祝安康。权力中枢的移动变化，早已被世人敏锐的嗅觉察知。

德川家康的势力日渐增强。

"将信浓海津（松代）城主田丸直昌移封到美浓兼山，让兼山城主森忠政入驻海津城吧。"

家康如此宣布，擅自决定了更换领国这等要事。

兼续从留在伏见的千坂对马守送来的消息中得知此事，一下子就明白了家康的意图：

（这是要加强川中岛的防备吧……）

海津城地处小丘之上，俯瞰北信浓要冲川中岛。昔时，越后的上

518

第十八章　北之城塞

杉谦信与甲斐的武田信玄围绕此地曾五度交战。只因川中岛土地肥沃，同时日本海一侧与太平洋一侧物资运输在这里交会，实在是经济要地。

兼续年少时，曾经与弟弟与七实赖来到川中岛探访。记忆中，那令草木干枯的炎炎夏日，以及受到惊吓而从草丛里四散跳出的蚂蚱，仍是那样清晰，历历在目。

（森忠政进入川中岛了么……）

森忠政，便是曾经作为织田军的一员进入海津城，与上杉军作战的森长可之弟。兄长死后，忠政继承了森家，成为兼山城主。忠政是亲近德川一派的大名，让忠政进入海津城，家康的目的显而易见。

（是为了将防线向前方延伸，以阻止上杉家夺回旧领越后吧。）

家康的深谋远虑，就连作为敌人的兼续也不得不敬佩几分。

实际上，兼续在领国更替到会津时，便让上杉家家臣们的次子、三子归农，作为乡士留在越后。一旦有需要，就可以让他们在越后国内煽动一揆，将堀秀治驱逐出春日山城。为了指挥一揆暴乱，还将上田众之一的佐藤甚助悄悄送到了越后鱼沼郡。

后来，这计划得以施行，被人们称为"上杉遗民一揆"，令春日山城的堀秀治及新发田城的沟口秀胜大为头痛。

战争分秒逼近。

一入二月，积雪刚刚开始融化，神指城的修筑工程便迫不及待地展开了。

负责指挥修筑工程的人正是兼续，协力者是大国实赖、甘糟景继、山田喜右卫门三人。运送调度木材石材的任务由满愿寺仙右卫门担当。

城塞的规划，由兼续本人制定。

本丸呈东西一百八十米，南北二百二十米的方形，石垣高筑，周围是宽达四十米的广阔护城河。再往外，则是同样高筑石垣深挖护城

河的二之丸。正是所谓"轮廓式城塞"。

拥有高耸石垣与宽阔护城河的轮廓式城塞，是当时最为先进的筑城技术，能够有效地抵挡铁炮的攻击。毛利氏的广岛城也是使用的这种修建方式。被称为筑城能手的藤堂高虎，在江户时代初期所修筑的大量城池，都是采用的这种"轮廓式"筑城方法。

因此，这座城塞在当时来看堪称先驱。

筑城工人不仅来自会津，也有来自佐渡、庄内的，总数有十二万人之多。

工事昼夜抢修，一刻也不停息。照亮筑城工地的灯笼亮光，就连遥远的会津若松都能望见。

修建石垣的石材采自二里开外的庆山中。大块岩石用雪橇沿着积雪的山坡滑下，小块岩石则由沿途排成长队的脚夫用手运送至本丸。

兼续还命令大量烧制米饼分给筑城工人，不能让吃饭一事占用太多时间。

另一方面，兼续在势至堂岭、诹访岭、马入岭、安藤岭等进入会津的通道要地修筑了用于防御的土垒。此外，使用先代谦信遗留下来的丰富资金，将冈左内、上泉泰纲、小幡将监等诸国知名武将招致麾下。俸禄在千石以上之人，就有二十二名之多。

在上杉家绝大多数人都为了决战而齐心协力之时，家中出现了背叛者。

此人是津川城主藤田信吉。今年正月，信吉作为上杉景胜的代理人上洛，向大坂城的丰臣秀赖恭贺新年，在那时见到了德川家康，并且受到了家康的热烈款待。而这，正是德川一方的怀柔政策。

信吉返回领国后，企图以与德川对抗既不利且无益为由，说服主君景胜上洛臣服于家康。然而景胜战意已决。于是，被家中众人视为"背叛者"的藤田信吉，在三月十一日夜晚带领一族亲信出走，来到家康之子秀忠所在的江户城，并向秀忠申诉——

第十八章　北之城塞

"上杉家谋反！"

三月十三日——

会津若松城内的上杉谦信灵庙，正在举行第二十三回忌日的祭祀。

以能化众十一院，所化僧坊九院的僧侣为首，加上领内召集来的僧人共千人，诵读万部经书[6]。分驻上杉一百二十万石领地各处的将士不顾长途跋涉，赶来参加法事，为谦信祈求冥福，祝愿上杉家繁荣兴盛。

法事后，家臣们齐集本丸御殿大厅，举行会议。

兼续代替端坐于上首的景胜，向众将朗声宣示了上杉家决不退缩的决心：

"对于德川内府蛮不讲理的做法，我等断然不会屈服！若德川将刀刃指向我上杉家，我等必会堂堂正正地迎击！以示我上杉家自不识庵大人以来从未消逝的勇武之心！"

兼续话音刚落——

"正是如此！"

"此际，正是显示我上杉家大义之心的时候！"

无论中首、下首还是走廊上，家臣们无不热血沸腾，感动高呼，有人甚至双目赤红，流下泪来。上杉家上下一心，誓死战斗到底。

之后，大国实赖来到兼续处，会议时的兴奋尚未消退。

"终于到了这一天啦，大哥！"

"嗯。"

"我兴奋得全身发麻呢。我们上杉军永远追随不识庵大人。刚才法事的时候，我仿佛听到了不识庵大人的声音呢。一定不会输的！"

实赖精神抖擞。

兼续看着自己的弟弟，冷静地说道：

"胜负乃是一时之运。可能胜利,也可能败北。"

"开战前就想到败北之事,太不吉利啦,大哥。"

"不。"

兼续摇了摇头。

"战争是残酷的。胜了固然好,败了的话,上杉家可就会败落离散。当然,我等也会失去性命。家人也会流离失所,遍尝辛酸。"

"……"

"我等便是背负着这样沉重的责任。正因如此,我等才要心怀自豪地生存下去,绝不后退一步!"

注释

【1】西之丸:此时家康还在伏见城内,搬到大坂西之丸是同年九月之事。况且前面也说了景胜与兼续是前往伏见城内向家康辞别,因此这里的"西之丸",疑为作者笔误。

【2】浜纳豆:一种将大豆煮熟裹以小麦粉,浸过盐水之后再晒干制成的干食品。不似通常的纳豆那样黏糊。此物原是远江国大福寺特产,因此又名大福寺纳豆或浜名纳豆。

【3】二星何恨隔年逢:这首诗名为《织女惜别》,是直江兼续汉诗代表作之一。

【4】戊辰战争:指1868年(农历戊辰年)爆发的推翻江户幕府的战争。此战之后,幕府时代终结,政权回到明治天皇手里,是日本近代化的开端。

【5】身不知柿:又名西念寺柿,是会津的特产水果。

【6】万部经书:指祭祀、祈祷之时请僧侣念诵万部经书的仪式。

第十九章 决战

一

庆长五年（1600）四月一日——

大坂城的德川家康，向上杉家发来一纸责问书。责问书矛头所指并非当主上杉景胜，而是全权把握上杉家政事的执政——直江兼续。

替家康代笔的政僧西笑承兑如此写道：

"上杉中纳言景胜大人据守会津，毫无上洛之意。德川内府大人对此甚为疑惑。至于神指原筑城，收集武具，修理越后津川口道路，整备桥梁。凡此种种，教人不解，想必并非上杉中纳言大人本意。令主君蒙羞，不是别人，当是直江山城守大人的责任。内府大人的疑惑，便在于此。

"上杉中纳言大人重于信义，无论故太阁殿下还是内府大人，都十分明了。缘此之故，若能呈上誓愿书，辩明事情本末，定当既往不咎。只是，邻国越后的堀监物直政（堀秀治的家老）怀疑上杉家有不轨之意，屡屡申诉，尔等亦当致以歉意，以慰其心。先日，金泽前田家被疑有反之意，此时也已雨过天晴。既有先例，上杉家可依此行

事,不必顾虑。

"总而言之,内府大人切盼中纳言大人上洛,澄清是非。来年抑或后年,或会再度发起远征朝鲜之举,欲与贵方商谈。尽早上洛,当是最为合适的处置。此事攸关上杉家兴废存亡,请慎重考虑,不可等闲视之。切切。"

表面上,遣词用句平稳和缓,然而其内容不啻是对上杉家执政兼续的个人攻击和威胁。

——像前田家那样,屈膝以示恭顺之意,行臣下之礼吧。若不答应,可会兴兵讨伐哦。

这便是责问书的本意。

兼续看过责问书后,径直向主君景胜报告了此事。

"受到这点威胁就屈服,岂不折了武士的名声!我断然不会上洛。你告诉他们,要见我的话,就来会津吧!"

景胜说道。

于是,兼续向西笑承兑——不,向德川家康写了一封回信。这封回信,便是世人所称的"直江状"了:

"您四月一日送来的书信,我于十三日抵达会津后,已仔细拜读。以下就您的疑问一一作答。

"关于本国之事,上方有种种流言,以致令德川内府大人有所疑惑,这也在情理之中。不过,就算近如京都与伏见两地,也有止不住的流言蜚语,更何况会津距离上方如此遥远,当主景胜又这般年轻,经验尚浅,因此招致各种传言诽谤,也是很自然的事情。虽说如此,只因主君景胜迟未上洛,便传言我上杉家怀有逆心,这实在令人意外。

"前年,我上杉家领国自越后更替至会津,还未来得及处理领内

第十九章 决战

事务,便直接上洛。去年终于回到会津,开始着手打理政事。请问这种时候,如何抽身上洛?况且会津乃是雪国,十月至三月什么事也干不了。若是向了解本国国情之人询问,便会立即明白。置本国国情不顾,仅因为景胜没有上洛便疑其怀有逆心,这种胡话可是谁都会说的。

"另外,说景胜若是没有异心,写封誓书上洛辩明情况即可了事,但去年以来,有人写了数封誓书,也不过都是一纸空文。因此,没有写誓书的必要。自太阁殿下以来,景胜重于信义,人尽皆知,此刻亦未有丝毫变化,与朝令夕改的某些人不同。虽说景胜毫无异心,但恶意进谗之人不生事则已,一旦生事,可将其招来,当面对质。

"关于收集武具之事,上方的武士喜好收集茶碗、炭取[1]、瓢等茶器,我等东国武士则喜爱刀枪、铁炮、弓矢之类的武具,这是古来的旧习,不必过于介意。至于修建道路、整备桥梁,则是为了便于行人往来通行,并无他意。我上杉领地与伊达、最上等许多大名的领国接壤,唯独越后的堀监物直政恐惧叫嚣,与不知弓矢刀兵之人毫无分别,也配称作武士!"

接着,兼续继续写道:

"今年三月,举行了先代谦信公的祭祀法事。事毕之后,原本打算在入夏时节上洛,因此忙于处理武具置办等政事。然而此时贵方不辨谗言,却只管命令我上杉家迅速上洛,如此处置实在与无知的小儿一般无二。倘若我等毫不介意此事,就此上洛的话,岂不跟如今大行其道的厚颜无耻之徒毫无区别?这并非我上杉家的家风。此事到底是景胜有错,还是内府大人表里不一,世间定有公论。

"总之,千言万语不过一句话:景胜没有逆心,一丝一毫也没有。我们上洛与否,全看贵方如何处置,看内府大人如何抉择。我等身在

领国会津，倘若做出违背太阁殿下遗愿，做出对秀赖殿下不利之事，那么就算成为天下之主，也无法洗去背信弃义的恶名，这是千秋万代的耻辱。我等并非考虑不到这点的愚人，还请安心。但是，贵方将奸人的逸言信以为真，给我上杉家冠以不义之污名，实在令人遗憾。因此，呈上誓书约定之类的举动，实在没有必要。

"言语中多有得罪之处，还望海涵。"

兼续的回信，直戳家康痛处。文中处处指责家康以上杉家有反意为名扰乱是非，暗示对天下怀有野心之人正是家康，表明上杉家绝非如前田家那般轻易便会妥协。此信论点明确，立场公正，黑白分明，流露出不辞一战的决心。说是一封宣战通告亦不为过。

五月三日，家康接到这封回信。读过兼续这封拒绝上洛，通篇痛斥自己的文书之后——

"这是在向我发出挑衅。"

德川家康面无表情，喃喃说道。

"那么好吧，我就被他挑衅好了。"

于是当即召集重臣武将，发出命令：

"准备出兵！讨伐上杉！"

兼续的一石，在世间激起千重巨浪。如今任谁都无法将这涌动的激流停止下来了。

二

六月二日——

应家康之邀，许多大名齐集大坂城，举行讨伐会津上杉的军议。在大坂城西之丸内参与这次军议的，有伊达政宗、最上义光、藤堂高

第十九章　决战

虎、黑田长政、细川忠兴、池田辉政、浅野幸长、加藤嘉明、山内一丰等亲德川派的大名。另外，加藤清正、福岛正则等已故太阁的亲信武将亦在此列。

——讨伐引起天下动乱的逆贼上杉。

这便是家康凭借的所谓大义名分。

德川家康的动静，通过留在伏见的千坂对马守、鸦组的一志大夫以及妻子阿船，陆续传达到兼续处。

"说上杉家是逆贼什么的，简直可笑之极！这个名头冠在德川内府身上最合适不过！"

上杉景胜接到消息后，勃然大怒。

"德川内府应该是打算先去江户与嫡子秀忠会合，然后沿奥州道北上，自白河方面攻入会津。"

兼续用手里的白纸扇指点着地图。

"另外，大坂城的军议还作出决定，伊达军、最上军分别从信夫、米泽两面攻入，前田军与越后的堀军一同自津川方面攻入，佐竹军则从仙道方面攻入会津。"

"是佐竹告诉你的吧？"

景胜问道。

"主公明鉴。"

兼续重重颔首。

表面上跟随德川一方的佐竹义宣，实际却暗暗与兼续互通声息，缔结了在攻打会津之时协助上杉军迎击家康的秘密约定。

不但如此，兼续还与领国以北领土相邻的出羽山形城主最上义光缔结了不战协定（后来最上家单方面毁约），更暗中与越后本庄（村上）城主村上义明、新发田城主沟口秀胜定下了不战之约。

上杉氏在东国的势力庞大。周边的各位大名虽然接受了家康的邀请，然而基于现实考虑，对与上杉交战一事仍旧感到畏惧。

"跟佐和山城的石田治部少辅联系上了么？"

景胜询问。

"是的。"

兼续目中精光闪动。

"由信州上田城的真田昌幸牵线搭桥，跟佐和山那边取得了联系。"

"真田么……"

景胜脸色瞬时一变。

"真田不能信任啊。那一族之人，都是不堪信任的。"

"不。真田是在强国夹缝之中生存的小大名。此战对他们来说，是扩大领地的绝好机会。石田治部少辅已经跟他们暗中立下约定，事成之后将半个信浓交给他们治理。这样优厚的条件不容真田拒绝。"

"真是贪图利益的一族啊。"

"真田一族中，也有为了大义而行使利益之人呢。"

兼续脑海里，浮现出昔日在春日山城的三重橹中一同阅览谦信壁书之时的真田幸村的影子。

（真是不可思议的缘分啊……）

兼续想道。

六月十六日，德川家康离开大坂进入伏见城，并命鸟居元忠、松平家忠、内藤家长三人留在上方，好将上方的情势及时传达给出征中的家康知晓。这个任务极为重要，因此家康特意令三河矢作川商民出身的鸟居元忠留下。鸟居元忠消息极为灵通，一直以来堪称家康的耳目，是留在上方的绝佳人选。

十八日，家康踏上了远征会津之途。跟随的武将包括——

福岛正则

藤堂高虎

第十九章　决战

黑田长政

加藤嘉明

细川忠兴

池田辉政

浅野幸长

山内一丰

京极高知

寺泽广高

等人在内，总共八十余将，十万余士兵。

大军沿东海道而下，越过铃鹿岭，经过伊势四日市，然后在伊势湾乘船直抵三河吉田。在此地登陆之后，一路东进。

七月二日，家康来到根据地江户。

进入江户城的家康，颁布了十五条军规，然后命德川四天王之一的榊原康政为先锋。一面打探着上方的动静，一面整备兵马。

同一时刻——

近江佐和山城的石田三成也开始有所行动。

三成与一直暗中有来往的毛利家外交僧安国寺惠琼、越前敦贺城主大谷吉继等人会谈，并在他们的帮助下悄悄离开佐和山，来到大坂。

进入大坂之后的三成拉拢前田玄以、长束正家、增田长盛等奉行众，并让三奉行联名签署书状，催促西国有力大名、安艺广岛的毛利辉元前来大坂城。与此同时，三成让兄长石田正澄前去近江爱知川，封锁道路，设立关卡，阻拦意欲追随家康远征东国的各位大名，并说服他们不要前往会津。

三成还派遣使者来到美浓岐阜城，成功说服城主织田秀信（信长的嫡孙，幼名三法师）加入己方。

岐阜城位于中部地方的咽喉要地，早一步取得此城，自然意义非凡。

七月十五日，毛利辉元率领亲兵到达了大坂城。

三成将家康留在大坂城的家臣佐野纲正赶出西之丸，然后让辉元住了进去，并将毛利辉元迎为总帅，将宇喜多秀家迎为副将，一心一意准备举兵。

石田三成的一连串举动，早被留在伏见城的鸟居元忠派人告知了身在江户的德川家康。

七月十七日——

毛利辉元、宇喜多秀家两位大老联名签署了弹劾状，并昭告天下，历数了家康的十三条罪状。未几，近畿、中国地方、四国、九州等西国诸大名纷纷响应这篇檄文，陆续聚集到大坂城中。

岛津义弘

小早川秀秋

锅岛胜茂

长宗我部盛亲

小西行长

生驹亲正

胁坂安治

秋月种长

朽木元纲

福原长尧

谷卫友

立花宗茂

等各怀心事的西军诸将，总兵力达九万三千七百余人，高举打倒家康的旗帜，在大坂城本丸大厅中举行军议。

"要先下手为强，制敌机先。"

第十九章　决战

副将宇喜多秀家的这条意见，众将纷纷赞同。

于是——

一、大将毛利辉元坐镇大坂城，辅佐幼君丰臣秀赖。

二、副将宇喜多秀家及参谋石田三成，率军向美浓、尾张方面进发。

三、若是家康掉头西上，毛利辉元便立即自大坂城中出兵，向美浓、尾张方面进军。

四、大谷吉继负责攻打北陆方面。

……

一条条事宜被依次决定下来。

三

家康、三成两大阵营的动向，时时有探马报与会津上杉家知晓。

为防备德川家康的东征大军，兼续中断了神指原的筑城工程，并下令：

"立即在背炙岭、高原岭、山王岭安置石弓！并紧急加固白石城、白河小峰城！"

兼续一面稳固防备，一面与主君景胜一同来到白河附近探察地形。白河是关东到陆奥的门户。敌军的主力部队必然会从这个方向来袭。

"就把这里定为决战场所吧。"

兼续在关山上一面眺望西北方向，一面说道。

山下是广阔的草原，当地人把这里称为"革笼原"。南北向的奥州街道将这片草原一分为二。相传与源义经[2]颇有渊源的沙金商人吉次兄弟从京都返回陆奥的途中，在此地被盗贼杀害，革笼（行李箱）

中的财物被洗劫一空。这便是地名的由来。

兼续令人在革笼原上筑起东西长约五公里的防御工事，截断奥州街道。这条防御工事利用河岸丘陵的地形，深挖壕沟，壕沟之上筑起约四米高的土墙，宛如长城一般。此外，防御工事的一处设有四方形木门，便于兵马出动。木门之后则是阵屋、望楼。北方小丸山上还设有一处城砦。工事的修筑昼夜兼行，一刻也未停息。

"要把德川的大军诱入这革笼原来。"

兼续说道。

"敌军先锋、副将、本队人马，合起来不下十二万。我上杉家就算将防备北方伊达氏、最上氏的军队尽数投入白河，再加上雇佣兵士，也不过才五万多点。"

"兵力相差悬殊啊。"

景胜眉头一皱。

"正因如此，必须在这个三面环山、好比口袋一般的革笼原与敌军决战。"

兼续手指奥州街道。

"沿着街道前进的敌军，队形一定会拉得又细又长。"

"嗯……"

"先用小股部队与敌军先锋交战，佯作不敌败退，把敌军诱入革笼原，然后一鼓作气将其击溃。"

这便是兼续依照革笼原的地形设下的计策。

被诱入革笼原的敌方先锋军见到长城一般的防御工事，定会大吃一惊。趁其停下疑惧之时，土墙后面矢弹齐发，打他个措手不及。一俟敌军陷入混乱，在关山列阵的铁炮部队以及埋伏在山下的精锐部队齐齐攻击敌军侧翼，将德川军逼向位于西北方的西原。待到敌军无路可逃，便在谷津田川的烂泥地一带将其一网打尽。

"家康身处后方的本队，就算知道先锋军被击溃，也来不及援救

第十九章 决战

的。"

"嗯……"

"首战告捷之后,便以白河小峰城为中心,彻底转入防御态势。然后与有盟约的常陆佐竹军取得联系,从东西两路压迫敌军,但并不靠近。如此一来,补给线过长的德川军除了退兵之外就别无他途了。"

"天下的风向也会因此而转变吧。"

"上方的石田大人已经遣来密使,约定一旦我们如预想那般取得革笼原的胜利后,便在上方举兵。挫了德川军的锐气之后,再在西国点燃反德川的火焰,那么各路大名聚集起来的会津远征军内部必将出现裂痕。"

"总之,一切就赌在初战告捷上啦。"

"正是如此。"

兼续充满自信地回答。

讨伐上杉的所谓大义名分,原本就是德川家康的片面之词。武将们无论身在何处,总要跟随世事流向而行动。如此一来,苦恼的便不是迎击敌方大军的上杉一方,而是将各怀鬼胎的诸大名召集一处,进行长途远征的德川家康了。

(一定要挫了敌军锐气。毗沙门天也会相助我方的……)

兼续遥望北方天空,云群流过。

四

七月十九日——

东征军的先锋榊原康政到达下野宇都宫一地。

从宇都宫到上杉领地白河,仅有二十里(约八十公里)。榊原军在此地扎下营寨,等候大部队到来。

察知敌方行动的上杉景胜于同月二十二日自会津若松城出兵，前往白河。跟随其后的，以头戴爱字前立头盔、身着薄浅葱丝威具足的直江兼续为首，包括谦信以来的旗本众八千人及景胜直属家臣团上田众五千人。本庄繁长、安田能元、色部光长等久经沙场的武将们也纷纷自领内各地赶往决定上杉家命运的决战场——革笼原。

　　另外，大国实赖、樋口总右卫门、泉泽久秀、甘糟景继等分别入驻南山城、米泽城、荒砥城、白石城，对北方的伊达、最上以及自越后方面进逼而来的前田、堀军严阵以待。

　　陆奥的山野遍布男儿们热血沸腾的斗志与视死如归的决心。

　　（来吧，家康……）

　　兼续犹如弓着身子等待猎物的野兽一般，静待着决战的来临。

　　上杉军在革笼原布下阵势的当夜夜半，真田家的使者出现在营寨中。

　　在如蒸笼一般闷热的夏夜，忽然一阵微风吹来，幔幕摇动。

　　"看来是一场有意思的仗呢。"

　　一个与军营极不相称的柔媚女声响起。祢津的祷巫初音自幔幕那方无声无息地出现。篝火照耀下，悠长黑发下的容颜边缘闪现着明亮的辉光。

　　"如何？这场仗若是胜了，情势会怎样发展呢？"

　　"你来做什么？"

　　兼续板着一张脸。

　　夜深人静，家臣们都已熟睡。远处黑暗之中只能隐约看到轮廓的小丸山方向，不时传来夜枭的叫声。

　　"作为我弟弟幸村的使者来到此地。"

　　初音正色说道。

　　"左卫门佐幸村大人么。"

　　"是的。"

第十九章　决战

原本留在上方的幸村，与跟石田三成暗中缔下密约的父亲昌幸回到了信州上田城。这事兼续也听说了。

另一方面，幸村的兄长信之跟随德川一方，参与了远征上杉的军队。如此大胆的举动，不愧是素来被称为"表里比兴"一族的真田家所为。

顺便说一下，真田信之娶了德川重臣本多忠胜之女为妻，很久以前就成为亲德川一派的武将。与此相对，弟弟幸村曾担任太阁秀吉的骑马护卫，并且迎娶了丰臣奉行众之一大谷吉继的女儿，显然是站在丰臣家一方。

面对真田家将这对兄弟分别送到德川、丰臣两大阵营的举动——
（不愧是真田啊……）

虽然兼续以能通过真田一族与石田三成取得联系为由劝说主君，然而自己却也并不是全心全意地信任真田家。

"那么，幸村大人有什么事？"

"我的大义之心，唯请山城守大人切勿怀疑——让我给您捎来这句话。"

"这……"

"全因您这位大人的熏陶，他在我真田一族中可算是特立独行呢。"

初音注视着篝火摇曳四溅的火星，徐徐道。

"他还说：我父昌幸，值此兵乱之际燃起野心，要让真田家跃升天下有力大名之列。不过我幸村却没有这样的想法。对我来说，再没有比跟德川这样强大的敌人交战更加愉快的事情啦。"

"的确是特立独行的男子啊。"

兼续微微一笑。

"你快回上田去转告幸村大人：我深信他的大义之心。而且，我军与会津远征军的初战必定会胜利。那之后，请石田三成在上方举兵，东西两面夹击家康，令其进退两难。此时，信州上田城真田家的动向，便是把握天下趋势的关键。一起来一场无愧于天地的战斗，重新将世人背弃已久的真正大义向天下展示吧！"

"嗯。"

初音笑道：

"无论如何，天下的未来将会如何，都取决于这革笼原一战的结果吧。"

"是的。"

"那么，临别之前，让我来祈祝上杉军胜利吧。"

初音说着，将手里的梓弓高举过头，然后闭上双眼，深吸一口气，拉开弓弦空弹。不料"扑哩"一声，弓弦断开，急速弹在初音的指甲上。雪白的肌肤顿时渗出一缕鲜血。

"不吉利啊……"

初音压低声音，喃喃自语。

五

与南面迫来的德川军相呼应，北方的枭雄伊达政宗也有了动作。

原本身在大坂的政宗避开上杉领地，沿海岸线绕了一个大圈子，回到领内的北目城（今宫城县仙台市）。用极短时间作好出阵准备之后，率领一万五千兵马侵入上杉领内，于七月二十四日包围了刈田郡的白石城。

白石城守将原本是上田众中以刚勇闻名的甘糟景继，然而这时景继却因为妻子病逝去了会津若松奔丧，让侄子登坂式部胜乃留在城内驻守。

这日未时（下午2点），伊达军开始攻城。不久，城下民家、城

第十九章 决战

砦的外墙及三之丸便悉数被烧毁攻破,伊达本队人马直抵二之丸门外。而后,屋代勘解由自城北大门方向、亘理定宗自二之丸外墙、片仓小十郎自西面、山冈重长自南面齐齐向二之丸发起猛攻。虽然登坂式部不断敦促守军稳固防卫,终究不敌伊达军压倒性的兵力优势,节节败退。及至入夜,守军已折了七百余人,二之丸亦告失守,全军退守本丸。

担任守将的登坂式部,并无死守城砦,与敌军决一死战的气概。

"我等开城投降,还请饶过一命!"

登坂式部向伊达军请降,白石城仅仅一天便告陷落。

兼续从快马处得知这个消息之时,依旧面不改色。他知道自己若是沉不住气,整个上杉军立时便会陷入慌乱。而且,趁德川远征会津的军队北上之时,政宗一定会把握时机有所行动,这原本就在意料之中。

"不要去管白石城了。我等的敌人,并非那自作聪明的伊达,而是家康。我军一旦取得对德川的胜利,伊达那家伙便会夹着尾巴逃跑了。"

兼续临危不乱的态度,令决战之前的上杉军战意高昂。

另一方面——

家康从江户出发后,于白石城陷落的同一天傍晚到达下野小山(今栃木县小山市)营地。此时,一则盼望已久的消息自上方传来家康所在之处。

"治部少辅那家伙,终于有所行动了。"

家康的谋臣本多正信兴奋地说道。

"终于按捺不住了么。"

极少显露出内心情感的家康,此时也无法抑制心中的狂喜。

"是的。"

正信点头。

"根据留在伏见的鸟居元忠差人送来的消息,聚集在大坂城的毛利辉元、宇喜多秀家等人,公布了弹劾内府大人您的十三条理由。这背后定是石田治部少辅作怪无疑。"

"真教我好一阵担心哪!"

家康放声大笑:

"要是就这样下去,不得不跟上杉家正面对决的话,那可就麻烦啦。三成那厮,当真是不识用兵的蠢材!真是沉不住气呀!"

到了这个地步,上方诸大名随后的举动便不难想象了。对方定会举兵东进,意图从背后攻取家康的老巢。当然,这不过是家康自己设下的一个圈套,令对方觉得有可乘之机而已。

因此,三成举兵之事对于家康来说,没有丝毫惊诧可言,甚至可以说是正中下怀。

(真正棘手的战事,现在才开始呢……)

家康一面思考,一面习惯性地咬着大拇指指甲。

"那么,要立即中止攻打上杉,向西回兵么?"

"这便是问题所在。"

家康眉头紧锁。

"此番以征讨上杉为名聚集起来的东征军,能说回兵攻打石田就回兵么?"

"就像变戏法一样么。"

本多正信喉头干笑两声。

"这可不是开玩笑。"

家康正色说道:

"这是我这辈子唯一一次大赌博。弄得不好,便会在东边的上杉与西边的石田两面夹击之下一命呜呼。千万大意不得啊。"

"为了赢得赌博,这之前不是已经费尽心机在诸大名中打点周全了嘛。"

第十九章 决战

"情况如何?"

"目前看来还不错。"

"赌博的话,赢不了就没有任何意义。就算使用不光彩的手段,也一定要取胜。"

"明白。"

"在遭到两方夹击之时,一旦慌乱,必败无疑。不要分散兵力,一鼓作气集中攻击一点就好。"

"这不是昔时织田右府(信长)最为擅长的战术么。"

"说得不错。"

家康一面低声说话,一面慢慢从折凳上站起身来。

公布石田三成举兵的消息后,第二天即七月二十五日,家康军在小山营地举行了军议。这便是后人所称的"小山会议"。参与军议的是各位外样大名[3]。

军议伊始,家康便说:

"各位的妻小,被石田治部少辅当作人质,强留在大坂。作为丈夫、作为亲人,当然不忍看到自己的妻子儿女惨遭杀害。是故,要去上方加入石田,抑或留在此地与我一道跟石田作战,请大家不必犹豫,自行定夺吧!"

说罢,家康转身离开。

留在会场的诸将默然不语,陷入一片愁云惨雾之中。虽然家康说了去留由己,不过这反倒令众人难以开口商议。

无论是池田辉政、黑田长政、细川忠兴,还是加藤嘉明、浅野幸长……尽皆默不作声。

参加东征会津的诸将,大多心中对丰臣、德川决战之时要加入哪一方犹疑不定。之所以加入讨伐上杉的大军,不过是各有目的,心怀鬼胎而已。然而此时,家康与三成必选其一的问题活生生地摆在了众人面前。

厅中持续着沉默。

打破这沉默的，是曾为上杉家一门众首席家臣的上条政繁。作为人质去往大坂城的政繁，在秀吉的邀请下出仕于丰臣家。后来成为了德川家的客将。

"将妻小留在大坂，是对秀赖殿下绝无二心的证据，绝不等于是向石田治部少辅宣誓效忠。石田如此狂妄，将他们掳为人质，实在难以原谅！就算眼见妻小被石田所害，也要站在德川内府一边！这才是道理所在！"

上条政繁这样发言，背后当然有家康的授意。

"不错！正是如此！"

听了政繁的煽动，早已被德川方拉拢的福岛正则吹胡子瞪眼睛地大声叫道：

"我自加入东征会津的大军之时起，便决意与内府大人生死与共了！治部少辅那混蛋卖弄小聪明，抬出秀赖殿下的名字，在上方举兵，实在令人笑掉大牙！这次，我一定要取得三成的项上人头！"

丰臣家旧臣福岛正则的发言，决定了军议的方向。

"不错，正该如此！"

"在下也是此意！"

"请让我参加战斗！"

在座众人纷纷高喊，宣泄对石田三成的敌意。一时间群情激昂，诸将无不纷纷表示效忠家康，誓与石田三成一战。

虽然有人心里对讨伐尊奉秀赖的三成或多或少存有疑问，但鉴于目前会场气氛，也不敢表达自己的异议。

——嗯，差不多了。

看似与此次会议全无关系的家康，适时地出现在诸将的面前，徐徐向众人致以谢意。

军议得出了结果。

第十九章 决战

德川家康所率的东征军中止讨伐上杉,立时掉头向西,决意与石田三成的西军决一死战。

不过,诸将之中,也有不遵从此决定之人——美浓岩村城主田丸直昌。当夜,田丸直昌造访家康本阵,毅然表明了自己感于故太阁殿下的恩义,不欲违反为人之道,对其遗孤秀赖刀兵相向的态度。

瞬间,家康心里如饮了一海碗陈醋,满不是滋味。不过他还是表示理解:

"我说啦,是去是留由你们自己决定。不用顾虑我,你快快前去大坂吧。"

自己本意如何暂且不提,但若是轻易流露出自己的心情,教诸将识破可就麻烦了。这一点,家康是明白的。

六

比小山营地迟了一日,石田三成在上方起兵的消息在七月二十五日送到白河的上杉军本阵。

兼续接到来报,不由得将军扇在折凳上重重一敲:

"太早了!"

按照兼续的意图,上杉军在革笼原击溃德川军的先锋之后,三成在西面与此呼应,燃起打倒家康的狼烟——这才是计划最好的时机。

三成在德川初战败北之后举兵,当会令德川军中的大名们大为动摇,认为时势在上杉、石田一侧,于是家康召集起来的东征会津的大军很可能就此瓦解。

(要是等到那以后再举兵就好啦……)

兼续心中大为不忿。

"绝不容许德川独断专行!"

在会津起兵的兼续，在这一点与上方的石田三成是一致的。

然而，从上方出发的使者抵达遥远的奥州，通常得半月左右。也就是说，就算收到消息之后立即回信，回信送到上方之时，离发信之日也已经过去了一个月。因此，为了稍微缓解这种情况，德川、上杉、伊达等东国大名们在各个驿站都备下了快马换乘赶路，这样一来，能够将与上方的联系时间缩短七八天。不过尽管如此，往返一趟也至少得花上半个月时间。

奥州与上方之间迢迢千里，使兼续与三成难以及时沟通，只好各自行事。这样一来，家康放弃了与上杉军的决战，得以完全保存实力，回军西向。

三成这边，正在热火朝天地准备与德川军决战，并对赢得此战的胜利充满信心。但是——

（打仗可不是凭脑海里的臆想就能成功的。战前就得作好充分准备，待万事俱备，种种条件都对己方有利之时，才能够说胜负已经握在了手中。然而此刻，并不具备这样的条件啊……）

兼续顿时感到力不从心，心里烦闷焦急。

当然，三成也有三成的想法。正是担心上杉军万一战败，因此及早举兵，想对德川来个先下手为强。虽然兼续曾经对三成千叮万嘱，不要轻举妄动，然而自负聪明的三成却没有放在心上。

（那么……）

兼续一面派出鸦组山伏打探德川军的动静，一面思索补救的办法。

不久，鸦组带回了敌军的消息——

家康所率的德川军本队已经开始动身返回江户城，留在小山的，只有其子结城秀康的军队。另外，东军西上的先锋，是丰臣旧臣福岛正则与池田辉政二将。黑田长政、藤堂高虎、加藤嘉明、细川忠兴、山内一丰、一柳直盛等外样诸将以及家康谱代重臣本多忠胜、井伊直

第十九章　决战

政等人率军紧随其后，沿东海道西进。

"身受太阁殿下之恩，竟然对秀赖殿下白刃相向！"

上杉景胜怒火冲天。而分析了各方面情势的兼续，脑海里却无比明澈冷静。

"此时正是绝好的机会！"

兼续说道。

"快举上杉全军之力追击德川，千万莫要错过了时机！"

在兼续面前，仿佛一条平直的大道正在铺开，并向远方延伸——这道路的尽头，正是"天下"二字。

留在小山殿后的结城秀康军有两万兵马，上杉军则有五万。凭借兵力优势，轻而易举便可将其击破。这期间，石田三成应该也与德川军先锋交手，继而全面展开战斗。

虽然与兼续先时的谋划有所差异，不过——

（先在小山将敌军殿后部队击溃，而后挟余势一鼓作气进攻江户城。东西两面夹击，令家康动弹不得。一旦将江户城攻陷，日本的东半部可就成为上杉家囊中之物了……）

兼续的眼里，似乎清晰地看到了称霸陆奥至北陆、关东广大地域的主君景胜的英姿。这可以说是先代谦信以来，上杉家两代当主的宏伟梦想。

"请立时向佐竹派遣使者，与其联手，从背后袭击正在撤退中的德川军。对了，信州还有真田昌幸、真田幸村两父子，得及早与他们联络，作好攻入关八州的准备。"

"……"

景胜没有说话，只是将双手叉在胸前，默然思考着什么。

"主公！"

"……"

"如今正是向天下宣示我上杉家继承自不识庵大人的勇武之心的

时候啊！没有时间再犹豫了，如今这天下……"

"山城守。"

景胜打断兼续的话头，缓缓抬起视线。

"你认为，这是不识庵大人所希望看到的么。"

"当然！"

兼续用力说道。然而景胜回视兼续的眼神极为严厉：

"不，与天下什么的相比，不识庵大人所追求的，另有其物。"

"主公……"

"你忘了么，山城守。不识庵大人曾立誓终身不娶，严于律己，追求着我上杉家的大义之心。"

"……"

此话如雷霆一般，给热血上涌、斗志昂扬的兼续当头一击。

"追赶正在退兵的敌军，从身后偷袭，这不是我上杉家的大义。这是眼里只有利益的卑鄙野心家的所为。"

主君景胜的声音仿佛被已故谦信的神灵所凭依，在兼续心里威风凛凛地回荡。

"但是，主公——"

兼续还想反驳：

"如此良机，千载难逢啊！"

"不。倘若追击过远，北方的伊达定会从背后袭击我军。弄不好的话，本想两面夹击敌人，却反遭两面夹击。"

景胜突然放声说道：

"这是德川内府放在我上杉家面前的一道难题啊。我军若是堂堂正正迎击德川大军，此战自然无愧于天。而若是向退兵的敌军背后施以弓矢铳弹，那一瞬间，便不啻是玷污了我上杉家家名。"

"……"

景胜的话语，令兼续猛然一省。上杉家一旦攻入关东，伊达定会

第十九章 决战

趁机攻打会津,最上也会入侵米泽。如此一来,不仅东国各地将会乱作一团,天下也有可能重回群雄割据的乱世。

另外,兼续也从未见过说话如此条理分明,明显表达出自己意图的主君景胜。

"如果无论如何都想出战,那么就先把我杀掉吧。"

一直以来从未干涉过兼续所作所为,总是默默作为兼续后盾的主君景胜,此时第一次强烈地反对兼续的提议。

(真是不愿放过这个机会啊……)

兼续心中暗说。这实在是天赐良机,一旦放过的话,自己一生中决计不会再出现这样的机会了。

兼续抬起头来,倏地看见景胜双目光芒闪烁。兼续立时明白,那血与泪正是主君此刻心情的写照。

"主公……"

"你明白了么,山城守。"

"……"

"你要明白啊!"

"是……"

满怀着失望与不甘,兼续自喉头涩声回应,两行热泪沿着脸颊流下。再看景胜,也是泪流满面。

自白河关口升起的月亮,冷冷地照在相对而泣的二人肩上。

待得眼泪哭干,兼续注视景胜双眼:

"我有一个请求。"

"什么请求呢?"

"请不要问,答应就是了。请一定要答应……"

"我答应。"

"好……"

兼续低头一礼,将手按在刀柄之上。

一瞬间——

兼续闪身拔刀，一道白光斩向身后的黑暗之处。

"你在斩什么？"

景胜问道。

"德川内府的影子……此外，还有我内心的执念。"

兼续回头，脸上再也没有了先时的迷惘。

七

八月十日，上杉军自前线白河向会津若松退兵。

江户的德川家康开始西进，是二十天之后的九月一日之事。这之前，家康接到禀报，东军的先锋福岛正则、池田辉政等人已经攻陷了西军织田秀信据守的岐阜城，将东美浓控制在了手中。

与此同时，石田三成进入西美浓的大垣城。

于是，西军东军便在这日本中央之地美浓平原两相对峙，虎视眈眈。

家康自江户出发时，向伊达政宗、最上义光、堀秀治等人派去使者，教他们切勿轻举妄动刺激到上杉家。近日来，以往大张旗鼓积极备战的上杉家忽然偃旗息鼓，毫无动静，这实在教家康担心，不知上杉家打的什么算盘。家康虽然已经知道石田在上方起事，却仍旧在江户滞留了这许多时日，便是顾虑着上杉军会随后追来。

如今——

（看来不会追来了……）

家康终于放下心来，率领本队兵马三万二千沿东海道西上，其子秀忠则率三万八千人马沿东山道（中山道）向美浓进军。

此时的德川根据地江户城，活脱脱便是一座空城。

第十九章　决战

然而，由于主君景胜"不予追击"的命令，上杉家丝毫没有攻入关东的打算。

"这样下去，可就只能袖手旁观石田大人与德川的决战了。我们真的什么也不做么？大哥！"

从南山城赶到会津的大国实赖诘问兼续。

"还是有事可做的。"

"什么事？"

"趁德川内府的心思转向西面的时候，咱们把最上、伊达平定了吧。"

一瞬，兼续原本暗淡的眼中，重新闪现出锐利的光芒。

希望奥羽一带安定下来的景胜，也赞同兼续的意见，决心一战：

"政宗屡次侵犯我上杉领地。得先将其剿灭，而后再攻打最上义光，免却后顾之忧。"

兼续领命，率领两万军队自会津若松城出阵，向信夫郡的福岛城进军。

接到上杉军袭来的消息，伊达政宗却打算不战而降。

"家康既然已经离开奥州，此时不宜与上杉交战，还是先低头为妙。"

当然，这所谓投降不过是政宗的缓兵之计，今后的举动则视德川、石田在西面交战的结果而定。而且，政宗虽显示出低头示弱的姿态，却也不容得上杉家不答应。这亦是政宗的厉害之处。

未几，会津若松的景胜回答：

——我军意欲出兵关东，请政宗亲自将兵前来相会，抑或派遣三五勇将率军参战。否则，不准请降。

也就是说，上杉军出兵关东之时，政宗要么亲自前来助阵，要么派遣得力武将率军参战。否则便绝不同意政宗的请降。

实际上，景胜一方并没有出兵关东的打算。这番说辞不过是一番

政治较量，为了试探政宗是否真愿低头而已。

"我明白了。"

政宗答应了景胜提出的条件，尽量避免与上杉家冲突。

不过，政宗虽然俯首，山形城的最上义光却还没有明确的答复。于是从福岛城回到会津若松的兼续在与景胜商量之后，决定以米泽为据点，攻打最上领地。

九月九日，直江兼续自米泽城出兵。跟随其后的有春日元忠、大国实赖、安田能元、水原亲宪、色部光长、前田庆次等武将，总共两万人马，直指最上义光的山形城。与此同时，出羽庄内东禅寺城的志驮修理亮也率军向山形城进发。

上杉家进入最上领地后，立时以迅雷之势展开攻击。

十二日正午，兼续对田谷城发起猛攻，次日将此城攻陷。在给秋山伊贺守的信中，兼续如此写道：

——攻陷最上领田谷城，自城主江口五郎兵卫父子以下五百余人，尽数斩首。

紧接着，兼续向筑泽城等最上家的一个个支城次第发起攻击，攻陷了二十一座城砦，斩首三千四百七十有余。

宛如怒涛一般的上杉军在攻下了七座城砦之后，包围了山形城的前哨基地长谷堂城。

根据《羽源记》记载，长谷堂城"四面山岭险峻，脚下河流湍急"，实在是要害之地。城主志村伊豆守高治率领五千士兵龟缩城中，坚守不出。不过，伊豆守眼见被直江兼续所率的上杉大军重重包围，长此据守也不是办法，只得向山形城的最上义光求援。

与此同时，自庄内方向沿最上川攻来的志驮修理亮在攻陷谷地城、寒河江城、白岩城之后，也逐渐向山形城逼近。

素有"羽州之狐"之称的最上义光在上杉军南北两方的猛攻之下，也不禁慌了手脚。

第十九章　决战

"仅靠我军看来支持不住啦，速速向伊达求援！"

于是立即从山形城派遣使者，向伊达政宗告急。

政宗接到最上的求援后，让叔叔留守政景带了三千亲兵，立刻赶赴出羽。

伊达军在笹谷岭布下阵势，牵制住了包围长谷堂城的直江兼续后方。加上城守将志村伊豆守的骁勇善战，进攻长谷堂城的战斗进入胶着状态。

不过，兼续并不打算放弃——

（一定要攻下长谷堂城，然后将最上义光驻守的山形城孤立起来……）

西边，盟友石田三成正与德川内府进行决战。由于主君景胜的缘故，兼续无法直接协助三成。然而，志同道合的朋友在同一片天空的彼方与敌人交战，令兼续的内心更加坚强。

九月二十九日——

自攻城以来，已过去了十余天。持续顽强抵抗着的长谷堂城守军，也终于渐露疲惫之态。

（再加把劲就行了……）

兼续长舒了一口气。然而——

"有重要消息禀报！"

就在此时，一位使者来到营地。

这位使者是会津若松的上杉景胜派遣而来。由于太过紧张匆忙，大滴大滴的汗珠沿着使者的脖子流下来，肩膀也由于不住喘气而大幅度起伏。他带来了来自美浓的、令人难以置信的消息。

"十五日早晨在美浓国的关原，东西两军进行决战。当日傍晚，西军兵败如山倒！"

"你说什么！"

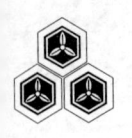

兼续顿时全身僵住，如坠冰窟。

"你再说一遍！关原怎么了——"

"石田治部少辅所率的西军一败涂地。"

"才不过一天啊，就分出胜负了么？石田他……石田治部少辅他……"

"详情还不清楚，只是将胜负结果传达到此……"

"输了么……"

兼续仰望夜空。空中没有月亮，如冰片一般撒在夜幕上的群星，兀自散发着清冷的光芒。

九月十五日的话，是十四天之前的事情了。在自己还满怀胜利的信心努力战斗的时候，西边关原决定天下大势的决战，仅仅一天就分出了胜负……

此时，一颗流星自东向西划过天空。

次日清晨——

上杉军撤掉对长谷堂城的包围，向米泽方向退兵。极为危险的殿后之责，由总帅兼续自己担当。

（要不损一兵一卒地安全撤回上杉领地……）

兼续把这当成自己此时的职责。

一如所料，最上义光眼见上杉军撤退，立即率军出城追击。负责殿后的兼续将与板众三百骑兵合在一处，敌退我进，敌进我退，攻守变换自如，将最上的追兵玩弄于掌股之间。这正是谦信所传授的"悬引之策"。

追击过于深入的义光，遭到埋伏在道路两旁山中的水原亲宪铁炮队的伏击，头盔中弹。虽然没有穿透，但最上家家传的金覆轮筋头盔的筱垂[4]被击中，留下了明显的弹痕。

兼续漂亮的撤退战令敌将最上义光大为惊叹：

——不偏不倚，正是景虎（谦信）的武勇风范啊！（《最上义光

第十九章 决战

记》)

另外,此战中前田庆次挥舞一杆朱漆长枪,于敌阵中左冲右突,来去自如,在世间留下了勇武的美名。

最后,兼续的大军平安撤回了米泽城。

数天之后,终于传来了关原之战的详细情形。

根据报告——

九月十四日这天,德川家康大军来到美浓赤坂一地。南面一里之处的大垣城内,石田三成打定主意坚守不出,等待毛利辉元率援军从大坂城赶来之后,再两面夹击东军。

然而,家康身经百战,岂会看不穿三成的把戏?他决心要将西军诱出大垣城,在野外进行决战。于是家康向大垣城派出细作,放出谣言:

"东军会径直从大垣城一旁经过,攻打近江佐和山城,进而直指大坂。"

西军诸将听到这传言后,顿时乱了阵脚。为了阻止敌人进军,西军从大垣城内攻出,不料此举正中家康下怀。

九月十五日清晨——

在靠近美浓、近江国境的关原一地,东西两军展开激战。

交战之初,双方势均力敌。面对久经沙场的家康率领的东军,三成所率的西军以鹤翼之阵应对,打得非常不错。

然而这天午后,在松尾山布阵的西军将领小早川秀秋遭到敌人策反,战况一下子变得对东军有利起来。渐渐地,大谷吉继、岛左近等西军诸将一个接一个战死,宇喜多秀家、小西行长、岛津义弘的军队也不敌败退。

数日后,成为败军之将的石田三成在伊吹山中被抓住,并于京都六条河原斩首。

这一战，西军死者五千有余，东军则折了二千五百余人。其战斗之惨烈，在日本战争史上也是屈指可数。

此外，兼续听到传言——与关原的决战有别，信州上田城的真田昌幸、幸村父子面对德川秀忠的三万八千人马，上演了堪称神机妙算的出色战斗。首先，昌幸假意投降，将敌军引至城下，然后铳弹齐发，打了秀忠一个措手不及。与父亲家康相比，秀忠太过缺乏战斗经验，被真田父子翻弄于掌股之间，最终没有来得及参加关原的决战，大为失态。

不过尽管如此，东西激突、决定天下大势的关原之战已告终结。参战众人的人生，也因为此战的结果，发生了种种或好或坏的变化。

在毛利辉元离开后，挥军西向的家康再次进入大坂城西之丸，与丰臣秀赖会面。

注释

【1】炭取：一种用于拾取木炭的茶道用具。

【2】源义经：1159—1189，日本平安时代末期武将，为日本人所喜爱的传统英雄人物。

【3】外样大名：指关原一战之前与家康同为大名身份的武将。家康建立江户幕府后，将各藩大名划分为亲藩、谱代、外样三类。亲藩大名为德川一门，谱代大名为家康的重臣武将，其余的则是外样大名。

【4】筱垂：指头盔两侧及背后金属片，起保护与装饰的作用。

第二十章 活下去

一

德川家康开始着手进行关原之战的善后事宜。

首先，宇喜多秀家、长宗我部盛亲等八十余家参加了西军的大名领地被没收。毛利家虽然不在此列，但也从一百二十万石骤减至周防、长门两国共三十六万九千石。

在信州上田城令德川秀忠军苦不堪言的真田昌幸、幸村父子不仅领地被没收，更被流放至高野山。不过，参与东军的长子信之则继承了父亲的领地，成为上州沼田城主。

然后，家康将没收领地的一部分划作德川家的直辖领，剩下的则论功行赏，分封给了参战的东军诸将。加藤清正、加藤嘉明、福岛正则、黑田长政、池田辉政等丰臣家的旧臣，均被封往西国，成为一方大名。

最令家康在意的，是对丰臣家的处置。

形式上，家康仍然是丰臣家的大老。然而争夺天下的关原一战后，丰臣、德川的力量关系发生了显著变化。明眼人都能看出，丰臣

家已然丧失了昔日的权威。

家康挟战胜之势，对丰臣家处以严罚：

"纵容石田三成，未防大乱于未然，实在难辞其咎。"

于是，将丰臣家散布全国各地的直辖领约二百万石尽数没收，只留下了摄津、河内、和泉三国共六十五万七千石领地。丰臣家顿时从权倾天下沦为上方的一介大名。

天下发生了激烈的变化——

在这新的时代洪流中，只有北方的上杉家似乎不为所动。

对上杉家来说，战事还未终结。必须稳固防卫，以备家康再次前来征伐。

得到关原之战东军胜利的消息后，伊达政宗死灰复燃，亲率两万余军队，自北目城出兵。在进入白石城休整之后南下，攻入了曾为伊达旧领的奥州伊达郡、信夫郡。

上杉一侧，据守福岛城的勇将本庄繁长率军出城，在松川河岸迎击伊达军。两军在此地进退胶着，展开激战。此时，梁川城守将须田长义奇袭伊达军背后。伊达军腹背受敌，立时陷入混乱，大败而逃。

在这场被称为"松川合战"的战役中，伊达军本阵被占领，连总帅政宗也被斩了两刀。

《上杉家御年谱》中记载说：

——唤作斋道二之勇将，两刀斫向政宗头盔。政宗仓皇不已，自小路逃之夭夭。

（到底是上杉家啊，谦信以来的豪强勇武仍未衰退呢……）

不光政宗，就连后来听说此战经过的德川家康，也不禁大发感慨。

十月二十日。

在会津若松城内，正在举行关于今后上杉家方针的重大会议。

城外的天空中云层厚重，城内木板铺就的大厅里寒气渐入骨髓。

第二十章　活下去

"我等战胜了伊达，离征讨最上家也只差一步了！理应赌上我上杉家的武名，与德川抗战到底！"

主战一派的代表大国实赖说道。

"德川内府现时尚在上方，我等与佐竹合力一处，先对其根据地江户城下手，必能一定拿下！"

听了实赖的发言，家臣中附和之声此起彼伏，会场上立时异样地沸腾起来。而坐在上首的上杉景胜、执政直江兼续依旧默不作声，倾听着家臣们的讨论。

"等等，大家冷静一下。逞一时之勇，也是于事无补的。"

对大国实赖的主张提出异议之人，是满愿寺仙右卫门。仙右卫门是留在伏见的千坂对马守的族人。

"照上方的对马守送来的书信，德川内府希望与我上杉家和解。虽然很不甘心，但天下大势已决，此时当与德川握手言和，以保住我上杉家的存续才是道理。"

"胜负还未分晓呢！"

甘糟景继大声喝道。因自己据守的白石城被伊达政宗夺取，景继希望以下一场战斗来洗清耻辱。

"像毛利家那般，对减封一事甘之如饴，只是为了家名能够流传下去，又有什么意义呢？与其那样，还不如战死沙场，以显我上杉家的威名！"

"甘糟大人说得好！"

安田能元高声叫道。这位武将虽然身材矮小，然而作战勇猛，颜面手足伤痕累累，一只脚也因受伤而跛掉。

"不错！这仗一定要打下去！"

"就算输掉，我上杉家的声名也会不朽于世！"

"我等就算战死，也要贯彻大义！"

宁为玉碎，不为瓦全的主战一派们的声音，压倒了以满愿寺仙右卫门为首的主和一派。

其实无论是谁，都知道仙右卫门所言非虚，天下霸权已经落入德川手里。然而，"以身殉义"这样充满悲壮之美的话语，在男儿们的胸中掀起了波澜。

注视着如此情形的兼续，脑海中涌起了昔时痛苦的回忆——

（跟鱼津城陷落之日很相似啊……）

十八年前，上杉方的越中鱼津城被织田军包围，面临生死危机。眼见守城兵将立誓与城共存亡，兼续不顾性命危险潜入城内，想要说服他们活下去。然而，守军宁可壮烈战死，也不肯撤军。鱼津城就此陷落。紧接着，发生了本能寺之变，织田军撤了包围，退兵而去。

未能救得守军性命，阻止悲剧发生，关于此事，兼续常年以来一直心怀愧疚与悔恨。

（一定不能让那样的悲剧再度重演了。壮烈战死在他人的眼里固然值得歌颂，然而天下既定，此时流血又有何益……）

兼续暗自忖思，然后转过头来，看着主君景胜。景胜也看着兼续。

（这是我等选择的道路吧。为了家臣们的身家性命，无论经历怎样的风霜，也要忍耐着活下去啊。）

景胜的眼神这样说道。

（那便如此吧。）

（嗯……）

主从二人目光相接，一瞬间心意相通，相对颔首。

于是兼续转身面对家臣，目光环视众人。大国实赖、甘糟景继、泉泽久秀……这些多年来饱经风霜的男儿们的面容，一个个都映在兼续眼里。

"与伊达交战的胜利，不要与争夺天下之事混为一谈。胜负已定。随后准备与德川议和吧。这是主公的意思。"

第二十章　活下去

兼续一句话结束了会议。语气坚决，掷地有声。

二

从这天开始——

兼续迎来了新的战斗。当然，这并非出兵打仗，而是政治交锋。

兼续一面安抚上杉家中的主战论者，一面开始着手与德川议和。留守伏见的千坂对马守送来消息，说家康希望与上杉家和谈。家康的本意，显然是想保存实力，不愿与上杉军正面为敌，流无用之血。虽然关原一战已经取得胜利，不过家康的政权还说不上十分稳固，因此不想在关原战后再大动干戈。

问题是——

（要如何谈判，才能保证上杉家的存续呢……）

兼续在德川家家臣团中寻找能够促膝长谈的对手。在德川谱代家臣中，既要与家康本人关系匪浅，又要能理解上杉家的处境，这样的人物实在不多。

本来，兼续想找曾经作为征伐会津先锋军的榊原康政。康政是德川四天王之一，想必能够承担牵线搭桥一事。然而康政只是一介军人，对政事一窍不通，因此只得作罢。

为如何与德川谈判发愁的兼续，这天收到身在伏见的妻子阿船的一封来信。

因关原一战后造成的混乱，阿船曾与景胜的夫人阿菊御料人一同栖身于南山城安养寺，待世情渐渐稳定后，又回到了上杉家的伏见宅邸，常常跟兼续通信，告知上方情势。

信上说，阿菊御料人跟自己都身体安康，毋庸挂念。德川家康任命奥平信昌为京都所司代[1]，京都的治安也渐渐得到恢复。凡此种种

消息。其中，阿船有一段这样的话：

"近日来，德川内府大人的亲信本多佐渡守屡屡造访上杉宅邸，给我和阿菊御料人带来许多诸如南蛮点心、毛料织品、印花布等礼物，并且再三表示敬佩上杉家的信义。不知本多大人究竟怀着什么样的目的呢。"

（本多佐渡守正信么……）

兼续回想起返回会津之前与主君景胜一同在伏见城见到过的那位德川家的谋臣。

这些举动看来的确别有意图。

可以说是与家康彼此相得益彰，如鱼水交融一般的正信，为何在这德川与上杉关系微妙的节骨眼上接近上杉家呢？

在家康为数众多的武功派家臣外，本多正信算是少数的吏僚派之一。不过，虽然跟石田三成同为管理政事之人，然而不同于后者的一帆风顺，正信以一介驯鹰人出身，经过漫长的岁月及艰苦的努力，才得到了今日的名声地位。

（莫非有什么陷阱么……）

不光阿船，兼续也怀疑本多的用意。

这以后，本多正信还通过千坂对马守以及素来与兼续交好的妙心寺僧人南化玄兴，传达了与上杉家交好的意图。

冷静分析正信的这些奇特举动，兼续很快得出了结论：

（本多一定是想有所建树。）

证据就是本多正信在关原一战时，担任德川秀忠的幕僚，却仍然让秀忠被真田的计策愚弄，以至于参战来迟，受到了家康的叱责。或许为了挽回颜面，正信想通过说服上杉家归顺德川来建立功勋。

于是，兼续向身在伏见的本多正信处送去使者。

"议和一事，还请作为德川内府大人侧近的您多多费心。上杉家无意引起陷万民于水火的无用之战。若能政通人和，我上杉家亦愿臣

第二十章 活下去

从于德川大人，任由差遣。"

不久，正信便给兼续回了一封信，信中说：如果上杉家真心归顺，自己当尽力争取守住贵家的名誉。云云。

（果然如此……）

兼续顿时明白了本多正信的真意。虽然正信意欲利用上杉家来挽回自己的颜面，不过若真能如他所言那般死守住上杉家底线的话，倒是值得一试。

（一定要让上杉家延续下去……）

兼续打定主意，开始与本多正信交涉。

上杉家一侧的交涉人，是福岛城主本庄繁长。在此时强硬派占多数的上杉家中，身为少数和平派之一的繁长作为兼续的代理人奔赴上方。

兼续认为，让主君景胜上洛——也就是向德川家俯首称臣，必须建立在同意上杉家存续的基础之上。当然，如今一百二十万石的领地会遭到大幅度的削减，这是不可避免的。作为西军之首的毛利家，从中国地方七国共一百二十八万五千石的领地被削减至周防、长门两国三十六万九千石。有此先例，兼续下定决心——

（一定要死守住三十万石的领地……）

上杉家自先代谦信以来，称霸东国，无人可敌，家中人人皆拥有强烈的自豪感。为了缓和家臣们的不满，臣从德川的条件一定不能低于这个底线。

然而，根据本庄繁长送回来的消息，本多正信那边的回答并不令人满意。

"本多大人与德川大人商议之后，做了如下回复：留下景胜大人的性命已属宽宏大量，原本只打算给予五万石领地，如今格外开恩，加增至十万石。"

虽然上杉家算是反德川一方的先锋之一，然而从一百二十万石骤

减至十万石,也实在欺人太甚了。

(要稍微威胁一下么……)

兼续于是直接给本多正信写了一封回信:

"将上杉家石高骤减至十万石,有毛利家的先例在前,这实在太过无理。倘若这便是最后的决定,那么我实在没有自信能够抑制家中众人的不满与反对。如此一来,就算最终身首异处,也唯有跟德川大人一战。不知意下如何?"

所谓谈判,正是需要软硬兼施,方能有所成果。若是被对手轻视,那么必败无疑。

(真是互不相让啊……)

虽然并非矢弹呼啸、刀兵相接的战场,却是一次关乎是否能够生存下去的政治较量。

而后,本多正信回书一封:

"当然,为避免谦信公以来的名门上杉家没落,理应有所区别才是。"

正信在信中态度一变,口气缓和下来:

"德川内府大人自下野退兵之时,上杉家并未追击。若非上杉军有此义举,东军不一定能在关原一战中获得胜利。缘此之故,我佐渡守欲再向内府大人进言,将这作为上杉家战功之一,请求内府大人重新考虑对上杉家的处置。请千万不要轻率行事。"

无论是本多正信还是德川家康,都不希望与上杉家一战。这些往来书信,不过是一种试探,希望能够寻找出双方都能接受的合适条件。

这之后,在使者于会津与上方之间往来奔走之下,庆长五年(1600)就此过去。

第二年开年后,家康一面在东海道设立了传马制度[2],一面将谱代家臣封作关东、东海一带的大名,建立防御体制,以备与上杉家一

第二十章　活下去

战。

这边，上杉家也一方面进行议和的交涉，一方面可说是维持着国境周边的临战态势。

三月，德川家康自大坂城移居伏见城。如此一来，家康彻底地脱离了丰臣家，开始建立自己的政权体制。

在德川家的霸权日益稳固，上杉家中渐现焦急之色时，本多正信又送来使者，向兼续转达了德川家康的意思：

"那么，便给予上杉家三十万石领地吧。"

这是一个好消息。

虽然只有以前一百二十万石领地的四分之一，但总算保住了上杉家的颜面，同时也令家臣们能够接受。

"这样一来，可算达成和议了。"

兼续对主君景胜说道。

景胜点点头：

"准备上洛吧。看来不得不向家康低头啦。"

"难道真要如此么……"

"别说啦。既然决定了要生存下去，就不得不忍耐啊。"

上杉家苦斗之道，这才刚刚起头。

三

七月一日，上杉景胜、直江兼续主从二人自会津出发，踏上上洛之途。二十四日到达伏见的上杉宅邸。

——及入伏见宅邸，而后由山城守接引，与兑长老（西笑承兑）相见，述以来意。

《上杉家御年谱》如此记载。

时隔两年，再经过关原一战，兼续终于得以与妻子阿船再度相会。

四目交接之时，二人久久未能作声。

"你辛苦啦。"

胸中尚有千言万语，一时竟不知从何说起，口中只能吐出如此平淡的字句。

"不……夫君您才是很辛苦呢……"

"真正的辛苦现在才开始啊。阿船，这以后，我恐怕会变成坏人吧……"

"坏人？"

"为了上杉家的存续，我这双手大概会沾满污秽……有人说我冷血，也会有人骂我恬不知耻，忘记了身为上杉家臣的自豪吧。不过，无论这条充满荆棘的道路有多难走，我也会秉持自己的信念，坚持到底。"

"我明白了。"

阿船深深领首。犹如悲哀满溢的深邃海底的眼眸中，仿佛夜光贝一般透出淡淡的辉光。

"我愿陪着夫君您一起走下去，无论上刀山下火海，也不会后悔的。"

聪明如阿船，自然十分清楚，此番上洛是向新的战斗迈出的第一步。

七月二十六日——

上杉景胜来到大坂城本丸拜谒了丰臣秀赖，随后便与从伏见城来到大坂城西之丸的德川家康会面。家康一面慰问景胜上洛辛劳，一面回赠了礼物。

由始至终，家康笑容满面，显得心情很好，关于过去的是非恩怨只字未提。想必在景胜俯首行臣下之礼时，家康一面暗道"真是再好

第二十章　活下去

不过啦"，一面心中大石落地吧。

在景胜身后的兼续眼里，家康对这个结果应该十分满意。

八月十六日，上杉景胜、直江兼续再次被唤至大坂城西之丸的家康面前。与坐在上首的家康相对，身着武家礼服的主从二人屈膝伏身行礼。此时，家康的声音从二人头顶传来：

"上杉家原一百二十万石领地中，拟将会津、仙道、庄内、佐渡等地共九十万石收回，剩下的米泽三十万石保持不变。"

"是……"

真是残酷的现实。

领地石高大幅度减少自然不提，更重要的是地处内陆的米泽一地，并没有上杉家自越后时代起便握在手里的日本海一侧的港口，更不像佐渡那样拥有能够富国强兵的金山银山。

离开大坂城后，二人乘船沿淀川而下，回到伏见宅邸。景胜将兼续叫来自己房里，说了一番话。《上杉家御年谱》中有所记载：

——此番自会津而米泽，武名衰微，竟至于斯。

景胜强忍心底悲伤的表情，兼续看在眼里，心中亦觉十分痛楚。

次日，兼续只身前往伏见城造访本多正信。上杉家移封的具体事务，已经交由本多正信来打理。

"这次实在给本多大人添了不少麻烦。"

兼续向正信道谢。

"唉，我的能力也不过如此啦。或许不合上杉大人之意，但这米泽三十万石的结果，还请多担待啊。"

"能够留存家名已是万幸啦。今日来此，不光是向本多大人道谢，我还有一事相求。"

"什么事呢？"

时常一副执拗表情的本多，因上杉与本家的和谈顺利结束，神色也缓和了许多。

"本多大人您有两位儿子吧？"

兼续向前膝行两步。

本多佐渡守正信的确有两个儿子。长子正纯三十七岁，精明能干，后来成了德川家康第一亲信，名列年寄众（老中[3]）之列。次子政重二十二岁，却是个问题人物。四年前的庆长二年，政重因争执中斩杀了德川秀忠乳母的儿子，只得离家出逃，流浪四方。后来改名为正木左兵卫，先后做了大谷吉继、宇喜多秀家的家臣，不过都不长久。关原一战之后，成为了福岛正则的家臣。

表面看来，政重实在是一个无可救药的无赖，然而结合他先后成为西军方大谷、宇喜多家，以及曾是丰臣旧臣的福岛正则家家臣的事实来看，在他种种奇怪行为的背后，似乎隐藏着更深的意图。

（本多政重大概是德川家放在诸大名之处打探消息的探子吧……）

一直以来，兼续都如此看待这位本多家的次子。

"我的儿子怎么啦？"

兼续忽然说起自己的儿子，这令身为谋士的本多正信也摸不着头脑。

"我家里除了九岁的嫡男竹松之外，还有两个女儿。"

"噢……"

"长女阿松十三岁，次女阿梅十一岁。虽然小女年幼，不过我却打算将贵家的政重大人迎为婿养子，与我家大女儿阿松结为连理呢。"

"哎？山城守大人您……"

这话实在出人意料，正信一下子乱了阵脚。

"您是说，想与我本多家联姻么？"

"正是。"兼续领首道，"本多大人您如果答应，我会考虑废了嫡男竹松，让政重大人当直江家的继承人。"

"当真？"

第二十章　活下去

"若是儿戏,我便不会说刚才那番话了。"

兼续双眼紧紧盯着正信,截然说道。

四

时光流逝。

一入十月,兼续便比主君上杉景胜先一步离开伏见赶回会津,指挥自会津移封米泽的诸般事宜。同行前往协助的是德川直属家臣秋元越中守及本多正信家臣冈本忠宗。

此前为了与德川方一战,上杉家雇用了犯人、杂兵等四万余人。这时已经没有作战的必要,因而将他们遣散。然而还有一直以来的家臣六千人。领地既然从一百二十万石之多骤减至三十万石,看来不得不进行大规模的人员调整了。

"恐怕,会辞退许多家臣吧?"

担任助手的冈本忠宗一副理所当然的表情。

石高减至四分之一,要是还保持之前的家臣规模,上杉家的财政可就难堪重负了。

然而,兼续却说道:

"不。家臣们从未放弃过主家,主家也无法抛弃这些一路走来、荣辱与共的家臣。"

"但是,这样一来,知行当会不足啊。"

"各自削减俸禄,彼此分担痛苦。这也是我上杉家自先代不识庵大人以来的大义之心。"

兼续毅然说道,唇边挂着爽朗的微笑。

兼续的话很快得以实现。他将自身的俸禄从以前的六万石削减至一万石,而且将其中一半分予了直属家臣与板众,自己所取的不过五

千石。其余家臣的知行，三千石者削至一千石，三百石者削至一百石，个个都被削减为原来的三分之一，但没有一个人抱怨，也没有人离开上杉家。

身为客将的前田庆次说：

"天下二分、东西激战的关原一役，使我看清了各路诸侯的肚量。天下大名之中，能称得上男儿的，唯有上杉景胜。上杉以外，再无可仕之人。"

庆次十分满足于自己仅有的五百石俸禄，跟随上杉家转封来到米泽。后来，庆次自号"忽之斋"，在米泽城外的堂森一地修了一座庵堂，过起了吟风弄月、逍遥自在的日子。

大雪深积之前，上杉家开始举家迁往米泽。

迁移队伍中，仅武士就有六千人。加上各自的家眷以及随从、仆人、小厮，再算上寺院僧侣、神社神官、町中的商人、手艺人等等……总人数加起来不下三万。

米泽也是一片天寒地冻的景象。绵绵大雪无声降落，将吾妻山秀峰下的米泽盆地埋在积雪之中。

此际——

米泽城下拥挤不堪。供町人居住的民家，分布于八个街区三条干道。城下的居屋与武士宅邸加起来，不过一千五六百户。三万移居者忽然涌入原本规模不大的米泽城下，极目所见处处是人，令这原本宁静的町中顿时吵闹起来。

"伤脑筋啊！"

此前一直代替儿子兼续打理米泽民政事务的樋口总右卫门为此大为头痛。

"哎哎，现在正在进行城下町的整备工作呢。一下子来了这么多人，没办法一个个都安排好住处啊！"

"先让上级武士们住进旧的武士宅邸吧。然后赶快建造小屋，起

第二十章　活下去

码得让大家先挨过冬天再说。"

"真是一个辛苦的冬天呢。"

一直以来都在背后全身心两方面支持着兼续的总右卫门,的确苍老了不少。脸上的皱纹愈来愈深,行动举止也眼见迟缓。

或许已经把这当成自己最后的工作了,总右卫门仍旧打起精神勉励众人:

"大家都来帮忙修建小屋吧!无论上级武士还是杂兵,也无论是随从还是小厮!此时正是需要我上杉家众人团结一心、合力一处的时候呢!"

在手足冻僵皲裂的严寒中,男儿们身着蓑衣雪笠,拼命为同僚们搭建临时小屋。

就算已经入住武士宅邸的上级武士们,也没法如以前那般两代人居于一处。同一屋檐下,如今居住着少则三代、多则四五代人,众人一起忍受着漫长的冬天。

随后从伏见来到米泽的上杉景胜看到这些情形,唯有长叹一声:

"实在是很辛苦啊……"

不过,上杉家的人们,生来便持有在大雪纷飞之中等待春天来临的雪国之心,没有丝毫抱怨,只是咬紧牙关忍耐着如今的苦境。在寒冷的夜里,人们在纳豆汁中和入特制的寒造里为食,让冻僵的身体得到些许温暖。

缺少居所只是一方面,粮食也面临不足的问题。石高被大幅度削减的上杉家,没有足够的禄米令所有家臣都吃上饱饭。

严冬过去,梅花、樱花、桃花齐齐绽放的春天到来,兼续下令让下级家臣们移居到米泽郊外的南原、东原等荒地,让他们在那里开荒屯田,一方面缓解城下居所紧张的问题,一方面开垦农田,增加粮食收获。这些被称为"原方众"的屯田武士们,就算最下级者也被分到宽六间、长二十间的住宅地,并且允许他们将屋子背后开垦出来的田地当作自己的私有物产。另外，还鼓励大家在墙下种植新芽能够食用的五加木，并在庭院里栽种栗子树、无花果树、柿子树、杏树等果树。

初夏时节，阿船带着三个孩子从上方回到了米泽。景胜夫人阿菊御料人作为人质，仍旧留在伏见的上杉宅邸。

"真是好地方啊。"

阿船看到处处新绿的米泽城下町，不由眯起双眼，大为感叹。

兼续原是米泽城主，住在本丸御殿。如今将本丸让给了主君景胜，自己搬到了二之丸居住。由于城下居所不足，和兼续住在一起的还有父亲总右卫门及其后妻，外加身驻伏见的大国实赖留在领内的家人，令兼续的宅邸也显得狭小拥挤。

"家里人多，不便之处，请暂时忍耐一阵吧。"

"您说哪里话呢？"

阿船笑着说：

"我还觉得上方太过寂寞呢。这下子可就热闹了，孩子们也会高兴的。"

"以前我曾提起的关于阿松的亲事……"

兼续一面说，一面将目光投向跟弟弟妹妹一起在院子里采摘五加木新芽的长女阿松。

阿松继承了父母端正秀美的容貌，出落得好似吾妻一地的杜鹃花一般美丽动人。阿松从小就喜欢把自个儿关在屋里看书，性格娴静婉约。

"跟本多家次子的事吗……"

阿船的眉头一下子皱了起来。

"你跟阿松说了么？"

兼续一面看着儿女们玩耍，一面说。

"还没有……我还以为那事情再没有下文了呢。本多家那位次子，

第二十章　活下去

似乎去了加贺的前田家……"

"嗯。"

兼续暗地里打算招上门来做女婿的这位本多政重,听说已经离开了福岛正则,出仕于加贺前田家。

关原一战之时身为东军一方先锋的福岛正则,眼下加入了德川的政权体制,成为安艺广岛四十九万八千石领地的城主。家康大概是认为和这位政治感觉迟钝的福岛相比,领有百万石领地的前田家更加可怕。因此才让政重去了前田家,打探内部情报。

"政重大人是德川的探子,不会在前田家待得太久的。我已经跟他父亲正信大人说过了,我打算废掉竹松(后来的平八景明)的嫡男身份,让政重大人来继承直江家。正信大人对此颇有兴趣。"

"既然知道是德川的探子,你还要让他与阿松结亲入赘么?而且还要废掉竹松……"

阿船眼里满是恨恨的神色。

就算是聪颖贤惠、甚少对兼续的决定提出异议的阿船,此刻作为母亲,心里也满不是滋味,对丈夫牺牲自己亲孩子的做法很是不满。

"我不是说过么,为了上杉家,我恐怕会变成坏人呢。战斗还远未结束啊。"

"……"

"虽然已经将我们赶出了奥州的咽喉要地会津,但是在德川看来,我上杉家始终是碍眼的存在。我担心德川不知何时便会找一个岔子取缔上杉家。要避免此事,明知是饮鸩止渴的做法,也只好与身为家康亲信的本多家结下纽带。"

"为了此事,就算令阿松跟竹松痛苦也没有关系么……"

"我也十分痛苦。"

兼续苦恼地说道:

"但是,这是我必须背负的痛苦吧。这是我身上的责任啊。"

"那么……您的痛苦,也让我一起分担吧。"

阿船说道。

五

这年九月,兼续的父亲樋口总右卫门兼丰在米泽城下的宅邸里病故。

弥留之际,总右卫门用自己老迈无力的手握住兼续的手,一个劲儿地念叨:

"上杉家现在正是紧要关头啊……我却没有办法再帮你啦,对不住啊……"

身在伏见的大国实赖接到父亲病重的消息,立即飞马赶回米泽,但由于路途遥远,不仅没来得及见到父亲最后一面,就连葬礼也没有赶上。实赖到达米泽的时候,总右卫门已经病逝十天了。

"父亲大人……"

风尘仆仆地赶回家的实赖跪在父亲的灵位前,大滴大滴的泪珠沿着面颊流了下来。

与一心忙于上杉家将来之事,顾不上为亲人的去世悲痛的兼续相比,实赖从小时候起便感情丰富,溢于言表。

在父亲灵位前添上香火,含泪合十默祷冥福之后,实赖对兼续说道:

"大哥,我有话跟你说。"

实赖兀自含着泪光欲言又止,似乎有什么心结。

兼续教妻子阿船屏退众人,自己与实赖两人独对。

"你要说什么呢?"

"我在上方的时候,听到一个传言。"

第二十章　活下去

"传言……"

"传言说,大哥您打算将本多佐渡守的儿子迎为婿养子。"

"……"

"而且还要废掉竹松,让他来继承直江家。如果景胜大人没有儿子的话,甚至还会考虑让本多的儿子成为上杉家的继承人。这些不是真的吧,大哥?"

"这些话你是听谁说的?"

"是谁都无所谓,这话在上方都已经传遍了。"

"……"

"是假的吧,大哥?"实赖探出身子,"是德川想要让我上杉家人心浮动而散布的谣言吧。身受不识庵大人教诲的大哥您,怎么可能舍弃上杉家的自豪,做出那种不知羞耻的事情来。"

"不是谣言。"

"什么……"

"传言是真的。"

兼续绷着一张脸说道。

"为什么要这样!"大国实赖重重一拳打在木地板上,"为何要对本多那种人谄媚到这种地步!大哥,您为了保住自己的性命,要把上杉家卖了么!"

"我不是为了保住自己的性命。"

兼续只顾注视着炉子里的火光,缓缓说道。

"那是为何……"

"关原一战终结之后,我用不同于此前的眼光重新审视世间情势。天下到底是谁的东西呢?这个上杉家,又到底是谁的东西呢?"

"这还用问么。天下是由已故的太阁殿下传给秀赖殿下的。上杉家自然是我等的主公景胜大人之物。"

"不,并非如此。"兼续摇摇头,"天下,是天下百姓的天下。上杉家也不是景胜大人一人之物。国家就得由拥有治国才干的人来治理，这才是道理所在。"

"大哥。"实赖直直盯着兼续，"如传言所说，您被本多收买了么。您想说，那位违背道义、背叛秀赖殿下的德川内府，才是适合治理天下的人么！"

"冷静一点，实赖！"

"我很冷静。大哥您变了。那位不惜一死，也要与德川一战的大哥已经不在了。您就这么想苟且偷生么？"

"我是想活下去。想赌上自己的性命，让我上杉家在这瞬息万变的世上存留下去！"

"让那个身为德川家密探的本多家的次子来继承上杉家，这就是大哥您的办法么？"

"这实在是万不得已。若有本多家为后盾，我上杉家就绝不会被取缔，也没有一个家臣会流离失所，没了着落。"

"笑死人了。"实赖露出嘲笑的表情，然而眼泪却沿着面颊流淌下来，"大哥，没想到您是这样的人。"

"实赖……"

"我绝不同意大哥您的想法。无论如何，我都得跟您分道扬镳了。"

实赖拭去眼泪，站起身来。

这以后，实赖再也没有与兼续说过一句话，独自返回了伏见。

六

德川家康一步一步构筑着自己的政权体制。

庆长八年（1603）二月十二日，家康被朝廷授予征夷大将军之

第二十章　活下去

职，在江户开创幕府。这便是德川幕府。

此前，家康在形式上仍奉丰臣秀赖为主君，每年来到大坂城献上礼物、恭贺新年。如今两者的关系名正言顺地发生逆转，此后，家康再也没有以臣下身份去过大坂城。

当然，家康也没有忘记与大坂方面保持表面上的和睦。

拜任将军之后，家康立即推举秀赖为内大臣，还将自己的孙女千姬嫁给了秀赖，以示德川、丰臣两家关系良好。这自然是家康顾虑着此时仍旧心系丰臣家的西国大名们而采取的圆滑周到的策略。

十月——

上杉景胜、直江兼续主从二人从米泽出发上洛，恭贺家康就任将军。

途中，二人进入新的武家政权中心——江户，拜谒了家康的嫡男秀忠，并在城下的樱田一地新造的上杉家江户宅邸中逗留了五天，然后前去上方问候家康。

以前的话，照例应该先来到大坂城向秀赖致以问候，如今顺序已经截然相反了。

（世事无常啊……）

在丰臣家的全盛时代，秀吉在醍醐一地举行过盛大的赏花会，在京都北野也举行过大茶会。如今京洛的景色，与彼时一般无二，没有丝毫改变。然而，京都一地的治安眼下由家康新任命的京都所司代板仓胜重管辖，这说明着幕府的势力已经延伸到了西国。

滞留伏见的日子里，有故人捎来消息：

"世间已然平静下来，不知可有余暇相见，共叙往事。"

正是千利休的女儿、如今在泉州堺港指导茶事的阿凉。

与阿凉的恋情已是遥远的回忆，如今兼续心里已经没有了过去的热血。然而如同世情无常一般，自己此刻的立场也已经不同于往日了。

（真是恍如一梦啊……）

兼续喟然长叹一声，闭上双眼，将阿凉写来的便笺轻轻撕掉。

自庆长八年（1603）年底到第二年年初，上杉景胜身边发生了一连串事情。

景胜除了正室阿菊御料人之外，没有纳侧室，然而正室却未产下孩子，因此没有继承上杉家的子嗣。兼续原本作了最坏的打算，开始考虑让原本要迎为直江家婿养子的本多政重来当景胜的继承人。不过，基于"不能断了上杉家的血脉"这点坚持，他先力劝景胜将京都公卿四辻大纳言公远的女儿娶为侧室，迎来米泽。

——（将四辻家的女儿）悄然迎至米府（米泽），居于本丸御殿之中。

《上杉家御年谱》里这样记载。

而在景胜上洛，身在伏见之际，米泽差人送来消息贺喜，说这位四辻家的千金怀了身孕。

这对上杉家来说，当然是一件大大的喜事。然而阿菊御料人听了这个消息，却无法平静。

阿菊身为信玄的女儿，出身于名门武田家，心高气傲，醋劲极大。因此在景胜与侧室完婚前，这事一直瞒着她。如今阿菊知道了这个消息，说：

"这全是直江山城守的主意吧！我可忍受不了这种屈辱！"

由于强烈的妒忌心作祟，阿菊御料人几乎陷入了歇斯底里的状态，很快便一病不起，于庆长九年（1604）二月十六日在失意中去世。阿菊御料人死后，谥号为大仪院殿梅岩周香女居士，安葬于京都妙心寺塔林中的龟仙庵，后来改葬至米泽的林泉寺。

阿菊御料人去世三个月后，米泽的侧室、四辻家的女儿生下了一名男婴。上杉家期盼已久的继承人终于出世了。

第二十章　活下去

身在伏见的景胜给儿子起名为玉丸，这位玉丸便是后来米泽藩的第二代藩主上杉定胜。

八月二十一日，上杉景胜获得幕府许可，出发返回米泽去见一见自己未曾谋面的孩子。兼续也跟随其后。然而到得东海道的宫之渡一地时，两人忽然接到噩耗：

"玉丸大人的母亲产后身体未能恢复，很快便病逝了。"

真是福祸双至，令人措手不及。

失去生母的玉丸，后来由兼续的妻子阿船抚养长大。阿船就仿佛玉丸的亲生母亲一般，担负起了对玉丸的抚养与教育之责。

《米泽杂事记》里记载了景胜临终时对定胜所说的话：

——吾与山城守（兼续）相继而去，今后大小事务，宜与后室（阿船）商议定夺。

此外，《三重年表》中记载了阿船在丈夫兼续去世之后参与藩政的情况：

——（阿船）于兼续卒后执掌国事。群臣崇敬，并无异议。

阿船竭尽全力，在背后支持着米泽藩第二代藩主定胜执掌藩中政事。缘此之故，阿船虽然身为女人，也与武士一般，被赐予知行三千石以及与板众徒士四十名。

七

兼续等人刚刚回到米泽不久，伏见的上杉宅邸便发生了大事。

为将此事尽快告知兼续，鸦组的一志大夫立即赶回了米泽。

"有要事禀报！"

单膝跪在庭院中的一志大夫嘎声大叫，可见事态紧急。

"大国实赖大人乱了性子！"

"乱了性子?"

"是……他杀掉了大人您派出的西山、饭田两名使者。"

"实赖把使者杀掉了?"兼续顿时愕然,"这是真的?"

"是。"

据一志大夫所说,兼续之弟大国实赖杀掉了刚到上方的与板众武士西山庄右卫门和饭田实相坊,然后离开宅邸出走。这两名武士原是兼续当作使者遣往伏见,意欲将刚刚从前田家辞官的本多政重迎来米泽入赘直江家为婿的。

"西山庄右卫门、饭田实相坊两位当场死亡,大国大人杀掉他们之后,不知逃到哪里去了。"

"那家伙……"

兼续心中顿时乱作一团。

弟弟实赖对让本多正信的次子入赘并继承直江家一事向来持反对意见。

"大哥就知道对德川摇尾巴!"

实赖对早已下定决心顺从幕府的兼续非常不满,两人就算碰面,实赖也不会对兼续说一句话。另外,实赖还频频出入大坂城,跟丰臣家家臣片桐且元、大野治长等人交情深厚。这一举一动都表明了实赖旗帜鲜明地与兄长兼续相左的政治立场。

当然,一直与幕府交好,希望最大限度地争取上杉家延续的兼续,绝不愿意看到弟弟的这些举动。前几天,兼续还刚刚给实赖送去一封书信催促他尽快返回领国:

"你不是高畠城主么。春日元忠一人已经不堪重负,你速速返回领国,处理城中事务。"

不料今日便知道发生了这样的大事。

亲手杀掉曾同甘共苦的同僚,这原本也不是实赖愿为之事。兼续自然明白这点,不禁心乱如麻。

第二十章　活下去

大约半个月后,大国实赖的行踪被查明——实赖逃到了纪州高野山。

由弘法大师空海[4]创建的高野山金刚峰寺,是世间闻名的真言密教总本山。这片圣域,可以说是在战乱或政治斗争中因败北而失去立足之地的人们的避难所。关原之战中参与西军一方的真田昌幸、幸村父子,因东军一方的信之求情逃过杀劫,就被流放到了这里。

山中的诸多寺院庵堂中,实赖寄身之处,是与上杉家因缘深厚的清净心院。

清净心院是天正七年(1579)谦信去世时,为了便于后人凭吊而在高野山设置的庙堂,院中有上杉家祖先的牌位。缘此之故,实赖得以来到这个世间权力所不及的地方栖身。

(在高野山么……)

兼续深深感到弟弟此举的用意所在。

"我就算是来到不识庵大人的灵位前,也问心无愧。应该感到羞耻的,是将上杉家之魂卖给德川的大哥您。大哥您有脸当着不识庵大人的面申辩么?"

这是实赖无声的呐喊。

您想处罚我的话,就自己来谦信大人的灵前处罚吧——实赖的做法,不啻于是对兄长的公然谴责。

"怎么办好呢?"

阿船瞧着丈夫。

"实赖斩杀家中同僚,这是重罪。既然知道了他的所在,就不能听之任之啊。"

"他可是您的亲弟弟呀。"

"就因为是亲弟弟,才不得不严加处置。要是我顾及手足情分放过实赖,会引起上杉家内部分裂。"

上杉家原本上下一心,对德川举起反旗。缘此之故,家中有不少

人同情实赖，这一点兼续十分清楚。

"实赖的想法，也不能说错。这家伙就是为人太过直率，不知变通，不懂得莲出淤泥而不染的道理啊……"

很多年以前在炎炎夏日下信州善光寺平原一旁的妻女山中，一面喘着粗气一面拨开草丛追赶自己这位大哥的实赖的身影，瞬间在兼续的心中闪过。

大国但马守实赖的这件事，被秘密地处理掉了。

倘若上杉家内部一分为二，群起相争，德川幕府定然不会放过这个机会。幕府一定时时等待着找到适合的借口把上杉家取缔掉。这是无论如何也必须避免的结果。

"但马守实赖，因对幕府不满而乱性，斩杀同僚，因此处以流放之刑。这样可以了吧。"

兼续询问主君景胜。

深知兼续心中苦恼的景胜，默默地点了点头。

这以后，大国实赖便在高野山隐居。兄长兼续活着之日，实赖一步也没有踏入过米泽。兼续身故之后，实赖悄悄回到米泽北郊的中小松村，元和八年（1622）去世，享年六十一岁。

闰八月上旬——

本多政重从伏见来到米泽。

——本多佐渡守次男左平次（政重）因故以浪人之身来到米府，（兼续）将其留于町屋之中，以酒食招待。（《上杉家御年谱》）

此人可是在大谷、宇喜多、福岛、前田等诸大名家中久经世故的隐秘武将，若是掉以轻心的话，不要说跟幕府建立良好关系了，只要稍有差池，便会给上杉家带来杀身之祸。实在跟致命的毒药一般无二。

与身为谋臣的父亲正信不同，本多政重是一位礼数周正、沉默寡

第二十章　活下去

言的青年。只是那眼神之中，没有一丝破绽。

即使是在兼续女儿阿松的婚礼上，政重也以"不胜酒力"为由，婉拒了上杉家家臣们的敬酒，以此与家中众人保持着适当的距离。

盛大的婚礼之后——

"阿松会幸福么？"

阿船喃喃说道。

"不知道。不过，我只能这么说——"兼续望着远处，"阿松的婚礼不是私事，是为了整个上杉家。我们也只能如此相信了。"

政重在成为直江家的女婿后，从上杉景胜处拜领了一万石的俸禄。如兼续所愿，这以后本多佐渡守正信与上杉家的关系一直十分亲密。

——公私诸般事宜，皆得自由。

《上杉家御年谱》中这样记载。

注释

【1】京都所司代：江户幕府幕职之一。京都所司代是幕府在京都的代表，负责幕府与朝廷的交涉，向朝廷传递幕府的指示；同时亦监察朝廷、公家贵族和关西地区各大名的举措，并将各地大名送呈天皇的公文先送交幕府审查。此外，京都所司代也负责京都治安、裁决近畿地区的诉讼和管理京都、伏见、奈良各地的町奉行。役高一万石，编制定员一名，一般从领地三万石以上的谱代大名中选任。

【2】传马制度：一种馆驿制度，大约是在日本孝德天皇时期（正值中国的唐代）从大陆传到日本。

【3】老中：江户幕府幕职之一。职位大致和镰仓幕府的连署、室町幕府的管领相当。是征夷大将军直属官员，负责统领全国政务。在大老（亦是江户幕府幕职之一，在非常时期设立）未设置的情况下，

老中是幕府的最高官职。定员四至五名，采取月番制轮番管理不同事务，原则上在二万五千石领地以上的谱代大名之中选任。这里的"年寄众"是老中的别称。

【4】弘法大师空海：日本佛教高僧（774—835）。公元804年来到中国，在长安学习佛教密宗。806年回国，创立佛教真言宗（又称"东密"）。著有《文镜秘府论》、《篆隶万象名义》等书，保存了不少中国文学和语言学资料。

第二十一章 爱

一

这里捎带着说一下关于直江兼续头盔上的"爱"字前立的事。

佛教中，爱即是指"爱欲"二字。佛教认为此二字最是执着，乃是使人困于烦恼、无法开悟的根本，因此加以否定。缘此之故，为了参禅开悟的人们，纷纷断绝与女子的来往，远离爱欲。

不过，在高僧当中，也有对"爱"字持肯定态度的人。镰仓时代在京都开创高山寺的明惠上人便是一例。

在自己所撰写的《华严宗祖师绘传》里，明惠写道：

"无爱心者亦无缘修行。"

这即是说，没有爱心的人是不会明白佛法的。从人类的天性来讲，男女之爱极为重要。然而，明惠这样的人，在佛教世界中实在是一个异数。对日本人的精神世界有着极大影响的佛教，其主流一直以来对爱依然持否定态度。

那么，兼续心目中的"爱"，到底是从何而来呢？

或许，这应该是基于儒教的思想吧。

所谓儒教，乃是奉中国古代的思想家孔子为开山祖师，其教义对

仁义礼智信极为重视。为了平定乱世，取回天下的秩序，孔子周游列国，向诸侯述说为人应该遵守的正道。

儒教的思想很早便传来日本，在武士阶级中传播极广，影响也颇为深厚。

身为兼续老师的上杉谦信，终其一生舍利而取义，正是深受儒教思想影响的缘故。

——谨守仁义礼智信五条，以慈爱之心怜悯天下之人。

谦信在其遗训中如此述说。

也就是说，上杉谦信心目中的"爱"，并非佛教所指的爱欲之爱，而是儒教的慈爱之爱——并不仅限于男女之间的情爱，而是心怀天下众人的博爱。

为人重于信义，以关怀与体谅的心情与人打交道，这便是所谓武士道的精神。

在武士的国度——东国[1]，这样的精神自古以来一脉相传。这样的土壤培植出来的战国武士道之花，在上杉谦信及其弟子直江兼续心中皎然绽放。

兼续所秉持的"爱"，是对民众的怜悯、对家臣的关爱，乃至于对敌人的尊重。其含义广泛，也就是儒家所谓的"仁爱"之精神。

为了贯彻这"爱"之精神，兼续选择了将私情压抑于心底而活下去的道路。

向天下历数着德川的罪状，高举正义的旗帜作战当然可以。然而，这样好么？使敌我两方继续争战，继续流血，果真称得上是正义么？称得上有仁爱之心么？

（这仗再打下去也是无益。对于家康，我上杉家已经显示出了足够的武士之心。这以后，当舍弃不必要的羁绊，寻找新的生存之道才是……）

得出这个结论之后，兼续将人生的船舵转向了另一个方向。

第二十一章　爱

也许有很多人会评价兼续"舍弃志向，惨不可言"。但是那不过是不知人生真实的家伙胡说八道而已。

与将上杉家引向华丽的灭亡之路相比，就算背上污名，也要让上杉家存留下去。兼续选择的是这样一条务实的道路。

从这里，笔者看到了直江兼续这名男子作为政治家令人惊叹的一面。

兼续绞尽脑汁、费尽心思，将本多政重迎为婿养子，与德川政权建立了深厚的关系。

然而另一方面，兼续在距离米泽城下四里之处的吾妻山中白布温泉一地设立了铁炮工场，开始大量生产火器。

——江州铁炮师总兵卫、泉州铁炮师松右卫门两人至米泽……。此前（景胜）公身在伏见，（直江）山城守从之。每于官务之暇，游历诸所，于江州泉州与二良工交好，劝其前来米府，必有厚遇。如今两人依约而至。（《上杉家御年谱》）

如上所述，兼续跟随主君景胜身驻伏见之时，四处寻访技术高明的铁炮锻冶师傅，跟近江国友村的吉川总兵卫与和泉堺町的和泉屋松右卫门两位立下约定：

"我上杉家需要二位高明的锻冶技巧。"

关原一战结束后，诸大名的铁炮需求骤然减少，两位铁炮锻冶师傅所接的委托也大不如以前。在兼续提出给予两百石俸禄的优渥条件下，总兵卫与松右卫门二人连声称"善"，于是携各自弟子来到米泽，在这里制作铁炮。

当时的上杉家已经拥有一千挺铁炮。兼续再向总兵卫等人委托道：

"请再制造一千挺吧，事不宜迟，请尽快造好。"

而且，新制造的铁炮中，多是二十文筒、三十文筒这样的大口径

火器。像三十文筒这样的铁炮，因为过于笨重，无法像普通铁炮那样将炮身保持在水平状态进行射击，射击时必须将炮口稍微向上抬起，然后缓缓放平，并在瞄准目标的瞬间扣下扳机。不过，这种铁炮的破坏力非常出众，能够射穿一町之外的土墙。

"上杉大人准备挑起对德川幕府的战争么？"

接到委托的总兵卫等人，对于兼续要求的铁炮数量与种类都非常吃惊。

当然，制造铁炮一事是瞒着幕府悄悄进行的。不过，由于女婿本多政重的关系，情报当然会泄漏给幕府方面知道。这一点从一开始就在兼续的计算之内。

一方面对德川幕府表示恭顺之意，另一方面则大量生产铁炮，为大规模的战斗做准备。这便是所谓"武备恭顺"的方针，正是兼续为了上杉家的存续而想出来的策略。

兼续为了表达对幕府全无谋反之意，并没有在上杉家的根据地米泽城修筑当时很流行的高石垣与高层天守阁，居馆也没有加固，俨然是一座全不设防的小城。无论望楼还是御殿的屋顶，统统由茅草所葺，一旦起火便完蛋。跟同一时期由筑城名手藤堂高虎指挥加固的江户城、骏府城等拥有高石垣、数重深壕沟的白壁巨城相比，实在是有天壤之别。

现在游人寻访米泽城的遗迹，无不会对其毫无防备的样子大为吃惊：

"这便是素有强大精悍之称的上杉氏的居城么？"

因为米泽城不堪一击到这种地步，不可能进行守城战，不啻于一开始便放弃了作战的打算。这些苦心举措，全是为了防止幕府故意刁难。

虽然一方面，兼续为使对方不至于敌视上杉家而有意示弱，但他深知外交之事须得软硬兼施方能谋求最大效果的道理。因此，兼续下

第二十一章 爱

令大量生产铁炮，其真意在于：

"上杉家对幕府没有一丝一毫的反意。不过，倘若幕府对上杉家提出无理要求，我上杉家也不是没有其他的考虑。"

表示出也不惧与幕府一战的姿态，给予对方无言的压力。

也就是说，上杉家并不想与幕府针锋相对，铁炮只是为了防止幕府再度征伐上杉家的一个手段。

另外，兼续还在米泽郊外的太田、笹野、盐野三处设立了"赤目屋敷"。

所谓赤目，是伊贺忍者的别称，因伊贺国赤目四十八泷[2]而得名。由于在老房子地板下的泥土中能够采集到作为火药原料的硝石，因而兼续命人将这些泥土挖掘出来，然后运至赤目屋敷内加工。

为了防备最坏的情形，兼续在米泽城下街道的各个要地种植了赤松林，其内隐藏着大炮。另外，还在城下的墓地修筑了凿有铁炮铳眼的石塔——万年塔。一旦有事发生，便可以将其堆于道路上，成为防护堡垒。

由于在白布温泉大量建造铁炮，米泽藩士[3]们人人皆持有一杆大铁炮，腰间也系有短筒[4]，俨然成为了一支近代化枪械军队。

二

一到冬天，河风便从米泽呼啸而过。

自流经城下町的松川（最上川）、鬼面川、羽黑川等河川的下游，传来寒冷北风的轰轰之声。在暴风雪的肆虐下，城下町中的视野只有寸许，人人都没法出门，只能躲在屋子里忍耐着严寒。这个季节里，在风雪的压迫之下，神社鸟居[5]的横木断裂，民家的屋顶崩塌，造成死伤的情况时有发生。

转过年来，到了庆长十年（1605）。年初，兼续的次女阿梅因患急病，年仅十五岁便去世了。兼续听着吹过庭院的风声，看着静静躺在床上宛如熟睡一般的女儿，心底哀痛不已。

但是，身为上杉家顶梁柱的兼续，却没有太多时间沉浸在丧女的悲痛之中。德川家康的亲信本多佐渡守正信送来消息：

"最近，我家主公打算把将军一职让给嫡男秀忠。大概在今年春天，京都便会颁旨向天下宣示秀忠大人成为新的征夷大将军。因此，请上杉大人上洛祝贺。"

此时距离家康成为征夷大将军，在江户开设幕府，不过两年。若说隐退的话，还言之过早。不过，家康的本意当然不会是就此退出政治的第一线。德川幕府刚刚建立，根基还未稳固。而且很多西国大名心底仍然拥护大坂的丰臣秀赖。这种状况下，家康是不可能安心隐居的。

在兼续看来，家康的目的非常明显：

（家康应该是打算在自己有生之年，让天下百姓都意识到，将军一职往后都由德川家来世袭吧。）

秀赖的母亲淀君及其周围的丰臣家重臣，这之前还满以为将军一职只是暂且交由家康代理，待得秀赖成人之际，丰臣家将会重掌霸权。因此家康打定主意，把将军之职让给秀忠，以此向天下众人宣布：

"丰臣家的时代已经一去不复返了。"

"德川的天下越来越稳固啦……"

听了兼续报告的上杉景胜低声说道，如瓦块一样平板的脸上微微显露出遗憾的神色。

"家康实在是狡猾。大概在成为将军的时候，就已经考虑到今日之事啦。"

"在亲历乱世波澜而生存至今的家康面前，此时的丰臣家就好像

第二十一章 爱

不懂事的小孩子啊。"

"很遗憾，的确如此。"

兼续垂下双眼，点头说道。

"这条路，当真好么？"

"主公……"

"我是说我们选择的这条路。我并非对此感到后悔，不过，每当想起不识庵大人教导我们的大义之道时……"

"活下去，亦是大义啊。"兼续说道。

"但是对武士来说，不是慷慨赴死才能称为大义么？"

"我不这样认为。不识庵大人在北高全祝禅师的启示下，明白了生中无生、死中有生的道理，因而恍然大悟，直面川中岛的战事。心怀一死则生，心怀贪生之念则死——我等明白了春日山城中这篇壁书的道理，因而决心与德川方决一死战，却奇异地活了下来。"

"嗯……"

"武士的大义，并不是以死为目的。而是应该不畏死亡，到达远离一切执着的境地，而后朝着自己认定的方向前行。"

"这就是武士之道么。"

"正是。"

兼续点头。

"以身殉志固然是一条路，然而甘于全身沾满污泥而顽强地生存下去，也是大义之道啊。"

"如此看来，这条路说不定比死还要辛苦吧。"

"挺起胸膛堂堂正正地承受这样的辛苦，这才是对死在路途上的人们最好的祭奠吧。"

灰色的天空日益明朗，斜平山表面的残雪渐渐淡去之时——

上杉景胜、直江兼续主从自米泽出发，踏上上洛之途。

四月,由于德川家康的推举,丰臣秀赖叙任右大臣。景胜等各路诸侯齐聚大坂城,向秀赖致以贺词。

同月,德川家康辞去征夷大将军之职。之后,朝廷颁旨,以子嗣继承的形式,任命家康嫡子秀忠为新一代将军。

不稳定的空气开始在世间流动。

关原一战之后,天下看似太平无事,但此时这微妙的平衡渐有被打破的迹象。

事情的开端,是德川家康向大坂城的丰臣秀赖提出上京的要求:

"请来恭贺新将军上任吧。"

新将军德川秀忠将女儿千姬嫁给了秀赖,因此就常识来讲,作为女婿的秀赖前去祝贺岳父秀忠就任将军,是很自然的事情。但秀赖的母亲淀君与她周围的家臣们却不这样想。

"德川难道不是丰臣家的臣下么!有家臣将主君呼来喝去,让主君低头行礼以示祝贺的么!"

他们激烈反对秀赖进京。淀君甚至这样说道:

"若是勉强秀赖上洛的话,我就跟儿子秀赖一起自尽好了!"

毋庸置疑,家康要求秀赖从大坂城来到京都,就是想给世人造成强烈的印象——德川、丰臣两家主从关系的逆转已是事实。

以关原一战为界,天下形势早已发生了很大的变化。就如上杉景胜、直江兼续等为了活下去而作出的苦涩选择一样,丰臣家也必须随着时势而有所改变才是。

然而可悲的是,仍旧惦念着太阁秀吉时代荣光的淀君,完全缺乏这样的政治感官。

于是,这件事让德川、丰臣两家之间产生了深深的鸿沟。甚至坊间还传出德川军就要开始进攻大坂城的流言。

《庆长见闻录案纸》中这样记载道:

——因此事,百姓慌乱,奔走运送货物,人心不安。

第二十一章 爱

家康担心事态一发不可收拾，连忙让儿子松平忠辉（信浓海津城主）作为将军代理前往大坂城，好不容易才把事情平息下来。

但是，既然丰臣家没有恭顺之意，那么它自然便脱离于德川幕藩体制之外，这点不言而喻。

从将军位子退下的家康，以后被称为"大御所"，按照自己的构想治理着天下。

就在兼续还身在上方，江户与大坂之间渐渐升起战云的征兆之际，米泽的直江家又发生了一件大为不幸之事。

长女阿松去世。

嫁与本多政重为妻的阿松，与丈夫之间一直非常和睦。虽然身为德川家的眼线——不，或许正是由于身处复杂的立场，政重严于律己，小心翼翼，唯恐扰乱了家中的安宁。看到这样的情形，兼续夫妻对阿松的婚事刚刚放下心来，却不料发生了这样的悲剧。继次女阿梅之后，年纪轻轻的长女也亡故了。兼续得知这个消息后，受到了沉重的打击。

阿松去世一事，同时还意味着跟与幕府深有渊源的本多家的联系就此切断。

（这真是不得了的事啊……）

就算处于如此悲痛的境地，兼续也不能一心念着死去的孩子，还得置身于统领上杉家政务的立场，以政治家的目光来看待这一变故。

三

翌庆长十一年（1606）正月——

从伏见回到米泽的兼续，对女婿政重提出一个建议。

"我有一个叫作阿虎的侄女。我想将她迎作养女，作为续弦嫁给

政重大人,以继承直江家。"

"阿虎小姐不是大国实赖大人的女儿么……"

政重稍显意外地说道。

与兄长兼续对立,离家出走去了纪州高野山的大国实赖,有一位名叫阿虎的女儿。实赖离开后,兼续将阿虎接到了上杉家江户宅邸抚养,如今想将她迎来米泽,嫁给政重。

虽然考虑到一心反对德川家的实赖的心情,这话一直不好说出口,然而此时兼续要继续保持与本多家的紧密关系,除此之外别无他法。

"山城守大人……不,岳父大人您如此抬爱,我政重实在是……"

"这是非常必要的。"

"岳父大人您曾经是大御所殿下的对手,甚至还发出过挑战书,为何如今要忍辱负重到这个地步呢?"

面对述说出自己难以理解的疑惑的政重,兼续大笑回答:

"这就是雪国之心啊!"

"雪国之心……"

"正是。"

兼续转眼凝视着透过雪地反光的拉门:

"在北国,不管人们愿不愿意,冬天总会下雪,积雪深达丈余。北国的人们,哪怕是耄耋之年、弯腰驼背的老妪,也不得不攀上屋顶,将积雪清扫下来。就算怎样抱怨辛苦也无济于事,在那样的情况面前,只有默默打扫一途。"

听了兼续的话,本多政重双目微眯:

"接受严峻的事实,并想办法解决。这便是雪国之心么……"

"是的。"兼续点了点头,"在艰苦的寒冬里坚强地忍耐,等待着春天来临。缘此之故,雪国人的忍耐力自然非比寻常。无论怎样的考

第二十一章 爱

验,我等也会拼命地忍耐过去。"

"……"

"不过,这可并不表示雪国的人们软弱可欺。虽然表面上看柔顺平静,然而心底却潜藏着炽热的火焰。一旦这火焰将冰雪融化,便会向外激烈喷涌而出哦。"

听了这话,政重面色微微一变。

兼续不再言语,再度将目光移向隐隐透出白色亮光的拉门。

深深感受到兼续守护上杉家决心的本多政重,娶了阿虎为妻,留在了米泽。

不久,上杉家的继承人玉丸(后来的定胜)赶赴江户。大名们纷纷让嫡子或夫人居住在江户的宅邸里,有作为人质的意思,以表示对幕府的忠诚。跟随玉丸前去江户的,有监护者松本石见守定吉及二十名随从。另外,代替玉丸母亲担负起养育之责的阿船,也随之来到了江户,居住在由将军秀忠赐下的位于樱田的上杉家宅邸中。这座宅邸被称为"鳞屋敷"。

兼续不断往返于江户与米泽之间。

在跟成为新将军辅佐官的本多正信多次商谈后,正信作出了"免除上杉家十万石军役[6]"的约定。在上杉家三十万石的领地中,免除了十万石的军役,这格外的恩典对经济并不宽裕的上杉家来说委实是一个天大的好消息。

《上杉家御年谱》中记载道:

——领内上下兴高采烈。

以及:

——此举不啻救领民于水火。

足见上杉家对这一举措十分感激。

不过,虽然免除了十万石军役,上杉家的负担有所减轻,但仅凭这样也无法从根本上解决米泽藩财政的困顿。为了令原本就耕地稀少

591

的领内繁荣起来，兼续想尽了办法。

其一便是修建水利工程。

流经米泽东边的松川，水浅流急，因此常常泛滥。兼续在松川沿岸修筑了二里半的河堤，防止河畔的田地及民家为洪水所淹。世人将这段河堤称为"直江石堤"。修筑此堤之时，兼续立于赤崩山上，手持青竹，亲自指挥监督。手持青竹指点工事，是上杉家自谦信以来形成的传统。

兼续还开凿了堀立川、木场川、御入水川等人工河，修筑起带刀堰、猿尾堰等水利设施，让农民的耕地能够得到持续灌溉。

其中的带刀堰，是因兼续属下那些腰间带刀的与板众武士们，与脚夫们一同修筑而得名。无论刮风下雨还是炎炎夏日，兼续也不辞辛劳地亲自指挥着工程。

另外，在水源严重不足的信达地方，兼续率人修筑起砂子堰、西根下堰，将水引入干涸的土地，并在此进行新田的开发。

在实施以修建水利工程为代表的振兴农业的政策同时，兼续也大力提倡置产兴业。

兼续号召领民栽培漆树、红花、楮树、青苎等经济作物，特别提倡种植青苎，因此才会有直到现在亦享有盛名的米泽织物的诞生。此外，养殖鲤鱼，以及广泛栽培荞麦与五加木等如今成为米泽特产的救荒作物，这些都是兼续经济政策的重要环节。再加上发展工商业、开发矿山，总之可以说是用尽了一切办法。由于兼续的这些举措，原本只有三十万石领地的上杉家，一年的实际收入却增加到了五十万石。

后来，米泽藩出了一位以改革藩政、振兴财政闻名的明主——上杉鹰山。这位鹰山内心仰慕并仿效的，不是别人，正是直江兼续。

江户时代后期，鹰山所施行的振兴财政的方针策略，实际上便是两百年前兼续实施的那些方法。

"义"与"经济"两者并立，不可偏废其一——这便是从上杉谦

第二十一章 爱

信到其弟子兼续一脉相承的主题。

谦信并非单纯地大肆宣扬"大义"的精神，同时也非常注重发展领内的经济。一方面要贯彻信义，一方面也要重视经济——此时的兼续，正在实践着老师上杉谦信的教诲。

四

这边兼续正在米泽为经营上杉家领地而忙得不可开交的时候——

德川家康移居骏府城，以显示与江户的将军秀忠有所区别，进行着独自的政治活动。这便是所谓的"大御所政治"。

形式上虽然好像是二元政治，然而实权自然还是握在家康手里。

家康在地处江户与上方之间的骏府，对大坂的丰臣家、京都的朝廷以及丰臣旧臣——西国的外样大名们虎视眈眈。

（这个时候，我还不能死啊……）

面对大坂城的丰臣家，老迈的家康心中的执念挥之不去。

庆长十六年（1611）三月——

家康上洛后，在二条城与丰臣秀赖会面了。距离上次家康以丰臣家臣下的身份在大坂城与秀赖见面，已经过去了八年。此时家康七十岁，秀赖也已成长为一位十九岁的年轻人。

秀赖的身畔，跟随着深受丰臣家之恩的大名加藤清正以及织田有乐、片桐且元、大野治长等人。清正怀里藏着一柄短刀，万一有事，清正决心以这柄短刀来刺杀家康。

在会面的场所——二之丸御殿的大厅里，除了秀吉的遗孀高台院（北政所宁宁），还有浅野幸长、藤堂高虎、池田辉政、本多正纯等人位列同席。

会面顺利地进行。

家康跟娶了自己孙女千姬的秀赖亲切地谈话,秀赖的回答也显得落落大方。然而,家康将从前对秀赖的称呼"秀赖殿下"改为了"秀赖大人",两人身份立场的逆转显而易见。

家康赠与秀赖一柄左文字刀、藤四郎胁差[7]以及大鹰三只、马十匹。秀赖亦回赠家康一文字刀等名刀三柄、黑褐色骏马一匹、黑红色舶来毛料织物三疋、缎子二十卷、黄金三百枚。

会面之后,家康如此评价秀赖:

——秀赖贤明聪慧之人也,断难听命于他人。(《明良洪范》)

在善于识人的家康眼里,长大成人的秀赖不是一个容易对付的敌人。若是让秀赖活下去,定会成为幕府的祸根。

"要灭掉丰臣家。"

就在这个时候,家康心里作出了进攻大坂的决定。

德川家康开始着手准备进攻大坂。家康命令一直以来负责与丰臣家交涉的伊势津城主藤堂高虎立即修筑伊贺上野城。江户与大坂之间的关系一旦决裂,伊贺上野城便会成为德川方的最前线。在家康脑海里,已经描绘出了将伊势津城的藤堂高虎与近江彦根城的井伊直孝作为左右先锋的布阵图。

米泽这边也有了风声。

兼续的养子本多政重,提出了离开上杉家的请求:

"请允许我辞别。"

这背后,应该有政重之父佐渡守正信的意思。虽然兼续百般挽留,但政重去意已决。

(快要攻打大坂了么……)

政重的突然举动,令兼续嗅到了战争的气味。或许政重背后的佐渡守认为,上杉家对幕府已经没有危险,因此要将政重送往与大坂丰臣家关系密切的大名家去吧。这同时也意味着,德川已经下了灭掉丰

第二十一章 爱

臣家的决心。

战云再次临近。

"平八大人一定会成为出色的继承人。长久以来，承蒙岳父大人您关照了。"

政重深深俯下头去，重重一礼。

此时，兼续之子平八景明（幼名竹松）已经成长为一名十七岁的年轻人，前几年由本多正信做媒牵线，娶了近江膳所城主户田氏铁的女儿为妻。这样一来，政重也没有再待在上杉家的必要了。

本多政重离开了上杉家。

这之后，政重回到父亲正信的领地武藏国岩柜城待了一段时间，不久又离开武藏，被加贺金泽的前田家以三万石的厚禄（后来增为五万石）邀请仕官。

前田家先代当主利长因被家康怀疑其内通丰臣一方而被迫退隐，由弟弟利常继承了家督。

前田家为了防止与幕府关系恶化，将本多政重召为执政，并把藩政交予政重处理，以期能够使前田家延续下去。

本多政重一到金泽，就将留在米泽城下的妻子阿虎和两人所生的孩子接了过来。政重终其一生，都对岳父兼续礼数周到、尊敬有加。

本多政重留下了一本名为《治国家根元》的书。表面上看，书中所写是政重的父亲本多正信的语录，不过实际上记载的却是其岳父直江兼续的政治思想。

在其中的"悯民"一章中，有着这样一句话：

——天爱其所生之万物，犹父母爱其子。是故爱民者天必报之。

政重也是一位深受兼续影响之人。

这天，米泽的兼续收到了由其子平八景明的岳父家近江膳所城的户田氏铁差人送来的一则关于大坂城的消息：

"丰臣家似在暗中给予关原战后之浪人武士禄米报酬，悄悄聚集人手。如此一来，江户、大坂关系必将破裂。上杉大人也宜尽早作好开战准备。"

地处琵琶湖南岸的膳所城，可以说是德川家监视大坂丰臣家的最前线。户田氏铁送来的这则消息，同时也将上方极度紧张的空气带到了遥远的米泽。

五

庆长十九年（1614）正月初，上杉家、伊达家、前田家、最上家等东国诸大名接到幕府指示，派出人力物力，在越后国修筑一座高田城。

于上杉家离开之后进入春日山城的堀秀治，在越后府中的东方修筑了福岛城（今新泻县上越市港町），并在此治理领国。

庆长十五年（1610），堀氏因家中内斗被转封，德川家康令领有信浓海津十八万石的儿子松平忠辉进入了福岛城。从此，松平忠辉的领地包括了越后一国与信浓川中岛四郡，合起来有七十五万石之多。可以说，正好继承了昔时北越之雄上杉氏古来的领地。

越后府中一地，既是越后的中心，又是从北陆到关东的大门，实在是军事、交通的要地。而且，为了与加贺金泽的前田氏抗衡，有必要在这里修筑强大的城池。然而，堀氏修筑的福岛城四周地域狭小，因此常常为保仓川、关川（荒川）的水患所苦。缘此之故，家康命令大名们协力在位于离海岸二里之遥的内陆颈城平野一地中央的菩提原修筑一座新城。这便是高田城了。

修筑此城的总指挥，是将女儿五郎八姬嫁给了松平忠辉的伊达政宗。接到筑城协力指示的上杉家，也派出了黑金孙左卫门、岛田庄左

第二十一章 爱

卫门两位前去高田协助指挥。兼续也在雪融前动身来到筑城现场,打理上杉家分内的修筑事宜。

这是十六年来未曾涉足的故乡越后。

原野虽然尚余残雪,不过樱花已经缭乱绽放,开满枝头。

(回来啦……)

米山秀峰、妙高山等越后群山鲜明地映入兼续的眼底。

村里已是春意盎然,然而山上却仍旧覆盖着深深的积雪。在明媚阳光之下,群山反射着灿烂炫目的白色辉光。

真是怀念啊——这样单纯的字句,完全无法表达出兼续此时胸中的百感交集。

离开越后时,兼续曾立下决心,一定要重回此地,却没有想到如今是以这样的方式踏上故土。前去会津的时候,尚心怀宏大的梦想,与石田三成同仇敌忾,一心想要击败德川家康,让上杉家成为东国霸者,然后凯旋回到越后。然而如今,斗转星移,世事变换,那梦想也早已破灭无踪。

离开越后时尚是三十九岁的兼续,此时年纪五十有五,已经步入老年,到了知道人一生中有的梦能够实现、有的梦不能实现的年龄。

兼续没有带随从,独自一人巡视着高田城修筑石垣的现场。

(真不愧是动员了天下之力啊……)

就在兼续感叹筑城的壮观场面之际,一行人向他走了过来。

这群武士腰间挂着朱鞘长刀,身着黑底金色刺绣阵羽织,打扮格外气派。正中的那位独眼武将身着崭新的紫色底五色水玉纹样华丽阵羽织,比其余各人更为夺目。

"这不是伊达大人么?"

兼续向这个男子打招呼。

"噢噢,直江大人。"

曾处于敌对阵营,彼此激烈争斗的二人,如今却常在江户城中的会所饮茶聊天,成了朋友。这不能不说是岁月的捉弄吧。

"修筑工程看来挺顺利呢。"

兼续说道。

"这样下去,到夏天就能完成了吧。不愧是十三家大名联合修筑的工事呢。"

"原本是荒野的菩提原,却出现了如此雄伟壮丽的城池……想起从前上杉家以春日山城作为根据地四面争战的日子,真是恍如隔世啊。"

"是啊。"

政宗点了点头。

伊达政宗的随从武士们先一步去了修筑现场,剩下兼续与政宗二人独处。

"越后真是好地方啊。乘船往来很是方便,金银从山里涌出,离京都的道路也不远。我要是出生在这样富庶的土地,说不定现在已经取得天下啦。"

政宗面带微笑,半开玩笑半认真地说道。

兼续也笑道:

"那可不一定的。就连被称为战争天才的上杉家先代当主不识庵大人,也没有实现将旗帜立于京都的愿望啊。要想取得天下的话,得将天时、地利、人和集于一处才行。若能如此,则一开始便注定成事吧。"

"天时、地利、人和么……"政宗遥望远处的雪山,"天时与人和尚且不论,我等北国之人,生来便不具备地利啊。要是没有这妨碍行人往来、令生活辛苦不堪的大雪的话……"

"不,我可不这么看。"兼续凝视着妙高山清晰的轮廓线,"大雪并不只是给人们生活带来困扰的。若是没有这些雪水,稻谷可就没法生长。伊达大人您也知道,多雪之年,山野水土肥沃,秋天就会丰

第二十一章　爱

收。严寒之后盛开的樱花，也是格外美丽呢。"

"这话也有道理。"

"我有时在想，上杉家能够度过残酷的乱世生存至如今，也是拜大雪所赐吧。"

"哦？"

"雪国人的坚韧、顽强，无论是在下还是伊达大人，都将这点溶入骨髓。不到最后的最后，绝不轻言放弃，在大雪之中等待春天的来临。难道不是这样吗？"

"不到最后的最后，绝不轻言放弃么……"

政宗感慨地说道。

此时德川家强化幕藩体制，颁布了针对基督教的禁教令。然而政宗却不顾法令，令家臣支仓常长作为遣欧使节，前去罗马教皇之处。如此看来，政宗其人也拥有雪国人的坚韧与固执呢。

两位武将相互施了一礼，就此别过。

六

越后高田城的修筑工程昼夜兼行，终于在这年六月完工。参与修筑的各位大名回到了各自领国。

七月——

德川家康终于发难。

德川家康矛头所指，是丰臣家在京都东山一地刚刚重建完毕的方广寺内大钟的铭文：

所庶畿者

国家安康

四海施化

万岁传芳

君臣丰乐

子孙殷昌

……

这一连串恭祝国家繁荣的铭文，由京都五山[8]禅僧清韩起草。乍眼一看，这些词句没有什么可指责的地方。然而，家康侧近的金地院崇传却说：

"这铭文里面，恐怕暗含着诅咒大御所殿下您的意味啊。"

问题所在，是"国家安康"四字。崇传说，"家"与"康"二字被分开，岂不是在诅咒家康身首异处么。而且，后边的"君臣丰乐"一语，则是暗示取得家康首级之后，丰臣家君临天下，千秋万代之意。

当然，无论是号称五山第一才子的崇传还是家康自己，都并不是真的认为丰臣家有意在诅咒德川家。不过，这座大钟的铭文，委实是开战的绝好借口。

家康立刻下令，教丰臣家将本来要举行的方广寺大佛开光仪式延期。

虽然丰臣家这边赶紧派家老片桐且元前去骏府解释，然而家康却拒不会面。最后本多正纯与金地院崇传开出条件，若是丰臣家要想证明自己的清白，务必做到以下三点的任中之一：

一、丰臣秀赖让出大坂城，自己退居他国。

二、将秀赖的母亲淀君作为人质送到江户。

三、秀赖自己亲自赶往江户，向将军求和。

片桐且元带着这些条件，沮丧地回到大坂城。

听了这些屈辱的条件，淀君大为恼火，迁怒于一心想要回避战争

第二十一章　爱

的且元：

"你这个暗自勾结德川的叛徒！"

且元失去淀君的信任后，大坂城的实权全部落在了大野治长等主战一派的手中。这正是家康的目的所在。

庆长十九年（1614）十月一日——

德川家康向天下大名发出准备进攻大坂城的命令。

德川一方的先锋，是伊势津城主藤堂高虎与近江彦根城主井伊直孝。此外还包括伊达政宗、前田利常、佐竹义宣、南部利直、锅岛盛茂、池田利隆、蜂须贺至镇等大名，合起来约有二十万人马，直指上方。

上杉家亦派遣五千精兵，加入了攻打大坂的大军。

《上杉家御年谱》中记载道：

——今出兵大坂之际，公（景胜）对两将军（家康、秀忠）宣下誓约，言明绝无异心。

在出兵大坂的时候，上杉景胜向大御所家康与将军秀忠递上文书，立下绝不背叛幕府的誓约。这全因家康对关原一战之前竟然敢向德川发出挑战书的上杉家，至今还抱持着戒心。

十一月上旬，上杉军到达京都。

时值初冬季节，空气清冷。霜冻的原野上挤满了军马士兵，诸将金黄色的旗印在冬日的阳光下熠熠生辉，各色旗帜迎风翻飞。

金地院崇传在《本光国师日记》中，如此记载这为攻打大坂而齐聚上方宛如灿烂云霞一般的大军：

——如许庞大之军势，在日本尚属空前。

跟二十万德川大军相对，以关原一战中成为阶下囚以及被流放的武将们为中心组成的十二万人马的军队进入大坂城。其中有——

长宗我部盛亲（原土佐二十二万石领主）

后藤又兵卫（原黑田家家老）

毛利胜永（原丰前小仓六万石领主）

明石扫部（原宇喜多家家老）

等等隐居世间多年的久经沙场的大名武将们。

真田左卫门佐幸村也成功来到大坂城。

关原战后，信州上田领地被收回的真田昌幸、幸村父子，在纪州和歌山城主浅野长晟的监视下于高野山麓的九度山中过着流放的生活。

然而这期间，昌幸、幸村父子并未在九度山的居所碌碌度日。幸村发明了被称为"真田纽[9]"的细绳，让村里的女子大量编织，并叫属下的忍者扮作行脚商人四处贩卖。忍者们一边云游四方，一边贩卖细绳，一方面聚集资金，另一方面打探天下情势。

大坂与关东在不远的将来定会决裂——真田父子对此早有预料，并一面暗暗秣马厉兵，一面衷心地盼望着这一天的到来。

然而——

幸村之父昌幸却没能等到大坂开战的这一天，于三年前即庆长十六年去世，享年六十五岁。

今年九月，丰臣秀赖派遣密使来到幸村之处，请幸村进入大坂城。幸村立时允诺，而后大摆宴席，招待受浅野家所托监视流放武士的本地庄主、农民。趁他们酒醉之际，幸村偷了庄主的马，一路快马加鞭，赶到大坂城。

幸村召集到的兵士约三百人。跟其身为上州沼田九万五千石大名的兄长信之相比，这数量委实说不上多。然而，幸村的智谋可抵千军万马。

（幸村进入大坂了么……）

兼续胸中突然有些心潮澎湃。自己跟这男子实在有着奇妙的缘分，也曾在春日山城中推心置腹，共言大义。对兼续来说，幸村既是

第二十一章 爱

弟子，又是朋友。还曾在关原一战前后为了丰臣家并肩作战，一同对抗家康。

而如今，兼续在展现了身为武士的决心之后，将一心谋求上杉家的存续当作自己的大义，将政治方针的船舵扳向了与幕府和平相处的方向。

成为流放之人的真田幸村，却加入了形势明显不利的丰臣一方，以自己的行为使清冽的大义之花悠然绽放。

七

大坂城——

这是太阁秀吉倾注了一生的财力与智慧修筑的天下第一巨城。城池修建在南方的堺港延伸过来的上町高地前端。丘陵北面是波涛汹涌的天满川，东面是平野川、河内川、巨摩川流经的沼泽，西面则是难波海，堪称天然形成的坚固要塞。秀吉非常满意这个地方，于是选在这里修筑大坂城。

然而，此地却有一个弱点。

没有河川也没有沼泽地的南面，可以说是毫无防备。

秀吉生前也深知这一点：

"若是有人进攻大坂的话，一定会从南面过来的。"

因此在南面挖掘深沟，筑起高高的土墙，以防万一。

自高津到玉造，横贯东西的一条直线，与其他三面天险将大坂城牢牢围住，保护起来。这便是"总构"的筑城方式。

与德川一方关系破裂之后，大坂方面立刻开始增筑加固总构防御工事。在土墙之上又筑起戳有铁炮铳眼的塀壁，修起望楼，每隔一町距离便设有一门石火矢（一种大炮）。其间配备了手持铁炮、弓矢的

兵士。另外,还在壕沟底部撒上断刀、箭头等物。

这还不算。为了让城南的防备万无一失,还采纳了真田幸村的建议,在总构的外侧修筑了一座出丸——也就是现在所说的前哨基地。这座出丸被世人称为"真田丸"。

真田丸方圆纵横百间(大约一百八十米),面积约为一万坪[10],大概能够容纳下一个现代棒球场。

幸村在真田丸四周筑起土墙,每一间距离开有六个铁炮铳眼,配置了三挺火绳枪。土墙外面掘有深沟,沟底安放了两层尖栅栏。在各处望楼之间,筑有犹如屋顶一般的攻击用井栏,井栏之下有长廊连接,可供兵士自由往来。井楼上配备有火绳枪,便于居高临下狙击外面的敌人。

在城南住吉一地的德川军本阵,兼续于前往问候本多正信的途中忽然看到了对面的真田丸。

(这……)

兼续吃了一惊:

(这不是武田的丸马出么?)

昔时,武田信玄在城门之外修筑半圆形的出丸,在出丸内安置士兵,以便于攻击靠近的敌人。这出丸被称为"丸马出"。上杉军在与武田交战于川中岛时,也曾在海津城的丸马出前吃过小亏。

如今,幸村将这武田一派的筑城技术用于大坂城城南的总构之外,想用这个出丸来弥补大坂城最大的弱点。真田家曾长期出仕于武田,因此幸村知道这种秘传技术也不足为怪。

(这样一来,大坂城一丝缝隙也没有啦……)

虽然此时与幸村分属敌我双方,然而看到幸村智计过人,兼续内心却也感到十分欣喜。

"请务必让我上杉军配置在城南。"

兼续向本多正信提出请求,他想在战场上堂堂正正地与成长起来

第二十一章 爱

的幸村一决胜负。

但是——

"那可不行。"

正信摇头说道:

"大御所殿下已经决定了,让前田利常、井伊直孝、松平忠直、藤堂高虎、伊达政宗等人从城南发起进攻。"

"真田可是很难对付的哦。"

"我知道上杉军善战,不过井伊、藤堂他们也很勇猛。就照先前的决定,上杉大人跟佐竹义宣他们在城东待机吧。"

虽然兼续有自己的想法,然而此时上杉家已是德川幕藩体制中的一员。德川家向上杉家等外样大名军中派去了军监,决不允许大名们私自行动。

(让我们各自为了心底的大义战斗下去吧……)

幸村虽是敌人,然而兼续却一面注视着真田丸,一面在心底为彼此祝福。

德川方展开攻击,是十一月十九日的事情。

丰臣方虽然之前在大坂城总构之外修筑起木津川口砦、伯劳渊砦、福岛砦、鸭野砦、今福砦等十余座小城砦用于防守,然而作为从大坂湾运送物资的据点的木津川口砦,很快便在德川方的蜂须贺至镇军强攻之下陷落。德川方初战告捷。

同月二十六日,在鸭野砦与今福砦两处,两军你来我往,展开激烈的攻防战。

奉命攻打鸭野砦的,正是上杉军。

鸭野砦位于大坂城东大和川畔,今福砦则位于鸭野砦的对岸。两座小城砦周围均是沼泽与水田,人马只能在河堤上往来。大坂方的大野治长负责这两座小城砦的防卫,治长在河堤上修筑了三四层栅栏,

中间挖掘了壕沟,以为万全之策。

上杉军共有五千人马,以须田长义为先锋,安田能元为次锋。本阵的大将自然是景胜,左翼是水原亲宪,右翼是本庄充长。兼续与其子平八景明在后阵。趁着黎明前的黑暗,上杉军对城砦发起攻击,很快就突破了河堤上的四重栅栏,攻下了鸭野砦。

与此同时,在对岸的河堤上,佐竹义宣率领的一千五百兵士亦将今福砦攻下。

不过,战事当然不会就此完结。

大坂方为了夺回这两处城砦,从城里派出大军,杀向此处。

鸭野砦的上杉军在大野治长、木村宗重、渡边糺、竹田永翁等一万敌军的猛攻下,先锋、次锋先后败退,立时显现出劣势。

"不要退后!此际正是向全天下显示我上杉家英勇气魄之时啊!"

兼续向士兵们高声喝道。

"将军旗举起来!"

在上杉景胜的指挥下,谦信以来写有"攻击之乱龙[11]"的旗帜高高举起,迎风飞舞。这是发起总攻的信号,兵士士气大振。借此机会,上杉军开始大举反攻。

——直江山城守于鸭野堤旁及芦苇中设下伏兵,见机以铁炮猛击敌之侧翼,敌军难以进军。

《上杉家御年谱》中如此记载。

在铁炮队的协助下,上杉军以牺牲三百名士兵的代价,将大坂军击退。

身在住吉本阵的家康听说了战斗的经过,派使者前去上杉景胜处犒劳:

"兵士已然十分疲惫了吧,不如暂且退兵,将城砦让给后阵堀尾忠晴的军队来守卫吧。"

不过,景胜拒绝了使者的提议:

第二十一章 爱

"以三百兵士为代价终于夺得的城砦,岂能就此让给别人。"

景胜手持青竹一动不动,坚决要守卫鸭野砦。此时,今福砦处正与后藤又兵卫和木村重成苦战的佐竹义宣派人前来求援。

身着古铠、外罩华丽能乐式样羽织的水原亲宪率领上杉军,哗啦哗啦地渡过大和川的浅滩,自沙洲上用一百五十挺大铁炮向敌军猛烈射击。后藤、木村军不敌,只得向城内退却。

——佐竹今福砦本阵危急之时,景胜麾下水原常陆介(亲宪)以铁炮击敌侧翼,救助佐竹军于危难。

《上杉家御年谱》中这样记载。

水原亲宪虽然已是年逾七十的老将,然而其华丽而出神入化的指挥令阵中诸将看得如痴如醉。

"真是谦信以来常持弓矢,不致武艺荒废之人啊。"

家康如此盛赞水原,并赐以感状。

水原对此豁达地一笑:

"我于关东北陆数度经历生死之战。相比之下,这次的战斗就好像赏花一般悠闲啊。"

不久之后的二十九日,大坂方的伯劳渊砦被蜂须贺至镇、石川忠总的军队夺取。至此,大坂一方城外的小城砦已尽数失守,只得在总构防御工事之内坚守不出。

八

德川方并未立时对大坂城发起猛攻,双方进入胶着状态。

当然,对于擅于战事的德川家康来说,在开战之前就已经预料到了这个情况。大坂城是由太阁秀吉所修建,出了名的易守难攻,如果坚持正面进攻,用上一年、两年,弄不好得用十年才能将其攻下。因此，家康打算智取，从政治上入手，在大坂城坚固的防御工事中钉入一枚楔子。

家康向大坂城提出议和。

经过一个月的围城，大坂城内充满了厌战气氛。家康下令，用大炮轰击淀君居住的大坂城天守。这一举措令淀君大为惊恐，慌不迭地答应了德川方提出的和谈要求。

在总构工事之外筑起真田丸，与迫近城壁的松平忠直、井伊直孝、前田利常诸军激烈奋战的真田幸村激烈反对和谈一事。后藤又兵卫、明石扫部等浪人武将也主张彻底抵抗下去。然而，身为丰臣家核心人物的大野治长等人对他们的态度不理不睬，开始与家康一方议和。最终两军达成的议和条件如下：

一、守城的武士，无论谱代还是浪人，一律不予问罪。
二、秀赖的身份地位保持不变。
三、淀君也不用作为人质去往江户。
四、大坂城只留下本丸内的壕沟，其余壕沟尽数填平。

从前面三条看上去，德川方似乎答应了大坂方的所有要求。然而——

对家康来说，至关重要的，正是最后一条。从开战之初，家康的目的便是要填平大坂城的这些壕沟。这样一来，太阁秀吉修建的这座易守难攻的名城便会沦为一座裸城了。

原本，大坂城由本丸内以及二之丸、三之丸外，加上外面总构工事，共有数重壕沟团团包围。正因为有这些巨大的壕沟，德川大军无论如何猛攻，也没有一人能够进入大坂城内。德川方虽以一连串的战斗将城外所有小城砦悉数拿下，但也没能攻入总构工事一步。

（这些壕沟真是碍事，那么就用政治手段将壕沟都填平吧。）

这便是家康的战略构想。

第二十一章 爱

临近庆长十九年年底的十二月二十日,两军终于达成共识。第二天,填平大坂城壕沟的工程便开始了。松平忠明、本多忠政、本多康纪三位担任总指挥,将工作具体分配给伊达政宗、前田利常、藤堂高虎等各位大名。兼续亦带领人手协助,并亲自立于现场监督。

土墙被推倒,望楼被毁坏,残渣被填入壕沟之内。现场到了夜里便点起灯火,工程昼夜兼行,一刻也不停歇。

仅仅三日,总构工事便消失无踪。

紧接着,德川方开始着手填平二之丸、三之丸外的壕沟。

"这跟约定可不一样啊!"

大坂城的大野治长见此情形,顿时乱了阵脚。

按照和谈的附带条款,在德川方将外侧总构工事的壕沟填平之后,二之丸、三之丸外壕沟的填平工作则由大坂一方来进行。

以大坂一方的计算,将如此重要的二之丸、三之丸外壕沟填平,自然是越迟越好,能够拖延就尽量拖延。大野治长对事态的发展还很乐观:

"照这样子,壕沟填平之事要慢慢进行才好。说不定这边沟还没填完,家康就死了呢。"

的确,家康今年已经七十三岁了。依人生五十年来看,在这平均寿命并不太长的时代,家康已经算得上是高龄了。因此,大野等人的希望成为现实的可能性,也不能说没有。

大野治长立刻向德川方的后藤庄三郎、本多正纯派去使者,抗议对方违背约定。然而后藤、本多二人却以生病为由闭门不见。

这期间,填平壕沟的工程还在不停地进行。

在大野治长的一再抗议之下,本多正纯说道:

"这工程很是辛苦,你们手脚又太慢,不如就让我们帮忙完成好啦,不要客气。"

一句话便轻描淡写地将治长搪塞过去。

在议和条件里，说明了只保留本丸内的壕沟，二之丸、三之丸外的壕沟必须填平。因此大坂方也没有什么好说的。

"被算计了啊！"

事到如今，大野治长终于注意到德川方在议和背后的企图。但事到如此已经无法挽回了。

从一开始，家康就看透了大坂方的天真愚昧，因此毫不理睬附带条件，令大坂城成为了一座裸城。

（这手段不是太卑鄙了么……）

手持青竹指挥工程的兼续，心中不禁有些动摇。主君景胜对德川方违反和谈条约的做法也极为不快。若是谦信的话，决计不会容许这种卑鄙的做法，一定会立即跟家康断绝关系吧。

然而——

（光凭漂亮话是没办法带来太平世道的。）

历尽征战，遍尝辛酸的兼续，心中坚定了这样一个信念。

正义是很重要的，比任何事都重要。然而，若是打着正义的旗号却会为世间招来祸乱，令人白白流血牺牲的话，那还不如背起污名，做些实事为好。

昔时，秀吉修筑起来的大坂城，是天下太平的象征。在丰臣政权的治理下，这个国家终结了乱世，战火也消弭无踪。然而关原一战之后，政权早已移向德川家。如今丰臣秀赖所在的大坂城，却成了天下骚乱的根源。

（填平了壕沟，令大坂城成为裸城之后，丰臣与德川的战事一定会再度展开吧……）

兼续呼出一口白气，握紧手里的青竹，心里向死去的老师谦信说道：

第二十一章 爱

（如此作为，便是我自身的大义。并非为了某一个人，而是为了百姓的大义……为了贯彻我心中的信念，就算坠落地狱我也丝毫不会后悔……）

兼续早已有了这个思想准备。

翌元和元年（1615）正月三日，家康离开京都。旅途中举行了鹰猎大会，家康兴致十分高昂，而后沿东海道回到了骏府。

同月中旬，大坂城填平壕沟的工程全部完成。将军秀忠在确认了工程的完成情况之后，也返回了江户。

金地院崇传在《本光国师日记》里，描述了此时大坂城的模样：

——大坂城沟壑尽平，唯余本丸，甚为凄惨难看。

如今的大坂城，已经不再是昔日如铁壁一般的要塞，而成为了一只被拔去尖牙的老虎。

九

家康、秀忠既然已经离开了上方，在大坂布阵的诸将也一个接一个地返回各自领国。

上杉景胜亦离开了伏见宅邸，在江户樱田的宅子里逗留数天后，于二月二十九日返回米泽。

（大概不久家康便会再次下令征伐大坂吧。）

兼续预料到这个情况，便留在了伏见，开始着手准备战事。

另外，参加了大坂冬之阵的嫡子平八景明因为胸病，也留在伏见宅邸休养。

这以前，景明的身体状况就一直不好，侍医曾劝说："以您的身体，不要勉强参与战事。"然而为了避免德川家不必要的怀疑，这次景明还是抱病来到了上方。江户的阿船也写了数封信来，过问景明的

身体情况。兼续招来了京都的名医,并让人从堺、博多等地搜罗良药,然而景明的病情却没有一点儿起色。

(我的罪孽,要我的儿女们来背负吗……)

京都已是樱花盛开的季节。伏见宅邸的庭院里,枝垂樱缭乱开放,甚为绚烂。

樱花飘散之时——

大坂城风云涌动。骏府的家康提出,要将留在大坂城的浪人们流放,这引起了浪人们的激烈反抗。他们甚至开始重新挖掘已经被填平了的壕沟。得到消息的京都所司代板仓胜重急急派遣使者前往家康处,告知家康"大坂城有异动"。

(来了么……)

家康等的就是这个时刻。在接到京都的报告之后,他立即放出了一个大坂方无论如何也不会接受的条件:

"若不流放浪人们,就请秀赖大人自己离开大坂城,将领国更换到伊势去吧!"

原来的和谈条件中,说明了只要将壕沟填平,那么对浪人便不予追究,也不会对秀赖采取任何处罚。而此时,家康却无视议和时的约定,公然对秀赖提出了无理的要求。

(在我有生之年,一定要灭亡丰臣家……)

在家康的脑海里只有一个念头,那就是:除去丰臣家这个后顾之忧,让幕藩体制坚如磐石。这执念让老迈的家康抖擞精神,继续与丰臣家的宿命之战。

大坂的浪人们听到家康的要求后,纷纷怒不可遏。

——既如此,便决一死战,胜负由天。(《见闻录》)

大坂与江户的决裂,只是时间问题了。

这日夜半——

第二十一章 爱

兼续执笔给身在米泽的主君景胜写信,告诉他开战的时机渐渐临近了。景胜才刚刚回到米泽一个月,还没有休整战事疲惫的闲暇,又不得不再次踏上上洛之途。兼续也静静等待着这场战事的再临。

此番战事的对手,却不再是去年冬天那样易守难攻的大坂城了。想到这里,兼续忽然觉得有些沉重,于是放下手里的笔,抬起头来。此时,烛台火光倏地明灭晃动。

"谁!"

兼续往天花板上一瞥。只见眼前一花,一个黑影轻轻落下地来。

"什么人!"

兼续条件反射似的将手伸向放在壁龛里的佩刀。

"请等等,我没有恶意!"

身着黑红色忍者装束的黑影连忙制止兼续,然后将自己脸上的面巾摘了下来。

这是个小个子的男人。他的脸好似猿猴一般,满是褶皱,看上去已经上了年纪,身手却极为敏捷。

"这张脸,您不记得了吧?"

"……"

这并非兼续熟识的面容,然而在遥远的记忆深处,似乎又有一点印象。

"以前在春日山城的时候,承蒙您关照了。在下是真田幸村大人的属下……"

"木猿么?"

"正是。"

男子的表情充满了对过往的怀念,兼续也是一样。

"如今也在幸村大人手底下么?"

"是的。我也跟随大人进入了大坂城。"

"是么……这样说来,初音也跟你们一起吗。"

兼续口中说出了那位与自己因缘非浅的女子的名字。循着自己心中的信念而进入大坂的幸村自不必说，在这动乱之中，初音会是怎样的立场呢？兼续忽然很想知道。

"实际上，就是初音小姐让我来的。"

木猿从怀里拿出一封书信，递与兼续。

兼续取出信纸，就着烛光仔细端详。

——兹事体大，十万火急，明日未时（下午2点）于一口村庄主山田治兵卫处相候。

"您的回复是？"

木猿头微微一偏，望着兼续。

"就说，我明白了。"

兼续说道。

既然说是十万火急，那么一定是非常迫切的事情吧。再度征伐大坂的日子渐渐临近，难道有什么能够阻止交战的办法么？倘若果真如此，自己一定会尽力而为，促成此事。兼续如此想道。

十

翌日——

兼续头戴深笠遮住面庞，带了一个随从赶往伏见京桥的码头。

京桥是宇治川、淀川上往来不息的三十石船[12]、高濑船[13]、淀船[14]等的起点站。因为是京都与大坂相连接的水陆交通要地，周边有许多供船夫、水手、客人休憩的小店，白色墙壁的仓库林立左右。

由于四处流传着丰臣与德川之间将会再度开战的流言，码头人客与货物激增，一片慌乱的气氛。

兼续在岸边找到客船，给了船夫一些钱，与随从一同跳上船，说

第二十一章 爱

道：

"往一口村去。"

小船开出河沟，沿着宇治川驶向下游。

在宇治川与桂川交汇流入淀川的地方，有一处名为巨椋池的所在。一口村便在这巨椋池的入口附近。村中有一两百户人家，大都以捕鱼为生。与京桥的喧嚣热闹相反，此地甚为闲适。岸边有渔夫撒网，女子洗菜，沿袭着自古以来未曾改变过的生活方式。

（就算岁月无情，人们也得如此生活下去吧。什么天下、天下的争来斗去，也不过是一场梦境罢了。耕田捕鱼，生儿育女。与这些比起来，我所做的事情，全如泡影一般啊……）

兼续下了船，将头上深笠稍稍掀起，凝视着水边人们繁忙的模样，心下感慨万千。

从长屋门[15]进入庄主山田治兵卫的宅邸后，引路人仿佛早已知晓似的，将兼续引至巨椋池边一所茅葺的别院。

别院走廊上有一个人影，却并非初音。此人身着茄紫色小袖与麻织阵羽织，是一位壮年的男子。

男子见得兼续，连忙过来深深一礼。

"是幸村大人么？"

岁月在男子脸上刻下深深的年轮，更增添了几分成熟与严峻，然而兼续很快便从他清澈的目光中看到了昔时那位青年的影子。

"好久不见啦，山城守大人。"

"没想到会在这个地方与你再次见面啊……"

虽然这次会面十分意外，不过兼续也没有太吃惊。在京桥乘船之际，兼续心里已经有了奇妙的预感。

"请原谅我用姐姐初音的名义把您骗来这里。我想若是用自己的名义邀请的话，会给山城守大人带来不必要的麻烦吧。"

"……"

615

幸村此言非虚。两人目前毕竟身处敌对阵营，若是让德川知晓兼续与真田幸村见面的事情，那么便会怀疑上杉家暗地与大坂方勾结吧。反过来，这事如果传到大坂城那些人的耳中，很可能便会指责幸村被德川一方策反。

不过，就算可能会有这样的危险，此时兼续的心里也宛如清泉涤荡过一般，极为高兴。

"这里请。"

幸村邀请兼续在走廊的草垫子上坐下，然后自己盘膝坐在兼续身旁。

兼续今年五十五岁，幸村也快四十九了。离两人上次在春日山城的见面，三十年的光阴弹指一挥间。两人鬓边渐生白发，与各自年龄相应的皱纹，也刻在了久经沙场的面庞之上。然而，无论兼续还是幸村，眼底闪耀着的智慧光芒与堂堂正正挺直的脊背，还是跟在春日山城的青年时代一般无二。

"初音……不，初音小姐现在如何？"

兼续一面注视着庭院对面宽广的巨椋池，一面问道。

"已经跟我的妻子女儿一同离开了大坂城。"

"是么。"

如果再度开战，成为裸城一座的大坂城根本没有胜算。因此，幸村才及时将女眷遣散。兼续从幸村的话语中，觉察出了他准备慷慨赴死的悲壮决心。

"初音小姐的话，无论发生什么情况，都会好好地活下去的。"

"是啊，女人是很坚强的。"

"是比我们男人还要厉害的生物呢。"

"的确如此。"

幸村微笑说道。兼续紧紧抿着的嘴角，也自然地舒缓开来。两人相顾一笑，立时将目前肩上各自沉重的立场抛在一边，仿佛回到了过

第二十一章　爱

去一心追逐着梦想前行的时光。

"今天，一定要跟山城守大人好好地喝上几杯。"

幸村拿过放在一旁的根来漆[16]大杯，递给兼续。

原本，兼续受堪称酒豪的谦信影响，十分喜爱喝酒。不过在关原一战之后，兼续一心扑在上杉家的未来上，至今滴酒未沾。

"多谢款待。"

兼续没有推辞，毫不犹豫地接过酒杯。

幸村拿起燗锅，将杯中斟得满溢。兼续一饮而尽。

"好酒量！"

幸村双目一细，由衷地赞道。

"以前在不识庵大人面前，一定得将满满一杯酒一口气喝干。要是酒量不好的话就要命啦。"

"怪不得越后人酒量都很好呢。"

"你也喝吧。"

这次换兼续斟酒，幸村徐徐喝干。

微微的醉意在两人体内升起，感觉甚为惬意。

兼续与幸村不再说话，只是静静相对而饮。虽然没有开口，但千言万语尽在杯中。

一个为了自己"爱"的理想，甘于背负污名，选择了与黎民百姓一同辛苦地生存下去的道路。另一个则贯彻自己心中的大义，即将走上慷慨就义一途。

曾深受兼续教诲的幸村，他的大义并非单单是对丰臣家尽忠，而是赌上了自己的性命，对德川幕府，对手握天下霸权的权威提出挑战。

当然，兼续比任何人都要明白幸村的决心。若非自己双肩扛着三十万石上杉领地的重任，也一定会毫不犹豫地选择与幸村相同的道路。但是，感到上杉家卷入关原一战并且战败，于是落到如今的田地

都是自己的责任的兼续,却没有办法允许自己选择壮烈战死一途。

"听说,您举起了爱字大旗啦?"

幸村饮了一口酒,忽然开口说道。

"什么?"

"是先前在鸭野、今福打仗的时候。被赶来救援佐竹的上杉军击退的后藤又兵卫大人说,在刀八毗沙门、绀地日之丸的上杉家历来的军旗当中,有一面白色底上写着一个大大的黑色'爱'字的旗帜。"

"……"

"山城守大人果然将头盔前立的'爱'字用在军旗上啦。"

"是的。"

"对山城守大人来说,'爱'字作何解释呢?"

仿佛回到往昔在春日山城的时候一般,幸村问道。

"指的是怜悯万民之心,也就是仁爱的意思。"

"仁爱……"

"我经过长期的战事,在仁爱之中找到了属于我自己的大义。就算不会名留青史也不要紧,更重要的是,我要用自己的双手,向天下展示爱民之心。"

"爱真是一个强大的字眼啊。"

"我深深地相信这一点。"

兼续展颜说道,然后一口喝干了杯中的酒。

夕阳余晖洒满巨椋池中摇曳的莲叶之时——

两人彼此分别。幸村跨上骏马白河原毛[17],向兼续深深一礼,沿着河堤道路奔驰而去。兼续目送幸村走远,然后乘船返回。

十一

将大坂城填为裸城的家康,在准备万全之后,发出了再度征伐大

第二十一章 爱

坂的命令。

失去总构工事的大坂城，已经不再是能够长期固守的铁壁要塞了。

五月，德川大军逼近大坂城。城中的浪人们纷纷自城内出击，只求死得其所。

真田幸村一面高呼："目标便是大御所的首级！"一面高举红色大旗，直杀至家康本阵。在这壮烈的舍身一击之下，德川旗本众纷纷败退，家康也躲到了阵地后方。然而毕竟寡不敌众，幸村奋战之下，因疲惫与负伤而力竭，在安居神社旁边的田地里养伤时，被松平忠直的家臣西尾久作杀死。至此，幸村贯彻自己所信之大义，壮烈战死，终年四十九岁。

五月八日，淀君与丰臣秀赖母子二人点燃了藏在大坂城山里曲轮的火药自尽。丰臣家灭亡。

在德川大军中担任殿后一役的兼续，于石清水八幡宫远远凝视着大坂城整夜不熄的大火，双眼一眨不眨。这火焰，诉说着一个时代的终结。

大坂一战之后，诸大名回归各自领国。上杉景胜、直江兼续主从也于六月中旬返回米泽。

进入七月，兼续嫡男平八景明身体状况迅速恶化，医石罔效，就此病故。年仅二十二岁。

景明死后，兼续也没有再召养子。像直江家这样庞大的门第若是断绝，对上杉家窘迫的财政来说也未尝不是一件好事吧——兼续心中，大概作的如此打算。

翌元和二年（1616）四月十七日，德川家康在骏府城死去。

战国乱世已经成为了遥远的过去。天下在德川幕藩体制之下，迎来了太平的时代。

大坂一战四年后的元和五年（1619）十二月十九日，江户樱田的

鳞屋敷中，直江山城守兼续六十年丰富多彩而又波澜壮阔的一生落下了帷幕。兼续逝世后葬于林泉寺，与其妻阿船之墓比翼并立。

* * *

兼续在晚年留下了这样一首汉诗：

雪夜围炉情更长，
吟游相会古今忘。
江南良策无求处，
柴火烟中煨芋香。[18]

——在大雪纷纷的寒冷夜晚，与友人围坐炉边，一面饮酒，一面回忆遥远的往昔。两人品评诗文，不知何时已然忘却了古今往事。那时，自己所主张的江南良策没有得到采用，如今也就不再去想它，只沉浸在烧煨芋头的沁人香味之中悠然度过余生。

所谓江南良策，当是指如兼续常常置于案首、甚爱阅读的明代兵书《江南经略》[19]那般的兵法韬略。关原一战之时，在下野小山布阵的德川军开始退却之际，兼续曾向主君景胜进言追击敌军。然而景胜却没有同意。虽然诗中说已经忘却了古今往事，不过想必此事对兼续来说，如今想来也是极为遗憾吧。

大雪的夜里，与兼续一同围坐炉边之人——也许这并不是指现实中的朋友。是老师谦信，还是在大坂之战中死得其所的真田幸村？如今唯见兼续举杯独酌的身姿，与萦绕心中的影子共话今昔。

注释

【1】东国：这里指东日本，与"西国"相对。一般来说，古代

第二十一章 爱

日本人认为东国多出武士，而西国多出商人。

【2】赤目四十八泷：指位于伊贺国赤目（今三重县名张市赤目町）泷川溪谷的一连串瀑布。四十八乃甚多之意。

【3】米泽藩士：此时江户幕府已经建立，各个大名领地被称为藩。上杉家所领即为米泽藩，米泽藩的武士称为米泽藩士。

【4】短筒：一种铳身较短，能单手使用的铁炮（火枪）。

【5】鸟居：一种类似于中国牌坊的日式建筑，常设于通向神社的大道上或神社周围的木栅栏处。主要用以区分神域与人类所居住的世俗界。鸟居通常由一对粗大的木柱和柱上的横梁及梁下的枋组成。

【6】军役：指战时武士按照自己封地大小应该向主君提供的军事力量及兵粮等物。

【7】胁差：也称"胁指"。武士平时与太刀或打刀配对带于腰间的短刀，刃之长度为29.9—60厘米不等。

【8】五山：全称"五山十刹"，是指在全日本禅寺之中选出五座规格最高的寺院，在他们之下再置十所禅院的制度。所谓"五山禅僧"，则可泛指五山十刹及他们影响之下的一切官寺的禅僧。在日本文化史上，五山禅僧有着重要的地位。

【9】真田绳：一种用于狭窄扁平织物的细绳结法，十分牢固结实。相传为真田昌幸、幸村父子发明。

【10】坪：面积单位，一坪大约相当于3.3平方米。

【11】攻击之乱龙：原文"懸かり乱れ竜"，上杉家军旗之一，举起此旗，即代表下令全军发起突击。

【12】三十石船：一种长约17米，宽约2.5米，船上搭有凉篷的细长客船。

【13】高濑船：一种用于在江河或浅海航行的木造平底小船。

【14】淀船：指在淀川及其支流上往来运送人客或货物的船只。

【15】长屋门：一种武家宅邸大门的形式，门两侧建有供仆从居

621

住的长屋。一些富裕的农家宅邸也采用这种大门形式。

【16】根来漆：中世时在根来寺（真言宗寺庙，地处今和歌山县岩出市）及其周边所产漆器。通常以黑漆作底，其上覆以红漆。常年使用之后红漆斑驳，露出下面的黑漆，甚有意味。

【17】白河原毛：真田幸村坐骑之名。河原毛是马的一种毛色，指遍体灰白或黄白，四肢下方毛色黑褐的马匹。

【18】雪夜围炉情更长：这首诗名为《雪夜围炉》，兼续汉诗代表作之一。

【19】《江南经略》：我国明代郑若曾（1503—1570）为防江南倭患所撰兵书，共有八卷。

译后记

日本的战国时代在整个日本历史中,可以算是一个多彩的时代。群雄割据,英才辈出。因为如此,描绘这个时代及人物的文学作品层出不穷。这部小说便是其中之一。

小说主角直江兼续其人,在历史上的名声并不算得十分出众。与终结战国乱世的霸者三代——织田信长、丰臣秀吉、德川家康以及东国的龙虎上杉谦信、武田信玄这些脍炙人口的名字相比,直江兼续不过是一介家臣。然而,正是这一介家臣,最终使得江河日下的上杉家度过一次又一次的危机,最终成为德川幕藩体制的一员存续了下去。也成就了直江兼续"战国第一陪臣"的美名。

谦信与兼续的师徒之情,景胜与兼续的主从之情,兼续与三成、幸村的挚友之情,以及兼续与阿船、阿凉、初音三位女性的情感纠葛,构成了小说的情感脉络,读之细腻动人;而本能寺之变、关原之战、大坂之战这一系列决定日本未来的重大事件穿插其中,读之荡气回肠。使得小说刚柔并济,收放自如。

本书是日本历史小说,其中涉及大量专有名词,在可能的范围内尽量加以了注释,务求最大限度地减少读者的阅读困难。

感谢我的亲人和朋友们在翻译过程中给予的支持与帮助。感谢重庆出版社的邹禾先生与肖飒小姐对本书出版所做的努力,以及编辑的认真负责。

子安

2009 年 4 月 10 日

附录 古日本旧国名图表

旧国是律令制下日本的地方行政区分，也称令制国、律令国。从奈良时代沿用到明治初年无大变化，一直是日本地理区分的基本单位。略表如下。

区域	国名	略号
畿内五国	山城	山州、城州、雍州
	大和	和州
	摄津	摄州
	河内	河州
	和泉	泉州
东海道十五国	伊贺	伊州
	伊势	势州
	志摩	志州
	尾张	尾州
	三河	叁州、三州
	远江	远州
	骏河	骏州
	伊豆	豆州
	甲斐	甲州
	相模	相州
	武藏	武州
	上总	总州
	下总	总州
	安房	房州、安州
	常陆	常州

续表

区域	国名	略号
东山道八国	近江	江州
	美浓	浓州
	飞驒	飞州
	信浓	信州
	上野	上州
	下野	野州
	陆奥	奥州
	出羽	羽州
北陆道七国	若狭	若州
	越前	越州
	加贺	加州
	能登	能州
	越中	越州
	越后	越州
	佐渡	佐州、渡州
山阴道八国	丹波	丹州
	丹后	丹州
	但马	但州
	因幡	因州
	伯耆	伯州
	出云	云州
	石见	石州
	隐岐	隐州
山阳道八国	播磨	播州
	美作	作州
	备前	备州
	备中	备州
	备后	备州
	安艺	艺州
	周防	防州
	长门	长州

续表

区域	国名	略号
南海道六国	纪伊	纪州
	淡路	淡州
	阿波	阿州
	赞岐	赞州
	伊予	予州
	土佐	土州
西海道九国二岛	筑前	筑州
	筑后	筑州
	丰前	丰州
	丰后	丰州
	肥前	肥州
	肥后	肥州
	日向	日州、向州
	萨摩	萨州
	大隅	隅州
	壹岐岛	壹州
	对马岛	对州

各国位置如下图：

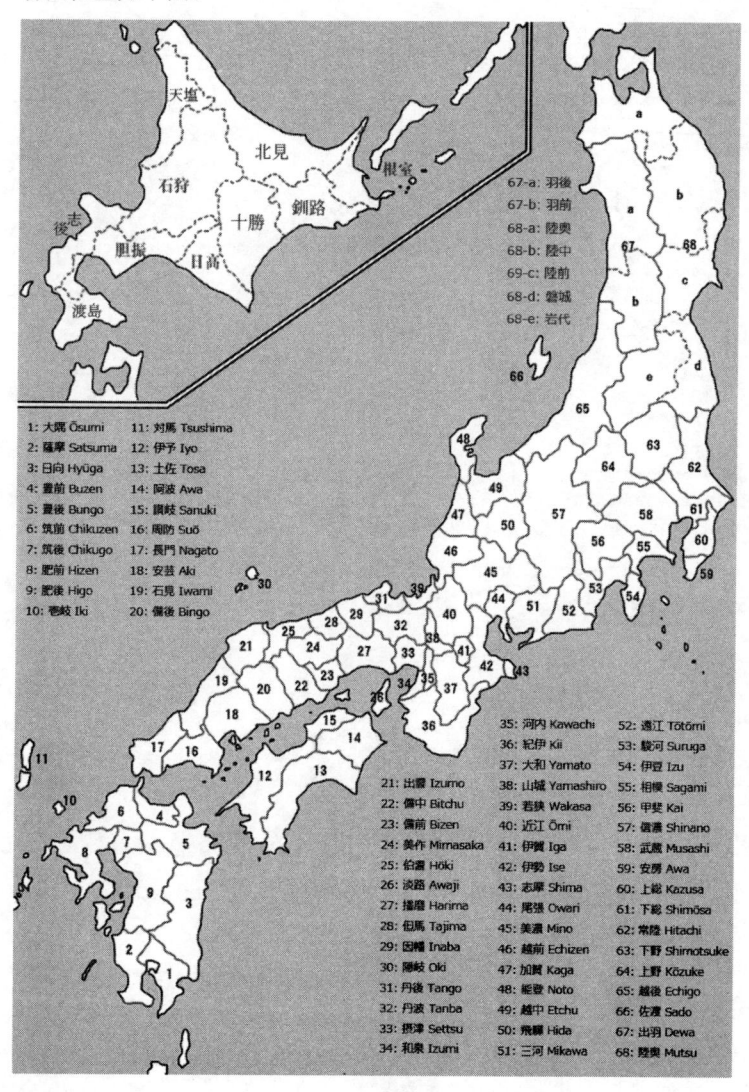

1: 大隅 Ōsumi
2: 薩摩 Satsuma
3: 日向 Hyūga
4: 豊前 Buzen
5: 豊後 Bungo
6: 筑前 Chikuzen
7: 筑後 Chikugo
8: 肥前 Hizen
9: 肥後 Higo
10: 壱岐 Iki
11: 対馬 Tsushima
12: 伊予 Iyo
13: 土佐 Tosa
14: 阿波 Awa
15: 讃岐 Sanuki
16: 周防 Suō
17: 長門 Nagato
18: 安芸 Aki
19: 石見 Iwami
20: 備後 Bingo
21: 出雲 Izumo
22: 備中 Bitchu
23: 備前 Bizen
24: 美作 Mimasaka
25: 伯耆 Hōki
26: 淡路 Awaji
27: 播磨 Harima
28: 但馬 Tajima
29: 因幡 Inaba
30: 隠岐 Oki
31: 丹後 Tango
32: 丹波 Tanba
33: 摂津 Settsu
34: 和泉 Izumi
35: 河内 Kawachi
36: 紀伊 Kii
37: 大和 Yamato
38: 山城 Yamashiro
39: 若狭 Wakasa
40: 近江 Ōmi
41: 伊賀 Iga
42: 伊勢 Ise
43: 志摩 Shima
44: 尾張 Owari
45: 美濃 Mino
46: 越前 Echizen
47: 加賀 Kaga
48: 能登 Noto
49: 越中 Etchu
50: 飛騨 Hida
51: 三河 Mikawa
52: 遠江 Tōtōmi
53: 駿河 Suruga
54: 伊豆 Izu
55: 相模 Sagami
56: 甲斐 Kai
57: 信濃 Shinano
58: 武蔵 Musashi
59: 安房 Awa
60: 上総 Kazusa
61: 下総 Shimōsa
62: 常陸 Hitachi
63: 下野 Shimotsuke
64: 上野 Kōzuke
65: 越後 Echigo
66: 佐渡 Sado
67: 出羽 Dewa
68: 陸奥 Mutsu

67-a: 羽後
67-b: 羽前
68-a: 陸奥
68-b: 陸中
69-c: 陸前
68-d: 磐城
68-e: 岩代

天狗文库

系列推荐

○ 司马辽太郎
　《幕末》
　《新选组血风录》

○ 火坂雅志
　《天地人》

○ 隆庆一郎
　《花之庆次》

○ 井上靖
　《风林火山》

○ 柴田炼三郎
　《真田幸村》

○ 宝部龙太郎
　《信长燃烧》

简介：

《幕末》

司马辽太郎

包括《樱田门外之变》、《逃走的小五郎》、《最后的攘夷志士》等12个故事在内的短篇小说集。以日本幕末时期为故事背景，描述了12起暗杀事件。有人曾说，幕末的历史就一部暗杀的历史。司马辽太郎的《幕末》，将隐藏在暗处的历史揭开……

《新选组血风录》

司马辽太郎

他们是幕末最强剑客集团，被称为"壬生之狼"；他们的队规极为严酷，若有违背，切腹无赦；他们坚守职责，却成为维护幕府的守旧势力，遭受灭顶之灾。然而，他们最后的武士之魂，却始终坚守在光阴变迁的的夹缝之中……

《天地人》

火坂雅志

他是被德川家康称为"能得如此能臣，取天下可无难矣"的国士；他是辅佐两代主公鞠躬尽瘁死而后已的"天下第一陪臣"；他是在群雄争霸的战国以"爱"字安身立命的另类存在。即使身在最弱肉强食的黑暗世道，也决不放弃心底仁爱与大义的微光！

《花之庆次》
隆庆一郎

战国乱世，人人为私欲杀伐征战，血流漂杵。却有这样一名男子，以"无欲之人"自居，不谋官职，不建功名，手持涂朱长枪，身跨骏马松风，在历史与虚妄的夹缝中，且歌且行……

《风林火山》
井上靖

他形容猥琐，一目浑浊，一足残疾，却生就敏锐的洞察力与缜密的思维；他前半生寂寂无名，五十岁后被武田信玄拜为军师，一朝平步青云，百战不殆。然而，在野心和偏执的深处，却始终有一位女子的身影挥之不去……

《真田幸村》
柴田炼三郎

他们身怀匪夷所思的绝技，行事诡秘难测，却于暗处左右着天下的方向。无论如何防卫森严的城堡宅邸，他们都如入无人之境。每一次影响历史的重大事件背后，总有他们的身影。在丰臣家与德川家最后的战争到来之际，他们来到大坂城，聚集在真田左卫门佐幸村的周围……

《信长燃烧》
安部龙太郎

日本战国风云人物织田信长以武力构筑了以安土城为中心的磐石般的体制，然而信长过于强大的势力，引起了朝廷公家的不满。在交织的争斗中，公家终于决定除掉信长……日本历史上最大的谜团"本能寺之变"，谜底在此书中揭开！